Isarterror

Ulrich Urthaler, Jahrgang 1957, studierte Architektur, bevor er nach Jahren im Bauwesen und im Fondsmanagement zum Schreiben fand. Er lebt in München und Tirol.

ULRICH URTHALER

Isarterror

KRIMINALROMAN

emons:

Bibliografische Information der Deutschen Nationalbibliothek
Die Deutsche Nationalbibliothek verzeichnet diese Publikation in der Deutschen Nationalbibliografie; detaillierte bibliografische Daten sind im Internet über http://dnb.d-nb.de abrufbar.

MIX
Papier aus verantwortungsvollen Quellen
FSC® C083411
www.fsc.org

Umschlagmotiv: photocase.com/thisisheartless
Umschlaggestaltung: Tobias Doetsch
Gestaltung Innenteil: César Satz & Grafik GmbH, Köln
Lektorat: Carlos Westerkamp
Druck und Bindung: CPI – Clausen & Bosse, Leck
Printed in Germany 2016
ISBN 978-3-95451-772-5
Originalausgabe

Nicht schweigen will ich von seinen Gliedern und von
seiner Kraftfülle und von der Schönheit seines Baues.

Wer deckte die Oberseite seines Gewandes auf?
In sein Doppelgebiss, wer dringt da hinein?

Wer öffnete die Türflügel seines Gesichtes?
Rings um seine Zähne lauert Schrecken.

Ein Stolz sind die Schuppenreihen,
verschlossen und fest versiegelt.

Eins fügt sich ans andere, und kein Hauch dringt dazwischen,
eins haftet am andern, sie greifen ineinander und trennen sich nicht.

Sein Niesen strahlt Licht aus, und seine Augen
sind wie die Wimpern der Morgenröte.

Aus seinem Rachen schießen Fackeln,
sprühen feurige Funken hervor.

Aus seinen Nüstern fährt Rauch wie aus
einem angefachten und glühenden Kochtopf.

Sein Atem entzündet Kohlen,
und eine Flamme fährt aus seinem Rachen.

In seinem Haus wohnt Stärke,
und vor ihm hüpft die Angst her.

Die Wampen seines Fleisches haften zusammen,
sind ihm fest angegossen, unbeweglich.

Sein Herz ist fest wie Stein
und fest wie der untere Mühlstein.

Vor seinem Erheben fürchten sich Machthaber,
vor Bestürzung ziehen sie sich zurück.

Trifft man ihn mit dem Schwert, es hält nicht stand,
noch Speer, noch Wurfspieß, noch Harpune.

Er hält Eisen für Stroh
und Kupfer für faules Holz.

Der Pfeil kann ihn nicht vertreiben,
Schleudersteine verwandeln sich für ihn zu Stoppeln.

Wie Stoppeln gilt ihm die Keule,
und er lacht über den Aufprall des Krummschwertes.

Unter ihm sind Scherbenspitzen,
auf dem Schlamm breitet er einen Dreschschlitten aus.

Er bringt die Meerestiefe zum Sieden wie einen Kochtopf,
macht das Meer wie einen Salbentopf.

Hinter sich lässt er den Pfad hell werden,
man hält die Tiefe für graues Haar.

Auf Erden ist ihm keiner gleich, ihm,
der zur Unerschrockenheit geschaffen ist.

Auf alles Hohe blickt er herab;
er ist König über das stolze Wild.

Aus dem Buch Hiob, Kapitel 41

Die Jagd

Es war ein lauer Frühlingstag. Schneereste, die kalte Nachgeburt des Winters, leckten vereinzelt über die beschatteten Wiesen am Waldrand. Die ersten Weidenkätzchen pelzten sich in der Sonne. Lockender Friede lag über dem Krenztal, einem beschaulichen Plätzchen inmitten der Schwäbischen Alb.

Seit einer Stunde schon wartete der Jäger auf einem der zahlreichen Hochsitze auf das Wild, das er zu erlegen trachtete. Von seinem Standort bot sich ein hervorragender Blick auf das Flussbett der hier noch schmalbrüstigen Krenz und die sie umgebenden sanft ansteigenden Hügel. Der Jäger hatte Zeit. Er wusste, dass sein Opfer alsbald auftauchen würde, so wie es fast jeden Mittag kurz vor zwölf Uhr hier seine Runde drehte. Sorglos, bummelig. Es würde nichts von der tödlichen Gefahr ahnen, die auf es lauerte.

Der Jäger war die Ruhe selbst. So etwas wie Jagdfieber war ihm fremd. Und so etwas wie Gnade ebenso. Einem außergewöhnlichen Schützen wie ihm konnte das Wild nicht entkommen. Der Wind stand günstig, wehte in seine Richtung und trug ihm geradewegs die mild nadelnden Grüße des nahen Waldes zu. Das Wild würde ihn weder wittern noch sichten können. Niemand sonst hielt sich in der Gegend auf, niemand hatte ihn auf den Ansitz steigen sehen. Er fühlte sich sicher, so sicher, dass er die Stille vor dem Schuss fast genossen hätte, wären da nicht diese Zahnschmerzen gewesen. Mit der Zunge schob er die Gewürznelke, die er die ganze Zeit im Mund rollte, zu dem Loch im Zahn und presste sie vorsichtig fest, den Schmerzensseufzer unterdrückend. Im Prinzip half das bewährte Hausmittel, doch war die Füllung schon zu lange ausgebrochen, sodass der Nerv darunter wohl freilag.

Der Jäger atmete tief durch. Lange würde er nicht mehr warten müssen. Das Gewehr bereits im Anschlag, ruhte der stählerne Lauf auf dem obersten Querholz des Hochsitzes. Mit der Sonne im Rücken verfügte der Jäger über bestes Büchsenlicht. Ein einziger Schuss würde genügen. Ab und an prüfte er durch das Zielfernrohr, ob das Wild schon in Sichtweite war, doch noch blieb alles ruhig. Er lockerte seine Hände, auffallend zierliche Hände. Sein Atem ging gleichmäßig, das Herz war wie Eis. Fast glaubte er, die Kälte des eigenen Organs spüren zu können.

Der plötzliche raue Judasschrei des Eichelhähers verriet ihm, dass seine Beute jeden Moment in der Flussbiegung erscheinen würde, und tatsächlich, so wie er es erwartet hatte, tauchte die Silhouette des Zielobjektes auf dem Kiesweg unten am Flussufer auf, pünktlich wie immer, wenn es im Lande weilte. Trotz seines hohen Alters bewegte es sich mit forschem Schritt, den Rücken gerade durchgedrückt, mit festem Blick, der das Befehlen gewohnt war. Das Wild kam langsam näher. Es war ein Mensch, ein Mann auf dem Spaziergang mit seinem Hund Falko, einem reinrassigen Altdeutschen Schäferhund.

Er nahm das Objekt ins Visier. Durch das Zielfernrohr konnte er jedes Detail im grobgekörnten Gesicht des Mannes erkennen, das feist Hängebackige, das Rotweinfleischige des geübten Trinkers, die stahlblau wachen Augen, die wenigen Haare, die der leise Wind zu weißen Fähnchen formte. Der Mann war altmodisch gekleidet. Zu einer leichten Lodenkotze trug er eine hellbraune Cordbundhose, die Füße steckten in halbhohen Lederschnürstiefeln. Wie ein Jäger sah der Mann aus, nur war er heute der Gejagte. Er warf einen Stock, dem der Hund laut bellend hinterherlief. Das Zielobjekt war nun frei, in optimaler Schussweite, keine vierhundert Meter mehr entfernt.

»Der Tod ist ein Meister aus Deutschland«, rezitierte der Jäger flüsternd ein Gedicht von Paul Celan, *»sein Auge ist blau.«*

Er packte das Gewehr fester. Der Zeigefinger suchte den Auslöser, streichelte, umschmeichelte ihn. Nur eine winzige Bewegung …

»Der Tod ist ein Meister aus Deutschland sein Auge ist blau
er trifft dich mit bleierner Kugel er trifft dich genau
ein Mann wohnt im Haus dein goldenes Haar Margarete,
er hetzt seine Rüden auf uns er schenkt uns ein Grab in der Luft

er spielt mit den Schlangen und träumet der Tod ist ein Meister aus Deutschland dein goldenes Haar Margarete dein aschenes Haar Sulamith.«

Dann drückte er ab.

Das Opfer hörte den Schuss nicht mehr. Es war tot, bevor das Echo sein Ohr erreichte, denn die Patrone flog schneller als der Schall. Die Waffe, aus der der Schuss abgefeuert wurde, war ein Präzisionsgewehr, ein über die Jahre perfektioniertes Hightechgerät, für Scharfschützen entwickelt, nur knapp sechs Kilogramm leicht, doch mit schwerem Kaliber, selbst für die Großwildjagd geeignet, aber auch für die auf Menschen. Es war eine Waffe aus eigener Produktion, eine .68er Magnum, das liebste Spielzeug des Opfers, des Waffenherstellers Karl Knauss-Haecker.

Um elf Uhr neunundfünfzig, Sekunden nur vor dem Mittagsgeläut der nahen Dorfkirche, durchschlug das schwere Kaliber den Gehirnschädelknochen, trat aus dem Hinterhauptbein wieder aus und hinterließ ein fast kinderfaustgroßes Loch im Schädel, »ein Loch wie ausgestanzt«, wie Knauss-Haecker die verheerende Wirkung seiner .68er Magnum oft bezeichnet hatte, wenn er Besuchern aus aller Welt, Militärs und Waffennarren, seine Wunderwaffe höchstpersönlich am Schießstand präsentierte.

Wie ausgestanzt.

Der zur Mittagszeit einsetzende mächtige Klang der Großglocke von Sankt Egidius schluckte den Knall des Schusses. Es war ein heimtückischer Mord und dennoch ein Moment tragischer Erhabenheit, als die Glocke von 1989, von Meisterhand gegossen und von Knauss-Haecker selbst gestiftet, das unfreiwillige Totengeläut anstimmte.

Der Jäger nahm die Waffe beiseite. Die Arbeit war getan. Den Schäferhund verschonte er. Er besaß selbst einen Hund, der stets an seiner Seite war, auch heute. Der arme Falko tat dem Jäger leid, wie er nun neben seinem leblosen Herrchen saß. Das trauernde Winseln war bis hierher zu hören, doch er konnte nicht länger bleiben. Bald würden die Angestellten nach dem

Seniorchef suchen, man wusste ja, wo er mit Falko spazieren ging, und würden sich sorgen, wenn er sich verspätete.

Behände stieg der Jäger vom Hochsitz. Er leinte seinen Hund ab, den er sicherheitshalber an einem Baumstamm festgebunden hatte, und zog gelassen seines Wegs.

Augenzeugen berichteten später, sie hätten einen Zwerg durch die Gegend laufen sehen, einen Zwerg mit Kapuze und länglicher Tasche, dem ein großer sandfarbener Hund folgte.

Der Auftrag

Mit einem tiefen Seufzer legte Kriminalrat Korbinian Kraus den Telefonhörer auf. Dr. Ferdinand Gruber, Staatssekretär im bayerischen Innenministerium, hatte ihn angerufen und ihn um Hilfe gebeten. So hatte er sich jedenfalls ausgedrückt, doch war es lediglich eine pro forma formulierte Bitte gewesen. In Wahrheit war es ein Auftrag von höchst offizieller Stelle, die unmissverständliche Order, endlich die Morde an türkischstämmigen Mitbürgern aufzuklären, die derzeit München in Atem hielten. Die Kollegen von der Kripo seien offenbar nicht in der Lage, den Killer zu schnappen, hatte Dr. Gruber in seiner süffisanten Art gesagt, mit dieser eindringlich schneidenden Stimme, die immer leiser wurde, je ernster er die Situation darstellte, bis Kraus sie kaum mehr vernahm. Diese leise Stimme jedoch, sie konnte einen nicht beruhigen, nein, sie störte auf. Eine Unruh-Stimme war das, ticktack machte sie, auf einen fiktiven Alarmruf vorbereitend, sodass man stets auf dem Sprung war, wenn man mit Dr. Gruber sprach.

Das LKA sei nun dran, so der Staatssekretär plötzlich laut. Er erwarte Ergebnisse, nicht morgen, sondern heute, wenn der Herr Kriminalrat verstehe. Der Druck der Öffentlichkeit wachse. Seit der fürchterlichen Sache mit den sogenannten »Dönermorden«, die, wie man heute wisse, von dem braunen Gesocks des Nationalsozialistischen Untergrunds verübt worden war, sei das Volk doch sehr sensibilisiert, was Morde an Migranten anging. Kein Tag, an dem die Medien nicht über die Tötungsdelikte berichteten, dummes Zeug über die möglichen Hintergründe erfanden und die Münchner Polizei für die Misserfolge bei der Fahndung verantwortlich machten. Noch sei nur die Kripo im Visier der Presseleute, aber irgendwann würde man die Schuldigen beim Innenministerium suchen, und das wäre gerade jetzt, wenige Wochen vor der Kommunalwahl, nicht die beste Empfehlung für die regierende Partei. Der Fall würde der Mordkommission jedenfalls entzogen. Das Landeskriminalamt sei von jetzt an zuständig, und da habe er an die beiden Ermittler Kaltenbach und Alkay gedacht, soweit er wisse, seien das doch die besten Pferde im Stall, haha, *les messieurs cent pour cent*, oder auch die »Munich Vice Cops«, wie sie im Volksmund hießen. Und auch der immer lästiger werdende Ausländerbeirat würde es gewiss goutieren, wenn einer der ihren mit an Bord wäre, dieser Alkay, der sei doch Türke, oder? Also. Damit war das Telefonat beendet.

Mühsam erhob sich Kraus von seinem Schreibtischsessel und ging gebeugt in seinem Büro auf und ab. Er spürte jetzt schon den Druck. Ermittlungen unter medialer Beobachtung und auch noch das Innenministerium im Nacken, so war ordentliche Polizeiarbeit kaum zu leisten. Natürlich waren Christoph Kaltenbach und Atik Alkay seine fähigsten Beamten, aber sie waren auch seine unbequemsten. Weil sie stets ihre eigenen Wege gingen, sich selten um die Vorschriften scherten. Und er selbst war mit den Jahren bequem geworden. Die Fahndungserfolge seiner Jungs, wie er sie voller Stolz nannte, waren ja zweifelsohne phänomenal. Aus der Sache mit den Türkenmorden hätte er sie dennoch lieber herausgehalten, weil er mit all seiner Erfahrung spürte, dass die Ermittlungen schwierig würden.

Munich Vice Cops. Kraus hasste die Bezeichnung. Als wären sie hier eine Glamour-Behörde. Als wäre das Ganze nur ein Hollywoodfilm. Dabei waren Kaltenbach und Alkay alles andere als glamourös, zumindest im Dienst. Seriöse Beamte waren das, die ihren Beruf verdammt ernst nahmen, vielleicht zu ernst, weil sie sich manchmal zu sehr mit den Opfern identifizierten. Besonders Kaltenbach, der seit dem schrecklichen Autounfall, bei dem er seine Frau und die beiden Kinder verloren hatte, die nötige Distanz zu den Verbrechen nicht immer hinbekam.

Und Alkay? Auch wenn er bis auf die Knochen bajuwarisiert war, Schweinshaxen und Bier liebte, so war er doch türkischer Abstammung und würde bei den Ermittlungen eventuell persönlich betroffen reagieren. Doch was blieb ihm anderes übrig? Das Innenministerium hatte die Fakten schon geschaffen. Er nahm erneut den Telefonhörer in die Hand und wählte Kaltenbachs Nummer.

»Christoph, hier ist Kraus. Kommen Sie doch rüber in mein Büro und nehmen den Kollegen Alkay gleich mit. Wir haben da eine heikle Mission.«

***

Einen Tag später saßen der Erste Hauptkommissar im Dezernat Mord Christoph Kaltenbach und sein Partner, der inzwischen ebenfalls zum Hauptkommissar beförderte Atik Alkay, in ihrem gemeinsamen Büro über den Akten. Nur mit äußerstem Widerwillen hatte die Kripo München den Fall abgegeben.

Die Ordner stapelten sich auf Christophs Schreibtisch. Während er Bericht um Bericht durchlas, schüttelte er den Kopf.

»Der Täter hinterlässt Bibelsprüche bei seinen Opfern. Verrückt.«

»Immerhin«, sagte Alkay, »ist damit klar, dass es sich nicht um irgendwelche Privatfehden im Migrantenmilieu handelt, was weiß ich, Abrechnung unter Drogendealern, Bandenkriege innerhalb der organisierten Kriminalität und solche Sachen. Als Türke bist du doch immer verdächtig, und als toter Türke noch viel mehr.«

»Weit sind die Kollegen hier noch nicht gekommen«, sagte Christoph, »trotz der mysteriösen Bibelsprüche. Hör dir das mal an:

Rufe doch, ob da einer ist, der dir antwortet! Und an welchen Heiligen willst du dich wenden?
Denn den Narren erwürgt der Gram, und den Einfältigen tötet der Eifer.
Ich, ich sah den Narren Wurzeln schlagen, und alsbald verwünschte ich seine Wohnung.
Fern blieben seine Kinder vom Glück, und sie wurden im Tore zertreten, und kein Retter war da.
Seine Ernte verzehrte der Hungrige, und bis aus den Dornenhecken nahm er sie weg,
und nach ihrem Vermögen schnappte die Schlinge.
Denn nicht aus dem Staube geht Unheil hervor, und nicht sprosst Mühsal aus dem Erdboden;

sondern der Mensch ist zur Mühsal geboren, wie die Funken sich erheben im Fluge.«

»Hmmh«, machte Atik. »Klingt schon sehr alttestamentarisch. ›*Denn den Narren erwürgt der Gram …*‹ Hat man den Spruch bei demjenigen gefunden, der erdrosselt wurde?«

»Exakt. Mit einer Seidenschlinge um den Hals.«

Atik ließ sich den Ordner reichen. »Ergün Süleymanoglu, siebenundsechzig Jahre alt, ledig, Hausbesitzer, wohnhaft in München, Ligsalzstraße.«

»Ligsalzstraße? Ist das nicht im Westend?«

»Wieso?«

»Kanntest du den vielleicht?«

»Mensch, Christoph, erstens wohne ich schon lange nicht mehr im Westend, und zweitens, warum soll ich jemanden aus dem Viertel kennen, nur weil er Türke ist?«

»Schon gut. Hätte ja sein können, schließlich bist du dort aufgewachsen.« Christoph lehnte sich in seinem Stuhl zurück und verschränkte die Arme hinter dem Kopf. »Hausbesitzer, der Mann war also vermutlich begütert.«

»Du suchst nach dem Motiv, ja?« Alkay nahm sich die Akte nochmals vor und studierte das Foto, das den Bibelspruch zeigte, eine Großaufnahme am Tatort. Den Zettel hatte der Mörder mit einem zugespitzten Holzpflock auf dem Opfer befestigt, alt, postmortal durchs Herz gestoßen, wie in dem Film »Dracula«. Die Zeilen waren am Computer geschrieben worden, in einer antiquierten, verschnörkelten Schrift.

»*Nach ihrem Vermögen schnappte die Schlinge* … Vielleicht ist das mit den Bibelsprüchen nur Show, ein Ablenkungsmanöver.«

»Wie kommst du darauf?«

»Weil mir das ein bisschen zu ostentativ vorkommt. Da will einer unbedingt als Muslimenhasser durchgehen, Mord aus religiös-ideologischen Gründen. Doch vielleicht haben wir es mit einem zu tun, der in persönlicher Beziehung zum Opfer stand, einem Mieter zum Beispiel, den Süleymanoglu rausgeekelt hat.«

»Und was ist dann mit dem anderen Mord? Wo liegt da das

Motiv? Nein, mein Freund, für mich ist der Fall klar. Zwei Morde nach demselben Muster, da ist auch das Motiv dasselbe. Die Opfer haben etliche Gemeinsamkeiten. Sie waren Türken, sie waren Geschäftsleute, wohnten im selben Stadtteil und sahen beide recht orientalisch aus.« Christoph grinste. »So wie du, wenn ich das sagen darf.«

»Sehr freundlich.« Atik versuchte, böse zu schauen, ohne dass es ihm wirklich gelang. »Was ist mit Spuren?«

»Im Bericht der KTU findet sich nichts, was auf einen bestimmbaren Täter hinweist, keine Fingerabdrücke und keine bereits in der Gendatei erfasste DNA. Der Mörder hat offenbar Handschuhe getragen und auch sonst keine nennenswerten Spuren hinterlassen. Und was deine Theorie vom mordenden Mieter angeht: Die Kollegen haben Süleymanoglus komplette Hintergründe recherchiert. Da ist nichts, was auf ein persönlich begründetes Motiv hindeutet.«

»Was ist mit dem anderen Opfer?«

»Das andere Opfer ...« Christoph blätterte in der Akte. »Ferhat Barzani, Gemüsehändler –«

»Gemüsehändler, der Klassiker«, unterbrach Atik feixend.

»Ferhat Barzani«, wiederholte Christoph. »Achtunddreißig Jahre alt, verheiratet, drei kleine Kinder. Was für eine Tragik.«

»Und welcher Spruch begleitete ihn in den Tod?«

»Moment.« Christoph suchte nach dem Eintrag. »Hier:

Und doch, ein Berg stürzt ein, zerfällt, und ein Fels rückt fort von seiner Stelle.
Wasser zerreibt Steine, seine Fluten schwemmen den Staub der Erde hinweg.
So machst du die Hoffnung des Menschen zunichte.
Du überwältigst ihn für immer, und er geht dahin; sein Gesicht entstellst du und schickst ihn fort.
Kommen seine Kinder zu Ehren, er weiß es nicht, und werden sie gering, er achtet nicht auf sie.
Sein Fleisch fühlt nur noch für sich selber Schmerz, und seine Seele trauert nur um sich.«

Atik schüttelte sich. »Schlimm. Der Mörder tötet also nach Bibelsprüchen, erschlägt sein Opfer von hinten mit einem Stein und zertrümmert ihm anschließend das Gesicht. Aber was soll das Ganze, wo liegt der Sinn?«

»Muss bei solchen Delikten immer ein Sinn dahinterstehen? Für mich ist das ein Psychopath, der tötet um des Tötens willen.«

»Vielleicht hast du recht. Fest steht bisher nur, dass der Täter mit unfassbarer Grausamkeit vorgeht.«

»Ein abgespaceter Einzelgänger«, sagte Christoph, »bibelfest und mit christlichem Bildungshintergrund. Der will durch die Morde auf sich aufmerksam machen, sonst würde er keine Botschaften hinterlassen.«

Atik zog eine Packung Zigaretten aus der Sakkotasche und wollte sich eine anzünden, als er Christophs Blick bemerkte.

»Dann eben nicht«, sagte er und steckte die Packung zurück. »In dem Fall können wir uns auf was gefasst machen. Denn dann, fürchte ich, werden weitere Morde folgen.«

»Sollte er seine Taten nach Motiven aus dem Buch Hiob planen, ist das durchaus vorstellbar. Wenn ich mich recht entsinne, galt Hiob doch als der einzig Gerechte auf Erden, und trotzdem hat Gott seine Gottesfürchtigkeit geprüft, ihm alle möglichen Qualen geschickt, ihm alles genommen, selbst seine Kinder. Wir sollten uns das Buch Hiob vornehmen, möglicherweise finden wir etwas, das auf den Mörder hinweist.«

»Das ganze Buch«, stöhnte Atik.

»Würde dir nichts schaden, Kollege. Da lernst du wenigstens was übers Christentum.«

»Typisch.«

»Was ist typisch?«

»Na, daran sieht man mal wieder die Arroganz von euch Christen. Glaubst du etwa, bei uns im Islam gibt es keinen Hiob?«

»Echt?«

»Ja, echt. Du weißt doch, wir haben alles, was ihr auch habt. Nur dass Hiob im Koran ›Aiyub‹ genannt wird, aber das ist schon der einzige Unterschied. Und bei uns gilt er sogar als

Prophet, du Schlaumeier. Im Türkischen ist übrigens ›Eyüp‹ daraus geworden.«

»Okay«, sagte Christoph. »Und woher weißt du das alles?«

»Ganz einfach.« Atik grinste. »Eyüp ist mein zweiter Vorname.«

Die Kinder Hiobs

»Das ist kein einfacher Holzpflock.« Christoph hielt das Stück Holz, das der Mörder seinem Opfer ins Herz gestoßen hatte, gegen das Tageslicht, das durch das Fenster ihres Büros strömte. »Das muss das Ende eines Stuhlbeins gewesen sein.«

Atik blätterte im KTU-Bericht. »Das haben die Kollegen auch schon festgestellt. Hier steht, dass das Teil mit einfachstem Werkzeug fabriziert wurde. Das Holz selbst ist aber nicht alt, es handelt sich also um kein antikes Stuhlbein.«

Christoph kniff die Augen zusammen. »Das ist auch kein Stuhlbein gewesen. Ich erkenne das an der konisch zulaufenden Form. Für ein Stuhlbein ist es zu kurz, auch wenn ein Stück spitz zugeschnitten wurde. Das Ding war mal Teil eines Schemels.«

»Schemel?« Atik runzelte die Stirn. »Wer benützt denn heutzutage noch so was?«

Christoph nahm an seinem Schreibtisch Platz und stützte den Kopf in die Hände. »Simpel hergestellt, folglich eher nicht für den Hausgebrauch bestimmt«, dachte er laut.

»Du meinst, das Teil wurde in einer Werkstatt oder in der Landwirtschaft benutzt?«

»Landwirtschaft.« Christoph kaute das Wort förmlich, wälzte es im Mund hin und her, als wolle er es auf seine Tauglichkeit prüfen. »Ich glaube, ich weiß, wozu dieser Pflock einst gehörte, Atik. Das war Teil eines Melkschemels.«

Atik sah ihn an. »Das könnte zu dem passen, was ich recherchiert habe. Ich bin unter dem Stichwort ›Hiob‹ im Internet auf eine Glaubensgemeinschaft namens ›Kinder Hiobs‹ gestoßen. Das ist eine Sekte, die nach alttestamentarischen Grundsätzen lebt und sich vor Jahren in einer Einöde auf der Schwäbischen Alb niedergelassen hat. Nach meinen Recherchen gilt die Gruppe als äußerst verschlossen. Ähnlich den Amish People sind sie wohl jeder Neuerung abgeneigt, leben völlig autark und benutzen weder Traktoren noch sonstiges technisches Gerät, um ihre Felder zu bestellen. Sie haben kein Telefon und folglich auch kein Internet. Den Eintrag ins Netz haben sie einem ehemaligen Mitglied zu verdanken, das die Sekte vor Jahren verlassen hat und sich in seinem Blog über die strenge, angeblich sogar menschenverachtende Hierarchie der Kinder Hiobs ereifert hat.« Atik schloss das Dossier, das vor ihm lag. »Ich denke, die sollten wir uns mal ansehen.«

»Ich fahre!« Mit einer flinken Handbewegung schnappte sich Atik den Autoschlüssel.

»Seit wann das?«

»Weil sonst immer du am Steuer sitzt. Und jetzt fahre halt mal ich.«

»Kann es sein«, Christoph grinste, »dass das etwas mit dem neuen Wagen zu tun hat?«

»Das liegt durchaus im Bereich des Möglichen, mein Freund. Jetzt komm schon. – Pass auf.« Atik zückte die Fernbedienung. Sie waren noch etwa dreißig Meter von dem nagelneuen BMW entfernt. »Wetten, dass ich die Kiste schon von hier aus aufkriege?«

»Gut«, antwortete Christoph. »Ich halte dagegen.«

»Worum wetten wir?«

»Um die nächste Runde bei Pies.«

Pies, ein Unikum und Überbleibsel der guten alten Achtundsechziger-Generation, war der Pächter des Lokals »Peace«, einer zwielichtigen Spelunke mit zweifelhafter Kundschaft im Bahnhofsviertel, doch gerade deshalb beider Stammkneipe. Christoph schlug in Atiks Hand ein. Der drückte den Auslöser. Mit einem vernehmlichen »Klack« antwortete das Auto.

»Nach Ihnen.« Atik hielt Christoph die Beifahrertür auf.

»Okay, Eyüp, dann mal los.«

***

Das Gehöft der Kinder Hiobs lag allein auf weiter Flur am Hauptkamm der Schwäbischen Alb. Die Prähistorie gab in dieser verwunschenen Region den Ton an, in der es wunderliche Phänomene zu bestaunen gab, die der Menschen Phantasie seit jeher angeregt hatten: sogenannte geköpfte Flüsse, Strunkpässe, steinerne Jungfrauen und vorgeschichtliche Bärenhöhlen mit skelettiertem Urgetier. Das Karstgebiet war aufgrund der traditionellen Schafszucht von mageren Wiesen und baumarmen Wachholderheiden geprägt. Der stets übel gelaunte Wind war es gewohnt, auf wenig Widerstand zu stoßen, und machte sich seit Gedenken ein Vergnügen daraus, die Landschaft nach seinem Willen zu formen. Auch heute zausten kalte Böen die Frühjahrsluft, als sich der zivile Einsatzwagen der Männer vom LKA dem Gut näherte. Der Horizont schien näher als sonst wo, der Himmel wie elektrisch aufgeladen von sich jagenden Wolken, als hätte der Maler El Greco das Szenario arrangiert.

»Ziemlich raues Klima hier.« Christoph blickte nach draußen. »Gefällt mir nicht.«

»Wart's ab«, sagte Atik, »am Ende sind das total nette Leute. Diese Art Amish People sollen doch so oberfreundlich sein.«

»Das sind aber keine Amish. Und du hast doch selbst gesagt, dass in dem Internetbeitrag behauptet wird, die Hiobskinder seien nicht ganz dicht.«

»Das hab ich bloß nachgeplappert. Und außerdem: Was stört mich mein Gelaber von gestern?«

»Plagiat«, rief Christoph dazwischen.

»Das ganze Leben ist ein Plagiat, mein Freund. Jeder Satz wurde schon einmal gesagt und jeder Mord schon mal begangen. Aber da, schau!« Atik zeigte auf drei junge Frauen, die, in schlichte Schürzentracht gekleidet, am Rand des gesandeten Zufahrtsweges knieten und Kopfsalate ernteten. »Wenn das Hiobskinder sind, dann trete ich dem Verein auch bei.«

Christoph grinste. »Offenbar gibt es das öfters, dass so hübsche Mädchen ausgerechnet bei alttestamentarischen Glaubensgemeinschaften zu finden sind.«

»Wie kommst du dadrauf?«

»Na ja, damals, nach dem Unfall, da bin ich mal zu den Zeugen Jehovas marschiert. Irgendwie suchte ich wieder Halt im Leben und dachte, vielleicht kriegst du den dort.«

»Und, hast du ihn gefunden?«

»Nein, aber jede Menge gut aussehender Frauen.«

Atik ließ den Wagen auf einem mit Sandsteinen gepflasterten Platz ausrollen, offenbar das Zentrum des Weilers. Ein mechanischer Ziehbrunnen unterstrich die ländliche Idylle einer längst vergangenen Zeit. Den Platz begrenzte eine geradezu peinlich geordnete Reihe schmucker Gehöfte. Wohnhäuser und Stallungen schienen erst vor Kurzem renoviert worden zu sein, die hell gestrichenen Holzfassaden kontrastierten perfekt mit den ziegelgedeckten Dächern. In den von niedrigen Lattenzäunen begrenzten Vorgärten blühten erste Blumen, sattgelbe Osterglocken wetteiferten mit rotorangenen Tulpen um die Farbhoheit. Aus den Ställen drang zufriedenes Muhen und Mähen.

»Das ist ja wie im Bilderbuch hier«, sagte Atik. »Die Fleischwerdung der heilen Welt.«

»Eisenbahnerland.« Christoph drehte sich im Beifahrersitz um. »Hier sieht es aus wie bei der Spielzeugeisenbahn meines Sohnes. Als wäre es nicht echt. Ein potemkinsches Dorf, paradiesische Fassaden. Nur, was verbirgt sich dahinter?«

»Wir werden es herauskriegen«, gab Atik zurück. »Ich frage mich bloß, wie du hier auf dem großen Gelände einen kaputten Melkschemel finden willst.«

Kaum waren sie ausgestiegen, kam gemessenen Schrittes ein hochgewachsener älterer Mann auf sie zu. Er schien einer vergessenen Welt zu entstammen. Christoph dachte an das Bild »American Gothic«, 1930 von Grant Wood gemalt. Das knöcherne Gesicht musste viele trockene Sommer erlebt haben, so saftlos schien es. Eine bäuerliche Montur aus grobem Stoff hing an dem Mann wie abgelegte Kleidung an einer Vogelscheuche. Offenbar war sie selbst gefertigt, schlicht geschnitten, das Hemd ohne Kragen, die knopflose Jacke, nein, dachte Christoph, Joppe, das ist eine Joppe, wie in früheren Zeiten, nur geschnürt.

Atik fiel der Gang des Mannes auf. Sein türkischer Großvater, ein Opiumbauer im anatolischen Afyon, hatte sich ebenso würdevoll bewegt, ohne Hast, als hätte er sich jeden Schritt genau überlegt.

Ein freundliches Lächeln glitt über das Gesicht des Mannes, als er vor ihnen stand und den Kopf neigte.

»Gott zum Gruße, die Herren. Ich bin Barthelmeß Ammann, der Gemeindevorsteher. Wie kann ich Ihnen helfen?«

Die fried-, beinahe demutsvolle Art des Mannes ließ die Beamten zaudern. Beide hatten unabhängig voneinander das Gefühl, sie müssten vorsichtig agieren, dürften ihr Gegenüber nicht mit dem üblich forschen Auftreten von Polizisten einschüchtern.

»Grüß Gott, Herr Ammann«, sagte Christoph. Er sprach leise, noch leiser als sonst. »Mein Name ist Christoph Kaltenbach, und das ist mein Partner Atik Alkay. Wir sind vom LKA und ermitteln im Fall der Morde an zwei türkischen Mitbürgern in München. Dass wir hier sind, ist reine Routine.«

»Ich verstehe nicht.« Barthelmeß Ammann zog ein bekümmertes Gesicht.

»Was verstehen Sie nicht?«, fragte Atik und bemühte sich, so freundlich wie möglich auszusehen, wusste er doch, dass er auf manche Menschen recht bedrohlich wirken konnte ob seiner Statur wie eine Wand, der nachtschwarzen Augen und der tiefen Stimme.

»Ich verstehe nicht. Von wo kommen Sie?«

»Lan-des-kri-mi-nal-amt«, sagte Atik laut und deutlich, als spräche er zu einem Hörgeschädigten. »Wir hätten ein paar Fragen an Sie.«

Ammann nickte. »Ja, gut. Dann darf ich Sie hereinbitten.«

Sie folgten dem Gemeindevorsteher in sein Haus. Nichts fehlte, Tisch, Stühle, Schränke, selbst eine altmodische Chaiselongue stand in der Ecke. Und doch fehlte alles. So heimelig das Gebäude von außen anmutete, mit den sorgsam gepflegten Blumenrabatten, dem fein gekiesten Zuweg, dem hellblau gestrichenen Gartenzaun, so abweisend wirkte es von innen. Es war kalt, als wäre nicht geheizt worden.

Ammann, der das Frösteln der Besucher wohl bemerkte, sagte mit diesem feinen Lächeln, das ihm wie ins Gesicht gezaubert schien: »Sie müssen wissen, dass wir streng nach der Natur leben. Wir folgen noch den Jahreszeiten, im Winter ziehen wir uns wärmer an und bewegen uns nicht so viel, wie die Tiere eben auch. So verlieren wir wenig Energie und brauchen keine von außen. Ab März heizen wir gar nicht mehr, denn da ist Pflanzzeit, und die meisten von uns stehen tagsüber sowieso im Acker.«

»Sie leben von der Landwirtschaft?«, fragte Atik.

»So ist es. Unsere Glaubensgemeinschaft ist völlig autark. Alles, was wir zum Leben benötigen, stellen wir selbst her, von der Nahrung bis zur Kleidung.«

»Soweit ich das nachvollziehen kann«, sagte Christoph, »gehören Sie einem alten Zweig der Mennoniten an. Warum nennen Sie sich dann Kinder Hiobs?«

»Da muss ich ein wenig ausholen.« Ammann faltete die Hände, als müsse er Gott um Beistand bitten. »Denn das ist eine lange Geschichte.«

»Wir haben Zeit«, sagte Atik. Sein Blick verlor sich nach draußen, ins Freie, wo die drei jungen Frauen von der Arbeit nach Hause kamen. »Alle Zeit der Welt.«

Barthelmeß Ammann erzählte. Doch eigentlich erzählte er nicht. Er predigte, und je länger er predigte, desto mehr schien er sich an seinen eigenen Worten zu begeistern, am liberalen Glauben der Kinder Hiobs, die sich schon im 17. Jahrhundert von den mennonitischen Brüdern abgespaltet hatten, weil die ihnen zu sektiererisch wurden. Anders als die Amischen, die sich aufgrund ihrer strengen Disziplin zunehmend angefeindet fühlten und alsbald ihr Kerngebiet im Elsass verließen, um sich in Nordamerika niederzulassen, seien die Hiobschen im Land geblieben. Zwischen Katholiken und Protestanten seien sie allerdings zur Bedeutungslosigkeit verkommen. Immer weniger Gläubige hätten sich für das einfache Leben erwärmen können, und so sei ihre kleine Gemeinde die letzte noch existierende.

»Sie sagen«, unterbrach Atik den Redeschwall schließlich, »Ihr Glaube wäre liberal. Man hört aber auch anderes.«

»Das mag so sein. Unserer Gemeinschaft wurden schon immer Dinge angedichtet, die mit unserer religiösen Realität nichts zu tun haben. Wir leben sehr einfach, und wir sind sehr glücklich dabei. Darin steckt vielleicht das Problem, das die Andersgläubigen mit uns haben. Die Welt da draußen definiert Glück nicht so wie wir. Und die Menschen verstehen nicht, dass wir mit so wenig zufrieden sind.«

»Tja, das Glück«, sinnierte Christoph. »Alle suchen nach der viel diskutierten Glücksformel, und alle wollen dauernd glücklich sein. Als ob es immerwährendes Glück gäbe. Oder gar eine Formel.«

»Sehr richtig, mein Herr«, fiel Ammann ein. »Das Glück, wenn ich das so sagen darf, besteht mehr oder minder aus Zufallsmomenten. Man muss diese nur erkennen. Letztlich ist es eine Frage der Haltung, ob man glücklich ist oder nicht. Die Menschen aber wollen immer mehr, mehr. Es ist wie eine Sucht. Glückshormone wirken wie Rauschgift, und wie bei Drogen kann man nie genug davon kriegen.«

»Kennen Sie sich aus mit Drogen, Herr Ammann?«, fragte Atik.

»Nein, natürlich nicht. Rauschmittel sind uns verboten, auch Alkohol.«

»Bier auch?«

»Bier ist Alkohol.«

»Aber nicht bei uns in Bayern«, beschied Atik stolz, als hätte er dieses Bayernland erfunden, doch reklamierte ja bereits die regierende Staatspartei diese Vorstellung für sich.

»Die Menschen müssen begreifen, dass zum Glück auch das Unglück gehört«, fuhr Ammann fort. »Denn wer das Unglück nicht kennt, vermag auch das Glück nicht zu erkennen. Das wahrhaftige Glück nämlich, meine Herren, erschließt sich nur aus der Komposition mehrerer Dimensionen, auch jene gegensätzlicher Natur. Unser gesamtes Leben besteht doch aus der Polarität der Dinge. Wie sonst sollten wir wissen, was gut und was böse ist, was hässlich und was schön? Wie sonst sollten wir es auch in seiner Vielfalt, seiner Gänze erfahren können? Nur wenn man diese Tatsache akzeptiert, kann man die komplexe Fülle des Lebens als Glück empfinden. Verstehen Sie, was ich damit ausdrücken will?«

»Ich glaube schon«, sagte Christoph, »das Glück, von dem Sie sprechen, das kann dauerhaftes Glück sein, denn es hängt nicht von Augenblicken ab, von Sieg oder Niederlage, von Schmerz oder Lust, Armut oder Reichtum. Es hängt nur von unserer Einstellung zu diesen Augenblicken ab.«

Er strahlte, als hätte er die Glücksformel tatsächlich soeben entdeckt. Und auch Ammann strahlte über das ganze Gesicht.

Irritiert ging Atiks Blick zwischen den beiden hin und her. »Warum sind wir eigentlich hier, Christoph?« Theatralisch schlug er sich an die Stirn. »Ach ja, die Morde! Wie ich das bloß vergessen konnte! Herr Ammann, wo waren Sie am 9. Februar dieses Jahres zwischen achtzehn und neunzehn Uhr abends und wo genau am 23. zwischen zwanzig und einundzwanzig Uhr?«

Überrascht sah Ammann auf. »Ja hier, im Ort. Der 9. und der 23., das waren doch Sonntage. Und Sonntagabend halte ich immer den Gottesdienst, der geht von neunzehn bis einundzwanzig Uhr.«

»Zwei Stunden?«

»Wir singen viel.« Das Lächeln kehrte ins kurz gefrorene Gesicht Ammans zurück. »Deswegen dauert es etwas länger als bei anderen Glaubensgemeinschaften.«

»Kann das jemand bezeugen, dass Sie hier waren?« Atik ignorierte den Fußtritt, den Christoph ihm unter dem Tisch verpasste.

»Die ganze Gemeinde natürlich, bei der Vesper sind alle in der Kirche, alle Kinder Hiobs.«

»Und wie viele sind das?«

»Einundvierzig, davon fünfzehn Erwachsene.«

»Dann müssen wir die wohl alle befragen. Am besten jetzt gleich.« Atik erhob sich.

Christoph deutete nach draußen, wo die jungen Frauen noch am Dorfbrunnen standen und sich die Hände wuschen. »Fang doch erst mal bei den drei Hübschen da an. Danach sehen wir weiter.«

»Immer muss ich die Arbeit machen«, stöhnte Atik, beeilte sich aber, um die Frauen nicht zu verpassen.

Mit nachsichtigem Lächeln beobachteten Ammann und Christoph, wie Atik bei den Mädchen stand und offenbar charmierte, wie es nur ein Südländer zustande brachte.

»Ihr Partner ist der Damenwelt wohl recht zugeneigt.«

»Das kann man so sagen. Zwar ist er sonst durch und durch Bayer, doch wenn es um die Weiblichkeit geht, schlagen seine türkischen Wurzeln durch. Aber wie auch immer: Er hat das vorhin nicht so gemeint. Es ging schlichtweg nur um Ihr mögliches Alibi.«

»Alibi? Das ist kein Problem für mich. Sie müssen das sicher fragen. Ich war selbstverständlich hier. Und was diese Morde an den beiden Männern angeht, glauben Sie mir, da sind Sie bei uns komplett falsch. Uns ist jegliche Art der Gewaltanwendung verboten, wir schlachten nicht einmal unsere Tiere.«

»Dann sehen Sie sich das mal an.« Christoph legte die Bibelsprüche vor, die bei den Mordopfern gefunden worden waren.

Amman zog die Augenbrauen hoch. »Das sind Zitate aus dem Buch Hiob, aber der Wortlaut ist aus dem Zusammenhang gerissen. Was hat es damit auf sich, Herr Kommissar?«

»Die Botschaften hat der Täter seinen Opfern beigelegt. Er hat sie sozusagen nach dem Kontext der Sprüche getötet. Ein Opfer hat er erdrosselt, eines mit einem Stein erschlagen.«

Ammann erbleichte. »Das ist ja furchtbar. Wer auch immer das verbrochen hat, er frevelt Gott! Aber glauben Sie mir, das war kein bibeltreuer Mensch, sonst würde er so etwas Schreckliches gar nicht tun. Da führt Sie einer an der Nase herum, Herr Kommissar.«

»Oder jemand will den Verdacht auf Sie lenken. Haben Sie Feinde, Herr Ammann?«

»Das weiß ich nicht, zumindest ist mir niemand bekannt, der irgendeinen Händel mit mir hat. Aber die wirklichen Feinde, Herr Kaltenbach, die sind meist unsichtbar.«

Christoph erhob sich. »Eins noch, Herr Ammann. Halten Sie Kühe oder Schafe?«

»Beides. Warum fragen Sie?«

»Rein aus Interesse. Dürfte ich die Stallungen mal sehen?«

»Wenn Sie wollen.«

Ammann führte Christoph in den einzigen, aber geräumigen Stall. Fast wie in der Bibel stand neben einigen Kühen und einer kleinen Herde von zehn Schafen ein mausgrauer Esel.

Christoph zeigte auf die an der Wand hängenden, säuberlich aufgereihten hölzernen Ackergeräte. »Sie stellen alles selbst her?«

»Ja«, bestätigte Ammann nicht ohne Stolz. »Soweit es möglich ist, kaufen wir nichts zu.«

»Und die Tiere werden noch von Hand gemolken?«

»Natürlich, ganz so, wie man es früher gemacht hat –«

»Mit Melkschemel und allem drum und dran?«, unterbrach Christoph.

Ammann wies auf ein paar hohe Holzkrüge. Dahinter lehnten die typischen einbeinigen Melkschemel. Alle schienen intakt. »Wie Sie sehen.«

***

Als sie wieder im Auto saßen und auf der Rückfahrt nach München waren, berichtete Christoph von seinem Besuch im Stall. Dass die Melkschemel ein Indiz seien, aber leider nicht mehr.

»Und, wie war es bei dir?«, fragte er. »War es nett mit den Damen?«

»Die sind wirklich sympathisch. Auch wenn es komisch klingt, was ich jetzt sage, aber da ist überhaupt nichts Böses. Die wirken so unbefangen, so …« Atik zögerte einen Moment. »… ja, so rein. Das ist der passende Terminus: rein.«

»Die scheinen dich ja ganz schön um den Finger gewickelt zu haben.«

»Da liegst du jetzt aber falsch. Die kennen so was gar nicht, jemanden um den Finger wickeln. Und außerdem, einen Türken aus dem Westend wickelt man nicht so leicht, und schon gar nicht um den Finger.« Vergnügt klatschte Atik auf Christophs Oberschenkel. »Du bist ja nur neidisch, weil du dich mit dem alten Sauertopf rumärgern musstest. Wie war's denn so mit dem, habt ihr noch ein bisschen über das Glück schwadroniert?«

»Ammann wirkt so schicksalsergeben«, sagte Christoph nachdenklich, Atiks Frage ignorierend. »Ich glaube auch nicht, dass bei ihm etwas Böses zu finden ist. Aber du magst ihn nicht, stimmt's?«

»Was du als schicksalsergeben bezeichnest, das ist Gottesfurcht. Und wer Gott fürchtet, hat kein Vertrauen in ihn. Vielleicht auch nicht in sich selbst. Und einen, vor dem man Angst hat, den kann man doch nicht lieben, oder? Wenn man aber nicht mal Gott lieben kann, kann man dann die Menschen lieben?«

»Höre ich da den Moraltheologen durch?«

»Nein, du verwechselst nur Moral mit Furcht. Dieser Ammann, der ist für mich ein Angstbeißer. Das ist wie bei diesen streng gläubigen Muslimbrüdern. Die riechen schon nach Erlösung. Und gleichzeitig nach Angst.«

»Er hat ein Alibi für die Tatzeiten.«

»Ich behaupte auch nicht, dass er die Verbrechen persönlich begangen hat. Nur, ich mag das nicht, dieses heilige Getue. Ich kenn das zur Genüge von meiner frommen Verwandtschaft. Alles nur Fassade, sag ich dir. Vorneherum tun sie arschfreundlich, und hintenherum reden sie schlecht über dich. Und wenn sie Scheiße bauen, hat Allah es so gewollt.«

»Von Scheiße zu Mord ist aber ein gewaltiger Sprung.«

»Die religiösen Fanatiker sehen so was nicht als Mord, Christoph. Sie befolgen nur Gottes Willen. Und die irdische Gerichtsbarkeit ist ihnen schnurzegal.«

»Hast du die Mädchen befragt, ob sich Ammann zur jeweiligen Tatzeit wirklich im Ort aufgehalten hat?«

»Natürlich. Er war da.«

»Was willst du dann noch von ihm?«

»Ich weiß nicht. Ammann scheint dort der unumschränkte Chef zu sein. Die Mädchen jedenfalls haben mit großer Achtung von ihm gesprochen, als sei er der Superguru. So ähnlich stand es ja auch in dem Blog. Ich denke, der hat seine Schäfchen voll im Griff, und das ist nicht gut. Bei so etwas kriege ich immer ein flaues Gefühl im Magen. Eventuell hat er jemanden zu den Morden angestiftet. Oder die Verbrechen regelrecht befohlen, das hat es schon häufiger bei solchen Sekten gegeben, damals zum Beispiel, bei dieser verrückten Sekte im Urwald von Guyana. Fast tausend Leute hatten sich gegenseitig umgebracht, auf Geheiß ihres Führers, diesem Jim Jones, Massenmord auf höchsten Befehl sozusagen.«

»Ich erinnere mich«, sagte Christoph. »Aber das Motiv, Atik, wo ist in unserem Fall das Motiv?«

»Hass, was sonst? Die Glaubenskriege sind doch schon seit

jeher mit absoluter Grausamkeit geführt worden, und zwar von beiden Seiten, von Christen und Moslems.«

»Was schlägst du also vor?«

»Wir kommen noch mal hierher und nehmen uns den ganzen Laden in Ruhe vor. Die meisten Erwachsenen waren heute sowieso nicht auf dem Gut, sondern irgendwo im Feld. Wir müssen alle Gemeindemitglieder befragen, und zwar getrennt voneinander. Mir ist ein junger Bursche aufgefallen, der um die Häuser herumgeschlichen ist. Die ganze Zeit, während ich mit den Mädchen gesprochen habe, hat er mich beobachtet. Als er gemerkt hat, dass auch ich ihn im Visier habe, hat er sich schnell verdrückt. Er machte mir einen reichlich verschüchterten Eindruck, irgendwie seltsam. So einer könnte möglicherweise ein ideales Instrument für jemanden sein, der ein verführbares Medium braucht, um seine Mordgelüste zu realisieren.«

»Etwas weit hergeholt«, sagte Christoph. »Wenn wir zurück in München sind, machst du gleich Termine mit den Hinterbliebenen der Opfer. Wenn Barzani oder Süleymanoglu beispielsweise radikale Moslems waren, könnte dort das Motiv liegen.«

»Okay. Ich kümmere mich darum. Aber vorher unternehmen wir noch einen kleinen Abstecher zu Pies.«

»Was willst du da?«

Atik schmunzelte. »Mir deucht, der Herr Hochwohlgeboren hat dort noch eine Runde offen.«

Theorien

Christoph saß allein im Büro. Es war bereits nach einundzwanzig Uhr, und Atik war noch immer nicht von seinem Besuch bei der Familie Barzani, den Hinterbliebenen des zweiten Mordopfers, zurück. Im »Peace« hatten sie eine Kleinigkeit gegessen. Christoph hatte den Spitzenwein probiert, den Pies irgendwo für ihn aufgetrieben hatte, einen wunderbaren, gehaltvollen Sassicaia. Nach dem zweiten Bier, Atik trank nur Bier, hatte sein Partner bei Barzanis Frau angerufen und, wohl weil er türkisch mit ihr sprach, sofort einen Termin bekommen. Offenbar wollte Lilan Barzani etwas loswerden, das sie den Kollegen von der Kripo möglicherweise verschwiegen hatte. Auf das Ergebnis war Christoph gespannt.

Es kam häufig vor, dass er die Nächte im LKA verbrachte. Vor ein paar Wochen noch war Atik manchmal dabei gewesen, doch seit er seine neue Freundin hatte, eine fröhliche blumenblonde Holländerin namens Britt, machte er meist pünktlich Schluss. Christoph mochte diese blauen Stunden, wenn es in der Dienststelle ruhig geworden war und er seine kreuz und quer schießenden Gedanken ordnen konnte. So auch jetzt. Er hatte alles Licht gelöscht, nur der Computermonitor gab ein wenig Helligkeit.

Christoph nahm sich die Bibelzitate vor, die der Täter bei den Toten hinterlassen hatte. Auch wenn Atik eine andere Ansicht vertrat, so neigte er dazu, dass es sich bei dem Mörder eher um eine Einzelperson handelte. Er glaubte nicht an das gemeinschaftlich geplante Verbrechen etwa einer Sekte, schon gar nicht traute er den Hiobskindern solch eine Grausamkeit zu.

»Das war ein Einzelgänger«, sagte er laut, als wolle er seine Meinung damit bekräftigen. Einer, spann er den Gedanken weiter, der ganz bewusst vorging, und deshalb war zu befürchten, dass er weitermorden würde. Nur warum hatte er sich der Zitate aus dem Buch Hiob bedient? Barthelmeß Ammann hatte recht, sie waren aus dem Zusammenhang gerissen, als habe einer wahllos nach passenden Sprüchen, die irgendwie archaisch anmuteten, gesucht. Damit es schön gruselig klang. Was aber war der Sinn?

Im Prinzip beinhalteten die Texte die Klagen des Hiob, der Hauptfigur aus dem Alten Testament, in einem einzigen Lamento darüber, dass Gott ihn so strafte. Hiob wusste ja nicht, dass der Satan dahintersteckte, der Gott eine Wette angeboten hatte, bei der es darum ging, Hiobs Gottesfürchtigkeit auf die Probe zu stellen. Von schlimmsten Plagen wurde er daraufhin heimgesucht, obwohl er nichts verbrochen hatte. Und genau das ergab im Hinblick auf die ausgewählten Zitate keinen Sinn. Soweit die Vergangenheit der Mordopfer durchleuchtet werden konnte, hatten sie sich eben nichts zuschulden kommen lassen. Der Mörder hatte etwas anderes vor: Da wollte jemand Angst und Schrecken unter den muslimischen Migranten verbreiten.

Christoph stützte den Kopf in die Hände. Mit beiden Daumen suchte er die Triggerstellen unter den Ohrläppchen, wo die Nervenaustrittspunkte am Kiefergelenk saßen. Er drückte fest dagegen, bis es wehtat, als könnte er, vom Schmerz getrieben, seinem eigenen Ich entschlüpfen, um sich in die kaputte Gedankenwelt des Täters zu versetzen.

Beide Morde waren im Stadtteil Schwanthalerhöhe, im Volksmund Westend, verübt worden. Jedes Mal hatte der Killer seinen Opfern in der Nacht aufgelauert. Ferhat Barzani hatte er am Gollierplatz erwischt. In der kleinen Grünanlage musste er von hinten an ihn herangeschlichen sein und ihn mit einem schweren, spitzen Stein erschlagen haben. Eine dreiste Tat inmitten eines Wohngebiets. Es war zwar kurz nach Mitternacht gewesen, doch das Risiko, dass ihn jemand dabei hätte beobachten können, war groß gewesen.

Wahrscheinlich, dachte Christoph, war es ihm egal, ob ihn einer dabei sah. Daraus ließ sich nur folgern, dass der Mörder maskiert gewesen war.

Ergün Süleymanoglu hatte er im Hinterhof zu dessen Wohnhaus erdrosselt, ebenfalls gegen Mitternacht. Und wieder war ihm das Glück des Bösen hold gewesen, weil keiner ihn dabei überrascht, niemand etwas bemerkt hatte.

Angst und Schrecken ... Christoph malte seine eigenen Worte im Geiste nach, formte sie zu einem apokalyptischen Untergangsszenario. Von religiösen Motiven geprägte Bilder von Hieronymus Bosch und Albrecht Dürer tauchten auf. Das Foto des von der Roten Armee Fraktion gefangen genommenen und anschließend getöteten Hanns Martin Schleyer.

Ja, Terroristen gingen so vor, indem sie ein Klima ständiger Angst und Unsicherheit schürten, um den Staat in seinen Grundfesten zu erschüttern. Doch meistens legten sie Bomben, der Breitenwirkung wegen. Wenn sie Einzelpersonen umbrachten, dann nicht auf so brutale Art und Weise wie der Türkenmörder. Sie exekutierten ihre Opfer, meist mit einem aufgesetzten Schuss.

Angst und Schrecken ...

Der furchtbare Anschlag auf das Münchner Oktoberfest 1980 fiel ihm ein, der schlimmste Terrorakt der deutschen Nachkriegsgeschichte. Bei der Sprengstoffexplosion waren dreizehn Menschen ums Leben gekommen und zweihundertelf verletzt worden. Damals hatten die Behörden einen Einzeltäter als Schuldigen ausgemacht, einen Rechtsextremisten. Die Ermittlungen waren zwei Jahre danach eingestellt worden, doch gab es zahlreiche Stimmen aus Politik, Medien und von den überlebenden Opfern selbst, welche die Einzeltäterthese anzweifelten, auch weil dem Mann Verbindungen zur faschistischen Wehrsportgruppe Hoffmann nachgewiesen worden waren.

Es waren Gedankenspiele, die Christoph mit sich selbst spielte, doch nur wenn man seiner Phantasie freien Lauf ließ, konnten die selten über den Tellerrand hinausgehenden polizeilichen Muster mit neuen Motiven bedruckt werden. Motive, an die man zuerst gar nicht gedacht hatte.

Das Telefon läutete. Atiks Mobilnummer leuchtete auf. Christoph stellte auf Lautsprecher, damit Atiks Stimme die Stille befüllen konnte, als wäre er persönlich anwesend.

»Das war nicht gerade mein schönster Abend«, sagte Atik. »Die Familie Barzani, wirklich schlimm. Da ist so viel Leid, das ist kaum auszuhalten. Drei Kinder haben ihren Vater verloren, drei süße Kinder, vier, sechs und sieben Jahre alt. Alt genug, um mitgekriegt zu haben, was passiert ist. Aber nicht alt genug, um so etwas verstehen zu können.«

»Scheiße«, sagte Christoph. »Und, hast du etwas herausgefunden?«

»Lilan, die Frau des Opfers, hat sich erstaunlicherweise recht freimütig offenbart, als würde ihr dadurch eine Last genommen. Sie hat mir gestanden, dass ihr Mann Mitglied der auch bei uns verbotenen kurdischen Arbeiterpartei PKK war.«

»Ferhat Barzani war Kurde?«

»Allerdings. Die Familie stammt aus der Gegend von Diyarbakir im Osten Anatoliens, Kurdengebiet. Sie sind erst vor wenigen Jahren nach Deutschland gekommen. Ferhat war nicht bloß irgendein Sympathisant, so wie manche Kurden, er war aktives Mitglied des militärischen Flügels der PKK, ein sogenannter Elitekämpfer sogar. Kurz bevor die Familie nach München ging, hat er an einem Überfall auf einen türkischen Militärposten teilgenommen. Elf Soldaten sind damals getötet worden. Polizei und Geheimdienst sollen Barzani bereits auf der Spur gewesen sein, der Grund, warum sie dann untergetaucht und nach Deutschland geflohen sind. Die Barzanis sind auch keine Moslems, sondern gehören der religiösen Minderheit der Jesiden an, eine speziell unter Kurden verbreitete Glaubensrichtung, die dem Christentum nähersteht als dem Islam. Seine Frau sagt jedenfalls, dass sich Ferhat in der letzten Zeit sehr seltsam verhalten hätte, als wäre er unter ungeheurem Druck gestanden. Sie glaubt, dass türkische Agenten ihren Mann aufgespürt hätten und für seinen Tod verantwortlich wären.«

»Und was glaubst du?«

»Na ja. Zimperlich waren die noch nie, aber einen Mord an einem kurdischen Aktivisten in Deutschland traue ich ihnen nicht unbedingt zu. Und woher hätten sie wissen sollen, wo Barzani sich aufhält.«

***

Die Befragung der Verwandten Süleymanoglus hatte nichts Verwertbares erbracht. Das Opfer hatte keine Kinder, aber mehrere Geschwister, von denen ein Bruder und eine Schwester in Deutschland lebten, allerdings in anderen Regionen. Sie konnten sich nicht erklären, warum jemand den Ältesten der Familie umgebracht hatte. Feinde hätte er jedenfalls keine gehabt. Auch sonst gaben die Hintergründe Süleymanoglus keine Hinweise auf die Täterschaft. Er war weder gläubig noch sonst wie auffällig gewesen. Als »einen Mann ohne Eigenschaften« hatte ihn einer der befragten Mieter bezeichnet.

»Wieso«, fragte Christoph seine Sekretärin, »bringt jemand einen Mann ohne Merkmale um? Einen quasi Gesichtslosen. Bei Barzani ergäbe zumindest seine Zugehörigkeit zur PKK ein Motiv, auch wenn ich nicht an einen Anschlag türkischer Geheimagenten glaube. Aber warum Süleymanoglu?«

»Da kann ich mir nur einen Grund für vorstellen«, antwortete Inken Möhricke, ein echt norddeutsches Gewächs von der schönen Insel Hiddensee, die es vor Ewigkeiten der Liebe wegen nach München verschlagen hatte. »Süleymanoglu hatte das Pech, Türke zu sein.«

»Genauso ist es«, sagte Christoph. »Da war kein religiöser Fanatiker am Werk. Weder Barzani noch Süleymanoglu traten als überzeugte Moslems in Erscheinung, wobei Barzani nicht einmal Moslem war. Ich bin sicher, dass wir von fremdenfeindlichen Motiven ausgehen müssen. Diese Bibelzitate sind reine Ablenkungsmanöver.«

***

Der Besuch bei Lilan Barzani hatte bleibenden Eindruck bei Atik hinterlassen. Mit trauernden Frauen hatte er Probleme. Außerdem war Lilan schön, zu schön, um ihm aus dem Kopf zu gehen. Gut, er liebte seine neue Freundin, ihre unkomplizierte Art. Sie war hell, nicht nur im Hirn. Wenn sie bei ihm übernachtete, hatte er morgens nach dem Aufwachen oft das Gefühl, seine Wohnung wäre frisch gestrichen worden. Die Drei-Monats-Frist seiner sonstigen Ruckzuck-Beziehungen hatten sie auch schon um eine Woche und vier Tage überschritten. Es könnte also eine bleibende Geschichte werden. Sogar seinen Eltern hatte er Britt vorgestellt, etwas, was er sonst vermied wie der Schejtan die Moschee, denn dann kamen die üblichen Nachfragen: »Und, wann heiratest du sie?« Etwas, was Atik Eyüp Alkay gar nicht goutierte. Dieses Mal aber hatten sich seine Eltern vornehm zurückgehalten, wohl weil sie spürten, dass er die Beziehung mit Britt ernst nahm. Beide hatten die fidele Holländerin auf Anhieb in ihr Herz geschlossen, wobei sich Atik prinzipiell niemanden vorstellen konnte, der ihrem natürlichen Charme und ihrer unbefangenen Offenheit widerstehen würde.

Nun aber Lilan. Schönheit und Tragik, die magischen Momente auch in der türkischen Mythologie. Sie war zwar Kurdin, doch Atik hegte eine Schwäche für dieses ausgebootete Volk. Ein Volk, das sich nicht unterkriegen ließ, weder von Syrern noch von Irakern oder Persern. Und auch nicht von den Türken, wiewohl sie sich seit Langem schon mit ihnen arrangiert hatten, auch wenn die Politik dies nicht eingestehen wollte. Allein in Istanbul lebten schätzungsweise drei Millionen Kurden in friedlicher Koexistenz mit ebenfalls geschätzt zehn Millionen Türken. Da fragte keiner nach Abstammung. Nur im fernen Osten der Türkei gab es immer wieder Probleme, denn da herrschte die militante PKK.

Lilan. Lilan und ihre Kinder. Kurz hatte Atik überlegt, ob er nicht jemanden zum Schutz der Familie Barzani delegieren sollte, jemanden, der auf sie und die Kinder aufpasste. Und wer dieser Jemand sein würde, das war klar. Nur würde Christoph da nicht mitspielen, auch das war klar. So verwarf er die Idee schnell wieder, doch dass er noch ein paarmal, rein beruflich natürlich, bei den Barzanis aufkreuzen würde, das war logisch und auch klar.

Überhaupt würde er von jetzt an mehr Präsenz im Westend zeigen, auch nach Dienstschluss. Er hatte das unbestimmte Gefühl, nicht nur seine Familie, die dort wohnte, sondern gleich sein ganzes altes Viertel und die darin lebenden Menschen mit Migrationshintergrund beschützen zu müssen. Beschützen zu müssen vor diesem unheimlichen Killer. In Atik schwelte eine beständige Sehnsucht nach Frieden, Anstand und Ordnung. Eine Sehnsucht, wie sie vielleicht jeder gute Polizist in sich trug. Und es lag noch eine andere Sehnsucht in ihm, eine, die er nicht beschreiben konnte, denn sie orientierte sich an nichts Bestimmtem, war nicht konkretisierbar und mit nichts zu stillen, weder mit losen Liebschaften noch mit beruflicher Anerkennung und auch nicht mit Starkbier. Sie war einfach da, eine ubiquitäre leise Sehnsucht, und erfüllte ihn, den stets Aktiven und Gutgelaunten, momentweise mit mediokrer Melancholie.

Nur sein Freund Christoph kannte solche seiner heimlichen Phasen, die sie dann gemeinsam im »Peace« auslebten, wo sie ihren Weltschmerz, der sich natürlich auch aus der harten Realität ihres Berufes speiste, mit ordentlich Alkohol kompensierten. Atik mit Bier, Christoph mit Wein. Klare Regeln. Zum Ende dann, wenn die anderen Gäste gegangen waren und sich Pies, der Wirt, zu ihnen gesellte, zusätzlich mit Klarem. Noch klarere Regeln.

All diese Dinge gingen ihm durch den Kopf, als er spätabends seine Wohnung in Schwabing verließ, um »noch ein bisserl frische Luft zu schnappen«, wie er Britt am Telefon gesagt hatte. Eigentlich war es eine Ausrede gewesen, weil er keine Lust hatte, zu reden. Manchmal war Atik äußerst maulfaul, eine Eigenschaft, die man den Münchnern im Allgemeinen nachsagte. Viel zu viele Gedankenscharmützel kämpften sich heute durch seinen Schädel, als dass er diesen mit Nichtigkeiten über Britts Tagesablauf weiter belasten wollte. Als er aufgelegt hatte, bekam er dann doch ein schlechtes Gewissen. Er wollte Britt nicht anschwindeln, auch nicht am Telefon, also warf er den langen schwarzen Ledermantel über, den er sich bei seinem letzten Aufenthalt in Istanbul anlässlich der Hochzeit eines seiner zahlreichen Cousins im alten Gerberviertel gekauft hatte, und zog von dannen.

Planlos schlenderte er eine Weile die Georgenstraße, in der seine Wohnung lag, entlang. Viel junges Volk war unterwegs, Studenten, die sich die Anstrengungen der Vorlesungen aus der

Birne saufen mussten, verschmuste Paare mit eindeutigem Ziel, zu ihr oder zu ihm, geschäftig Kulturbeflissene, die den Beginn des Kinofilms, der Theateraufführung oder der Vernissage nicht verpassen durften. Alle schienen etwas vorzuhaben, alle außer ihm.

Als er unversehens vor dem neuen Dienstwagen stand, hatte er dann doch eine Idee: Streife fahren, so wie die Kollegen von der Schutzpolizei. Bevor er einstieg, musste er allerdings noch etwas ausprobieren. Mit großen Schritten entfernte er sich vom Auto. Er zählte bis fünfunddreißig und drehte sich um. Mit bekannt sattem »Klack« löste die Fernbedienung die Türverriegelung. Er war zufrieden.

Im Westend angekommen, stellte er den BMW in der Nähe des Gollierplatzes ab. Dass er in der Tulbeckstraße parkte, in der sich auch die Wohnung der Barzanis befand, war wohl eher dem Zufall geschuldet. Und genau den wollte er heute auf sich zukommen lassen. Er spazierte Richtung Gollierplatz. Die Nacht hatte bereits ihren frostigen Atem in die Stadt gehaucht. Es war klar und kalt. Am dunklen Firmament stand ein perfekter türkischer Halbmond, als hätte ein Kind ihn aus einem Bilderbuch ausgeschnitten und in den Himmel geklebt.

Als sich Atik dem Gollierplatz näherte, fiel ihm eine dunkle Gestalt auf. Sie fiel ihm auf, weil der Platz sonst wie leer gefegt war. Anders als die meisten Ecken im Westend war dieser Teil eine reine Wohngegend, die neuen angesagten Bars und Restaurants lagen alle weiter vorne, Richtung Theresienwiese.

Atik beobachtete den Mann. Er trug einen Kapuzenmantel und schien sich für eine Parkbank in der Grünanlage zu interessieren. Atik wusste, welche Bank das war. Neben ihr hatte man die Leiche von Ferhat Barzani gefunden. Atik konnte die Züge des Mannes nicht erkennen. Was hatte Christoph gesagt? Der Mörder musste maskiert gewesen sein? Und war es nicht so, dass Täter oft den Ort ihres Verbrechens aufsuchten?

Der Mann setzte sich auf die Bank und starrte vor sich hin. Den Polizisten hinter ihm hatte er augenscheinlich nicht bemerkt. Atik atmete tief ein und aus. Die Anspannung spürte er in jedem seiner Muskeln. Vorsichtig nahm er seine Pistole aus dem Halfter, entsicherte sie und zog sich die Cowboystiefel aus. Sie würden zu viel Krach verursachen. Strumpfsockig schlich er sich an. Etwa sechs Meter hinter der Gestalt hob er die Waffe. Bevor er jedoch sagen konnte, was er eigentlich sagen wollte, nämlich »Polizei. Eine Pistole ist auf Ihren Kopf gerichtet. Stehen Sie langsam auf, heben Sie die Hände hoch und drehen Sie sich um«, sprach der Mann ihn an. Die Stimme war nur allzu vertraut.

»Jetzt erklär mir mal, Atik: Was machst du nachts im Westend, und das auch noch in Socken?«

Die Stimme gehörte Christoph.

***

Und es geschah eines Tages, da kamen die Söhne Gottes, um sich vor dem HERRN einzufinden. Und auch der Satan kam in ihre Mitte.
Und der HERR sprach zum Satan: Woher kommst du? Und der Satan antwortete dem HERRN und sagte: Vom Durchstreifen der Erde und vom Umherwandeln auf ihr.
Und der HERR sprach zum Satan: Hast du achtgehabt auf meinen Knecht Hiob? Denn es gibt keinen wie ihn auf Erden – ein Mann, so rechtschaffen und redlich, der Gott fürchtet und das Böse meidet.
Und der Satan antwortete dem HERRN und sagte: Ist Hiob etwa umsonst so gottesfürchtig?
Hast du selbst nicht ihn und sein Haus und alles, was er hat, rings umhegt? Das Werk seiner Hände hast du gesegnet, und sein Besitz hat sich im Land ausgebreitet.
Strecke nur einmal deine Hand aus und taste alles an, was er hat, ob er dir nicht ins Angesicht flucht!
Da sprach der HERR zum Satan: Siehe, alles, was er hat, ist in deiner Hand. Nur gegen ihn selbst strecke deine Hand nicht aus!
Und der Satan ging vom Angesicht des HERRN fort.

In sich gesunken klappte er das Buch Hiob zu. Er knipste die Leselampe aus und rollte seinen Bürostuhl zurück. Mühsam erhob er sich und hinkte im Dunkeln zu den raumhohen Fenstern seines Arbeitszimmers. Er mochte diese späten, einsamen Stunden, wenn keiner seiner Angestellten ihn noch zu stören wagte, auch nicht sein Sekretär. Dann konnte er sich in Ruhe seinen Plänen hingeben, den großmächtigen Gedanken an das hehre Projekt, dessen Verwirklichung er sein spätes Leben und einen nicht unbeträchtlichen Teil seines gewaltigen Vermögens geopfert hatte.

Er ließ den Blick über sein Anwesen schweifen. Alles hier gehörte ihm, viele Hektar Land, Wald und Wiesen. Hügelabwärts glänzte der See im Mondeslicht, auch er sein Privateigentum. Die dunkle Kette der Alpen am Horizont verriet mit hell schimmernden schneebedeckten Gipfelspitzen, dass der Winter sich noch nicht ganz aus den Bergen zurückgezogen hatte. Von den Stallungen drang leises Pferdewiehern. Wie er diese Laute liebte. Nicht weil er ein Pferdenarr war, seine verstorbene Frau war das gewesen. Nein, der Besitz solch edler Tiere signalisierte ihm einfach nur Wohlstand, grenzenlosen Wohlstand. Zufriedenheit machte sich in ihm breit. Welcher Unsinn, dachte er, dass Reichtum nicht glücklich machen würde. Und welch törichte Beruhigungspille für das gemeine Volk. Natürlich machte Reichtum glücklich, vor allem die Macht, die einem dadurch zuwuchs. Die Macht, die er für seine geheimen Ziele einsetzen konnte, Ziele, die bereits sein Vater verfolgt hatte, damals. Ziele, die man erst einmal hatte zurückstecken müssen nach dem Krieg. Die man aber nie aufgegeben hatte.

In den sechziger Jahren, nachdem die Demokratie eine gewisse Sattelfestigkeit im neuen Deutschland erreicht hatte und die Gräuel des Nationalsozialismus weitgehend aus der täglichen Merkwelt der Bürger verschwunden waren, konnte man sich langsam wieder aus der Deckung hervorwagen und den Kontakt zu den alten Seilschaften wiederaufleben lassen. Es war die Zeit des Wirtschaftswunders, als auch ihr Unternehmen so richtig florierte, dank der Kameraden von früher, die erneut auf wichtigen Posten saßen und ihnen Rüstungsaufträge in Millionenhöhe zuschanzten. Damals hatte sein Vater dieses riesige Anwesen vom Staat gekauft. Für schlappe vierhunderttausend Mark, ein Butterbrot, wie der Alte sich oft gerühmt hatte. Ein Geschäft unter Freunden, hatte seine Familie doch seit Gedenken ihre Schaffenskraft dem Land in Dienst gestellt, egal, ob unter Kaisern, Weimarern, Nazis oder Demokraten. Die politischen Verhältnisse mochten sich wohl ändern, doch die Spitzen der Industrie blieben meist dieselben. Und wie sagte doch der Lateiner in Abwandlung eines Spruchs des seligen Ovid: *Tempora mutantur, sed nos non mutamur.*

Die Immobilie allerdings war stark renovierungsbedürftig gewesen. Jene geheimen Dienste, die nach dem Krieg in dem idealerweise abseits gelegenen hochherrschaftlichen Objekt einquartiert worden waren, das man im Dritten Reich den ehedem jüdischen Besitzern weggepfändet hatte, hatten die Gebäude schmählich herunterkommen lassen. Heute aber hatte das Anwesen fast das Hundertfache des früheren Wertes, eines der letzten großen Güter Bayerns in Privathand.

Wie friedlich doch alles im Schutze der Nacht vor seinen Augen lag. Mit einem tiefen Seufzer zog er sich vom Fenster zurück. Das hier war das Paradies, der Garten Eden, den niemals ein Frevler, ein Kommunist oder Rassenbastard entweihen sollte. Mit dem Frieden im Land aber würde es bald vorbei sein. Da war Krieg zu führen gegen gewisse Elemente. Und ja, es würde neue Opfer geben. Es *musste* weitere Opfer geben, leider. Doch die heilige Sache wog schwerer.

***

Es war eines der seltenen Male, dass sich die Kommissare nicht einig waren. Christoph hatte sich mehr und mehr auf die Einzeltätertheorie versteift, auf einen faschistoiden Killer mit Bildungshintergrund. Atik aber wollte andere Optionen nicht ganz ausschließen. Immer noch hatte er Barthelmeß Ammann in Verdacht, etwas mit der Sache zu tun zu haben. Wenn nicht als Mörder, so zumindest als Beteiligter oder Mitwisser.

»Wie viele Erwachsene hat es laut Ammann auf dem Gut?«, fragte Atik auf der Fahrt.

»Fünfzehn«, sagte Christoph, »und die sind heute auch alle da. Wieso willst du das wissen?«

»Ich glaube, wir bekommen nur diejenigen zu Gesicht, die Ammann uns präsentiert.«

»Worauf willst du hinaus?«

»Die Frage ist doch, wer gilt hier ab welchem Lebensalter als erwachsen? Nach unserem Rechtssystem ist man mit achtzehn volljährig. Nur, wie verhält es sich bei den Kindern Hiobs? Hier laufen einige herum, die man angeblich nicht zu den Erwachsenen zählen darf, aber ich bin mir sicher –«

»Schon gut«, unterbrach Christoph. »Ich hab's verstanden. Diesmal entgeht uns keiner.«

Atik sollte recht behalten. Auf die Frage nach der Mündigkeit gab Ammann an, dass sie nach ihren Regularien erst mit dem einundzwanzigsten Lebensjahr erreicht wäre. Was das aber mit den Anwesenheitsbeweisen seiner Schäfchen zu tun habe, erkundigte er sich misstrauisch.

»Ganz einfach«, erwiderte Atik. »Sie holen uns jetzt alle Ihrer sogenannten Schäfchen herbei, die zwischen vierzehn und einundzwanzig sind.«

Wie Atik es geahnt hatte, waren das einige mehr als nur fünfzehn, unter ihnen auch der junge Mann, der ihm bereits beim ersten Besuch aufgefallen war und den er ob seiner Größe für älter gehalten hatte. Der baumlange Bursche war vor drei Monaten volljährig geworden und besaß, anders als die anderen, kein Alibi. Er hieß Jeremias Ammann und entpuppte sich als Sohn des Gemeindevorstehers.

Es war absehbar, dass der Vater dabei sein wollte, wenn der in seinen Augen Minderjährige verhört werden sollte, doch machte Atik dem Alten schnell klar, dass man Jeremias auch ins Präsidium nach München einbestellen könne, wenn nicht kooperiert werde. Dies genügte, um einen widerstrebenden Barthelmeß Ammann zum Gehen zu bewegen.

Christoph schloss vorsorglich die Tür zum Gemeindehaus und setzte sich zu den beiden. Der junge Mann war sichtlich aufgeregt. Ständig fuhr er sich mit dem Finger unter den steifen Hemdkragen. Jeremias fühlte sich nicht wohl in seiner Haut. Wie konnte er auch, dachte Christoph, wenn er Sachen anziehen musste, die ihn als Sonderling aus dem vorletzten Jahrhundert verhöhnten. Das Seltsame war nur, dass selbst des Jungen Physiognomie der einer Person vergangener Zeiten glich. Harte Züge trug er, wie wenn er Entbehrungen gewohnt wäre. Seine Bewegungen waren verkrampft, als sei er um eine Würde bemüht, die seinem jugendlichen Alter nicht angemessen war.

Es gehörte zum Eingangsritual, dass beide Kommissare ihr Gegenüber fixierten, ohne ein Wort zu verlieren. Aus Erfahrung wussten sie: Das Schweigen der Vernehmer hielt keiner lange aus, stand es doch diametral zur Erwartungshaltung des zu Befragenden und schaffte es doch dieses bedrückende Klima der Unausweichlichkeit, dem man nur allzu gerne entfliehen mochte. So war es auch an Jeremias, das Schweigen zu brechen. Stotternd und mit heißrotem Kopf beschwor er, an den fraglichen Tagen nicht in München gewesen zu sein. In seinem ganzen Leben habe er diese Stadt nicht besucht und wisse nicht einmal, wie er dorthin kommen solle.

»Und«, fragte Atik, »wo waren Sie dann?«

Die Beamten sahen wohl, wie schwer sich Jeremias mit einer Antwort tat. Unruhig rutschte er auf seinem Stuhl hin und her, die Hände im Gemenge verloren. Schließlich holte er tief Luft und bat: »Versprechen Sie mir, dass Sie meinem Vater nichts erzählen?«

»Selbstverständlich«, versicherte Christoph. »Was glauben Sie, warum wir allein mit Ihnen sprechen wollten?«

»Gut.« Der junge Mann schien erleichtert. »Also, ich war im Nachbarort, in Hättingen, und habe mich dort mit meinem Bruder Aaron getroffen. Und«, fügte er nach kurzer Pause hinzu, während sich eine vergnügte List in seine Miene stahl, »ich habe Bier getrunken.«

Atik lächelte komplizenhaft. »Das ist ja nun kein Verbrechen, im Gegenteil. Aber was ist mit Ihrem Bruder, lebt er nicht in der Gemeinschaft?«

Jeremias schüttelte den Kopf. »Nein. Mein Bruder hat uns

vor Jahren schon verlassen. Aaron wollte sich nicht mehr nach unseren Glaubensgesetzen richten und …« Er zögerte, fortzufahren.

»Und?«, fragten die Kommissare unisono.

»Er hat sich mit dem Vater überworfen.«

»Das kommt in den besten Familien vor«, sagte Christoph, der ähnliche Erfahrungen gemacht hatte. »Doch Sie, Sie haben offensichtlich noch Kontakt zu Aaron.«

Der Junge nickte. »Wir sehen uns ein- bis zweimal im Monat.«

»Und genau das darf Ihr Vater nicht wissen.«

»Auf gar keinen Fall!« Jeremias schreckte hoch. »Ich kriege einen Riesenärger, wenn er das erfährt.«

»Wie ist eigentlich Ihr Verhältnis zu Ihrem Vater?«, fragte Christoph.

Jeremias zuckte die Schultern. »Das ist alles nicht so einfach. In der Gemeinde herrschen sehr strenge Regeln. Für zwei Mal Gottesdienst-Schwänzen musste ich zwei Wochen Stubenarrest absitzen und bekomme bis heute weniger zu essen. Der Vater wird wütend, wenn ein Kind Hiobs die Gebote nicht befolgt. Und das Wichtigste ist die Teilnahme am Gottesdienst. Als er gemerkt hat, dass ich weg gewesen war, hat er mich vor allen zur Rede gestellt, mich als schweren Sünder bezeichnet und sogar Vergleiche mit Petrus gezogen, der den Herrn Jesus dreimal hintereinander verleugnet hat.«

»Wie war denn Ihre Kindheit?«, forschte Christoph weiter.

»Wieso wollen Sie das wissen?« Misstrauisch hob Jeremias den sonst ständig gesenkten Kopf.

Atik wurde ungeduldig. »Herr Ammann! Beantworten Sie einfach die Frage meines Kollegen.«

Jeremias' Kopf neigte sich wieder gen Boden. »Wie gesagt, die Regeln sind streng. Man muss den Eltern gehorchen. Allen Erwachsenen muss man gehorchen …« Er stockte.

»Und wenn man es nicht tut, was passiert dann?« Christoph ließ nicht locker.

Der Junge grinste unsicher. »Dann gibt's schon mal was auf den Hintern. Aber …« Plötzlich rüttelte es ihn auf, als habe er sich dabei ertappt, zu viel aus dem Nähkästchen der Gemeinde auszuplaudern. »Mehr kann ich Ihnen nicht sagen. Brauchen Sie mich noch?«

Die Polizisten tauschten Blicke.

»Ich denke nicht«, sagte Atik. »Nur eine Frage noch, reine Routine. Kann Ihr Bruder Ihr Alibi bestätigen?«

Jeremias erhob sich, brachte Stift und Papier und schrieb eine Adresse auf.

»Aaron Ammann«, las Christoph vor, »Tillystraße 12, München.«

»Das ist ja gleich beim Augustiner Biergarten«, stellte Atik fest, »wie praktisch. Und, gibt es auch eine Telefonnummer?«

»Keine Ahnung«, erwiderte Jeremias, »wir haben kein Telefon in der Gemeinde.«

Atik seufzte. »Okay. Das wäre vorerst alles. Und Ihr Wirtshausbesuch, Herr Ammann, der bleibt natürlich unter uns.«

»Darf ich dann gehen?«

»Was uns anbelangt, können Sie gehen, wohin Sie möchten.« Atik lächelte freundlich, doch sah Christoph, dass es seinem Freund so gar nicht nach Frohsinn war.

»Armer Kerl«, bemerkte er, nachdem Jeremias den Raum verlassen hatte. »Komm, lass uns fahren. Mir wird es allmählich eng hier.«

Als sie zum Wagen wollten, konnten sie Vater und Sohn nochmals abseits der Häuser beobachten, Ammann, wie er augenscheinlich versuchte, Jeremias zu einem Gespräch zu zwingen, und den Sohn, wie er sich trotzig losriss und den Alten einfach stehen ließ.

Nachdenklich strebte Christoph ihrem Auto zu. Atik fiel ihm in den Arm. Sie waren noch gut dreißig Meter vom Fahrzeug entfernt.

»Top oder Flop?«

»Flop«, entschied Christoph.

Atik betätigte die Fernbedienung. Der Türöffner reagierte sofort.

»Bei Pies oder im Biergarten?«, fragte Atik. »Das Wetter wäre nach Letzterem.«

»Lieber zu Pies«, sagte Christoph und nahm seinem Partner den Autoschlüssel weg. »Im Biergarten gibt es nur scheußlichen Wein.«

***

Aaron Ammann zu erreichen war ein schier unmögliches Unterfangen. Er besaß weder einen Festnetz- noch einen Mobilfunkanschluss, noch reagierte er auf die schriftliche Aufforderung, sich wegen einer Zeugenanhörung beim LKA zu melden. Schließlich gelang es mit Hilfe des Finanzamtes, über die Lohnsteuerkarte seinen Arbeitgeber zu ermitteln, eine Bauschlosserei im Stadtteil Pasing. Der Streifenwagen mit den beiden Uniformierten, die noch am selben Tag hinbeordert wurden, um Ammann die Ladung persönlich zu überbringen, machte offenbar genug Eindruck auf den Mann, dass er zum Termin am Folgetag erschien.

Als es pünktlich um neun Uhr morgens zaghaft klopfte, erwarteten die Kommissare einen zwar wie Vater und Bruder hochgewachsenen Aaron Ammann, doch gingen sie wegen der Behutsamkeit, mit der sich nun auf Atiks »Bitte« die Tür öffnete, unwillkürlich von einem zart gebauten Mann aus. Herein aber trat ein mächtiger Hüne, ein Kerl wie aus einer germanischen Sage, blond und – welch Klischee – auch noch blauäugig. Fast geräuschlos nahm er Platz und wies den angebotenen Kaffee höflich zurück.

Ammann hatte ein offenes, sympathisch wirkendes Gesicht. Seine tellergroßen, beschwielten Hände legte er, kaum sitzend, kreuzbrav wie in der ersten Schulklasse nebeneinander auf Atiks Schreibtisch ab. Reglos blieben sie dort während der gesamten Zeit der Befragung, als hätte Ammann sie eben mal vergessen.

Ja, an die besagten Sonntage im Februar könne er sich erinnern, erklärte er mit angenehm sonorem Bass. Er habe sich mit seinem Bruder Jeremias im Wirtshaus »Zum Raben« in Hättingen verabredet, jeweils zum späten Abendessen. Spät deshalb, damit der Vater, der stets früh zu Bett ging, nichts von Jeremias' Abwesenheit bemerkte. Danach hätten sie einen ausgedehnten

Spaziergang unternommen, um das ein oder andere in Ruhe zu besprechen. Auf Atiks Frage, was denn das ein oder andere gewesen sei, antwortete er kurz angebunden mit »Privatsache«, um sich deswegen sofort artig zu entschuldigen, und erläuterte, dass sein Bruder mit dem Gedanken spiele, gleich ihm aus der Glaubensgemeinschaft auszutreten und ebenfalls nach München zu ziehen.

»Was haben Sie Jeremias geraten?«, wollte Christoph wissen.

»Dass er bleiben soll«, entgegnete Ammann. »Mutter würde es das Herz brechen, wenn auch noch der zweite Sohn das Elternhaus verließe.«

»Und Sie, warum sind Sie gegangen?«

Ammanns rechtes Auge zuckte, mehr oder minder der einzige Körperteil, der sich außer seinem Mund während des Termins bewegte. »Es ging nicht mehr. Mit dem Vater, meine ich. Dieses Leben in einer Vergangenheit, das mit dem Heute nicht mehr klarkommt, das hielt ich nicht mehr aus. Meinen Gottesglauben jedoch hat meine Entscheidung nicht beeinflusst. Ich bin lediglich konvertiert, zur katholischen Kirche. Dort ist man nämlich etwas fortschrittlicher.«

***

»Ich wusste gar nicht, dass ihr Katholiken fortschrittlich seid«, sagte Atik grinsend, nachdem Ammann kurz darauf seine Aussage unterschrieben hatte und gegangen war.

»Im Vergleich zu den Hiobskindern vielleicht schon.« Christoph ließ den Kugelschreiber fallen, mit dem er einige Notizen auf ein Blatt Papier geworfen hatte, wie er es oft tat, um spontane Gedanken am Weglaufen zu hindern. »Wie ist dein Eindruck von Ammann?«

»Emotionslos«, erwiderte Atik, ohne zu zögern.

»Exakt«, pflichtete Christoph ihm bei. »Und genau das ist mein Problem. Da hat sich einer zur absoluten emotionalen Neutralität verpflichtet.«

»Du meinst, er hat nur eine Show abgeliefert?«

»Ich weiß nicht.« Gedankenversunken massierte Christoph

sein Kinn. »Äußerlich jedenfalls schien er total kontrolliert … Hast du seine Hände gesehen?«

»Riesig, warum?«

»Das auch. Interessanter aber ist, wie er sie auf deinem Schreibtisch platziert hat. Als hätte er ihnen befohlen, ruhig zu bleiben. Als hätte er sonst weniger Macht über sie.«

»Okay.« Atik ließ sich Christophs Überlegungen durch den Kopf gehen. »Da war noch etwas«, sagte er schließlich. »Der Gang, das Lautlose.«

»Stimmt. Und dennoch war das nicht *sein* Gang, wenn du verstehst, was ich damit ausdrücken will. Ammann ging *falsch*. Normal läuft der anders, da wette ich drauf. Er bewegte sich, als würde er das Gehen nur imitieren. Er glaubt, er habe sich uns körpersprachlich stumm präsentiert, uns keine Anhaltspunkte gegeben, um aus seiner Haltung etwas dechiffrieren zu können. Aber gerade durch seine selbst verordnete Zurückhaltung hat er mehr verraten, als ihm lieb sein dürfte.«

»Möglicherweise«, sagte Atik, »hat er seinen Auftritt vorher geübt, oder er ist von dritter Seite instruiert worden.«

»Das würde heißen, er hat etwas zu verbergen.«

»So sehe ich das auch. Nur, muss das zwangsweise etwas mit den Migrantenmorden zu tun haben? Und wenn es der Wahrheit entspricht, dass die Ammann-Brüder zur Tatzeit in Hättingen waren, wo ist dann der Link zu den Verbrechen?«

Christoph hob die Schultern. »Vielleicht doch im religiösen Dunkel der Sekte, die in irgendeiner Weise xenophob ausgerichtet ist?«

»Seltsam sind jedenfalls alle drei Ammanns, jeder auf seine Art. Am Ende sind sie in etwas anderes verstrickt, das wir momentan noch nicht erkennen.«

»Dann suchen wir es«, beschied Christoph. »Und wir fangen gleich damit an. Du überprüfst Ammanns Aussage. An zwei so große Kerle wird man sich in dem Wirtshaus doch erinnern. Und dann recherchierst du, ob noch andere Sekten mit Hiob in enger Verbindung stehen oder gar rechtsextremer Gesinnung sind. Diese Kombination nämlich haben wir noch nicht in Betracht gezogen, mein Freund.«

»Und du? Was hast du vor?«

»Ich?« Christoph stand auf und trat vor den kleinen Wandspiegel über dem Handwaschbecken. Er betrachtete sich eingehend, als wolle er sein Äußeres auf Eignung für das Bevorstehende prüfen. Er zog die vollen Wangen ein, die Weichzeichner seines sonst so akzentuierten Gesichtes. Den geschwungenen Frauenmund von der Farbe welker Malven ließ er strichhart werden. Die grauen Augen, die oft wie erkaltet wirkten, verengte er zu Schlitzen. Er drehte sich zu Atik um, der ihn mit liebevollem Spott beobachtet hatte.

»Ich gehe los und höre in den Bauch der Stadt hinein.«

Städtebauchliches

Der Bauch einer Stadt: der verschämte Ort, wo all jenes landete, was man der bürgerlichen Außenwelt nicht zumuten wollte, was im Inneren erst verdaut werden sollte, um seinen verdorbenen Zustand am besten gar nicht zeigen zu müssen. In den meisten Großstädten war dieser Bauch das Viertel rund um die Bahnhöfe. Dort versackte all das, was man nicht sehen durfte auf den teuren Trottoirs der gentrifizierten Innenstadtghettos: Tagediebe und Obdachlose, Flüchtende und Absteigende, Stricher und Spielautomatenjunkies.

Anders als bei den Menschen aber war der Bauch einer wohlgenährten Stadt flach, gereinigt die Gedärme von vermeintlichem gesellschaftlichen Unrat. Doch selbst in den flachen Regionen verhakte sich das soziologisch Unansehnliche in den Schlingen der vertrackten Eingeweide, in den von Mikrogangs aller Couleur beherrschten Hinterhöfen und ein paar ordnungsfernen Plätzen, an denen Mülleimer kontrollierende Globalisierungsverlierer auf zwangsdealende Zuwanderer trafen. Und sogar in München, der selbst ernannten leuchtenden unter Deutschlands urbanen Schönen, hielt die Gegend um den Hauptbahnhof hartnäckig den Spekulanten immobiliarer Sauberkeit stand. Auch hier vegetierte noch eine unkontrollierbare Subkultur, wo sich türkische Dönerbuden an unappetitliche Eros-Center reihten, deutsche Grillwurstseparees an fernöstliche Billigshops und arabische Geldwechselstuben an christliche Sozialeinrichtungen.

Inmitten dieser ausgeweideten Endstationen von Bürgertum und Sehnsucht befand sich ein Hort der Heiligen und Huren, der Geschäftemacher und Pleitiers. Ein Ort, an welchem sich durch permanenten Haschgenuss blöd befriedete Altrocker mit suchtbedingt rotnasigen Alkoholikern trafen; wo gewieften Polizeispitzeln die Ohren auf Mr-Spock-Niveau wuchsen, großmarktmäulige Schlachthoflieferanten ihre Gewinne versoffen und herztrübe Rentner die Welt beklagten: eine Spelunke namens »Peace«, nach dem friedensreichen Pächter benannt, einer Lebenslegende der Achtundsechzigerbewegung, gleichwohl Freund und Kupferstecher des Kriminalhauptkommissars Atik Alkay.

Und exakt dort fand sich nun Christoph Kaltenbach ein, gewohnt edelgezwirnt in feinem Maßanzug, um den Bauch der Stadt auf üble Gerüche und sonstige Flatulenzen zu untersuchen. Üblicherweise betrat Christoph das Lokal nie ohne Atik, der ihn einst eingeschleppt hatte wie eine bereichernde Seuche, doch war er heute bewusst allein gekommen. Er hoffte, auf eine besondere Spezies von Mensch zu treffen: den des ewigen Knastbruders, des Berufsverbrechers, der fast mehr Zeit in Haft verbrachte als im wirklichen Leben, den Ermittlern manchmal vertrauter als der eigenen Ehefrau.

Und ein in diesen Kreisen zur Berühmtheit gereiftes Exemplar verkehrte gelegentlich im »Peace«. Leider hatte der Mann eine gewisse Abneigung gegen den Kommissar Alkay entwickelt, wohl deshalb, weil jener ihm einst vier Jahre hinter Gittern verschafft hatte. Christoph sah sich um. Es war siebzehn Uhr dreißig, eine gute Zeit zum Suchen und Finden, zum Horchen und Wühlen, ähnlich den Stunden nach Mitternacht, wenn die Menschen betrunken und redselig waren, wund geschossen von ihrer Einsamkeit.

Der Mann, den er suchte, war nicht da. Christoph nahm am Tresen auf einem der gefährlich wackelnden Barhocker Platz und warf Pies, dem Wirt, ein aufmunterndes Lächeln zu. Langsam löste sich die Legende aus einem Gespräch mit zwei Stammgästen, die seit Gedenken zum Mobiliar der Kneipe gehörten und dem Wirt in den Jahren immer ähnlicher geworden waren, wie der Hund dem Herrn oder umgekehrt. Den Inhalt der leidenschaftlich geführten Diskussion hatte Christoph nur fetzenweise mitbekommen, da die Musik zu laut dröhnte, doch Songs von Jimi Hendrix, Janis Joplin oder Tom Robinson musste man einfach laut hören oder gar nicht.

Auf jeden Fall war es um Politik gegangen, das Lieblingsthema des glücklich gescheiterten Kneipiers und das Letzte, worum es sich seiner Ansicht nach noch zu streiten lohnte. Zur Begrüßung griff Pies tief ins Regal und klaubte eine verstaubte Flasche Wein hervor. Christoph den Rücken zudrehend, entkorkte er sie und goss mit weltmännischer Geste einen spritzenden Strahl in ein voluminöses Glas. Wortlos stellte er es auf den Tresen. Auch Christoph verlor kein Wort. Stattdessen schnupperte er, kostete genießerisch mit geschlossenen Augen, vernehmlich schlürfend den ostentativen Weinkenner verratend. Wieder und wieder ließ er die schwerrote ölige Flüssigkeit seine Geschmacksnerven passieren. Entfernte Nuancen klangen an.

»Brombeer«, sagte er, »auch Heidelbeer, etwas Holz, logisch, das Tannin, aber unspezifisch, und ... Erde, ja Erde, trockener Löss, ein Hauch von Umbra vielleicht, wenn Farbe riechen könnte ... schwierig.« Er wiederholte die Prozedur, wiegte den Kopf. Trank erneut einen kleinen Schluck. »Moment«, rief er plötzlich, um nochmals zu probieren, »ich glaube, ich hab's!« Er öffnete die Augen. »Sicher bin ich mir nicht, aber ich tippe mal aufs Geratewohl auf einen 2009er Feudi di San Marzano, ein Primitivo di Manduria. Stimmt wahrscheinlich nicht, oder?«

Entgeistert starrte Pies ihn an. »Unmöglich«, stammelte er, »so gut bist du nicht.«

»Sag bloß«, tat Christoph erstaunt.

Pies stellte die Flasche auf die Bar. Tatsächlich hatte sein Gast ins Schwarze getroffen.

»Geht aufs Haus«, kommentierte er resigniert. »Du kannst die ganze Flasche trinken.«

Christoph lächelte und schob den Wein zurück. »Trau nie einem vom LKA.«

Der Wirt blickte verständnislos.

»Mensch, Pies! Ich hab das Etikett gesehen.«

Pies rümpfte die Nase. »Geht trotzdem aufs Haus, der guten Show wegen.«

Ein paar neue Gäste riefen ihm Bestellungen zu. Es war bereits einiges los in der Kneipe, obwohl draußen bestes Wetter war, frühjahrsfrisch zwar, doch um im Freien zu sitzen, konnte es einem echten Münchner nie zu kalt sein. Für Alkohol war es eigentlich auch noch ein wenig zu früh, doch galten im »Peace« andere Regeln, nämlich gar keine.

Pies wischte sich den Schweiß von der Stirn. Gekonnt schenkte er vier Weißbiergläser gleichzeitig voll, ohne einen Tropfen zu verschütten. Christoph betrachtete ihn mit einer Mischung aus Bewunderung und Belustigung. Nie konnte er sich sattsehen an diesem kauzigen Original Münchner Wirtshauskultur. Pies, mit bürgerlichem Namen Bernhard Ruttenbürger, war *der* Stoiker von philanthropischen Gnaden schlechthin. Stets von gemäßigt guter Laune, bewegte er sich mit der Trägheit eines alten Wüstenkamels, das nichts mehr erschüttern konnte. Er war eines der seltenen zugereisten Nordlichter, welche die Stadt ungeniert als einen der ihren ausgab. In kantigem Eigenbrot gebacken, passte er in dieses bahnhöfliche Ensemble zwischen Schmuddel und Schein, als sei er speziell dafür erfunden worden. Stress war ihm ein Fremdwort. Selbst jetzt, da weitere menschliche Straßenköter eintrafen und Bestellungen bellten, war er nicht aus dem Gleichmut zu bringen.

»Wo hast du eigentlich den Türken gelassen?«, wollte er von Christoph wissen.

»Ich bin in heikler Mission unterwegs«, antwortete der, »da kann ich Atik ausnahmsweise nicht brauchen.«

»Welche Mission?«, fragte Pies.

»Shimmy Le Boeuf. War er in letzter Zeit mal hier?«

Der Gesuchte hieß in der Tat so. In Belgien geboren, war er lange Jahre zur See gefahren und hatte sich dabei das nötige Rüstzeug für seine zweite Karriere geholt, die des Gewohnheitsganoven. Außer in Gewaltverbrechen hatte sich Le Boeuf in so gut wie jedem kriminellen Metier versucht, mit leider unplanmäßigem Erfolg, sonst wäre er nicht so häufig verhaftet worden. Wahre Meisterschaft aber hatte er im eigenmächtigen vorzeitigen Verlassen der zahlreichen Etablissements errungen, in die er jeweils gesperrt worden war. In Deutschland gab es kaum einen Knast, den Le Boeuf nicht bezwungen hätte. Manche Vollzugsorgane hatten sogar daran gedacht, ihn nach seiner Haftstrafe als Sicherheitsexperten einzustellen, doch ließen dies seine etlichen Vorstrafen nicht zu. Erstes mediales Aufsehen hatte er in den achtziger Jahren erregt, als er aus der Justizvollzugsanstalt Bernau am schönen Chiemsee ausgebrochen war. Der harmlose »Viehweidezaun«, wie er die Außengitter zur Freiheit bezeichnete, hatte ihn dergestalt in seiner Ehre gekränkt, dass er Tage später freiwillig zurückkehrte, mit der Bitte, ihn doch in ein anderes, standesgemäß besser gesichertes Gefängnis zu verlegen.

Pies lächelte. »Shimmy Le Boeuf? Klar, da kannst du den Türken schlecht mitnehmen. Atik und Shimmy in einem Raum, das funktioniert nicht. Was willst du von ihm?«

»Er kennt sich doch gut in der Neonaziszene aus. Ich bräuchte ein paar Insiderinformationen.«

Pies kratzte sich am Schädel. »Das mit den Faschos war früher, als er sich noch im Waffengeschäft betätigte. Aber da ist er schon ewig raus. Der Türke hat ihn ja deswegen verknackt. Er hat sich auch schon länger nicht mehr blicken lassen. Soll ich ihm was ausrichten, wenn ich ihn sehe?«

»Nein«, entschied Christoph. »Ich will ihn rein zufällig treffen, du weißt schon. Ruf mich einfach an, falls er auftaucht.«

In kleinen Schlucken nippte Christoph an seinem Wein. Der mächtige Primitivo zeigte Wirkung. Für den Kommissar war es noch keine Zeit für einen solch starken Wein. Nach dem Unfalltod seiner Familie hatte er ein Jahr lang keinen Tropfen mehr angerührt. Erst als die Journalistin Verena Drewitz, in die er sich nach einer gemeinsamen Nacht Hals über Kopf verliebt hatte – obschon er es nicht für möglich gehalten hatte, sich je wieder einer Frau nähern zu können –, als Verena dem Kindermörder auf bestialische Weise zum Opfer gefallen war, hatte er in seiner Verzweiflung wieder mit dem Trinken angefangen, wenn auch maßvoller denn zuvor. Mit dem traditionellen Peacezeichen verabschiedete er sich von Pies.

Draußen hatte die angebrochene Nacht die Straßen bereits gedunkelt. Christoph war hungrig. Er überlegte, ob er ein Restaurant aufsuchen sollte. Ein anonym ungemütliches, in dem man dennoch halbwegs essen konnte. Nach Hause jedenfalls wollte er nicht. Außer den Schatten der Vergangenheit wartete dort niemand auf ihn. Wohin also? Von Atik hatte er ein paar Tipps im Ohr, wo es im nahen Westend gute türkische Küche gab.

Christoph ging ungern allein aus. Es verstärkte nur die Einsamkeit. In Städten, fand er, war man doppelt einsam, wurde man sich in all der Betriebsamkeit, inmitten der Paare und Familien, nur noch mehr seines Alleinseins bewusst. Außerdem schämte er sich seiner Einsamkeit, er fühlte, dass sie ihn ausgrenzte. Noch beschämter aber fühlte er sich, wurde er von fremden Frauen und bisweilen auch Männern angesprochen. Diese herabsetzende Anmache, die häufig mit derselben Frage eingeläutet wurde: »Na, was macht denn ein so hübscher Kerl ganz allein?« Sein gutes Aussehen empfand Christoph als Strafe. Lieber wäre er gang und gäbe gewesen, optisch nichtssagend. Als Normaler konnte man so schön untertauchen. Gut auszusehen aber hob einen heraus und machte am Ende noch unberührbarer.

Er dachte an Krisztina, seine Frau. Eine herzensfrohe Ungarin, die ihn wegen seines Äußeren oft aufgezogen hatte, liebevoll aufgezogen. Er dachte an Oskar und Nina, seine Kinder. Wie sie jetzt, bald zwei Jahre nach ihrem Tod, wohl aussehen würden. Seit er nicht mehr von ihnen träumte, zwang er sich, sooft es ging, an sie zu denken, fürchtete er doch, sie erneut zu verlieren. Dass das Andenken an sie verblassen könnte. Dann ließ er sie so präsent in sich entstehen, dass er sie sogar riechen konnte. Den süßen Malzduft seiner Kinder. Der seifige Geruch von Margeriten seiner Frau. Der Geruch einer wehrlosen Blume, die immer herhalten musste für das hübsch grausame Spiel »Sie liebt mich, sie liebt mich nicht«.

Die Gerüche seiner Familie trug er stets mit sich. Selbst die neue Wohnung atmete ihren Duft, obwohl sie den gar nicht kennen konnte, hatte er sie doch erst nach ihrem Tode bezogen, und obwohl nichts Dingliches mehr an seine Familie erinnerte, weil er bei seinem Auszug nichts mitgenommen hatte, kein Möbel, keines ihrer Sachen, nichts. Die alte Wohnung damals: Nach dem Unfall hatte er sie genau in jenem Zustand belassen, in dem seine Familie ihn verlassen hatte. Krisztinas Kleider waren noch herumgelegen, das Spielzeug der Kinder.

Ein Jahr hatte es so ausgesehen, als würden sie jeden Moment zurückkehren. Ein ganzes Jahr. Erst die Nahtoderfahrung, als er, niedergeschossen, schwerst verletzt wider eigene Erwartung überlebte, hatte ihn herausgerissen aus der Unfalltragödie, ihn noch mal ein neues Leben versuchen lassen. Doch es war schwer, wahnsinnig schwer.

Krisztinas Geruch, nicht der feinste aller Düfte. Immer roch sie ein wenig nach Schlaf, so wie Margeriten eben rochen, doch war es ihr Duft, vertraut und einzig. Allerdings war da eine Frau, die seltsamerweise ähnlich roch: Sybille. Professorin Dr. Sybille Hannewald, die allseits bekannte Psychologin, Autorin zahlreicher Fachbände, die neben ihrer Lehrtätigkeit an der Münchner Uni und vielen TV-Auftritten gelegentlich für das LKA als Profilerin arbeitete. Die er früher regelrecht verabscheut hatte wegen ihrer arroganten Besserwisserei, ihrer unangemessenen Intelligenz. Dabei war er wie sie. Ein bisschen zumindest. Bei der Aufklärung der Kindermorde hatte man sich schließlich schätzen gelernt, mögen sogar. Näher aber waren sie sich nicht gekommen.

Christoph war damals noch zu sehr unter dem Schock von Verenas Ermordung gestanden, als dass sein Herz für irgendetwas anderes frei gewesen wäre als nur Wut – Wut, Trauer und Leere. Sybille. Ob er sie jetzt anrufen könnte, einfach so, ohne triftigen Grund außer einem rein privaten? Vielleicht würde sie ja mit ihm essen gehen, einfach so. Doch er hatte Angst vor einem Korb. Angst auch, dass sie inzwischen liiert war. In seinen Hintergedanken nämlich, da war sie stets vorhanden, da hatte er sie abgelegt als … als was? Als Notlösung? Als *last exit*? Er kam sich schäbig vor. Nein, er würde sie nicht anrufen. Natürlich nicht.

Christoph nahm sein Smartphone zur Hand und sah alle gespeicherten Adressen durch. Sybilles war auch darunter. Schnell scrollte er weiter, doch lange musste er nicht suchen. Sein Adressbuch war deprimierend kurz. Ebenso schnell steckte er das Handy wieder weg. Er hatte niemanden, niemanden außer Atik, und den wollte er jetzt nicht stören. Sicher war er bei Britt oder sie bei ihm. Und das war gut so.

Christoph ging die Arnulfstraße hoch Richtung Westend. Atiks Lieblingsbiergarten hatte tatsächlich schon geöffnet, obwohl es gerade mal April war. Frostbeständige Augustinerfreunde hockten verloren unter kahlen Kastanien. Keine Stimmung wie sonst. Für Frohsinn war es wohl zu kalt. Da herrschte mehr Trotz als Heiterkeit, Trotz, sich dem Wetter zu widersetzen. Christoph lief weiter. Hier war definitiv kein Platz für ihn.

Er war so in Gedanken, dass er die Hackerbrücke, die über die Bahngleise ins Westend führte, verpasste. Erst an der Kreuzung zum Mittleren Ring zwang ihn das Tag-und-Nacht-Tosen des Verkehrs zum Halt. Arnulfstraße, Augustiner Biergarten … Hatte Atik nicht gesagt, Aaron Ammann wohnte ganz in der Nähe? Er versuchte, sich an die Anschrift zu erinnern. Jeremias' possierliche Handschrift, im erstaunlichen Gegensatz zu seiner Größe so klein, dass sie sich in sich selbst zu verkriechen schien, tauchte vor seinem geistigen Auge auf.

Aaron Ammann, Tillystraße 12, München.

Er kehrte um, einmal links und einmal rechts in die Seitenstraßen, und befand sich schließlich vor dem Haus, in dem Jeremias' Bruder wohnte. »A. Ammann« stand auf dem Klingelschild. Offenbar mochte Aaron seinen Vornamen nicht, aber wer wollte schon so heißen? Welche Diskrepanz, dachte Christoph, dort das weltferne Landgut, in dem auf Tuchfühlung gelebt wurde; hier die absolute Anonymität, wohl exakt das, was der Mann brauchte nach der kontrollierten Intimität der Glaubensgemeinschaft. Wahrscheinlich war Aaron ebenso einsam wie er. Einen unglücklichen Moment überlegte Christoph, ob er nicht klingeln sollte. Einfach so. Rasch warf er den Gedanken von sich. Auf was für absurde Ideen man doch verfiel, streifte man nachts allein durch die Stadt. Er beeilte sich, wegzukommen, seine sentimentalen Aufwallungen stehen zu lassen in der dunklen Straße.

Als er sich nochmals umdrehte, nur um zu prüfen, ob Ammann überhaupt zu Hause war, ob denn Licht brannte, gewahrte er eine hoch aufgeschossene Gestalt, die sich an der Häuserfront entlangdrückte, deren Nachtschatten nutzend wie ein streunendes Tier. Es war eine Gestalt, die nicht passen wollte in das genormt Urbane, eine Gestalt wie aus einer anderen Zeit.

Es war Jeremias Ammann.

***

»Kommissar Zufall!« Atik Alkay hasste diesen Begriff, degradierte es doch mühsames Polizei-Kleinklein zum Schicksalsposten. Als wenn das Kleinklein nicht schon diminuiert genug wäre. Der imperial imposante Atik, ein türkischer König Ludwig, die anatolische Spielart barock bayerischer Lebensart; das war ein Mann mediterraner Natur, ein Mann der Gesten und Gefühle. Er bevorzugte das große Schauspiel, ein Kriminaltheater manifester Momente, in denen er glänzen und glorien konnte und seine Lust am Dramatischen befriedigen. Polizeitechnisches Geduldspuzzle indes verstand er nonchalant an Kollegen zu vergeben, sie mit reichlich Vorschusslob motivierend, dass nämlich nur sie für diesen schwierigen Job in Frage kämen.

Nun aber hatte ausgerechnet sein Freund Christoph ihn mit Aktenfressen bestraft, ihm als sein Vorgesetzter aufgegeben, nochmals alle Erkenntnisse der Mordkommission zu durchforsten, ob man nicht etwas übersehen habe, eine Kleinigkeit vielleicht, die in der Sache weiterführen könne.

Von sich aus hatte Atik bereits alle Alibis der Verdächtigen überprüft, Personen, die im Prinzip gar nicht verdächtig waren, nur hatte man sonst niemanden. Auch die Aussage der Ammann-Brüder hatte er nachvollziehen können. Und ja, sie besaßen ein Alibi für die Tatzeiten, und nein, leider kein gerichtsfähiges. Ein- bis zweimal im Monat würden die Ammanns zum Essen kommen, hatten die Betreiber der Gaststätte »Zum Raben« bestätigt, seit Längerem schon. Man kenne sie. Aus der merkwürdigen Sekte vom Landgut da oben auf dem Hochplateau würden sie stammen, und trotzdem würden die beiden einen relativ normalen Eindruck machen. Schwäbische Spezialitäten bevorzugten sie, deftige Hausmannskost halt und Fleisch, hauptsächlich Fleisch. Besonders der Jüngere könne Unmengen davon vertilgen, obwohl die Portionen im »Raben«

eh schon so groß wären. Im Großen und Ganzen seien das brave Burschen, nur einmal sei der Jüngere, nun ja, negativ aufgefallen, als ein angetrunkener Gast ihn seines vorsintflutlichen Aufzugs wegen verspottet habe. Gleich losgegangen sei er auf den, und wäre sein älterer Bruder, ein echt besonnener Kerl, nicht dazwischen, wäre die Sache wohl zu einer saftigen Prügelei ausgeartet. Aber sonst? Keine Probleme. Nur, den 9. und 23. Februar, da könne man sich nicht mehr genau erinnern, also da gewesen seien sie … oder war es eine Woche später? So absolut sicher war sich der Wirt auf einmal nicht mehr …

Und dann kam der Kollege Kaltenbach mit seinem Kommissar Zufall, und plötzlich galt es als möglich, dass Jeremias Ammann es mit der Wahrheit doch nicht so ernst nahm – wozu also die Aktenfresserei? Zwei Tage hatte Atik mit dem Studium der Unterlagen verbracht, zwei Tage, an denen er nicht aus dem Büro gekommen war, nach draußen in die richtige Welt, wo er seine markante Sarazenennase in all das stecken konnte, was nicht ganz sauber roch. Der Witwe Barzani zum Beispiel hätte er seine Aufwartung machen können, möglicherweise stimmte ja seine These unterschiedlicher Täter und der türkische Geheimdienst hatte ihren Mann liquidiert, trittbrettfahrend aufgesprungen auf den Mordfall Süleymanoglu. Der Kollege aber vertrat nach wie vor die Theorie, beide Delikte seien dem rechtsradikalen Umfeld zuzuordnen, das sich freilich auch in einer religiösen Sekte versteckt haben könnte.

Seit Stunden schon saßen sie im Büro und redeten sich die Köpfe heiß, während draußen die Sonne lachte – sicher über sie –, die Ermittlungsakten wenig hergaben und Kommissar Zufall auf eigene Faust recherchierte.

»Der Zufall steckt eben oft im Detail«, rechtfertigte sich Christoph. »Nun wissen wir wenigstens, dass Jeremias Ammann sehr wohl in der Lage ist, nach München zu fahren. Fraglich ist nur, ob er seinen Bruder nicht schon früher besucht und warum Aaron ihm ein Alibi gegeben hat, falls dies zu den Tatzeiten geschehen sein sollte.«

»Was schlägt der Herr also vor?«, fragte Atik sichtlich gereizt, einen unwilligen Blick auf den Aktenberg auf seinem Schreibtisch werfend.

»Ich gehe im Anschluss zu Kraus«, erwiderte Christoph. »Er soll uns einen Durchsuchungsbeschluss für Aarons Wohnung besorgen und für die Hiobskommune gleich mit. Mich beschleicht das dumpfe Gefühl, dass wir dort etwas finden werden.«

»Du spinnst«, sagte Atik. »Nie und nimmer wird Oberstaatsanwalt Gräfe eine Hausdurchsuchung genehmigen, bei der geringen Beweislage.«

»Wir könnten es zumindest probieren, oder hast du eine bessere Idee?«

»Die Witwe Barzani. Eventuell könnte ich –«

»Passt schon«, unterbrach Christoph und konnte sich ein Grinsen nicht verkneifen. »Du kannst sie gerne nochmals befragen, wenn dir das etwas bringt. Weiß Britt eigentlich davon?«

Atik errötete vom Hals bis über beide Ohren. »Was hat das bitte schön mit Britt zu tun? Frau Barzani hegt immerhin den nicht völlig unbegründeten Verdacht –«

Christoph winkte ab. »Stopp, mein Freund. Fahr einfach hin und stell ihr deine Fragen, okay?«

Er erhob sich von seinem stets knarrenden Bürostuhl, der bereits im Neuzustand knarrend angeliefert worden war, und ging zum Fenster. Im Innenhof blühte der japanische Kirschbaum, den er so mochte. Sybille kam ihm in den Sinn, Sybille mit ihrer plüschigen Vorliebe für rosa Blusen. Er drehte sich zu Atik um und fing dessen beleidigten Blick mit einem Lächeln auf. »Übrigens, ich war bei Pies.«

»Hab schon gehört«, brummte Atik. »Shimmy Le Boeuf. Glaubst du im Ernst, du kriegst etwas aus dem heraus? Selbst wenn er wüsste, dass im Nazimilieu gerade was läuft, würde er dir bestimmt nichts erzählen.«

»Abwarten. Vom Verfassungsschutz steht auch noch die Antwort auf unsere Anfrage aus. Die haben doch genug V-Leute in der rechten Szene. Zwei Morde an türkischen Mitbürgern innerhalb eines Monats und auch noch in derselben Stadt. Wenn es irgendeinen Zusammenhang gibt, wird hoffentlich einer quatschen. Ich meine, die sind doch so wahnsinnig stolz auf ihre Gewaltaktionen gegen Ausländer. Die brüsten sich ja gerne damit, wenn sie … Wie heißt das noch mal in deren Jargon?«

»Wenn sie einen Kanaken geklatscht haben«, half Atik aus. »Trotzdem, Christoph. Bei Gräfe kommst du mit einem bloßen Verdacht auf Neonazi-Konstrukte nicht weiter, besonders im Moment, wo dieser Megaprozess gegen die NSU läuft. Die Presse ist doch hypersensibilisiert für Morde aus der Fascho-szene. Wenn da irgendetwas ruchbar wird, dass die Polizei rechtsextreme Beweggründe hinter den Türkenmorden vermutet, dann geht die mediale Bombe hoch wie nichts. Gräfe aber wird den Ball schön flach halten wollen, verlass dich darauf.«

»Ich weiß selbst, dass die Verdachtsmomente mehr als dürftig sind, von einer Beweislage erst gar nicht zu reden. Ich will auch nur einen Testballon starten, den alten Gräfe ein bisschen in die Enge treiben.«

»Du willst sehen, wie er reagiert?«

Christoph lächelte maliziös. »Ob er überreagiert. Wenn dem so ist, weiß er wahrscheinlich mehr als wir. Angeblich hat er doch so sagenhafte Kontakte zu allen möglichen Diensten, selbst ins Ministerium. Ich will ihn rauslocken, alles klar?«

»Sauhund, elendiger«, beschied Atik, das höchste Kompliment, dessen er fähig war.

Das Klingeln seines Mobiltelefons unterbrach ihre Unterredung. Wie so oft war seine Mutter in der Leitung, und wie so oft während der Arbeitszeit, obschon Atik sie wieder und wieder bat, erst nach Dienstschluss anzurufen, was Selda jedoch stoisch negierte und allenfalls mit der Bemerkung quittierte, ihr Herr Sohn sei ja irgendwie immer im Dienst.

Dass es sich bei dem Anrufer nur um Selda handeln konnte, erkannte Christoph nicht nur am türkisch geführten Gespräch, sondern vor allem daran, dass Atik stets in der Defensive war, wenn er mit seiner Mutter sprach. Offenbar gab es einmal mehr Ärger mit Ada, der jüngsten Schwester, die nicht nur unter einer massiven Essstörung litt, sondern auch unter der ganzen Welt, wie es einem Teenager eben so erging in der vagen Periode zwischen Kindheit und Erwachsensein.

Nach einer Weile, während der Atik nur zuhörte oder nicht zu Wort kam und sein Gesichtsausdruck immer gequälter wurde, legte er kopfschüttelnd auf. »Das war's für heute, Kollege. Ich muss dringend nach Hause, es gibt mal wieder Zoff mit Ada. Wenn du mich nicht unbedingt brauchst, würde ich jetzt gehen.«

Christoph lächelte. »Na wenn dem so ist, dann geh mal zu Mama. Und richte ihr einen schönen Gruß von mir aus.«

»Danke, Christoph.« Atik wirkte erleichtert.

Als er in der Tür stand, drehte er sich nochmals um. »Es gibt wirklich tierischen Ärger mit Ada.«

»Ich glaube es dir ja. Treibt sie sich immer noch mit dieser halb kriminellen Gang herum?«

»Leider. Mein Vater ist viel zu weich, um mal ordentlich durchzugreifen. Und mit unserer Mutter redet sie seit dem letzten Krach nur noch das Nötigste. Da muss halt der große Bruder her, ein Machtwort sprechen.«

»Dann viel Glück. Aber geh behutsam mit ihr um, sonst kommst du bei Ada nicht weiter.«

Doch Atik hörte ihn nicht mehr, er war schon aus der Tür.

Christoph kannte die Familie seines Partners gut. Er war schon oft zum Essen eingeladen worden, und seitdem er sich wieder unter Menschen wagte, hatte er die Einladungen endlich auch angenommen. Atiks Mutter kochte hervorragend. Und lustig war es auch meistens, besonders wenn die beiden älteren Schwestern, Büsra und Selin, mit ihren Kindern und Ehemännern dabei waren. Da saßen dann dreizehn Personen und mehr an einem Tisch, es wurde lautstark diskutiert, enorme Mengen an delikaten Spezialitäten verzehrt und viel und herzlich gelacht. Nachdem er seine eigene Familie verloren hatte, genoss Christoph diese Stunden. Er hatte sogar etwas Türkisch gelernt, wobei zu Tisch ausschließlich Deutsch gesprochen wurde. Außer Bayram, dem Vater, konnten alle gut Deutsch, die zweite Generation, bereits in München geboren, ohne jeden Akzent. Nur Ada befleißigte sich neuerdings dieses Gangsta-Idioms, das junge Leute der Unterschicht für wahnsinnig cool hielten, obwohl es überhaupt nicht cool war und die Alkays bestimmt nicht zur Unterschicht gehörten. Allerdings schlug auch Atik ein wenig aus der Reihe, sprach er doch dieses seidenleichte himmelblaue Münchner Bayrisch der eingeborenen Oberschicht, ein hauchfeiner Dialekt nahe dem Hochdeutschen, aber mit gemütlichen Endungen und kraftvoller Intonation, ein Dialekt, bei dem man nie wusste, mit wie viel Selbstironie er gewürzt war.

Christoph hätte auch gerne wieder eine Familie gehabt, keine neue, sondern seine alte zurück. Doch das war nicht möglich, auch wenn er lange so getan hatte, als könne er die Zeit zurückdrehen. Mit wem hätte er auch eine neue Familie gründen wollen? Die einzige kurze Liaison, die er nach dem Tod seiner Frau eingegangen war, hieß Verena Drewitz. Sie war schön, klug und einfach umwerfend gewesen. Bis sie getötet worden war, fast vor seinen Augen. Wäre er nur fünf Minuten früher da gewesen, in jenem verfluchten Waldstück, nur fünf Minuten! Dass das Schicksal ihn ein zweites Mal so bestrafte, war nur schwer zu verkraften. Deshalb hielt er sich nun von Frauen fern, weil er sich einbildete, er brächte ihnen nur Unglück.

Christoph straffte sich. Nun ging es darum, Kriminalrat Kraus zu überzeugen, einen Durchsuchungsbeschluss zu erwirken. Die Zeit drängte.

***

Als Atik die elterliche Wohnung betrat, bot sich das leider altbekannte Szenario. Ada hatte sich in ihrem Zimmer eingeschlossen, sein Vater war ausgegangen, wie so oft, wenn er die schlechte Stimmung zu Hause nicht mehr ertrug, und Selda saß schimpfend und rauchend am Küchentisch. Sie rauchte nur, wenn sie wütend war, dann aber mit solcher Vehemenz, dass sie die Zigarette mit einem einzigen Zug einzusaugen schien. Statt einer Begrüßung deutete sie wortlos auf Adas Zimmertür.

»Seit wann hat sie sich verbarrikadiert?« Sie unterhielten sich auf Türkisch, die Lage war schließlich ernst, und auf Türkisch hörte sich ein Familiendrama noch mehr nach Tragödie an als im Deutschen.

»Die ist heute noch gar nicht aus ihrem Zimmer rausgekommen.« Selda starrte trübsinnig ihre Zigarette an. »Kein einziges Mal.«

»Muss sie nicht mal aufs Klo?«, wunderte sich Atik.

»Ada fastet gerade wieder. Hab ich dir doch erzählt am Telefon. Sie isst nichts. Ob sie was trinkt, keine Ahnung. Ich seh sie ja kaum noch. Und wenn man nichts isst und trinkt, muss man auch nicht aufs Klo. So einfach ist das.«

Atik wusste um die Bulimie seiner Schwester, schließlich war es permanentes Thema daheim, und alle litten darunter. Eine Essstörung, und das in einer türkischen Familie, in der das Essen einen nicht weniger gewichtigen Platz einnahm als in Italien. Essstörung, ein gesellschaftliches Tabu selbst in Deutschland, im guten alten Anatolien aber so undenkbar wie so etwas vermeintlich Schreckliches wie Homosexualität. Und die Wurzeln der Alkays lagen nun einmal im anatolischen Hochland.

Wie alle Alkay-Kinder war auch Ada nicht dick, aber ziemlich stämmig gebaut, ein knochenschweres Erbe der Mutter. Schon als kleines Mädchen war sie süchtig nach Süßem gewesen und hatte stets mit den Pfunden zu kämpfen gehabt. In die Pubertät gekommen, haderte sie wie so viele gleichaltrige Mädchen andauernd mit ihrer Figur. Ständig probierte sie neue Diäten aus und schaute sich irgendwelche Castingshows im Fernsehen an, in denen magersüchtige Models um die Gunst magersüchtiger Jurorinnen buhlten. Dann kotzte sie sich schnell mal um sechs Kilogramm herunter, um durch massenhaften Verzehr von Schokolade alsbald wieder acht Kilogramm zuzunehmen.

»War sie überhaupt in der Schule?«, fragte Atik.

»Natürlich nicht. Angeblich war ihr schlecht.«

»So geht das doch nicht weiter.«

»Was soll ich machen, Sohn? Soll ich die Tür eintreten und sie in die Schule prügeln? Soll ich ihr die Schokolade wegnehmen und sie mit gesundem Grünzeug zwangsernähren? Ich weiß nicht mehr, was ich machen soll. Und dein Vater hat sich wie immer verkrochen.«

»Wo ist er hin?«, fragte Atik.

»Wohin schon. Zu seinem Bruder. Da marschiert er doch dauernd hin, wenn es daheim brennt.« Selda nahm die angebrochene Packung Zigaretten vom Tisch und zündete sich eine neue an.

»Mama!«

»Lass mich. Ich brauch das jetzt. Du rauchst doch auch wieder.«

»Vorübergehend, nur vorübergehend. Außerdem ist das was anderes. Ich bin schließlich ein Mann.«

Angesichts dieses Rückfalls in südländische Machismo-Logik beließ es Selda dabei, sich energisch mit dem Finger an die Stirn zu tippen.

Atik ging zu Adas Zimmer und klopfte an die Tür. »Ada? Machst du mal auf, bitte?«

Seine Schwester gab keine Antwort.

»Ada? Hörst du mich? Komm doch raus, mein Herz. Ich würd gern mit dir reden.«

Er musste viele Male bitten, bevor von innen eine Reaktion kam. Atik vernahm etwas Ähnliches wie: »Der Scheiß-Brutalo hat misch an den Haaren gezogen, kannst du dir das vorstellen? Der tickt doch nich mehr –«

»Was? Wer hat dich an den Haaren gezogen?« Atik war froh, dass sie überhaupt etwas sagte.

»Na dein verdammter Vater!«

»Das glaub ich nicht, Ada. Der Babo tut so was nicht.«

»Der Babo tut so was nicht«, äffte sie ihn nach. »Hat er aber, der Spast. Isch schwör! Isch wollt nur noch kurz raus mit Birol. Da is immer so'n Club, wo wir abtanzen. Aber das Scheiß-Fossil hat misch nich gelassen. Voll assig!«

Eine Weile war es still in Adas Zimmer. Atik hörte, dass irgendetwas Schweres an die Wand krachte und zerbarst.

»Und was ist dann passiert?«

»Na, er hat misch festgehalten. Isch reiß misch weg und so, und der Vollpfosten packt misch an mein Haar. Birol dann: ›Ey, lass sie los, Alder, sonst mach ich disch Opfa.‹ Und hamma Schuh gemacht. Is doch krass, oder?«

Atik verstand nicht alles von dem »Kanaksprak«-Kauderwelsch, zumindest aber, dass dieser Junge hier gewesen sein musste, Birol Özgür. Dass der offenbar seinen Vater bedroht hatte. Und das ging nun eindeutig zu weit. Höchste Zeit, einzuschreiten. Seit etwa drei Monaten war Ada mit diesem Typen zusammen. Er hatte sie noch vor dem Kerl gewarnt, doch Ada hörte auf niemanden mehr, außer auf Birol. Im Polizeicomputer hatte Atik einige Einträge über Herrn Özgür gefunden. Mehrfach vorbestraft wegen Körperverletzung, Einbruch, Verstößen gegen das Betäubungsmittelgesetz, eineinhalb Jahre Jugendarrest, eine sensationelle Karriere für einen gerade Achtzehnjährigen.

Außerdem war Birol ein Arschloch, ein aufgeblasener Pimp, der jedes nur denkbare dumme Klischee eines außer Rand und Band geratenen türkischen Jugendlichen aus dem Prekariat bediente. Nur ließ sich Ada diesen Kleinkriminellen, der unbedingt mal ein Großer werden wollte, nicht ausreden. Je mehr man es versuchte, desto mehr klettete sie sich an Birol. Doch seinen Vater anzugehen, diesen zarten, gutherzigen, harmlosen Mann, damit hatte der Bursche jedes Maß überschritten. Am liebsten hätte Atik ihm eine ordentliche Tracht Prügel verabreicht, aber wozu war er denn bei der Polizei? Er würde den Kollegen vom Drogendezernat einen Tipp geben und hoffen, sie würden genug Material bei Herrn Özgür finden, damit er für ein paar weitere Jahre weggesperrt würde. Auch wenn er sich nicht gut dabei fühlte, so war es seiner Meinung nach die einzige Chance, den Kerl loszuwerden, damit Ada wieder zur Familie zurückfinden und sich vor allem in Therapie wegen ihrer Essstörung begeben könnte.

»Kommst du jetzt raus?« Atik hämmerte an die Tür. Keine Antwort. »Du kannst doch wenigstens mal Hallo zu mir sagen.«

»Verpiss disch!«

»Ada, so kannst du nicht mir umgehen, ich bin dein älterer Bruder. Reiß dich gefälligst zusammen und sperr die Tür auf!«

»Fick disch, älterer Bruder!«

Atik hatte genug. Er ging zu seiner Mutter an den Tisch. »Ich zerdepper jetzt diese verfluchte Tür und hol das rotzfreche Ding raus.«

»Du machst gar nichts.« Selda erhob sich, legte beruhigend ihre Hand auf Atiks Schulter und zwang ihn mit sanfter Gewalt zum Sitzen. »Jetzt nimm erst mal schön Platz, mein Junge. Ich hab noch etwas Baklava, magst du?«

Die klebrige Süßigkeit, eine Spezialität Seldas, besänftigte schließlich Atiks Nerven. Als die Wohnungstür aufgesperrt wurde, war er bereits wieder ganz der Alte, von göttlich bajuwarischer Gemütsruhe. Vater Bayram trat ein, gefolgt von Rafeth, seinem Bruder, der sich nur selten hier blicken ließ, weil er, der reservierte Schweiger, mit seiner raumfüllenden, sprachmächtigen Schwägerin nur schwer zurechtkam. Atik hatte erwartet, dass seine Mutter ihr Mütchen nun an den beiden kühlen würde, doch sie tat so, als würde sie sich über Rafeths Besuch freuen, warum auch immer.

Seinen Onkel hatte er schon längere Zeit nicht mehr gesehen. Er machte einen müden, zerstreuten Eindruck und schien gealtert, seit Atik ihn das letzte Mal in seinem Geschäft besucht hatte, das nur zwei Straßenzüge entfernt von seines Bruders Behausung lag. Atik tat der Mann leid. Nachdem ihm die Frau früh schon weggestorben war und seine beiden Söhne sich ihrer Wurzeln besonnen hatten und in die Türkei zurückgekehrt waren, lebte er zurückgezogen und allein in Deutschland, einem Land, mit dem er sich nie hatte anfreunden können, doch ebenso wenig besaß er die Kraft, es wieder zu verlassen. Das Einzige, was ihn wohl noch am Leben hielt, war sein jüngerer Bruder Bayram, der sich rührend um ihn kümmerte.

Auch heute sprach Rafeth nicht viel. Die Einladung zum Essen nahm er gerne an und saß nun still am Tisch, mit dankbarer Miene die Köfte und das Kuru Fasulye Pilav, Frikadellen aus Rinder- und Lammhack mit Reis und weißen Bohnen, langzähnig verkostend.

Man unterhielt sich angelegentlich über dies und das, nur nicht über Ada, als sei es ein Tabu, ihre Person und ihre Probleme überhaupt zu erwähnen. Einmal mehr gelangten die Migrantenmorde ins Gespräch. Angst schien keiner aus der Familie zu haben, warum auch? Man war sich keiner Schuld bewusst, lebte, bis auf Rafeth, vollständig integriert und akzeptiert von der deutschen Gesellschaft ein weitgehend unauffälliges Leben. Nur Atik hatte Bedenken, doch war dies wohl eine Berufskrankheit.

»Vor allem du musst aufpassen«, sagte er, mit der Gabel auf seinen Onkel deutend. »Ich weiß doch, dass du oft bis spät in die Nacht arbeitest und dann allein nach Hause gehst.«

»Ach, Junge.« Rafeth Alkay wischte sich den Mund ab und schaute seinen Neffen aus seinen treuherzig blickenden Augen an. »Wer soll mir schon etwas antun, einem alten Mann, der nichts will außer seine Ruhe haben? Mach dir keine Sorgen, mir passiert schon nichts.«

»Vielleicht«, hoffte Bayram, »ist der Täter schon längst über alle Berge. Das muss ja nicht unbedingt einer aus der Stadt gewesen sein. Und wer weiß, was die beiden toten Männer für eine Vergangenheit haben, so schlimm das auch sein mag, was ihnen geschehen ist. Es kann doch sein, dass sie in der Türkei irgendetwas angestellt haben und ihr Mörder von dort kam und jetzt wieder zurückgekehrt ist.«

»Du bist immer noch den alten Vorurteilen verhaftet«, sagte Selda, »dass ein ermordeter Landsmann selbst Schuld an seinem Tod hat. Dass da eine Familienfehde im Hintergrund ist, was Politisches oder was weiß ich. Soweit mir bekannt ist, waren das kreuzbrave Leute wie du und ich.«

»Woher hast du das?«, fragte Atik, dessen Kriminalerhirn sich sofort einschaltete.

»Man hört halt so einiges«, antwortete Selda sibyllinisch. »Das zweite Opfer, dieser …«

»Barzani«, assistierte Atik, »Ferhat Barzani.«

»Genau. Also der Herr Barzani führte doch diesen Gemüseladen in der Parkstraße. Ich habe dort selbst hin und wieder eingekauft. Ein netter Mann, kann ich nur sagen, immer freundlich und hilfsbereit. Und was der für eine hübsche Frau gehabt hat …«

Unversehens richteten sich aller Augen auf den Womanizer Atik.

»Ach ja? Soll es ja geben, hübsche Frauen«, lenkte der ab. »Und was ist mit dem anderen, mit Ergün Süleymanoglu, kanntest du den auch?«

Selda schüttelte den Kopf. »Von dem weiß keiner was im Viertel. Als wenn der nie existiert hätte. Dabei hat er doch angeblich so viele Häuser besessen.«

Atik lächelte. Seine Mutter wusste im Viertel Bescheid wie sonst niemand. »Radio Westend« nannte er sie deshalb, und oft schon hatte sie ihm einige nützliche Tipps geben können, wer was in dem einstigen Türkenquartier angestellt hatte, das nun auf Druck der Immobilienspekulanten mehr und mehr den Geruch von Glasscherben losgeworden war, dadurch aber auch Teile seines alten Charmes eingebüßt hatte.

Nach dem Essen verabschiedete sich Atik, vorschützend, noch ein paar Akten aufarbeiten zu müssen. In Wahrheit drängte es ihn zu Britt, nur wollte er aufkeimenden Fragen nach einer möglichen Verfestigung der Beziehung aus dem Weg gehen. Und das Unwort »Heirat«, das bisweilen fiel, wirkte immer noch wie ein Tranquilizer auf ihn. Er bot seinem Onkel an, ihn nach Hause zu fahren, und musste den bescheidenen Mann fast zwingen, sein Angebot anzunehmen.

Als sie die Wohnung verließen, klopfte Atik nochmals bei Ada, doch sie antwortete nicht. Offenbar war sie bereits eingeschlafen.

Die Pfeile des Allmächtigen

Die dunkle Gestalt hatte den Mann schon länger ins Auge gefasst. Nun beobachtete sie, verborgen im Schatten einer Hofeinfahrt, wie er seine Näherei schloss. Wie er die Tür absperrte und das Gitter vor dem Schaufenster herunterließ. Es war bereits spät in der Nacht, kurz vor dreiundzwanzig Uhr. Die anderen Geschäfte hatten längst Feierabend, nur in der türkischen Näherei war noch gearbeitet worden. Die Straßen im Münchner Westend hatten sich von Menschen geleert. Ein launischer Wind schnürte um die Häuser und plünderte, was er in der Eile aufstöbern konnte, Fetzen von Laub, alten Zeitungen und vergessenen Gesprächen. Der Ladenbesitzer schlug seinen Mantelkragen hoch und band den Schal fester um den Hals. Der schleppende Schritt, der ihn nach Hause führte, verriet Mühsal und Alter. Der Mann ließ sich Zeit. Daheim warteten nur ein schlichtes Nachtmahl und ein einsames Bett auf ihn.

Die dunkle Gestalt löste sich aus dem Schatten und folgte dem Schneider in einigem Abstand. Der Verfolgte merkte nichts, zu sehr war er mit seinen Gedanken beschäftigt. Er überquerte die Theresienwiese, auf der alljährlich das größte Massenbesäufnis der Welt, das Oktoberfest, stattfand, die sich nun aber als verwaiste Betonwüste präsentierte. Immer noch lief die vermummte Gestalt dem Mann hinterher. Seltsam gekleidet war sie, der Kopf versteckt unter einer weiten Kapuze, der knielange schwarze Mantel verriet keine Körperkonturen. Nur aufgrund der Größe war zu vermuten, dass es sich um eine männliche Person handeln könnte.

Als der Türke im südlichen Teil der Theresienwiese angelangt war, verkürzte der Verfolger mit federnden Schritten den Abstand. Der Vermummte versicherte sich, dass es keine Zeugen gab. Die Luft schien rein, der Zeitpunkt war gekommen. Auf dem baumumstandenen Gehweg stellte er den Schneider.

»Muselmann!«

Der Schneider blieb stehen und drehte sich um. Er sah sich einem Wesen gegenüber, das ihn an eine Figur aus einem alten deutschen Film erinnerte, den er vor einiger Zeit im Fernsehen geschaut hatte: Den Tod hatte man so ähnlich dargestellt, Gevatter Tod, wie die Deutschen ihn sinnigerweise nannten. Statt einer Sense wie in jenem Film hielt die Gestalt, deren Gesicht nicht zu erkennen war, eine Armbrust in den Händen. Der Schneider fing zu lachen an, warum, wusste er in diesem Augenblick selbst nicht, ob aus Angst oder weil die Situation so absurd war. Der Vermummte ließ die Armbrust sinken. Offenbar war er von dem Lachen ebenso überrascht wie sein Gegenüber. Doch es war nur für einen Moment. Dann hob er die Waffe wieder und zielte auf den Oberkörper des Mannes.

»Grüß mir euren Propheten Mohammed und sag ihm, dass noch mehr von deiner Sorte folgen werden.«

Das waren die letzten Worte, die der Schneider in seinem Leben vernahm. Er glaubte noch, ein Klicken und ein Surren zu hören, dann raubte ihm der brennende Schmerz des Pfeiles in der Brust das Bewusstsein.

Der Schütze stieß sein lebloses Opfer mit der Stiefelspitze an. Dann trat er zu. Immer wieder krachte der Stiefel in das Gesicht des Opfers, Knochen brachen, Blut spritzte. Wie von Sinnen trat er auf den am Boden liegenden Körper ein, bis er mit dem Absatz in der Schädeldecke hängen blieb. Fluchend befreite er sich. Er zog eine Schriftrolle aus dem Umhang und zückte einen altertümlich gestalteten Dolch.

Die Schriftrolle breitete er auf dem Bauch des Toten aus. Dann stieß er den Dolch mit voller Wucht durch das Papier in die Bauchdecke. Zufrieden blickte er auf sein mörderisches Werk. Es war vollbracht.

***

»Wo bleibt denn Kollege Alkay?« Markus Besold vom Erkennungsdienst, der die Leiche soeben untersucht hatte, drehte sich zu Christoph um.

Der stand ruhig inmitten einer wuselnden Menge von Polizisten, die alle Mühe hatten, Reporter und Neugierige vom abgesperrten Leichenfundort fernzuhalten.

»Keine Ahnung. Er müsste längst hier sein.«

Besold stand auf und deckte den Toten mit einem Tuch zu. »Was meinen Sie, Dr. Jablonski, was war die Tatwaffe?«

Der kurz gewachsene, aber breit gebaute Pathologe zog die Mundwinkel herunter. »No, ich tippe auf so was wie 'ne Armbrust«, sagte er in seinem polnisch gefärbten Deutsch. »Der Pfeil, der in dem armen Teufel steckt, ist zu kurz für einen Bogen.«

»Die Todesursache?«, fragte Christoph.

»No, der Mörder ging auf Nummer sicher. Der Pfeil hat das Herz erwischt, das allein schon bewirkte den sofortigen Exitus. Und den Rest sehen Sie ja selber beziehungsweise das, was vom Gesicht des Opfers übrig geblieben ist.« Der Pathologe legte den Kopf des Toten wieder frei. »Fraktur der Calvaria, also des Schädeldaches, Fraktur von Jochbein, Nasenbein, Gaumenbein und so weiter. Da ist quasi alles zertrümmert, was man zertrümmern kann. Letal wären auch die massiven Hirnverletzungen an Thalamus, Epithalamus, Tectum et cetera et cetera gewesen. Aber ich denke, die sind postmortal zugefügt worden. Schauen Sie.«

Er packte Christoph am Arm und zeigte auf den zermalmten Kopf des Toten. »Hier ist überall Hirnmasse ausgetreten, also –«

»Schon gut, Doktor.« Christoph entzog sich dem Griff. »So genau muss ich es auch nicht wissen. Wie schätzen Sie den Todeszeitpunkt ein?«

»Genaues kann ich erst nach der Obduktion sagen. Die Leichenstarre hat bereits eingesetzt, ich tippe auf Mitternacht, plus/minus eine Stunde.«

»Und wodurch sind diese schlimmen Verletzungen entstanden?«

»Schuh, besser gesagt Stiefel.« Besold hielt eine kleine durchsichtige Plastiktüte hoch. Christoph konnte nur Blut und irgendetwas Graues darin entdecken, von dem er ahnte, dass es Reste vom Gehirn waren.

»Wir haben Spuren von Leder und Holz entdeckt sowie von

Metall. Wir gehen davon aus, dass die von einem genagelten Stiefelabsatz stammen.«

»Soll das heißen, der Täter hat so lange auf den Kopf des Opfers eingetreten, bis das Gehirn rauskam?«

Dr. Jablonski nickte. »No, und das mit unwahrscheinlicher Wucht. Da muss großer Hass im Spiel gewesen sein.«

»Wie bei den vorangegangenen beiden Morden. Wahrscheinlich ist es derselbe Täter. Gibt es wieder ein Bekennerschreiben?«

»Ja.« Besold reichte Christoph das Pamphlet.

»Würde man meinen Kummer doch wiegen, abwiegen und mein Verderben gleichzeitig auf die Waage legen.
Denn nun ist es schwerer als der Sand der Meere, darum sind meine Worte unbesonnen.
Denn die Pfeile des Allmächtigen stecken in mir, mein Geist trinkt ihr Gift, die Schrecken Gottes greifen mich an.
Schreit ein Wildesel beim frischen Gras, brüllt ein Stier bei seinem Futter?
Wird Fades ohne Salz gegessen? Oder ist Geschmack in dem Schleim um den Dotter?
Meine Seele weigert sich, es anzurühren, sie ekelt sich vor der Krankheit meines Brotes.
O dass sich doch meine Bitte erfüllte und Gott mein Verlangen gewährte!
Dass Gott sich dazu entschlösse, mich zu zertreten, dass er seine Hand abzöge und mich vernichtete!
So wäre es doch mein Trost, und ich würde jubeln in schonungsloser Qual, dass ich die Worte des Heiligen nicht verleugnet habe.
Was ist meine Kraft, dass ich warten, und was ist mein Ende, dass ich mich gedulden sollte?
Ist denn meine Kraft die von Steinen, oder ist mein Fleisch aus Bronze?
Ist es nicht so, dass keine eigene Hilfe in mir und jedes Gelingen aus mir vertrieben ist?«

Christoph las so leise vor, dass man ihn kaum verstand. Die Grausamkeit der Tat raubte ihm schier die Stimme.

»Ist die Identität des Opfers schon geklärt?«, fragte er, nachdem er geendet hatte.

»Leider nein. Er hatte nichts bei sich, keine Geldbörse, keinen Ausweis, keine Schlüssel, nichts.«

»Das ist seltsam. Keinen Schlüssel. Niemand geht doch ohne Schlüssel aus dem Haus.«

Es kostete ihn Überwindung, doch Christoph ging neben dem Toten in die Hocke, um sich ihn genauer anzusehen. Er hatte etwas entdeckt, was ihn zutiefst beunruhigte. »Was ist das für ein Ring?« Er hob die Hand des Opfers und drehte sie nach oben. Erschrocken ließ er die Hand wieder los.

»Was ist?«, fragte Besold.

»Dieser Ring«, sagte Christoph, »er kommt mir bekannt vor.«

»Tut mir leid, Leute!« Atiks Stimme war aus dem Hintergrund zu vernehmen. Mit elegantem Seitsprung setzte er über die Polizeiabsperrung. »Ich stand im Stau.«

»Der Mörder hat wieder zugeschlagen«, sagte Christoph, »und dieses Mal ganz brutal. Er hat dem armen Kerl das Gesicht verstümmelt. Geh lieber nicht hin.«

»Ach«, sagte Atik, »du weißt doch, ich bin hart im Nehmen.«

Doch er stutzte, als er das Opfer sah. Sein Blick fiel auf den blitzenden Ring. Atik stand wie erstarrt, jeder Bewegung unfähig. Langsam, wie in Trance, machte er einen Schritt auf den Toten zu. Dann sank er kraftlos auf die Knie und schlug die Hände vors Gesicht. Ein furchtbares Stöhnen entrang sich seiner Brust.

»Atik.« Christoph fasste den Arm seines Freundes. »Kennst du den Mann?«

Statt einer Antwort streckte ihm Atik seine rechte Hand hin. An seinem Mittelfinger prangte ein Ring. Er war von derselben Machart, wie ihn der Tote trug.

»Das ist mein Onkel«, presste Atik heraus. »Mein Onkel Rafeth. Oh mein Gott!«

Zorn, allheiliger

Rafeth Alkay wurde in der Heimaterde bestattet, in Afyon, woher die Familie stammte und wo er vor siebzig Jahren das Licht der Welt erblickt hatte. Atik hatte nicht gedacht, dass er jemals nach Afyon zurückkehren würde, und schon gar nicht wegen eines solch tragischen Anlasses. Regelrecht zwingen hatte Christoph ihn müssen, mit seiner Verwandtschaft nach Afyon zu reisen. Atik fürchtete Beerdigungen. Vorgeblich, weil ihn das Gejammere der Klageweiber so aufregen würde. Tatsächlich aber rührte ihn der Tod eines nahen Menschen zu sehr, als dass er ein Begräbnis mannhaft hätte durchstehen können. So drückte er sich stets mit allerlei Ausreden. Mal war er krank, mal hatte er sich nicht vom Dienst befreien können; um Ausflüchte war Atik nie verlegen. Gleichwohl hatte er dabei ein so schlechtes Gewissen, dass er statt der Familienbeerdigungen jene wildfremder Menschen aufsuchte, als tröstenden Ersatz. Üblicherweise ging er dann zu katholischen Trauerfeiern, die ihm besser gefielen als die islamischen Zeremonien, bei welchen die Toten lediglich in ein Tuch geschlagen in der Erde begraben wurden. Er fand den Gedanken schrecklich, dass Würmer und anderes Getier den so schlicht Bestatteten sogleich anknabbern konnten, während ein stabiler Eichensarg zumindest so lange den Angriffen der Aasfresser standhielt, bis die Leiche an sich schon verfallen war. Und er mochte die Musik der Katholiken, besonders die auf dem Lande, wenn die Blaskapelle den Trauermarsch spielte.

Nun stand er am Grab seines Onkels und konnte als Einziger die Tränen nicht zurückhalten, er, der harte Cop, als der er sich selbst gerne sah, und das, obwohl er für den Bruder seines Vaters kaum mehr als Pflichtgefühl empfunden hatte. Ein Eigenbrötler war Rafeth gewesen, der sich nach dem Tod seiner Frau mehr und mehr von seinen Angehörigen entfernt hatte. Die Momente, die er bei ihnen zu Hause gewesen war, so wie neulich bei Adas letztem Wutanfall, waren in den Jahren immer seltener geworden, und hätte nicht Bayram ihn immer wieder in seinem Geschäft besucht und ihn nach Hause zum Essen eingeladen, wäre wohl auch diese Verbindung peu à peu eingeschlafen.

Aber jetzt war Rafeth Alkay tot, bestialisch ermordet von einem offenbar geisteskranken Killer, und die Situation eine völlig andere. Als die Leiche von der Bahre genommen wurde und, in ein weißes Tuch gehüllt, in der Grube lag, wurde es Atik plötzlich schlecht, weil er unten im Loch eine Nacktschnecke entdeckte und ihm sofort die Erdgeister einfielen, eine Gruselstory seines Großvaters. Der hatte behauptet, die schleimigen Nacktschnecken wären die Zungen ebendieser grausigen Gespenster, die nach dem Regen als Erstes aus dem Boden kröchen und nach den Lebenden leckten. Deswegen musste sich Atik angeekelt abwenden, als die Verwandten nun Erde auf den Leichnam warfen, wie es die Tradition einforderte.

Nach der Trauerfeier sonderte er sich ab. Die ganze Familie war gekommen, sogar Ada, ohne dass man sie groß hatte überreden müssen. Und alle hatten sich des Toten zu Ehren zusammengerissen, damit kein Unfriede den Übergang des Onkels ins Paradies heim zu Allah störte. Atik aber hatte genug, und außerdem war ihm immer noch übel. Gedankenverloren schlenderte er durch Afyons osmanische Altstadt, doch er bemerkte nichts von den zahlreichen Sehenswürdigkeiten. Auf den Boden starrend, fixierte er unentwegt den rissigen Asphalt der Straße, bis er hinaus war aus dem Meer der Häuser und sich unversehens im roten Meer der Schlafmohnfelder vor Afyons Toren wiederfand.

Noch immer war die Gegend eines der weltgrößten Anbaugebiete für Schlafmohn, dessen Endprodukt der Stadt den Namen gegeben hatte: Afyon hieß ins Deutsche übersetzt »Opium«. Seit jeher war Moslems der Genuss von Alkohol verboten, und so hatte zu früheren Zeiten manch des Rausches Bedürftiger sein Verlangen mit Opium gestillt, das der Prophet von seinem Verbot ausgenommen hatte. Vielleicht hatte er es auch nur vergessen, die Deutungen des Korans divergierten hier, und so konnte jede Auslegung subjektiv für den eigenen Gusto eingesetzt werden. Der Anbau war heutzutage allerdings streng kontrolliert. Opium durfte nur noch für pharmazeutische Zwecke verwendet werden.

Atik legte sich in eines der Felder auf den ausgetrockneten Boden und genoss die Ruhe. Über ihm nur botanisches Grün und Rot und momentweise der blau-weiße Himmel, wenn der Wind die hohen Pflanzen auseinandertrieb. Ein Himmel wie in Bayern. Er dachte an die vielen Schlachten, die hier geschlagen worden waren, die letzte unter dem legendären türkischen Staatsgründer Mustafa Kemal Pascha, dem im August 1922 der entscheidende Schlag gegen die griechischen Truppen gelungen war. Sein Großvater Adnan kam ihm erneut in den Sinn, dem er sein Wissen um die Sagen über Afyons glorreiche Historie verdankte. Sein über alles geliebter Großvater, ein weiser Mann, reich an Geschichten, wobei man nie wusste, ob die angeblich höchstselbst erlebten Begebenheiten nicht einfach erfunden waren. Doch war dies zweitrangig, so morgenländisch sagenhaft das Erzählte auch war. Fast erwartete Atik, dass der Bär jeden Augenblick auftauchen würde, der dem alten Adnan hier in den Mohnfeldern aufgelauert hatte, sich jedoch durch den beherzten Gegenangriff des Opiumbauern in die Flucht hatte schlagen lassen. Anders als sein Großvater, der das Tier seinen Worten nach mit seiner Schaufel vertrieben hatte, hätte er jedoch nicht gewusst, was er in dem Fall tun sollte.

Ein altes Sprichwort seines Großvaters besagte, dass man dort bleiben solle, sein Haus bauen und eine Familie gründen, wo einem der Geruch der Erde gefiel. Heimaterde erkenne man sofort. Atik klaubte einen Klumpen Lehm und hielt ihn an seine Nase. Doch er roch nichts. Vielleicht war die Erde zu ausgedörrt, um noch Gerüche entfalten zu können. Und heimatlich fühlte sie sich auch nicht an. Er ließ sogar ein Stückchen auf seiner Zunge zergehen, aber es schmeckte nach nichts. Es war schlicht und einfach ein Stück sonnengebackener Lehm, den er in der Hand hielt. Der ihm nichts sagte. Also war es klar, wo er hingehörte. Für das Land seiner Väter hegte er zwar große Gefühle, er liebte den fanatisch geführten türkischen Fußball, die schicke Istanbuler Szene, das Lässige der mediterranen Badeorte, die Herzlichkeit der Menschen und vor allem die wundervolle Küche. Doch sein Zuhause war und blieb München. Er würde nicht mehr nach Afyon zurückkehren. Seine Eltern, beschloss er im selben Augenblick, würde er in München begraben. Doch hoffte er, sich erst in vielen Jahren wieder mit dem Gedanken beschäftigen zu müssen. Das Einzige, was er nun erledigen musste, war, den Mörder seines Onkels zu finden. Und dafür würde er alles geben.

***

Christoph fuhr schnell. Immer noch fuhr er zu schnell. Damals, vor dem Unfall, weil er es freiheraus liebte, zu rasen. Seit jeher hatte Geschwindigkeit ihn fasziniert, egal, ob es beim Auto-, Rollerblade- oder Skifahren war. Nach dem Unfall jedoch bekam das Rasen einen anderen Beweggrund: baldmöglichst wieder aus dem Wagen herauszukommen. Denn er hatte Angst beim Fahren. Angst, dass noch mal etwas passieren könnte. Angst, dass ihm ein Kind ins Auto liefe, doch würde wohl schon ein Reh genügen, dass er sich nie wieder ans Steuer setzen würde. Nicht einmal beifahren würde er dann noch können. Nie mehr in ein Auto steigen hieße auch, nie mehr Polizist sein zu können, das letzte Tagesfüllende, was er noch hatte in diesem Leben.

Niemand wusste von seiner Angst. Die Kollegen, Atik eingeschlossen, hielten ihn kurzerhand für einen Raser, für alle Zeiten unbelehrbar. Natürlich hatte er ein schlechtes Gewissen, wenn er ständig die erlaubte Höchstgeschwindigkeit übertrat. Zu seiner Rechtfertigung hatte er sich allerdings eine eigene Logik erfunden. Je schneller er fuhr, redete er sich ein, desto konzentrierter wäre er. Desto weniger könnte wirklich etwas passieren. Und bisher hatte er Glück damit gehabt.

Einmal mehr war Christoph heute spät dran. Es gab immer Gründe, den BMW voll auszutesten. Um elf Uhr zwanzig würde Atik landen, zurückkehren aus der Heimat seiner Eltern.

***

Während des Fluges hatte Atik genug Zeit zum Grübeln gehabt. Er war so in Gedanken vertieft, dass er keine Notiz von den gut aussehenden Stewardessen der Turkish Airlines nahm, mochten die ihn noch so anlächeln. Den gewohnten Whisky lehnte er ebenso ab wie das bestimmt leckere Essen. Nicht einmal den sehnsüchtigen Blick auf seine Stadt gönnte er sich, bevor die Maschine zur Landung ansetzte. Die Zeit der Traurigkeit war im Flug vergangen. Sie hatte Platz geschaffen für eine allheilige Wut, der es nicht nach Rache osmanischer Machart dürstete, dazu war Atik zu sehr in polizeilichen Amtsprozessen sozialisiert. Seiner Wut verlangte es nach Taten. Nach Aufklärung. Höchste Priorität war, den brutalen Mörder aufzuspüren, der all diese entsetzlichen Tragödien verursacht hatte. Und dass sein Kollege mit seiner These vom rechtsradikalen Killer richtiglag, dessen war sich Atik nach vielem Nachdenken sicher.

Am Ausgang des Fluges Antalya – München wartete Christoph bereits ungeduldig auf ihn. Wortlos umarmten sie einander. Wortlos strebten sie dem Wagen zu. Was hätten sie auch sagen sollen, wenn Gefühle Worte nicht zuließen? Für Small Talk, das kleine Gespräch, war das, was in ihnen vorging, zu groß.

Etwa vierzig Meter vor dem im absoluten Halteverbot parkenden BMW zog Christoph den Autoschlüssel aus der Jackentasche.

»Top oder Flop?«, war der erste Satz, der zwischen ihnen fiel.

»Top, was sonst?«, gab Atik lakonisch zurück.

Zuverlässig antwortete die Türverriegelung auf den Befehl der Fernbedienung.

»Wie weit bist du mit den Recherchen gekommen?«, fragte er, als sie im Auto saßen.

In knappen Sätzen berichtete Christoph vom Stand der Ermittlungen. Dass er derselbe sei wie vor Atiks Abreise. »Deswegen heißt Stand ja Stand«, bemerkte er, »weil alles steht und nichts vorangeht.«

Dem Antrag auf Hausdurchsuchung bei Aaron Ammann und in der Glaubensgemeinschaft hatte Oberstaatsanwalt Gräfe erwartungsgemäß nicht stattgegeben, Verdachtsmomente auf ausländerfeindliche Mordmotive als politische Panikmache abgetan. Auch das sei zu erwarten gewesen. Der Verfassungsschutz hüllte sich weiter in Schweigen. Kein Respons, auch nicht auf wiederholte Anfrage des LKA. Versäumt habe Atik während seines Aufenthaltes in Afyon demnach kaum etwas.

Von der Beerdigung gleichwohl wollte Atik nichts erzählen. Christoph ließ ihn in Ruhe. Er kannte seinen Freund. Mit der Zeit würde er von sich aus über die Geschehnisse sprechen.

Im Büro entwarfen sie das Konzept für das weitere Prozedere. Zunächst würden sie Aaron Ammann observieren lassen, später auch seinen Bruder Jeremias, sobald die personellen Kapazitäten geschaffen waren. Sie beschlossen, die neue Kollegin auf Aaron anzusetzen, die junge Myriam Prechtl, die sich in kürzester Zeit bereits als sehr tüchtig erwiesen hatte und als Frau weniger auffiel. Atik sollte sich auf sein altes Viertel fokussieren und die türkischstämmigen Geschäftsleute, offensichtlich die Zielgruppe des Mörders, kontaktieren. In vertraulichen Gesprächen, sozusagen von Landsmann zu Landsmann, würden sich eventuell Hinweise auf den Täter ergeben. Im Speziellen aber wollte Atik ihnen das Gefühl vermitteln, dass die Münchner Polizei sie nicht alleinlassen werde mit dem unheimlichen Killer. Nachts würden er und seine Kollegen auf Streife gehen und für Sicherheit sorgen. Darüber hinaus, beschlossen Atik und Christoph, würden sie verstärkt im rechtsextremen Lager ermitteln. Auch die Kinder Hiobs wollten sie weiter unter die Lupe nehmen, denn vielleicht hielten sie ja, bewusst oder unbewusst, doch den Schlüssel zu den Verbrechen in ihren Händen.

Schließlich begann Atik, von der Beerdigung seines Onkels zu erzählen. Wie er am Grab Rotz und Wasser geheult habe. Wie er im Mohnfeld gelegen sei und von der Erde Afyons gekostet habe. Wie ihm einmal mehr klar geworden sei, wo er hingehöre, nach München selbstverständlich. Und wie er den eisernen Entschluss gefasst habe, Rafeths Mörder dingfest zu machen, und wenn es ihn Jahre kosten würde.

»Ich hoffe doch«, sagte Christoph, »wir brauchen nicht so

lange. Doch was auch kommen mag, ich stehe dir bei. Wir kriegen den Kerl, verlass dich drauf.«

***

Es war tiefe Nacht. Wieder eine Nacht, in der er nicht schlafen konnte. Er saß allein in seiner Stube und masturbierte. Seine Vorlagen hatte er sorgsam auf dem Tisch ausgebreitet. Diese Bilder, wie sie ihn erregten! Das komplette Panoptikum hatte er vor sich liegen, all die Ikonografien bislang unerreichter Macht, jener Macht, die er so sehr verehrte. Das atemberaubende Foto vom Reichsparteitag in Nürnberg, als das deutsche Volk dem Führer frenetisch huldigte. Die militärisch einmalige Choreografie Tausender willensstarker deutscher Soldaten, nie mehr hatte es etwas so Faszinierendes gegeben. Mann an Mann standen sie da, endlose Reihen echter Germanen, unbezwingbar, durch den Willen des Führers zu Stahl gestärkt. Das Meer der Zivilisten, wie ein einziger Mann die Hand zum Hitlergruß erhoben. Und alle hatten erleben dürfen, wie 1935 die Rassengesetze zum Schutz des deutschen Volkes verkündet wurden, welch großartiges Monument der Geschichte. Was für eine grenzenlose Macht der Führer da doch ausgestrahlt hatte! Wenn er der Menge in dem Augenblick des kollektiven Wahns befohlen hätte, sich gegenseitig umzubringen, sie hätten es wohl getan …

Die Bilder vom Bund Deutscher Mädel schließlich, nur leicht bekleidet beim Volkssport, das war's doch, was ihn so aufgeilte. Eine strammer, eine blonder als die andere. So eine hätte er sich auch gewünscht. Ein gesundes deutsches Fräulein rein arischer Abstammung. Doch dieses neue Deutschland, armes Heimatland, war inzwischen derart durchrasst, da konnte man sich nicht mehr sicher sein, dass da nicht fremdes Blut mit drin war. Minderwertiges aus Rumänien oder der Türkei und wo sie sonst noch alle herausgekrochen waren aus ihren verdammten Deckslöchern. Nein, so eine würde er nie und nimmer anfassen können. Dann lieber onanieren.

Nachdem er sich befriedigt hatte, ging er in den Keller zum

Schießstand. Die schöne Armbrust, die der Großmeister ihm geschenkt hatte, lehnte noch im Regal bei den anderen Waffen. Was für einen hervorragenden Schützendienst sie ihm doch geleistet hatte. Was für ein Schuss! Und erst das dumme Gesicht des Kanaken, als er seinem Richter gegenüberstand!

Liebevoll strich er über den hölzernen Schaft mit den wertvollen Intarsien. Er spannte einen Pfeil ein und legte auf die Zielscheibe an, ein dreifach vergrößertes Foto von auch so einem arabischen Untermenschen. Oder war's ein Türke? Egal, die sahen ja alle gleich aus. Kurz zielte er, und zack! Der Pfeil hatte die Stirn des Muselmanns durchbohrt. Er zog das Geschoss heraus, griff nach seinem Bowiemesser und hackte wie verrückt auf das Foto ein. Wie gut das doch tat, alles rauszulassen, den ganzen Hass.

Woher diese wahnsinnige Wut kam, wusste er selbst nicht. Nicht, dass er sich ihrer schämte, oh nein! Diese Wut, dieser Hass waren ja großartig! Sie ließen ihn Dinge tun, vor denen er bisweilen selbst erschauerte. Die er sich sonst vielleicht gar nicht getraut hätte. Das Einzige, was ihn dabei beunruhigte, war, dass die Wut oft stärker war als er. Dann konnte er nicht anders. Wenn der eigentliche Auftrag erledigt war, kam es erst so richtig über ihn. Dann musste er einfach drauf auf den Feind, zuschlagen, zerstören, zertreten das muslimische Gewürm. War das Töten vorbei, das rasend ekstatische, fühlte er sich stets besser. Erleichtert geradezu. Weil er den *anderen* dann auch ein Stück getötet hatte. Denjenigen, der ihm so viel angetan hatte. Den er auf seine spezielle Art endvernichten würde, ein für alle Mal. Bald schon, bald.

Zuvor aber musste noch die ganz große Sache vollendet werden. Sein Meisterstück, von dem man noch in Jahren sprechen würde, voll Ehrfurcht. Das ihn unsterblich machen würde. Er zog eine weitere Fotografie aus der Tasche, die bereits so zerknüllt war, dass der Abgebildete kaum mehr zu identifizieren war. Voller Hass zerriss er das Bild in kleinste Fetzen.

»Und dann bist du dran!«, brüllte er.

***

Natürlich war es weit hergeholt, einen Mann überwachen zu lassen, gegen den nicht das Geringste vorlag. Der sich nie etwas zuschulden hatte kommen lassen. Der einer geregelten Arbeit in einer Bauschlosserei nachging, pünktlich jeden Morgen dort erschien und pünktlich nach Dienstschluss wieder nach Hause zurückkehrte. Der generell ein absolut geregeltes Leben führte. Abends brav in seiner Wohnung blieb und nicht um die Häuser zog wie andere junge Männer. Der keine Freundin zu haben schien, allerdings auch keine Freunde. Der ziemlich einsam sein musste in dieser großen Stadt. Bis für die im Dauereinsatz observierende Myriam Prechtl feststand, dass das ein stinknormaler Mensch war, ohne soziales Umfeld zwar, der jedoch mit den Serienmorden wohl kaum etwas zu tun haben konnte. Bis Atik Alkay die letzte Observierung übernahm, um sich persönlich von der Harmlosigkeit Aaron Ammanns zu überzeugen. Bis, ja, bis dieser an jenem letzten Abend doch noch das Haus verließ, sich in sein Auto setzte und eilends davonbrauste.

Atik hatte Mühe, ihn im dichten Verkehr nicht zu verlieren. Ein paarmal musste er bei Rot über die Ampel, um dem blauen VW Golf auf der Spur zu bleiben. Ammann fuhr schnell, nicht auffällig schnell, doch so, als hätte er diese Strecke schon häufig genommen. Auf kürzestem Wege orientierte er sich stadtauswärts Richtung Osten. Ordentlich Gas gab er in der Oskar-von-Miller-Unterführung. Hurtig steuerte er die engen Kurven zum Denkmal des Friedensengels empor, setzte oben am Europaplatz im Nobelviertel Bogenhausen den Blinker, bog zügig links ab in die von vornehmen Villen gereihte Möhlstraße, schlug einen Haken rechts und einen links, um schließlich abrupt vor einem herrschaftlichen Patrizierhaus der Jahrhundertwende zu stoppen.

Spätestens jetzt war Atik klar, dass Ammann schon des Öfteren hierhergekommen sein musste, durch die Automatismen seines Fahrstils eindeutig belegt. Er parkte seinen Wagen circa fünfzig Meter entfernt, schaltete die Scheinwerfer aus und wartete gespannt darauf, was Ammann nun unternehmen würde. Zunächst stemmte sich der Mann in geübter Manier gegen das offenkundig unverschlossene Gartentor, wohl wissend, dass es klemmte. Ohne Umschweife marschierte er durch den Park, der das Anwesen einfriedete, zog einen Schlüssel hervor und sperrte die Eingangstür auf, um unversehens im Haus zu verschwinden.

Was hatte er hier nur zu suchen, überlegte Atik, in einem solch prächtigen Gebäude in einer der teuersten Lagen der Stadt? Und woher hatte er den Hausschlüssel?

Über eine Stunde saß er im Auto, ohne dass etwas geschah. Schließlich hielt er es nicht länger aus. Er schloss den Wagen ab und ging, um keine Aufmerksamkeit zu erregen, zuerst in die der Villa entgegengesetzte Richtung, bog eine Straße weiter ab, noch mal und noch mal, um nun von der anderen Seite zur Villa zurückzukehren, ein abendlicher Spaziergänger auf bummeliger Runde. Vor dem Anwesen blieb er stehen. Auf dem messingglänzenden Türschild war ein stilisiertes Wappen eingraviert, darunter der Schriftzug »Centuria e.V.«.

Atik hatte genug gesehen. Er stieg in den BMW, klappte sein Notebook auf und googelte den Verein. Das Ergebnis kam sofort: »Centuria e.V., Burschenschaft von 1886. Studentische schlagende Verbindung, von den Jurastudenten Friedhelm Herminus von Dehlen, Adalbert Rohloff und Gottlieb Roderich Rune gegründet«.

Er scrollte über die ihm unwichtigen Artikel wie Vereinssatzung und Historie und las sich beim Verzeichnis der aktuellen Mitglieder fest. Aaron Ammann war nicht eingetragen, er war ja auch kein Student, unter den Honoratioren gleichwohl eine ganze Heerschar untadeliger Bürger der feinen Münchner Gesellschaft, sogenannte Altherren aus allen möglichen maßgeblichen Kreisen, Ministerialräte und Wirtschaftsbosse, präsidiale Funktionäre und ranghohe Richter. Ein Name war dabei, der Atik spezielle Freude bereitete, ein Mann, den er gut kannte und bei dem es ihn deshalb nicht verwunderte, dass er in dieser Riege vertreten war: Oberstaatsanwalt Eberhard Gräfe.

Atik grinste vor Häme. Hier also ging der karrieregeile harte Hund, wie sie ihn im LKA bezeichneten, ein und aus. Hier also pflegte Gräfe das in Burschenschaften so beliebte Hirntodsaufen, den »Kommers«, wie das bei ihnen hieß. Über die schlagende Verbindung also unterhielt er seine bekanntlich besten Beziehungen überall dorthin, wo das große Geld saß, Macht und Einfluss war. Ein wahrhaft sensationeller Fund!

Christoph, der erklärteste aller Gräfe-Gegner, würde Purzelbäume schlagen vor Vergnügen. Vielleicht könnten sie Gräfe endlich mal an den Karren fahren, vorausgesetzt, mit der Centuria stimmte etwas nicht. Was hatte Christoph vor Kurzem erst über die schlagenden Verbindungen verlauten lassen? Wie bedenklich nahe doch einige von ihnen rechtsradikaler, deutschnationaler Gesinnung stünden, das Deutschnationale sogar in ihren Statuten? Und falls die Ammann-Brüder tatsächlich der Link zu den Migrantenmorden waren und Aaron augenscheinlich regelmäßig in der Burschenschaft verkehrte, dann hätten sie wieder den richtigen Riecher gehabt. Dann könnte Fremdenhass das mögliche Motiv für die Morde gewesen sein. Und hatte man erst das Motiv, war der Täter nicht mehr weit, eine alte Polizeiweisheit. Doch was für ein Skandal, wenn ausgerechnet hier, in dieser Villa, in solch noblem Umfeld, rechtsradikale Machenschaften gedeihen würden, der braune Sumpf gerade hier seine menschenverachtenden Blüten triebe. Und welch Super-GAU für das demokratische Rechtssystem, wenn ein Oberstaatsanwalt als bedeutendes Mitglied des Justizwesens davon Kenntnis hätte.

Noch waren das bloße Gedankenspiele, doch wich Atiks anfängliche Häme kalter Wut, je weiter er seine Gedanken spann. Eine seiner Assoziationen wurde währenddessen immer bedrohlicher, ließ ihn nicht mehr los: *Was wusste Gräfe?*

Falls dieser eitle Fatzke auch nur das Geringste mit Onkel Rafeths Tod zu tun hatte … Atik ballte die Fäuste. Er spürte, wie sein Körper sich verkrampfte, sein Atem stoßweise ging. Nein! Er durfte sich nicht hineinsteigern in einen allheiligen Zorn. Kühlen Kopf musste er bewahren. Und vor allen Dingen Christoph informieren.

Atik lockerte seine Hände. Er sah auf die Uhr. Es war kurz nach zehn, nicht zu spät, um seinen Freund noch anzurufen. Sein Handy hatte der ja immer bei sich. Er wählte die Nummer und hörte es auch schon klingeln, als befände sich Christoph direkt neben ihm. Plötzlich klopfte es an die Scheibe der Fahrertür. Als Atik erschrocken aufsah, stand sein Partner tatsächlich am Wagen und hielt ihm feixend sein fiependes Smartphone entgegen. Atik aber war innerlich viel zu aufgewühlt, um noch irgendetwas lustig zu finden.

»Ich habe so ein seltsames Déjà-vu«, brummte er beim Aussteigen.

»Du meinst die Geschichte vom Hasen und dem Igel«, sagte Christoph, um Ernsthaftigkeit bemüht. An Atiks Miene erkannte er, dass Späße jetzt nicht angesagt waren.

»So in der Art. Immer wenn ich etwas Wichtigem auf der Spur bin, ist der Herr Kaltenbach auch schon da. Kann es sein, dass du mich kontrollierst?«

»Wo denkst du hin!«

»Dann verrate mir mal, was du hier treibst.«

»Gräfe«, erwiderte Christoph. »Ich bin hinter Gräfe her.«

Verbindungen

Kriminalrat Korbinian Kraus konnte nur noch den Kopf schütteln, als seine Hauptkommissare ihm die Mitgliederliste der Burschenschaft Centuria e.V. vorlegten. Nicht, weil sich so viel prominente Namen darunter befanden oder gar Oberstaatsanwalt Gräfe. Das war ihm bekannt, hatte er doch seinerzeit höchstselbst Ermittlungen gegen die Verbindung geleitet hatte. Nur, dass die Centuria erneut in den Fokus der Ermittlungen geriet, und das noch in Bezug auf drei Mordfälle, machte ihn betroffen. Sechs Jahre sei es her, berichtete er seinen Beamten, dass in ebenjenem Gemäuer, vor dem sich Kaltenbach und Alkay vorige Nacht mehr oder minder zufällig getroffen hatten, ein polizeilich gesuchter Neonazi Unterschlupf gefunden hatte. Dabei habe es sich um einen Kerl namens Renee Wessels gehandelt, einen mehrfach vorbestraften Gewalttäter aus der rechtsextremen Szene, der schon des Öfteren ausländische Mitbürger tätlich angegriffen hatte. Auch war er an einem Brandanschlag auf ein Asylantenheim beteiligt gewesen, ebenso auf eine jüdische Synagoge. Letzteres war ihm zwar nicht nachzuweisen gewesen, doch der Überfall auf einen ghanaischen Studenten in der Stadt Wilhelmsroda, als der junge Mann von einem von Wessels aufgepeitschten Mob durch die Straßen gehetzt und, nachdem man ihn gestellt hatte, schwerst verletzt worden war, konnte ihm eindeutig angelastet werden.

Dem Zugriff der Polizei hatte er sich durch Flucht entziehen können und war deshalb zur Fahndung ausgeschrieben worden. Als dann seine Spur nach München führte, war Kraus als zuständiger Dezernatsleiter mit dem Fall betraut worden. Dass er mit der Burschenschaft in Verbindung gebracht werden konnte, hatte man einem Tipp aus dem rechten Spektrum zu verdanken.

Mit Hilfe gewiefter Anwälte hatte sich die Centuria damals aus dem dringenden Verdacht der Mitwisserschaft und der Unterstützung rechtsradikaler Machenschaften herauswinden können. Man hatte schlichtweg behauptet, Wessels hätte sich gewaltsamen Zugang zur Villa der Verbindung verschafft. Niemand wollte bemerkt haben, dass er sich fast zwei Wochen lang dort versteckt hatte. Und warum er sich ausgerechnet die Centuria als Versteck ausgesucht hatte, auch das hatte sich niemand erklären können. Eine Zeit lang war die Burschenschaft danach durch den Verfassungsschutz beobachtet worden, der einigen der Korpsstudenten zwar revisionistische Propaganda und übersteigerten Nationalismus bis hin zur Leugnung der Existenz von Konzentrationslagern im Dritten Reich nachweisen konnte, doch weder habe dies für eine Anklage der betroffenen Personen gereicht, noch habe der Verein verboten werden können.

»Und wie habt ihr diesen Wessels dann erwischt?«, fragte Atik.

»Ein aufmerksamer Anwohner hat uns informiert. Er hat ihn im Garten beobachtet, als der Idiot so unvorsichtig war, ein Sonnenbad zu nehmen. Die Visage des Mannes ist ihm offenbar verdächtig vorgekommen. Wessels sah ja auch aus, wie man sich einen gestandenen Neonazi so vorstellt, mit Glatze und den typischen Tätowierungen, vom Hakenkreuz bis zur Zahl Achtundachtzig, dem Symbol für Adolf Hitler.« Kraus schmunzelte. »Er war noch in der Badehose, als wir ihn festnahmen.«

»Was ist aus dem Kerl geworden?«, wollte Atik wissen.

»Oh, das Gericht hat ihm ordentlich eins mitgegeben. Er wurde zu neun Jahren verurteilt. Da war einiges zusammengekommen: versuchter Totschlag, Brandstiftung, Mitgliedschaft in einer demokratiefeindlichen Gruppierung, mehrfach schwere Körperverletzung, unerlaubter Waffenbesitz, Tragen verbotener Naziembleme und so weiter und so fort. Wessels sitzt übrigens nach wie vor in der Justizvollzugsanstalt Straubing ein. Seinen Antrag auf vorzeitige Entlassung auf Bewährung hat die Strafkammer letztes Jahr abgelehnt, Gott sei Dank.«

»Die Centuria war also damals schon in den Verdacht geraten, den Neonazis nahezustehen«, resümierte Christoph. »Was ist mit Gräfe, glauben Sie, er ist ebenfalls rechtsextremer Gesinnung?«

Kraus lehnte sich in seinem Sessel zurück. »Keine Ahnung. Vorstellen kann ich es mir ehrlich gesagt nicht. Doch wie dem auch sei, es ist nicht gut, dass er in der Centuria verkehrt. Es könnte sich kontraproduktiv auf unsere Ermittlungen auswirken. Und eine Hausdurchsuchung kriegen wir derzeit von ihm kaum genehmigt, weder bei Ammanns noch in der Verbindung. Es sei denn, …« Er ließ den Satz unvollendet.

»Was?«, fragte Atik. »Es sei denn, was?«

Der Kriminalrat schien etwas im Schilde zu führen. Seine Miene hellte sich zusehends auf. »Im Moment kommt uns das Glück ein Stück entgegen. Gräfe geht übermorgen für zwei Wochen in Urlaub. Seine Vertretung ist eine Neue, eine Frau Anette Schwalb. Ich denke, dass sie sich vielleicht gern profilieren möchte, solange der Alte nicht da ist. Beider Verhältnis soll nicht das beste sein. Ich werde sie also kontaktieren, sobald sie in Amt und Würden ist, und um den Durchsuchungsbeschluss beim Richter bitten. Bis dahin, Männer, müsst ihr euch noch gedulden. Und jetzt macht euch an die Arbeit. Wollen doch mal sehen, ob das LKA den Faschisten nicht das Handwerk legen kann.«

Zurück im Büro ließen die Kommissare die letzten Tage Revue passieren. In all dem Stress hatten sie kaum Gelegenheit dazu gehabt, speziell das wunderliche Aufeinandertreffen vor dem Burschenschaftlerhaus zu erörtern. Christoph berichtete, dass es Shimmy Le Boeuf gewesen war, der ihn auf Gräfe gebracht hatte.

»Shimmy Le Boeuf«, sinnierte Atik. »Ich hätte es mir nicht träumen lassen, dass der dir etwas erzählt. Wie hast du ihn denn zum Singen gebracht?«

»Das war so schwer nicht. Dass er auf dich schlecht zu sprechen ist, war ja klar. Noch schlechter aber ist er auf den Herrn Oberstaatsanwalt Gräfe zu sprechen. Bei drei Verfahren hat der die Anklage gegen Shimmy vertreten. In seiner Akte konnte ich das nachlesen. Als Pies mich anrief, dass Shimmy in der Kneipe rumhockt und sich volllaufen lässt, bin ich sofort hin. Nach ein paar weiteren Drinks, die ich ihm spendiert habe, musste ich nur noch den Namen Gräfe ins Spiel bringen, und schon ist Shimmy mit seinen Weisheiten herausgerückt.«

»Hmmh«, machte Atik. »Dass Gräfe ein Waffennarr ist, haben mir schon einige Kollegen gesteckt. Aber dass er auch noch so altes Nazizeug sammelt, wie Shimmy dir erzählt hat, das ist echt ein starkes Stück. Nur woher wusste der alte Gauner, dass Gräfe Mitglied der Centuria ist?«

»Internet, Atik. Schon mal was davon gehört? Das Medium, das nichts vergisst?« Er klopfte auf Atiks Oberschenkel. »Manchmal sind die Dinge eben leicht zu durchschauen.«

***

Kriminalrat Kraus sollte sich im Ehrgeiz der stellvertretenden Oberstaatsanwältin nicht getäuscht haben. Vor dem Hintergrund des Gerichtsprozesses gegen die NSU war sie hinreichend sensibilisiert, um etwaigen weiteren ausländerfeindlichen Machenschaften mit aller Entschiedenheit entgegenzutreten. Die richterliche Anordnung zur Durchsuchung der Glaubensgemeinschaft der Kinder Hiobs sowie der Privatwohnung des Aaron Ammann hatte sie binnen einer Stunde erwirkt, als Oberstaatsanwalt Gräfe samt Familie bereits gut gelaunt im Flugzeug nach Mallorca saß. Eingreifen konnte er nun nicht mehr, selbst wenn er es gewollt hätte.

***

Der Morgen hatte sich noch nicht zum Grauen entschieden, als um Punkt sechs Uhr ein zwanzigköpfiges Kommando des Landeskriminalamtes vor dem Gut der Frommen vorfuhr. Zur selben Stunde klingelte eine Sondereinheit ausgewählter Spezialisten Aaron Ammann aus dem Bett. Den Einsatz auf der Schwäbischen Alb leitete Hauptkommissar Alkay, während der Erste Hauptkommissar im Dezernat Mord, Christoph Kaltenbach, seine sieben Kollegen, darunter vier der KTU, bei ihrer Arbeit in der Tillystraße unterstützte.

Die Polizeiaktion bei Aaron Ammann währte lediglich eineinhalb Stunden, bestand die Wohnung doch nur aus zwei Zimmern. Die Beamten durchwühlten das Apartment gleich zwei Mal. Sie klopften die Wände auf mögliche verborgene Tresore oder Hohlräume ab, desgleichen die Fußböden. Sie drehten jeden Gegenstand um, nahmen jedes Möbelstück auseinander und fanden – nichts. Keine NS-Devotionalien, keine rechtsnationalen Kampfesblätter oder sonstige einschlägige Lektüre, nichts. Keine Waffen, keine für den Fall relevanten Spuren, einfach nichts.

Kaltenbach ließ sich seine Enttäuschung nicht anmerken. Den Triumph wollte er Ammann nicht gönnen. Seinem Dafürhalten nach gab dieser sich derart verdachtslos, dass es schon wieder verdächtig war. Die ganze Zeit über, während um ihn herum der kriminaltechnische Wahnsinn tobte, saß Ammann kerzengerade und kalt wie Stein an seinem Küchentisch, die Hände wie damals im LKA-Büro brav nebeneinander auf der Resopalplatte abgelegt. Regelrecht unbeteiligt wirkte er, als ginge ihn das alles nichts an.

Entweder, dachte Christoph, hat er wirklich nichts zu verbergen, oder er spielt nur den beherrscht Harmlosen. Sein Gefühl jedoch hatte sich für Letzteres entschieden, denn Ammanns Augen verrieten momentweise eine andere Wahrheit, immer dann, wenn er sich unbeobachtet glaubte. Die Worte seines ehemaligen Lehrmeisters bei der Kripo Ludwig Reuter gingen ihm durch den Kopf: »Alles am Menschen vermag zu lügen, die Haltung, die Hände, der Mund. Nur die Augen können es nicht, die führen ihr Eigenleben, schaut doch die Seele direkt aus ihnen.« Der gute Ludwig Reuter, dachte er. Was hatte er ihm nicht alles beigebracht.

Und Ammanns Wohnung?

Für Christoph gab es kaum Interessanteres als eines Fremden Behausung. Sie war ihm wie ein offenes Buch, in dem er über den Protagonisten, den jeweiligen Bewohner, lesen und so manches über ihn erfahren konnte, was derjenige freiwillig nie preisgegeben hätte.

Früher, zu Teenagerzeiten, hatte sich dies noch einfach gestaltet. Da musste Christoph nur schnell die Schallplattensammlung des Besuchten durchsehen oder das Bücherregal, und schon wusste er Bescheid. Wenn da Platten mit, wie er es nannte,

Kaufhausmusik herumlagen, in seinen Ohren Unsägliches wie Chris de Burgh oder gar Boney M., sogenannte Hits oder Sampler der Rubrik Kuschelrock, war das Thema schon erledigt, negativ für den Protagonisten.

Ammann aber besaß nichts dergleichen. Nicht einmal eine Stereoanlage. Keine CDs, keine Bücher, keine Privatfotos, ein einziges Bild nur an der Wand, irgendein, ja, Kaufhausdruck. Etwas, das auf ein Individuum deutete, mit Neigungen oder Hobbys, suchte man vergebens. Und ebendies störte den Kommissar; dass da einer vorgab, eigenschaftslos zu sein. Eine Wohnung war der Spiegel einer Person, so Christophs Credo. Hier aber war der Spiegel blind.

Christoph hatte sich nicht aktiv an der Durchsuchung beteiligt. Er behielt Ammann stattdessen unentwegt im Auge, der gleichwohl tat, als würde er nichts und niemanden registrieren. Seelenruhig saß er auf seinem Stuhl und ließ die entwürdigende Zeremonie über sich ergehen. Er hielt sogar den Nadelblicken stand, mit denen Christoph ihn zu piksen trachtete, Blicke, die subkutan gehen konnten und schon so manch abgefeimten Kriminellen nervös gemacht hatten.

Schließlich waren die Beamten mit ihrer Arbeit am Ende, in wirklich jeder Beziehung. Markus Besold, der bisher noch jedes scheinbar unwesentliche Detail in einem verdächtigen Objekt entdeckt hatte, das sich später als essenzielles Glied einer langen Beweiskette zur Überführung des Täters herausstellen sollte, hob bedauernd die Hände.

»Kein Grund zur Traurigkeit«, beschied Christoph seinen Kollegen, »ihr habt euer Bestes gegeben. Wir ziehen ab.«

Er trat nahe, zu nahe, an den nach wie vor reglos am Küchentisch harrenden Ammann heran. Selbst im Sitzen war der noch ein Riese. Kaltenbach grinste ihm aufreizend ins Gesicht. »Tja, Ammann. Nichts für ungut. War wohl falscher Alarm. Doch keine Sorge, wir sehen uns bestimmt bald wieder.«

Als die Polizisten mit ihrem Arsenal an Kriminaltechnik endlich auf der Straße standen, drang infernalischer Krach aus dem Haus. Offenkundig war Ammann dabei, seine Möblierung in ihre Einzelteile zu zerlegen.

»Na also«, sagte Christoph, »ganz umsonst war die Durchsuchung nicht.«

Atik Alkay indes hatte mehr Glück bei seiner Aktion. Die Sondereinheit, die mit vier Fahrzeugen auf den Hof des Landgutes gerauscht war, konzentrierte sich zunächst darauf, sämtliche Glaubensmitglieder im Gemeindehaus zu versammeln. Atik las den richterlichen Beschluss vor, um ihn anschließend Barthelmeß Ammann in Kopie zu übergeben. Er hatte mit scharfem Protest gerechnet, doch die Kinder Hiobs standen schweigend mit gesenkten Häuptern vor dem groß gewachsenen Kommissar mit der dunklen, kräftigen Stimme, als sei er der von Gott gesandte Racheengel und würde nun über sie richten. Sogar der Gemeindevorsteher, der durchaus adrenalinfähig war, nahm den Eingriff in das sonst so geordnete Leben der Frommen in scheinbarer Ergebenheit hin. Nur sein Sohn Jeremias wirkte hypernervös.

Wieder hatte er seine klobigen Hände nicht im Griff. Unkontrolliert mahlten seine Kiefer wortlos Sätze, die er wohl lieber zerkaute und hinunterschluckte, als sie seinem Mund zu entlassen.

Als Erstes wurden seines Vaters Haus, der Stall und die zugehörigen Schuppen auseinandergenommen. Unter anderem suchten sie das Sitzbrett, das eventuell zu dem zweckentfremdeten Melkschemel gehörte. Während die Spezialisten des LKA die Gebäude von oben bis unten durchkämmten, nahm Barthelmeß Ammann mit dem vor dem Wohnhaus patrouillierenden Alkay vorsichtigen Kontakt auf.

»Eine Bitte habe ich, Herr Kommissar«, sagte er. »Lassen Sie unsere Kirche aus dem Spiel. Entweihen Sie dies heilige Haus nicht, indem Sie auch dort jeden Stein umdrehen. Ich bitte Sie vor Gott.«

Atik, der Konfessionslose, im islamischen Glauben erzogen, doch als spätes Kind zeitweise den feierlich-pompösen Riten des Katholizismus erlegen, sodass er sich manchmal heimlich in die sonntägliche Messe geschlichen hatte, dieser agnostische Atik Alkay hätte solchen Frevel so oder so nicht übers Herz gebracht.

»Sie haben mein Wort«, beruhigte er den Gemeindevorsteher. »Ihre Kirche bleibt unangetastet.«

»Muss auch nicht sein.« Mit diesen Worten kam Stefanie Böck von der KTU auf sie zu. »Wir haben das hier im Schafstall gefunden.«

Sie schleppte einen großen transparenten Plastikbeutel heran. Atik glaubte schon, das ominöse Sitzbrett wäre darin, doch es kam noch besser: Im Plastikbeutel befand sich eine Armbrust.

Atik nahm das seltsame Paket entgegen und hielt es dem Gemeindevorsteher vor die Nase. »Können Sie mir sagen, wie diese Waffe in Ihren Stall kommt?«

»Mein Gott«, entfuhr es Ammann, »ich weiß es nicht.« Voller Entsetzen starrte er auf das Bündel. »Ist das eine …«

»Eine Armbrust«, herrschte Atik ihn an. »Mit einer solchen Waffe wurde mein Onkel umgebracht. Und eines schwöre ich Ihnen, Ammann: Sollte sich herausstellen, dass das die Tatwaffe ist, werde ich persönlich dafür sorgen, dass Ihr Laden hier dichtgemacht wird; Kirche hin oder her. Die Kinder Hiobs werden dann Vergangenheit sein!«

Barthelmeß Ammann stöhnte. Er griff sich ans Herz. »Herr Kommissar! Wir haben damit nichts zu tun, das müssen Sie mir glauben. Das ist alles so entsetzlich und gleichzeitig so unerklärlich, aber ich –«

»Was soll das heißen, *wir* haben damit nichts zu tun?« Atiks Stimme war über das gesamte Gut zu hören. »Wer ist *wir*? Wo ist Jeremias, Herr Ammann? Holen Sie Ihre Leute hierher, und zwar sofort! Irgendeiner von euch muss die Armbrust ja wohl versteckt haben!«

Der Gemeindevorsteher schien verstört. Deutlich war zu sehen, wie es unter seinem leinernen Hemd heftig klopfte. Wieder griff er sich ans Herz. Seine Frau Ruth, die alles mitangesehen hatte, kam herbeigeeilt. Es war das erste Mal, dass sie von sich aus in Erscheinung trat, bemerkte Atik. Die Frauen der Glaubensgemeinschaft hielten sich sonst diskret im Hintergrund. In diesem patriarchalischen System hatten sie offenkundig wenig zu vermelden. Sie stützte ihren Mann und half ihm bis zur Holzbank, die vor ihrem Haus stand. Der Gemeindevorsteher musste sich allerdings nicht weiter bemühen. Durch Atiks lautstarke Drohungen aufgeschreckt, strömten sämtliche Kinder Hiobs vor Ammanns Haus zusammen. Mit geübtem Blick ging Atik die Leute durch. Alle waren gekommen, alle bis auf einen.

Atik baute sich vor dem sichtlich derangierten Barthelmeß Ammann auf. »Ich frage Sie ein letztes Mal: Wo ist Jeremias?«

Für all die Opfer

»Ein Loch wie ausgestanzt.« Atik beugte sich über die Leiche. »Hast du so was schon mal gesehen?«

Markus Besold, der auch heute die kriminaltechnischen Maßnahmen leitete, kratzte sich am kahl geschorenen Schädel. »Schon, aber nicht am ehemals lebenden Objekt. Nur an sogenannten Dummies.«

»Was ist das für eine Waffe, die so brutale Schneisen schlägt?«

Besold kniete sich neben das Opfer und drehte dessen Kopf so, dass er das Einschussloch mitten auf der Stirn nochmals begutachten konnte.

»Genaues kann ich noch nicht sagen, aber die einzige Waffe, die mir spontan dazu einfällt, ist eine .68er Magnum, ein Präzisionsgewehr der Firma Knauss-Haecker, eigentlich für Scharfschützen vom Militär entwickelt.«

»Knauss-Haecker?« Atik horchte auf. »Ist das nicht der, der kürzlich bei einem Jagdunfall im Schwäbischen ums Leben kam?«

»Exakt«, erwiderte Besold. »Echt deutsche Wertarbeit, also nicht der Jagdunfall, sondern das Gewehr. Ein echter Verkaufsschlager, besonders beliebt bei unseren arabischen Freunden, du weißt schon.«

»Ein Scharfschütze, verstehe.« Atik erhob sich aus der Hocke. Sein Blick schweifte über die steilen Hänge, die links und rechts das Flussufer umfriedeten. Ein Spaziergänger hatte die Leiche am Morgen in den Isarauen gefunden, unweit des Münchner Tierparks. »Irgendwo da oben hat der Mörder auf sein Opfer gewartet.«

»Wahrscheinlich wurde der Schuss von dort abgefeuert.« Besold deutete in Richtung Isar-Hochufer, wo sich der Stadtteil Harlaching mit seinen vornehmen Villen erstreckte.

»Da liegt doch der Biergarten der Menterschwaige«, fiel Atik ein.

Besold zuckte mit den Schultern. »Mit Bier kenne ich mich nicht so aus.«

»Aber ich«, sagte Atik. »Das ist einer der schönsten Biergärten Münchens.«

»Schon recht«, sagte Besold. »Ich muss zurück, Atik. Die Leiche kommt gleich in die Pathologie, zu Dr. Jablonski.«

Während die Kollegen nach und nach den Tatort räumten, blieb Atik noch eine Weile. Die Isarauen …, dachte er. Drüben im Tierpark Hellabrunn hatte er damals den furchtbaren Kindermörder erschossen. Und wenn er ehrlich war, hatte er nichts dabei gefühlt. Nichts. Keinen Hass, keine Befriedigung, aber auch kein Bedauern.

Und nun ein weiterer Toter. Erschreckend, wie viele Tötungsdelikte in solch kurzem Zeitraum im sonst so geruhsamen München passiert waren. Atik konnte sich nicht erinnern, dass in der Kriminalgeschichte der Stadt jemals Ähnliches vorgekommen war. Der des Mordes zumindest an Onkel Rafeth in Verdacht geratene Jeremias Ammann war noch immer flüchtig. Die bundesweit nach ihm ausgelöste Fahndung hatte auch nach zwei Tagen nichts erbracht. Der Kerl schien spurlos vom Erdboden verschwunden zu sein. Die Armbrust hatte man einem auf solche Art Waffen spezialisierten Ballistiker in Hamburg geschickt, jedoch noch kein Resultat in der Frage erzielt, ob der Pfeil, der Rafeth getötet hatte, aus jener Waffe abgefeuert worden war. Nur die auf der Armbrust sichergestellten Fingerabdrücke konnten eindeutig Jeremias Ammann zugeordnet werden. Welch ungeahnte Richtung der Fall doch genommen hatte.

Im Prinzip traute Atik dem schüchternen jungen Mann einen derart brutalen Mord nicht zu, und noch war nichts bewiesen. Niemand aber konnte einem Menschen in die Seele schauen, und oft verbarg sich unter unscheinbarer Hülle ein tiefer Abgrund.

Für Barthelmeß Ammann war das Ganze jedenfalls zu viel gewesen. Er hatte einen Nervenzusammenbruch erlitten und lag seitdem in der Klinik.

Aaron Ammann musste von jeglichem Verdacht ausgenommen werden. Für die Tatzeit hatte er ein wasserdichtes Alibi geliefert. Im Haus der Centuria war er gewesen, von gleich drei Burschenschaftlern bezeugt. Offenkundig fungierte er dort als Mädchen für alles, kümmerte sich gemeinsam mit einem Hausmeister um Gebäude, Garten und Gerät, wobei unter Gerät das Degen-und Säbel-Arsenal der schlagenden Verbindung zu verstehen war. Deshalb besaß er einen Schlüssel zur Villa, und deshalb kannte er sich so gut aus.

Und jetzt noch dieses Delikt, erstem Anschein nach die Tat eines Berufskillers. Die Frage war nur, ob dieses Verbrechen in irgendeiner Verbindung zu den anderen Morden stand. Wer war der Tote? Atik besah sich die Fotos, die von der Spurensicherung aufgenommen worden waren. Ein blitzsauberer Treffer. Nur ein absoluter Profi brachte so etwas zustande. Aber warum hatte der Mann sterben müssen? Atik warf einen letzten Blick auf den Toten, bevor er in den Sarg gelegt und abtransportiert wurde. Ein Mann von geschätzt sechzig Jahren, im Alter seines Vaters. Gut in Schuss, hatte Besold gewitzelt, edle Klamotten, teure Schweizer Uhr, Upperclass, sicher aus Harlaching oder Großhesselohe, wo man halt so wohnte als Reicher. Papiere hatte er keine bei sich. Aber so einer lebte nicht allein, bald schon würden sich die Verwandten melden, eine Vermisstenanzeige aufgeben. Und dann würde jemand die schreckliche Nachricht überbringen müssen. Das waren die Momente, in denen Atik seinen Beruf hasste. Weil er so etwas nicht konnte und Christoph bitten musste, dies zu übernehmen. Weil der so eine sanfte, ruhige Art hatte. Der konnte das, den Leuten schonend die schlimme Wahrheit beibringen.

Da ging er lieber in die Pathologie, etwas, das Christoph nicht schaffte. War ja auch verständlich, wenn man die eigene Familie in den Tod gefahren hatte. Sonst schien sein Freund wieder auf gutem Wege zu sein, nachdem er fast ein Jahr lang wie ferngesteuert gewirkt hatte. Nur noch die Automatismen hatten damals funktioniert, seine Psyche aber war aufgrund des übergroßen Schuldbewusstseins schwerst angeschlagen. Doch die Nahtoderfahrung während der Fahndung nach dem Serienkiller hatte ihn letztlich aus seiner mentalen Isolation geführt. Christoph hatte den Kindermörder damals gestellt, im Wald in den Bergen, oben am Wendelstein. Doch hatte er bei dem Showdown nicht abdrücken können, weil man das nicht tat als guter Polizist, jemanden einfach abknallen, nicht einmal einen verdammten Kindermörder. Und so hatte der Täter ihn niedergeschossen. Dass er überlebt hatte, hatte einem Wunder geglichen, doch musste es genau dieses Wunder gewesen sein, das ihn wieder in die Spur gebracht hatte. Seitdem war er fast wieder der Alte, trank wieder Alkohol und sang sogar wieder in seiner alten Rockband.

Christoph hatte sich heute freigenommen, denn heute wäre der Geburtstag seiner Frau Krisztina gewesen. Er hatte allein sein wollen. Wahrscheinlich hockt er jetzt am Grab, dachte Atik, und heult sich die Seele aus dem Leib. Heulen tat gut. Danach war der Dreck raus, und es ging einem besser. Hoffte er zumindest. Aber sonst war sein Freund stabil, hatte sogar endlich die alte Wohnung aufgegeben, an der er seit dem Autounfall nichts verändert hatte, alles so gelassen, als wäre seine Familie noch am Leben und würde jeden Augenblick durch die Tür kommen.

Ein Leben ohne Familie, Atik konnte sich so etwas überhaupt nicht vorstellen. Auch wenn er selbst vor ein paar Jahren eine eigene Wohnung bezogen hatte, so verging fast kein Tag, an dem er seine Eltern nicht sah oder wenigstens mit ihnen telefonierte, wie es ein guter türkischer Sohn eben hielt.

Das Mobiltelefon klingelte. Es war Christoph.

»Kaum denkt man an den Chef, ruft er auch schon an.«

»Ist das ein türkisches Sprichwort?«

»Nein, Alter. Das stammt von Atik Alkay, dem berühmten Moraltheologen. Was gibt's? Brauchst du jemanden zum Trösten?«

»Nein danke, mein Freund. Ich war nur kurz an Krisztinas Grab und bin dann doch ins Büro. Wir haben einfach zu viel Arbeit, als dass ich mir einen freien Tag gönnen konnte. Bist du noch am Tatort?«

»Ich bin gerade am Gehen. Hier ist nichts mehr zu tun. Der Tote ist schon auf dem Weg zu Jablonski. Die Leiche musst du dir ausnahmsweise mal anschauen, ich meine, das Einschussloch. Wie ausgestanzt, ein Loch fast so groß wie eine Kinderfaust.«

»Ich hab's schon gehört.«

»Wie das?«

»Von Besold. Ich habe soeben mit ihm telefoniert, weil ich dich nicht erreicht habe.«

»Der Empfang hier unten ist nicht so gut. Und du warst mal wieder schneller, als die Polizei erlaubt. Nur wer der Tote ist, wissen wir noch nicht.«

»Aber ich.« Der besserwisserische Ton, für den Christoph bei den Kollegen nicht gerade beliebt war, war nicht zu überhören.

»Wie hast du das so flott rausgekriegt?«

»Vor zehn Minuten rief die Vermisstenstelle an. Heute Vormittag ging eine Meldung an die Behörde, dass ein dreiundsechzigjähriger Mann vermisst wird, und die Beschreibung passt haargenau auf das Opfer.«

»Mann, sind wir schnell! Und wer ist es?«

»Der Tote heißt Dieter Rune. Er wohnt gleich um die Ecke des Tatorts, in der Heilmannstraße.«

»Geile Gegend.«

»Das auch. Jetzt aber kommt's: Der Mann ist beziehungsweise war Waffenfabrikant.«

»Doch nicht etwa *der* Rune?«

»Leider ja.«

»Ach du Scheiße.« Atik klang besorgt. »Ist der nicht in diesen Skandal verwickelt, wo europäische Rüstungsfirmen über irgendwelche dunklen Kanäle Waffen an die somalische Al-Shabab-Miliz geliefert haben sollen, trotz Embargo?«

»Exakt. Runes Firma soll an den Lieferungen beteiligt gewesen sein, nur ist noch nichts belegt. Bisher haben die Rune-Werke alles abgestritten, die Ermittlungen laufen noch.«

»Ob das etwas mit dem Mord zu tun hat?«

»Wenn ja, begeben wir uns auf verdammt glattes Eis, mein Freund. Dann werden auch noch die Maden vom Bundesnachrichtendienst aus ihren Löchern kriechen, und wenn der BND seine Finger in dem Fall hat … Du ahnst, was dann los ist.«

»Herrje! Aber du weißt ja, ich liebe das Eis, mir kann's gar nicht glatt genug sein.«

»Das wollte ich hören. Jetzt komm erst mal ins Büro, dann sehen wir uns an, wo der gute Rune so überall tätig war.«

»Glaubst du, der Mord könnte in irgendeiner Verbindung zu den Migrantenmorden stehen?«

»Wieso fragst du?«

»Na, wegen des Gedichts.«

»Was für ein Gedicht?«

»Das die KTU in der Jacke des Toten gefunden hat.«

»Ich weiß nichts von einem Gedicht. Aber mir sagt ja keiner was. Kaum ist man eine Stunde nicht in der Firma, schon laufen die Dinge an einem vorbei.«

»Cool down, Kollege. Ich hab den Zettel an mich genommen. In zwanzig Minuten bin ich im Büro. Du wirst dich wundern.«

***

»Schwarze Milch der Frühe wir trinken sie abends
wir trinken sie mittags und morgens wir trinken sie nachts
wir trinken und trinken
wir schaufeln ein Grab in den Lüften da liegt man nicht eng
Ein Mann wohnt im Haus der spielt mit den Schlangen der schreibt
der schreibt wenn es dunkelt nach Deutschland dein goldenes Haar Margarete
er schreibt es und tritt vor das Haus und es blitzen die Sterne
er pfeift seine Rüden herbei
er pfeift seine Juden hervor lässt schaufeln ein Grab in der Erde
er befiehlt uns spielt auf nun zum Tanz

Schwarze Milch der Frühe wir trinken dich nachts
wir trinken dich morgens und mittags wir trinken dich abends
wir trinken und trinken
Ein Mann wohnt im Haus der spielt mit den Schlangen der schreibt
der schreibt wenn es dunkelt nach Deutschland dein goldenes Haar Margarete
Dein aschenes Haar Sulamith wir schaufeln ein Grab in den Lüften da liegt man nicht eng

Er ruft stecht tiefer ins Erdreich ihr einen ihr anderen singet und spielt
er greift nach dem Eisen im Gurt er schwingt's seine Augen sind blau
stecht tiefer die Spaten ihr einen ihr andern spielt weiter zum Tanz auf

Schwarze Milch der Frühe wir trinken dich nachts
wir trinken dich mittags und morgens wir trinken dich abends
wir trinken und trinken
ein Mann wohnt im Haus dein goldenes Haar Margarete
dein aschenes Haar Sulamith er spielt mit den Schlangen

Er ruft spielt süßer den Tod der Tod ist ein Meister aus Deutschland
er ruft streicht dunkler die Geigen dann steigt ihr als Rauch in die Luft
dann habt ihr ein Grab in den Wolken da liegt man nicht eng

Schwarze Milch der Frühe wir trinken dich nachts
wir trinken dich mittags der Tod ist ein Meister aus Deutschland
wir trinken dich abends und morgens wir trinken und trinken
der Tod ist ein Meister aus Deutschland sein Auge ist blau
er trifft dich mit bleierner Kugel er trifft dich genau
ein Mann wohnt im Haus dein goldenes Haar Margarete
er hetzt seine Rüden auf uns er schenkt uns ein Grab in der Luft
er spielt mit den Schlangen und träumet der Tod ist ein Meister aus Deutschland

dein goldenes Haar Margarete
dein aschenes Haar Sulamith«

Christoph, der den Text im Stehen vorgetragen hatte, weil es ihn nicht mehr auf seinem Platz gehalten hatte, legte das Blatt zurück auf seinen Schreibtisch. Im Büro der Kommissare herrschte Stille.

»Das Gedicht stammt von Paul Celan«, sagte Christoph nach einer Weile. »Es heißt ›Todesfuge‹.«

»Wahnsinn«, sagte Atik, »das ist verdammt harter Stoff. Weshalb hat der Tote so einen Text mit sich herumgetragen? Soweit ich das überblicke, geht es bei dem Gedicht um den Holocaust, um die Judenvernichtung im Dritten Reich. Was hat Rune damit zu schaffen?«

»Das ist die Frage«, sagte Christoph. »Auf der Rückseite steht ›für all die Opfer‹. Da wollte einer Rache. Nur wofür?«

»Keine Ahnung. Aber warum erschießt er sein Opfer aus großer Distanz, um dann seelenruhig zu ihm runterzumarschieren und ihm dieses Gedicht in die Tasche zu stecken?«

»Ich nehme an, das hat er schon vor dem Mord getan.«

»Demnach müssten sich Opfer und Täter gekannt haben. Und die Sache steht vermutlich tatsächlich mit den Morden an meinen Landsleuten in Verbindung. So viele Tötungsdelikte auf einmal und so viel verfluchte Poesie dabei, das stinkt doch zum Himmel. Weiß Runes Familie eigentlich schon Bescheid?«

Christoph seufzte. »Noch nicht. Bisher hat sich niemand gefunden, der den Leuten das beibringt. Ich schätze, das ist mal wieder mein Job. Aber wir müssen so oder so zu Runes Haus. Vielleicht können uns die Angehörigen ja etwas über das mögliche Mordmotiv erzählen.«

»Was heißt ›wir‹?«

»Dass du natürlich mitkommst, und zwar jetzt gleich.«

Atik wand sich. »Kannst du das nicht alleine machen? Ich meine, wir haben so eine Menge um die Ohren, und die zusätzlichen Leute, die wir angefordert haben, muss auch noch jemand einarbeiten, und –«

»Schon gut.« Christoph lächelte. »Kümmere du dich um die Kollegen. Zuvor schaue ich mir noch die Unterlagen an, die Inken über das Opfer zusammengestellt hat. Völlig ahnungslos will ich nicht zu seiner Familie fahren.«

Atik rief die Kollegen zusammen, froh, um den unangenehmen Besuch bei den Angehörigen herumgekommen zu sein. Christoph nahm sich den Ordner vor, den Inken Möhricke ihm auf den Schreibtisch gelegt hatte.

Dieter Rune. Ein ehrenhafter Mann schien das, beste Verbindungen in die Politik, Vorstand der Vereinigung der deutschen

Rüstungsindustrie, Mitglied in allen möglichen honorigen Vereinen, karitativen Institutionen, Förderer der schönen Künste, Mäzen des Opernhauses, Träger des Bundesverdienstkreuzes, blablabla. Seit fast dreißig Jahren mit derselben Frau verheiratet, drei Kinder, alle wohlgeraten, logisch, das Älteste, ein Sohn, im Unternehmen in leitender Funktion tätig, blablabla. Die Firma selbst prosperierte, letztes Jahr ein Umsatzplus von zwölf Prozent, die wachsenden, gewaltsam ausgetragenen Konflikte in der Zweiten und Dritten Welt mussten schließlich ordentlich bedient werden.

Die Firma war dem gehobenen industriellen Mittelstand zuzurechnen, in der Herstellung von Panzergleisketten sogar absoluter Weltmarktführer, mit Abnehmern hauptsächlich im arabischen Raum. Alles bestens also. Ein Saubermann. Fast. Wenn man außer Acht ließ, *was* Rune produzierte. Und an wen er verkaufte. Und wenn nur nicht diese dubiose Geschichte mit den Waffenlieferungen an die Al-Shabab-Miliz wäre.

Doch was war das Motiv für den Mord? Dass man Rüstungsfabrikanten nicht gerade mochte, gehörte zur neuen deutschen Kultur der Neutralität, des gepflegten Antimilitarismus, der durch alle Bevölkerungsschichten ging. Dass Deutschland drittgrößter Waffenproduzent der Welt war, wurde von der Politik dabei großzügig verschwiegen. Doch jemanden umzubringen, weil er Kriegsspielzeug fabrizierte, das würde Christoph nicht einmal dem militantesten Kriegsgegner unterstellen. Also eher eine Beziehungstat wie bei fast allen Tötungsdelikten, auch wenn Atik wegen des Vorgehens des Täters einen Auftragsmord dahinter vermutete. Aber ein professioneller Killer im beschaulichen München? Er weigerte sich, diesem Gedanken auch nur Raum zu lassen.

***

Eine halbe Stunde später parkte Christoph seinen Wagen vor dem stattlichen Anwesen der Runes. Mit Respektabstand zum schmiedeeisernen Einfahrtstor erhob sich zwischen zwei mächtigen Eichen ein Gebäude im nachempfundenen Renaissancestil, als hätte das klassische Florenz es geboren. Dienstpersonal huschte durch den Garten, nahm aber keine Notiz von Christoph. Offensichtlich waren sie es gewohnt, dass Leute vor dem Haus anhielten, um sich an solch sattem Reichtum zu ergötzen.

Christoph lief um das Anwesen herum. Hin und wieder spähte er durch die noch laublose Buchenhecke. Im Haus schien es ruhig. Niemand ahnte etwas von der Hiobsbotschaft, die er gleich überbringen musste. Ein Gärtner mähte bereits den Rasen, obwohl das frische Frühjahrsgrün gerade einmal zwei Finger hoch stand. In der Beletage war eine Frau damit beschäftigt, die Gardinen im Erker abzunehmen. Hinter dem Gebäude sah er eine weitere Bedienstete Wäsche auf die zwischen einem Gartenschuppen und einer Steinskulptur gezogene Leine aufhängen.

Christoph mochte, wie die junge Frau die Wäschestücke verteilte, unorthodox und völlig durcheinander. Hosen klemmte sie meist nur mit einem Bein an das Seil, Laken teilweise in sich verworren, sodass sie aussahen wie ungelenke Gespenster. Die Dame schien Humor zu haben, oder sie mochte ihre Arbeitgeber nicht, dass sie auf solch hintersinnige Weise Widerstand zeigte. Die Haushaltshilfe seiner Mutter hatte die Sachen stets nach Thema ordnen müssen, fein säuberlich getrennt, versteht sich, Betttuch neben Betttuch, Hemd neben Hemd und die Unterwäsche separat. Es gefiel ihm auch, dass die Angestellte die moderne Skulptur zum Leinenhalter degradiert hatte. Die junge Frau war sehr klein und schien südländischer Herkunft zu sein.

Er mochte jetzt gar nicht mehr hineingehen in das Haus, diese Idylle stören. Aber es war seine Pflicht. Christoph straffte sich, marschierte zum Gartentor und klingelte.

»Landeskriminalamt Bayern«, sagte er auf das »Bitte?«, das aus der Sprechanlage neben dem Klingelknopf kam. »Mein Name ist Christoph Kaltenbach, Hauptkommissar. Dürfte ich bitte eintreten, ich möchte gerne mit Frau Rune sprechen.«

»Haben Sie einen Termin?« Die Stimme nervte Christoph. Seine Tante, eine geborene Frederike von Kaltenbach, hatte in gleicher Weise gesprochen, die Tonleiter runter, die Tonleiter hoch. Trallalali, trallalala. Kammersängerin war sie gewesen, bevor ein Kehlkopfkrebs sie auf ewig zum Verstummen gebracht hatte. Die Musik lag den Kaltenbachs im Blut, viele hatten sich in der Klassik hervorgetan, als Dirigent, auf dem Konzertklavier und eben auch als Kammersängerin und hauptberufliche Petze, denn alles, was die beiden Kinder ihres Bruders je angestellt hatten und was davon an ihr neugieriges Ohr drang, posaunte sie stante pede dem gestrengen Herrn Vater aus. Trallalali, trallalala.

»Hallo? Sind Sie noch da?«

Christoph war kurz in Gedanken versunken. Immer häufiger passierte ihm das, wohl ein erstes Zeichen zunehmenden Alters. Die Frage aber empfand er als höchst arrogant, denn über seinem Kopf schwebte eine kleine Kamera, also wusste das Trallalali dadrin, dass er noch vor der Tür stand. Er holte seinen Dienstausweis aus der Sakkotasche und hielt ihn direkt vor das Kameraauge.

»Das LKA braucht keine Termine, Mylady. Machen Sie auf!«

»Moment.«

Man ließ ihn geschlagene fünf Minuten warten, bis sich erneut jemand durch eine Sprechanlage meldete, eine sonore Männerstimme.

»Entschuldigen Sie bitte, Herr von Kaltenbach. Es hat leider etwas gedauert, aber Sie wissen ja, die Umstände. Treten Sie ein.«

Der elektrische Türöffner summte. Während Christoph noch räsonierte, woher der Mann seine adelige Abstammung kannte, denn im Ausweis stand nur der bürgerliche Name, hörte er ein galoppierendes, den Kies spritzen lassendes Geläuf eines schweren Körpers. Gleichzeitig spürte er, dass er von einem Fenster aus beobachtet wurde. Doch da war das Tier auch schon da. Christoph widerstand dem Reflex, zu fliehen, er blieb ruhig stehen und wartete die Reaktion des Hundes ab. Es war ein gewaltiges Vieh, das wenige Meter vor ihm zum Stehen kam und wütend bellte, eine Rasse, die Christoph nicht kannte, wenn es denn ein Rassehund war. Das kurze hellbraune Fell ließ die kräftigen Muskeln hervortreten. Der Kopf war schwarzmasken. Deutlich konnte Christoph die langen Fangzähne sehen, ein

Anblick, der jedem Menschen Furcht einflößen würde. Er aber blieb gelassen.

»Schon verloren«, sagte er, ging in die Hocke und streckte seine linke Hand aus. Der Hund schien verdutzt, er hatte wohl mit einem anderen Verhalten gerechnet, dem üblichen, wenn er angerannt kam: panische Flucht. Beruhigend sprach Christoph auf das Monstrum ein, bis sich dessen Schwanz selbstständig machte und hin- und herwedelte. Seine Wirkung auf Tiere konnte er sich selbst nicht erklären. Es war nicht das erste Mal, dass ein wild gewordener Zerberus vor ihm kapitulierte. Vielleicht lag es daran, dass er weitgehend angstfrei war. Seit dem Tod seiner Familie fürchtete er nichts mehr, denn das Schlimmste, was einem im Leben zustoßen konnte, hatte er bereits erfahren müssen. Den natürlichen Angstreflex hatte er verloren, doch gerade dies brachte ihn immer wieder in höchste Gefahr, wenn er bei schwierigen Einsätzen keinerlei Rücksicht auf sich nahm.

Der Hund ließ sich nun bereitwillig streicheln und folgte ihm auf dem Fuß, als er zur Haustür schritt. Der Mann, der ihm öffnete, war ihm auf Anhieb unsympathisch, er konnte nicht anders. Auch wenn sein Verstand ihm stets aufs Neue vorschlug, amtliche und persönliche Distanz zu wahren, so unterschied sein Gefühl bereits in den ersten Sekunden einer Begegnung, ob er jemanden mochte oder nicht. Dementsprechend impulsiv verhielt er sich auch bei den Ermittlungen, nur war es exakt diese Intuition, die ihn so erfolgreich machte, jenseits aller Fakten und kriminaltechnischen Ergebnisse. Und den Menschen vor ihm, den mochte er definitiv nicht. Der geschätzt dreißig Jahre junge Mann trug einen eng geschnittenen dunklen Anzug mit Weste. Die Krawatte war perfekt gebunden, der weiße Hemdkragen gestärkt. Die Haare hatte er streng zurückgegelt, das Gesicht war so glatt, dass der Blick nicht haften konnte und das kognitive Gedächtnis sich schon kurze Zeit später nicht mehr an die Gesichtszüge zu erinnern vermochte, denn da waren keine.

»Gestatten, Dr. Cord Fehring«, stellte sich der Gegelte vor. »Ich bin Anwalt der Familie Rune und stehe dem Family Office vor. Was führt Sie zu uns, Herr von Kaltenbach – oder geziemt es sich einem Polizeibeamten gegenüber, ihn mit seinem Titel anzusprechen, in dem Falle Herr Erster Hauptkommissar, ist das korrekt?« Selbstzufriedenheit machte sich auf des Anwalts Gesicht breit, als genieße er seinen Wissensvorsprung.

»Nennen Sie mich, wie Sie wollen«, antwortete Christoph rüde, »von mir aus Benjamin Blümchen. Auch wenn ich mich wiederhole, ich möchte mit Frau Rune sprechen. Jetzt.«

»Ist es wegen der Sache mit Herrn Konsul Rune? Wenn Sie die Nachricht von seinem bedauernswerten Tode überbringen wollen, so ist uns diese Tragödie bereits bekannt.«

Christoph blieb der Mund offen. Er brauchte eine Weile, bis er seine Sprache wiederfand. Der Anwalt beobachtete ihn mit einem lauernden Lächeln.

»Woher wissen Sie das? Wir konnten seine Leiche erst vor einer guten Stunde identifizieren.«

Das Lächeln wurde breiter. Höchst unangemessen, dachte Christoph, angesichts eines solch schrecklichen Todesfalles.

»Wie Sie sich sicherlich denken können, verfügt die Familie Rune über beste Kontakte in der Stadt. Man hat uns also bereits von höchster Stelle informiert. Alles Weitere können Sie sich sparen. Die Runes befinden sich im Zustand tiefster Trauer, einem möglichen Wunsch nach einer Befragung muss ich vorsorglich eine Absage erteilen. Wenn es etwas Wichtiges gibt, rufen Sie einfach mich an. Die Herrschaften werden in nächster Zeit jedenfalls nicht zu sprechen sein.«

Er ließ seine manikürten Finger in die Brusttasche seines Jacketts gleiten, zog eine auf Bütten geprägte Visitenkarte hervor und reichte sie Christoph. Der war so verdattert, dass ihm nichts Besseres einfiel, als zu sagen: »Dann muss ich die Runes eben vorladen«, von Fehring mit den Worten quittiert: »Wenn Sie es darauf ankommen lassen wollen, bitte schön. Aber wenn ich Ihnen einen Rat geben darf: Verzichten Sie darauf, Sie werden den Kürzeren ziehen.«

Eine Minute später stand Christoph wieder auf der Straße. Derart kaltschnäuzig hatte ihn seit Langem keiner abgefertigt. Erst hatte man Zerberus Nummer eins auf ihn gehetzt, dann

Nummer zwei, der zwar feinere Manieren besaß als der echte, aber nicht weniger beißwütig war.

Langsam fand Christoph zur Contenance zurück. Er setzte sich in seinen Dienstwagen, legte zur Beruhigung eine CD von Ry Cooder ein und inspizierte durch sein Fernglas das Anwesen. Wenn er schon nicht mit ihnen sprechen durfte, so wollte er sie wenigstens ein bisschen nerven. Woher nur hatten sie die Nachricht der Ermordung so schnell erhalten? »Von höchster Stelle«, hatte der Gegelte gesagt. Damit konnte nur das Präsidium gemeint sein. Oder sein Chef, Kriminalrat Kraus. Der hatte sich jedoch in die Ermittlungen noch gar nicht eingeschaltet, es erhob sich die Frage, ob er überhaupt schon etwas davon wusste. Blieb der Kollege von der Vermisstenstelle. Der musste eins und eins zusammengezählt und sofort seinen Vorgesetzten benachrichtigt haben, und dann ging die Information über weitere Dienstwege an das Präsidium, zur höchsten Stelle.

Christoph ärgerte sich. Wie einen dummen Schuljungen hatte ihn der Grünschnabel aussehen lassen. Er kannte diese Art von Anwalt nur zu gut. Immer wieder tauchten solche Gesichter bei den Ermittlungen auf. Sie vertraten stets nur solche Fälle und Personen, die Publicity versprachen: entgleiste Berühmtheiten, reiche Steuerhinterzieher, perverse Kindermörder, gewalttätige Neonazis, bestechliche Politiker.

Das Gericht gingen sie meistens mit übertriebener Schärfe an, lieferten sich hitzige Wortgefechte mit der Staatsanwaltschaft, als wäre die der natürliche Feind, torpedierten die Sitzungen durch immer neue Anträge, kurzum, sie waren das, was im Englischen so treffend als *pain in the ass* bezeichnet wurde. Kein Manöver war ihnen zu dreist, kein Trick zu billig, Hauptsache, man konnte ihre polierte Visage in der »Tagesschau« sehen. Und das wirklich Frappierende war, dass sich diese glatt gebügelten Juristen auch optisch glichen.

Die Uminterpretation eines Mordes

»Das war kein Profikiller! Haben Sie mich verstanden?«

Christoph blickte zu Atik, der höchst amüsiert schien über das, was der Staatssekretär des Innern, Dr. Ferdinand Gruber, ihnen soeben als die der Öffentlichkeit zu vermittelnde Wahrheit präsentierte.

»Wo kämen wir denn dahin, wenn in unserem schönen Bayernland bezahlte Mörder herumliefen. Konsul Rune ist über jeden Zweifel erhaben, meine Herren. Den bringt kein Profikiller um.«

»War erhaben«, sagte Atik. »Der Mann ist Vergangenheit.«

»Was sollen wir denn dann als Bulletin veröffentlichen?«, fragte Richard Plank, der Pressesprecher der Polizei.

»Was weiß denn ich?« Dr. Gruber wedelte nervös mit den Händen. »Raubmord, versuchte Entführung, was Sie halt besser kommunizieren können. Wenn herauskommt, dass irgendeine dunkle Macht oder wer auch immer für Konsul Runes Tod verantwortlich ist, wenn also beispielsweise die Russenmafia oder durchgeknallte Islamisten die Finger im Spiel haben sollten, wobei die Betonung auf *sollten* liegt, Conjunctivus irrealis sozusagen, dann ist der Teufel los, meine Herren. Und das kurz vor der Wahl. Einen solchen Skandal können wir uns unmöglich leisten, unmöglich.«

»Was meinen Sie mit ›Islamisten‹, Herr Staatssekretär?«, bohrte Atik weiter. »Gibt es da irgendetwas, was wir vielleicht wissen sollten?«

»Natürlich nicht!« Dr. Gruber, auch sonst von eher hippeliger Natur, wurde immer aufgeregter. »Das war bloß ein Beispiel, verstehen Sie, ein Beispiel.«

Die anderen Männer sahen sich fragend an. Das Innenministerium hatte eine Eilsitzung einberufen, klein und geheim. Neben Kaltenbach und Alkay waren auch der Polizeipressesprecher, Kriminalrat Kraus und die vertretende Oberstaatsanwältin Anette Schwalb geladen worden. Sie alle saßen an einem großen

Tisch in einem isolierten Tagungsraum im Ministerium. Neben Gruber nahm nur eine weitere Person an der Unterredung teil. Der Staatssekretär hatte den Mann als Roland Sippel, einen Mitarbeiter, vorgestellt. Das Auffallendste an ihm war seine Unauffälligkeit, so wie einer, den man als Mitarbeiter vorstellte, eben aussah.

»Natürlich ist es ein Politikum«, sagte Anette Schwalb, »wenn ein allseits bekannter Rüstungsfabrikant mit einem gezielten Kopfschuss getötet wird. Zudem weiß bereits die halbe Dienststelle über den Fall und über die wahre Todesursache Bescheid. Dass da etwas nach außen dringt, Herr Staatssekretär, wird kaum mehr zu verhindern sein.«

»Dann dementieren Sie eben!« Dr. Gruber war nicht mehr zu halten. Er war aufgesprungen und lief nun im Raum herum, als wäre die gesamte Münchner Journaille hinter ihm her. »Dementieren, alles dementieren.«

»Gut.« Kraus legte die Hände zusammen. »Dann einigen wir uns auf einen Überfall mit tragischen Folgen. Raubmord.«

»Können wir wenigstens in die richtige Richtung ermitteln?«, fragte Christoph. »Einige Fakten haben wir ja bereits. Der Mörder muss erstens ein hervorragender Schütze sein. Auf eine Distanz von über sechshundert Metern mitten in die Stirn zu treffen, da gehört schon etwas dazu, vor allem Erfahrung, was auf einen Berufskiller schließen ließe. Und er könnte das Opfer gekannt haben. Das bei Herrn Rune gefundene Gedicht deutet auf einen Racheakt hin, wenn es keine absichtlich falsch gelegte Spur ist. Doch das glaube ich nicht. Ich denke, der Mörder ist in einem wie auch immer gearteten Umfeld der Familie Rune zu suchen. Das heißt, Herr Dr. Gruber, wir müssen ran an die Runes. Außer Sie verbieten uns weitere Ermittlungen. Dann legen wir den Fall zu den Akten und kümmern uns verstärkt um die Türkenmorde, denn da –«

»Natürlich nicht«, unterbrach Dr. Gruber. »Wir sind ja keine Bananenrepublik! Selbstverständlich müssen wir den wahren Täter finden, aber so, dass es niemand merkt, verstehen Sie? Niemand merkt.«

Die Beamten schauten sich ratlos an. Wie sollten sie nach

einem Mörder fahnden, ohne dass es jemand merkte? Zumindest mussten sie mit den Angehörigen des Opfers in Kontakt treten, denn dass der Mörder im Haus der Runes gewesen war, lag im Bereich des Möglichen.

»Wir werden unser Bestes tun, Herr Staatssekretär«, sagte Schwalb. »Dennoch werden Fragen an die Familie des bedauernswerten Herrn Konsul nicht zu vermeiden sein. Bei allem Respekt vor der Stellung der Runes, als Strafverfolgungsbehörde haben wir die Pflicht, den Mord aufzuklären.«

»Das Prozedere haben wir intern bereits abgesteckt«, ließ sich Gruber vernehmen. »Der Anwalt der Familie, Dr. Fehring, wird sich zu allen Fragen äußern. Nur belästigen Sie mir die arme Hildegard nicht. Sie macht schließlich genug durch.«

»Hildegard?«, tat Atik unwissend. »Wer ist bitte schön Hildegard?«

Der Staatssekretär fixierte ihn streng über seinen Brillenrand hinweg. »Ich spreche von Frau Hildegard Rune, der Witwe, mir bestens bekannt. Mich verbindet eine, ich möchte sagen, enge Freundschaft mit der Familie. Wenn es also irgendein Problem gibt, so bin ich Ihr erster Ansprechpartner, meine Herren. Ich möchte über jeden Ihrer Schritte persönlich informiert werden, und zwar bevor Sie mit irgendeinem Außenstehenden reden oder etwas unternehmen, was in einer Relevanz zur Familie Rune steht. Ich hoffe, ich habe mich deutlich genug ausgedrückt.«

***

Brutaler Raubmord in den Isarauen! Waffenfabrikant Dieter Rune von unbekanntem Täter erschossen!

So und ähnlich lauteten die Schlagzeilen der lokalen Tageszeitungen am nächsten Morgen. Atik warf das Nachrichtenblatt in den Papierkorb.

»Hat er sauber hingekriegt, der Herr Staatssekretär. Nur, wie sollen wir in dem Fall ermitteln, ohne dass wir umfassend ermitteln? Undercover etwa? Kannst du mir das mal verraten?«

»Wir berufen noch heute eine Sonderkommission ein«, sagte Christoph. »Wir haben ja bereits darüber gesprochen. Sie muss absolut autark arbeiten können, ohne dass es groß bekannt wird. Die Kommission wird ausschließlich die Fälle der Migrantenmorde und den Fall Rune behandeln, separat von allen anderen Dingen. Ich würde auch einen erfahrenen Profiler hinzuziehen. Was hältst du von Dr. Hannewald?«

»Die bittere Pille?« Atik lachte. »Vor Kurzem hättest du sie noch am liebsten auf den Mond geschossen.«

»Wie sagtest du noch so schön? Was stört mich mein Gerede von gestern.«

»Gelaber. Ich hab ›Gelaber‹ gesagt.«

»Siehst du, Kollege Alkay, das ist der Unterschied zwischen uns: Du laberst, ich rede. Aber wie auch immer, Sybille macht einen guten Job, und nett ist sie auch.«

Atik verkniff sich weitere Plattitüden. Außerdem wusste er etwas, das Christoph nicht einmal ahnte: Sybille mochte ihn. Sehr sogar.

***

Bereits am Tag darauf nahm die Sonderkommission ihre Arbeit auf. Man hatte sich den Namen »Dogan« gegeben, Türkisch für Falke. Oberste Priorität hatte natürlich die Aufklärung des Mordes an Dieter Rune, auch wenn der diesbezügliche Druck erstaunlicherweise nicht von seiner Familie ausgeübt wurde, sondern vom Innenministerium.

Myriam Prechtl, die Computerspezialistin, hatte über Internetforen im braunen Milieu, deren Zugangscodes sie im Handumdrehen geknackt hatte, herausgefunden, dass der ehrenwerte Konsul Dieter Rune politisch wohl ziemlich weit rechts stand. Offenbar unterstützte er verdeckt über eine Liechtensteiner Gesellschaft, die er laut Anfrage bei den Kollegen in Vaduz jedoch zu hundert Prozent kontrollierte, mit finanziellen Mitteln ein nationalsozialistisches Kampfblatt namens »… macht frei«, die Pflichtlektüre eines jeden aufrechten Neonazis, dessen Titel sich auf die menschenverachtende

Inschrift auf den Eingangstoren der ehemaligen Konzentrationslager »Arbeit macht frei« bezog.

Darüber hinaus hatte sie eruiert, dass der Ermordete sich gleichwohl als eifriger Parteienspender hervorgetan hatte, wobei er bis auf linke Gruppierungen querbeet die gesamte deutsche Parteienlandschaft bediente. Er war Konsul eines arabischen Emirats, dessen jährliche Rüstungsausgaben jeden Waffenhersteller zum Träumen brachten. Die Rune-Werke hatte er von seinem Vater Herrmann geerbt.

Seinen rasanten Aufstieg verdankte das Unternehmen dem Zweiten Weltkrieg. Der Betrieb hatte damals die Waffen-SS mit Sturmgewehren beliefert und die Wehrmacht unter anderem mit Panzergleisketten. Mit der Produktion war man damals kaum nachgekommen, denn schweres Geschütz wurde gebraucht, im Panzerkrieg an der Ostfront. Ungezählte Zwangsarbeiter aus Polen und Russland hatte man seinerzeit rekrutieren müssen, um die enorme Nachfrage befriedigen zu können. Herrmann Rune hatte enge Kontakte zur Führungsriege der NSDAP gepflegt und war höchstselbst begeistertes Parteimitglied gewesen, ein Umstand, der ihm nach dem Kriege zum Verhängnis wurde. Die alliierten Besatzungsmächte verurteilten ihn zu zehn Jahren Haft. Bereits nach drei Jahren im Gefängnis Landsberg verstarb Herrmann Rune an einer Virusinfektion, zwei Zellen nur neben jener, in welcher sein Idol Adolf Hitler seinerzeit eingesessen hatte.

Die Wiederaufrüstung der nach dem Kriege neu gegründeten Bundesrepublik verschaffte der Waffenschmiede äußerst lukrative Geschäfte, und bald schon stand das Unternehmen wieder glänzend da. Und wie pflegte der alte Herrmann Rune stets zu sagen? »Brot, Schnaps und Gewehre sind die einzig krisenfesten Produkte.«

»Möglicherweise«, sagte Atik, »handelt es sich um eine politisch motivierte Tat. Wie heißt es in dem Bekennerschreiben? ›Für all die Opfer …‹«

»Ich denke auch«, sagte Christoph, »dass Politik mit im Spiel ist. Als wir zum Staatssekretär gepfiffen wurden, war da ein gewisser Roland Sippel dabei. Ich wette, dass der vom Staatsschutz ist, so unauffällig, wie der tat.«

»Schon möglich«, meinte Atik. »Das heißt aber auch, dass der mehr weiß als wir.« Er wandte sich Myriam Prechtl zu, die eifrig auf ihre Tastatur einhackte. »Kannst du den Namen mal ins Suchprogramm eingeben?«

»Mach ich, aber ich schätze, dass das nicht sein richtiger Name ist.« Sie tippte sich durch die verschiedenen Polizeiprogramme, konnte jedoch wie erwartet die verschlüsselten Dateien zur Verifizierung von Personen des Verfassungsschutzes nicht öffnen.

»Probier's mal damit.« Christoph reichte ihr sein Smartphone. »Steck es ein und lade das zuletzt aufgenommene Bild runter. Vielleicht kommen wir damit weiter.«

Atik schüttelte verwundert den Kopf. »Sag bloß, du hast den Kerl heimlich fotografiert.«

»Logisch. Wir müssen doch wissen, woran wir sind. Ich hätte nur nicht gedacht, dass das Foto was wird, so verdeckt halb aus der Jackentasche heraus.«

Myriam klickte sich durch das neue Face Identity Program, das die NSA dem Landeskriminalamt innerhalb des Rahmenabkommens zur internationalen Terrorismusbekämpfung zur Verfügung gestellt hatte. Darin waren nicht nur des Terrors Verdächtige, sondern auch die zumindest offiziellen Mitarbeiter der diversen Sicherheitsdienste gespeichert. Nach fünf Minuten schon hatte sie das Ergebnis.

»Ich habe ihn. Der Typ heißt in Wirklichkeit Klaus Bleschinsky, sechsundvierzig, seit 1998 beim Verfassungsschutz. Als V-Mann ausgebildet, arbeitete zuletzt als verdeckter Ermittler in der Observation der rechtsradikalen Szene. Genügt das?«

»So etwas Ähnliches habe ich mir schon gedacht«, sagte Christoph. »Nur, warum rückt das Innenministerium nicht mit der Wahrheit heraus? Ich meine, wenn ein Rüstungsfabrikant ermordet wird, schaltet sich doch automatisch der Staatsschutz ein, oder?«

»Keine Ahnung.« Atik stand auf und sah seiner Kollegin über die Schulter. »Wenn ich mir das Foto auf dem Monitor so anschaue … Leute, wir haben einen Aufpasser. Das ist sein wahrer Auftrag.«

Es klopfte an der Tür. Auf Atiks »Herein« erschien, einem neugierigen Nagetier gleich, ein mädchenhafter Frauenkopf im Türrahmen und schaute sich interessiert um. Als die großen grünen Augen hinter dicken Brillengläsern Atik erspähten, schien das ganze Gesicht zu strahlen. Selbst normalerweise am Strahlen unbeteiligte Organe wie Nase und Ohren wirkten dabei auf ihre Weise mit.

»Darf ich vorstellen«, sagte Atik, »Frau Professor Sybille Hannewald, Psychologin und Profilerin.«

Die Frau trat ein. Sie war klein und zart. Das rotblonde Haar hatte sie zu einem Pferdeschwanz gebunden. Ihre hochhackigen Stiefeletten klapperten auf dem Holzboden, als würde sie von Kastagnetten begleitet. Sie lief auf Atik zu und umarmte ihn wie einen alten Freund. Aber war er das nicht auch?

»Das mit deinem Onkel tut mir furchtbar leid«, flüsterte sie ihm ins Ohr. »Es muss schrecklich für dich und deine Leute sein. Wie geht es dir damit, kommst du zurecht?«

»Passt schon halbwegs«, gab Atik zurück. »Wir waren nicht so eng, wie man es bei einer türkischen Familie vielleicht vermutet. Aber tragisch ist es allemal, wenn ein Verwandter auf solch grausame Weise sterben muss. Wenigstens hat er das Schlimmste nicht mitgekriegt. Er war bereits tot, als der Täter ihn so verstümmelte, sagt die Pathologie. Trotzdem freue ich mich, dass du mit im Team bist und hilfst, den Mörder meines Onkels zu finden.«

Sybille löste sich aus der Umarmung. Atik stellte die Kollegen vor, die man mit ins Boot geholt hatte, neben Myriam Prechtl waren dies Jo Brunner, Dominik Renneberg und Sebastian Kriegel, alles junge und ehrgeizige Beamte im LKA. Schließlich zeigte er auf Christoph, der sich gleichfalls erhoben hatte.

»Den Kerl da kennst du ja«, sagte Atik, und endlich rang sich Kaltenbach zu einem »Hallo, Sybille« durch. Er verlagerte das Gewicht von einem Fuß auf den anderen, hob halb die Hände, als wolle er sie ebenfalls umarmen, beließ es dann aber doch bei der formellen Begrüßung.

Christoph berichtete zuerst von den Morden an den drei Türken. Er zitierte die Analyse Dr. Jablonskis, des Pathologen, dass nur krankhafter, übersteigerter Hass einen Täter derart ausrasten lassen könne, dass er einem der Opfern posthum noch solch sadistische Verletzungen zufügte. Geradezu entmenscht habe er das letzte Opfer und sich in seiner bestialischen Rage bei jedem Mord gesteigert, sodass zu befürchten sei, der Mörder würde bald wieder zuschlagen, und zwar brutaler denn zuvor.«

Sybille nickte Atiks Vortrag Satz für Satz ab, während sie sich fleißig Notizen machte.

»Was ist mit dem Hauptverdächtigen?«, fragte sie zu guter Letzt.

»Jeremias Ammann?« Atiks Miene verdüsterte sich. »Niemand weiß, wo er sich aufhält. Er ist immer noch flüchtig.«

»Augenblick«, wandte Christoph ein. »Der Mann hat sich hauptsächlich durch sein törichtes Verhalten verdächtig gemacht. Ob die im Landgut sichergestellte Armbrust die Tatwaffe ist, konnte bislang nicht bewiesen werden, auch nicht, ob Jeremias etwas mit den Morden zu tun hat. Sein Verschwinden hat meiner Meinung nach andere Ursachen. Der hat Angst. Wovor, kann ich noch nicht sagen, doch mit Sicherheit weiß er etwas, vielleicht sogar, wer die drei Migranten auf dem Gewissen hat.«

Sybille erkundigte sich nach dem Mord an Dieter Rune. Ob es eine Verbindung zu den anderen Morden gäbe.

»Auszuschließen ist es nicht«, sagte Atik. »Wobei der Tathergang ein völlig anderer ist.«

Jo Brunner schaltete den Beamer an und projizierte die von der SOKO entwickelte Tätercharakteristik an die Wand.

Täterprofil

ausgebildeter Scharfschütze, männlich
Noch- oder Exsoldat bzw. Personenschützer, Milizionär oder Agent
gebildet
intelligent
deutschsprachig
eventuell einer im Dritten Reich verfolgten Minderheit zugehörig

bzw. Nachfahre eines Naziopfers, möglicherweise jüdischer Abstammung
selbst ernannter Rächer, dennoch ein geplanter Mord, keine Tat im Affekt
wahrscheinlich mit dem Opfer bekannt
eventuell im selben Haus wie Rune lebend bzw. als Gast in den Stunden vor der Tat anwesend, vielleicht auch eingebrochen, um das Gedicht zu platzieren

»Der Knackpunkt«, fasste Christoph die bisherigen Erkenntnisse zusammen, »ist unserer Meinung nach das ominöse Gedicht. Wann hat der Mörder seinem Opfer den Zettel zugesteckt, vor oder nach der Tat? Wenn es davor passiert ist, könnten wir den Kreis der in Frage kommenden Täter eingrenzen. Ansonsten stochern wir im Nichts. Was meinst du, Sybille?«

Die Psychologin schien abwesend.

»Frau Professor?«

»Einen Augenblick.« Sybille erstarrte. »Dass ich nicht gleich daran gedacht habe! Vor Kurzem bin ich zu einem Fall im Schwäbischen befragt worden, ob ich da als Profilerin helfen könnte, aber ich hatte keine Zeit.«

Sie fuhr ihren Laptop hoch. »Hmmh. Hat mich mein Gedächtnis doch nicht im Stich gelassen. Vor drei Wochen kam nahe der Ortschaft Altenstätten auf der Schwäbischen Alb ein Mann ums Leben. Sein Name ist Karl Knauss-Haecker, Chef der gleichnamigen Rüstungsfirma.«

»Moment«, rief Christoph. »Mit einem Gewehr aus gleichnamiger Waffenschmiede ist Rune ermordet worden.«

»Auch Knauss-Haecker ist erschossen worden«, sagte Sybille.

»Ich denke, das war ein Jagdunfall?«, sagte Atik.

Sybille lächelte maliziös. »Das ist die offizielle Version. In Wahrheit hat das Justizministerium eine Informationssperre verhängt. Die deutsche Rüstungsindustrie steht ja schon seit Längerem im Kreuzfeuer, weil Waffen in Krisengebiete geliefert wurden. Sogar die mexikanische Drogenmafia soll unter den Kunden sein. Da wollte man nichts hochkochen lassen, versteht ihr?«

»Da steckt System dahinter«, stellte Christoph fest. »Im Fall Rune haben wir dasselbe Problem. Was ist damals wirklich passiert, Sybille?«

»Weil es auch in unserem Fall relevant ist, darf ich darüber sprechen. Tatsächlich wurde er ermordet, und zwar durch –«

»Lass mich raten«, fiel ihr Atik ins Wort, »durch einen Schuss in den Kopf aus großer Entfernung. Mit ebendieser Waffe, einer 68er Magnum.«

»Ganz genau, mein Lieber.«

»Dann«, schloss Christoph seufzend, »haben wir es auch hier mit einem Serienkiller zu tun.«

Die Macht der Bilder

Wie lange er gelaufen war, wusste er nicht mehr. Auch nicht, wie viele Tage er sich in irgendwelchen Lagern versteckt hatte, in leer stehenden Schuppen und dichtem Unterholz; wie viele Nächte er sich um die Ohren geschlagen hatte, meist hellwach, weil die Angst ihn nicht schlafen ließ. Kein Gefühl für Richtung. Kein Gefühl für Zeit. Er lief, so weit ihn seine Füße trugen. Er lief, wo Wald und Gebüsch waren, stets in Sorge, entdeckt zu werden. Und er lief, um in Bewegung zu bleiben, fort von dem, was ihn quälte.

Wenigstens kannte er sich aus in der Natur, wusste, wo die Vögel ihre Gelege hatten, die er ausräumen konnte, und die Eier schlürfen. Als Bauernbursche konnte er abschätzen, welche Felder bereits Essbares trugen, wo er sich einen Kopf Weißkraut klauben konnte und hastig verschlingen. Dennoch kam er fast um vor Hunger. Noch mehr aber setzte ihm die Kälte zu. Die Temperaturen auf der rauen Alb fielen nachts bis nahe an den Gefrierpunkt. Trotzdem musste er durchhalten, durchhalten bis zum bitteren Ende. Denn bitter würde es sein. Für eine Wende zum Guten, ahnte er, war es schon lange zu spät.

Nun kauerte er zitternd vor Kälte und Angst unter einem Gestrüpp am Waldesrand, irgendwo in dieser weiten Welt, die sich abgewandt hatte von ihm. Jeremias stand auf. Seine Beine fühlten sich an, als wären sie bereits abgestorben. Er schaute hinauf, zum Himmel. Was das wohl für einer war? Über welches Gebiet spannte er sich? War er etwa schon in der Gegend von München? Er kam ihm fremd vor, dieser Himmel, abweisend, mit einer zähen Wolkenschicht verklebt. Streng genommen war das ja auch kein richtiger Himmel. So einer hatte blau zu sein, mit nur wenigen weißen Wolken zur Orientierung. Nur so war es ein gottguter Himmel. War dort oben alles grau in grau, fiel es ihm manchmal schwer, an den Allmächtigen zu glauben. Freilich durfte der Vater das nicht wissen.

Jeremias erinnerte sich noch genau an den Tag, als er das

erste Mal wirklich an die Existenz des Herrn geglaubt hatte, und das ohne jeglichen Zwang, ganz von sich aus, egal, was die Erwachsenen in der Gemeinde ihm je eingetrichtert hatten. Damals war es ein ebenso grauer Himmel gewesen, Wolken überall. Plötzlich aber wurde die Wolkendecke aufgerissen, wie von einer höheren Macht. Und dann war das Wunder geschehen. Aus dem blauen Loch war mit einem Male Licht geströmt, ein so heller Strahl, dass Jeremias geblendet war und derart beeindruckt, dass er sich sicher war, nur Gott allein könne dieses herrliche Licht geschaffen haben. Seitdem war er ein Schönwetter-Gläubiger, und niemand ahnte auch nur etwas davon. Trotz seiner verzweifelten Lage stahl sich ein Lächeln in sein Gesicht, als er an das damalige Ereignis dachte.

Der Hunger meldete sich zurück. Er presste die Hand auf den Magen, die ständig wehe Stelle. Vor ihm, in einer Bodensenke, machte er ein Stück Acker aus. Vielleicht war dort etwas zu holen. Er stapfte durch die feuchte Wiese. Die Nässe ignorierte er. Auf dem Feld stand eine einsame Vogelscheuche, ein klappriges Holzgerüst, über das man einen zerfledderten Hut und eine löchrige Joppe drapiert hatte. Jeremias drehte sich in alle Richtungen, ob ihn jemand beobachtete. Er schien allein auf weiter Flur. Dann probierte er das klamme Kleidungsstück an. Es roch modrig, und natürlich war es ihm zu knapp. Doch würde es ihn wenigstens ein bisschen wärmen in der kommenden Nacht. Er setzte sich den Hut auf. Auch der stank entsetzlich nach Mäusedreck und Katzenfell, aber vielleicht würde er ihn ein bisschen tarnen vor der Polizei. Mit Sicherheit waren die hinter ihm her, wo sie doch die Armbrust gefunden hatten, das schöne Geschenk. Fürchterliche Angst hatte er vor den Polizisten und ihren unerbittlichen Fragen. Mehr noch aber fürchtete er den Vater, waren doch Waffen in der Gemeinde verboten, und wenn man gegen die Gebote verstieß, hieß das Strafe, Strafe und nochmals Strafe.

Er war ja erst achtzehn und konnte deshalb immer noch mit dem Stock geprügelt werden, auch wenn er den schon länger nicht mehr hatte kosten müssen. Der Vater hatte sich andere Bußen für ihn ausgedacht, weil er die Schläge schon lange nicht mehr spürte. Es hatte stets mit Essen zu tun, und das machte ihm am meisten zu schaffen, hatte er doch immer so einen Heißhunger. Die letzten Prügel hatte er voriges Jahr bezogen, als er sich heimlich ein Eis gekauft und der Vater es mitbekommen hatte, aus welcher Quelle auch immer. Jemand aus der Gemeinde musste ihn damals im Dorf beobachtet haben, als er beim Bäcker gewesen war und sich die ersehnte Süßspeise geholt hatte, deren Genuss leider, wie so vieles andere auch, vom Glauben her verboten war. Nur warum, das hatte ihm nie einer erklärt. Aber andere zu denunzieren war nun mal eine der tragenden Säulen der Gemeinschaft, da war nichts zu machen. Auch so eine Geschichte, über die sich Aaron immer so aufgeregt hatte, so sehr, dass er dann eines Tages einfach weggegangen war.

Der Auslöser freilich war die furchtbare Auseinandersetzung mit dem Vater gewesen. Da war Aaron gerade neunzehn Jahre alt geworden und hatte mit Freunden von außerhalb der Gemeinschaft in Hättingen gefeiert. Als er dann am nächsten Morgen, immer noch besoffen, heimgekommen war, da hatte der Herr Vater nicht mehr an sich halten können und so schlimm auf ihn eingeschlagen, dass Aaron schließlich die Kontrolle verloren und zurückgehauen hatte, aber wie! Wenn die Mutter damals nicht dazwischengegangen wäre, so hätte Aaron den Vater wohl umgebracht, so wütend, wie er gewesen war. Und dann war er plötzlich verschwunden. Erst Monate später war er wieder aufgetaucht, heimlich natürlich, und nur, um ihn wiederzusehen, den kleinen Bruder. Von da an hatten sie sich ab und an getroffen, der einzige Lichtblick in seinem Leben. Wenn das der Vater wüsste! Doch nicht nur das: wenn die Polizei erst hinter all seine Geheimnisse kommen würde und es dem Vater erzählte! In seinen schlimmsten Vorstellungen wollte er sich nicht ausmalen, was dann für Strafen auf ihn warteten.

Jeremias wühlte in der frisch gezogenen Ackerfurche. Nichts zu holen hier. Also weiter. Dort hinten, die Anhöhe: Eventuell konnte er von dort oben sehen, wo er gelandet war auf seinem Irrweg quer durch die Botanik. Möglicherweise lag ja schon München dahinter, das Ziel. Die Stadt mit den vielen Menschen, die ihm so fremd waren. Die ihm so Angst einjagten, dass er …

»Ach weg mit den schlechten Gedanken«, sprach er sich Mut zu. Komisch kam er sich schon vor, wenn er mit sich selbst sprach, aber reden musste er doch mit jemandem. Nur aufpassen musste er dabei, höllisch aufpassen auf den, der dann sprach, weil der oft böse Worte in den Mund nahm, von Dingen erzählte, die streng verboten waren. Lieber nicht hinhören, dachte er und hielt sich im Gehen die Ohren zu.

Auf dem Hügel hatte er freie Sicht. Linker Hand bettete sich ein kleiner Weiler in eine schmale Talmulde. Ob er hinunter sollte, sich heimlich etwas holen? Die Bauernhäuser waren selten verschlossen, irgendwo lag garantiert ein Laib Brot herum oder ein Stück Käse oder gar eine fette Wurst, etwas kalter Braten. Fleisch, ja! Dass er immer solchen Appetit auf Fleisch hatte. Seit Tagen hatte er kein Fleisch gekriegt. In seiner Not hatte er sich für locker eine Stunde vor ein Mäuseloch gehockt und gewartet, dass das blöde Vieh endlich rauskam. Mit gezücktem Messer war er da gesessen, doch nichts geschah. Sein geliebtes Bowiemesser! Gott sei Dank hatte er es einstecken gehabt, als er Hals über Kopf hatte abhauen müssen. Es war ihm ja keine Wahl geblieben, als er mit ansehen musste, wie diese Polizistin mit seiner Armbrust aus dem Schafstall kam.

Immer noch überlegte er, ob er sich in das Dorf dort schleichen sollte. Stehlen war eigentlich verboten. Alles war verboten, wenn es nach dem gestrengen Herrn Gemeindevorsteher ging. Nur, hatte er nicht schon Schlimmeres angestellt? Was aber, wenn ihn jemand beim Klauen erwischte, am Ende gar die Polizei rief? Nein, das konnte er in seiner Situation nicht riskieren. Also weiter, immer weiter!

An einem Bachlauf erfrischte er sich, legte sich lang auf den Bauch und trank, trank wie ein Tier. Auch Wasser füllte den Magen …

Als er aufsah, erspähte er das Feld mit Kohl. Mit einem Satz war er über den Bach, pflanzte sich hinein in die morgenfeuchten Beete und rupfte einen Kohl nach dem anderen heraus, stopfte sich die bitteren Blätter in den Mund. Ekelhaften

Durchfall würde er wieder kriegen, doch war ihm das egal. Endlich war der leere Bauch voll. Jeremias ließ sich rücklings auf die Wiese hinter dem murmelnden Bach fallen und schaute erneut in den Himmel. Als Kind hatte er das schon so gerne gemocht. Stundenlang hatte er liegen können und die Wolken betrachten. Wie oft hatte er sich dann vorgestellt, ein Vogel zu sein und hinaufzufliegen in die grenzenlose Freiheit. Vielleicht war der liebe Gott ja wirklich da oben. Und vielleicht hatte er ihn noch nicht völlig vergessen.

Wind kam schlagartig auf, trieb die Wolken auseinander, zupfte sich deren Reste zurecht, formte hier eine Blume, um sogleich die Blütenblätter wieder zu zerrupfen und das alte Spiel zu treiben: *Sie liebt mich, sie liebt mich nicht.*

Und, bitte schön, wer liebte ihn? Konnte man so einen wie ihn überhaupt lieben? Der Vater sicher nicht. Die Mutter schon eher. Doch auch ihre Liebe drang nie richtig durch, vorbei an all den Geboten und Gottesfürchteleien, den stocksteifen Gebräuchen und strengen Tagesabläufen. Für Zuneigung, gar Zärtlichkeit, war da kaum Zeit. Blieb Aaron. Bald würde er ihn treffen. Bald schon.

Mit dem Gedanken an seinen Bruder, der ihm stets geholfen hatte, ohne ein Wort zu verlieren, schlief Jeremias ein. Die Erschöpfung ließ ihn so tief in seine Träume von einem besseren Leben sinken, dass er den Lärm, den die Hundestaffel der Bereitschaftspolizei verursachte, zu spät hörte. Als es ihn endlich aus dem Schlaf riss, war das Gebell bereits sehr nahe. Wie ein aufgeschrecktes Wild fuhr Jeremias hoch. Vor sich sah er in langer Reihe Uniformierte mit Hunden an der Leine. Hinter sich dieselbe Szenerie. Zum Fliehen war er inzwischen zu schwach und die gegnerische Phalanx zu stark. Seine Kräfte verließen ihn. Wie gelähmt erwartete er seine Festnahme.

***

Zehn Minuten später legte Christoph Kaltenbach im LKA den Hörer auf. Er war erleichtert und bedrückt zugleich.

»Wer war das?«, fragte Atik.

Christoph hatte sich erhoben und starrte wortlos aus dem Fenster. »Sie haben ihn«, antwortete er schließlich, »sie haben Jeremias gefunden.«

***

Überraschend hatte Dr. Gruber für den frühen Nachmittag geladen. Ein Grund war nicht genannt worden, doch hatte seine Sekretärin den Termin telefonisch als äußerst dringlich beschrieben. So blieb den Herrschaften vom LKA nichts anderes übrig, als vereint ins Ministerium zu fahren.

Sie fanden den Staatssekretär dieses Mal allein vor, begleitet nur von seiner üblichen Hektik. Er wolle sich persönlich über den Stand der Ermittlungen informieren, eröffnete er das Treffen, bevor die Beamten ihm die neuste Nachricht übermitteln konnten. Doch wenn der Staatssekretär erst einmal zu reden begonnen hatte, war es kaum möglich, selbst zu Wort zu kommen. Die Öffentlichkeit sei besorgt, führte er ohne Punkt und Komma aus, weil der unheimliche Migrantenmörder noch nicht gefasst sei. Der Ausländerbeirat, der nervende Stachel im Fleisch der Regierenden, frage mittlerweile alle paar Tage nach, wie es um die Sicherheit der türkischstämmigen Mitbürger stünde, und so weiter und so fort … Einen Moment hielt Gruber in seinem Monolog inne und schaute seine Besucher irritiert an.

»Sagen Sie, fehlt nicht einer? Ihr Kollege, der … Wie heißt er noch mal?«

»Kaltenbach«, half Atik nach.

»Richtig, Kaltenbach, der Sohn des berühmten Dirigenten und andere Teil der Munich Vice Cops, so nennt ihr zwei euch doch, oder?«

Atik verzog das Gesicht. »Die Presse nennt uns so, Herr Staatssekretär. Wir persönlich mögen das weniger, und überhaupt –«

»Sekundär«, fiel ihm Gruber ins Wort, »wenn nicht tertiär.« Er fixierte Atik mit schief gelegtem Kopf. »Und wo ist der Herr Kaltenbach jetzt? Ich habe ihn doch gleichwohl einbestellt.«

»Leider ist der Kollege unabkömmlich«, assistierte Kriminalrat Kraus, »er ist dienstlich unterwegs, um den Hauptverdächtigen in der Sache der Türkenmorde abzuholen. Dieser konnte vor wenigen Stunden festgenommen werden.«

»Und das erzählen Sie mir erst jetzt?« Gruber drohte spielerisch mit dem Finger. »Sie sind mir aber einer! Aber wie dem auch sei, wichtig ist, dass der Serienmörder endlich gefasst ist. Wie gesagt, der Ausländerbeirat sitzt uns die ganze Zeit schon im Nacken, unangenehm, sehr unangenehm. Wie Sie wissen, stehen die Wahlen bevor, und eine nicht unbeträchtliche Anzahl, um nicht zu sagen, eine komfortable Mehrheit der bei uns wahlberechtigten türkischstämmigen Mitbürgerinnen und …«

»Mitbürger«, fiel Atik ein.

»Ja, äh …« Gruber wackelte mit dem Kopf, offenbar momentweise aus dem Konzept gebracht. »Also, deren Mehrheit wählt bekanntlich konservativ, und wir wollen unsere treuen Wählerinnen und Wähler nicht dadurch vergrätzen, dass unsere sonst so effektive bayerische Polizei bei der Aufklärung der Morde an ihren Landsleuten versagt. Habe ich recht?«

Alle nickten dienstbeflissen, alle außer Atik, der sich zusammenreißen musste, um seine despektierliche Meinung über den Staatssekretär nicht laut herauszulachen.

»Wer ist es denn«, fuhr Gruber fort, »der Mörder, meine ich? Hoffentlich hat die Geschichte keinen rechtsextremen Hintergrund.«

»Möglicherweise schon«, preschte Atik vor, ehe sich der Pressesprecher politisch korrekt äußern konnte. »Ausländerfeindliche Motiven können wir nicht ausschließen. Und außerdem muss ich Sie korrigieren, Herr Dr. Gruber: Der Mann, ist zwar dringend tatverdächtig, aber noch nicht überführt.«

Der Staatssekretär zupfte sich nervös an der Nase. »Schlecht. Beziehungsweise gut! Dann haben wir vielleicht Glück, und der Täter ist ein anderer, aus anderem Milieu, also kein Neonazi, denn das wäre ehrlich gesagt praktischer. Unter uns …« Gruber senkte die Stimme, die sonst so dahinkapriolte, die Leiter der ungestümen Oktaven hochkletternd, weit hinauf, bis sie vor Rasanz kiekste und krächzend abstürzte. »Unter uns: Am liebsten wäre mir, diese abscheulichen Verbrechen hätten am Ende doch etwas mit Auseinandersetzungen unter Migranten zu tun, Sie wissen schon, Familienfehden, Drogengeschäfte oder so was in der Art.«

Jetzt reichte es selbst dem besonnenen Kriminalrat. »Herr Staatssekretär! Einer der Ermordeten ist der Onkel unseres bedauernswerten Kollegen, Herrn Alkay, und der hatte mit Bestimmtheit ebenso wenig etwas mit Drogengeschäften am Hut wie Sie und ich.«

»Was Sie nicht sagen.« Grubers Blick irrte zwischen Kraus und Alkay hin und her. Sein Kopf ruckte und zuckte, Atik an ein Huhn bei der Körnersuche erinnernd. »Das ist ja schrecklich, Herr …«

»Alkay«, half Atik erneut aus.

»Alkay, ich weiß. Mein aufrichtiges Beileid, auch im Namen der Staatsregierung. Trotzdem.« Er wandte sich von Atik ab, dem Pressesprecher zu, ihn vertraulich am Arm fassend. »Trotzdem. Auch hier den Ball schön flach halten, mein lieber Plank. Die Sache darf auf keinen Fall hochkochen. Noch eine Mordserie von Neonazis können wir uns nach der NSU-Geschichte nicht leisten, Sie verstehen. Deshalb lege ich Ihnen allen dringend ans Herz, den Unhold schnellstens dingfest zu machen, bevor weitere Opfer zu beklagen sind. Wenn wir dem Volk den Mörder präsentieren, können wir immer noch zugeben, dass rechtsextreme Hintergründe vorliegen.«

Er lächelte Atik aufmunternd zu. »Kopf hoch, junger Freund! Das Leben geht weiter, wie es so schön heißt. Wie sagt man eigentlich auf Türkisch dazu? Sie beherrschen doch Ihre Muttersprache noch, wenn es denn die Sprache Ihrer Frau Mutter ist. Denn wenn ich Ihnen ein Kompliment machen darf, Herr … Alkay, man hört bei Ihnen gar nichts mehr heraus. Vom Dialekt her könnte man meinen, Sie sind ein echt bayerisches Gewächs.«

Atik wusste nicht, ob er nun lachen sollte oder endgültig losschreien. »Ob Sie's glaum oder ned«, erwiderte er in breitestem bayerischen Idiom, »i bin in Minga geborn und ess am liebstn a g'scheide Schweinshaxn und sauf a guad's Bier dazua.

I schaug bloß aus wie a Türk.« Er grinste und wechselte wieder ins Münchner Hochdeutsch. »Doch zurück zu Ihrer Frage, Herr Staatssekretär: ›Das Leben geht weiter‹ heißt auf Türkisch ›*Esek kendini sikikleri*‹.«

»Lustige Sprache«, meinte Gruber, »diese vielen ›is‹ und ›üs‹. Das muss ich mir notieren. Vielleicht kann ich das bei passender Gelegenheit in eine Rede vor türkischen Mitbürgerinnen und Mitbürgern einfließen lassen. So etwas kommt an.« Gütig lächelnd schrieb er etwas auf einen Zettel, um sogleich wieder ein ernstes Gesicht zu zeigen, die Beamten streng über seinen Brillenrand anblickend. »Wie weit sind Sie eigentlich in dem Mordfall Dieter Rune gekommen? Sie wissen ja, dass ich den Herrn Konsul gut kannte, deshalb liegt mir auch persönlich viel an der Aufklärung dieses Verbrechens.«

Richard Plank mühte sich, den Fortgang der Sondierungen positiv darzustellen. Dass man mit Hochdruck in alle Richtungen ermittle und hoffentlich bald schon einen Täter präsentieren könne. Eine Sonderkommission habe man extra dafür eingerichtet, mit den fähigsten Beamten des Landeskriminalamtes. Dr. Gruber schien beruhigt. Mit der Aufforderung, ihm weiterhin alle paar Tage zu berichten, speziell natürlich, wenn sich brisante Neuigkeiten ergäben, verabschiedete er die Männer.

Auf der Rückfahrt ins LKA herrschte Stille. Richard Plank, als Pressesprecher in Diplomatie geübt, sagte nichts, um sich nicht die Zunge zu verbrennen; Atik schwieg, da er in Gedanken bereits wieder bei den Morden war, und Kraus, weil er noch an seinem Ärger über Gruber zu kauen hatte. Atiks türkisches Bonmot kam ihm allerdings komisch vor, kannte er doch seine Pappenheimer.

»Kollege Alkay«, stupste er den neben ihm Sitzenden nach einer Weile an, »was Sie dem Gruber da auf Türkisch verkauft haben, was bedeutet das wirklich?«

Atik schmunzelte. »Das, Herr Kriminalrat, wollen Sie besser nicht wissen.«

***

Christoph war außer sich vor Wut, eine Wut, die sich direkt in seinem Fahrstil ausdrückte. Mit Höchstgeschwindigkeit raste er über die viel befahrene Autobahn Richtung Stuttgart, sich mit Blaulicht und Lichthupe freie Bahn verschaffend. Obwohl er dem Einsatzleiter der Polizeistaffel, einem gewissen Heiner Gebhardt, eingebläut hatte, den soeben festgenommenen Jeremias Ammann unverzüglich per Sondertransport nach München zu schaffen, hatte man den Verdächtigen zuerst in die Justizvollzugsanstalt nach Ulm gebracht, ins nächstgelegene Gefängnis.

Der Junge war in die falsche Richtung gelaufen, westwärts statt nach Osten, ins Bayerische. Nach einer gewiss unangenehmen Nacht in einer Gemeinschaftszelle sollte er, wäre es nach diesem Gebhardt gegangen, mit dem Gefangenenbus nach München verschubt werden, wie dies im vollzugstechnischen Fachjargon hieß. Im Klartext hätte das bedeutet, dass der ohnehin physisch und psychisch angeschlagene junge Mann über diverse Haftanstalten, wo weitere Gefangene zu- oder abgeladen würden, eine ganze Woche lang quer durch Süddeutschland verschleppt worden wäre, bis zu sieben Stunden täglicher Busfahrt in einem engen Käfig, Schlachtvieh gleich.

Die Finger hatte sich Christoph wund telefonieren müssen, bis er endlich den Aufenthaltsort Ammanns erfuhr. Nun lag er in Ulm im Krankenhaus, weil er, kaum in der Haftanstalt, kollabiert war. Diesen Heiner Gebhardt würde er sich jedenfalls noch mal zur Brust nehmen, wenn die Zeit dafür reif war, schwor sich Christoph. Ein Skandal, wie die Kollegen bisweilen Festgenommene behandelten, denn noch galt für Jeremias die juristische Unschuldsvermutung.

Das Autotelefon klingelte. Christoph prüfte die Nummer, die auf dem Display erschien. Hamburger Vorwahl, der Ballistiker, schoss es ihm durch den Kopf. In der Tat meldete sich Sven Kröver, der Spezialist für historische Waffen. Er hatte die Armbrust untersucht, die im Stall Ammanns gefunden worden war, ebenso den Pfeil, den das gerichtsmedizinische Institut München ihm zugeschickt hatte.

»Knuddeliges Teil, diese Armbrust«, sagte er in deutlich platt gefärbtem Dialekt, »aber nicht die Tatwaffe.«

Christoph atmete auf. »Sind Sie sicher?«

»Absolut«, bestätigte Kröver.

»Besten Dank auch«, sagte Christoph, Sie haben mir sehr geholfen.«

»Keine Ursache«, erwiderte Kröver. »Den ausführlichen Bericht faxe ich Ihnen ins Büro. Ich hoffe, Sie finden bald die richtige Mordwaffe und den zugehörigen Täter. Viel Glück denn.«

***

In der Klinik musste Christoph nicht lange nach Jeremias suchen. In einem der Gänge saß ein uniformierter Beamter und langweilte sich mit einer Illustrierten. Christoph wies sich aus und klopfte höflich an die Tür. Als niemand antwortete, trat er vorsichtig ein. Es bot sich ein Bild des Jammers. Jeremias schien zu schlafen, doch unruhig wie ein gehetztes Tier. Nervös zuckten seine Mundwinkel, desgleichen die geschlossenen Lider. Seine rechte Hand hing an einem Tropf, die linke hatte man an das Kopfgestänge des Krankenbettes gekettet. Der Junge tat ihm leid. Was musste er durchgemacht haben. Gejagt wie ein Schwerverbrecher, behandelt, als sei er bereits des Mordes überführt. Bedrückt ging Christoph nach draußen.

»Wer hat die Fesselung angeordnet?«, fragte er den Polizisten, der immer noch in der Zeitschrift blätterte.

»Der Einsatzleiter der Bereitschaft, soweit ich weiß, Herr Hauptkommissar.« Er erbleichte unter Christophs hartem Blick.

»Geben Sie mir den Schlüssel«, verlangte Christoph. Er sprach leise, doch in einer Befehlslage, die den jungen Beamten unwillkürlich den Kopf einziehen ließ.

Als er von der Handfessel befreit wurde, erwachte Jeremias. Sicher erschreckt er sich zu Tode, wenn er mich erblickt, dachte Christoph, doch auf Jeremias' Gesicht erstrahlte ein Lächeln, als freue er sich, ihn zu sehen.

»Sie sind es, Gott sei Dank«, murmelte er schwach. Offenbar hatte man ihm ein starkes Sedativum verabreicht.

»Ich habe gute Nachricht, Herr Ammann, und es wird Sie

wohl kaum überraschen: Die bei Ihnen im Schafstall sichergestellte Armbrust ist nicht die Tatwaffe. Im Moment kann Sie also keiner des Mordes an Rafeth Alkay bezichtigen. Dennoch ist die Sache damit nicht vom Tisch. Ich habe noch einige Fragen an Sie, dann können Sie von mir aus nach Hause. Den Haftbefehl habe ich übrigens aussetzen lassen.«

Er hatte erwartet, dass der Junge jetzt erleichtert sein würde, doch war das Gegenteil der Fall.

»Ich will nicht nach Hause, bitte!«

Das klang verzweifelt. Verwundert schüttelte Christoph den Kopf. »Niemand kann Sie zwingen, dorthin zu gehen. Sie sind schließlich volljährig. Aber wieso möchten Sie nicht in die Gemeinschaft zurück?«

Jeremias ignorierte die Frage. »Ich will zu meinem Bruder. Könnten Sie mich bitte zu ihm bringen?«

Christoph überlegte, ob dies eine gute Idee sei, aber immerhin waren sie verwandt. Das Einzige, was ihm dabei Sorge bereitete, war Aarons unglückselige Verbindung zur Centuria. Falls jedoch dort die Lösung zu den Migrantenmorden zu finden war, wäre es von Vorteil, die Brüder von nun an unter permanente Überwachung zu stellen. Und auch wenn es zukünftig gefährlich für die Ammanns werden konnte, vielleicht würden sie die Ermittler geradewegs zu dem unheimlichen Killer führen. Nach kurzem Bedenken sagte Christoph zu. Außerdem war während der Fahrt nach München genug Zeit, Jeremias vorsichtig auf den Zahn zu fühlen.

»Gut. Ich nehme Sie mit zu Ihrem Bruder, vorausgesetzt, die Ärzte geben ihr Einverständnis.«

Die Mediziner hatten nichts einzuwenden. Aufregungen seien dem Patienten zwar zu ersparen, aber einer Entlassung aus der Klinik stünde nichts entgegen. Nur den Bruder zu benachrichtigen erwies sich einmal mehr als schwierig. Erst nach zahlreichen Versuchen gelang es Inken Möhricke, Aaron über das Handy eines Arbeitskollegen zu erreichen. Natürlich freue er sich, Jeremias bei sich zu haben, ließ er fernmündlich wissen. Garantiert könne er sich ein paar Tage freinehmen, um sich um seinen Bruder zu kümmern. So weit war also alles geregelt.

Allerdings täuschte sich Christoph, wenn er darauf spekulierte, dass Jeremias während der Autofahrt irgendetwas Substanzielles von sich geben würde. Kaum hatten sie Ulm verlassen, war der Junge wieder eingeschlafen, und Christoph brachte es nicht übers Herz, ihn zu wecken und mit seinen Fragen zu belästigen. Ohnedies würde sich bald eine Gelegenheit bieten, Jeremias zum Reden zu bringen. Er wusste auch schon, wie.

***

Inzwischen waren die vom LKA im Fall Knauss-Haecker angeforderten Ermittlungsakten aus Baden-Württemberg eingetroffen. Jo Brunner trug den Sachverhalt während der täglichen Morgenbesprechung im Dezernat vor. Es gab verblüffende Parallelen zum Mord an Dieter Rune, sodass man nun davon ausging, dass es sich um ein und denselben Täter handeln musste. Beide Opfer waren aus großer Distanz erschossen worden, beide mit derselben Waffe, und auch die jeweils verwendete Munition war identisch. Was die Lösung des Falls anbetraf, schienen die schwäbischen Kollegen noch im Dunkeln zu tappen, denn auch hier fehlte ein klares Mordmotiv.

»Wie so oft«, führte Jo aus, »gibt es jede Menge Hinweise auf den möglichen Täter, aber das sind nur Mutmaßungen irgendwelcher Wichtigtuer. Lediglich in einem Punkt liegen übereinstimmende Augenzeugenberichte vor, nämlich dass der Mörder ein Zwerg sein könnte.«

Die Polizisten tauschten Blicke.

»Ein Zwerg«, wiederholte Atik und konnte sich ein hämisches Grinsen nicht verkneifen. »Die Leute wollen also einen Zwerg gesehen haben, wie er Knauss-Haecker erschoss.«

»Nicht ganz«, entgegnete Jo. »Man hat eine sehr kleine Person dort in der Gegend herumlaufen sehen, etwa zum Tatzeitpunkt. Das ist leider alles.«

»Na super«, versetzte Myriam. »Sollen wir jetzt nach einem Zwerg fahnden, nur weil ein kleinwüchsiger Mensch zufällig in der gleichen Ecke unterwegs war? Vielleicht war es ja auch ein Kind.«

»Ein Zwerg mit Kapuze.« Jo ließ sich nicht aus der Fassung bringen. »Ein Zwerg mit Kapuze und einer länglichen Tasche, in der zum Beispiel ein Gewehr gesteckt haben könnte, und dem ein großer hellbrauner Hund folgte.«

»Jetzt wird es immer toller«, amüsierte sich Atik. »Das war dann sicher das Zwerglein aus dem Film ›Wenn die Gondeln Trauer tragen‹, und das Tierchen war ›Der Hund von Baskerville‹.«

Alle lachten, doch gemahnte Christoph sie mit erhobener Hand zur Ernsthaftigkeit. »Genug jetzt. Ich denke, dass wir dem nachgehen sollten. Wir vernehmen das Umfeld der Runes, Nachbarn, Hundebesitzer und so weiter, ob jemandem solch eine Figur mit so einem Hund in den Isarauen aufgefallen ist. Konnte die Familie Rune mittlerweile zu den Personen befragt werden, die sich vor der Tatzeit im Haus aufgehalten haben?«

»Im Rahmen der Möglichkeiten«, sagte Dominik. »Die Frau Staatsanwältin hat mit dem Anwalt der Runes gesprochen. Laut diesem Dr. Fehring waren zu den fraglichen Stunden vor dem Mord folgende Personen in der Villa.« Umständlich kramte er in den Taschen seiner Sportjacke, bis er die gesuchte Notiz fand. »Anwesend war die Familie, also Hildegard, des Opfers Frau, sein ältester Sohn Hagen, Reinhild, die Tochter, dann Fehring mit einem der Direktoren der Rune-Werke, einem Herrn Gernot Seyfried, sowie das Hauspersonal.«

»Was ist mit dem zweiten Sohn?«, erkundigte sich Atik.

»Alexander Rune«, antwortete Dominik. »Zurzeit geschäftlich in Saudi-Arabien unterwegs.«

»Auf Verkaufstour«, brummte Atik, »verstehe.«

»Also niemand«, fasste Christoph zusammen, »der für die Tat in Betracht kommen könnte. Zumindest ist auf den ersten Blick kein Motiv ersichtlich.«

»Wie sieht es mit dem Personal aus? Meistens ist doch der Gärtner der Mörder«, versuchte sich Sebastian Kriegel an einem Scherz.

Dominik studierte seine Aufzeichnungen. »Der Gärtner heißt Oswald Kraichbauer, ist schon seit über zwanzig Jahren bei den Runes. Der war's wohl eher nicht. Dann ist da noch ein Hausmeister, der aber auswärts wohnt. Er hat um achtzehn Uhr dreißig die Villa verlassen und kam erst nach Runes Tod wieder zur Arbeit, ein gewisser Volkmar Beiersdörfer.«

»Überprüfen«, beschied Christoph. »Weiter im Text.«

»Zum Personal gehören auch zwei Frauen, die eine ist anscheinend als Köchin und Mädchen für alles angestellt, Gerlinde Burghard, auch schon seit fünfzehn Jahren in Diensten. Dazu kommt eine junge Türkin namens Suleika Karabulut, erst seit Kurzem bei den Runes. Ihr gehört auch der Hund, der dich so freundlich empfangen hat, Chef. Dies erklärt auch, weshalb Rune allein spazieren war.«

»Suleika Karabulut, hübscher Name. Das ist wahrscheinlich die Person, die ich im Garten gesehen habe«, sinnierte Christoph und erzählte, wie extravagant das Mädchen die Wäsche aufgehängt hatte.

»Lustig«, kommentierte Atik, »das wird aber wohl kaum eine professionelle Scharfschützin sein.«

»Überprüfen müssen wir sie dennoch«, sagte Christoph. »Gleichzeitig erhebt sich die Frage, ob dieser ominöse Scharfschütze seine Liste nun abgearbeitet hat, wenn wir es hier mit einem Auftragskiller zu tun haben. Im schlimmsten Fall nämlich wären dann noch mehr Waffenhersteller in Deutschland gefährdet. Wir sollten deshalb vorsichtshalber eine Warnung an alle Betroffenen herausgeben. Möglicherweise wird uns der Fall auch wieder entzogen, und eine Etage höher nimmt sich der Sache an.«

»Du meinst das Bundeskriminalamt?«, fragte Myriam.

»Zum Beispiel. Ich wäre gar nicht böse darum, dann könnten wir uns auf die Türkenmorde konzentrieren. Um aber im Fall Rune weiterzukommen, müssen wir uns an dem einzig signifikanten Anhaltspunkt festbeißen, und das ist das Gedicht, die ›Todesfuge‹. Wer hat es Rune zugesteckt, und ist dieser identisch mit dem Mörder?«

»Laut Staatsanwältin«, sagte Dominik, »hatte das Opfer das betreffende Sakko häufig zum Spazierengehen an, zumindest hat seine Frau das ausgesagt. Und an die Isarauen ist er wohl jeden Morgen, wenn er im Lande war.«

»Aber warum ging er so früh schon aus dem Haus?«, fragte Myriam. »War das eine Angewohnheit?«

Christoph schüttelte den Kopf. Irgendetwas schien ihm nicht zu passen. »Wieso war an jenem Morgen der Hund nicht dabei, wenn er täglich an die Isar marschiert? Das würde mich mehr interessieren.«

»Das hast du schon einmal gefragt«, meinte Atik. »Vielleicht ist das ja gar nicht seiner.«

»Aber wem gehört er dann?«

»Ist das denn wichtig?«, wollte Myriam wissen.

»In einem Mordfall ist jedes Detail wichtig«, belehrte Christoph sie. »Wir verfahren jetzt wie folgt: Wir fokussieren uns weiterhin auf die Mordsache Rune. Jeder von euch liest sich in die Akte Knauss-Haecker ein, kann ja sein, dass die Kollegen etwas übersehen haben. Myriam, du durchleuchtest nochmals Runes Umfeld. Hatte er Feinde, böswillige Konkurrenten, eine eifersüchtige Geliebte? Der ganz normale Wahnsinn eben.«

Er wandte sich Jo Brunner zu. »Du befragst das Personal. Das dürfte leichter zu bewerkstelligen sein, als die hochheiligen Runes einzubestellen. Um die kann sich die Staatsanwältin kümmern. Ich jedenfalls habe keine Lust, mich mit diesem arroganten Anwalt herumzuschlagen. Und apropos Fehring: Ich möchte, dass Atik ihn durchleuchtet. Splitterfasernackt will ich den Kerl sehen. Was er sonst für Mandantschaft berät, Vermögensverhältnisse, Privatleben et cetera.«

»Was ist mit mir?«, fragte Sybille. »Habe ich auch etwas zu tun?«

»Für dich habe ich einen Spezialauftrag. Dazu kommen wir später.«

»Die Ammanns«, wandte Atik ein, dem anzumerken war, dass seine Gedanken um andere Dinge kreisten. »Wer passt auf die auf?«

»Das übernehmen Sebastian und Dominik.« Christoph wandte sich den beiden zu. »Jungs, ihr lasst mir diese Brüder keine Sekunde aus den Augen, verstanden?« Er erhob sich, um die Sitzung zu beenden. »Noch Fragen?«

Atik seufzte. »Jede Menge, aber keine, die du mir beantworten könntest.«

Christoph ging zur Tür und winkte Sybille, ihm zu folgen.

»Was gibt es so Geheimnisvolles?«, erkundigte sie sich, als sie zu Christophs Büro liefen.

»Jeremias Amman. Ich würde dich bitten, dir den Burschen mal anzuschauen. Du bist Psychologin. Vielleicht fasst er Vertrauen zu dir. Mit dem Jungen stimmt so einiges nicht. Da ist der klassische Vater-Sohn-Konflikt und noch so ein paar Ungereimtheiten.«

»Ich dachte, wir sollen uns auf den Fall Rune konzentrieren.«

»Das lass vorerst die anderen machen. Mir persönlich sind die Migrantenmorde wichtiger. Vor allem will ich Atik aus seiner selbst auferlegten Tragödie befreien, dass er seinen Onkel nicht schützen konnte. Er leidet, und zwar arg.«

»Wirklich? Angeblich hatte er doch nicht so einen Draht zu seinem Onkel, und ehrlich gesagt macht er mir einen recht stabilen Eindruck.«

»Äußerlich, Sybille. Doch ich kenne ihn, in seinem Inneren schaut es anders aus. Wenn wir den Mörder endlich fassen könnten, würde ihm das enorm bei der Schmerzbewältigung helfen.«

»Jetzt redest du auch schon wie ein Seelenklempner«, scherzte sie. »Aber sicher hast du recht. Was kann ich also tun?«

»Morgen früh hole ich Jeremias bei seinem Bruder ab, ganz spontan. Ich bringe ihn dann ins LKA. Könntest du gegen halb neun hier sein?«

»Kein Problem. Aber sag mir, was du vorhast.«

»Ich will ihn aus seiner geistigen Isolation befreien. Da ist etwas in seinem Kopf, das will heraus. Ich spüre das. Dazu müssen wir ihn unter Druck setzen, so leid es mir für ihn tut. Ich stelle mir das klassische Wechselspiel vor, *bad cop versus good cop.*«

»Dann soll ich wohl die Rolle des Guten übernehmen. Das ist normalerweise doch dein Job.«

»Ja, aber das ist eine Ausnahmesituation. Ich glaube, eine

Frau wirkt weniger bedrohlich auf ihn. Wie gesagt, ich bin nach wie vor der Meinung, dass er mehr weiß, als er sich selbst wohl eingestehen will. Er hat eine Blockade, und die muss abgebaut werden.«

»In Ordnung. Wie aber stellen wir das an, ihn unter Druck zu setzen?«

»Seine Blockade könnte ein zwar heftiges, aber wirksames Mittel lösen: Wir zeigen ihm Fotos der Ermordeten. Wenn er sieht, auf welch bestialische Weise die Männer umgekommen sind, knickt er möglicherweise ein.«

Sybille blieb stehen. »Ich warne dich, Christoph. Das kann schnell danebengehen. Wenn er psychisch so angeknackst ist, könnte er einen schweren Schock davontragen.«

Christoph holte tief Luft. »Wir müssen das riskieren. Eine andere Wahl haben wir nicht. Ich muss den Killer erwischen, bevor er erneut mordet. Und das wird er mit Bestimmtheit tun. So einer hört nicht einfach auf mit dem Töten.«

***

Die Überraschung war groß, als Christoph Kaltenbach am folgenden Morgen um acht Uhr an Aaron Ammanns Wohnungstür läutete. Der Hüne machte sich im Eingang breit und keine Anstalten, den Kommissar hereinzubitten.

»Was wollen Sie?«, fragte er in einem Ton, den man durchaus als bedrohlich empfinden konnte.

»Ich möchte mit Jeremias sprechen«, erwiderte Christoph. »Darf ich vielleicht reinkommen?«

Aaron starrte ihn nur an, und Christoph starrte zurück. Beider Blicke trafen sich, bohrten sich ineinander, als vollführten sie einen Luftkampf. Ammann senkte als Erster die Lider. Gleichzeitig wich die Spannung aus seinem Körper, und er trat zur Seite. Ab und an blitzt da etwas auf, dachte Christoph, als er Ammann im Vorbeigehen kurz streifte, etwas, das er nicht kontrollieren kann.

Er fand Jeremias am Küchentisch sitzend. Der Junge schien gefestigter als vor zwei Tagen. Gefasst genug, redete sich Christoph ein, um auch mal hart angefasst zu werden. Nur als er ihm eröffnete, er möge ihn ins Büro begleiten, er habe noch ein paar Fragen, wurde Jeremias erneut nervös.

»Nichts Dramatisches«, versuchte Christoph ihn zu beruhigen, »reine Routine.«

Hilfe heischend schaute Jeremias zu seinem Bruder, der in Christophs Rücken stand. Der erfahrene Polizist spürte, dass Aaron irgendwelche Zeichen gab, er merkte es an Jeremias' Augen, die diese Zeichen zu deuten suchten, Imaginärem mit den Blicken folgend. Abrupt drehte er sich um.

»Alles klar, Herr Ammann?«

Dem Hünen fielen die Hände herunter, die soeben noch heftig gestikuliert hatten. »Können Sie Ihre Fragen nicht hier stellen?«, wagte er einen letzten Versuch. »Sie sehen doch, dass es Jeremias nicht gut geht.«

»Offensichtlich verkennen Sie den Ernst der Lage«, versetzte Christoph scharf. »Wir ermitteln in drei Mordfällen, den schlimmsten, die diese Stadt in den letzten Jahren erleben musste. Für Wunschkonzerte bleibt da kein Platz. Sie können sich glücklich schätzen, dass ich den Haftbefehl gegen Ihren Bruder ausgesetzt habe. Ich kann aber auch anders.« Zu Jeremias gewandt, sagte er mit gedämpfter Stimme: »Sie brauchen keine Angst zu haben. Im Moment gehe ich nicht davon aus, dass Sie ein Mörder sind. Trotzdem kommen Sie jetzt mit.«

Er fasste den Jungen am Arm und zog ihn sanft, aber unnachgiebig von seinem Stuhl hoch. Dabei fiel ihm das Handy auf, das auf dem Tisch lag.

»Sie besitzen ja doch ein Mobiltelefon, Jeremias«, stellte er fest.

»Das ist Aarons«, sagte der Junge, bevor sein Bruder einschreiten konnte.

Christoph fragte nach der Nummer. »Nur für den Notfall«, wie er sagte.

Genau beobachtete er, wie Aaron reagierte. Dessen Widerstand jedoch schien erlahmt, sodass er ihm freiwillig seine Nummer gab. Auch rührte er keinen Finger, um zu verhindern, dass Jeremias mitgenommen wurde, und dennoch merkte Christoph ihm an, wie mühsam er sich beherrschte. Auch er selbst stand unter Hochspannung. Sie wich erst, als sie im Auto saßen und in die Dienststelle fuhren.

Für die Einvernahme wählte er einen der Verhörräume ohne Tageslicht, dessen klaustrophobisch anmutende Atmosphäre jedem Verdächtigen von vorneherein schiere Ausweglosigkeit suggerierte. Professorin Sybille Hannewald wartete bereits auf die Kombattanten. Nachdem Christoph sie einander vorgestellt hatte, begann er die Vernehmung mit den üblichen Routinefragen. In freundlichem Plauderton forschte er nach Allgemeinplätzen, die Ammann in Sicherheit wiegen sollten. Jeremias wurde zusehends lockerer. Seine Hände, die er bislang unter den Hosenboden gezwängt hatte, befreiten sich und lagerten nun gelöst auf seinen Oberschenkeln.

Auch Sybille beteiligte sich inzwischen an der Unterhaltung, erkundigte sich beiläufig nach Gesundheit und Familie, zeigte Interesse an der Glaubensrichtung der Kinder Hiobs. Man sah Jeremias förmlich an, dass er allmählich jegliche Vorsicht vergaß. Nach einer guten Viertelstunde hatte Christoph den Eindruck, dass der richtige Moment gekommen sei.

»Ich will Ihnen noch etwas zeigen, Herr Ammann«, sagte er ruhig. Er griff in seine Aktentasche und holte die Fotos hervor, die an den Tatorten von den Ermordeten aufgenommen worden waren. Er legte sie mit der Rückseite nach oben vor Jeremias auf den Tisch. Der guckte neugierig, die Augen kindesrund. Jetzt drehte Christoph ein Bild nach dem anderen um.

Ergün Süleymanoglu: ein violett angelaufenes Gesicht, die im Todeskampf erstarrten Augen voller Blut, da die Adern geplatzt waren; die Zunge, die wie ein totes Tier haltlos aus dem weit aufgerissenen Mund hing; der halb abgetrennte Hals mit den tiefen Strangulationsnarben.

Ferhat Barzani: der eingeschlagene, mit Blut, Haaren und Gehirnmasse verklebte Schädel.

Rafeth Alkay: das zertrümmerte Antlitz, ein einziger Knochen- und Blutbrei; der Pfeil in der Brust, gleich drei Mal in Nahaufnahme zu sehen.

Ammanns Reaktion schockierte selbst die an harte Verhöre und entsprechend emotionale Ausbrüche der Vernommenen gewohnten Ermittler. Der Junge schrie. Er presste beide Hände auf den Mund, um sich am Schreien zu hindern, doch war sein Entsetzen größer als sein Wille. Unartikuliert spie er sein Grauen aus sich heraus, all das, was er wohl vor sich selbst verborgen hatte, weil sein Verstand, sein Gefühl es nicht hatten glauben wollen, drängte nun mit Macht aus ihm. Willenlos ließ er sich von der Psychologin in den Arm nehmen, doch gelang es ihr nicht, ihn zum Aufhören zu bringen. Er schrie. Sie streichelte ihn, als sei er ein Kleinkind, sprach tröstend auf ihn ein, doch Jeremias schrie weiter.

Christoph wurde von Panik erfasst. Er rannte aus dem Verhörraum und herrschte den dort wachenden Beamten an, er solle einen Notarzt rufen, schnell, schnell!

Jeremias aber schrie ohne Unterlass. Christoph ertrug es nicht mehr. Er musste sich die Ohren zuhalten. Das Geschrei erinnerte ihn an die entsetzlichen Laute eines Rehwilds, das ihm vor vielen Jahren ins Auto gelaufen war. Das Rückgrat des Tieres war gebrochen, das hatte er sofort erkannt. Doch es hatte nicht sterben wollen. Angeklagt hatte es ihn mit seinem Schreien, das so sehr nach Mensch klang, dass Christoph fast verrückt geworden war. Mit einem Schraubendreher, etwas anderes hatte er in seinem Schockzustand nicht gefunden, hatte er das Reh schließlich mit einem Stich in den Hals erlöst.

Christoph suchte die Toilette auf. Hier war es ruhiger, auch wenn die Schreie Ammanns immer noch zu hören waren. Er musste sich setzen. Kalter Schweiß lief ihm den Rücken hinab. Er atmete tief ein, tief aus. Allmählich gewann er seine Fassung zurück. Seltsam, dachte er in Erinnerung an das damalige Erleben, wenn ein Wesen so brutal schreit, mutet es beim Tier menschlich an, beim Menschen aber tierisch.

Jeremias schrie ganze zwanzig Minuten, eine Ewigkeit lang, bis das halbe LKA zusammengeströmt kam, verstört davon, was sich da für ein Drama abspielte. Zwanzig Minuten gellendes Geschrei, bis der Notarzt eintraf und Jeremias ein starkes Beruhigungsmittel spritzte und das jammerlange Knochenbündel in sich sank. Die Ermittler waren viel zu aufgelöst, um zu entscheiden, was mit Ammann nun anzustellen sei. Der Notarzt bestimmte schließlich, ihn in die psychiatrische Abteilung des nahen Krankenhauses zu überführen, da er im aktuellen Zustand wohl eine Gefahr für sich selbst darstellte. Rasch organisierte der Mediziner einen Krankenwagen, während er Sybille und Christoph mit Beschimpfungen bombardierte, was sie mit dem jungen Mann denn gemacht hätten, dass der so ausgetickt sei. Verdattert ließen sie sich abkanzeln, unfähig des Widerspruchs.

»Gratuliere«, sagte Sybille, als Ammann abgeholt worden war und sie im Innenhof der Behörde frische Luft schnappten, sich langsam vom Schock erholend. »Grandiose Idee, den Jungen mit den schrecklichen Bildern zu konfrontieren.«

»Jetzt fängst du auch noch damit an«, beschwerte sich der Gescholtene, »wenn ich geahnt hätte, wie sehr ihn das aufregt, hätte ich das nie und nimmer durchgezogen.«

»Jetzt ist es zu spät«, bemerkte die Psychologin spitz. »Es ist gut möglich, dass die Ärzte, die ihn jetzt behandeln, uns vorerst überhaupt nicht mehr an ihn heranlassen werden. Es wird darauf ankommen, was Jeremias angibt, wenn er nach dem Grund seines Erregungszustandes gefragt wird. Schiebt er alles auf uns, kriegen wir am Ende noch ein Verfahren wegen Körperverletzung an den Hals.«

»Ich weiß auch nicht.« Frustriert ließ sich Christoph auf die Parkbank unter dem japanischen Kirschbaum fallen. Blütenreste regneten auf ihn herab und punkteten sein dunkelblaues Sakko rosa. Er beugte den Oberkörper vor und stützte den Kopf in die Hände.

Sybille setzte sich daneben und betrachtete ihn ungeniert von der Seite. Jetzt wäre eigentlich eine gute Gelegenheit, dachte sie, Christoph etwas Privates zu fragen. Der Schutzschild, der ihn normalerweise umgab wie ein stählerner Kokon, schien im Moment löchrig zu sein. Vielleicht könnte sie im Augenblick durchdringen zu ihm. Ihn zum Essen einladen, bei ihr zu Hause. Sie überlegte, wie sie das Gespräch beginnen sollte, doch wenn man erst einmal überlegte, war es meist schon zu spät. Sie traute sich nicht, aus Angst vor einem Korb. Sie, die sonst so selbstsicher sein konnte, kein Problem damit hatte, in der Öffentlichkeit zu stehen, in Talkshows im Fernsehen mit ihrer Eloquenz und Intelligenz so manch alten TV-Hasen ins Schwitzen gebracht hatte, egal, ob Moderator oder Politiker, sie musste sich eingestehen, dass bei diesem Mann ihre Mechanismen nicht funktionierten. Der alte Affe Verlustangst, dachte sie, stärker als manch anderer Trieb.

Christoph indes grübelte vor sich hin. Er bemerkte nicht einmal, dass Sybille sich neben ihn gesetzt hatte, so wie er in seinen Gedankentrümmern nach Auswegen suchte. Peu à peu gewann der Kriminalist in ihm wieder die Oberhand über den Empathiker. Seine Spürnase verriet ihm, dass Jeremias' Überreaktion nichts anderes als ein Eingeständnis war. Dass er nur aus einem Grund so geschockt sein konnte: weil er den Mörder kannte oder zumindest ahnte, wer es sein könnte, ihm aber eine solch bestialische Brutalität nicht zugetraut hätte. Nur so war seine Hysterie erklärbar. Denn dass Jeremias einfach nur psychisch gestört war, das wollte Christoph nicht glauben. Natürlich musste er vorsichtig umgehen mit seinen Vorstellungen, nicht dass er sich auf der falschen Fährte festfuhr. Aber, ging es ihm durch den Kopf, war man über jemandes Handlungsweise so nachhaltig verstört, den man nicht oder auch nur flüchtig kannte? Eher nicht. Der Mörder musste folglich im direkten Umfeld des Jungen zu suchen sein.

Wie in einem Zettelkino tauchten mehrere Gesichter vor Christophs innerem Auge auf. In schneller Sequenz wechselten die Personen, bis sein geistiges Rotationssystem bei einem Gesicht hängen blieb: Aaron Ammann.

»Scheiße«, fluchte er vor sich hin, von Sybille mit hochgezogenen Augenbrauen bedacht, »wie konnte ich nur so blöd sein, auf das Alibi dieser Burschenschaftler zu vertrauen beziehungsweise die vagen Aussagen der Wirtsleute im ›Raben‹ zu akzeptieren.«

Er tippte die Mobilnummer Dominik Rennebergs, der zu Aarons Überwachung eingeteilt war, in sein Smartphone. Nach Christophs Einschätzung musste der Kollege bereits vor Ort sein. Er war erleichtert, als Dominik auf das erste Klingelzeichen reagierte. Er schärfte ihm ein, Ammanns Haus nicht aus den Augen zu lassen, bis er persönlich mit einem Einsatzkommando in der Tillystraße eintreffen würde.

»Dominik«, beschwor er ihn, »wahrscheinlich ist Aaron der Türkenmörder. Aber sei um Gottes willen vorsichtig! Wenn ich mit meiner Vermutung richtigliege, dann ist der Kerl brandgefährlich und zu allem fähig. Beobachte sein Haus weiter und melde dich umgehend, wenn etwas Außergewöhnliches passiert. Und keine Alleingänge, versprich mir das.«

»Alles klar, Chef«, versicherte Dominik. »Was mache ich, wenn er das Haus verlässt?«

»Du bleibst an ihm dran, aber komm ihm nicht zu nahe. Er darf dich auf keinen Fall bemerken. Und bleib ständig in Telefonkontakt. Wir sind in etwa einer halben Stunde bei dir.«

Ein Teil der Wahrheit

Die furchtbaren Schreie des Jeremias Ammann waren durch das halbe Dienstgebäude gegellt, der Aufruhr unter den Beamten dementsprechend groß gewesen. Auch Inken Möhricke war angelaufen gekommen, weil ihr das Gezeter durch Mark und Bein gegangen war und sie sich überzeugen wollte, dass da keiner »abgeschlachtet« würde, wie Kollegen sich auf dem Flur stichwortartig zugeworfen hatten.

»Der arme Junge«, sagte sie zu einer neben ihr stehenden Beamtin, als sie den sich wie verrückt gebärdenden Jeremias im Verhörraum sah. »Da ist der Kaltenbach wohl zu weit gegangen in seinem Ehrgeiz.«

Ohne zu fragen, was eigentlich geschehen sei und was Ammanns offenkundigen Schockzustand ausgelöst haben könnte, kehrte sie zu ihrem Schreibtisch zurück. Ihr mütterlicher Instinkt sagte ihr, dass wenigstens die Familie des jungen Mannes informiert werden müsste. Am Ende war er noch Epileptiker oder sonst etwas in der Art und benötigte spezielle Medizin. Der Fall Oliver Jörns vor einem Jahr war ihr noch in lebhafter Erinnerung. Ohne ihr schnelles Eingreifen wäre er beinahe erstickt. Sie schaute in ihren Unterlagen nach, ob nicht irgendwelche Kontaktdaten der Eltern vermerkt waren, doch fand sie außer der Adresse lediglich die Mobilnummer seines Bruders, die Kaltenbach ihr gegeben hatte, als er mit diesem bedauernswerten Kerl im Schlepptau im Amt erschienen war. Sie hatte Glück. Aaron Ammann meldete sich. Schonend brachte sie ihm bei, was sich zugetragen hatte. Diskret fragte sie nach etwaigen psychischen Erkrankungen, doch Aaron wusste von nichts dergleichen. Dass er sich äußerst seltsam am Telefon benahm, schrieb sie dem Schreck zu, auch dass er das Gespräch vorschnell beendete.

Doch sie war zufrieden mit sich. Ihre Pflicht hatte sie getan. Seit ihr einziges Kind, ein Sohn, vor dreizehn Jahren an einem geplatzten Aneurysma im Gehirn plötzlich verstorben war, saß eine Urangst in ihr, die sie bisweilen unüberlegt vorpreschen ließ, wähnte sie junge Leute in Gefahr.

***

Dominik Renneberg musste erst einmal tief Luft holen, nachdem sein Chef das Telefonat beendet hatte.

Aaron Ammann! Der also sollte der grausame Serienmörder sein? Ein offenbar krankhafter Goliath, der seine Opfer mit Steinen erschlug, mit irrsinniger Kraft erdrosselte oder ihnen einen Pfeil ins Herz jagte. Woher nur hatte Kaltenbach diese Erkenntnis? Am Telefon war er ziemlich aufgeregt gewesen. So hatte er seinen Chef noch nie erlebt.

Dominik sah auf seine Armbanduhr. In gut zwanzig Minuten würden seine Kollegen hier sein. Der Türkenmörder! Dominik spürte, wie sich sein Puls beschleunigte. Mit einem Serienkiller hatte man es schließlich nicht alle Tage zu tun. Trotzdem müsste alles nach Plan verlaufen. Ammann saß in der Falle, denn das Haus hatte keinen Hintereingang. Das SEK würde das Gebäude umstellen und dann: Zugriff!

Dominik war froh, dass die Spezialisten für solche Einsätze gleich die Verantwortung übernehmen würden. Er riss sich nicht darum, diesen Verrückten persönlich zu verhaften. Wenn der Typ so gefährlich war, wie Kaltenbach behauptete, war es definitiv klüger, Abstand zu halten, schließlich warteten daheim seine hübsche Frau Alessa und seine drei kleinen Kinder auf ihn.

Während er sich noch wunderte, wie fürsorglich sein Chef seit Neuestem war, wurde plötzlich die Haustür geöffnet, und ein bemützter Kopf mit Sonnenbrille schaute heraus, sicherte nach links und rechts, bis der zugehörige Körper erschien, eine große, kräftige Gestalt, die sich in schnellem Schritt davonmachte. Dominik war hochgradig angespannt. Ob das Ammann war? Er war derart auf das weizenblonde Haar des Verdächtigen fokussiert, diesen Eyecatcher, dass er im Ungewissen war, wer soeben das Haus verlassen hatte. Außerdem hatte er das Gesicht des Mannes nicht genau gesehen. Die Entscheidung, weiter zu warten oder dem Mann zu folgen, wollte er seinem Chef überlassen. Er wählte Kaltenbachs Nummer und berichtete von seiner Beobachtung, schilderte den Mann, der mittlerweile ein gutes Stück weit weg war. Der irgendwie seltsam lief. So abgeeckt.

»Sofort folgen«, befahl Christoph, nicht ohne ihm nochmals absolute Zurückhaltung aufzuerlegen.

Hektisch wand sich Dominik aus seinem Wagen und eilte dem Verdächtigen hinterher. Gerade noch konnte er sehen, dass der Mann in einer Seitenstraße verschwand. Dominik rannte los. Als er um die Ecke bog, stieß er beinahe auf den Verfolgten. Der stand nur wenige Meter entfernt am Straßenrand, im Begriff, in ein parkendes Fahrzeug zu steigen. Die Fahrertür des blauen VW Golf war bereits geöffnet. Für einen Moment zögerte Dominik. Wenn das wirklich Ammann sein sollte, und davon war nun, da er ihn direkt vor sich hatte, mit hoher Wahrscheinlichkeit auszugehen, konnte er ihn unmöglich fliehen lassen. Er ging in Stellung, zog seine Dienstwaffe und richtete sie auf den Mann.

»Halt! Polizei! Legen Sie beide Hände aufs Autodach und rühren Sie sich nicht!«

Der Angerufene hielt in seiner Bewegung inne, machte jedoch keine Anstalten, der Aufforderung nachzukommen.

»Meinen Sie mich?«, fragte er in scheinbarer Gemütsruhe.

»Wen sonst?«, herrschte Dominik ihn an. »Sie sind Aaron Ammann. Sie sind vorläufig festgenommen.«

Ein Lächeln umspielte des Mannes Mund, von dessen Gesicht man sonst wenig erkennen konnte, so tief war die Wollmütze in die Stirn gezogen und so flächig verdeckte die Sonnenbrille die Augenpartie. Dominik wurde unsicher.

»Wen auch immer Sie suchen«, sagte der Mann höflich, offensichtlich um Deeskalation bemüht, »ich bin es mit Sicherheit nicht. Darf ich mich bitte ausweisen, ohne dass Sie gleich auf mich schießen?«

»Nein«, entschied Dominik. »Sie legen jetzt schön die Hände aufs Autodach, und keine unvorsichtige Bewegung. Ich schieße sofort!«

Doch der Mann gehorchte nicht. Er griff in die Brusttasche seiner Windjacke, wohl um trotz allem seinen Ausweis zu suchen. Wieder zögerte Dominik. Die Gedanken rasten durch seinen Kopf. Sollte er wirklich schießen? Und wohin? Ein Gutteil des Mannes war vom Fahrzeug verdeckt, er würde demnach in den Oberkörper schießen müssen. Damit jedoch riskierte er dessen Leben, und dass Ammann eine Schusswaffe besaß, davon hatte Kaltenbach nichts gesagt.

Höchstens drei Sekunden waren verstrichen, in denen Dominik nachdachte. Drei Sekunden zu viel. Den Schuss aus der Pistole des anderen hörte er noch. Simultan spürte er einen brennenden Schmerz in der Brust. Dann wurde es dunkel um Dominik Renneberg.

***

Die ganze Nacht über hatte Atik Alkay unter heftigen Zahnschmerzen gelitten. Erste Anzeichen hatte er gestern beim Abendessen mit Britt verspürt. Leise hatte der Schmerz angeklopft, sich noch artig angemeldet, um bald darauf in gewohnt brachialer Manier seinen Kiefer zu behämmern. Obwohl Atik ein tadelloses Gebiss besaß, taten ihm häufig die Zähne weh. Dieses Mal war es der hinterste Backenzahn links unten. Psychosomatische Ursachen habe dies, hatte Britt konstatiert. Was sein Hirn und seine Seele nicht verarbeiteten, äußere sich eben in Zahnschmerz. Irgendwie müsse das ja heraus, was er tagtäglich in seinem Job erlebe, all diese Tragödien. Statt andauernd zum Zahnarzt zu rennen, solle er vielleicht um psychologische Hilfe ansuchen. Der Auslöser für das aktuelle Leiden sei garantiert der Tod seines Onkels. Gleich morgen würde sie sich um einen erfahrenen Schmerztherapeuten kümmern. Daheim in Holland sei man im Übrigen viel weiter in der Bewertung psychogen getriggerter chronischer Schmerzen, sehr viel weiter als in Deutschland.

Die Sottise hatte Atik ignoriert. Normalerweise hätte er Britt mit der logischen Folgerung aufgezogen, warum sie denn hier in der BRD lebe, wenn doch in Holland alles viel besser sei; doch für einen Streit war der Schmerz schlicht zu stark. Da probierte er lieber seine bewährten Mittelchen durch: zuerst zwei Aspirin, sodann eine Ibuprofen. Als das nichts half, schüttete er reichlich Whisky nach, kühlte mit Eis und versuchte es darauf, als der Schmerz eher zunahm, mit einer Wärmflasche auf der inzwischen dicken Backe sowie einem in Arganöl getränkten Tuch auf dem wehen Zahn. Den Rest der so durchwachten Nacht verbrachte er am Schreibtisch, um abermals die Ermittlungsakten, die er mit nach Hause genommen hatte, zu durchforsten. Der Schmerz indes ließ nicht nach. Gegen sieben Uhr morgens war er fast so weit, einen Besuch beim Psychologen in Erwägung zu ziehen. Soforthilfe aber konnte nur der Dentist seines Vertrauens leisten, Dr. Moritz Magerl, ein kleiner, zarter Mensch mit feinfühligen Händen, der die Leiden seiner Patienten bei jeder Behandlung leiblich mitzuerleben schien. Doch so intensiv er in den Jahren in Atiks Gebiss nach Fehlerquellen gefahndet hatte, nie war er fündig geworden und hatte die betreffenden Stellen mit einer Betäubungsspritze mattgesetzt und somit mittelfristig die Probleme gelöst.

Als Atik telefonisch um einen Termin ansuchte, wurde er als Dauerpatient auch sofort geladen, allerdings müsse er mit Wartezeiten rechnen, hatte die Sprechstundenhilfe ihn vorgewarnt.

Nun saß er schlecht gelaunt im Wartezimmer und beobachtete misstrauisch die anderen Leidgeplagten, sich an deren Pein allmählich aufbauend. Sein Smartphone meldete einen Anruf. Ada war am Apparat. Es kam nicht oft vor, dass seine Schwester spontan anrief, also musste etwas passiert sein, schätzte Atik. Und richtig, sie befand sich im Ausnahmezustand. Hysterisches Schreien wurde von Weinkrämpfen unterbrochen. Entschuldigung heischend schaute Atik sich um. Die Patienten starrten ihn indigniert an, als habe er sie mit lauten Blähungen belästigt.

»Moment«, flüsterte er in sein Handy, »ich bin gerade beim Zahnarzt. Ich gehe eben mal raus.«

Adas Stimme war so penetrant, dass Atik es vorzog, die Praxis gänzlich zu verlassen und ins Treppenhaus zu wechseln. Ihren ganzen Weltschmerz heulte seine Schwester ihm nun vor. Wie ungerecht das alles doch sei. Wie hundsgemein. Gestern Abend hätten die Bullen ihren Freund Birol abgeholt, mit einem

Durchsuchungsbefehl seien die angetanzt, und blöderweise hätten die Scheißkerle auch was in seiner Bude gefunden. Koks. Crystal Meth und so. Wie oft schon habe sie Birol gesagt, er solle das Zeug woanders aufbewahren. Überhaupt aufhören mit der Drecksdealerei. Nun sitze er in Stadelheim in U-Haft. Ob Atik nicht was machen könne. Sie liebe ihn doch so, den Birol, das Arschloch.

Mist, dachte Atik. Diesen Özgür hatte er schlicht vergessen. Klar war der Tipp an die Kollegen vom Drogendezernat von ihm gekommen. Vor Kurzem noch hatte er seinen alten Kumpel vom Rauschgift, den Purucker Maximilian, angerufen und ihn auf Özgürs Aktivitäten hingewiesen. In all dem Wahnsinn um Onkel Rafeth aber hatte er das Thema komplett verdrängt. Jetzt hatte er zwar erreicht, was er bezweckt hatte, mies fühlte er sich dennoch. Sein schlechtes Gewissen wuchs, je mehr sich Ada in ihr Ach und Weh hineinsteigerte. Auch das noch. Hatte er nicht genug Sorgen am Hals? Halbherzig unternahm er den Versuch, sie zu trösten. Ada aber war nicht mehr zu beruhigen, drohte damit, die Nahrungsaufnahme ab sofort komplett einzustellen, so lange, bis ihr Birol wieder in Freiheit käme. Drei, vier Jahre nichts essen, dachte Atik. Das hält nicht einmal Ada durch.

»Hungerstreik«, kreischte sie ins Telefon, »isch mach Hungerstreik!«

»Nicht so laut«, stöhnte Atik. »Ich habe Zahnschmerzen. Der ganze Kopf tut mir schon weh. Hör zu, Ada. Ich komm heute Abend vorbei, dann reden wir in Ruhe über alles. Ich kann nicht ewig am Handy bleiben, sonst verpasse ich noch meinen Behandlungstermin.«

»Warum nimmst du kein Hausmittel?«, fragte Ada, unvermittelt unaufgeregt.

»Seit wann hast du Ahnung von Hausmitteln?«

»Is egal jetzt. Gewürznelken, kennst du. Du packst dir so ein Ding und kaust drauf rum. Is besser als Zahnarzt.«

»Woher hast du das, von Mama?«

»Nix Mama. Is altes kurdisches Rezept. Hab isch von Freundin.«

Ein weiterer Anruf klopfte an. Auf dem Display erschien der Name »Christoph«.

»Okay, Ada«, verabschiedete Atik seine Schwester. »Ich probiere es mit den Nelken. Aber jetzt muss ich auflegen. Wir sehen uns heute Abend. Sag Mama, sie soll was Leckeres kochen. Und grüß deine kurdische Freundin.«

Bevor Ada antworten konnte, hatte er sie weggedrückt und Christophs Anruf entgegengenommen.

»Was gibt es, Großwesir?«, meldete er sich. »Fass dich bitte kurz, ich sitze beim Zahnarzt.«

»Den Termin wirst du verschieben müssen«, sagte Christoph. Seine Stimme klang verändert. Tonlos. Todernst.

»Ist was passiert?«

»Aaron Ammann ist verschwunden. Ich denke, er ist der Türkenmörder, Atik, der Kerl, der deinen Onkel auf dem Gewissen hat.«

Atik brachte kein Wort heraus.

»Bist du noch dran?«, fragte Christoph.

»Ja.« Zu mehr war Atik nicht in der Lage.

»Das ist leider noch nicht alles, mein Freund. Auf der Flucht hat er den Kollegen Renneberg niedergeschossen. Dominik ist bereits auf dem Weg ins Krankenhaus. Aber er ringt mit dem Tod, Atik, hörst du? Er ringt mit dem Tod!«

Als Atik zu seinem Auto rannte, spürte er keinen Schmerz mehr. Da war nur noch Wut, eine ubiquitäre Wut, die für nichts anderes Raum ließ. Aaron Ammann war der Killer! Der seine Landsleute, seinen Onkel nicht nur umgebracht, sondern regelrecht vernichtet hatte, ihnen alles Menschliche geraubt. Ein Monster, das so lange vor ihrer Nase herumgetanzt war und das sie irgendwie nicht auf der Rechnung hatten. Aber wie hatte Christoph das herausgefunden? Und was genau war mit Dominik passiert? Renneberg war einer der nettesten Kollegen im LKA, ein stiller, hilfsbereiter Mensch, gerade einmal zweiunddreißig Jahre alt. Atik kannte seine Frau, eine Lebhafte, Hübsche war das. Drei Kinder hatten sie, zwei Mädchen und einen Buben, soweit er sich entsann. Wie grausam doch so ein Polizistenleben sein konnte. Und wie kurz, sollte Dominik nicht überleben. Immer erwischte es die Falschen. Und wenn es einen Kollegen traf, war man selbst getroffen, mitten ins Herz.

Atik war so voller Wut, dass er am liebsten geheult hätte. Wenn er daran dachte, wie nah er diesem brutalen Mörder gekommen war. Wenn er Ammann nur vorher gefasst hätte, dann wäre Onkel Rafeth noch am Leben. Und Dominik müsste nicht um sein Leben kämpfen. Atik gab Vollgas.

Nach einer Viertelstunde wilder Fahrt durch die Stadt traf er am vermuteten Fluchtziel Ammanns ein, dort, wo er sich mit Christoph verabredet hatte. Dort, wo bereits ein zwanzigköpfiges Einsatzkommando das Anwesen umstellt hatte: am Haus der Centuria. Den richterlichen Durchsuchungsbeschluss hatte Kaltenbach erst gar nicht abgewartet. Gefahr im Verzug! Selbst das Klingeln am Eingangsportal zur Villa ersparte sich die in voller Panzerung angetretene Spezialeinheit. Ohne viel Federlesens brach man die Tür auf, und fünfzehn schwer bewaffnete Spezialisten stürmten das Gebäude, während draußen fünf Scharfschützen das Gelände sicherten. Kompromisslos durchsuchten die Männer vom SEK jeden Raum, jeden Winkel. Doch niemand befand sich im Haus, kein Burschenschaftler, kein Aaron Ammann.

Hinter den vermummten Kollegen hatten Atik und Christoph die Villa betreten. Auch sie hatten ihre Pistolen im Anschlag und forschten nach und nach die einzelnen Zimmer aus, aber nirgends fiel ihnen etwas Außergewöhnliches ins Auge. Nirgends, bis den Polizisten, die das Dachgeschoss erobert hatten, ein im Flur stehender mächtiger Eichenschrank verdächtig vorkam. Auf dem Holzparkett hatten sie Schleifspuren entdeckt, als sei der Schrank des Öfteren bewegt worden. Das Möbel war so schwer, dass sie es zu zweit verrücken mussten. Die schmale Pforte, die dahinter zum Vorschein kam, war mit massiven Riegeln verschlossen. Als sie die Tür endlich aufgebrochen hatten und mit vorgehaltenen Maschinenpistolen in den Raum drangen, staunten die Beamten nicht schlecht.

Kerem Arslan, der Einsatzleiter des Kommandos, rief nach den Kommissaren. Gleich Atik war er in München geboren, aber blond und blauäugig, da seine Eltern aus Erdek stammten, einem Ort am Marmarameer, der bekannt für seine vielen blonden Menschen war, offensichtlich direkte Nachfahren der Galater, eines keltischen Volks, das in grauer Vorzeit in der Türkei siedelte.

»Kollegen Kaltenbach und Alkay! Schaut euch das mal an! Das wird euch interessieren!«

Die beiden liefen die Treppe hoch. Sie trauten ihren Augen nicht: Die verborgene Dachstube glich einem Geschäft für Nazi-Devotionalien.

»Voilà«, bemerkte Arslan trocken, »das Führerhauptquartier.«

Den Männern stand vor Unglauben der Mund offen. Unzählige NS-Symbole zierten, besser gesagt verunstalteten die Wände, überall Fahnen mit Hakenkreuz und Fotos von Adolf Hitler und Joseph Goebbels. Komplette Jahresausgaben des ebenfalls verbotenen rechtsextremen Kampfblattes »... macht frei« stapelten sich auf Stuhl und Tisch.

»Ekelerregend«, war Atiks einziger Kommentar.

Christoph indes stand stumm daneben und starrte mit stierem Blick auf das Szenario. Plötzlich trat er mit voller Wucht gegen den Stuhl, sodass er umstürzte und die darauf gestapelten Hefte unter sich begrub.

»Wo, verdammt, ist Ammann?«, brüllte der sonst so Beherrschte. »Wo ist das Dreckschwein?«

Dann verließ er wortlos den Raum.

Im Kellergeschoss war inzwischen eine weitere Gruppe des SEK fündig geworden. Sie hatten den heimlichen Schießstand entdeckt und diverse historische Waffen sichergestellt, darunter zwei sogenannte Seitengewehre aus ehemaligen SS-Beständen, mehrere Pistolen der Marke Beretta, die gerne von der Gestapo benutzt worden war, sowie eine augenscheinlich noch funktionierende Maschinenpistole, ebenfalls aus der Zeit des Dritten Reiches.

Auch die KTU war mittlerweile angerückt. Markus Besold brachte traurige Nachricht. Soeben habe er mit Kriminalrat

Kraus telefoniert. Dem Kollegen Renneberg gehe es sehr schlecht. Die Kugel habe den Brustmuskel direkt neben dem Herzen durchschlagen. Noch während des Transportes in die Klinik habe der Herzschlag ausgesetzt. Herzschock hätten die Ärzte diagnostiziert. Es sei gelungen, Renneberg zu reanimieren, doch habe er so viel Blut verloren, dass die Mediziner das Schlimmste befürchteten. Im Moment würde er operiert. Große Hoffnungen aber solle man sich keine machen.

Noch während Besold über den bedauernswerten Kollegen referierte, hatte sich Christoph abgewandt. Er musste raus, einen Augenblick allein sein. Im Garten der Centuria setzte er sich auf einen Findling abseits des Getümmels. Er war erschöpft, als hätte er seit Nächten nicht mehr geschlafen und gerade einen Marathonlauf hinter sich. Es war eine seelische Erschöpfung, die ihn kraftlos auf den Stein sinken ließ. Er dachte an Dominik.

»Halt durch, Junge«, sprach er leise vor sich hin, »halt durch.«

Er spürte eine Hand auf seiner Schulter. Es war Myriam Prechtl, die hinzugekommen war, um das Team zu verstärken. Sie hatte bereits von Dominiks tragischem Unglück erfahren. Verstohlen wischte sie sich die Augen, doch tropften ständig neue Tränen nach.

»Was ist das bloß für eine Welt?«, klagte Christoph. »Eine Welt, in der ein Menschenleben nichts mehr zählt. Die aus jungen Männern verblendete Mörder macht, die einem pervertierten Ideal nachjagen und dafür sogar zu töten bereit sind. Ich verstehe sie nicht mehr, diese Welt.«

Markus Besold trat hinzu, in Händen einen blauen Müllsack.

»Das habe ich im Schuppen gefunden«, sagte er. »Gut versteckt, aber dort, wo ich das Teil auch vergraben hätte, unterm Fehlboden.«

Er löste die Schnur, die den Beutel verschloss, und entnahm den Inhalt. Es war eine Armbrust, ein augenscheinlich wertvolles Stück, der Lauf aus Edelmetall, der Holzschaft mit aufwendigen Intarsien verziert.

»Wenn mich nicht alles täuscht, ist das die Waffe, mit der Atiks Onkel getötet wurde.«

Christoph nickte. »Scheint mir auch so. Erhebt sich nur noch die Frage, wie Ammann sich so ein edles Teil leisten konnte. Aber garantiert können uns das die Herren Burschenschaftler erzählen, die offenbar so gern Alibis für Serienmörder geben. Und die nehmen wir uns jetzt zur Brust, Kollegen, einen nach dem anderen, und zwar in voller Härte. Ich will ihn endlich austrocknen, diesen braunen Sumpf.«

Der Tod ist ein Meister

Noch ein weiteres Augenpaar hatte die Flucht des Aaron Ammann beobachtet, eines, das ihn schon länger im Visier hatte: Es waren die Augen des einsamen Jägers. Sie sahen, wie Ammann von einem Polizisten in Zivil gestellt wurde. Sie sahen, wie Ammann den Mann eiskalt niederschoss. Und sie sahen, wie Ammann ungerührt in sein Auto stieg und davonfuhr.

Der Jäger hatte nicht eingreifen können, unmöglich, dem Polizisten zu helfen. Alles war viel zu schnell gegangen. Nun aber gehörte Ammann ihm. Ihm allein. Er startete seinen Wagen und nahm die Verfolgung auf. Ammann steuerte auf den Mittleren Ring und orientierte sich nach Süden. Am Luise-Kiesselbach-Platz bog er auf die Autobahn nach Garmisch-Partenkirchen ab. Jetzt war es dem Jäger klar, wohin es den Türkenmörder trieb. Deshalb wurde er auch nicht nervös, als er ihn auf der dicht befahrenen Autobahn momentweise aus den Augen verlor. Der Verfolgte schlug ein hohes Tempo an. Angst schien ihm im Nacken zu sitzen, selbst wenn er nichts von seinem gefährlichsten Verfolger ahnte, denn dieser war für ihn weit gefährlicher als die Polizei. Dieser nämlich würde ihn nicht verhaften, nein. Er würde ihn töten.

Wie der Jäger es erwartet hatte, verließ Ammann die Autobahn an der Ausfahrt Seeshaupt, am südlichen Ende des Starnberger Sees, und fuhr auf die Landstraße Richtung Weilheim. Ammann durchquerte den Ort Seeshaupt, überholte zwei Fahrzeuge vor ihm und war für Minuten seinen Blicken entschwunden, doch der Jäger ließ sich Zeit. Er brauchte nicht zu dem blauen VW Golf aufzuschließen, wusste er doch, wohin diese Flucht führen würde. Bald musste die Privatstraße zum Schloss Seefurth kommen, Ammanns Ziel.

Behutsam bog der Jäger in die schmale Zufahrt ein und steuerte vorsichtig auf der kurvenreichen Strecke hoch zum Schloss. Dichter Wald säumte die Straße. Der Jäger taxierte die Landwirtschaftswege, die ab und an in den Forst abzweigten. Er glaubte nicht, dass Ammann direkt am Schloss parken würde. Wahrscheinlich würde er den Wagen irgendwo im Gebüsch verstecken, um möglichst unbemerkt ins Haus zu gelangen, zu seinem mächtigen Auftraggeber.

Langsam ließ der Jäger sein Fahrzeug vorwärtsrollen. Es hatte die ganze Nacht hindurch geregnet. Der Boden war entsprechend aufgeweicht und würde die frischen Reifenspuren verraten, falls Ammann in einen der ungeteerten Forstwege abgebogen sein sollte. Plötzlich trat er auf die Bremse. Ein Lächeln umspielte seinen Mund. Der Türkenmörder benahm sich, als wäre er von den Gedanken seines Verfolgers geleitet. Wie ein Hampelmann am Draht, dachte er, an dem er nur ziehen musste. Linkes Bein hoch, rechtes Bein hoch. Strample du nur, Ammann, doch du hängst bereits an meinen Fäden. Entkommen kannst du mir nicht. Ich bin kein naiver Polizist, der sich einfach abknallen lässt. Ich bin ein im Terrorkrieg gestählter Kämpfer, zum Töten ausgebildet. Und ich werde dich töten, für all die Opfer.

Die Reifenspuren waren nicht zu übersehen. Der Jäger ahnte, wo Ammann sein Auto verstecken wollte. Und er konnte sich ausmalen, welchen Weg er zum Schloss einschlagen würde. Perfekt! So konnte er eine Abkürzung nutzen, um den Türkenmörder abzupassen.

Etwa hundert Meter vor sich entdeckte er den geparkten Golf. Offenbar war Ammann bereits ausgestiegen. Der Jäger zog eine kleine Blechschachtel aus seiner Jacke, entnahm eine der Gewürznelken, die er stets bei sich führte, und steckte sie sich in den Mund. Der Zahnschmerz hatte sich wieder gemeldet. Vom Rücksitz holte er die Gewehrtasche. Elf Sekunden benötigte er nur, um die Präzisionswaffe zusammenzusetzen, eine .68er Magnum aus der Produktion Knauss-Haecker. Wie oft schon hatte er geübt, bis die Handgriffe automatisiert waren. Selbst im dunkelsten Kerker hätte er das Gewehr zusammensetzen können.

Behände schwang sich der Jäger aus dem Wagen, öffnete die Heckklappe und ließ den Hund ins Freie. Zwar würde er ihn nicht brauchen. Mit Ammann würde er auch allein fertigwerden. Doch nahm er jede Gelegenheit wahr, dem Tier ausreichend Auslauf zu bieten. Im anatolischen Hochland, dort, woher der Hund stammte, war diese seltene und für extreme Bedingungen gezüchtete Rasse es gewohnt, wochenlang frei herumzulaufen und die ihr anvertrauten Schafsherden vor Wolf und Bär zu schützen, ohne dass ein Schäfer präsent sein musste. Falls er wirklich danebenschießen sollte, was ihm seit seinen Anfängertagen als Scharfschütze nicht mehr passiert war, würde der Hund ihn dabei unterstützen, einen gewiss in Panik fliehenden Ammann aufzustöbern und vielleicht noch mehr, würde es denn vonnöten sein. Bisher hatte er den Hund auf niemanden hetzen müssen, doch dass er entsetzlich zupacken konnte, wusste der Jäger aus Erfahrung.

Inzwischen war er an Ort und Stelle. Er postierte sich am Rande einer Lichtung unterhalb des Schlossberges, unweit des kleinen Sees, der zum Privatbesitz von Seefurth gehörte. Exakt drei Projektile der Spezialmunition legte er in das Magazin ein, genug, um das geplante Exempel zu statuieren. Dem Hund reichte ein kurzes »Platz«, um sich niederzulassen und im noch dick wabernden Bodennebel beinahe zu verschwinden, als sei er ein Waldgeist. Er selbst verbarg sich hinter dem Stamm einer starken Kiefer. Geduldig wartete er auf den Killer, der nun selbst vom Jäger zum Gejagten geworden war.

Der Tod hatte die Seiten gewechselt.

Noch war nichts von Ammann zu sehen, da warnte der Ruf des Eichelhähers vor dessen Kommen. Der Verfolger machte sich bereit. Er war in Gegenden aufgewachsen, wo die Menschen noch auf die Zeichen der Natur hörten. So wusste er, dass es nun so weit war. Erste Fremdgeräusche drangen aus dem Wald. Es knackte, wie wenn ein schwerer Körper auf winterdürres Geäst trat. Der Jäger nahm das Gewehr in Anschlag und peilte durch das Zielfernrohr. Jeden Augenblick würde Amman auf der Lichtung erscheinen. Seinem Schicksal konnte er nun nicht mehr entrinnen.

***

Aaron Ammann befand sich auf dem Weg nach Schloss Seefurth. Endlich hatte er die Stadt hinter sich gelassen und konnte nun auf der Autobahn Vollgas geben, ohne aufzufallen. Seine Gedanken rasten mit dem Wagen um die Wette. Der Anruf heute Morgen hatte alles verändert, alles. Er konnte sich denken, was im LKA geschehen war. Sie hatten Jeremias in die Mangel genommen, warum sonst war er so ausgerastet? Wahrscheinlich hatten sie ihn mit Fotos von den toten Türken unter Druck gesetzt, man wusste ja, zu welch bösen Tricks die Bullen griffen. Diese Schweine! Jeremias war leicht zu beeinflussen, schwach, aber nicht dumm. Sicher hatte man ihn nochmals zu den Alibis, zu denen er ihn überredet hatte, befragt. Und ihm anschließend die Tatzeiten um die Ohren gehauen. Wenn Jeremias dann über die ganzen Zusammenhänge nachgedacht hatte, war ihm wohl klar geworden, wer die Kanaken ins Jenseits befördert hatte.

Gott sei Dank war diese Sekretärin im LKA so schwachsinnig gewesen, ihn darüber zu informieren, wie sein Bruder reagiert hatte. Gott sei Dank. Sonst wäre er den Bullen ins Netz gegangen. So aber hatte er gleich kapiert, dass es höchste Zeit zum Abhauen war.

Ammann warf einen Blick in den Rückspiegel. Täuschte er sich, oder war dieser kleine rote Kombi schon seit der Arnulfstraße hinter ihm her? Er verwarf den Gedanken. Die Bullen hatten nicht solch abgetakelte Kisten. Und wer außer ihnen sollte ihn verfolgen? Kurz kam ihm der Mord an Konsul Rune in den Sinn, der schlimme Tod vom ehrenwerten Knauss-Haecker. Sofort stieg wieder Wut in ihm hoch, wahnsinnige Wut. Dieser heimtückische Killer! Wenn er den nur erwischen könnte! In Stücke würde er ihn hacken, leiden sollte der für seine Verbrechen, endlos leiden.

Dass aber in dem roten Kombi, der soeben einen Lkw überholte und sich im Abstand von etwa fünfzig Metern hinter ihn setzte, dass da der unheimliche Scharfschütze drinsitzen sollte, konnte er sich beim besten Willen nicht vorstellen. So einer fuhr garantiert ein teures, schnelles Gefährt. Wie kaltblütig der zugeschlagen hatte, zwei Mal gleich. Ein bisschen war dieser Sniper ja wie er. Ein Einzelgänger, der sein Ziel konsequent verfolgte.

Einer, der blitzschnell tötete und dann wieder verschwand. Fast musste man dem Respekt zollen. So einen hätte man gut brauchen können in den eigenen Reihen. Doch offensichtlich stand der auf Feindesseite. Wenn man nur herauskriegen könnte, für wen der arbeitete, wer ihn bezahlte. Denn dass das ein Auftragskiller war, darüber war man sich im AHB, im Arischen Heimatbund, einig. Niemand sonst würde so perfekt schießen können, und niemand sonst hätte Zugang zu so einer Präzisionswaffe. Vielleicht ein Islamist, wurde gemunkelt, einer dieser verrückten Araber, einer mit Einzelkämpfer-Ausbildung. Und ja, man fürchtete den unsichtbaren Vollstrecker. Ihn zu entlarven und auszuschalten war oberstes Gebot. Man hatte schon ein paar Leute angesetzt, aber wie ihn finden, wenn man nicht wusste, wer der Typ war? Woher er kam. Was er noch im Schilde führte.

Die Übriggebliebenen, so musste man sie fast schon nennen, die Letzten der Großmeister, lebten seitdem in Angst und Schrecken. Jeden Tag konnte es einen von ihnen treffen. Nach Knauss-Haeckers Tod hatte man das Motiv des Täters noch nicht einschätzen können. Besonders Rune hatte es als Hirngespinst abgetan, dass da einer eventuell eine Liste abarbeite. Eine Todesliste. Dass der gar von ihren Plänen wusste. Erweiterten Personenschutz hatte er deshalb abgelehnt und sich verhalten wie immer. Und jetzt war er tot, mausetot. Abgeknallt wie ein räudiger Hund. Was für ein ruhmloses Ende für einen so großen Mann.

Wieder schaute Ammann in den Rückspiegel, suchte nach dem roten Kombi, doch der war verschwunden. Er atmete durch. Jetzt sah er schon Gespenster. Angst hatte er bisher nie verspürt. Deshalb war er auch ganz cool geblieben vorhin, als der Bulle ihn gestellt hatte. Was für ein Idiot! Ließ sich einfach niederschießen, mit dem ältesten Trick der Welt. Ob er überlebt hatte, war ihm egal. Er hatte schon genug Kanaken erledigt, da kam es auf einen Bullen auch nicht mehr an. Er sorgte sich nur um Jeremias. Hoffentlich hielt der das Maul und kam halbwegs heil aus der Sache raus. Er selbst konnte jetzt nichts mehr für ihn tun, er musste auf sich schauen, sich erst mal aus der Gefahrenzone ziehen.

Ammann setzte den Blinker. Hier musste er die Autobahn verlassen. Noch eine Viertelstunde, und er war in Sicherheit. Der Großmeister würde ihn schon nicht hängen lassen. In der Kameradschaft half man sich. Er würde ihn außer Landes bringen, wahrscheinlich zu den Kameraden in Übersee. Ein falscher Pass, eine neue Identität, und irgendwann könnte er wieder zurück in die Heimat. Entweder, um sich am Endkampf zu beteiligen, oder, um seinen verdienten Platz einzunehmen in einem neuen, arisierten Deutschland, einem ausländerbefreiten Großdeutschen Reich.

Der Gedanke an das seit Langem schon projektierte Vierte Reich erfüllte ihn mit Freude, mit Stolz, dazu beigetragen zu haben, dass dieses Deutschland von den Untermenschen geleert wurde. Das bisschen Angst von vorhin war wie weggeblasen. Wenn er später einen hohen Posten in der neuen Ordnung bekäme, vielleicht sogar in der Regierung oder im Staatsschutz, der neuen Gestapo, könnte er auch ganz offiziell mit dem Alten abrechnen, dem selbst ernannten Herrn Gemeindevorsteher in seiner verfluchten Landkommune. Falls der den Volkssturm überhaupt überlebte. Denn da würden die Köpfe nur so rollen, nicht nur die der Linken, Juden, Moslems und des sonstigen Gewürms.

Ammann lachte, wenn er an den Alten dachte. Ja, er, Aaron, war der Antichrist, vor dem sein Vater ihn immer gewarnt hatte! Mit dem er ihm gedroht hatte, wenn er mal wieder nicht artig gewesen war. Den er mit schwärzesten Farben an die Wand gemalt hatte, nicht ahnend, dass er damit das Bild seines eigenen Sohnes schuf. Sein eigen Fleisch und Blut, das der Alte immer so brutal gezüchtigt hatte, bis man es sah, das Fleisch, das Blut. An jede einzelne demütigende Züchtigung konnte er sich noch erinnern, mit dem Rohrstock, der so tiefe Narben auf seinem Arsch, auf seinem Rücken hinterlassen hatte, dass er sie heute noch spürte.

Damals hatte er sich noch nicht getraut, sich zu wehren. Ersatzhandlungen hatte er vornehmen müssen, wie in die Hosen des Alten Löcher mit der Schere zu schneiden, ihn im Glauben lassend, die Motten wären das gewesen. Oder des Vaters Melkschemel, den er zertrümmert hatte und aus dem Bein einen hübschen Pfahl schnitzte, den er dem Verhassten durchs Herz stoßen wollte, dem Blutsauger. Nur war es stets beim Wollen geblieben, zu groß war die Angst vor dem Alten gewesen.

Doch der Tag der Rache würde kommen. Und hatte er den Prediger nicht schön mit hineingezogen in den Sumpf des Verbrechens? Einfach genial war die Idee des Großmeisters gewesen, den Kanaken die Hiobsbotschaften mit auf den Weg in die Hölle zu geben, auch wenn Konsul Rune nicht gerade begeistert gewesen war. Letztlich war es einerlei, wie die Bullen auf ihn gekommen waren. Sollte er nicht mehr sein, würde ein anderer an seine Stelle treten, genug Kameraden standen bereit. Nur wollte er nicht so schnell abtreten, am Ende noch im Knast schmoren. Zuvor würde er die Bombe noch hochgehen lassen und jede Menge dieser Untermenschen mitnehmen, jawoll!

Als er in die Schlossstraße einbog, vergewisserte er sich ein letztes Mal, ob ihm jemand folgte. Doch die Landstraße war leer. Mit Vorfreude auf eine glorreiche Zukunft steuerte er durch die Kurven. Bis hoch zum Schloss würde er nicht fahren. Niemand außer dem Großmeister und seinem Sekretär durfte wissen, dass er im Anflug war. Ammann entschied, den Wagen im Wald nahe am See zu verstecken. Nur die Nummernschilder musste er noch abmontieren, damit der VW ausreichend anonymisiert war. In ein, zwei Tagen könnte man die Karre dann auf einen Hänger laden und endgültig verschwinden lassen. Alle Spuren, die zum Großmeister führten, wären somit getilgt.

Er lenkte in den Forstweg ein und ratterte etwa dreihundert Meter auf der Schotterpiste Richtung See, bis der Weg endete. Niemand würde in dieser einsamen Sackgasse ein Auto vermuten. Er setzte den Golf unter ein Gebüsch und stellte den Motor ab. Er steckte die Pistole ein, die er für alle Fälle griffbereit auf dem Beifahrersitz deponiert hatte, und nahm den Rucksack mit dem Notgepäck, der immer im Wagen bereitlag. Die Kennzeichen waren flugs abgeschraubt. Fingerabdrücke waren nicht zu befürchten, da er sich angewöhnt hatte, mit Handschuhen zu fahren. Ammann machte sich auf den Weg, das letzte Stück zu Fuß, bis er in der Unangreifbarkeit von Schloss Seefurth war.

Der Wald tropfte vor Nässe. Bei jedem Schritt schmatzte das Moos. Bodennebel hielt sich hartnäckig zwischen den Bäumen, sodass er oft nicht sah, wohin er trat. Lautes Knacken, wenn er versehentlich auf Totholz stieß, war nicht zu vermeiden. Warum er so schlich, wusste er auch nicht. Im Prinzip war es egal, wenn er Lärm verursachte. Wer außer ihm sollte sich bei diesem Wetter schon im Wald herumtreiben, hier, in dieser abgelegenen Gegend, wo sowieso alles Privatbesitz war. Allmählich aber beschlich ihn ein ungutes Gefühl. Lauschte er jetzt seinen eigenen Schritten? Oder war da nicht etwas, da vorne, eine dunkle Gestalt hinter den Stämmen? Unsinn. Er schüttelte den Kopf über seine Beklemmung. Vorsichtshalber nahm er die Waffe aus dem Gürtel und entsicherte sie. Man konnte ja nie wissen.

Je weiter er in den Forst drang, desto mehr bemächtigte sich seiner diese undefinierbare Beklemmung, die ihm einen Kloß in den Hals setzte und mit eiserner Faust sein Herz umklammerte. Was war bloß los mit ihm? Sah er schon Gefahr, wo keine sein konnte? Die Zeit der Heimlichkeit, des Doppellebens, hatte wohl Narben hinterlassen, ihn reizbar gemacht, seine Selbstkontrolle untergraben.

Er glaubte jetzt zu spüren, dass sich etwas im Wald bewegte. Etwas, das gefährlich war. Doch was konnte das sein? Ein Tier? Dem Menschen gefährliches Raubzeug gab es hier ja nicht, oder?

Alle paar Meter blieb er abrupt stehen und lauschte dem Säuseln des Windes, dem Tröpfeln von den Bäumen. Nichts war zu hören, nichts außer den üblichen Geräuschen des Waldes. Endlich lichtete sich das Dunkel. Wieder holte er tief Luft: Das musste die Lichtung unterhalb des Schlossberges sein. Er war fast am Ziel. Im selben Moment erkannte er, dass er einen ziemlichen Umweg gelaufen war, doch war das nun nicht mehr von Bedeutung. Nur noch ein kurzes Stück bis zum geheimen Unterschlupf.

Nochmals sicherte er die Waffe durch, eine Neun-Millimeter-Beretta, auch das ein Geschenk des Großmeisters. Unsicher stapfte er durch die sumpfige Wiese, blieb mit einem Fuß im

Morast stecken. Bis zur Wade sank er ein, strauchelte beinahe, musste sich, weil die Rechte krampfhaft die Pistole umklammerte, mit der Linken an einem Baumstumpf festhalten. Jetzt bloß nicht den Halt verlieren. Als er seinen Fuß befreien konnte und den Kopf wieder hob, wurde er etwas Wunderlichen gewahr: Auf der gegenüberliegenden Seite der Lichtung stand ein Zwerg, jawohl, ein Zwerg. Einem Zauberwesen gleich war der mit einem Mal aus dem Nebel aufgetaucht, ein Zwerg mit Kapuze, allein im Wald. Der kleine Kerl winkte ihm zu. Winkte er ihn etwa zu sich? War er vom Schloss geschickt worden, der Hofnarr, der ihn abholen sollte? Der Großmeister war ja bekannt für seinen Sarkasmus.

Wie dem auch sei, dachte Ammann, von einem Gnom ging wohl kaum Gefahr aus. Beruhigt, doch mühsam erkämpfte er sich seinen Weg durch den morastigen Untergrund, dem winkenden Zwerg zu. Er musste die Arme ausbreiten, um das Gleichgewicht nicht zu verlieren, den Blick gen Boden, um nicht im Wurzelwerk hängen zu bleiben. Wieder musterte er die Stelle, wo der komische Kauz gestanden hatte. Der aber schien vom Nebel verschluckt. Hatte er das Kerlchen etwa mit seiner Pistole verschreckt? Sein Blick irrte den Waldrand entlang. Plötzlich sah er ihn. Doch was war das? Der Gnom hatte ein Gewehr im Anschlag. Und verdammt, der zielte auf ihn!

Den ersten Schuss hörte Ammann schon nicht mehr, auch nicht den zweiten, geschweige denn den dritten. Nicht einmal Schmerz empfand er. Das zuerst abgefeuerte, großkalibrige Projektil hatte da bereits sein krankes Hirn zerfetzt.

Schwarze Milch der Frühe

Der Anruf holte Atik morgens um halb sieben aus dem Bett. Aus finsterem Alb schreckte ihn das schrille Klingeln seines Handys hoch, einem Traum, intensiv und gleichsam bedrückend. Er hatte sich in die Zeit des Dritten Reichs geträumt, geträumt, ein von Gott verlassener Insasse des Konzentrationslagers Auschwitz zu sein. Bissige Schäferhunde, peitschenknallende SS-Schergen, Hinrichtungen und Gaskammern hatte er in diesem Traum gesehen. Sogar den Geruch von Gas hatte er noch in der Nase, als er bereits erwacht war.

Die letzte Traumsequenz, bevor das Smartphone ihn in die Realität rief, war die schrecklichste gewesen. Gemeinsam mit anderen KZ-Häftlingen, ausgemergelten Gestalten mit todgeweihten Gesichtern, die aber keine Augen mehr besaßen, nur hohle Löcher, hatte er aus einem riesigen Suppentopf, der im Freien über einem offenen Feuer köchelte, eine dampfende Flüssigkeit in seine Blechschüssel geschöpft, eine Flüssigkeit schwarz und zäh wie Teer. In dem Moment jedoch, als er aus dem Napf trank, hatte er gewusst, was das für eine Flüssigkeit war: Blut, schwarzes Blut.

Wie ein nasser Hund musste sich Atik schütteln, um den metallischen Geschmack nach Blut und den scharfen Geruch von Gas loszuwerden, bevor er das Telefonat entgegennehmen konnte. Christoph war am Apparat, wer sonst würde so früh anrufen?

»Sitzt du?«, fragte sein Freund, statt einen guten Morgen zu wünschen.

»Ich liege«, erwiderte Atik matt. »Ich bin noch im Bett. Was gibt es denn?«

»Ammann«, sagte Christoph, »Aaron Ammann. Die Polizei aus Weilheim hat sich gemeldet. Holzfäller haben unweit von Schloss Seefurth einen Toten im Wald entdeckt, auf den die Beschreibung Ammanns passt. Er wurde erschossen, Atik.«

Christoph hielt inne, um seinem Partner Gelegenheit zur

Antwort zu geben, doch die Leitung blieb still. Atik wusste nicht, was sagen. Er hatte kein Gefühl, weder von Befriedigung noch Erleichterung oder Erschrecken. Nichts.

»Bist du noch da?«, erkundigte sich Christoph.

»Ich bin noch da. Nur fehlt mir der Begleittext.«

»Ich bin in zwanzig Minuten bei dir. Halt dich bereit, wir fahren dann sofort zum Tatort.«

Wortlos legte Atik auf. Immer noch war er zu sehr mit seinem Traum beschäftigt, als dass er in vollem Umfang registriert hätte, was geschehen war. Als Britt, vom Klingeln des Handys geweckt, schlaftrunken das Gespräch verfolgend, ihn nach dem Grund des Anrufes fragte, zuckte er nur mit den Schultern. Stumm saß er auf der Bettkante und stierte ins Nirgendwo.

»Jetzt sag schon, wer war das?« Britt richtete sich auf und rieb sich die traumverlorenen Augen.

»Christoph«, sagte Atik tonlos. »Sie haben den Türkenmörder gefunden. Er liegt tot im Wald, erschossen oder so.«

»Mein Gott.« Im Nu war Britt hellwach. »Ist das der Mann, der deinen Onkel umgebracht hat?«

Atik nickte. »Anscheinend. Ich muss gleich los, Tatortbesichtigung.«

Britt umschlang ihn von hinten und drückte einen Kuss auf seine Wange. »Was fühlst du? Bist du froh, dass er tot ist?«

Es dauerte, bis er antwortete. »Nein. Ich fühle gar nichts. Ich bin einfach nur leer, total leer. Lieber hätte ich den Kerl lebend gehabt. Ich hätte gerne gewusst, warum ausgerechnet Onkel Rafeth sterben musste … Wenn es denn Ammann ist, der da tot im Wald liegt. Noch ist er nicht identifiziert.«

Er drehte sich zu Britt und ließ sich lange Zeit in den Arm nehmen, bevor er sich sanft aus ihrer Innigkeit löste. »Ich muss mich fertig machen, mein Schatz. Christoph kommt jeden Augenblick. Ich ruf dich an, sobald ich weiß, dass es sich bei der Leiche tatsächlich um Ammann handelt.«

Als Christoph den Dienstwagen vor dem Mietshaus aus den achtziger Jahren, in dem sein Freund wohnte, parkte, hatte Atik seine Contenance zurück. Er stand bereits auf der Straße, eine angebissene Butterbreze in der einen Hand, eine Tasse türkischen Tees in der anderen, bayerische und türkische Traditionen vereinend.

»Dass du so früh schon was essen kannst«, begrüßte ihn Christoph, als er die Beifahrertür öffnete.

»Ich kann immer was essen«, gab Atik zurück. »Und, ist es Aaron?«

»Wahrscheinlich. Irgendwie hoffe ich es und gleichzeitig nicht. Ich hätte es vorgezogen, das Schwein persönlich vor mir zu haben, lebend, und ihn noch mal richtig durch den Fleischwolf zu drehen, bevor ich ihn dem Haftrichter überstellt hätte.«

»Geht mir genauso. Aber besser, er ist tot, als dass wir ihn nie gefasst hätten. Wenn wir mit unserer Vermutung richtigliegen, hat Ammann über gute Verbindungen zu einflussreichen Kreisen verfügt. So einer taucht mit Hilfe seiner Nazikameraden schnell mal unter und kehrt Jahre später mit neuer Identität zurück, um sein Teufelswerk fortzusetzen.« Er hielt Christoph den Rest seiner Breze hin. »Magst du?«

Der lehnte dankend ab. Aufs Fahren müsse er sich konzentrieren, denn gleich werde es ordentlich zur Sache gehen. Und wie um seinen Worten Taten folgen zu lassen, schaltete er das Blaulicht ein und gab Vollgas. Vierzig Minuten später waren sie am Tatort. Die Kollegen der KTU waren bereits eifrig zugange und hatten das Gebiet um den Leichenfundort weiträumig abgesperrt.

»Dass die immer schneller sind als wir«, sagte Christoph, als sie aus dem Auto stiegen. »Als wenn sie schon zur Stelle wären, bevor ein Mord überhaupt passiert.«

Atik überflog die Szenerie. Ohne Besolds Einverständnis hatte wohl niemand das Gelände betreten dürfen. In der Hinsicht war der Chef der KTU heikel. Zu oft schon hatten die Kollegen unbeabsichtigt wichtige Spuren verwischt. Im Augenblick befanden sich nur die Kriminaltechniker innerhalb der Sperrzone, in ihren weißen Ganzkörperschutzanzügen aus Polyethylen wie Aliens wirkend. Besold stand im Kreis seiner Leute und dirigierte lauthals das Geschehen. Als er die Kommissare entdeckte, lief er sofort auf sie zu, aufgeregt wie selten.

»Wahnsinn«, rief er schon von Weitem. »So etwas habe ich noch nie erlebt!«

»Was ist Wahnsinn?«, fragte Atik.

»Zweierlei«, erklärte Besold geschäftig. »Erstens ist die Leiche von Tieren angefressen worden, wahrscheinlich von Wildschweinen. Zweitens die Todesursache. Absoluter Wahnsinn, Leute.«

»Schön der Reihe nach«, mahnte Christoph. »Ist das überhaupt Aaron Ammann?«

»Ja logisch«, wunderte sich Besold. »Hat man euch nicht Bescheid gegeben? Aber jetzt kommt erst mal mit. Ich muss euch etwas Sensationelles zeigen.«

Sie folgten ihm zur Leiche. Der Tote lag auf einer vom nächtlichen Regen durchweichten Waldwiese. Das Wetter hatte sich mittlerweile gebessert. Eine scheue Sonne tastete sich über den Waldessaum und schickte ein paar vorsichtig züngelnde Strahlen über die Lichtung, als könne sie selbst nicht glauben, was hier passiert war.

Aaron Ammann ruhte in gekrümmter Haltung am Boden, das Gesicht im Gras. Seine rechte Hand umklammerte eine Pistole. Die Grassoden um Kopf und Oberkörper waren dunkel getränkt von Blut.

»Schwarze Milch der Frühe«, murmelte Atik.

»Was meinst du?« Besold hatte ihn nicht richtig verstanden.

»Der Kollege zitiert aus dem Gedicht von Paul Celan«, klärte Christoph auf.

»Ach ja!« Markus schlug sich an die Stirn. »Fast hätte ich das vergessen, in all der Aufregung. Hier, das haben wir bei der Leiche gefunden.«

Er reichte den Kommissaren ein Plastiktütchen mit der Todesbotschaft, denselben Text, der bereits Dieter Rune ins Jenseits begleitet hatte, die »Todesfuge« von Paul Celan. Atik drehte das Schreiben herum.

»›Für all die Opfer‹«, las er. »Wie bei dem Mord an Rune. Das war eindeutig unser Mann, Kollegen, der Scharfschütze.«

»Und was ist damit?« Christoph wies auf den Unterleib des Opfers. Dessen Jacke war hochgerutscht, das Hemd darunter zerfetzt. Die rechte Bauchseite war aufgerissen, ein Rest von Eingeweiden hing heraus, von Fliegen umschwärmt.

»Das waren die Sauen«, sagte Besold. »Anscheinend hat Ammann nicht sonderlich geschmeckt, sonst hätten sie wohl mehr gefressen. Aber das ist nicht die eigentliche Sensation.«

Besold bückte sich und drehte den Kopf des Toten nach oben. Er deutete auf Ammanns Stirn. Exakt in der Mitte klaffte ein gewaltiges Loch. Ein Loch wie ausgestanzt.

»Und?«, fragte er in jenem oberlehrerhaften Ton, den er mit Kaltenbach teilte. »Was seht ihr?«

»Einen blitzsauberen Einschuss«, sagte Atik, »typisch für den Scharfschützen.«

»*Einen* Einschuss?« Besold hob seine mephistophelisch geschwungenen Augenbrauen. »Nur einer?«

»Komm schon, Kollege!« Christoph verlor die Geduld. »Rück endlich raus mit deiner Weisheit.«

»Drei«, sagte Besold und zeigte die Zahl nochmals triumphierend mit den Fingern an. »Drei Einschüsse!«

»Man sieht aber nur einen«, sagte Atik.

»Das ist ja der Punkt. Wir haben es hier nicht mit irgendeinem Scharfschützen zu tun, einem, wie man ihn vielleicht auch beim SEK findet. Nein!« Besolds Stimme kletterte eine Oktave höher. »Das war ein Benchrest-Mann. Schon mal gehört?«

Die Kommissare blickten ihn erstaunt an.

»Benchrest«, dozierte der Kriminaltechniker, »von solchen Burschen gibt es nicht viele auf der Welt. Die schießen dir in Sekundenschnelle drei, vier Mal hintereinander in dasselbe Loch, auf den Millimeter genau, zack, zack, zack!«

Er imitierte einen Gewehrschützen, bevor er weitersprach. »Das Ganze wurde – wen wundert's? – von den Amerikanern aufgebracht, und zwar schon im Jahre 1840. Man hatte damals Wettbewerbe ins Leben gerufen, da ging es um die besten Schützen im Land. Das Wort ›Benchrest‹ kommt deshalb aus dem Englischen, *bench* für Bank und *rest* wie aufstützen. Um genauer treffen zu können, durfte man sich beim Schießen auf eine Bank aufstützen. Bei der Ungenauigkeit der damaligen Gewehre war das auch nötig. Trotzdem haben die Besten auf fast zweihundert Meter mit nur sechs Zentimetern Abweichung getroffen, ein grandioser Wert. Heutzutage haben wir natürlich anderes Gerät, da läuft so etwas auf die fünffache Distanz mit nur minimaler Deviation. Solche Teufelskerle soll es bei den Special Forces der US Army geben, wie den Navy Seals. Israelische Spezialeinheiten sollen so was ebenfalls draufhaben, angeblich auch Kämpfer aus dem Kaukasus. Das ist hohe Kunst, Kollegen! *Supernatural*, sage ich nur.«

Atik und Christoph schauten sich vielsagend an. Besolds Begeisterung schien ihnen angesichts der Tatsache, dass der Schütze nichts anderes als ein Mörder war, ein Serienkiller sogar, mehr als unpassend.

»Benchrest«, wiederholte Atik, das Wort mit langen Zähnen nehmend, als müsse er sich mit dem Geschmack des, wie hatte Besold es genannt, »Übernatürlichen« erst noch anfreunden.

»Aber weshalb schießt er drei Mal, wenn ein einziger Schuss bereits letal war?« Christoph fixierte das beinah kinderfaustgroße Loch im Schädel des Opfers, als würde er den Einschlag der Projektile Millimeter für Millimeter im Geiste nachmessen. »Dafür habe ich nur eine Erklärung«, sagte er schließlich. »Da will uns einer seine Macht demonstrieren, uns zeigen, wozu er wirklich fähig ist.«

***

Die Besprechung, die Kriminalrat Kraus wenige Stunden später einberufen hatte, bevor er sich in der unvermeidlichen Pressekonferenz den Fragen der Journalisten stellen musste, verlief eher trostlos. Man war höchst unzufrieden mit der Situation, dem plötzlichen Tod Ammanns, von einem Scharfschützen erschossen, der sich offenbar zum Richter über Leben und Tod aufspielte, sich als selbst ernannter Rächer gerierte und der Polizei ins Handwerk pfuschte.

»Warum wollen Sie zu diesem Zeitpunkt bereits eine Presseerklärung abgeben?«, erkundigte sich Christoph. »Wollen Sie nicht erst den Bericht der KTU abwarten und vor allem, was die Gerichtsmedizin herausfindet?«

»Nein«, entschied Kraus. »Der Druck der Medien ist schlichtweg zu groß. Schauen Sie!«

Er schaltete das TV-Gerät ein, das verstaubt in einer Ecke des Raumes stand, und zappte durch die diversen Programme. Breaking News allenthalben. Der Mord an Aaron Ammann, den die Medien bereits als den brutalen Serienkiller gebrandmarkt hatten, ohne dass dies final bewiesen war, schien *die* Meldung schlechthin. Von den meisten Sendern wurde er als verrückter Prediger einer okkulten Sekte hingestellt. Und wie es in der aktuellen Berichterstattung zumindest der privaten Nachrichtensender Usus war, stilisierte man Ammanns Mörder gleich zum geheimen Racheengel hoch, zwischen den Zeilen durchaus Verständnis für die Tat signalisierend und die Volksmeinung sogleich in die gewünschte Richtung manipulierend. Die Beamten reagierten empört, speziell der Kriminalrat.

»Wenn so etwas Schule macht«, schimpfte er, »ist der Lynchjustiz bald Tür und Tor geöffnet. Wir erleben das gerade in Nordrhein-Westfalen, wo Neonazis sich gegen Salafisten zusammenrotten und damit die Stimmung auch gegenüber harmlosen Muslimen aufheizen. Deshalb will ich solchem Unfug schnellstens und mit aller Schärfe entgegentreten.«

»Sie haben recht«, sprang ihm Sybille bei. »Da muss man sofort Flagge zeigen. Und von uns freut sich niemand über Ammanns Tod, nicht einmal Kollege Alkay, der eigentlich Grund dazu hätte. Das stimmt doch, Atik?«

Der Angesprochene nickte. »Natürlich. Ammann hätte vor ein ordentliches deutsches Gericht gestellt werden und dann zu lebenslang mit anschließender Sicherheitsverwahrung verurteilt werden müssen, als klare Botschaft des Rechtsstaates: Kein Verbrechen bleibt ungesühnt, aber das Gewaltmonopol übt ausschließlich der Staat aus.«

»So muss es sein!« Kraus bedachte seinen Beamten mit wohlwollendem Lächeln. »Wir dürfen nie vergessen, Herrschaften, wir repräsentieren hier das LKA, die zweithöchste Polizeibehörde nach dem Bundeskriminalamt. Lasst uns den Menschen da draußen beweisen, dass es noch Recht und Ordnung in diesem Land gibt, unabhängig davon, was die Medien erzählen und was manche Politiker gern hätten, indem sie versuchen, in unsere Ermittlungen einzugreifen. Und vor allem unabhängig davon, dass der eine oder andere glauben mag, das Gesetz selbst in die Hand nehmen zu können. Das Gesetz, liebe Kollegen, das vertreten immer noch wir.«

Man sah Christoph an, dass ihm solch pathetische Sätze Unbehagen bereiteten. Ihm ging es stets nur um die Sache, nicht um die Außendarstellung der Behörde. Deshalb zog er nun auch die Leitung der Sitzung an sich.

»Zurück zum Tagesgeschehen, Leute. So schlimm der Mord an Ammann auch ist, so bringt er uns in der Ermittlung des Falles Rune weiter und folglich auch die Kollegen in Baden-Württemberg bei der Aufklärung des Mordes an Knauss-Haecker. Das Täterprofil hat sich jetzt geschärft, und das nicht nur, weil die KTU zum ersten Mal verwertbare Spuren des Schützen sichern konnte.«

»Tatsächlich?« Kraus schien verblüfft. »Und warum weiß ich nichts davon?«

Christoph lächelte. »Weil ich noch nicht zum Reden gekommen bin. Also! Wir haben Fußspuren, die aller Wahrscheinlichkeit nach dem Täter zuzuordnen sind. Erinnert ihr euch, was in der Akte Knauss-Haecker stand, das einzige Merkmal, was auf den potenziellen Täter hinwies?«

Myriam meldete sich, als wäre sie noch in der Schule. »Man hat einen Zwerg gesehen, mit einem großen Hund.«

»Ausgezeichnet, Kollegin«, lobte Christoph. »Die besagten Fußspuren stammen von Turnschuhen. Durch das Profil werden wir auch bald die Marke feststellen können, möglicherweise ein weiterer Hinweis auf den Täter. Markus Besold geht von einer Schuhgröße vierunddreißig aus. Demnach hat der Mörder sehr kleine Füße, was wiederum auf geringe Körpergröße schließen lässt, einen kleinwüchsigen Mann.«

»Oder auf eine klein gewachsene Frau«, warf Sybille ein.

»Eine Frau?«

»Warum nicht, Christoph? Warum soll nicht eine Frau als Täterin in Frage kommen? Auch Frauen schießen hervorragend.«

»Stimmt«, pflichtete ihr Myriam bei, die selbst Spitzenwerte am Schießstand vorzuweisen hatte.

»Schon möglich«, relativierte Christoph. »Trotzdem sollten wir von einem männlichen Täter ausgehen. Wie Kollege Brunner eruiert hat, ist von weiblichen Scharfschützen nichts bekannt. Auch kennt die Kriminalhistorie keine weiblichen Serientäter. Das ist nun mal Fakt.«

»Deckt aber nicht die gesamte Bandbreite der Eventualitäten ab«, beharrte die Psychologin. »Fakten sind nicht zwangsläufig das Korrelat der Wahrheit. Sie täuschen nur ihre eigene Wahrheit vor. Die Frage ist doch, wie wir solche Fakten wahrnehmen.«

»Du meinst, wir sehen nur das, was wir sehen wollen?«

»Zum Beispiel. Wir sind zu sehr auf einen männlichen Täter fixiert, finde ich.«

»Sybille! Wir reden hier nicht von einer Person, die ziemlich gut schießt, sondern von jemandem, der zum Todesschützen ausgebildet wurde. Und in diesem Segment ist bisher noch keine Frau aufgetaucht. Wir haben es folglich mit einem kleinwüchsigen, *männlichen* Täter zu tun.«

Christoph war so bestimmend, dass Sybille es bei einem Schulterzucken beließ.

»Doch das ist noch nicht alles«, fuhr er fort. »Die Theorie, dass der sogenannte Zwerg, der im Schwäbischen beobachtet wurde, der Dreifachmörder ist, wird dadurch erhärtet, dass die KTU am Tatort Pfotenabdrücke sichergestellt hat, und zwar sehr große. Ob das ein Hund war, ist noch Gegenstand der technischen Überprüfung. Mit anderen Worten haben wir eine doch recht aufschlussreiche, nichtsdestoweniger vieles ausschließende Täterbeschreibung, denn so viele zum Todesschützen ausgebildete Kleinwüchsige, die einen auffallend großen Hund besitzen, wird es wohl kaum geben. Außerdem muss er von Ammanns rechtsterroristischen Aktivitäten gewusst haben, das ist die einzig logische Erklärung für dessen Ermordung. Und mit Sicherheit gibt es Querverbindungen zwischen Ammann, Rune und Knauss-Haecker, schließlich sind alle drei von ein und demselben Täter exekutiert worden, und wer soll –«

»Exekutiert«, wurde er von Kraus unterbrochen. »Das erste Mal, dass dieser Terminus verwendet wird.«

»Für mich waren das Hinrichtungen, Chef, speziell der Mord an Ammann.«

»Du glaubst an Rache als Motiv?«, fragte Sybille.

»Ja.« Atik gab sich überzeugt. »Auftragsmord, wer sollte dafür in Frage kommen? Die politische Gegenseite, eine neue RAF? Wie passt das zusammen? Möglicherweise stammt unser Täter aus einer kleinwüchsigen Familie. Solche Menschen sind im Dritten Reich doch auch verfolgt worden, weil sie den Vorstellungen der Nazis von einer großen arischen Rasse nicht entsprachen.«

»Das ist richtig«, bestätigte Kraus. »Auch Kleinwüchsige wurden in den Gaskammern der Konzentrationslager umgebracht. In Auschwitz hat der KZ-Arzt Josef Mengele sogar besonders grausame Experimente an ihnen vorgenommen.«

»Wenn nun unser Scharfschütze von einer im KZ getöteten kleinwüchsigen Familie abstammen sollte«, sagte Sybille, »ergäbe das Sinn, ich meine, ein Motiv. Sowohl die Familie Rune als auch Knauss-Haecker waren als Waffenlieferanten indirekt an der Vernichtung Tausender in den Konzentrationslagern beteiligt. Und darin sehe ich auch das Motiv für die Taten.«

»Zumindest theoretisch könnte das so gelaufen sein«, sagte Atik. »Bleibt der Mord an Ammann. Und da habe ich meine eigene Theorie.«

»Und die wäre?«, fragte Sybille.

»›Für all die Opfer‹!« Atik hielt eine Kopie des Bekennerschreibens hoch. »Wer aber waren Ammanns Opfer? Bei Rune können es die Ermordeten im KZ gewesen sein. Im Fall Ammann aber waren es die drei Migranten. Wie oft hat Ammanns Mörder gefeuert? Drei Mal. Ein Schuss für jedes Opfer. Glaubt mir, Kollegen: Der Scharfschütze hat auch die toten Türken gerächt.« Atik blickte in die Runde, als heische er um Bestätigung seiner These. »Was mich aber genauso interessiert«, führte er weiter aus, als niemand antwortete: »Was hatte Ammann bei Schloss Seefurth zu suchen?«

Hiobs Botschaften

Es war vollbracht. Die Prophezeiung hatte sich erfüllt. Damit auch ein jeder dies erkenne, hatte der Jäger, gleich der Exekution des Waffenproduzenten Rune, seine Duftmarke bei Ammanns Leiche hinterlassen: die »Todesfuge« des verehrten Dichters Paul Celan, jenes Gedicht, das er so liebte und das so gut passte auf diejenigen, die er verfolgte. Diese Zeilen, die dieses Pack so poetisch perfekt beschrieben, sie enttarnte als das, was sie in Wahrheit waren: die Nachkommen der Massenmörder, die das Geschäft der Väter gewissenlos weiterbetrieben. Die all deren zerstörerische Pläne in die heutige Zeit transferierten, nicht einsehen wollten, dass ihre Zeit vorüber war. Die wieder und wieder Nachwuchs zeugten, um diesen mit ihrer menschenverachtenden Bosheit zu infiltrieren, damit er niemals aussterbe, der satanische nationalsozialistische Ungeist. Aus fruchtbar braunem Schoß kroch sie stets von Neuem hervor, die garstige Brut der selbst ernannten Herrenrasse. Der eklig braune Sumpf trieb immer weiter Blüten aus, Blüten, die es zu zertreten galt, auszureißen mitsamt den Wurzeln, damit nichts mehr nachwachsen konnte. Er würde nicht ruhen, nicht rasten, bis die Verantwortlichen für all das Leid zur Rechenschaft gezogen waren, sein Leid und das der anderen. Nicht länger Opfer sein, hatte er sich geschworen. Und das nächste Zielobjekt hatte er bereits auserkoren.

Derjenige, den er zu töten trachtete, musste inzwischen wissen, dass er der Nächste sein würde, dass der Jäger hinter ihm her war. Dass er, der David der Neuzeit, den völkischen Goliath Aaron Ammann, das willige Werkzeug, ausgerechnet hier vor seiner Tür exekutiert hatte, war eine bewusste Warnung. Eine klare Botschaft, dass nun auch das Ende eines der mächtigsten Spielleiter bevorstand.

Doch genug der düsteren Gedanken. Zeit, den Ort der Hinrichtung zu verlassen. Er tätschelte den gewaltigen Schädel seines Hundes. Was für ein wunderbar nervenstarkes Tier! Nicht einmal mit der Wimper hatte es gezuckt, als die drei Schüsse so schnell nacheinanderfielen, dass das Echo sie als einen einzigen Knall in die Lüfte trug. Mochte es hinaufgelangt sein zu Ohren dessen, der sich der »Großmeister« nennen ließ. Mochte es Angst in sein schwarzes Herz gejagt haben. Doch wohin er sich auch verkriechen sollte, er würde ihn finden und seiner gerechten Strafe zuführen.

Ein letztes Mal blickte der Jäger auf sein Opfer, Aaron Ammann, das Zerrbild eines strammen Nazischergen. Ein Vorzeige-Arier, groß, blond, blauäugig: einer aus Hitlers schönsten Träumen. Was musste dieser Kerl doch für eine Kraft besessen haben und was für eine Entschlossenheit, einen erfahrenen PKK-Kämpfer wie Ferhat Barzani anzugreifen und zu töten. Nun war er selbst tot, gefällt von zarter Hand.

»Der Tod *war* ein Meister aus Deutschland«, zitierte der Jäger Celans Gedicht, als Grabrede entsprechend abgewandelt. »Sein Auge *war* blau. Nun hast *du* ein Grab in den Lüften, Ammann, da liegst *du* nicht eng. Doch bin ich der wahre Meister des Todes, komm nicht aus Deutschland, und auch ist mein Auge nicht blau.«

Mit diesen Worten wandte sich der Jäger ab und kehrte zum Wagen zurück, gefolgt von seinem treuen Hund. Bevor er einstieg, prüfte sein dunkles Auge den Himmel, ob der ihm etwas zu sagen hatte. Und in der Tat, das hatte er, malte er doch das passende Bild. Die Sonne setzte sich allmählich durch. Sie tropfte den dicken Sirup ihrer vorabendlichen Strahlen in die sich auflösende Wolkenmasse, dass man glauben mochte, die Sonne weine Blutorangensaft. Wie kunstvoll der Tod doch orchestriert werden kann, dachte er. Der Tod hat durchaus Schönheit, man betrachte nur die Sternschnuppen, die letzten Boten eines sterbenden Sterns.

Er ließ den Hund in den Fond springen, setzte sich ans Steuer und fuhr davon. Bewusst hatte er sich keine Mühe gegeben, seine Spuren zu verwischen, nicht die Reifenspuren und nicht seine eigenen. Wozu auch? Nie und nimmer würde die Polizei auf ihn kommen, auch nicht die Kommissare Alkay und Kaltenbach, die nicht einmal ahnten, wie nahe er ihnen war. Er fühlte sich sicher, unantastbar sogar. Sie würden vergebens auf der falschen Fährte spüren. Fast taten sie ihm leid, denn er mochte sie. Ein wenig gespannt war er schon, wie sie weiterermitteln würden. Ob sie die drei Einschüsse, das Markenzeichen eines Benchrest-Schützen, richtig deuteten. Sicherlich versuchten sie, ihn über das Motiv zu kriegen, über Rache, immerhin ein Weg. Nur war da noch ein weiter Sprung zu ihm, dem Richter über Leben und Tod, ihm, der über all dies herrschte. Doch nicht, dass er sich gottgleich fühlte, oh nein! An einen Gott glaubte er schon lange nicht mehr, auch nicht an Gerechtigkeit. Wenn es einen gerechten Gott geben sollte, hätte er die Verbrechen längst gesühnt, all das, was man ihm zugefügt hatte. Gott aber hatte nichts zu seiner Rettung unternommen, sosehr er auch nach ihm geschrien hatte. Deshalb hatte er das Recht in seine eigenen Hände nehmen müssen. Töten würde er so lange, wie es etwas zu töten gab. Bis diejenigen ausgelöscht waren, die solch übergroße Schuld auf sich geladen hatten. Das hatte er sich geschworen.

***

Endlich konnte Atik sein Versprechen einlösen und seine Schwester Ada treffen. Zwei Mal schon hatte er den Besuch in der elterlichen Wohnung verschieben müssen. Die aktuellen Geschehnisse und die daraus resultierenden umfangreichen Ermittlungen hatten seine gesamte Zeit beansprucht. Nun aber hatte der mysteriöse Scharfschütze, der Sniper, ihm einen Teil der Arbeit abgenommen. Ammann war tot. Doch waren viele Fragen offen geblieben. Noch war nicht gerichtsfähig geklärt, ob er Onkel Rafeth tatsächlich getötet hatte und auch für die Morde an den anderen türkischstämmigen Männern verantwortlich war. Ammanns Leiche lag noch in der Pathologie. Frühestens morgen, so Dr. Jablonski, würden die DNA-Abgleiche bestätigen, ob Ammann der Dreifachmörder war. Auch die Ergebnisse der KTU standen noch aus.

Selbst wenn die Enttäuschung darüber, Ammann nicht persönlich und vor allem lebend gefasst zu haben, eine große

Leere hinterlassen hatte, so war er in gewisser Weise erleichtert, spürte er doch, dass sein altes Viertel, das Westend, jetzt wieder ein Stück sicherer geworden war. Um seine Familie brauchte er vorerst keine Angst zu haben, wenn er von der steten Sorge um Ada einmal absah. Und war ein Toter im familiären Umfeld nicht schon einer zu viel?

Blieb nur noch der Sniper. Während er vom LKA zur Wohnung seiner Eltern fuhr, zwang er sich, den Gedanken an den Benchrest-Mann aus seinem Kopf zu verbannen. Er wollte unbelastet zu Hause aufkreuzen. Ada würde ihn schon genug mit neuem Ballast beschweren. Um auf dem Stand der Dinge zu sein, hatte er kurz vorher bei seinem Kollegen im Drogendezernat angerufen und sich nach Birol Özgür, Adas Freund, erkundigt. Maximilian Purucker, dem er den Tipp bezüglich Özgürs Aktivitäten gegeben hatte, hatte es nicht interessiert, woher Atik die Information hatte. Er war froh um jeden Erfolg, und bei dem mehrfach vorbestraften Burschen hatte man jede Menge verbotener Suchtmittel gefunden: fünfzig Gramm Kokain sowie bereits für den Verkauf vorportionierte synthetische Rauschgifte wie das unheilvolle Crystal Meth, das immer mehr junge Leute konsumierten, unwissend, dass bereits geringe Einnahmen dieser hochgefährlichen Droge zerstörerische, irreversible Wirkung hatten. Auf alle Fälle würde dies genügen, hatte Purucker geschätzt, um Özgür für mindestens fünf Jahre in den Knast zu befördern. Im Augenblick kooperiere er kaum, was seine Bezugsquellen anginge. Deshalb würden sie ihn jetzt ein paar Monate in U-Haft schmoren lassen, U-Haft gleich Beugehaft, wie Atik wisse. Erfahrungsgemäß würde er schon noch auspacken, sobald er sich seiner aussichtslosen Lage bewusst würde. Bei manchen dauere es eben länger, und dieser Özgür erscheine besonders begriffsstutzig.

Keine guten Nachrichten für Ada, dachte Atik, aber gute für die Familie. Er war gespannt und gleichzeitig in Alarmbereitschaft, wie seine Schwester auf die Hiobsbotschaft reagieren würde. Doch sah er sich getäuscht, als er ihr von Birols Chancen berichtete, einen ihrer berüchtigten Ausbrüche fürchtend. Ada nahm die Nachricht erstaunlich gelassen, ja gleichgültig hin.

»Mit dem Arsch habe ich eh abgeschlossen«, kommentierte sie das Thema. »Immer schon habe ich dem gesagt, er soll mit dem Scheiß aufhören, sonst kann er bleiben, wo der Pfeffer wächst. Weißt du«, bemerkte sie altklug, »ich will mir doch nicht die Zukunft versauen, indem ich mich an einen Koksdealer hänge. Jetzt mach ich erst mal die Schule fertig, und dann schauen wir weiter. Von so Typen habe ich jedenfalls die Nase voll.«

Atik war überrascht, weniger von der Tatsache, wie schnell sie Özgür, für den sie vor wenigen Tagen noch das letzte Hemd gegeben hätte, schon vergessen hatte. Solche Schwenks waren bei Ada durchaus Norm. Mehr erstaunte ihn, wie sie sprach. Den primitiven Gossenslang der Migrantengangs hatte sie wohl gleich zusammen mit dem lieben Birol ad acta gelegt. Selbst ihr Äußeres hatte sich gewandelt. Die Kriegsbemalung im Gesicht war weitgehend verschwunden. Nur noch dezent aufgetragene Wimperntusche erinnerte an die aufgebrezelte Ada von einst. Sogar ein Kleid trug sie, statt der löchrigen Jeans und der schwarzen Bomberjacke, die sie selbst zu Hause selten ausgezogen hatte. Auch wenn das Kleid ihre kräftigen Konturen nicht unbedingt vorteilhaft betonte, so freute sich Atik, dass die eine schlimme Phase überwunden schien.

Blieb noch das leidige Dauerthema, ihre Essstörung. Damit jedoch wollte Atik heute nicht anfangen, vielmehr freute er sich am wieder eingekehrten häuslichen Frieden. Natürlich hatte seine Mutter groß aufgekocht. Es gab *kizarmis kuzu*, geschmortes Lamm. Die Stimmung in der Familie hatte sich ein wenig gelockert. Bayram schien sich mit dem Tod seines Bruders arrangiert zu haben, so wie er sich sein ganzes Leben lang mit allem arrangiert hatte. Seine Nachgiebigkeit hatte ihn zu einem introvertierten Menschen werden lassen, der stets leise sprach, wenn er überhaupt etwas sagte. In früheren Zeiten, jenen der juvenilen Rebellion, hatte Atik dies als Schwäche ausgelegt und seinen Vater als Weichling verachtet. Mittlerweile jedoch hatte er sich damit, ja, arrangiert.

Beim Essen war Ada wie aufgedreht, erzählte von ihrem neuen Bekanntenkreis.

»Eigentlich war ich schon länger mit den Leuten in Kontakt«, sagte sie mit vollem Mund, aus dem ab und an ein Stückchen Unzerkautes fiel, »aber Birol hat die nie leiden können. Wahrscheinlich waren die ihm zu bürgerlich. Kaum zu glauben«, rief sie plötzlich, »dass ich mir das auch noch gefallen ließ.« Und leise fügte sie hinzu: »Mann, war ich bescheuert.«

»Was sind das für Leute?«, erkundigte sich Atik. »Kenne ich die?«

Ada schüttelte den Kopf. »Nee. Glaub ich nicht. Aber sie kennen dich.«

»Echt?« Atik ließ erstaunt die Gabel sinken.

»Logisch«, sagte Ada grinsend, »dich kennt doch jeder Türke in der Stadt. Atik Alkay, der Munich Vice Cop, unser Vorzeigekanake.«

»Sag doch nicht immer solche Worte«, entrüstete sich Selda, doch klang ihre Entrüstung mehr nach Gewohnheit als nach wahrem Gefühl.

»Ach, das sind Türken, deine Freunde?«, fragte Bayram, als wäre dies eine Überraschung, dabei bewegte sich seine Tochter seit der Pubertät ausschließlich in türkischstämmigen Kreisen.

»Eigentlich Kurden«, erwiderte Ada und aß mit Appetit weiter. »Heh«, schalt sie Atik unversehens, »friss mir nicht das ganze Fleisch weg.«

»Es ist noch genug im Topf«, sagte Selda, die selbst dann für zehn Personen kochte, wenn nur vier zu beköstigen waren. Sie und Atik tauschten Blicke, die nur eines signalisierten: Sie isst!

»Die sind schon älter«, plauderte Ada munter weiter, »zwanzig und so. Eine ist fast dreißig, glaub ich. Uralt, aber supernett. Sie studiert sogar.«

»Schön«, freute sich Atik. »Und wie heißt sie?«

»Su.«

»Sue?«

»Nein, Su. Ohne ›e‹.«

»Das ist ein türkischer Name«, schaltete sich der Vater ins Gespräch ein. »›Su‹ bedeutet auf Deutsch Wasser«, erklärte er. »Ein hübscher Name für ein Mädchen.«

»Von ihr hab ich auch den Tipp mit den Gewürznelken«, sagte Ada. »Was machen eigentlich deine Zahnschmerzen?«

Atik ließ seine Zunge über die Zähne gleiten. »Weg. Ich habe ganz vergessen, dass ich Zahnschmerzen hatte.«

»Du hattest Zahnweh, mein Junge?« Seldas Stimme klang gleich besorgt.

»Alles wieder in Ordnung«, beruhigte Atik, »dank Su. Sag deiner Freundin doch mal einen schönen Gruß von mir, Ada. Ich bedanke mich für den Tipp. Anscheinend hat es geholfen.«

Lange noch saßen sie nach dem Essen beieinander, sprachen über dies und das, worüber man sich als Familie eben unterhielt. Nur Rafeths Tod blieb heute ausgeklammert.

Gegen dreiundzwanzig Uhr verabschiedete sich Atik. Fahrtüchtig war er ja. Alkohol wurde im Hause Alkay selten getrunken, wenn, dann war es Atik, der etwas mitbrachte. Seit ihn jedoch nachts eine Polizeistreife kontrolliert hatte, als er reichlich angeschickert aus Pies' Kneipe gewankt und trotzdem gefahren war, passte er höllisch auf. Er hatte damals das Glück gehabt, die Kollegen zu kennen, und war deshalb ungeschoren davongekommen. Der Vorfall aber war ihm eine Lehre gewesen, war ihm doch sein Führerschein noch heiliger als sein geliebtes Bier.

Als er das Haus verließ, wehte ein kalter Wind. Wie so oft war er nur mit Anzug bekleidet. Atik fror nie. Das läge an dem Zuviel an männlichen Hormonen, behauptete er stets, doch war er ein Mensch der Sonne. Genetisch einer aus den warmen Zonen, schien er die Sonne in sich zu tragen wie eine innere Wärmequelle, Körper und Gemüt temperierend. Heute aber war es selbst ihm zu frisch. Schnell rannte er die kurze Strecke zu seinem Dienstwagen. Im Laufen erlaubte er sich den Spaß, den BMW einmal mehr aus großer Distanz per Fernbedienung zu öffnen. Dieses Mal klappte es nicht. Immerhin glaubte er einschätzen zu können, wie weit die Funksteuerung reichte, maximal fünfzig Meter, wichtig für die nächste Wette mit Christoph.

Kaum hatte er ausgeparkt, fuhr auch schon ein Fahrzeug von der gegenüberliegenden Straßenseite an. Hätte Atik Alkohol getrunken, wäre ihm diese alltägliche Situation wohl nicht aufgefallen. Nüchtern jedoch stellte sich sogleich ein gewisses Unbehagen bei ihm ein. Atik war ein stets wacher Beobachter. Er besaß Antennen, wo andere ein Brett vor dem Kopf hatten. Der Wagen, der ihm in diskretem Abstand folgte, tat dies jedenfalls nicht zufällig, glaubte er. Unvermittelt dachte Atik an den Sniper. Allerdings saßen zwei Männer im Fahrzeug, einer zu viel, falls die Theorie vom Einzeltäter stimmte.

»Okay«, sprach er zu sich, »dann wollen wir mal sehen, aus welchem Loch ihr zwei herausgekrochen seid.«

Betont langsam kurvte Atik durch die nächtliche Stadt, in der noch volles Treiben herrschte, bog unvermittelt einmal rechts, einmal links ab. Das fremde Fahrzeug, ein schwarzer Audi A4, blieb ihm auf den Fersen. Die Gesichter der beiden Männer konnte er nicht erkennen, dass aber Kriminelle ihn verfolgten, konnte er sich nicht vorstellen, denn dazu gab es kaum Grund. Selbst der Scharfschütze hatte keinen. Eigentlich.

Als er, von der Brienner Straße kommend, in die Ludwigstraße bog, hatte er sich etwas zurechtgelegt. Die Ampelfolge auf dem breiten Boulevard, der nach dem Siegestor in die Leopoldstraße überging, kannte Atik nur zu gut. Die erste Kreuzung steuerte er langsam an, scheinbar davon ausgehend, dass das Lichtsignal jeden Moment auf Rot sprang. Die Verfolger waren etwa dreißig Meter hinter ihm. Atik warf einen letzten Blick in den Rückspiegel. Dann trat er unvermittelt aufs Gas. Der BMW schoss nach vorne. In dem Augenblick schaltete die Ampel auf Rot, und kurz darauf rollte der Verkehr von rechts heran. Gerade noch passierte Atik die Kreuzung. Im Rückspiegel sah er den Audi an der Ampel halten; das Manöver war geglückt, die Verfolger abgeschüttelt.

Leise lachte Atik vor sich hin. Einem spontanen Einfall folgend, rief er Britt an. Ursprünglich hatten sie vereinbart, dass heute jeder in seiner eigenen Bleibe schlafen sollte, da Atik angenommen hatte, er würde bei seinen Eltern übernachten.

Sie war bereits zu Bett und meldete sich schläfrig. Dennoch freute sie sich, als er verkündete, in einer Viertelstunde bei ihr zu sein. Eine unflexible Britt hatte er auch noch nie erlebt.

Stunden später wachte er in Britts gemütlichem Himmelbett auf. Es war sieben Uhr morgens. Der gestrige Vorfall fiel ihm wieder ein. Atik stand auf und ging ins Wohnzimmer, das zur Straßenseite lag. Mehr aus Gewohnheit denn aus wirklicher Erwartung spähte er durch die Gardine hinunter auf den kleinen Platz vor dem Haus. Schräg gegenüber parkte ein schwarzer Audi A4. Er verglich das Kennzeichen mit der Nummer, die er sich gestern in der Ludwigstraße notiert hatte. Sie waren identisch.

***

Das Glockenwerk des nahen Kirchturms hatte noch nicht zum achten Mal geschlagen, als Atik sein Büro im LKA betrat. Kollege Kaltenbach saß bereits auf seinem Platz, in das Studium von Akten vertieft. Erstaunt hob er den Kopf, als er Atik hereinkommen sah.

»So früh schon? Vor neun bist du doch sonst nicht mal ansprechbar.«

Geflissentlich überhörte Atik den leisen Spott. »Wir haben ein Problem, Großwesir. Ich werde beschattet. Zwei Anfänger haben mich gestern Nacht verfolgt.«

Er berichtete Christoph, was sich zugetragen hatte. Der Erste Hauptkommissar stützte das Kinn in die Linke. Er dachte nach.

»Das überrascht mich jetzt nicht. Wenigstens hast du es gemerkt. Wir hatten ja gemutmaßt, dass man uns einen Aufpasser vor die Nase gesetzt hat.«

»Du meinst, der Verfassungsschutz steckt dahinter?«

»Wer sonst sollte Interesse an dir beziehungsweise an unserer Arbeit haben? Zwei Rüstungsfabrikanten sind ermordet worden, Leute, die geschäftlich in der internationalen Liga agierten. Und welche, die Waffen in Krisengebiete exportierten, im Fall von Rune anscheinend trotz Embargos. Erschwerend kommt dazu, dass zumindest Rune den Neonazis nahestand. Simultan findet in ein und derselben Stadt einer der aufsehenerregendsten Prozesse der Nachkriegszeit gegen rechtsterroristische Verbrecher statt. Wenn also der Verfassungsschutz nicht schon längst seine Finger im Spiel hat, heiße ich Pillhuhn. Was die allerdings genau planen und warum sie ausgerechnet dich beschatten, bleibt noch zu ermitteln. Das Ganze ist ein Politikum, und wir stecken mittendrin, mein Freund. Jedenfalls wollen die wissen, was wir tun. Was wir vorhaben. Geheimdienstler wollen immer wissen, was in den Köpfen der Menschen vorgeht. Das ist ihr Job, darauf sind sie konditioniert.«

»Und ich will wissen«, sagte Atik, »wer das gestern wirklich war. Ist die Möhricke schon da?«

»Ja, warum?«

Atik gab keine Antwort. Er ging hinüber in ihr Büro. Nach zehn Minuten kam er zurück. »Ich habe das Kennzeichen überprüfen lassen. Das Fahrzeug ist auf eine Firma namens Xenotron angemeldet.«

»Und wo sitzt die?«

»Hier, in München. In der Knorrstraße.«

Christoph grinste. »Dann ist jetzt wohl alles klar. Knorrstraße, der Sitz des Bayerischen Verfassungsschutzes.«

»Müssen wir uns das denn bieten lassen?«

Christoph bedachte Atik mit einem mitleidigen Blick. »Bei wem willst du dich beschweren? Beim Innenministerium? Die werden schlichtweg behaupten, dass du dich getäuscht hast. Und trotzdem werden sie dich und demnächst wahrscheinlich auch mich weiter überwachen. Mit Sicherheit etwas vorsichtiger, denn seit deiner gestrigen Aktion wissen die, dass wir gemerkt haben, dass sie uns bespitzeln. Vielleicht haben sie auch schon unsere Telefone verwanzt, unsere Computer.«

Atik nahm sein Smartphone aus der Tasche und taxierte das Gerät, als könne er es röntgen. »Glaubst du wirklich? Dann lass ich das Teil hier gleich mal von Markus untersuchen. Am Ende hast du noch recht.«

»Das Ganze ist ein Spiel, Atik. Selbst wenn wir uns komplett abschotten, werden die ihre Schnüffeleien nicht unterlassen. Im Gegenteil, damit fordern wir sie erst heraus.«

Atik setzte sich auf seinen Schreibtisch und steckte sich eine Zigarette in den Mund, ohne sie anzuzünden. »Fragt sich bloß, welche Rolle wir dabei spielen.«

»Für uns geht es in erster Linie darum, den Scharfschützen zu schnappen, und zwar bevor er wieder zuschlägt. Gut möglich, dass der Verfassungsschutz ebenfalls hinter ihm her ist.«

Atik steckte die Zigarette in die Packung zurück. »Der Verfassungsschutz? Die haben doch gar keine polizeilichen Kompetenzen. Oder kannst du dir vorstellen, dass sie den Sniper liquidieren würden, wenn sie ihn erwischten?«

»Wenn ich das wüsste. Es wird darauf ankommen, was der Benchrest-Mann für einer ist. Sollte er aus politischen Motiven handeln, wenn er also ein Terrorist wäre, halte ich das für nicht ausgeschlossen. Auch deshalb hat die Fahndung nach ihm oberste Priorität. Ich will vermeiden, dass es uns genauso geht wie bei Ammann. Dass wir am Ende einen weiteren toten Mörder haben, aber kein klares Motiv und keine potenziellen Hintermänner.«

Christoph sah auf seine Armbanduhr. »In einer knappen Stunde tagt die SOKO. Bis dahin erwarte ich den neuesten Bericht der KTU und auch das gerichtsmedizinische Ergebnis. Danach entscheiden wir über das weitere Prozedere.«

***

Das Meeting wenig später konnte Christoph mit guter Nachricht eröffnen. Sie kam aus der Klinik. Dominik Renneberg war auf dem Wege der Besserung. Sein Zustand hatte sich überraschend stabilisiert. Er befand sich außer Lebensgefahr und konnte aus der Intensivstation verlegt werden. Den Kollegen fiel ein Stein vom Herzen.

Die KTU hatte inzwischen ihre Erkenntnisse präsentiert: Die im Haus der Centuria sichergestellte Armbrust war eindeutig als Tatwaffe identifiziert, und auch die DNA an den türkischstämmigen Opfern, die in der Gendatei nicht registriert war, konnten jetzt Aaron Ammann zugeordnet werden. An dessen Täterschaft bestand folglich kein Zweifel, die Aussagen der Burschenschaftler, mit denen sie Ammann ein Alibi für den Mord an Rafeth Alkay verschafft hatten, waren somit samt und sonders erlogen.

Ferner konnte man das Täterprofil des Benchrest-Mannes konkretisieren. Markus Besold erklärte die Details. »Die Fußabdrücke, die wir am Tatort entdeckt haben, weisen auf einen Trainingsschuh hin, undefinierbare Billigware, wahrscheinlich aus Fernost. Wir können also nicht nachvollziehen, wo sie gekauft wurden. Auffällig ist dagegen, wie schmal der Schuh geschnitten ist.«

»Ein Damenmodell?«, fragte Myriam.

»Vielleicht. Vielleicht auch ein Kinderschuh. Die Größe beträgt vierunddreißig, selbst für eine klein gewachsene Frau wäre das ungewöhnlich. Zudem ist der Scharfschütze leicht, höchstens dreiundvierzig Kilo.«

Sybille räusperte sich vernehmlich. »Dann liege ich eventuell doch nicht so daneben, dass der Täter eine Frau sein könnte. Kleinwüchsige Männer haben meist recht breite Füße.«

»Oder wir reden von einem Asiaten«, sagte Atik, dem man anmerkte, dass er nach wie vor nichts von einem weiblichen Täter hielt. »Die leben ja auch auf eher zierlichem Fuß. Und dort gibt es garantiert solche Scharfschützen. Chinesische Spezialeinheiten könnten einen Benchrest-Mann in ihren Reihen haben.«

»Möglich«, sagte Besold. »Von besonderem Augenmerk jedoch dürften die Spuren sein, die der Hund des Mörders hinterlassen hat. Wir haben dessen eindrucksvolle Fährte analysiert und ein Bild an alle Züchter und Kenner besonders großer Hunderassen geschickt.«

»So schnell geht das?«, wunderte sich Kraus.

»So schnell geht das«, konterte Besold, »zumindest bei uns in der KTU. Was das jedoch für ein Tier ist, war bislang nicht festzustellen. Offensichtlich handelt es sich um keine bekannte Rasse, vielleicht ist es ein Mischling. Die Fachleute meinen, es ist eine Molosser-Art, so etwas wie eine schwere Dogge. Das Gewicht des Tiers dürfte um die achtzig Kilo betragen. Ein Schäferhund bringt gerade mal die Hälfte auf die Waage – damit auch klar ist, von was für einem Brocken wir hier reden. Obwohl der Hund so massiv gebaut ist, schließen wir auf eine relativ behände Gangart, ähnlich der eines Wolfes. Ein auf Caniden spezialisierter Experte hat uns dabei beraten, Dr. Schnitzler vom Tierpark Hellabrunn.«

»Die Runes haben so ein Tier«, fiel Christoph ein.

»Christoph«, monierte der Kriminalrat, »Sie wollen doch hoffentlich nicht einen Angehörigen der Familie Rune verdächtigen.«

»Natürlich nicht. Ich meine ja nur.« Den Rest seiner Überlegungen indes behielt er für sich, vorerst zumindest.

»Sonst noch was, Markus?«

»Ja. Die drei Schüsse auf Ammann: Der Gerichtsmediziner hat eine Maximalabweichung von null Komma sechs Millimetern konstatiert, abgefeuert auch noch in Sekundenbruchteilen. Wie ich schon sagte, Herrschaften, der Kerl ist ein absoluter Meister seines Fachs.«

»Na toll«, kommentierte Atik sarkastisch. »Jetzt müssen wir ihn nur noch festnehmen.«

»Eins noch«, sagte Besold, »die Reifenspuren. Wir haben zweierlei Spuren ausgemacht, einmal die von Ammanns Wagen und einmal die des Täters. Diese Reifen passen zu einem Kleinwagen, so viel steht fest. Was die Automarke betrifft, sind wir noch nicht ganz sicher, wahrscheinlich ist es ein Toyota. Das waren ziemlich abgefahrene Reifen, zudem einem älteren Fahrzeugbaujahr zugehörig. Im Kontext mit den Billigturnschuhen heißt das, dass unser Mörder möglicherweise Geringverdiener ist, kein hoch bezahlter Profikiller, wenn ihr so wollt.«

»Klasse Arbeit«, lobte Christoph. »Das bringt uns ein Stück weiter.«

»Das sehe ich nicht so«, sagte der Kriminalrat. »Ebenso gut könnte das alles nur der Tarnung dienen. Frau Professor. Wie schätzen Sie den Täter ein?«

Die Psychologin rückte ihre Brille zurecht und blätterte in ihren Unterlagen. »Ich habe mir die Mühe gemacht, sämtliche polizeibekannte Serienmorde der letzten zehn Jahre durchzuackern. Um es vorauszuschicken: Unser Mörder ist leider nicht darunter. Davon war aber auch nicht auszugehen. Mein Ziel war, die Persönlichkeit des Scharfschützen einzukreisen. Was ist das für ein Mensch, der jemanden drei Mal in den Kopf schießt, drei Mal in dieselbe Stelle? Was für eine ruhige Hand muss der Täter haben, was für ein sicheres Auge, um in einer derartigen Extremsituation, wie sie ein solches Kapitalverbrechen nun mal darstellt, so überlegt, so kaltblütig zu agieren? Und wie mutig muss er sein, einen mit äußerster Brutalität vorgehenden, kraftstrotzenden Kerl wie Aaron Ammann zu stellen und zu erledigen? Die drei Morde, die wir ihm zur Last legen: Ich denke nicht, dass dies seine ersten waren. Er muss schon häufiger getötet haben, so abgebrüht, wie er handelt, aber nicht in Deutschland, sonst hätten wir ihn bereits auf dem Radar. Woher also kommt der Mörder? Und was ist sein Motiv? Aus der Art der Tötung, dem gezielten Kopfschuss, geht hervor, dass die Opfer auf beinahe klassische Weise exekutiert wurden. Doch unterscheiden sich die Fälle. Bei den ersten beiden Morden tötete der Scharfschütze aus großer Distanz. Warum?«

Sybilles Frage schien an alle gerichtet. Als niemand antwortete, stellte sie die Frage erneut. »Warum tötet man aus der Entfernung, vor allem dann, wenn man wie bei Rune seinem Opfer bereits sehr nahe gekommen ist?«

»Um emotionale Distanz zu schaffen«, erwiderte Sebastian Kriegel.

»Korrekt. Das ist ein für Berufsmörder typisches Verhalten. Langjährige Studien, die sich mit dem Phänomen der Auftragskiller befasst haben und die speziell vom FBI in den USA durchgeführt wurden, haben ergeben, dass solche Leute aus hauptsächlich zwei Gründen aus großer Entfernung töten: erstens logischerweise aus Angst, entdeckt zu werden, und zweitens, um durch physischen Abstand auch eine emotionale Kluft zu schaffen. Je größer der Abstand zum Opfer, desto weniger werden natürliche Regungen wie Mitleid und Schuldbewusstsein geweckt. Und je weniger Empathie der Killer für sein Opfer empfindet, desto besser kann er seinen Job erledigen. Der Fall Ammann jedoch divergiert von diesem Muster. Hier betrug die Schussweite …« Fragend schaute sie Markus Besold an.

»Genau achtundvierzig Komma drei Meter«, half er aus.

»Achtundvierzig Meter! Eine geringe Entfernung für einen Präzisionsschützen. Dazu hat er oder sie – doch bleiben wir der Einfachheit halber beim männlichen Geschlecht – drei Mal abgedrückt, für jedes Opfer Ammanns einen Schuss, wie Atik schon feststellte. Während also die Delikte an den Rüstungsfabrikanten dem klassischen Muster des Auftragsmordes zuzurechnen sind, ist der Mord an Ammann wohl in der Tat als Racheakt einzuschätzen.«

»Auch das habe ich schon gesagt«, bemerkte Atik.

»Ja, aber ich will das Motiv deuten. Eine Racheaktion ist meist stark emotional geprägt. Man bringt denjenigen um, der einem persönlich oder einem Nahestehenden großes Unrecht getan hat. Deshalb können wir annehmen, dass der Scharfschütze eines oder mehrere Opfer Ammanns kannte, vielleicht sogar bestens kannte.«

»Mit anderen Worten«, folgerte Kraus, »wir müssen das Umfeld der drei ermordeten Türken nochmals unter die Lupe nehmen.«

»Dann verteilen wir doch gleich die Arbeit«, sagte Atik schnell. »Ich würde mich um den Fall Barzani kümmern. Ich war ja bereits bei der Familie, und die Witwe hat einigermaßen Vertrauen zu mir gefasst.«

Christoph verkniff sich eine flapsige Bemerkung und wies jedem Kollegen seine Aufgabe zu, wobei Sybille und Myriam nochmals Jeremias Ammann einvernehmen sollten.

»Der Sniper wird Fehler machen«, sagte er. »Jeder Mörder begeht irgendwann den entscheidenden Fehler. Und er hat schon damit begonnen, indem er zum ersten Mal Spuren hinterlassen hat, auch wenn ich glaube, dass er das absichtlich tat. Er handelt bewusst, Anfängerfehler unterlaufen ihm nicht. Ich schätze, er neigt zur Überheblichkeit, vielleicht sogar zum Größenwahn. Und auch wenn es angesichts der furchtbaren Verbrechen zynisch klingt, so wird vielen Serienmördern ihr Tun irgendwann langweilig. Sie suchen die Herausforderung, und das ist in der Regel das Spiel mit den Verfolgern. Manche wollen sogar bekannt werden. Es schmeichelt ihrem unterentwickelten Selbstbewusstsein, wenn sie von sich in der Zeitung lesen. Sie gieren nach Bestätigung, dem Applaus der Öffentlichkeit. Vielleicht sieht sich unser Scharfschütze tatsächlich als Künstler seines Fachs. Und ein

Künstler braucht nun mal Publikum. Er wird weiter töten, das ist klar. Sein Werk sieht er noch lange nicht als vollendet. Serienmörder hören niemals von selbst auf. Das ist empirisch. Und für mich ist das kein Auftragskiller. Der handelt im Alleingang. Fragt sich nur, wer das nächste Opfer ist.«

»Peter Paul Rohloff«, sagte Jo.

Aller Augenpaare flogen ihm zu.

»Wie kommen Sie ausgerechnet auf den Namen?«, fragte Kraus.

»Schloss Seefurth.« Jo war ein Mann der knappen Sätze. »Ich habe nachgesehen, wem das Schloss gehört, in dessen Nähe Ammann umgebracht wurde. Als Besitzer ist dieser Rohloff eingetragen.«

»Lass uns an deinem Wissen teilhaben«, forderte Atik ihn auf. »Was hat es mit dem Mann auf sich?«

»Ich habe mir ein paar einfache Fragen gestellt«, gab Jo zurück. »Warum wurde Ammann dort getötet? Wieso hat er sich nach Seefurth geflüchtet und nicht gleich ins Ausland? Als ich dann entdeckt habe, wer der Eigentümer des Schlosses ist, war mir so manches klar.«

»Hat Ammann denn etwas mit Rohloff zu tun?« Der Kriminalrat wurde ungeduldig. »Jetzt lassen Sie sich nicht alles aus der Nase ziehen.«

Jo Brunner lehnte sich in seinem Stuhl zurück und verschränkte die Arme im Nacken. Offensichtlich genoss er seinen Erfolg.

»Peter Paul Rohloff«, sagte er, jedes Wort auskostend, »ist einer der reichsten Männer im Land. Ein Großindustrieller, der über einen weitverzweigten Konzern herrscht. Unter anderem ist er einer der wichtigsten Zulieferer der Rüstungsindustrie. Wie er es vollbracht hat, dass er kaum im Licht der Öffentlichkeit erscheint, dass ihn so gut wie keiner kennt, habe ich noch nicht herausgefunden. Aber das ist freilich noch nicht alles. Sein Großvater hat als Student eine Burschenschaft mitbegründet, jeder von uns kennt sie: die Centuria.«

Es wurde still im Raum. Die Spannung war mit Händen zu greifen.

»Auch Peter Paul Rohloff ist als Altherr Mitglied der Burschenschaft, aber jetzt kommt der eigentliche Hammer: Er hat einen Sohn namens Paul …«

Es lag an Atik, den Satz zu Ende zu bringen. »Und der hat Ammann das Alibi für den Mord an meinen Onkel verschafft.«

»Dann«, sagte Kraus, »ist klar, was ihr zu tun habt. Nehmt euch Paul Rohloff vor.«

Verlorene Schönheit

Christoph war auf dem Weg nach Hause. Fast zwanzig Minuten vergingen, bis er endlich einen freien Parkplatz fand. Die miserable Parksituation konnte einem die Stadt wirklich verleiden. Entnervt entstieg er dem Wagen, entschied sich jedoch nicht für den direkten Weg zu seinem Haus, sondern spazierte noch ein wenig an der Isarpromenade entlang. Dies tat er oft, um das Heimkommen hinauszuzögern, weil in der Wohnung alles fehlte, was sein Dasein lebenswert gemacht hatte: das Gefühl von Familie, die Gerüche aus der Küche, der Duft von Paprika, wenn Krisztina einmal mehr ein typisch ungarisches Gericht gekocht hatte; das Toben, das Lachen seiner Kinder; die laute Musik, meist Jacques Brel, den seine Frau so mochte. Und nun diese wahnsinnige Stille, mit der die Zimmer ihn empfingen, eine Stille wie ein stummer Vorwurf, die ihn bedrohte mit eiskaltem Schweigen.

Es war schon passiert, dass er die Eingangstür aufgesperrt hatte und nicht hatte eintreten können, weil ihm die regelrecht physisch empfundene Leere den Weg versperrte. Jedes Mal hatte er dann umkehren müssen, ein, zwei Stunden durch das lose Beleben der Stadt laufen, um dem Dämon Einsamkeit zu entfliehen. Bisweilen, an Tagen großer Verzweiflung, hatte er sich bei solchen Fluchten den bitteren Spaß erlaubt, wildfremde Menschen zu verfolgen, einfach so. Sich einen ausgeguckt, stets eine männliche Person, damit seine Unart noch halbwegs im Rahmen blieb, und den auf Tritt und Schritt beschattet, teils eine geschlagene Stunde lang. Dabei hatte er die Beobachtung gemacht, dass es gewissen Leuten wohl nicht anders ging als ihm. Sie streiften genauso ziellos durch die Stadt, ließen sich von ihrer Langeweile treiben oder ihrer Einsamkeit. Besonders Rentner schienen diese Manie zu pflegen. Häufig waren ihm ältere Herren aufgefallen, die anscheinend ohne Sinn durch die Straßen schnürten, auf der Suche nach Ablenkung, der Flucht vor dem Tod oder was auch immer sie in Bewegung hielt. Hatte er sich an ihrer Trostlosigkeit sattgesehen, konnte er es ertragen, die eigene anzunehmen und endlich nach Hause zu gehen.

Heute hielt er es nicht lange im Freien aus. Noch immer war es kalt, viel zu kalt für die Jahreszeit. Die teigige Wolkenmasse, die den ganzen Tag über den Aprilhimmel verknetet hatte, war im Begriff, einer klaren Nacht zu weichen. Erste Sterne funkelten, als probten sie ihr Licht: an, aus, an, aus. Morgen würde schönes Wetter sein, hoffte Christoph. Eine gute Gelegenheit, sich die Frühjahrsluft um die Nase wehen zu lassen. Draußen, bei Schloss Seefurth, in Ruhe dem Sniper nachzuspüren, sich am Tatort vorzustellen, was in dem Mann vorging.

Als er die Wohnungstür öffnete, beschlich ihn ein klammes Gefühl. Mit dem ihm eigenen Instinkt für Gefahr glaubte er bemerkt zu haben, dass etwas anders war als sonst. Die voluminöse Leere war wohl da, aber sie hatte Löcher bekommen. Jemand musste in der Wohnung gewesen sein, jemand Fremdes. Christoph prüfte jeden Raum, maß jeden Gegenstand auf Veränderung. Alles schien wie immer. Oberflächlich betrachtet. Und doch hatte sich etwas verändert, ohne dass er sagen konnte, was es war. Um sich zu beruhigen, goss er sich in der Küche ein Glas Rotwein ein.

Zufrieden stellte er fest, dass es ihm gestern Abend gelungen war, die Flasche nicht zu leeren. Sie war noch zu einem Drittel voll. Er setzte sich ins Wohnzimmer auf die revolutionär designte, aber höchst unbequeme Couch, die mehr Objekt war, als dass sie zum Sitzen einlud. Mit Absicht hatte er sich dieses Möbelstück ausgesucht. Es sollte unbequem sein. Desgleichen verhielt es sich mit den Küchenstühlen, eine Stahlkonstruktion wie ein Bauträger. In manchen Dingen war es immer noch so, dass er sich ein bisschen quälen musste für das, was er seinen Liebsten mit dem verhängnisvollen Unfall angetan hatte. Schuld verjährt nie, daran hielt er fest.

Christoph lauschte in die Stille. Wie ruhig die Wohnung doch war, obwohl sie inmitten der Stadt lag. Nur ein Geräusch störte: In der Küche tropfte der Wasserhahn. Es gab eine bestimmte Stellung, welche die Mischbatterie am Tropfen hinderte. Anscheinend hatte er sie am Morgen, als er eilig das Haus verlassen hatte, nicht gefunden. Als er den Regler verstellen wollte, bemerkte er, dass er bis zum Anschlag zugedreht war, so fest, dass man ihn nur mit Kraftaufwand wieder öffnen konnte. Jetzt war Christoph wirklich besorgt. Es war jemand hier gewesen, definitiv. Der offensichtlich durstige Eindringling hatte sich am Wasserhahn zu schaffen gemacht. Wer aber konnte das gewesen sein? Ein Einbrecher wohl kaum, denn nichts fehlte. Aufgrund der Erkenntnis, dass Atik bespitzelt wurde, kam für Christoph nur der Verfassungsschutz in Frage. Folglich wurde auch er ausspioniert.

Er wollte seinen Freund schon benachrichtigen, da fielen ihm seine eigenen Worte ein: dass vielleicht auch die Telefone überwacht würden. Sofort schraubte Christoph seinen Festnetzapparat auseinander, doch war keine Wanze zu entdecken. Wenn, dann wurden sie wohl elektronisch abgehört. Gleich morgen würde er sein Handy untersuchen lassen. Den Kollegen musste er jetzt nicht auch noch enervieren. Ob er noch bei der schönen Witwe war?

***

Warum er sich so fein gemacht hatte, wusste Atik selbst nicht. Es war doch nur eine Befragung. Eine Befragung wie jede andere.

Punkt zwanzig Uhr stand er vor dem Eingangsportal des doch ziemlich verwahrlosten Hauses, in dem die Familie Barzani wohnte. Er trug seinen besten Anzug, ein edles Garn eines italienischen Herrenschneiders, den er sich letztes Jahr im Schlussverkauf geleistet und, dreist, wie er in solchen Angelegenheiten nun einmal war, im Preis nochmals heruntergehandelt hatte, weil die Hosennaht angeblich unsauber vernäht war. Seine Schuhe waren frisch geputzt, die wilde Haarpracht hübsch gegelt, der Ein-Wochen-Bart akribisch gestutzt. Bevor er läutete, roch er nochmals an sich. Viel zu viel Parfüm hatte er sich übergesprüht, er roch nach Moschus wie der gleichnamige Ochse, doch daran war jetzt nichts mehr zu ändern.

Kaum hatte er den Klingelknopf gedrückt, summte bereits der Türöffner. Leicht verunsichert von seiner eigenen Aufgeputztheit, stieg Atik die ausgemergelten Treppen empor bis in den dritten Stock. Die Wohnungstür war geschlossen, sodass er erneut läuten musste. Eine ängstliche Stimme fragte nach seinem Begehr.

»Ich bin es, Frau Lilan«, sagte er auf Türkisch, »Atik Alkay. Ich hatte mich angemeldet.«

Die Frau ließ ihn herein. Lilan Barzani war noch schöner, als er sie in Erinnerung hatte. Sie hatte ein schlichtes schwarzes Hauskleid an und war barfuß. Atik, der fast einen Meter neunzig maß, registrierte jetzt erst, wie klein sie war. Wie zierlich. Ein Mädchen, dachte er, das ist noch ein Mädchen. Er sah sich um. Die Wohnung wirkte ebenso aufgeräumt wie bei seinem letzten Besuch. Doch er vermisste etwas.

»Wo sind Ihre Kinder?«

»Ich habe sie zu Bett gebracht«, erwiderte Lilan.

»Jetzt schon? Es ist doch erst acht.«

»Ja, aber seit Ferhats Tod schlafen sie wenig, wachen jede Nacht auf und können dann nicht mehr einschlafen. Ich bin froh, wenn sie mal zur Ruhe finden.«

Atik reichte ihr ein Päckchen. »Ich habe mir erlaubt, etwas für die Kinder mitzubringen: Baklava, von meiner Mama. Es ist definitiv das beste auf der Welt.«

Lilan lächelte für einen Moment. Doch es lächelte nur ihr Mund. Die großen Augen blieben schwarz vor Trauer.

»Danke, Herr Atik. Das ist sehr aufmerksam. Ich werde es meinen Kindern aufbewahren und ihnen sagen, dass es von dem netten Kommissar ist.«

Wieder lächelte sie, und diesmal beteiligten sich auch die Augen. Atik indes wusste nicht, wie ihm geschah. Diese Frau hatte etwas, das ihn zutiefst berührte. Etwas, dem er sich nicht entziehen konnte. Er musste sich zusammenreißen, um auf den Anlass seines Besuches zurückzukommen, auf den Mann, den er im Grunde seines Herzens beneidete, obwohl er tot war: Ferhat Barzani.

Während Lilan ihm einen Platz am Küchentisch anbot und türkischen Tee reichte, überlegte er, ob er mit der Tür ins Haus fallen sollte, ihr amtlich mitteilen, dass man den Mörder ihres Mannes gefunden hatte. Und das Motiv wohl das für eine Hinterbliebene unverständlichste aller Mordmotive war: Fremdenhass. Atik zögerte. Lilan schien gefestigter als zuvor, doch bedeutete etwas ihm, mit der Wahrheit noch zu warten.

Als hätte sie ein Gespür dafür, ging Lilan ins Schlafzimmer und kam mit einem Umschlag zurück, darin Fotos ihres verstorbenen Mannes. Sie zeigten Barzani in den Posen, die man eben so einnahm, wenn man fotografiert wurde. Ein Bild fiel aus der Rolle, Barzani als PKK-Kämpfer offenbarend, als bärtiger Janitschar mit einem hochmodernen Gewehr in der Faust und doppeltem Patronengürtel um den Leib. Trotz der martialischen Aufmachung behielt er selbst in dieser Pose einen sanftmütigen Blick aus melancholisch schweren Augen.

Atik sah sich das Foto lange an. »Ein gut aussehender Mann.«

»Ich finde, Sie haben Ähnlichkeit mit ihm«, sagte Lilan, gleich errötend, als sie das versteckte Kompliment in ihren Worten erkannte.

Atik tat so, als hätte er es nicht gehört. Auch wenn er an Komplimente von Frauen gewöhnt war, so machte ihn dieses reichlich nervös. Weil es von Lilan kam. Weil bei ihr alles anders war. Innerlich jedoch gab er sich Ohrfeigen. Wach auf, sagte ihm sein moralisches Empfinden. Denk nicht einmal dran. Die Frau hat vor Kurzem ihren Mann verloren, also: vornehme Zurückhaltung, Atik.

»Was war Ferhat für ein Mensch?«, fragte er, wieder um Distanz bemüht. »Erzählen Sie mir von ihm, aber nur, wenn es Ihnen nichts ausmacht.«

Lilan reagierte auf ihre Art. Sie schloss die Augen, als müsse sie das Bild ihres verstorbenen Gatten erst gedanklich formen. Sprachlos wiegte sie sich eine Weile hin und her, bevor sie die Lider wieder aufschlug, um sich für ihr Verhalten zu entschuldigen.

»Manchmal«, sagte sie leise, »muss man die Augen lange schließen, um wieder sehen zu lernen. Verstehen Sie, was ich meine?«

Atik nickte. Selten hatte er solch spontane Übereinstimmung erlebt, geschweige denn mit einer fremden Person. Nur dass

Lilan ihm nicht fremd war. Kein bisschen. Stockend, als taste sie nach den richtigen Worten, begann sie, von ihrem Mann zu erzählen. Wie sie sich kennengelernt hatten, bei einem traditionellen kurdischen Fest, dem *Newroz*, dem kurdischen Neujahr, das im März gefeiert wurde und bei dem die Familien sich im Freien trafen, um auf einer Wiese gemeinsam zu essen und Lieder zu singen. Wie er sie damals angesehen hatte mit seinen Sehnsuchtsaugen, zu schüchtern, um sie anzusprechen. Wie sie dann den ersten Schritt getan habe, ein Unding selbst in einer jesidisch geprägten Gemeinschaft. Sie war an ihm vorbeigelaufen und absichtlich über seine Füße gestolpert. Und natürlich hingefallen, direkt vor ihm, sodass er nicht anders konnte, als ihr aufzuhelfen. Danach sei alles sehr schnell gegangen. Innerhalb von sechs Monaten hätten sie geheiratet, aus lauter Liebe und nicht aus gesellschaftlichem Zwang wie in der Heimat leider Usus. Der Herr Kommissar kenne das ja. Sie hatte nicht geahnt, dass Ferhat zu der Zeit schon Mitglied der PKK gewesen war. Niemals hätte sie ihm das zugetraut, dem sanften und schüchternen Jüngling.

Argwohn habe sie erst nach der Hochzeit geschöpft, als sie unter einem gemeinsamen Dach lebten und Ferhat des Öfteren über Nacht wegblieb. Von Beruf war er Buchhalter bei einer Druckerei gewesen, da habe es für seine Art der Tätigkeit eigentlich keine Nachtschichten gegeben, und dennoch hatte er dies als Grund für sein Fernbleiben vorgeschützt. Immer häufiger seien dann fremde Männer zu Besuch gekommen. Bis in die frühen Morgenstunden habe sich ihr Mann mit diesen Leuten zurückgezogen. Was sie so lange zu bereden hatten, darüber sprach er nie. Seltsam hatten sie sich verhalten, diese Männer. Heimlich taten sie. Doch eine brave kurdische Ehefrau fragte nicht, was die Männer so trieben.

Erst als Ferhat eines Nachts mit einer Schusswunde in der Schulter heimgekehrt war, hatte sie es gewagt, ihn zur Rede zu stellen. Da hatte er zugegeben, in der PKK zu sein, ein Aktivist, der für ein freies Kurdistan kämpfte. Den türkischen muslimischen Staat hatte er als Unterdrücker, als Todfeind gar verachtet. Damals war alles Kurdische noch verboten gewesen, ihre jesidische Religion, ihre Kultur, selbst ihre Sprache. Die meisten hatten sich das gefallen lassen. Manche hatten sich gewaltlos zur Wehr gesetzt, indem sie zwei Leben führten, ein öffentliches, das der Staatsräson genügte, und ein privates, in dem sie ihre kurdische Kultur pflegten. Manche aber hatten sich dem militärischen Arm der PKK angeschlossen, der immer wieder durch Anschläge auf Einrichtungen des verhassten Regimes auf sich aufmerksam machte.

Sie hatte nie verstanden, warum ihr Mann den Weg der Gewalt eingeschlagen hatte. Bis eines Tages türkische Soldaten ihr Dorf überfallen und sieben unschuldige Männer, darunter Ferhats Cousin und seinen besten Freund, einfach an die Wand gestellt und exekutiert hatten. Vier der Ermordeten hatten überhaupt nichts mit der PKK zu tun gehabt, doch war dies wohl eine Vergeltungsaktion der Militärs gewesen, der ständigen Attacken der kurdischen Kämpfer überdrüssig. Die hatten dann natürlich zurückschlagen müssen, nach altem archaischen Prinzip, Auge um Auge, Zahn um Zahn. Einen Wachposten der Armee hatten sie angegriffen. Bei dem Anschlag waren elf türkische Soldaten ums Leben gekommen, und die Auseinandersetzung war schließlich eskaliert. Als das Regime Tausende Soldaten ins Kurdengebiet schickte, um mit der PKK endlich aufzuräumen, und der Geheimdienst ihrem Gatten bereits auf den Fersen war, hatten sie sich kurzfristig entschlossen, das Land zu verlassen.

Verwandte hatten ihnen damals angeboten, nach Deutschland zu kommen, damit ihre Kinder in Frieden aufwachsen konnten. Zuerst hatten sie bei einem Onkel in Dortmund gewohnt, bis Ferhat, der schnell Deutsch gelernt hatte, eine Anstellung in München ergatterte. Ein Jahr nach dem Umzug hatte er schließlich den Gemüseladen im Westend übernommen, den ihm ein kurdischer Landsmann verkauft hatte. Woher ihr Mann das Geld hatte, wisse sie bis heute nicht. Wahrscheinlich hatte die PKK es ihm geliehen, die in Deutschland zwar verboten, aber bestens vernetzt sei. Wie sich nun aber auf so grausame Weise gezeigt habe, hatte der Tod, dem Ferhat in der Türkei doch hatte entfliehen wollen, ihn ausgerechnet hier, in einem so friedvollen Land, ereilt.

»Der türkische Geheimdienst hat einen langen Arm«, schloss Lilan ihre Geschichte. »Er reicht bis nach Deutschland.«

Atik hatte aufmerksam zugehört, ohne sie auch nur ein Mal zu unterbrechen. Nun aber war es an der Zeit, ihr die Wahrheit über Ferhats Mörder zu sagen.

»Seit gestern haben wir andere Erkenntnisse«, begann er vorsichtig, »gesicherte Erkenntnisse. Nicht der türkische Geheimdienst hat Ihren Mann umgebracht, es war ein Deutscher, ein Neonazi, der aus Fremdenhass mordete.«

Lilan starrte ihn wortlos an. Da war nur dieser Blick, der sich allmählich mit Vorwurf füllte. »Warum sagen Sie mir das erst jetzt?«, brachte sie schließlich heraus.

»Ich weiß nicht. Wahrscheinlich hat mir der Mut gefehlt. Es ist nicht leicht, einer Trauernden zu erklären, weshalb ihr Mann sterben musste. Dieser Tod ist so sinnlos, dass er auch mir Probleme macht, obwohl ich Ferhat nicht kannte. So wie es aussieht, ist er aus purem Zufall einem xenophoben Killer zum Opfer gefallen. Er war, wie heißt es noch, zur falschen Zeit am falschen Ort.«

Atik hatte mit einer heftigen Reaktion der Frau gerechnet, dass zumindest Tränen aus diesen wehrlosen Augen schießen würden. Und dass er wahrscheinlich würde mitweinen müssen, so arg, wie ihn diese Tragödie traf. Lilan aber blieb reglos. Wie eine in Stein erstarrte Statue saß sie auf ihrem Stuhl. Ihr Anblick schmerzte ihn. Das Leid, dachte er, ist wohl zu groß, als dass die Frau überhaupt noch etwas beweinen kann. Dennoch musste er jetzt dranbleiben, auch wenn sich sein Innerstes dagegen sträubte. Vielleicht kannte sie ja den Scharfschützen. Vielleicht gab es einen Zusammenhang zwischen Ferhat und ihm, über das Zufallsprinzip hinaus.

»Es wird Sie kaum trösten«, fuhr Atik fort, »doch sollten Sie wissen, dass der Mann, der Ferhat umbrachte, inzwischen tot ist. Er wurde ebenfalls ermordet. Anscheinend gibt es jemanden, der Ihren Mann rächen wollte. Können Sie sich vorstellen, wer das sein könnte? Jemand von der PKK vielleicht?«

Lilan antwortete mit einer Gegenfrage: Wer das denn gewesen sei, der Ferhat getötet habe? Atik beschrieb den Täter, nannte Namen, den möglichen Hintergrund. Dass er noch zwei weitere Migranten ermordet habe.

»Ich habe ein Foto des Täters dabei«, sagte er. »Wollen Sie es sehen? Ich muss Sie jedoch vorwarnen, es ist nicht gerade ein schöner Anblick.«

Lilan nickte. Atik griff in seine Sakkotasche und gab ihr das Bild. Sie nahm es mit spitzen Fingern, als könnte sie sich mit einer schlimmen Krankheit daran anstecken. Erst schien sie nicht zu verstehen. Schaute sich das Foto mit zusammengekniffenen Augen an. Beugte ihren Kopf darüber, als suche sie etwas in Ammanns totenbleichem Ariergesicht. Dann hielt sie es weit von sich, lehnte sich zurück und legte die Beine auf einen freien Stuhl.

Was macht sie?, dachte Atik. Was geht in ihr vor? Er nutzte die Gelegenheit, sie unbemerkt zu mustern. Sie hatte sich wieder über das Bild geneigt. Ihre schwarzen Locken rollten über ihr Gesicht und entblößten einen schlanken Hals. Unwillkürlich stieg in Atik der Gedanke hoch, wie es wohl wäre, diesen Nacken hauchzart zu küssen. Das Kleid war ein wenig hochgerutscht und zeigte Lilans Beine. Ihre runden Waden. Ihre schmalen Füße, kinderklein. Atik konnte den Blick kaum abwenden. Er musste sich zwingen, sich von Lilans Erscheinung loszureißen, von all dem, was sie in ihm weckte: dem Bedürfnis, sie immer nur tragen zu dürfen. Hochzuheben, damit diese zarten Füße den Boden nicht berühren mussten. Dem Bedürfnis, sie hintergedankenlos anzurühren, sacht, ganz sacht. Dem Bedürfnis, sie zu beschützen vor dieser bösen Welt. Dem Bedürfnis, einfach immer nur in ihrer Nähe zu bleiben … Doch war er Polizist und sie die Witwe eines Mordopfers. Da durften keine anderen Regungen in ihm sein.

Es war Lilan, die ihn aus seinen Gedanken holte. »Das da auf der Stirn«, sagte sie und deutete auf Ammanns Abbild, »ist das ein Einschussloch?«

»Ja.« Atik atmete durch. »Das ist ein Einschussloch. Der Mörder hat drei Mal abgefeuert, dreimal in dieselbe Stelle.«

Lilan zog die Mundwinkel herab, als zolle sie dem Täter Anerkennung. »War das ein Scharfschütze?«

»Und was für einer. Ein richtiger Kunstschütze. Unsere Kriminaltechniker haben festgestellt, dass der Kerl innerhalb kürzester Zeit mit einer Abweichung von nicht einmal einem Millimeter getroffen hat. Weil sich das Opfer ja bewegt hat, denn bereits der erste Treffer war tödlich, müssen die Schüsse innerhalb einer Sekunde gefallen sein.«

Lilan schüttelte nachdenklich den Kopf. »Das Leben spielt manchmal wirklich verrückt, Herr Atik. Mein Mann war nämlich auch zum Scharfschützen ausgebildet worden. In der PKK gab es eine spezielle Einheit von Einzelkämpfern, der er damals angehört hatte. Auf dem Schießstand hat er es mir einmal demonstriert, wie gut er ist. Denken Sie nur, aus einer Entfernung von hundert Metern konnte er eine kleine Münze treffen.« Sie starrte vor sich hin, als erlebte sie im Geiste nochmals die damalige Situation. Hätte sie jedoch Atiks Blick gesucht, so hätte sie die Veränderung in seiner Mimik bemerkt. Denn plötzlich war der Kommissar hellwach.

»Ja, das Schicksal treibt manchmal seltsame Spiele mit uns«, strengte er einen harmlosen Plauderton an. »Können Sie selbst eigentlich auch schießen? Ich meine, wenn Sie Ihren Mann auf den Schießstand begleitet haben, liegt das doch nahe.«

»Ja, aber nicht besonders gut. Ferhat hatte es mir beigebracht, damit ich mich verteidigen könne, sollte ihm etwas zustoßen. Warum fragen Sie?«

»Nur so«, erwiderte Atik und wechselte schnell das Thema.

Lilan goss Tee nach und bot ihm etwas vom Baklava seiner Mutter an.

Dankend lehnte er ab, schließlich sei es für die Kinder gedacht, und außerdem müsse er mit Süßem vorsichtig sein, da er momentan unter Zahnschmerzen leide. Sofort stand Lilan auf und kramte in einer der Schubladen des Küchenschrankes, um eine Blechschachtel auf den Tisch zu legen und Atik einen Blick hineinwerfen zu lassen.

»Ah«, machte er, »Gewürznelken. Die hat mir meine Schwester auch schon empfohlen.«

»Ein kurdisches Hausrezept«, erklärte sie. »Es hilft wirklich.«

Atik entnahm eine Nelke und steckte sie sich in den Mund.

»Direkt auf den wehen Zahn«, riet Lilan und lächelte ihn freundlich an.

Der Tee war schließlich ausgetrunken, eine weitere halbe Stunde vergangen, in der Atik hin- und hergerissen wurde von widerstrebenden Empfindungen. Einerseits faszinierte ihn diese Frau, mehr als jede andere, der er bisher begegnet war, und das waren gewiss nicht wenige. Andererseits wurde er das Gefühl nicht los, auf etwas gestoßen zu sein, auf das er lieber nicht gestoßen wäre.

Lilan merkte von all dem nichts. Sie war immer unbefangener geworden, froh, jemanden zum Reden zu haben. Sie sprach von ihrer Kindheit in Kurdistan, in einer unverfälschten Natur, in einer intakten Familie. Offenbar braucht sie die Erinnerung an eine heile Welt, dachte Atik. Sicher war es so, dass sie die Vergangenheit suchte, weil sie in der Gegenwart nichts Lebenswertes mehr fand, weil nichts heil geblieben war. Sicher war es so. Das Heute war ihr verloren gegangen. Lilan, eine verlorene Schönheit in einer verlorenen Zeit.

Die Küchenuhr schlug dreiundzwanzig Uhr und erinnerte Atik seines Anstandes. Es war Zeit, zu gehen. Bevor er sich mit dem Hinweis auf die späte Stunde entschuldigte, bat er sie noch um einen Gefallen. Ob sie ihm vielleicht das Foto leihen könnte, das Ferhat als Freiheitskämpfer zeigte. Er versicherte, dass ihr aus dem Umstand, dass ihr Mann zu Lebzeiten Mitglied einer verbotenen Organisation gewesen sei, keine Nachteile entstünden. Dennoch bräuchte er das Bild für ein, zwei Tage im Rahmen seiner Ermittlungen. Selbstverständlich würde er es persönlich zurückbringen, wenn sie ihm dies erlaube. Sie sah ihm offen ins Gesicht. Natürlich. Kein Problem. Er könne sie gern auch öfter besuchen, lenke er sie doch so schön ab von ihren schweren Gedanken.

Zum Adieu reichte sie ihm die Hand, eine Kinderhand, so klein, dass sie in seiner Pranke verschwand, als würde sie um Schutz bitten.

Als Atik das Haus verließ, stand er noch eine Weile unschlüssig, im Gefühl, etwas vergessen zu haben. Etwas fehlte … Seine

Zunge glitt über den wehen Zahn, ein Automatismus, seit er diese Schmerzen litt. Doch die waren wie weggeblasen. Versonnen schlenderte er zu seinem Wagen. Dass dreißig Meter weiter ein schwarzer Audi A4 parkte, in dem zwei Männer saßen und ihn beobachteten, registrierte er nicht.

Zwischen Fronten

Die morgendliche Besprechung im LKA begann verhalten. Vor allem, was Sybille und Myriam über ihren Besuch bei Jeremias Ammann im Krankenhaus zu berichten hatten, stimmte die Runde nachdenklich. Unter dem Eindruck des gewaltsamen Todes seines Bruders waren bei Jeremias alle Dämme gebrochen. Freimütig hatte er von seinen letzten Monaten erzählt. Es war die Geschichte eines unverstandenen jungen Mannes, der unter den Zwängen einer streng religiösen Erziehung derart zu leiden hatte, dass er mit dem Leben in der Glaubensgemeinschaft nicht mehr zurechtgekommen war. Es war die Geschichte eines in bedingungslosem Gehorsam Geknechteten, der ausbrechen musste, um nicht unterzugehen, seinem Bruder Aaron als Vorbild nacheifernd. In dem steten Dilemma zwischen Muttersehnsucht und Vaterfurcht hatte er nach einem Ausweg gesucht und war schließlich empfänglich geworden für die faschistoide Ideologie, mit der sein Bruder ihn mehr und mehr infizierte. Wohl hatte er sich ein freies Leben gewünscht, doch in Angst vor dieser Freiheit war er von der eingeschworenen Ersatzfamilie der Neonazis, deren vermeintlicher Kameradschaft, durchaus fasziniert gewesen, sodass er sich der braunen Sippschaft hatte anschließen wollen.

Von seines Bruders politischen Aktivitäten hatte er zwar gewusst, doch nicht geahnt, wie weit dieser inzwischen gegangen, am Ende gar zum Serienmörder mutiert war. Das Schlüsselerlebnis war die Befragung durch Kommissar Kaltenbach gewesen, als der ihm die datierten Fotografien der Mordopfer präsentiert hatte. Wie Schuppen von den Augen war ihm die schreckliche Erkenntnis gefallen, dass Aaron diese Menschen umgebracht haben musste, verschlimmert dadurch, dass er ihn auch noch gedeckt und dadurch wohl weitere Verbrechen ermöglicht hatte.

Von etwaigen rechtsextremen Umtrieben der Centuria allerdings hatte der Junge offenbar keine Kenntnis gehabt, wusste nur, dass Aaron dort ein Zimmer bewohnte und diverse Jobs für die Burschenschaft erledigte. Das Einzige, woran er sich in Bezug auf die Centuria erinnern konnte, war eine vage Andeutung Aarons, dass es bald einen gewaltigen Knall in der Stadt geben würde und die Knaller in der Burschenschaft lagerten. Was Aaron damit habe sagen wollen, sei ihm aber unklar gewesen.

»Knaller«, unterbrach der Kriminalrat Myriams Bericht, »damit wird Sprengstoff gemeint sein.«

»Wahrscheinlich«, gab Myriam zurück. »Allerdings hatten die Kollegen bei der Durchsuchung der Villa nichts gefunden. Vielleicht hatte Aaron anfangs dort Sprengstoff versteckt und ihn später, als er sich verfolgt glaubte, woanders hingebracht.«

»Ich werde nochmals eine Durchsuchung der Centuria anordnen«, beschied Kraus, »sicher ist sicher. Und diesmal mit Hunden, die auf Sprengstoff spezialisiert sind.«

»Egal, was eventuell noch entdeckt wird«, sagte Atik, »fest steht, dass die drei Burschenschaftler mit Aaron unter einer Decke steckten. Bleibt offen, inwieweit sie in dessen Machenschaften verwickelt sind.«

»Das werden wir hoffentlich in Kürze herauskriegen«, sagte Kraus. »Ich habe bereits einen Vorführbefehl gegen den jungen Rohloff erwirkt sowie gegen …«, er blätterte in seinen Unterlagen, »… gegen Hendrik von Dehlen und Boris Hörhammer. Die Kerle sind für Montagmorgen ins LKA einbestellt. Was gibt es sonst zu berichten?«

Jo Brunner informierte über seine Recherchen im Fall Ergün Süleymanoglu. Seinem Ermessen nach gab es keinerlei persönliche Verbindungen zu Aaron Ammann, folglich auch nicht zu dem Benchrest-Mann.

Auch Atik sah außer Fremdenhass kein weiteres, eventuell privates Motiv für den Mord an Ferhat Barzani. Die Befragung der Witwe habe jedenfalls keine Anhaltspunkte liefern können. Was seinen Onkel betreffe, so sei es auszuschließen, dass dieser Kontakt zu jemandem wie Ammann gehabt habe, das Gleiche gelte für den mysteriösen Sniper. Der Onkel habe mehr oder minder allein gelebt und außer zur Familie seines Bruders keine sozialen Beziehungen gepflegt.

»Das heißt«, fasste Kraus zusammen, »wir treten auf der Stelle.

Dann muss es doch so gewesen sein, dass der Scharfschütze einen generellen Racheplan verfolgt hat, wenn keinerlei Verbindungen zu Ammanns Opfern festzustellen sind. Das verkompliziert natürlich unsere Ermittlungen. Wie es aussieht, Herrschaften, steht das LKA vor einer der größten Herausforderungen seiner Geschichte. Doch nicht nur das: Wenn wir tatsächlich einer derart gewaltbereiten rechtsextremen Organisation auf die Spur gekommen sein sollten, die so breit gefächert in den Spitzen unserer Gesellschaft verankert ist, dann stellt das eine Katastrophe für das ganze Land dar. Und wenn der Scharfschütze am Ende doch im Auftrag einer wie auch immer gearteten Gruppe gegen diese Rechtsterroristen vorgeht, dann stünden wir vom LKA zwischen zwei feindlichen Linien, inmitten der Front. Auf Rückendeckung oder Schutz von oben können wir deshalb kaum rechnen. Ich brauche wohl nicht extra zu betonen, was das für uns alle bedeutet.«

Christoph gab dem Ganzen weitere Nahrung. »Da ist noch etwas«, sagte er. »Wir haben mittlerweile konkrete Hinweise, dass wir überwacht werden, zumindest Kollege Alkay und meine Wenigkeit. Und wir gehen davon aus, dass der Verfassungsschutz dahintersteckt.«

Er erzählte von dem fremden Besuch in seiner Wohnung. Von dem schwarzen Audi. Dass Atik seit Tagen schon beschattet würde. Dass deshalb anzunehmen sei, dass auch die interne Telekommunikation bespitzelt werde. Um sicherzugehen, sollten daher alle technischen Einrichtungen der Sonderkommission überprüft werden.

»Wenn sich das bewahrheiten sollte …« Nachdenklich rieb sich Kraus das Kinn.

»Dann bewegen wir uns auf vermintem Terrain«, vollendete Christoph den Satz. »Mich überrascht das keineswegs. Spätestens seit dem Termin beim Staatssekretär habe ich mit Ähnlichem gerechnet. Ich würde jedoch empfehlen, dass wir diese Erkenntnis vorerst für uns behalten. Es kann nicht schaden, dem Verfassungsschutz einen Schritt voraus zu sein.«

Man beschloss, sämtliche Telefone, Handys und Computer von den Kollegen der KTU kontrollieren zu lassen, sofort im

Anschluss an die Sitzung. Dass wenigstens auf Markus Besold und seine Entourage Verlass sei, daran zweifelte niemand.

Trotz allem hatte Christoph abschließend noch eine gute Nachricht parat. Dominik Renneberg sei weiter auf dem Weg der Besserung, bald schon könne er Besuch empfangen. Die Beamten nahmen die frohe Botschaft mit Erleichterung auf. Auch wenn man sich der täglichen Gefahr der Polizeiarbeit bewusst war, so versuchte ein jeder die Tatsache, im Dienst verletzt oder gar getötet werden zu können, zu verdrängen. Dominik war mit dem Leben davongekommen. Doch was der Anschlag mit seiner Psyche angestellt hatte, war ein anderes Thema. Das schreckliche Erlebnis würde ihn vielleicht nie wieder loslassen. Oft schon hatten Kollegen, die dem Tod gerade noch entronnen waren, den Dienst quittieren müssen, weil sie keine Nerven mehr für die Ausübung ihres Berufes hatten. Man konnte deshalb nur hoffen, dass Dominik auch seelisch wieder auf die Beine kam. Niemand sprach darüber, doch dachten alle dasselbe: dass jedem von ihnen Ähnliches zustoßen konnte. Jeden Tag. Jede Stunde.

***

Als die Mitglieder der Sonderkommission den Raum verließen, um sich ihren jeweiligen Aufgaben zu widmen, hielt Christoph Atik zurück.

»Setz dich«, sagte er ungewohnt streng. »Ich habe noch etwas mit dir zu bereden.«

Atik nahm Platz. »Worum geht's, Großwesir?«

»Warum hast du vorhin nur die halbe Wahrheit gesagt? Ich weiß, dass es mit dieser Frau zu tun hat. Du warst gestern bei Lilan Barzani. Was hat sie dir erzählt, das du uns vorenthalten hast?«

Der große Mann, der sich im Moment in seinem Innersten sehr klein fühlte, schaute seinem Freund ins Gesicht. »Möglicherweise gibt es da ein Problem. Ich kläre das, doch ich brauche etwas Zeit.«

»Okay. Ich habe volles Vertrauen zu dir. Aber sprich mit mir, wenn du nicht mehr weiterkommst. Und keine Alleingänge, hörst du?«

Atik signalisierte sein Einverständnis, doch er war nur noch von diesem einen Gedanken getrieben, der ihn die halbe Nacht nicht hatte schlafen lassen. Bevor er Christoph informierte, musste er sich selbst Gewissheit verschaffen.

Im Labor der Spurensicherung ließ er sich vergrößerte Aufnahmen einer bestimmten Präzisionswaffe zeigen. Es war eine .68er Magnum aus der Schmiede Knauss-Haecker. Atik verglich die Aufnahmen mit dem Foto, das Lilan ihm gestern gegeben hatte und Ferhat Barzani in PKK-Montur zeigte, mit seinem Gewehr in der Faust. Es war die gleiche Waffe. Kein Zweifel.

***

Der Anruf kam über die abhörsichere Telefonleitung. Peter Paul Rohloff wusste sofort, was das Klingeln zu bedeuten hatte und wer am Apparat war, auch wenn die Stimme durch einen elektronischen Verzerrer unkenntlich gemacht wurde.

»Du bist in Gefahr«, verkündete der Anrufer zur Begrüßung. »Das war mehr als eine deutliche Warnung. Hast du nichts von dem Vorfall bemerkt?«

»Nein«, antwortete Rohloff. »Ich habe lediglich die Schüsse gehört. Anfangs dachte ich, es wäre nur ein einziger Schuss, so schnell, wie sie fielen. Wer auch immer sich hinter diesem Scharfschützen verbirgt, er beherrscht sein Handwerk wie kein anderer. Habt ihr inzwischen einen Hinweis, wer der Mann sein könnte?«

»Keine Chance. Wir tappen nach wie vor im Dunklen. Aber die Drähte laufen heiß. Wir fahnden international nach dem Kerl. Spezialisten wie ihn gibt es nicht allzu viele. Irgendwann geht er uns ins Netz.«

»Ich hoffe«, sagte Rohloff müde, »es ist dann nicht zu spät für mich.«

»Halte dich weiter bedeckt, dann kann nichts passieren. Trotzdem: Er weiß jetzt, wer du bist, und er weiß, wo er dich finden kann. Geh auf keinen Fall nach draußen und bleib vom Fenster weg.«

Die Stimme schien auf eine Erwiderung zu warten, doch

Rohloff schwieg. Schwieg vor Angst, die bei diesen Worten einer Schlange gleich an ihm hochgekrochen war und seine Kehle zuschnürte.

»Wie dem auch sei«, fuhr der Anrufer fort, »der Sohn des Predigers ist vom Feind liquidiert worden. Vielleicht ist das gar nicht von Nachteil. Der Mann war am Ende unkontrollierbar. Vor allem diese verfluchten Botschaften. Was wollte er damit bezwecken? Dass man ihm ruck, zuck auf die Schliche kommt?«

»Du weißt von dem Hass, den er auf seinen Vater hegte«, sagte Rohloff, wohlweislich verheimlichend, dass die Idee mit den Zitaten aus dem Buch Hiob ursprünglich die seine gewesen war. »Ich nehme an, er wollte den Alten irgendwie mit hineinziehen –«

»Und hat uns dadurch gefährdet«, wurde er barsch unterbrochen. »Was für ein dummer, unvorsichtiger Mensch. Nun wird ein anderer seine Position einnehmen, ich habe bereits jemanden im Auge, einen, der zuverlässiger ist und seine Emotionen besser im Griff hat. Im Moment jedoch heißt es Ruhe bewahren. Keine Aktivitäten mehr, so lange, bis Gras über die Sache gewachsen ist.«

»Heißt das, du willst die Aktion mit der Moschee abblasen?«

»Natürlich nicht. Was bisher geschah, war nur die Ouvertüre. Wir wollen den Gegner doch dort treffen, wo es für ihn am schmerzlichsten ist. Die Zeit wird bald reif sein für den Big Bang. Doch werden wir kurz vor dem großen Konzert nichts riskieren. Die heilige Sache ist zu wichtig, als dass wir uns weitere Fehler erlauben könnten. Befindet sich die Ware noch in der Burschenschaft?«

»Ich weiß es ehrlich gesagt nicht. Gefunden hat die Polizei wohl nichts. Allerdings ist mein Gewährsmann derzeit im Urlaub, daher komme ich schlecht an Informationen. Außerdem wird die Villa gerade ein zweites Mal durchsucht, warum auch immer. Möglicherweise hat der Feind einen Tipp bekommen. Jedenfalls können wir im Augenblick nicht hinein.«

»Einen Tipp?« Trotz der akustischen Verzerrung klang die Stimme plötzlich bedrohlich. »Von wem könnte der stammen? Von dem Bruder etwa?«

»Das glaube ich weniger. Der Junge hat einen Schock erlitten und ist immer noch im Spital. Außerdem ist der nicht clever genug, um gewisse Vorgänge zu durchschauen.«

»Trotzdem, ich dulde kein Leck in der Organisation. Geh der Sache nach. Falls du den Eindruck gewinnst, der weiß zu viel, handle umgehend. Hast du mich verstanden?«

»Ja.« Eine Pause entstand, die Rohloff bald noch mehr bedrückte als das Gespräch. »Bist du noch da?«, fragte er in die Stille hinein.

»Sicher. Ich denke nur nach. Über Lecks. Diese unangenehme Geschichte mit deinem Herrn Sohn: Kann da irgendetwas nach außen dringen?«

»Nein.« Rohloff merkte, wie seine Stimme zitterte. »Ich habe das unter Kontrolle, absolut unter Kontrolle. Mein Gewährsmann, der, wie du weißt, unserer Organisation sehr aufgeschlossen gegenübersteht, hat kraft seines Amtes dafür gesorgt, dass der Vorfall aus den Akten verschwindet.«

»Ich hoffe es für uns alle. Melde dich, wenn es Neues zu berichten gibt. Ansonsten bin ich in einer Woche wieder am Apparat, zur gewohnten Zeit.« Der Anrufer legte auf.

Rohloff hielt den Telefonhörer noch eine Weile in der Hand, starrte darauf, als sei es ein Wesen aus einer anderen Welt. Das Wesen aus einer längst vergangen geglaubten Zeit lebte zwar Tausende von Kilometern entfernt, und doch war es so nah. So verflucht nah. Rohloff ließ den Hörer des altmodischen Gerätes auf die Gabel fallen, als habe er ein zu heißes Eisen angefasst. Die Faust in der Magengrube, die sich seit der Hinrichtung direkt vor seiner Haustür dort eingenistet hatte, schloss sich stählern um seine Eingeweide. Mit Mühe erhob er sich und hinkte zur Fensterfront. Das kaputte Bein schmerzte heute besonders, wahrscheinlich spürte er den Wetterwechsel.

Er schob die Gardine einen Spalt zur Seite und spähte hinaus auf seinen herrlichen Besitz. Die Landschaft wirkte friedlich wie immer. Von unten blinkte der See herauf. Auf der großen Weide vor den Stallungen tobten die Pferde in Frühjahrslaune. Im Hintergrund hielten die Berge majestätische Wacht. Eine Voralpenidylle wie aus dem Bilderbuch, dachte Rohloff. Doch er wusste, dass da draußen jemand auf ihn lauerte. Die nächste Patrone war bereits für ihn reserviert.

Die Angst, die ihn momentweise vergessen zu haben schien, kehrte umso heftiger zurück. Seine Hände flatterten. Ruhig, befahl er sich, tief durchatmen. Hier im Schloss war er doch weitgehend sicher. Sein Sekretär war ein zum Einzelkämpfer ausgebildeter Leibwächter, einer, der zuerst schießen würde und keine Fragen stellen. Und der Scharfschütze? Würde er es wagen, ihn innerhalb seiner Mauern anzugreifen? Wohl kaum. Oder? Immerhin war er dem bedauernswerten Rune, dem alten Kumpan, verdammt nahe gekommen, als er ihm dieses vermaledeite Gedicht des Juden in die Tasche gesteckt hatte.

Fehring hatte ihm davon erzählt. Hatte ihn auch vom Besuch der beiden LKA-Kommissare unterrichtet. Ihn ausdrücklich gewarnt. Nicht zu unterschätzen seien die, keine der üblichen Kripobeamten, mit der Betonung auf »Beamte«. Doch Kaltenbach und Alkay, die spielten in einer anderen Liga. Man müsse daher dringend etwas gegen diese beiden Schnüffler unternehmen. Dringend. Die Mahnung klang jetzt noch in seinen Ohren.

Nichts kommt aus dem Nichts

Als Christoph abends das »Peace« betrat, saß Atik bereits an seinem gewohnten Platz an der Theke und war alles andere als nüchtern.

»Ich sehe«, begrüßte ihn Christoph, »du bist schon länger hier.«

»Höchstens eineinhalb Promille lang«, gab Atik zur Antwort. »Gib ihm seinen Stoff«, rief er dem Wirt zu, »damit er schnell auf ein erträgliches Level kommt. Es führt zu nichts, wenn einer nüchtern ist und der andere blau.«

Pies stellte Christoph ein Glas Rotwein hin. Der nippte vorsichtig. »Hmmh«, machte er, kostete nochmals und ließ die Probe sich zwischen Zunge und Gaumen entfalten. »Ist das etwas Neues?«

»Nö.« Pies grinste über sein zerfurchtes Gesicht, dessen tatsächliches Alter schwer einzuschätzen war. Vom Habitus gab sich der Kneipier ja als Berufsjugendlicher: Selbst im Winter trug er dasselbe wie im Sommer, ein verblichenes schwarzes T-Shirt zur verblichenen schwarzen Jeans. Die langen Haare hatte er stets zu einem Pferdeschwanz zusammengebunden, der im Lauf der Jahre im Rauch und Rausch der Kneipe eine seltsame Färbung angenommen hatte, etwas in der Mischung von weißgraugelb. Seine Haut glich der einer von der Sonne ausgedörrten Echse, nicht unähnlich jener seines Lieblingsmusikers Keith Richards. Den totentänzigen Rolling Stone verehrte er jedoch weniger aufgrund seiner instrumentellen Fähigkeiten, die auch nach fünfzig Jahren Rock 'n' Roll recht begrenzt geblieben waren. Nein, er bewunderte Richards hauptsächlich wegen seiner legendären Leistung, diese fünfzig Jahre voller Exzesse überhaupt überlebt zu haben.

»Nö.« Bei Pies existierten nur zwei Arten von Konversation. Entweder fand sie fragmentarisch statt oder uferte aus. Er schlurfte an seinen Zapfhahn zurück, um den Bierfluss weiter anzukurbeln. Atik orderte ein neues Helles, während

Christoph herauszuschmecken suchte, um welche Sorte Wein es sich handelte. Nach mehreren Schlucken, die er im Mund rotieren, schmirgeln und schmurgeln ließ, tippte er fröhlich ins Blaue hinein auf einen Anagallis Rosso Toscana vom Weingut Lilliano.

Pies' Grinsen wurde breiter. »No way«, verkündete er. »Der kommt aus Georgien. Gemein, ich weiß. Aber nach deinem hinterfotzigen Auftritt letztens musste das Imperium einfach zurückschlagen.«

Anerkennend schwenkte Christoph sein Glas, damit die ölige Flüssigkeit ihr Volumen entfalte. »Nicht schlecht! Respekt, Pies. Woher hast du den Fusel?«

»Da taucht manchmal ein Typ auf, Georgier oder so. Hat früher in Waffen gemacht. Jetzt handelt er mit Wein. Das sei der Gesundheit bekömmlicher, sagt er.«

»Moment!« Atik konnte noch so viel getrunken haben, wenn jedoch gewisse Reizwörter fielen, war er von einer Sekunde auf die andere hellwach. »Georgien, das ist doch im Kaukasus, oder?«

»Volles Rohr«, bestätigte Pies. »Warum?«

»Dieser Typ, von dem du eben sprachst, schmuggelte der die Waffen?«

»Nix Schmuggel. Der hat hier ganz offiziell Gewehre und so Zeugs gekauft und den Krempel in sein Heimatland geliefert, mit Ausfuhrlizenz und allem Pipapo. Muss zu Zeiten des Krieges mit den Russen gewesen sein, da hatten die Leutchen wohl größeren Bedarf.«

Christoph verstand, worauf Atik hinauswollte. »Kommt der Kerl öfter zu dir? Kennst du seinen Namen, die Adresse vielleicht?«

»Schön langsam, ihr Freaks!« Pies hob abwehrend die Hände. »Könnt ihr mir verraten, was da läuft?«

»Okay.« Atik winkte den Wirt näher. »Ich erzähle dir jetzt etwas, aber top secret.«

Es war nicht ungewöhnlich, dass die Kommissare Pies in Details ihrer Ermittlungen einweihten. Pies war einer ihrer zuverlässigsten Informanten. Neben braven Bürgern und subalterner

Prominenz traf sich in seiner Bar auch die eine oder andere Unterweltgröße in nonchalanter Runde, um sich über manches auszutauschen, was das Ohr des Gesetzes nicht unbedingt hören sollte. Und ein haudegenhafter Kneipier vom Schlage eines Pies fungierte eben nicht nur als bloßer Wirt, sondern auch als Priester und Psychiater. In dieser Eigenschaft wurde ihm so einiges anvertraut, was nicht einmal die Anwälte der schweren Jungs erfahren durften. Deshalb mussten die Kommissare ihn hin und wieder mit gewissen gezielten Informationen versorgen, die er dann nach seinem Gusto der Gegenseite unter dem Siegel der absoluten Verschwiegenheit weitergab, damit sie wachsen und gedeihen konnten, um die gewünschte Wirkung zu erzielen, nämlich wiederum streng Vertrauliches aus den Probanden herauszukitzeln.

Aus diesem Grunde berichteten die Beamten nun über bestimmte Details aus dem laufenden Verfahren, speziell von den Präzisionswaffen der Rüstungsfabrik Knauss-Haecker, die ihre Wege offenbar selbst ins ferne Kurdistan fanden, mit oder ohne Ausfuhrgenehmigung. Vielleicht könne der Kollege Georgier ja Licht ins Dunkel bringen, wenn er sich einst in diesem Metier betätigt habe.

Pies hatte aufmerksam zugehört, unterbrochen von automatisierten Wirtstätigkeiten. Jetzt schien er ernsthaft nachzudenken. Seine vom Genuss Abertausender Gauloises gegilbten Zähne nagten an seiner Unterlippe, doch wollte diese Lippe nichts preisgeben, sosehr er sie auch dental bearbeitete.

»Wie heißt der Georgier?«, insistierte Christoph. »Wenn er dich mit Wein beliefert, musst du doch einen Namen haben.«

»Iwan«, antwortete Pies. »Ich sag immer nur Iwan zu ihm. Ob das allerdings sein richtiger Name ist … Er bringt mir Wein, das schon, aber ohne Rechnung, wenn ihr versteht, was ich meine.«

Die Kommissare tauschten vielsagende Blicke. Irgendwie war das heute nicht ergiebig.

»Wollen wir vielleicht was essen gehen?«, schlug Christoph vor.

Mit einer Handbewegung bat Atik um Geduld. Er kannte

Pies länger als Christoph und wusste um dessen gedankliche Gemächlichkeit.

»Er kommt meistens am Dienstag«, fuhr Pies schließlich fort, »da kann ich Iwan ja mal fragen, wie er heißt und so.«

Wieder genügte den beiden ein kurzer Blick der Verständigung. Dem Besuch des Georgiers würden sie beiwohnen, was sonst.

Mit einem Mal erwachte Pies aus seiner Lethargie und bewegte sich in ungewohnter Eile zu seiner Braun-Stereoanlage, einem Relikt längst verflossener Tage, um die Musik lauter zu drehen. »Born To Be Wild«, ein Rocksong der legendären Gruppe Steppenwolf, dröhnte nun in voller Lautstärke aus den altersschwachen Boxen. Wie auf Kommando nahmen Atik und Christoph Stellung ein, um sogleich in ekstatische Bewegungen zu verfallen, das Stück laut mitzugrölen und, logisch, dabei Luftgitarre zu spielen. Die anderen Gäste schenkten der Darbietung kaum Beachtung. Im »Peace« war man an seltsame Vögel gewöhnt.

Pies bediente währenddessen seine Kundschaft in der ihm eigenen tranigen Absenz, von Nichteingeweihten als mufflige Arroganz empfunden, von ihm persönlich aber als tiefsinnige Kontemplation verkauft. Doch bestand der Großteil des Publikums aus Stammgästen, die sich an seinen Skurrilitäten nicht störten.

»Ich überlege«, sagte er, als er wieder Zeit zum Palavern hatte, »ob ich das Helle zukünftig nicht in Maßkrügen ausschenken soll, so wie im Biergarten. Da hat man weniger Stress. Dieses dauernde Bierzapfen, ich hab schon Arthrose davon.«

Wie zum Beweis zeigte er seine knotigen Hände, auf denen die Adern hervortraten, als seien sie bläulich blasse Kabel, die über wenig Fleisch verlegt waren. Pies schniefte vernehmlich und zog die Nase hoch.

»Was ist eigentlich mit diesem Nazischwein, das deinen Onkel umgebracht hat?«, fragte er Atik. »Hat man den schon gefunden, der ihm die wohlfeile Kugel verpasst hat?«

»Warum interessiert dich das?«, wollte Atik wissen.

»Nur so. Dem Mann würde ich nämlich gern einen ausgeben. Hat sich verdient gemacht um die Reinheit der Gesellschaft. Wieder ein Brauner weniger.«

»Der Mann ist nach wie vor flüchtig«, mischte sich Christoph ein. »Aber bisher haben wir noch jeden gekriegt. Es ist nur eine Frage der Zeit.«

»Dann gebt sie dem Kerl doch. Lasst den mal aufräumen mit den Faschos. Danach könnt ihr ihn ja immer noch festnehmen.«

Christoph wurde ernst. »Mord bleibt Mord, Pies. Niemand hat das Recht, das Gesetz selbst in die Hand zu nehmen. Und …«, dabei fixierte er den inzwischen stark schwankenden Atik, »wir werden auch niemanden schützen, der etwas über die Tat weiß oder am Ende noch dafür verantwortlich ist, ganz gleich, aus welchen Motiven heraus, ob er persönlich von den Morden des Nazischweins, wie du ihn nennst, betroffen war oder politisch auf der Gegenseite steht.«

»Na ja«, lenkte Pies ein, »es muss ja auch keiner von den Linken gewesen sein, der den Neonazi liquidiert hat. Vielleicht war es einer aus der eigenen Mischpoke, im Auftrag seiner braunen Herrschaft, weil dieser … wie hieß er noch mal?«

»Ammann«, lallte Atik, der trotz seines enormen Pegels dem Gespräch noch folgen konnte. »Aaron Ammann.«

»Also dieser Ammann: Kann doch sein, dass er selbst in den Augen seiner Sippschaft überzogen hat. Allein wenn ich daran denke, wie brutal der vorgegangen ist. Und dann haben die Neonazis halt beschlossen, den Burschen aus dem Verkehr zu ziehen. Ihn nach dem Muster dieses Scharfschützen erschossen. Trittbrettfahrer nennt man das doch in eurem Jargon. Denn dass Ammann im Alleingang irgendwelche Türken umbringt, das kannst du meiner Großmutter erzählen. Hinter jedem Terroristen steckt eine größere Organisation, das war schon bei der RAF so. Und dass genug Leute bei uns in Deutschland islamfeindlich eingestellt sind, ist ja nichts Neues. Wobei der Begriff ›Neonazi‹ an sich falsch ist, denn Nazis hat es immer gegeben, die haben auch die Zeit nach dem Krieg überdauert. Möglicherweise wurde ja eine frühere faschistische Gruppierung wieder aktiviert, die jetzt die Morde an den Türken bei Ammann in

Auftrag gegeben hat, so etwas wie diese Wehrsportgruppe von Karl-Heinz Hoffmann. Der Dreckskerl lebt ja noch und ist sogar auf freiem Fuß. Nichts kommt aus dem Nichts, hat schon Sokrates gewusst. Oder war's Lukrez?«

***

Tief in Gedanken versunken schloss Christoph kurze Zeit später die Eingangstür zu seinem Wohnhaus auf. Was Pies in seiner querschädeligen Denkweise von sich gegeben hatte, war so falsch nicht, hatte ihn unruhig werden lassen, zu unruhig, um sich mit Alkohol zu betäuben wie eigentlich geplant. Er wollte klar im Kopf sein. Dennoch hatte er die U-Bahn für den Heimweg gewählt, im Entschluss, nicht mehr in alte Muster zu verfallen und angetrunken Auto zu fahren. In der Münchner Metro war es erfreulich leer gewesen. Christoph hasste öffentliche Verkehrsmittel, ertrug es nicht, von fremden Menschen berührt zu werden, und wenn es nur der Rücken eines anderen Fahrgastes war, der im Gedränge versehentlich an ihn stieß.

Eines jedenfalls war Christoph während der U-Bahn-Fahrt klar geworden: Man musste umdenken, was rechtsextreme Umtriebe betraf. Die Schrittmacher des nationalsozialistischen Marsches zurück in eine diktatorische Gesellschaft, das waren nicht die üblichen Verdächtigen, die Wendeverlierer aus dem wirtschaftlich vernachlässigten Osten, die aufgrund ihrer Notlage leicht Verführbaren, empfänglich für Hass auf diejenigen, die ihnen vermeintlich die Jobs und die Frauen wegnahmen: die Türken. Die Vietnamesen. Die vom Balkan. Solche Typen besaßen zu wenig an Gehhilfen für die Rückwärtsbewegung in alte Nazizeiten. Springerstiefel und Baseballschläger taugten nicht für lange Märsche, dazu brauchte es andere Instrumente: Langzeitintelligenz, gepaart mit Geld, Macht und Einfluss. All das, was Leute wie Rune hatten, und wahrscheinlich auch Knauss-Haecker und dieser zurückgezogen lebende Mensch namens Peter Paul Rohloff, der sich auf seinem schönen Schloss verschanzte, aus Angst wohl vor dem Benchrest-Mann. Leute aus alten Dynastien, denen es um die Erhaltung ihrer Positionen ging, um den Ausbau ihrer Macht, egal um welchen Preis. Was aber war der Preis gewesen? Ferhat Barzani? Atiks Onkel Rafeth?

Mit solch düsteren Überlegungen war er an der Station Lehel der U-Bahn entstiegen und kaum die Treppe aus dem Untergrund hochgekommen, als ihn auch schon das Gefühl beschlichen hatte, beschattet zu werden. Einige Male hatte er sich spontan umgedreht, war sogar einen Umweg zu seiner Wohnung gegangen, doch hatte sich der Eindruck, jemand folge ihm, nicht gelegt. Im Gegenteil: Eine weitere Befürchtung hatte sich dazugesellt. Was, wenn Atik und er, wenn vielleicht die gesamte Sonderkommission zum Ziel der Rechtsfanatiker geworden war? Die LKA-Ermittler waren einigen von ihnen ja auf der Spur, und als staatliche Institution konnten sie den Neonazis gefährlich werden, gefährlicher als der unheimliche Scharfschütze, der nur Einzelne ins Visier nehmen konnte, während das LKA den ganzen Laden würde hochgehen lassen können. Und der sogenannte Verfassungsschutz, bei dem man nie sicher war, wen er nun vor wem schützte, die Guten vor den Bösen oder umgekehrt, und der schon häufiger durch unbotmäßige Nähe zur braunen Szene aufgefallen war, machte der am Ende noch gemeinsame Sache mit den Faschisten?

Bedrückt stieg Christoph in den ersten Stock seines Wohnhauses. Es war kurz nach einundzwanzig Uhr, und er hatte noch die halbe Nacht Zeit, den Dingen auf den Grund zu gehen, zu recherchieren im Umfeld der Neonazis. Als er den Schlüssel ins Schloss steckte, fiel ihm etwas ein. Zum Glück war er so gut wie nüchtern geblieben, sonst hätte er das Wichtigste wohl vergessen. Er bückte sich und prüfte die Stelle zwischen Rahmen und Türflügel, die er mit einem festgeklebten Haar markiert hatte, ein alter Trick aus noch älteren Agentenfilmen, simpel, aber funktional. Das Haar war noch da, aber gerissen. Jemand war in der Wohnung gewesen, einer oder mehrere, für die Sicherheitsschlösser kein Problem darstellten. Warum aber waren sie wieder bei ihm eingedrungen? Was suchten sie bei ihm? War um Himmels willen noch jemand in der Wohnung?

Christoph schloss für einen Wimpernschlag die Augen. Dann zog er seine Dienstwaffe und entsicherte sie. Vorsichtig drehte er den Schlüssel. Das Schloss sprang mit leisem Klick auf. Das nächste untrügliche Zeichen, dass ein Fremder eingebrochen war, konnte er mit kurzem Blick auf den Boden erkennen. Die hauchdünne Schicht Staub, den er zusammengekehrt und vor den Eingang hatte rieseln lassen, war verwischt, durch Zugluft oder ungebetene Füße. Ein grimmiges Lächeln huschte über sein Gesicht, als er daran dachte, wie albern er sich heute Morgen vorgekommen war, als er seine kleinen Fallen auslegte.

Christoph lauschte in das Innere seiner Wohnung. Nichts war zu hören. Behutsam streifte er seine Schuhe ab. Mit angewinkelten Armen, die Pistole im Anschlag, schlich er durch die Räume. Lautlos. Schussbereit. Sein Herz klopfte. Er untersuchte sämtliche Zimmer, doch weder war der Eindringling noch da, noch fanden sich weitere Spuren. Nur beruhigen konnte ihn das nicht. Ihm war, als hätte die Wohnung jetzt Augen. Als würde er aus jeder Ecke beobachtet. Er forschte nach etwaigen Wanzen oder gar Kleinstkameras an Wänden und Decken, an Bildern und unter Lampen, doch nichts war zu sehen.

Er fühlte sich elend, widerstand aber dem Reflex, sich ein Glas Wein zum Herunterkommen einzuschenken. Oder zwei. Oder drei. Stattdessen duschte er eiskalt, versuchte, den Kopf freizukriegen. Durch Alltägliches zur Normalität zu finden. Er legte eine CD auf, Leises von Heather Nova. Rasierte sich. Putzte sich die Zähne. Zog den flauschigen Bademantel über, den Krisztina ihm noch geschenkt hatte. Und setzte sich schließlich an den Computer.

Er wollte das Internet auf seriöse Beiträge zu alten Seilschaften und möglichen Querverbindungen zwischen dynastischem Nazitum und den Faschisten heutigen Zuschnitts durchforsten, um sich danach im LKA-Computer einzuloggen und die gewonnenen Erkenntnisse mit den Einträgen im Zentralregister abgleichen. Denn dass braun gefärbte, gewaltbereite Organisationen von ehedem die Jahre überdauert hatten, hielt Christoph mittlerweile für wahrscheinlich. Und wie hatte Pies noch so treffend gesagt? Nichts kommt aus dem Nichts.

Eine unheimliche Begegnung

Christoph erwachte vom Gurren der Hinterhoftauben, ihm in seiner Schlaftrunkenheit das Wochenende avisierend. Denn nur am Wochenende war dieses Gurren zu hören, wenn die Stadt durchzuatmen schien und die alltäglichen Nebengeräusche verblassten. Er dachte darüber nach, ob die Tauben vielleicht auch nur an Samstagen und Sonntagen gurrten. Dass sie, den Menschen gleich, unter der Woche ihren Jobs nachgingen, Körner pickten und Denkmäler vollschissen, womit sich diese Vögel eben in der Hauptsache beschäftigten.

Er schaute auf den Wecker: acht Uhr. Lange hatte er nicht geschlafen. Er setzte sich im Bett auf und genoss für eine Weile die friedvolle Stimmung. Der Blick aus dem Fenster bestätigte die Wettervorhersage. Es würde schön werden, ein guter Tag, sein Vorhaben umzusetzen, im Wald von Schloss Seefurth die Ereignisse der letzten Wochen in Ruhe auf sich wirken zu lassen. Vielleicht etwas zu entdecken, was bisher unentdeckt geblieben war. Obwohl die Resultate, die er in den nächtlichen Stunden auf dem PC zusammengetragen hatte, nicht unbedingt ermutigend waren, so hatten sie immerhin seinen Kampfeswillen entfacht. Dass da ein weltweit verzweigtes Netz von Nazis operierte, war zwar hinlänglich bekannt. Das erschreckend Neue jedoch war, wie offen, wie dreist und wie selbstbewusst die braune Kameradschaft inzwischen auftrat.

Nach dem Frühstück, das bei Christoph üblicherweise aus einer Tasse Cappuccino bestand, machte er sich auf den Weg zu Schloss Seefurth. Er hatte sich sportiv gekleidet, da er richtig herumkrauchen wollte durch Dickicht und Gebüsch, auf der Suche nach irgendeinem Hinweis auf die Identität des Benchrest-Mannes, der dort im Wald dem Mörder Aaron Ammann aufgelauert hatte. Heute ließ er sich Zeit beim Fahren, wählte nicht die schnelle Variante über die Autobahn, sondern die gemütliche über die Landstraße. Der Frühling hatte das bayerische

Oberland in herrlich frisches Grün getupft, eine Wohltat für seine des Wintergraus leiden Augen. Er schob eine CD in den Player, eine alte Liveaufnahme von Joni Mitchell.

Christoph war vergnügt. Was gab es Schöneres, als bei bestem Wetter am Starnberger See entlangzufahren und dieses einzigartige Ambiente mit den Bergen im Hintergrund zu genießen? An der Abzweigung zu Schloss Seefurth stellte er den Wagen in einer Parkbucht ab und ging zu Fuß den Forstweg weiter. Ein verblichenes Holzschild am Wegesrand klärte den Wanderer auf, dass es eine halbe Stunde bis zum Further See dauerte. Christoph wusste, dass das Gewässer Privatbesitz war, doch hatte der Eigentümer einen schmalen Uferstreifen an den Freistaat abtreten müssen, damit Bayerns Bürger den See zum Baden nutzen konnten. Er hatte erwartet, auf weitere Erholungssuchende zu treffen, doch für die wochenendlichen Massen war es wohl noch zu früh am Tag und zum Schwimmen noch zu kalt. Niemand begegnete ihm, er schien allein im Wald zu sein. Selbst am See war er der einzige Besucher.

Christoph ließ sich auf einem neu beplankten Holzsteg, der ein Stück übers Wasser führte, nieder, wandte sein winterblasses Gesicht der Sonne zu und schloss die Augen. Was für eine Idylle, dachte er. Wenn die Welt doch immer so friedlich wäre. Hummeln füllten die Luft mit gutmütigem Gebrumm, im Wald hämmerte ein Specht seine geheimen Morsezeichen ins Holz. Hoch oben im Äther kreisten Bussarde, sich gegenseitig Jagdglück zurufend. Christoph hatte das Gefühl, dass sogar die Natur am Wochenende einen Gang zurückschaltete, dass auch die natürlichen Geräusche dann leiser waren. Es war einer jener Tage, an denen er ins Schwanken kam, ob er seinen Beruf nicht an den Nagel hängen sollte. Dieser Job: immer nur das Böse, das Verbrechen um sich. Immer nur das Leid, das Leben der anderen. Er hatte doch genug mit seinem Leid, mit seinem Leben zu schaffen. Wie es denn wäre, einfach nichts zu machen. Ausreichend Geld besaß er ja, dank des väterlichen Erbes.

Christoph, der unspektakuläre Sohn des legendären Carl Maria, dessen hochfrisiertem Attitüdendasein er stets nur Widerstand entgegengebracht hatte, seit er selbstständig zu denken vermochte. Ein Widerstand, der darin gipfelte, nicht Konzertpianist, wie vom Vater alternativlos eingeplant, sondern Kriminalpolizist zu werden und sich statt mit der verordneten komplexen Klassik mit simplem Rock 'n' Roll zu beschäftigen.

Und heutzutage, wenn er sich wirklich in den vorzeitigen Ruhestand versetzen ließ? Wenn er nur noch das tat, wozu er Lust hatte? Ein bisschen Musik machen. Die Wohnung in der Stadt hergeben und sich dafür auf dem Land ein kleines Häuschen kaufen, abseits vom Lärm und der Hektik Münchens. Einen netten Obstgarten anlegen, ein wenig Gemüse anbauen, würde das nicht genügen? Endlich wieder Zeit zum Lesen finden. Verreisen. Rom wiedersehen. Doch mit wem? Allein durch Roms Straßen schlendern, allein nach Ostia fahren, weiter bis ans Meer … In seinen Gedanken sah sich Christoph an einem endlosen Strand, keine Menschenseele außer ihm. Schön. Oder doch schrecklich. Unversehens kam ihm der Sniper in den Sinn. Ob der ebenso einsam war wie er? Vielleicht … Vielleicht war er jetzt, in ebendiesem Augenblick, nicht anders unterwegs als er. Am Ende noch hier in der Gegend, um sein nächstes Opfer zu observieren, die passende Gelegenheit für den tödlichen Schuss prüfend.

Der Gedanke an den Scharfschützen erinnerte Christoph an den primären Zweck seines Ausfluges. Den Tatort hatte er doch nochmals inspizieren wollen. In Ruhe. Ohne das Gewusel der KTU, des kompletten Stabs eilfertiger Ermittler. Er hatte dies schon des Öfteren durchexerziert. Sich am Schauplatz des Mordes in die Rolle des Täters versetzt. Versucht, dessen Charakter, dessen Motive nachzuvollziehen.

Christoph öffnete die Augen, beschattete sie mit der Hand und sah zum Schloss hinauf. Dort oben mochte jetzt Peter Paul Rohloff sitzen, möglicherweise des Snipers nächstes Ziel. Ob er die Gefahr ahnte, in der er sich befand? Ob er in ständiger Angst lebte? Wenn dem so war, hatte auch Rohloff mehr Dreck am Stecken, als der Polizei bekannt war. Am kommenden Montag jedenfalls, hoffte Christoph, würde er mehr erfahren, dann würde er dem Mann gegenüberstehen, um ihn einem ersten Verhör zu unterziehen.

Er nahm seine Windjacke, die er sich unter den Kopf geklemmt hatte, und ging in Richtung der Lichtung, auf welcher sie Ammann tot aufgefunden hatten. Christoph strich quer durch den Wald. Sein Orientierungsvermögen hatte ihn selten im Stich gelassen. Er bewegte sich so geräuschlos wie möglich, nicht weil er den Mörder in der Nähe glaubte, sondern weil er die Stille des Waldes nicht stören mochte. Der Erdboden war immer noch feucht ob der Regenfälle der letzten Tage. Wo kein Moos wuchs, konnte er die Trittsiegel der Tiere fast wie bei Schnee erkennen. Mit der Natur war er vertraut. Sein Vater war ein leidenschaftlicher Jäger gewesen und hatte ihn häufig mitgenommen. Ihm das Spurenlesen beigebracht.

Auf den alten Wildwechseln konnte er gut ablesen, was sich hier alles herumtrieb. Christoph blieb stehen. Die doppelschaligen Abdrücke von Wildschweinen waren leicht zu dechiffrieren. Eine ganze Rotte musste hier unterwegs gewesen sein, wahrscheinlich diejenigen Sauen, die an Ammanns Leichnam gefressen hatten.

Rehe waren den Pfad entlanggelaufen, in Flucht, wie er aus der Distanz der Trittsiegel ermaß. Da ein Fuchs. Dort ein Marder, vielleicht auch eine Katze. Unversehens stieß er auf eine Fährte, die nicht zur heimischen Fauna gehörte. Es war die eines menschlichen Wesens. Christoph ging in die Hocke und prüfte die Abdrücke. Eine leichtgewichtige Person war hier gegangen. Die Spuren konnten von einem schmal geschnittenen Turnschuh stammen. Partiell waren sie von tief eingesunkenen Pfotentrittsiegeln überlagert, die eindeutigen Merkmale eines großen Hundes, der wohl doppelt so schwer war wie sein Herr. Der Sniper!

Christoph überlegte, wie alt die Spuren sein mochten. Ob sie aus der Zeit nach dem Mord stammten. Sie schienen relativ frisch zu sein, doch für eine exakte Bestimmung reichten seine Kenntnisse dann doch nicht. Am einfachsten wäre es, die Spuren zu verfolgen. Wie war das noch, dachte er, nichts kommt aus dem Nichts? Doch dass der Benchrest-Mann den Ort seines Verbrechens nochmals aufgesucht hatte, konnte er sich nicht vorstellen. Von der Theorie, dass es den Mörder stets zum Tatort zurücktrieb, hielt er wenig. Warum sollte ausgerechnet der Scharfschütze, nach allem, was sie von ihm wussten, ein Mann professioneller Präzision und eiskalter Berechnung, so unvorsichtig sein? Höchstens, um den nächsten Anschlag zu planen. Den auf Rohloff.

Sofort wurde Christoph hellwach. Mit eigenen Schritten zeichnete er die menschliche Fährte nach. Auffallend, welch große Schritte der augenscheinlich kleinwüchsige Mensch machte. Warum tat er das? War das Absicht, oder war es dessen natürlicher Bewegungsablauf? Vielleicht hatte es etwas mit der Gegend auf sich, aus welcher er stammte. Wer läuft so, besann sich Christoph, in solch gedehntem Schritt, das Gewicht überdeutlich von einem Bein auf das andere verlagernd, als wenn er gebeugt ginge, die Hände vielleicht noch auf den Oberschenkeln abstützend?

Sein inneres Auge suchte nach gespeicherten Bildern, ließ die Schaufeln seiner Gedanken die Erinnerungen nach Brauchbarem durchpflügen, so lange, bis er das Bild sehen konnte: Die Menschen aus den Bergen gingen so. Stützten die Hände auf die Oberschenkel, wenn sie steile Hänge erklommen. Setzten ihre Füße mit Bedacht, um nicht fehlzutreten und abzustürzen. Machten weite Schritte, um an Höhe zu gewinnen. Die Menschen aus den Bergen gingen so.

Christoph atmete durch. Eine Spur in der Spur. Ein kleiner Schritt voran. Höchst motiviert folgte er den Abdrücken, bis sie sich in einem Bachbett verliefen. Er ging rechts und links das Ufer ab, doch schienen sich Mensch und Tier in Luft aufgelöst zu haben. Irgendwo mussten die beiden den Bach doch wieder verlassen haben. Enttäuscht lehnte er sich an den Stamm einer mächtigen Buche.

Plötzlich ein Geräusch aus dem Unterholz. Ein verräterisches Knacken. Christoph erkannte sofort, dass das kein Tier war. Nur ein Mensch verursachte solche Geräusche, und wenn er sich noch so vorsichtig verhielt. Reflexhaft tastete er nach seinem Pistolenhalfter, doch da war nichts. Er hatte seine Waffe zu Hause gelassen. Klar, es war Samstag und er nicht im Dienst. Leise fluchte Christoph vor sich hin. Dass ihm so etwas passierte! Am Ende schlich dort im Dickicht der unheimliche Scharfschütze umher, der wahnsinnige Zwerg mit seinem Riesenhund. Und nicht Rohloff war der Gejagte, sondern er. Sein Herz begann wild zu schlagen. Das Knacken kam näher. Was auch immer im Unterholz unterwegs war, es bewegte sich genau auf ihn zu. Fieberhaft überlegte er, wie er sich verteidigen könnte. Vor ihm auf dem Boden lag ein dicker Ast. Schnell nahm er ihn auf und suchte hinter der Buche Deckung. Seine zitternden Finger fischten das Handy aus der Jacke. Kein Empfang!

Christoph wusste, dass er keine Chance hatte, sollte wirklich der Sniper dort herumkriechen. Garantiert hatte der sein Gewehr dabei. Und den Hund. Warum besaß der überhaupt solch einen riesigen Hund? Wenn es sich um eine kaukasische Rasse handeln sollte, war der am Ende noch mannscharf. Da hatte er definitiv keine Chance. Nur, kampflos würde er sich nicht ergeben.

Er packte den Ast fester. Das Knacken kam näher und näher. Christoph spürte, wie sein Mund trocken wurde. Jetzt konnte er etwas sehen! Was nur etwa fünfzig Meter entfernt durch den Wald schlich, war in der Tat ein zwergenähnliches Wesen, das geduckt ging, behutsam seine Schritte wählend, eine Kapuze tief über den Kopf gezogen. Der Sniper! Immer wieder verdeckten die dicht stehenden Fichten das Blickfeld, sodass er nichts Genaues erkennen konnte, kein Gesicht, keine Figur, doch war er sicher, dass er den Dreifachmörder vor sich hatte. Plötzlich sah er zwischen den Stämmen auch den Hund, schemenhaft zwar, weil noch weiter weg als der Zwerg, doch war es eindeutig ein Hund, ein gewaltiges Tier mit hellem Fell.

Christoph hielt die Luft an. Angst überkam ihn. Angst, jeden Moment entdeckt zu werden. Sterben zu müssen. Jetzt. Der Killer würde ihn nicht lebend davonkommen lassen. Er beobachtete, wie der Hund auf einmal in seiner federnden Bewegung verhielt, den mächtigen Schädel hob und in seine Richtung schaute. Wie von selbst erhob sich Christoph, den Ast abwehrbereit in seinen Händen. Auf zum letzten Gefecht, schoss es ihm durch den Kopf.

***

Den Samstag hatte der Jäger zum Ziel genommen, die Gegebenheiten um Schloss Seefurth nochmals genau zu erkunden. Er hatte dienstfrei heute und genug Zeit für seine Patrouille. Als er sich die Sportsachen angezogen hatte, war der Hund gleich schwanzwedelnd vor Freude auf ihn zugelaufen. Das kluge Tier konnte schon an der Kleidung seines Herrn unterscheiden, ob es ein eher langweiliger Tag werden würde, wo es außer im Garten faulenzen und ab und an ein paar Passanten verbellen nichts zu erleben gab, oder ob man end- und leinenlos durch Wald und Wiesen streifen durfte. Selbst wenn der Garten noch so groß sein mochte, so war es etwas anderes, als sich wie einst in den Weiten des heimischen Hochlandes völlig frei bewegen zu können.

In aller Frühe war der Jäger hinausgefahren, kaum war die Nacht dem Morgengrau gewichen. Er hatte ausgedehnte Runden um das Schloss gezogen, mit dem Fernglas die beste Position für den finalen Fangschuss eruierend. Rohloff hatte sich nicht gezeigt. Es war eigentümlich still um die stattlichen Gebäude gewesen, als lebte kein Mensch dort. Als stünde alles erstarrt in Erwartung des Bösen. Und das Böse, das war er, der heimliche Jäger.

Ihm war klar, dass Rohloff mittlerweile Bescheid wusste. Wissen musste, dass er der Nächste in der Reihe sein würde. Die Botschaft mit Ammanns Hinrichtung war ja wohl eindeutig gewesen. Nur wer ihn für seine Machenschaften zur Rechenschaft ziehen, wer ihn exekutieren würde, das würde Rohloff nicht einmal erahnen. Obwohl er ihn kannte, bestens kannte. Doch in seiner maßlosen Arroganz konnte er sich gewiss nicht vorstellen, dass ausgerechnet jemand wie er der gefürchtete Scharfschütze war. Er, das Opfer, das für immer Opfer sein musste. Damals, nach der schlimmen Sache, hatte man ihn mit Brosamen abspeisen wollen. Mit Geld. Einem Job. Als wenn es je Satisfaktion gäbe für das, was einer aus dieser Sippe ihm angetan hatte. Doch war dies nur einer der Gründe, warum er sich nach zähem Ringen, nach hartem inneren Kampf gegen sein Gewissen entschlossen hatte, zurückzuschlagen. Endlich nicht mehr Opfer zu sein, sondern Täter. Nicht immer fliehen zu müssen, Gejagter zu sein, sondern der Jäger. Endlich einmal vorzugehen gegen diese Verbrecher, die glaubten, sich alles nehmen zu dürfen. Ohne zu fragen. Notfalls mit Gewalt. Die mit ihren schändlichen Produkten die Kriege weltweit anheizten, indem sie die furchtbar effektiven Instrumente herstellten, um Tod und Verderben über Unschuldige zu bringen. Die ihre Waffen an jeden lieferten, der nur gut dafür zahlte.

Und dann, als sei dies alles nicht genug, auch noch ein Monstrum wie Ammann auf harmlose Gastarbeiter losließen und um ihrer pervertierten politischen Ziele willen selbst den Tod eines Familienvaters hinnahmen als unvermeidbares Übel. Sie säten Hass und Unfrieden, damit sie dereinst das böse Deutschland der NS-Zeit wiedererrichten konnten, den Faschistenstaat, der anderen seine menschenverachtende Willkür aufzwang.

Nein, nicht er war böse. Sie waren es.

Als er kurz zum See wollte, damit sein Hund Sanga ins Wasser springen und er ihm den Dreck der verschlammten Wege abwaschen konnte, prüfte er nochmals, ob die Luft rein war. Sehen sollte ihn niemand, auch wenn kaum ein Spaziergänger je auf die Idee verfallen würde, dass ausgerechnet er ein unerbittliches Ein-Mann-Exekutionskommando darstellte. Er setzte den Feldstecher an. Überraschenderweise befand sich bereits jemand am See. Jemand mit dunkelblauem Hemd. Der Mann kam ihm bekannt vor. Neugierig näherte sich der Jäger im Schutz des Waldes. Er war noch circa hundert Meter entfernt. Durch das Fernglas konnte er nun erkennen, wer da scheinbar gemütlich auf dem Steg lagerte. Einer, der leider nicht gemütlich war. Sondern hochgefährlich. Es war Kaltenbach, der Kommissar.

Was hatte er hier zu suchen? War er ihm etwa schon auf den Fersen? Oder wollte er sich nur in Ruhe das Gelände ansehen, vielleicht in Vorahnung, dass bald wieder etwas passieren würde … Minutenlang beobachtete er den Kommissar. Was für ein gut aussehender Mann das doch war. Schade eigentlich. Schade, dass er ihn nicht unter anderen Umständen getroffen hatte. Der Kaltenbach, Christoph von Kaltenbach, der würde ihm gefallen. Der erste Mann seit Langem, wenn man von dessen türkischem Partner absah. Der Christoph, der würde passen zu ihm, war er doch auch nicht gerade der Größte. Und hatte so eine feine Art. Adel eben. Privat war der garantiert gewaltlos. Würde seinen Partner niemals schlagen. Niemals zum Sex zwingen. Sicher nicht. Nicht so einer, so gebildet und kultiviert, wie Kaltenbach war. Seine angenehme Stimme … Der schrie einen gewiss nicht an. Alles, was der tat, machte er so dezent. Er hatte ihn genau beobachtet. Wie sanft der zum Beispiel seine Kaffeetasse auf den Unterteller zurückstellte. Mit Bedacht, damit nichts schepperte. Ein leiser Mensch, der kaum Lärm verursachte.

Atik Alkay hingegen, der lautstarke Hüne: jede Regung eine Testosteron-Demonstration. Trotzdem mochte er ihn, sehr sogar. Das war einer, der einem Schutz geben konnte. Der Atik, das war ein guter Mensch mit einem Herzen groß wie ein Berg. So einen hätte er dringend gebraucht, damals. Doch jetzt war es zu spät. Jetzt war alles zu spät.

Inzwischen war Kaltenbach aufgestanden. Wohin er wohl wollte? Höchste Zeit, sich zurückzuziehen. Auf keinen Fall durfte er ihn sehen. Der würde eins und eins zusammenzählen, und schon hatte er den Gesuchten. Den Benchrest-Mann, wie sie ihn nannten. Leise rief er seinen Hund. Zog die Kapuze seines Sweaters über den Kopf und ging schnellen Schritts davon. Sonst war er langsamer. Diese Trägheit des Gehens, er brachte sie nicht aus seinem Bewegungsablauf. Für immer würde er das anatolische Hochland in seinen Beinen haben, die weiten, sorgfältigen Schritte, die man machen musste, um in den Bergen sicher voranzukommen, in den öden Steppen; zu große Stapfen für seine Kurzbeinigkeit.

Mehr auf seine Gedanken denn auf den Weg achtend, hatte er momentweise die Orientierung verloren. Wo nur hatte er das Auto abgestellt? Und wo war Kaltenbach geblieben? Der Jäger ließ den Hund die Führung übernehmen. Vorsichtig tastete er sich über die am Boden liegenden dürren Äste, Nachlass des viel zu trockenen Winters. Nur keine Geräusche bewirken. Nicht dass der Polizist noch auf ihn aufmerksam würde. Einmal mehr war er froh, Sanga dabeizuhaben. Der schnürte zielsicher in eine Richtung. Plötzlich blieb der Hund stehen. Verharrte im Vorwärts. Er witterte etwas. Starrte links hinüber, wo eine mächtige Buche sich Platz zwischen den Nadelbäumen geschaffen hatte. Der Jäger nahm Sangas Blick auf. Da! Da hatte sich etwas geregt, hinter dem Baum. Ein Mensch verbarg sich dort. Für einen Wimpernschlag konnte er ein dunkelblaues Hemd ausmachen. Kaltenbach!

Intuitiv griff der Jäger nach dem Schultergurt, an dem normalerweise die Waffentasche befestigt war, doch hatte er das Gewehr ja im Wagen gelassen. Weil er eigentlich nicht auf der Jagd war, nur auf Erkundung. Doch seltsam! Er fühlte sich von Kaltenbachs Nähe nicht beunruhigt. Die Gestalt hinter der Buche strahlte keine Gefahr aus, warum auch immer. Der Jäger besaß ein ausgeprägtes Gespür für Gefahr, wohl genetisch eingehämmert dem Spross eines ewig verfolgten Volksstammes.

Selbst Sanga reagierte nicht aggressiv. Der Hund schien nur interessiert zu sein, was sich da im Forst versteckte. Trotzdem nahm er ihn an die Leine. Wenn Sanga erst mal in der Angriffsbewegung war, konnte man ihn nicht mehr stoppen. Der Jäger zögerte. Schätzte die Entfernung zu Kaltenbach ab: vielleicht sechzig Meter. Es war wenig Licht im Wald, und er hatte die Kapuze übers Gesicht gezogen. Der Kommissar würde ihn kaum erkannt haben. Er wollte dem Mann ja nichts Böses. Wahrscheinlich würde er nicht einmal auf ihn schießen können, selbst wenn er das Gewehr dabeihätte, nicht einmal ins Bein, um ihn an der Verfolgung zu hindern. Nein, er würde ihm nichts tun können.

Und wenn Kaltenbach bewaffnet wäre, so hätte er ihn garantiert schon gestellt, sosehr ihn der Gedanke auch schmerzte. Würde Kaltenbach, Christoph, auf ihn schießen? Anzunehmen. Der Mann war Polizist. *Sein* Jäger. Doch egal, er musste es riskieren. Er zog die Leine kurz und schlug die entgegengesetzte Richtung ein. Drehte dem Kommissar ostentativ den Rücken zu. Doch auch der unternahm nichts. Der würde ihm ebenso wenig etwas tun. Jetzt spürte er es.

»Und du bist dem nicht hinterher? Mann, Christoph, ich fasse es nicht!«

Atik war außer sich. Vor einer Stunde hatte sein Partner ihn angerufen. Ob er Zeit habe, ihn nachher zu treffen. Freilich wisse er, dass heute Samstag und dienstfrei sei, hatte er am Telefon gesagt. Doch es sei wichtig. Um den Grund hatte er herumgedruckst, anscheinend vermeiden wollen, dass potenzielle Mithörer Wind bekamen. Jetzt saßen sie zum zweiten Frühstück in Atiks Wohnung. En detail berichtete Christoph, was im Wald bei Schloss Seefurth passiert war. Dass er eine Begegnung der dritten Art gehabt habe. Einem Phantom gleich sei der Benchrest-Mann aufgetaucht, einfach so, als wäre es das Natürlichste auf der Welt. Habe sich, wie in friedlicher Absicht, kurz gezeigt und sei gleich wieder im Dickicht verschwunden. Mitsamt Hund. Und nein, geträumt habe er das Ganze nicht.

»Was hätte ich schon tun sollen«, rechtfertigte sich Christoph auf Atiks Vorwurf, »unbewaffnet, wie ich war?«

»Hatte der Sniper denn sein Gewehr dabei?«, fragte Atik.

Christoph schüttelte den Kopf, während er mit großem Appetit eine Nussschnecke vertilgte. »Es war zu duster in dem dichten Wald und er zu weit weg. Ich konnte nichts erkennen.«

»Trotzdem«, beharrte Atik. »Du durftest ihn nicht entkommen lassen. Warum hast du nicht sofort eine Ringfahndung ausgelöst?«

»Weil kein Netz war, ich habe es dir doch schon erklärt. Und bis ich wieder Empfang hatte, war der Kerl bestimmt schon über alle Berge.«

»Tut mir leid«, sagte Atik, »aber ich verstehe dich nicht. Da begegnet dir der Serienmörder, hinter dem die halbe Welt her ist, allein im Wald, und du reagierst nicht. Wartest fröhlich, bis der Typ abgehauen ist, und fährst dann in aller Seelenruhe nach München zurück. Gehst erst mal zum Bäcker und futterst jetzt gemütlich deine Nussschnecke. Und anstatt dich grün und blau über dich selbst zu ärgern, sitzt du hier und schaust auch noch recht zufrieden aus der Wäsche. Alter! Was ist bloß los mit dir?«

Christoph setzte seine Kaffeetasse ab. »Was los ist? Mann, ich bin froh, dass ich noch lebe! Weißt du, was für eine Scheißangst ich hatte? Ganz allein, ohne Knarre, mit dem Scharfschützen im Wald! Ich dachte, so, jetzt entdeckt er dich. Hetzt seinen Köter auf dich. Verpasst dir die sichere Kugel. Wir wissen doch, wie gut der Kerl schießt. Ich hätte keine Chance gehabt! Das Seltsame aber war, dass der Typ, kaum war er aufgetaucht, plötzlich so einen friedfertigen Eindruck machte.«

»Friedfertig?«

»Ja, definitiv. Und da verflog meine Angst. Der drehte sich einfach um und ging in aller Gemütsruhe von dannen. Ich meine, ich hätte ja bewaffnet sein können und ihn rücklings niederschießen. Aber warum hat er nicht auf mich angelegt? Warum ließ er mich am Leben?«

»Wahrscheinlich dachte er, du bist ein harmloser Wanderer, keine Ahnung. Ich hoffe, wir werden es bald erfahren, wenn wir den Täter demnächst schnappen. Wenigstens wissen wir jetzt, dass er sich noch in der Gegend aufhält und Peter Paul Rohloff auf seiner Liste der Todeskandidaten der Nächste ist. Die Kollegen aus Weilheim haben Rohloff bereits vorgewarnt und ihm Personenschutz angeboten.«

»Hat er denn angenommen? Ich jedenfalls habe niemand von uns dort gesichtet.«

»Keine Ahnung«, sagte Atik. »Zwingen kann man die Leute nicht.«

Christoph angelte sich ein Vanillegebäck vom improvisierten Kuchenteller und biss herzhaft hinein. »Da ist noch etwas«, kam es undeutlich aus seinem vollen Mund. »Moment.« Er schluckte hinunter und spülte mit Orangensaft nach. »Der Benchrest-Mann, Atik, der kam mir bekannt vor. Irgendwo habe ich den schon mal gesehen. Ich komme nur nicht darauf, wo das war.«

»Ich denke, du hast ihn nicht erkannt?«

»Ja, sein Gesicht habe ich nicht sehen können. Trotzdem war etwas an ihm … Die Art, sich zu bewegen … Vielleicht bin ich ihm wirklich schon mal begegnet.«

»Er, er. Du sprichst immer nur von ihm. Bist du dir denn sicher, dass es ein Mann war?« Atik wusste genau, warum er diese Frage stellte. Noch immer trug er diesen schrecklichen Verdacht mit sich herum.

»Absolut. Eine Frau bewegt sich anders, die macht auch nicht so große Schritte.«

Es schien Christoph, als würde seine Antwort Atik erleichtern. Anscheinend wurde diejenige, die er bisher verdächtigte, auch wenn er seine Mutmaßung aus welchem Grund auch immer für sich behalten hatte, nun entlastet. Doch wollte er ihn jetzt nicht darauf ansprechen. Sein Partner würde sich ihm gewiss offenbaren, sobald er den Zeitpunkt für geeignet hielt.

»Warum hast du eigentlich kein Handyfoto geknipst?«, wollte Atik wissen.

»Hab ich doch!« Christoph legte sein Mobiltelefon auf den Tisch. »Schau es dir an.«

Atik hielt sich das Smartphone mal nah, mal entfernt vor die Augen. »Ich kann nichts erkennen außer einem Kapuzenmännchen mit Hund.«

»Eben«, bekräftigte Christoph. »Auch für ein Foto war es zu dunkel.«

Atik stützte den Kopf in die Hände und sah seinen Freund forschend an. »Wenn du der Meinung bist, ihm schon einmal begegnet zu sein, heißt das im Umkehrschluss doch auch, dass der Scharfschütze dich kennt. Möglicherweise hat er dich deshalb verschont.«

»Möglich, ja. Aber wie gesagt, ich bringe ihn nirgends unter. Es ist mehr so ein Gefühl.«

»Du hast ihn weder verfolgt, noch hat er auf dich geschossen. Du glaubst ihn sogar zu kennen. Jetzt mal ehrlich, Christoph, und geh nicht gleich in die Luft, wenn ich dich das frage: Du deckst den Kerl nicht etwa?«

»Nein.« Die Antwort kam schnell. »Und ich gehe auch nicht in die Luft. Deine Frage ist durchaus berechtigt. Es war einfach eine sehr spezielle Situation. Hätte ich meine Pistole eingesteckt gehabt, hätte ich ihn selbstverständlich gestellt. Okay?«

»Das wollte ich hören. Trotzdem: Das bleibt schön unter

uns. Der eine oder andere Kollege könnte die falschen Schlüsse daraus ziehen.«

»Danke, mein Freund«, sagte Christoph. »Ich werde daraus lernen. Nie mehr unbewaffnet in verdächtiges Gelände.«

Auf Atiks Gesicht erschien der Grundriss eines Lächelns. »Und nie mehr ohne den Lieblingskollegen Alkay.«

***

Als Christoph gegangen war, saß Atik noch lange am Tisch. Mürrisch betrachtete er die schmutzigen Teller, Tassen und Gläser, die sich in und neben der Spüle stapelten. Ich müsste mal aufräumen, dachte er. Und eigentlich müsste ich Britt anrufen. Sie hatten vereinbart, am Nachmittag aufs Land zu fahren, an den Tegernsee, um ein wenig die Sonne zu genießen und anschließend essen zu gehen. Doch wenn er ehrlich war, hatte er dazu keine Laune. Sein Kopf war viel zu voll mit viel zu beunruhigenden Gedanken, als dass er unbefangen mit Britt am See entlangspazieren konnte. Außerdem hasste er Spaziergänge.

Der Schreck über Christophs unwirkliche Begegnung steckte ihm noch in den Knochen. Er hatte dies vorhin nicht zugeben wollen, aber die Vorstellung, dass sein bester Freund erneut in großer Gefahr gewesen, dass er vielleicht nur knapp dem Tode entronnen war, ein Dreivierteljahr nur, nachdem er von dem Mädchenmörder so schwer verwundet worden war, setzte ihm ordentlich zu. Diese Mordserie überstieg allmählich seine seelischen Kräfte. Onkel Rafeth war tot, grausam ermordet von einem wahnsinnigen Neonazi. Dominik hatte nur mit Glück überlebt. Er selbst war schon so weit, die Witwe eines der Opfer zu verdächtigen, nur weil er sich bestimmte Übereinstimmungen mit dem Scharfschützen zusammengereimt hatte. Weil er sich ein Bild von dem Mann gemacht hatte, das plötzlich das einer Frau war. Doch war ein Bild immer nur ein Bild, eine Fiktion, die Realität lediglich abzeichnend. Wie hatte er nur so zweifelnd sein können! Als wenn Lilan eines Mordes fähig wäre. Als wenn es diese verdammte Präzisionswaffe, diese .68er Magnum, nur einmal auf der Welt gäbe.

Und da draußen, ging es ihm durch den Kopf, laufen so viele durchgeknallte Killer herum, und wir müssen machtlos zuschauen, wie sie einen nach dem anderen massakrieren. Sich ihre eigenen Gesetze machen und sich gegenseitig über den Haufen schießen. Dazu das erdrückende Gefühl, ständig bespitzelt zu werden, auch noch von den eigenen Leuten. Die Beklemmung, die daraus entstand. Das Misstrauen. Das Befinden, nur noch eine Marionette zu sein, und der Puppenspieler, der eigentlich dein Freund sein sollte, erwies sich als dein Feind. Dann noch diese unerklärbare Zuneigung zu Lilan. Immer wieder Lilan. Er brachte sie nicht aus seinen Gedanken. Sein schlechtes Gewissen gegenüber Britt, die er heute nicht einmal treffen konnte, weil er ihr nicht in die Augen zu schauen vermochte. Am liebsten hätte er sich ins Bett gelegt, Glotze an, Flasche Raki auf. Nur war das auch keine Lösung. Er musste etwas tun.

Atik entschloss sich zur Notlüge. Er wählte Britts Nummer und sagte ihr für heute ab. Dummerweise habe er brutal viel zu arbeiten, sodass wohl das ganze Wochenende draufginge. Christoph habe eine neue Spur zu dem gesuchten Scharfschützen aufgemacht, und da müssten sie jetzt leider dranbleiben.

Ob man wenigstens abends etwas gemeinsam unternehmen könne, fragte Britt. Sie klang sauer, was sonst. Atik wand sich um die Antwort. Das könne er im Moment nicht sagen. Er melde sich. Grußlos legte Britt auf. Atik fühlte sich mies. Lange würde er ihr das nicht mehr zumuten können, das war klar. Er spähte aus dem Fenster, ob nicht irgendwo ein schwarzer Audi stand. Doch nichts war zu sehen. Auch Christoph hatte es mehr oder minder ausgeschlossen, beschattet worden zu sein. Möglich, dass sie am Wochenende nicht überwacht wurden. Selbst der Verfassungsschutz brauchte mal einen freien Tag.

Erneut nahm er das Telefon zur Hand und tippte eine Nummer in die Tastatur, die er inzwischen auswendig kannte, so häufig hatte er sie schon probiert und dann schnell wieder aufgelegt, bevor die Verbindung zustande kam, sich die Angerufene melden konnte: Lilan. Sie war zu Hause. Ob er ihr das Foto vorbeibringen dürfe, fragte er, aber nur, wenn er wirklich nicht störte.

Prinzipiell habe sie nichts dagegen, so Lilan. Allerdings wolle sie das schöne Wetter nutzen und mit den Kindern auf den Spielplatz. Danach ein bisschen spazieren gehen, doch nicht im Westend, wo alles sie an ihren Mann erinnere. Lieber würde sie den Englischen Garten besuchen. Sie sei noch nie dort gewesen, obwohl der Park so schön sein musste, mit den Seen und Bächen und Blumenbeeten. Wie es denn wäre, wenn der Herr Atik einfach mitkäme?

Atik dachte sofort an den Biergarten am Chinesischen Turm, verkniff sich aber, den Gedanken auszusprechen. Spazieren gehen im Englischen Garten, auch noch am Samstag, wenn es brechend voll von Leuten war; so ziemlich das Letzte, wozu er Lust hatte. Wenn nicht Lilan den Vorschlag gemacht hätte. Spontan sagte er zu. Englischer Garten, klar, dort kenne er jeden Fleck. Spazieren gehen, wunderbar. Und der Hund müsse schließlich auch mal raus. Ob er denn einen Hund besitze, hatte sie sich noch gewundert. Nein, aber habe sie, Lilan, nicht einen? Wie Atik denn darauf käme, natürlich nicht, oder habe er etwa einen Hund in ihrer Wohnung gesehen? Der leise Spott in Lilans Stimme war nicht zu überhören gewesen, sodass Atik sich zu übertriebenen Dementis genötigt sah. Er wisse selbst nicht, woher er diesen Unsinn habe. In einer Stunde könne er sie abholen, lenkte er schnell ab. Mit den tollsten Selbstvorwürfen legte er auf.

***

Man schrieb Montag, den 28. April. Der wetterwendische Monat winkte mit heftigen Regengüssen zum tränenreichen Abschied. Ein stürmischer Wind ließ das Wasser aus scheinbar jeder Richtung schwemmen, von links und rechts, horizontal und vertikal. Christoph Kaltenbach saß im Auto. Im Stau. Im typisch Münchner Montagmorgen-Berufsverkehr, der bei Regen noch zählebiger war als sonst, auf den Straßen zu kleben schien wie Endloskaugummi. Übellaunig beobachtete er die vergeblichen Mühen der tattrigen Scheibenwischer, des steten Prasselns Herr zu werden. Nervös trommelte er mit den Fingerspitzen auf das Lenkrad. In zehn Minuten sollte die Einvernahme der Burschenschaftler beginnen. Unmöglich, bis dahin im Büro zu sein. Christoph hasste Unpünktlichkeit, besonders die eigene. Jetzt stand er schon ewig in dieser Wagenkolonne vor einer unbarmherzigen Ampelanlage, die wie zum Hohn so schnell wieder auf Rot sprang, dass jeweils nur vier, fünf Fahrzeuge passieren konnten. Schließlich riss ihm der Geduldsfaden, der bei ihm prinzipiell sehr kurz geraten war. Er packte das Blaulicht, das griffbereit auf dem Beifahrersitz lag, kurbelte das Seitenfenster herunter und platzierte das Alarmsignal auf dem Autodach, eine mechanisierte Bewegung, die nur Sekunden in Anspruch nahm, doch genügte, um seinen linken Hemdärmel komplett zu durchnässen. Mit Blaulicht auf dem altersrostigen Volvo, der einst Krisztina gehört hatte, zwängte sich Christoph durch den dichten Verkehr.

Als er wenig später vor der Dienststelle parkte, sah er eine Abordnung junger und mittelalter Anzugträger mit aufgespannten Regenschirmen ins Gebäude eilen. Die vorderste Person war ihm bekannt. Es war Dr. Cord Fehring.

Christoph prüfte die Wetterlage. Der Regen hatte nicht nachgelassen, im Gegenteil. Schwerschwangere Wolken kalbten ihre nasse Brut aus, vom Wind als stürmischem Geburtshelfer zur Massenniederkunft getrieben. Ein kurzer Blick auf die Rückbank genügte. Vor Wochen schon hatte er Atik seinen Regenschirm geliehen und natürlich nicht mehr zurückbekommen. Christoph zählte bis drei und rannte los. Er triefte vor Nässe, als er endlich in der Eingangshalle des LKA stand. Fluchend stieg er die Treppe zu seinem Büro hoch. Leider war Atik noch nicht da, sodass Christoph seine schlechte Laune nicht an ihm auslassen konnte. Er öffnete seinen persönlichen Schrank. Für alle Fälle bewahrte er dort einen Ersatzanzug auf. Gerade zog er sich um, da klopfte es auch schon an der Tür. Ohne eine Antwort abzuwarten, trat Sybille Hannewald ein. Sie lachte, als sie ihn in dieser misslichen Lage vorfand, mit nassem Haar und nur mit Unterhose bekleidet.

Eigentlich wollte er jetzt wütend werden, doch anstatt loszupoltern, lachte er mit. Sybilles Lachen war schlichtweg zu ansteckend, klang in seinen musisch aszendierten Ohren, als würden Silbermünzen eine Marmortreppe hinunterklimpern.

»Was ist das denn für eine Vorstellung?«, amüsierte sie sich.

»Wasser«, antwortete er knapp, als stünde er kurz vor dem Ertrinken. »Leider hat Atik meinen Schirm konfisziert, da bleibt mir nichts anderes übrig, als den nassen Pudel zu geben.« Rasch stülpte er sich ein frisches Hemd über den nackten Oberkörper. Sybilles Blick wurde ihm allmählich zu eindeutig. »Wieso bist du überhaupt hier? Ich dachte, du bist mit Vorbereitungen für deine Vorlesungen beschäftigt.«

»Kraus rief mich an. Am Sonntagmorgen um neun Uhr. So etwas wie Privatsphäre scheint er nicht zu kennen. Er wollte unbedingt, dass ich bei der Befragung heute dabei bin. Ich soll im stillen Kämmerlein sitzen und die Reaktionen der Korpsstudenten analysieren.«

Sie sah Christoph zu, wie er sich weiter anzog, ohne sich ihrer Ungeniertheit bewusst zu werden. Der Mann war einfach zu schön, als dass sie diskret den Blick wenden konnte. Für seine vierundvierzig Jahre machte er immer noch eine blendende Figur, dezent bemuskelt und kein Gramm Fett.

»Wo bleibt dein Freund denn?«, lenkte sie ab, als sie die Irritation auf Christophs Gesicht erkannte.

»Wahrscheinlich steht er im Stau, wie ich vorhin. Doch egal, wir fangen ohne ihn an.«

Er rubbelte sich den Haarschopf trocken, die Deckung des Handtuches nutzend, um nun seinerseits das Gegenüber zu taxieren. Statt des üblichen Hosenanzuges trug Sybille heute ein schickes Kostüm, das ihre Figur vorteilhaft betonte. Christoph suchte nach den ihr eigenen äußerlichen Nachlässigkeiten, fand jedoch nichts. Beobachtern vermittelte sie oft das Bild, sie befände sich gerade in hektischem Aufbruch oder sei beim Anziehen unterbrochen worden, so oft, wie sie ein Detail vergaß, ob dies nun ein fehlender Ohrring war oder ob ein, zwei Fingernägel keinen Lack abbekommen hatten.

»Stimmt etwas nicht?«, erkundigte sie sich, Christophs forschenden Blick wohl bemerkend.

»Nein.« Christoph lächelte. »Du siehst nur besonders hübsch

aus heute. Das ist alles.« Sanft berührte er sie an der Schulter, eine bei ihm seltene Geste. »Lass uns gehen. Wir wollen die Herren Burschenschaftler doch nicht warten lassen.«

Kaltenbach hatte die Vernehmung im großen Verhörzimmer des LKA angesetzt, ein nüchterner, fensterloser Raum vom Charme einer Stasibehörde in der ehemaligen DDR. Sie suchten zuerst die angrenzende Räumlichkeit auf, in der sich bereits Oberstaatsanwältin Anette Schwalb und Kriminalrat Korbinian Kraus eingefunden hatten. Nach kurzer Begrüßung wies Kraus auf das breite Fenster, das dank einer Spezialbeschichtung nur einseitig transparent war, jedoch blind und blickdicht für die im Verhörraum Sitzenden.

»Schaut sie euch an, die Herrensöhne«, sagte Kraus mit unverhohlener Abneigung in der Stimme, »jeder für sich ein Prachtexemplar.«

Christoph musterte die Männer. Sie waren zu sechst. Offenbar hatte jeder Korpsstudent seinen Anwalt mitgebracht, ein für den Kommissar untrügliches Zeichen, dass die Burschenschaftler in Alarmbereitschaft waren. Rechts außen saß Fehring und redete pausenlos auf einen jungen, geschniegelten Kerl ein, der scheinbar gleichgültig zuhörte.

»Das ist Paul Rohloff«, erklärte Kraus. »Es folgt Dr. Steffen Sartorius von der Großkanzlei Imhoff, Sartorius und Partner mit seinem Mandanten Hendrik von Dehlen. Der Dicke da ist Boris Hörhammer mit Anwalt Bernhard Pointner. Dr. Fehring kennen Sie ja bereits. Die haben die große Besetzung aufgefahren, was nicht anders zu erwarten war. Jetzt sind Sie dran, Christoph. Wo ist eigentlich –«

In dem Moment wurde die Tür aufgerissen, und Atik Alkay erschien.

»Tut mir leid wegen der Verspätung«, entschuldigte er sich. »Ein furchtbarer Verkehr war das heute. Wie ich sehe, sind schon alle da.«

Christoph packte ihn am Arm. »Schon gut. Fangen wir gleich an.« Er schob Atik nach draußen. »Auf in den Kampf, Kollege!«

Sie betraten den Verhörraum. Eisige Stimmung schlug ihnen

entgegen. Christoph hielt sich nicht lange mit Höflichkeitsfloskeln auf. Entschieden komplimentierte er vier der Anwesenden hinaus und hieß Fehring und Rohloff sitzen zu bleiben. Den wohl unangenehmsten Part der Vernehmung wollte er als Erstes hinter sich bringen. Wie so oft begannen die Kommissare das Verhör mit Schweigen.

Christoph würdigte Fehring keines Blickes, sondern saugte sich regelrecht an Paul Rohloff fest. Seine Haltung drückte die Art selbstgefälliger Überheblichkeit aus, wie sie manchem seines Standes anerzogen war. Christoph kannte solches Gehabe zur Genüge, war er doch in vergleichbaren Verhältnissen aufgewachsen. Auffallend waren Rohloffs Augen. Sie waren von einem intensiven Blau, doch unterschiedlicher Tönung; das linke besaß das synthetische Azur eines Schwimmbeckens, das rechte, eine Nuance heller, schimmerte kalt wie Gletschereis. Der Mund war zu einem schmalen Strich gezogen, dem ab und an ein spöttisches Grinsen entfloh. Die Arme hatte Rohloff fest vor der Brust verschränkt. Er wirkte abweisend, jeden Blick abstoßend, als sei er mit Schildpatt imprägniert.

»Wollen die Herren Kommissare nicht langsam mit der Befragung beginnen?« In theatralischer Geste holte Fehring weit aus, um auf seine Armbanduhr zu schauen. »Wir warten schon über eine Viertelstunde. Sie mögen ja Zeit haben, mein Mandant und meine Wenigkeit haben jedoch noch etwas anderes zu tun, als hier herumzusitzen.«

Kalt lächelnd wandte sich Christoph dem Anwalt zu. »Das müssen Sie schon uns überlassen, wann wir mit der Einvernahme anfangen, Herr Dr. Fehring. Und wenn ich Sie berichtigen darf: Das hier wird keine bloße Befragung. Das ist ein Verhör. Schließlich hat sich Ihr Mandant einiges zuschulden kommen lassen. Ich sage nur uneidliche Falschaussage, bewusste Behinderung polizeilicher Ermittlung, eventuell unerlaubter Besitz von Kriegswaffen bis zur möglichen Mitwisserschaft in mindestens einem Mordfall. Da kommt ordentlich was zusammen.«

Fehrings empörten Protest schmetterte Christoph kühl ab. »Schweigen Sie. Wir ermitteln in einer der furchtbarsten Mordserien, die in München je passiert ist. Verlassen Sie sich darauf, früher oder später werden wir herausfinden, inwieweit Herr Rohloff darin verwickelt ist. Vielleicht ist Ihr Klient ja so gütig und trägt jetzt endlich zur Aufklärung bei. Also, Herr Rohloff! Was haben Sie uns mitzuteilen?«

Der Angesprochene suchte Fehrings Blick, der ihm nur kurz zunickte. Unruhig rutschte der junge Mann auf seinem Stuhl hin und her. Allmählich schien ihm zu dämmern, dass ihm seines Vaters Macht und Einfluss im Moment nichts nutzten. Mit den Kommissaren war offensichtlich nicht zu spaßen. Er senkte den Kopf, wie um in sich zu gehen. Und wählte die Büßervariante.

»Es tut mir leid«, sagte er. »Ich wusste nicht, was mit Ammann los war. Von seiner rechtsextremen Einstellung hatte ich keine Ahnung, ich schwöre es. Da hat er nie was durchsickern lassen. Für uns in der Centuria war er einfach nur der nette Hausmeister, ein Kumpeltyp. Er war ja in unserem Alter, daher verstand man sich. Dass er Leute umgebracht hat, davon wusste ich selbstverständlich nichts, das müssen Sie mir glauben. Bei der polizeilichen Vernehmung wegen des Alibis war ja auch keine Rede von Mord gewesen. Ammann hat uns eine ganz andere Story aufgetischt. Er hätte seine Freundin mit irgend so einem Kerl im Bett erwischt und dem im Affekt ein paar versetzt. Und wir haben ihm das abgekauft, weil wir ihn für einen sonst anständigen Burschen gehalten haben. Wenn ich auch nur geahnt hätte, was wirklich passiert ist, nie und nimmer hätte ich den gedeckt.«

»Soso. Nie und nimmer hätten Sie Ammann gedeckt. Interessant.« Atik lehnte sich in seinem Stuhl zurück und maß Rohloff von oben bis unten. »Und warum haben Sie sich nicht von sich aus gemeldet, als Sie von dem Mord hörten, der zur selben Stunde begangen wurde, für die Ammann Sie um ein Alibi bat? Spätestens da muss Ihnen doch ein Licht aufgegangen sein! Oder ist es in Ihrem Oberstübchen stockduster?«

Fehring begehrte auf. »Ich verwahre mich nochmals in aller Form dagegen, dass Sie meinen Mandanten der Mitwisserschaft verdächtigen.« Und leiser, mit zynischem Unterton, fügte er hinzu: »Dass Sie persönlich betroffen sind, Herr Alkay, ist natürlich von besonderer Tragik. Der Tod Ihres Onkels muss Sie sehr getroffen haben, da verliert man schon mal das rechte Maß.«

»Das tut hier nichts zur Sache«, sagte Atik barsch. »Es geht um eine ganze Serie von Morden, und Ihr Klient steckt mittendrin. Oder wollen Sie uns ernsthaft weismachen, Herr Rohloff, Sie hätten nichts von der Dachkammer gewusst, in der Aaron Ammann hauste? Von all dem widerwärtigen Nazidreck, den verbotenen Emblemen, die er dort anscheinend wie Reliquien verehrt hat, wie Heiligenbildchen, oder wie sonst würden Sie ein hübsch gerahmtes Foto von Adolf Hitler bezeichnen, dem schlimmsten und gleichzeitig feigsten Massenmörder der Geschichte?«

Kaltenbach ließ Rohloff nicht aus den Augen, während Atik seine Provokationen ausstieß. Der Student hatte sich erstaunlich gut unter Kontrolle. Nur ein Mal entglitt ihm kurz die Contenance, als Atik Hitler einen feigen Massenmörder nannte. Da zuckte es um seine fest aufeinandergepressten Lippen.

»Sie haben recht, Herr Kommissar«, erwiderte Rohloff indes. »Das ist unverzeihlich. Natürlich wusste ich, dass Ammann hin und wieder in der Centuria übernachtet hat, nur war ich nie in dieser ominösen Dachkammer, das müssen Sie mir glauben. Wozu auch? Unsere Räume sind in den unteren Etagen. Seine Waffen muss er irgendwann mal in den Keller zum Schießstand gebracht haben, ich jedenfalls habe so Zeug nie gesehen. Und das mit dem Alibi: Das war sozusagen ein Freundschaftsdienst unter Kameraden. Aaron hat mir einmal von der strengen Erziehung durch seinen Vater erzählt, was er in dieser komischen Sekte alles hat durchmachen müssen. Er tat mir leid, verstehen Sie? Dass er in der Centuria überhaupt arbeiten durfte, basierte auf Idealismus, dem wir uns in unseren Vereinsstatuten verpflichten. Dass er unser Vertrauen jedoch so missbraucht hat, dafür kann ich am allerwenigsten. Von Ammanns rechtsradikaler Gesinnung jedenfalls distanziere ich mich in aller Entschiedenheit.«

Der letzte Satz klang gestelzt, fand Christoph. Junge Leute bedienten sich einer anderen Sprache. Garantiert hatte er solche Phrasen auswendig gelernt. Und die hohle Phrase »Das müssen Sie mir glauben«: Wie oft schon hatte er die von Verdächtigen gehört, die ihre Lügen solcherart als Wahrheit verkaufen wollten.

Atik aber kam langsam in Fahrt. »Ein Freundschaftsdienst unter Kameraden«, höhnte er. »Unter braunen Kameraden, wollten Sie wohl sagen. Sie hatten die politische Färbung vergessen, die euch in eurer Burschenschaft verbindet.«

»Jetzt reicht es!«, rief Fehring. »Ich protestiere, wie Sie meinen Mandanten hier behandeln. Das sind nichts als böswillige Unterstellungen. Für eine angebliche Mitwisserschaft haben Sie keinen einzigen Beweis. Ich werde mich bei Ihrem Vorgesetzten über Sie beschweren.«

»Tun Sie das«, gab Atik zurück. »Am besten, Sie beschweren sich gleich beim Innenminister, der ist nämlich unser oberster Dienstherr. Aber es wird Ihnen nichts helfen. Und wissen Sie was?« Atik machte sich breit und rückte mit seinem Gesicht ganz nahe an Fehring und Rohloff heran. »Ich werde euch jagen.« Er sprach leise, doch sein Tonfall verhieß nichts Gutes. »Ich werde euch jagen, bis ich euer ganzes faschistisches Geschmeiß zur Strecke gebracht habe. Keine ruhige Minute werdet ihr mehr in eurem beschissenen Leben haben, und wenn es das Letzte ist, was ich als Polizeibeamter tun werde.«

Fehring reagierte mit satyrhaftem Grinsen. »Das wird Ihnen noch leidtun, Alkay. Sehr leid. Mehr sage ich nicht. Man will sich ja nicht auf Ihr Niveau begeben.«

Christoph hatte sich währenddessen in die Rolle des stillen Beobachters zurückgezogen. Zentimeterweise tastete sein Blick Rohloffs Gesicht ab. Registrierte, wie sehr er sich um den Part des Saubermannes mühte. Doch er log mit jedem Wort, davon war Christoph überzeugt. Alles, was er von sich gab, schien einstudiert, wahrscheinlich von Fehring oder seinem Vater indoktriniert. Atik hatte recht. Man musste das Pack provozieren, die Kerle herauslocken aus den Verschlägen ihrer herrenrassigen Hoffart. Was da vor ihnen so nett aufgeputzt saß, war die toxisch braune Geburt einer inhumanen Ideologie. Und sie als Gesetzeshüter hatten die verdammte Pflicht, sie zur Totgeburt werden zu lassen.

Rohloffs Aussage wurde zu Protokoll genommen und das

Verhör mit der Einvernahme Hendrik von Dehlens fortgesetzt. Christoph erinnerte sich vage an die Familie des jungen Mannes. Das alte Adelsgeschlecht hatte sich, anders als die Rohloffs und Runes, nie mit Rüstungsgütern beschäftigt. Ihr beträchtliches Vermögen hatten sich die von Dehlens bereits im 18. Jahrhundert mit dem Handel von Salz, später mit Erdöl erworben. Jetzt lebten sie in der Hauptsache von ihrem Erbe, zahlreichen Immobilien in bester Lage.

Obwohl Hendrik bescheidener als sein Freund auftrat, konnte auch er nicht verbergen, dass er die »Veranstaltung«, wie er das Verhör bezeichnete, nicht ganz ernst nahm. In der Sache ließ er sich in fast identischem Wortlaut wie Rohloff aus. Distanz gelang ihm bereits dadurch, dass er von sich nur in der dritten Person sprach. Natürlich sei »man« entsetzt darüber, wie dieser Aaron Ammann die Hilfsbereitschaft der Centuria missbraucht habe. Nicht die leiseste Ahnung habe »man« von dessen schrecklichen Verbrechen gehabt, sonst hätte »man« selbstverständlich sofort die Behörden alarmiert. Es sei zwar richtig, dass »man« die Dachkammer Ammann überlassen habe, damit er dort hin und wieder übernachten konnte, wenn es einmal wieder spät geworden sei. Keinesfalls jedoch, damit dieser Schurke dort seinen, wie Hendrik es ausdrückte, »Nazi-Krimskrams« horte. Niemals habe »man« diese Kammer betreten, im Nachhinein ein zugegebenermaßen fataler Fehler. Aber wer hätte denn an so etwas je gedacht? Und überhaupt sei in der Centuria zu keinem Zeitpunkt Platz für Verfassungsfeinde gewesen. Und so weiter und so fort.

Ein insgesamt geschmeidiger Auftritt von Dehlens, den sein Anwalt wohlwollend begleitete.

Nachdem der Burschenschaftler seine Aussage unterschrieben hatte, versuchte sich sein Anwalt noch an persönlicher Nähe zu den Kommissaren. Sartorius war in der Stadt kein Unbekannter. Er war Sozius einer der größten Kanzleien in Bayern und hatte sich im Wirtschaftsstrafrecht einen Namen gemacht. Sein Vater war Staatssekretär des Inneren gewesen, der Vor-Vorgänger des aktuell bestallten Dr. Ferdinand Gruber. Eine Familie also mit besten Beziehungen, was Sartorius in der

Folge nicht hinderte, sich, wie Atik später hämisch bemerkte, bei Christoph regelrecht »einzuschleimen«. Als Liebhaber der klassischen Musik, so der Anwalt, wisse er natürlich, dass der Herr Kommissar der Sohn des legendären Carl Maria von Kaltenbach sei, den er zeitlebens und noch immer hoch verehre, diesen wunderbaren Menschen und unerreichten Dirigenten. Einen wie ihn würde es nie wieder geben, umschmeichelte Sartorius den leicht irritierten Christoph. Ob er denn Kenntnis habe, dass beider Väter befreundet gewesen seien? In denselben Kreisen sei man verkehrt, bei den Rotariern, im Stiftungsrat der Münchner Oper, der Musikakademie natürlich, sogar im gleichen Golfclub habe man gespielt.

Nein, Christoph konnte sich leider nicht entsinnen. Erst als der Carl-Maria-Verehrer gegangen war, fiel ihm ein, dass sein Vater tatsächlich einmal den Namen Sartorius erwähnt hatte. Als einen widerlichen Wendehals hatte er ihn tituliert, einen Altnazi, der nach 45 zuerst bei der ziemlich weit rechts stehenden Bayernpartei eine neue politische Heimat gefunden habe und als diese immer erfolgloser agierte, rasch zur aufstrebenden CSU gewechselt sei.

Väter, ging es Christoph durch den Kopf. Väter über Väter. Überväter. Wie sehr doch seine Generation, und noch mehr die vor ihm, von den Alten belastet war. Kaum einer hatte sich von deren Einfluss freigeschwommen, er selbst einer der wenigen, der sich nicht über seine Vorfahren definierte. Das Vatersyndrom der Alteingesessenen. Er musste sich schütteln bei dem Gedanken, dass dadurch auch eine nationalistische Weltanschauung überdauern konnte. Selbst wenn der bei Weitem überwiegende Teil der alten Familien durch und durch demokratisch war, so genügten anscheinend ein paar wenige Exemplare der Ewiggestrigen, damit der braune Sumpf nicht austrocknete.

Als Schwachpunkt im Bund der Burschenschaftler erwies sich schließlich Boris Hörhammer, ein tumber Bär von offenbar geringem Verstand, der nicht so recht ins Bild vom schneidigen Korpsstudenten passen wollte. Christoph schätzte ihn als typischen Mitläufer ein, als jemanden, der die mannhafte Führung der draufgängerischen Burschenschaftler brauchte, um sein mangelndes Selbstwertgefühl mit saufseliger Kameradschaft zu kompensieren, ein ungelenker Fleischkloß, der als Kind wohl schon ein Außenseiter gewesen war.

Als Atik, der wieder den *bad cop* gab, ihn mit abfälligen Äußerungen über einen paranoiden Adolf Hitler und seine zu Kadavergehorsam abgerichteten hündischen Mitstreiter provozierte, ein Kadavergehorsam, der den fürchterlichen Völkermord der Nazis erst ermöglicht hatte, brach es unversehens aus Hörhammer heraus. Dass doch unbestritten auch einiges gut gewesen sei im Dritten Reich, man denke nur an die Dezimierung der horrenden Arbeitslosenzahlen oder den Bau der deutschen Autobahn. Dass man nach den Demütigungen des Versailler Vertrages wieder stolz sein konnte, Deutscher zu sein.

Die deutschen Autobahnen, dachte Christoph. Das Totschlagargument der Rechten. Als wenn jeder Meter von verschleppten Zwangsarbeitern gebauter Betonstreifen ein Menschenleben rechtfertige, eines von Millionen von in den Gaskammern verreckten Juden, Roma und Widerständlern gegen das Naziregime. Da hockte dieser dumme Mensch breitärschig auf seinem Stuhl und erdreistete sich, das vermeintlich Positive aus einem stinkend braunen Dreckhaufen herauszufummeln, negierend, dass auch an einem Diamanten auf immer und ewig Blut klebte, wenn er mit Blut bezahlt wurde.

Da auch Hörhammer die ihm offensichtlich eingebläuten Instruktionen seines Verteidigers mantrahaft wiederholte und im Moment nicht mehr aus ihm herauszuholen war, schlossen die Kommissare die Einvernahme für heute ab. Die Burschenschaftler durften gehen.

In interner Runde analysierten sie anschließend die Aussagen. Sie hatten sich im Büro des Kriminalrats zusammengesetzt. Von der Besetzung der Sonderkommission fehlte nur Jo Brunner, der mit Recherchen vor Ort beschäftigt war. Die Staatsanwältin bat Sybille Hannewald um ihre Meinung, was sie aus psychologischer Sicht von den Korpsstudenten halte. Sybille bestätigte weitgehend Christophs Eindruck, dass die drei sich wohl abgesprochen, ihren Auftritt regelrecht geprobt haben mussten, von der Regie ihrer Anwälte geleitet. In ihren Aussagen seien sie denn auch sattelfest gewesen. Allerdings hätten die Sticheleien des Kollegen Alkay sie schnell aus der Fassung gebracht, was auf eine eindeutige Ideologisierung schließen lasse. Nur von einer Sache absolut überzeugte, ja fanatisierte Menschen würden derart reagieren. Ihrer Ansicht nach seien das samt und sonders stramme Neonazis. Sie sei sich sogar sicher, dass die Kerle gelogen hätten. In Mimik und Gestus spräche alles dafür.

Aaron Ammann sei wahrscheinlich nur ein willfähriges, wenn auch unkontrollierbares Werkzeug gewesen, der in höherem Auftrag gehandelt habe. Die Frage sei nur, wer in realitas dahintersteckte. Die drei Studenten halte sie nicht für fähig, solcherlei Morde zu befehlen, dazu seien sie zu angepasst, zu kommod. Die schwämmen nur mit im braunen Gewässer. Vielleicht seien es die Väter gewesen, unter deren stringentem Einfluss zumindest von Dehlen und Rohloff zu stehen schienen. Die Väterrolle sei noch nicht in Betracht gezogen worden. Möglicherweise könnte im Rahmen weiterer Ermittlungen eine konspirative Kooperation zwischen ihnen und den Opfern des Scharfschützen nachzuweisen sein. Da Knauss-Haecker und Rune leider tot seien, bliebe vor allem Peter Paul Rohloff als mutmaßliche Schlüsselfigur.

»Apropos Rohloff«, mischte sich der Kriminalrat ein, »wann wird der Mann eigentlich vernommen? Und ist er über die akute Gefährdung unterrichtet worden?«

»Wir haben heute um fünfzehn Uhr einen Termin auf Schloss Seefurth«, berichtete Christoph. »Und natürlich ist er über die Gefahr informiert worden. Wir haben einen Streifenwagen zu seinem vorläufigen Schutz geordert. Rohloff hat die Beamten aber weggeschickt. Er muss ziemlich aufgebracht gewesen sein. Angeblich hat er nichts zu befürchten. Weder sei er bedroht worden, noch gebe es einen Anlass, sich Sorgen zu machen. Dass es ein Scharfschütze auf ihn abgesehen haben soll, hat er als Hirngespinst abgetan. Was sollen wir machen? Wir können den Mann nicht zu seinem Glück zwingen.«

»Soll das heißen, niemand passt auf Rohloff auf?« Kraus wirkte ungehalten. »Herrschaften! Das ist höchst fahrlässig. Wenn am

Ende doch etwas passiert, tragen wir hier die Verantwortung.« Er schüttelte indigniert den Kopf. »Nein, so funktioniert das nicht. Schloss Seefurth wird ab sofort rund um die Uhr in Mannschaftsstärke bewacht, meinetwegen so, dass Rohloff nichts mitkriegt. Wir können den Mann doch nicht einfach seinem Schicksal überlassen. Außerdem ist er unser möglicherweise letzter Zeuge für eine etwaige politische Verschwörung. Vielleicht schnappen wir sogar noch den Scharfschützen dabei, wie er auf Rohloff lauert.«

»Ich halte das für kontraproduktiv«, wandte Christoph ein. »Erstens will Rohloff das nicht, und ohne sein Plazet dürfen wir seinen Grund und Boden gar nicht betreten. Zweitens ist das Gelände viel zu weitläufig und unübersichtlich. Da wäre schon eine Hundertschaft erforderlich, um Rohloff wirksam abzuschirmen, aber so ein Aufgebot schreckt den Sniper wiederum ab, der sich hüten wird, dort aufzukreuzen, wenn es von Polizei nur so wimmelt.«

»Außerdem«, sprang Atik bei, »hat die Waffe, die der Scharfschütze verwendet, eine Reichweite von fast zweitausend Metern, kaum zu glauben, ist aber so. Das macht einen effektiven Personenschutz unmöglich. Und ich sage Ihnen eins, Herr Kriminalrat: Wenn der Sniper Rohloff tatsächlich töten will, dann schafft er das auch. Niemand auf der Welt ist vor solchen zu allem entschlossenen und hoch spezialisierten Killern sicher, kein amerikanischer Präsident und nicht einmal der Staatschef von Nordkorea. Vor den heutigen weittragenden Präzisionswaffen kann man niemanden schützen. Jeder ist ein potenzielles Ziel, selbst wir als Polizisten.«

»Wollen Sie damit ausdrücken«, fragte die Oberstaatsanwältin, »dass der Scharfschütze es auch auf uns abgesehen haben könnte?«

Atik merkte, dass ihm im Eifer beinahe etwas herausgerutscht wäre, das er eigentlich für sich behalten wollte. Dass Christoph dem Mann begegnet war, sollte ja vorerst geheim bleiben.

»Nicht zwingend«, sagte er. »Aber keiner weiß, was der Kerl noch alles im Schilde führt. Wenn ihm einer bei seinen Mordplänen in die Quere kommt, könnte es problematisch werden. Auf jeden Fall sollten wir alle, die wir hier sitzen, äußerst vorsichtig sein.«

Das betretene Schweigen wurde durch ein lautes Klopfen jäh unterbrochen. Auf Krausens »Herein« lugte Markus Besold durch den Türspalt.

»Entschuldigung«, sagte er, »wir wären fertig mit der Überprüfung der Rechner und Telefone. Können wir?«

»Nur zu, Herr Kollege«, ermunterte ihn Kraus. »Ich hoffe, Sie haben gute Nachrichten?«

»Wie man es nimmt, Herr Kriminalrat. Gut für die KTU, weil wir fündig geworden sind …«

»Mit anderen Worten«, warf Atik ein, »schlecht für uns.«

»So ist es«, bestätigte Besold und fasste die Ergebnisse der Untersuchung zusammen. Die Computerspezialisten hatten in freiwilliger Wochenendarbeit mit dem Rechner des Kriminalrates begonnen und die Spyware, die alle Programme und Vorgänge auf dem PC ausspionierte, schließlich entschlüsselt. Dasselbe Resultat habe die Prüfung der weiteren Rechner ergeben. Die Schnüffelsoftware sei von einer IP-Adresse in Indonesien einprogrammiert worden. Wer hinter dem Angriff stünde, sei jedoch schwierig herauszufinden, da die Hacker erfahrungsgemäß ständig die IP-Adresse wechselten und somit kaum zu lokalisieren seien. Er empfehle, die Computer weiterzubenutzen, um keinen Argwohn bei denen zu wecken, die aus welchen Gründen auch immer die SOKO bespitzelten. Nur sollten auf den bisherigen Rechnern keine für die Ermittlungen essenziellen Informationen mehr ausgetauscht werden. Um absolut sicherzugehen, sollte man gleich neue Hardware anschaffen, die Software und die Antivirenprogramme würden dann von seinen Spezialisten installiert, und zwar zu hundert Prozent abgeschirmt, mit externem Server.

Die Telefone und Mobilgeräte, die sie bisher überprüft hätten, seien dagegen sauber. Noch. Allerdings gebe es inzwischen Methoden der Überwachung, die nur schwer nachzuweisen seien. Wenn man seinen Rat befolge, sollten auch neue Handys bereitgestellt werden, über die dann der wichtige Telekommunikationsverkehr laufen solle.

»Wir bleiben selbstverständlich weiter am Ball«, schloss Besold, »checken die Festnetzleitungen und die alten PCs. Nur so können wir den Hackern überhaupt auf die Schliche kommen. Wenn sie glauben, dass wir nichts merken, werden sie unvorsichtig. Und dann kriegen wir sie.«

»Was meinen Sie, Herr Kollege?«, fragte Kraus. »Wer ist das, der so unverfroren unser System knackt?«

»Das müssen schon Sie herausfinden, Herr Kriminalrat. Sie sind die Ermittler, wir nur die Techniker. Ich schätze aber, es sind die üblichen Verdächtigen, die Burschen der gewissen Dienste. Wer sonst sollte Interesse daran haben, euch auszuspionieren? Für den Scharfschützen ist das Ganze eine Nummer zu groß, es sei denn, auch hinter dem steht eine mächtige Organisation. Natürlich kommen auch Rechtsextreme in Frage, vorausgesetzt, die verfügen über so große Rechnerkapazitäten, um die LKA-Sicherheitsprogramme zu knacken. Möglich ist alles.«

»Aber das ist doch illegal«, empörte sich Myriam Prechtl. »Allein die Vorstellung, dass der Geheimdienst uns bespitzelt, ist schon absurd. Die können doch nicht einfach hergehen und –«

»Und ob die das können«, unterbrach die Oberstaatsanwältin. »Bei den Geheimdiensten spielt die Gesetzlichkeit ihres Handelns eine sekundäre Rolle. Im Wirrwarr der internationalen Spionage kommt man mit legalen Methoden meist nicht weit. Wenn es wirklich der Verfassungsschutz sein sollte, der uns bespitzelt, und davon müssen wir aufgrund der Beschattung der Kollegen Alkay und Kaltenbach wohl ausgehen, will der sozusagen auf kleinem Dienstweg, ohne dass er auf unsere Kooperation angewiesen ist, wissen, wo wir mit unseren Ermittlungen stehen. Und warum will man das?«

Anette Schwalb blickte in die Runde und lieferte die Antwort gleich nach. »Weil wir mit hoher Wahrscheinlichkeit einer verfassungsfeindlichen Gruppierung auf die Spur gekommen sind, wenn auch mehr durch Zufall. Rechtsextremismus aber fällt klar in die Zuständigkeit des Verfassungsschutzes. Möglich also, dass man uns die Drecksarbeit verrichten lässt, ein bisschen im Trüben fischen, um letztlich die Zügel selbst in die Hand zu nehmen. Zu tief jedenfalls wird man uns nicht graben lassen.«

»Glauben Sie, die werden uns in unserer Arbeit behindern?«, erkundigte sich Atik. »Immerhin geht es ja auch um mehrfachen Mord, und das ist nun mal unser Metier.«

»Wenn es in ihrem Interesse liegt, werden sie das tun. Die Frage ist nur …« Anette Schwalb legte eine Kunstpause ein, damit ein jeder sich bewusst werde, wie schwerwiegend ihre Schlussfolgerung war. »Die Frage ist nur, inwieweit bestimmte Kreise innerhalb des Verfassungsschutzes nicht selbst in rechtsextreme Aktivitäten verwickelt sind.«

Der potemkinsche Fassadenkünstler

Die Wolken, die bis in die Mittagsstunden den Horizont bedeckt hatten, waren mit einem Male weggezogen, als hätte ein Kulissenschieber einen Theatervorhang gelüftet. Die Sonne schien, die Vögel zwitscherten, und die Natur explodierte in frühjahrsbuntem Farbenrausch. Punkt fünfzehn Uhr hielt Christoph den Dienstwagen vor den schmiedeeisernen Toren von Schloss Seefurth an.

»Schöner geht es nicht mehr«, schwärmte Atik und wies auf die herrliche Landschaft. »Berge, Seen, Wälder, wie im Paradies.«

»Wenn nur der Sniper nicht wäre«, bemerkte Christoph trocken.

»Denkst du, der treibt sich immer noch hier herum? Das wäre ziemlich dreist.«

»Der ist hier. Irgendwo da draußen lauert er auf seine Chance. Und früher oder später wird er sie auch bekommen, es sei denn, wir kriegen ihn vorher.«

»Er wäre der Erste, den wir nicht fassen«, sagte Atik.

»Wir oder die Gegenseite«, mutmaßte Christoph. »Kann sogar gut sein, dass er uns in dem Moment beobachtet.«

Unwillkürlich zog Atik den Kopf ein und drehte seinen Kopf nach allen Richtungen.

»Keine Angst.« Christoph lachte. »Das war nur Spaß. Außerdem bin ich mir fast sicher, dass er nicht uns im Visier hat. Wenn es denn so wäre, hätte er uns schon längst mit einem gezielten Schuss erledigt. Das ist ein ganz ausgekochter Bursche.«

Atik wollte gerade aussteigen, zum Eingang gehen und die Klingel betätigen, als sich das Tor automatisch öffnete.

»Wir werden bereits erwartet«, kommentierte Christoph.

»Wie man sieht«, gab Atik zurück. »Auf den alten Rohloff bin ich echt gespannt. Ob das auch so ein arrogantes Arschloch wie sein Herr Sohn ist?«

Sie wurden von einem hünenhaften Mann empfangen, der sich als Michael Mathis vorstellte, der Privatsekretär von Peter Paul Rohloff, wobei er seinen Berufstitel besonders betonte, als handele es sich um eine spezielle Auszeichnung. Bei den Kommissaren erweckte er allerdings eher den Eindruck eines mannscharfen Leibwächters denn eines kraftlosen Schreiberlings.

Im Namen des Hausherrn hieß Mathis sie herzlich willkommen und bat sie ins Haus. Das Innere des Gebäudes erwies sich als nicht weniger beeindruckend als die repräsentative Fassade. Eine breite Treppe aus erlesenem Naturstein führte in die Eingangshalle, einen prächtigen Saal von bestimmt sechs Metern Raumhöhe. In einem gewaltigen offenen Kamin brannte ein knisterndes Feuer. Der Fußboden aus verschiedenfarbigen Marmorintarsien wirkte so kostbar, dass Atik beinahe die Schuhe ausgezogen hätte. Die herrschaftliche Atmosphäre lud die Beamten zum Flüstern ein, als bewegten sie sich in der sakrosankten Stille einer Kirche.

Mathis geleitete sie in einen holzgetäfelten Raum mit großem Konferenztisch, offenbar das Besprechungszimmer. In vollendeter Höflichkeit fragte er, ob er den Herren eine kleine Erfrischung anbieten dürfe. Sie baten um eine Tasse Kaffee. Der Sekretär entschuldigte sich für einen Augenblick. Er wolle Herrn Rohloff Bescheid geben, dass der Besuch ihn erwarte. Ein Dienstmädchen mit weißer Kittelschürze und Häubchen auf dem Kopf kam herein und brachte Kaffee und Gebäck.

»Wahnsinn«, entfuhr es Atik, als sie allein waren. »Ich komme mir vor wie im 19. Jahrhundert.« Er nahm seine Tasse und stellte sich vor die raumhohe Fensterfront, die nach Süden wies und einen traumhaften Blick auf die pittoresken Hügel des Voralpenlandes und das sich dahinter türmende Karwendelgebirge freigab. »Diese Aussicht! So müsste man wohnen. Ihr Adeligen habt schon gewusst, wo ihr eure Schlösser und Burgen hinbaut.«

Christoph gesellte sich zu ihm. »Wirklich schön«, sagte er, »aber trotzdem nur ein Fake. Das ist alles nur Show, Atik. Das Schloss ist nicht so alt, wie du denkst. Es wurde erst um 1910 errichtet. Der spätbarocke Stil ist nur nachempfunden, ein potemkinsches Gebäude, wenn du so willst. Und die Mauern …« Er klopfte dagegen. »… die sind aus Beton.«

»Beton?«, fragte Atik ungläubig.

»Das war damals der letzte Schrei«, erklärte Christoph. »Beton kam gerade als Zukunftsbaumaterial in Mode. Letztlich ist hier nichts authentisch. Ein Betonbunker ist das, der auf Barockschloss macht.«

»Und wenn schon. Imposant ist es auf alle Fälle.« Atik zog sein Smartphone aus der Sakkotasche.

»Hier ist kein Empfang«, meinte Christoph. »Ich sagte doch: Betonbunker. Der schirmt alles ab. Kein Wunder, dass der militärische Abschirmdienst hier mal zu Hause war.«

»Der MAD?«

»Genau der. Das Schloss hat eine zweifelhafte Historie. Nach dem Zweiten Weltkrieg wurde der damalige Besitzer von den Amerikanern enteignet, weil er als NS-Politiker ein wenig zu treu dem Naziregime gedient hatte und seinerseits die eigentlichen Erbauer und Eigentümer, eine jüdische Familie, enteignen ließ. Das Schloss wurde konfisziert und der US-Geheimdienst einquartiert. Später fiel es dem Freistaat Bayern zu, der es dem MAD zur Nutzung überließ, bevor es privatisiert und an die Familie Rohloff verkauft wurde. Hinter diesen dicken Mauern mag also einiges ausbaldowert worden sein, von dem wir besser nichts wissen wollen. Ich für meinen Teil möchte hier jedenfalls nicht wohnen.«

Atik schluckte. »Schade. Aber offensichtlich ist vieles auf der Welt nur schnöder Schein.«

»Und dahinter verbirgt sich das Böse«, resümierte Christoph. »Wir werden es gleich leibhaftig erleben.«

Wie auf Kommando wurde die Tür geöffnet, und Mathis' massive Gestalt erschien, gefolgt von einem distinguierten Herrn undefinierbaren Alters.

»Wenn man vom Teufel spricht«, raunte Atik seinem Freund zu.

Das vermeintlich personifizierte Böse aber überraschte. Sosehr sich die Kommissare auch innerlich dagegen sträubten, sie konnten sich eines positiven Eindrucks nicht erwehren. Peter Paul Rohloff war schlichtweg sympathisch. Dass er auf die siebzig zuging, sah man ihm nicht an. Abgesehen davon, dass er das linke Bein nachzog, schien er in blendender Verfassung, strahlte eine geradezu jugendliche Aura aus. Braun gebrannt, mit vollem Haar und strahlend weißem Lächeln begrüßte er die Kommissare, als wären sie gute Bekannte. Nach der feindseligen Haltung der Burschenschaftler und zwei ihrer Anwälte hatten sie mit einer solchen Charmeoffensive nicht gerechnet. Sie hatten einen überheblichen, machthungrigen Menschen erwartet und, wenn sie ehrlich waren, einen verstockten Altnazi. Stattdessen begegnete ihnen ein liebenswürdiger Herr von gelassener Weltgewandtheit, der so gar nicht in das Schema eines politischen Fanatikers passen wollte. Rohloff erwies sich als zuvorkommend und kommunikativ.

Ja, von den abscheulichen Mordtaten des Aaron Ammann habe er gehört. Was diesen Menschen wohl umgetrieben haben musste? Einfach furchtbar. Die armen Opfer. Die armen Hinterbliebenen. Er habe bereits mit seinen politischen Freunden der regierenden Staatspartei gesprochen, unter anderem mit Dr. Gruber, dem Staatssekretär im Innenministerium. Ob man nicht schnelle, unbürokratische Hilfe für die Familien der Opfer leisten könne, in sowohl monetärer als auch sozialer Hinsicht.

Atik Alkay bat er aufrichtig um Verzeihung für das, was ein Mann aus dem Gastland Deutschland einem ehrsamen Migranten und Mitbürger wie seinem Onkel angetan hatte. Denn in solch einem Fall seien sie alle gefragt, jeder Deutsche trage doch Verantwortung, wenn aus xenophoben Motiven heraus Menschen umgebracht würden. Man müsse sich da auf die eigene Brust klopfen und fragen, warum in einem demokratischen Staat so etwas Entsetzliches überhaupt geschehen konnte, dass junge Leute um ihrer pervertierten Ideologie willen Unschuldige töteten. Schlimm, einfach schlimm. Er bedauere dies von ganzem Herzen.

Und sein Sohn, ja. Der mache ihm Sorgen. Sein einziges Kind. Aber doch *sein* Kind. Diese dumme Geschichte mit dem falschen Alibi. Wie hatte der Paul nur so naiv sein können? Es falle ihm schwer, seinem Filius das zu verzeihen. Dennoch glaube er nicht, dass Paul etwas von Ammanns rechtsextremer Ausrichtung gewusst habe, geschweige denn von dessen Verbrechen. Nein. Niemals. Der Paul sei zwar ein vorlauter Bursche, der öfter mal über die Stränge schlage, aber ein Neonazi? Das liege außerhalb jeder Vorstellung. Natürlich gebe es, soweit ihm bekannt, auch in der Burschenschaft welche, die nach rechts tendierten. Eine schlagende Verbindung wie die Centuria sei im Grunde nichts anderes als ein Spektrum der Gesellschaft, da tummelten sich alle möglichen Ansichten von links bis rechts. Möglich, dass der eine oder andere anfällig sei für nationalistisches Gedankengut, doch spiegele eine Einzelmeinung nicht das gesamte Bild. Und man könne den jungen Leuten ihre politischen Neigungen leider nicht vorschreiben.

»Was sagen Sie dazu, dass Aaron Ammann sich bis vor die Tore Ihres Schlosses geflüchtet hat? Kannten Sie ihn?«

Rohloffs Redefluss zu unterbrechen war ein schwieriges Unterfangen, doch schließlich war es Atik gelungen, seine Frage zu platzieren.

»Vom Sehen, ja. Und von einigen Zufallsbegegnungen in der Centuria. Ich muss gestehen, dass ich durchaus angetan von ihm war. Meine Perzeption war absolut positiv, so bescheiden und respektvoll, wie er sich gab.« Rohloff seufzte. »So kann man sich in den Menschen täuschen, nicht wahr? Aber wie auch immer: Ich kann mir schon denken, was er hier wollte. Wie ich es allen Leuten, die mit der Centuria zu tun haben, gegenüber pflege, habe ich auch ihm angeboten, er dürfe sich gerne an mich persönlich wenden, sollte er einmal in Schwierigkeiten stecken. Dass es aber solcherlei Schwierigkeiten sein würden, wer hätte das vermutet? Da kann ich am Ende noch froh sein, dass es ihm nicht gelang, bis zu mir vorzudringen, so hart das auch klingen mag. Ein Serienmörder in meinem Haus! Welch entsetzliche Vorstellung!«

Rohloff formte die Hände zu einer stilisierten Raute, eine Geste, die augenscheinlich Kontemplation und Konzentration zugleich ausdrücken sollte und Christoph an einen Politiker erinnerte, ihm fiel nur nicht ein, an wen.

»Herr Rohloff«, ergriff er das Wort. »Dieser sogenannte Scharfschütze. Ich frage bloß der Form halber. Nach unserem Ermittlungsstand hat er neben Aaron Ammann noch zwei weitere Personen umgebracht, Karl Knauss-Haecker und Dieter Rune, beides Rüstungsfabrikanten. Auch Sie stellen in einem Ihrer Werke Waffen her. Abgesehen von den tatsächlichen Motiven des Scharfschützen: Glauben Sie sich nicht genauso in Gefahr? Haben Sie in den letzten Tagen eventuell etwas Verdächtiges wahrgenommen? Hat sich in der Umgebung des Schlosses ein Fremder aufgehalten, ein auffällig kleinwüchsiger Mann vielleicht, der einen großen Hund mit sich führte?«

»Soll so etwa der Mörder aussehen?«

»Es deutet manches darauf hin«, sagte Christoph. »Also: Sind Sie in irgendeiner Weise gefährdet? Sie können offen mit uns reden.«

Rohloff schüttelte energisch den Kopf. »Das haben mich Ihre Kollegen aus Weilheim auch schon gefragt. Ich kann mich nur wiederholen: Es gibt keinen Anlass zur Besorgnis. Ich wüsste nicht, was dieser Scharfschütze, wie Sie ihn nennen, mit mir zu schaffen hat. Die Rüstungsindustrie ist nur eines unserer Betätigungsfelder und macht innerhalb unseres Konzerns einen geringen Teil des Gesamtengagements aus. Herrn Rune kannte ich im Übrigen nicht nur en passant aus der Studentenzeit in der Centuria, sondern auch aus der Münchner Gesellschaft, wo man immer wieder mal aufeinandertrifft. Allerdings standen wir uns nicht besonders nahe, weil er politische Ansichten vertrat, die nicht die meinen waren. Im Gegensatz zu mir war Rune ein … sagen wir, ein Mann mit reaktionärer Einstellung. Wir hatten also kaum Kongruenzen, aus denen sich ein potenzielles Motiv für den Mörder herleiten ließe, mich gleichfalls zu erschießen.«

»Was ist mit Knauss-Haecker? Kannten Sie ihn?«

Rohloff runzelte die Stirn. »Ich bin ihm in der Tat ein-, zweimal begegnet. Soweit mir erinnerlich, auf einem Arbeitgeber-Kongress in Stuttgart und auf einer Tagung der katholischen Kirche, zu der ich wegen meiner humanitären Projekte in Indien und Afrika als Gastredner geladen war. Das war alles. Auch hier bestehen keinerlei Gemeinsamkeiten, zu denen man irgendetwas in Bezug setzen könnte. Ich gehe deshalb definitiv davon aus, dass ich nicht auf der Todesliste Ihres Scharfschützen stehe.«

»Heißt das, Sie wollen ausdrücklich keinen Personenschutz?«, erkundigte sich Atik.

»Aber nein! Meine Herren, glauben Sie mir, dafür gibt es nicht den geringsten Grund. Deshalb habe ich das Angebot Ihrer werten Kollegen auch dankend abgelehnt. Die Polizei hat Wichtigeres zu tun, als auf einen alten Knacker wie mich aufzupassen.« Er lachte. »Ich gehe sowieso kaum mehr aus dem Haus. Seit dem Tod meiner Frau und seit mein Sohn in München studiert und eine eigene Wohnung hat, lebe ich sehr zurückgezogen. Meine Geschäfte werden von meinen Managern geführt, sodass ich mich hier in der Ruhe von Seefurth ganz meinen astrologischen und theologischen Studien widmen kann.«

»Trotzdem«, beharrte Atik. »Nehmen Sie die Sache bitte nicht auf die leichte Schulter. Solange wir den Scharfschützen nicht gefasst haben, sollten Sie vorsichtig sein. Und vor allem den Wald meiden.«

Wieder lachte Rohloff, doch diesmal hörte es sich an, als habe er sich das Lachen nur geliehen. Er krempelte sein linkes Hosenbein hoch und zeigte seine Unterschenkelprothese. »Ein Reitunfall, vor sieben Jahren. Das Gehen fällt mir zunehmend schwer, weil inzwischen auch die Hüfte lädiert ist. Seien Sie versichert, ein Waldspaziergang ist so ziemlich das Letzte, wonach es mich gelüstet.«

»Das tut mir leid«, sagte Christoph.

»Das braucht es nicht, Herr von Kaltenbach. Das ist das Schicksal eines passionierten Reiters, der kein Risiko scheute. Doch habe ich genug Höhen und Tiefen erlebt, als dass ich mich dessen gräme. Es gibt Schlimmeres im Leben als ein amputiertes Bein.«

Das erste Mal während ihrer Unterredung schloss Rohloff den Mund. Offenbar hielt er das Gespräch für beendet.

»Ja.« Christoph suchte Augenkontakt mit Atik, der ihm kurz zunickte. »Das wäre dann wohl alles, Herr Rohloff. Verzeihen Sie, dass wir Ihre kostbare Zeit so lange in Anspruch genommen haben. Wenn dennoch etwas Unerwartetes geschehen sollte oder Sie unsere Hilfe benötigen, rufen Sie uns bitte an. Wir stehen jederzeit zu Ihrer Verfügung.«

Sie verabschiedeten sich, nicht ohne sich für die freundliche Bewirtung zu bedanken. Der Privatsekretär brachte sie zu ihrem Wagen. Bevor er einstieg, drehte sich Atik nochmals um und warf einen letzten Blick auf das Schloss. Oben, an einem der zahlreichen Fenster, stand Peter Paul Rohloff und sah den Kommissaren gedankenversunken nach.

***

Im dichten Wald, in nur dreihundert Metern Entfernung, saß der Jäger auf dem Ast einer hohen Tanne. Von hier aus hatte er einen perfekten Ausblick auf Schloss Seefurth. Er hatte die beiden Polizisten kommen sehen und beobachtete nun ihre Abreise. Rohloff, dachte der Jäger. Er wird eine glänzende Vorstellung gegeben haben. Bestimmt hatte er wieder den soignierten älteren Herrn vorgetäuscht. Einen, der für alles Verständnis hat, ein Ausbund an Empathie. Rohloff, der Gutmensch. Der Fassadenkünstler, hinter dessen Biedermann-Gehabe sich ein gefährlicher Brandstifter verbirgt. Einer, der über Leichen geht.

Der Jäger sah zu, wie der blaue BMW der Polizisten Seefurths Tore passierte, die kurvige Straße den Hügel hinabsteuerte und schließlich seinen Blicken entschwand. Gedankenschwer stieg er vom Baum. Sanga, sein treuer Begleiter, begrüßte ihn stürmisch, als habe man sich Wochen nicht mehr gesehen, dabei waren sie jetzt andauernd beieinander.

Nach dem Zwischenfall mit Kaltenbach hatte sich der Jäger ein paar Tage freigenommen. Seine Dienstherren waren sehr entgegenkommend gewesen. Natürlich nicht, weil sie so sozial eingestellt waren, nein. Das schlechte Gewissen plagte sie und vielleicht die Angst, dass er irgendwann noch einmal zur Polizei gehen würde, um die abscheuliche Sache von vor einem halben Jahr erneut anzuzeigen. Unter Druck hatte er damals seine Anzeige zurückgezogen. Hatte sich wie eine Hure mit Geld bezahlen lassen und mit einem Job abfertigen. Doch wusste er dies für seine Zwecke auszunutzen. Sollten sie doch in ständiger Sorge leben. Er hoffte nur, dass Alkay und Kaltenbach ihm jetzt nicht dazwischenfunkten. Er wollte sie heraushalten aus allem, aus seinem persönlichen Vergeltungsfeldzug. Ihm war bewusst, dass seine Pläne jetzt schwieriger umzusetzen waren. Aber noch war seine Mission nicht zu Ende.

Wie zu erwarten war, hatte sich Rohloff regelrecht hinter den dicken Mauern seines Schlosses verbarrikadiert. Letzte Nacht hatte der Jäger im Wald campiert, um die Auffahrt nach Seefurth zu überwachen, ein aussichtsloses Unterfangen, denn ab und an fuhren Fahrzeuge am Schloss vor und verließen das umzäunte und nachts von scharfen Hunden behütete Gelände wieder. Meistens hatte es sich um Handwerker und Zulieferfirmen gehandelt, nur heute Vormittag war ein großes schwarzes Automobil mit abgedunkelten Scheiben gekommen, um nach einer Stunde wieder abzufahren. Rohloff könnte sich also in einem der Wagen versteckt und sein Heil in der Flucht gesucht haben. Doch er glaubte das nicht. Die Ratte saß immer noch in der Falle, das spürte er.

Die Idee, ins Schloss einzudringen, hatte er nach langem Hin und Her verworfen. Es war schlichtweg zu gefährlich. Mit den zwei oder drei Schäferhunden, die er ausgemacht zu haben glaubte, würde Sanga im Nu fertigwerden. Doch Tiere liebte er ja ganz allgemein und wollte keines auch nur verletzen. Und dann war da noch Mathis, Rohloffs Leibwächter. Ihn zu töten wäre nicht das Problem, bloß hatte der Mann ihm nichts zuleide getan, und Unschuldige waren unter allen Umständen zu verschonen, das gebot sein Ehrenkodex. Also musste er warten.

Auch wenn er mit der Natur vertraut war, so hatte sich das Campieren als nicht so einfach erwiesen. Er durfte kein Feuer machen oder ein Zelt aufstellen. Niemand sollte von seiner Anwesenheit erfahren. Der Hund war in der Nacht höchst unruhig gewesen, weil viel Getier um ihren Lagerplatz geschlichen war, einmal sogar eine Rotte Wildschweine, die Sanga nur zu gern gejagt hätte. Er hatte ihn anleinen müssen, was der Hund überhaupt nicht mochte und woraufhin er laut zu bellen begann. Auf Dauer würde es problematisch werden, hier im Wald. Er beschloss, noch eine Nacht und einen Tag zu bleiben. Seine Chance zu suchen. Eventuell könnte er Rohloff am Pferdestall erwischen. Hin und wieder besuchte er ja seine teuren Spielzeuge. Die Stallungen und die Koppeln lagen etwas abseits vom Schloss. Der Wald baumte dort nahe an die Weiden heran. Wahrscheinlich war es die einzige Möglichkeit, Rohloff ins sichere Visier zu nehmen. Den Kopfschuss anzubringen.

Wenn es aber nicht klappen sollte, musste er seine Pläne ändern, wenigstens die Reihenfolge derer, die den Blutzoll zu entrichten hatten für das, was man ihm angetan hatte. Dann wäre der junge Rohloff an der Reihe.

Der Jäger sammelte seine Sachen ein und begab sich in Richtung der Pferdeställe. Der Zahnschmerz meldete sich wieder. Er griff in seine Jackentasche, fand die gesuchte Gewürznelke und steckte sie sich in den Mund. Kurzfristig würde das alte Hausmittel helfen, doch bald müsste er zu einem Zahnarzt, was aber peinlichst zu vermeiden war. Die deutschen Dentisten pflegten die Gebisse ihrer Patienten forensisch aufzunehmen und zu kartieren. Dem Jäger war bekannt, dass er im schlimmsten Fall aufgrund eines Zahnabgleiches identifiziert werden konnte. Solange aber die Mission nicht erfolgreich abgeschlossen war, sollte niemand wissen, wer sich hinter seinem Namen in Wahrheit verbarg. Denn wie Rohloff war auch er ein Fassadenkünstler. Ein potemkinsches Wesen.

Die Entlarvung

Als Atik tags darauf seinen Dienst antrat, fand er eine handschriftliche Mitteilung des Kriminalrates auf seinem Schreibtisch vor. Für neun Uhr sei eine Sitzung anberaumt. Es gebe Neuigkeiten den Fall Ammann betreffend.

Der Chef hält sich an die Regeln, dachte Atik. Bis die neuen Handys und Computer nicht aktiviert waren, sollten keine wichtigen Informationen nach außen dringen, der Verfassungsschutz weiter im Dunkeln tappen. Christoph war noch nicht im Büro, selten, dass Atik vor ihm da war.

Kurz vor neun Uhr wurde die Tür aufgerissen, und sein Freund stürmte herein.

»Pies hat sich gerade gemeldet«, rief er zur Begrüßung. »Am Vormittag kommt dieser Iwan, der georgische Weinhändler, mit einer Lieferung ins Lokal. Wir wollten doch dabei sein, um etwas über die Waffenlieferungen ins Kaukasusgebiet zu erfahren.«

»Gleich ist Besprechung«, gab Atik zurück. »Kraus hat irgendeine Überraschung für uns. Keine Ahnung, was das sein soll.«

Wenige Minuten später fanden sich die beiden im Besprechungszimmer ein. Die Oberstaatsanwältin und der Kriminalrat saßen schon auf ihren Plätzen, Myriam Prechtl, Sebastian Kriegel und Markus Besold stießen alsbald dazu. Die Psychologin Sybille Hannewald hatte sich für einige Tage wegen anderer Verpflichtungen abgemeldet.

»Wo bleibt der Herr Brunner?«, erkundigte sich Kraus.

»Er hat heute in aller Frühe einen Termin bei irgendeinem Kollegen von der Sitte«, sagte Myriam. »Es scheint sehr wichtig zu sein. Jedenfalls war er gestern Abend, kurz vor Dienstschluss, recht aufgeregt. Es muss etwas mit dem jungen Rohloff zu tun haben. Mehr weiß ich auch nicht.«

»Dann müssen wir eben auf ihn verzichten«, sagte Kraus. »Ich habe Ihnen heute Morgen eine Nachricht zukommen lassen, und wie ich sehe, hat es weitgehend funktioniert. Aufgrund der Bespitzelung durch den Verfassungsschutz müssen wir wohl oder übel wieder auf die alten Methoden des Briefleinschreibens zurückgreifen. Ich habe gestern übrigens Nachrichten im Fernsehen geschaut. Eine Meldung fand ich besonders interessant, weil sie auch unser aktuelles Geschehen anschneidet. Wegen der massiven Computerüberwachung aller Geheimdienste und seit dem NSA-Skandal nutzen die Verfassungsschützer anscheinend mehr und mehr die nicht digitalen Kommunikationsmöglichkeiten, alles also, was nicht speicherfähig ist, als da wären die gute alte Schreibmaschine oder schlicht und einfach die handgeschriebene Notiz. Folglich sind nicht nur wir vom Datenklau betroffen.«

»Finde ich wunderbar«, warf Sebastian ein. »Jetzt werden die Geheimdienste von ihren eigenen Monstern eingeholt.«

»Eines wollte ich noch fragen«, sagte Christoph, »bevor wir hier in medias res gehen. Was ist mit Oberstaatsanwalt Gräfe? Er müsste doch wieder im Lande sein.«

»Ja.« Anette Schwalb seufzte. »Seit gestern ist er wieder im Büro, gut gelaunt und braun gebrannt. Ich muss ihm nachher berichten. Ob er die Ermittlungen in den beiden Mordserien wieder an sich zieht, kann ich noch nicht sagen. Jedenfalls scheint er es momentan nicht eilig damit zu haben. Er war auch nur wenige Stunden im Büro, dann musste er zu einem Treffen ins Ministerium. Ich weiß aber nicht, warum und zu wem. Offenbar gibt es für ihn Wichtigeres als die Serienmorde. Es besteht durchaus Hoffnung, dass er mir die weitere Ermittlungsarbeit überlässt.«

»Um sich dann wieder den Lorbeer umzuhängen«, sagte Christoph. »Wir kennen das zur Genüge.«

Kraus zog ein bedenkliches Gesicht. Presste er die Lippen so fest aufeinander wie in diesem Augenblick, wussten die Beamten, dass die Lage ernst war. »Ich glaube nicht, dass sich der Oberstaatsanwalt vornehm zurückhalten wird, wenn er das zu hören kriegt, was Kollege Besold uns gleich serviert.« Er erteilte dem Chef der KTU das Wort.

»Ja, Freunde. Das war eine böse Überraschung in der Centuria-Villa. Die Spürhunde haben etwas gefunden, was euch nicht freuen wird. Ich selbst war nicht dabei, aber meine Jungs waren erfolgreich beziehungsweise Beppo, ein Belgischer Schäferhund, der auf Sprengstoffe trainiert ist. In einem der Kellerräume ist er fündig geworden. Er hat Reste von TNT erschnüffelt, und die Spusi hat einige Nägel sicherstellen können, Nägel, die uns zwar schon bei der ersten Durchsuchung aufgefallen sind, aber denen wir keine besondere Bedeutung zumaßen. Jetzt aber, in Verbindung mit dem TNT, liegt der Sachverhalt klarer. Wir gehen davon aus, dass dort unten eine Nagelbombe gebaut wurde. Einen ähnlichen Sprengsatz hat die NSU bei dem Anschlag in Köln verwendet. Prinzipiell sind solche Bomben ein Merkmal der Rechtsterroristen: mit wenig Aufwand möglichst viele Menschen töten und verletzen. Eine Nagelbombe ist so ziemlich die größte Schweinerei, die man sich vorstellen kann. Die verheerende Wirkung der umherfliegenden Nägel ist vom Oktoberfestattentat hinreichend bekannt, der brutalste Anschlag in der Geschichte der Bundesrepublik. Und auch der oder die damaligen Täter waren Neonazis.«

»Was glaubst du?«, fragte Christoph. »Haben die real einen Sprengsatz hergestellt oder sich bloß daran versucht?«

Besold zuckte mit den Schultern. »Schwierig zu sagen. Im schlimmsten Fall haben die tatsächlich so ein Ding gebastelt und weggeschafft, bevor wir ihnen die Bude auf den Kopf stellten.«

»Oh Gott«, entfuhr es Myriam. »Das bedeutet ja, dass es irgendwann ein furchtbares Attentat geben wird.«

»Darauf müssen wir uns einstellen«, sagte Kraus. »Für uns heißt das Alarmstufe Rot. Christoph, Ihre Meinung bitte! Wie sollen wir vorgehen?«

Christoph brauchte nicht lange zu überlegen. »Als eine Maßnahme holen wir Frau Hannewald schnellstmöglich wieder ins Boot. Sie hatte einen guten Draht zu Jeremias. Myriam und Sybille werden den Kerl nochmals befragen, und zwar intensivst. Vielleicht kann er sich an irgendetwas erinnern, was sein Bruder zu dem Thema noch verlauten ließ. Atik und ich werden uns die Herren Burschenschaftler erneut vornehmen. Diesmal aber werde ich meine Glacéhandschuhe vorher ausziehen, das kann ich euch flüstern. Bei Bombenattentaten hört der Spaß auf.«

»Christoph«, versuchte Kraus ihn zu besänftigen, »noch wissen wir nicht, ob eine Bombe existiert, und noch wissen wir nicht, ob einer der Korpsstudenten involviert war. Bitte bremsen Sie sich ein.«

»Herr Kriminalrat!« Christoph war aufgesprungen. »Niemand kann mir weismachen, dass er nichts mitgekriegt hat, wenn im eigenen Keller irgend so ein Wahnsinniger einen Sprengkörper herstellt. Wenn es überhaupt Ammann war. Wer sagt uns, dass sich nicht einer der Studenten daran versucht hat? Möglicherweise hat einer von ihnen ein spezielles Talent dazu. Wir sollten umgehend überprüfen, ob unter den Burschenschaftlern nicht einer Chemie studiert oder während seiner Wehrdienstzeit mit Sprengstoff zu tun hatte. Chef, bitte lassen Sie mir freie Hand. Ich kriege die Typen schon zum Reden. Oder glauben Sie immer noch, diese arroganten Scheißkerle sind an allem unschuldig?«

»Jetzt beruhigen Sie sich!« Kraus kannte seinen Kaltenbach, den fähigsten Beamten, den er je hatte. Aber auch einer, der mit sehr viel Emotion an die Fälle heranging und manchmal zu Überreaktionen neigte. Doch war ihm bewusst, dass sein erster Mann im Dezernat jetzt nicht mehr aufzuhalten war. Das Beste schien, ihn tatsächlich von der Leine zu lassen und gleichzeitig an seine Vernunft zu appellieren.

»Also gut«, sagte er. »Sie haben freie Hand. Trotzdem: Gehen Sie mit Hirn und Verstand vor. Vor allem unternehmen Sie nichts, was illegal ist. Wir wollen diesen verdammten Anwälten doch keine Munition liefern, oder?«

Christoph brachte ein grimmiges Lächeln zustande. »Vielen Dank, Herr Kriminalrat. Wir werden unser Möglichstes tun. Also, Leute! Diese drei Burschenschaftler verhören wir ohne Vorwarnung, und zwar simultan, damit sie sich nicht absprechen können. Sebastian, du schaust, dass du diesen Hörhammer irgendwo auftreibst. Atik, du übernimmst von Dehlen, während ich mich um den jungen Rohloff kümmere.«

»Wie stimmen wir uns zeitlich ab?«, fragte Atik. »Über die mobilen Leitungen sollen wir doch vorerst nicht sprechen.«

»Markus, was ist mit den neuen Handys?«, erkundigte sich Christoph.

»Werden heute Vormittag noch geliefert, ebenso die neuen Computer.«

»Gut. Dann schlage ich vor, dass wir –« Das Klingeln seines Mobiltelefons unterbrach ihn. »Moment bitte, es ist Jo.«

Die Kollegen bekamen nur wenig von dem Telefonat mit, weil Christoph hauptsächlich zuhörte und kaum Fragen stellte. Doch genügte das wenige, dass ein jeder gebannt den Blick auf Christoph richtete, der mehr durch seine Mimik als durch Worte verriet, dass Jo Brunner anscheinend etwas Bahnbrechendes herausgefunden hatte. Endlich beendete er den Anruf.

»Gibt es Neuigkeiten?«, drängte Kraus. »Nun erzählen Sie schon!«

»Allerdings«, erwiderte Christoph. »Jo rief vom Kommissariat in der Sitte an. Er hat herausgefunden, dass ein digitaler Eintrag über den jungen Rohloff gelöscht worden ist. Deshalb hat er sich durch die Archive gewühlt. Bei den Sittlichkeitsverbrechen ist er schließlich auf etwas Interessantes gestoßen. Raimund Moser, ein älterer Kollege, konnte sich gut an den Vorfall erinnern, da er gar nicht so lange her ist. Er hat die Anzeige damals sogar selbst aufgenommen. Vor einem halben Jahr ist eine junge Türkin zu ihm gekommen und hat Anzeige wegen Vergewaltigung erstattet.« Christoph nahm einen Schluck Kaffee. Seine Hände zitterten leicht. Vorsichtig stellte er die Tasse ab. Seine rechte Hand griff nach seiner linken, knetete sie, als müsse er das soeben Gehörte erst in manuelle Form bringen, bevor er weiterreden konnte.

»Und was hat das mit unseren Serienmorden zu tun?« Der Kriminalrat war der Letzte in der Runde, den noch keine Ahnung beschlich, welche Bedeutung diese Information für die Ermittlungen hatte.

»Alles«, sagte Christoph. »Der Vergewaltiger war Paul Rohloff.«

»Das gibt es nicht!« Pfeifend entwich die angehaltene Luft

aus Krausens Brustkorb. »Wer hätte an so was gedacht? Hat der Bursche doch tatsächlich Dreck am Stecken. Aber warum wurde seine Akte dann bereinigt, und vor allem, wer hat das veranlasst?«

»Ich komme gleich darauf zu sprechen«, entgegnete Christoph. »Die Geschädigte hat ihre Anzeige eine Woche später wieder zurückgezogen, mit der Begründung, dass der Geschlechtsverkehr einvernehmlich geschah. Sie habe dem jungen Rohloff nur eins auswischen wollen, weil er sie angeblich wegen einer anderen Frau verlassen hat. Der Kollege Moser aber ist ein erfahrener Polizist, lang genug bei der Sitte, als dass er sich mit solch plötzlichen Wendungen nicht auskennen würde. Jo sagt, dass Moser der Türkin die zweite Version der Geschichte nicht abgekauft habe. Er sei sich sicher, dass sie vergewaltigt wurde. Seiner Ansicht nach ist die Frau von der Familie des Täters unter Druck gesetzt worden. Er wollte damals weiterermitteln, aber die Staatsanwaltschaft hat das Verfahren so schnell eingestellt, wie er es in seiner ganzen Karriere noch nicht erlebt hat.«

»Verdammt noch mal!« Atik schlug mit der Faust auf den Tisch, dass die Tassen klirrten. »Wo leben wir denn eigentlich? Ich dachte, dieses Land ist ein Rechtsstaat. Was da abgelaufen ist, das ist doch eine Riesensauerei! Anscheinend muss man nur richtig reich sein und gute Verbindungen haben, dann kann man sich auch bei uns in Bayern alles erlauben, einschließlich der Vergewaltigung einer armen Migrantin.«

»Ruhig Blut, junger Freund.« Kraus tätschelte Atiks Hand. »Sie haben ja recht. So etwas stinkt zum Himmel. Doch hören wir den Kollegen Kaltenbach noch zu Ende an, danach können wir unserem Unmut freien Lauf lassen. Ist das in Ordnung? Sind Sie so weit okay?«

»Ich bin okay. Für den Moment wenigstens. Nur eines noch: Wer ist die junge Türkin? Können wir Kontakt mit ihr aufnehmen?«

»Gleich«, sagte Christoph. »Kollege Moser glaubt, dass die Einstellung des Verfahrens auf Veranlassung von ganz oben geschehen sein muss. Rohloffs Vater hat ja bekanntlich beste Beziehungen ins Ministerium. Weil er sich so ein unverfrorenes

Vorgehen unter Umgehung jeglichen Rechtsempfindens aber nicht gefallen lassen wollte, hat er auf eigene Faust weiterermittelt. Er hat das Opfer beobachtet, und siehe da: Kurze Zeit später ist die Frau aus ihrem kleinen Apartment im Problemviertel Hasenbergl ausgezogen und lebt jetzt in einer größeren Wohnung im schönen Thalkirchen.«

»So geht das also«, bemerkte die Oberstaatsanwältin spitz. »Man kauft das Opfer, und schon hält es den Mund.«

»Das ist noch nicht alles«, sagte Christoph. »Vor der Tat hat sich die Frau ihren Lebensunterhalt mit Putzen verdient. Das war aber nur ein Nebenjob, weil sie hauptsächlich studiert hat, Jura, an derselben Uni wie unsere Burschenschaftler. Man war im selben Semester. Dort hat Paul Rohloff sie wohl kennengelernt und ihr eine Teilzeitarbeit in der Centuria angeboten, ebenfalls als Reinigungskraft. In der Villa ist es offenbar auch zu der besagten Vergewaltigung gekommen. Nach der Tat aber erhielt sie eine Anstellung als Hausmädchen bei den Runes. Und studiert fröhlich weiter.«

Atik schlug sich mit der flachen Hand an die Stirn. »Suleika Karabulut! Jetzt wird mir einiges klar!«

»In der Tat«, sagte Christoph. »Es ist Suleika Karabulut. Sie wurde von Jo Brunner ja bereits wegen des Mordes an Dieter Rune vernommen. Sie ist Kurdin, aus der Stadt Sivas in Ostanatolien, und augenscheinlich überdurchschnittlich intelligent. Erst zwei Jahre ist sie hier und spricht bereits perfekt Deutsch, aber vielleicht beherrschte sie die Sprache bereits, als sie nach Deutschland kam.«

»Wir müssen sie dazu kriegen, erneut gegen Paul Rohloff auszusagen«, meinte Anette Schwalb. »Wenn wir etwas so Schwerwiegendes gegen ihn in der Hand haben, können wir ihn auch wegen der Sprengstoffsache und der etwaigen Verstrickung der Centuria in Ammanns Mordtaten unter Druck setzen.«

»Der alte Rohloff hat garantiert dabei mitgewirkt, die Geschichte zu vertuschen«, sagte Atik. »Er hat von der Vergewaltigung gewusst, uns aber den Biedermann vorgespielt. Will uns glauben lassen, dass sein Sohn ein ganz Harmloser ist. Wie hat er das noch ausgedrückt? Der Paul schlägt schon mal über die Stränge. Nicht zu fassen! Wahrscheinlich hat er dem Mädchen Geld gegeben und sie dann zu Runes abgeschoben, damit sie schön unter Beobachtung bleibt. Das heißt aber auch, dass Rohloff Dieter Rune besser kennt, als er uns weismachen wollte.«

»Klar«, sagte Sebastian. »Die stecken alle unter einer Decke. Nicht umsonst hat Paul Rohloff denselben Anwalt wie die Runes, diesen Dr. Fehring.«

»Und jeder deckt den anderen«, sagte die Oberstaatsanwältin. »Ein Alibi hier, eine Gefälligkeit dort, und wenn es eng wird, ruft man schnell mal beim Innenminister an.«

»Genau so muss es gewesen sein«, bekräftigte Atik. »Uns gegenüber hat Rohloff sogar zugegeben, dass er mit Staatssekretär Dr. Gruber telefoniert hat, angeblich wegen eines Sozialfonds für die Opfer Ammanns. In Wahrheit aber ging es wohl um seinen sauberen Herrn Sohn.« Er lachte gallig. »So ein verfluchter Lügner.«

Alle redeten jetzt wild durcheinander. Die Aufregung war groß. Nur zwei der Anwesenden hielten sich aus dem Wirrwarr heraus, Kraus und Christoph. Der Kriminalrat beobachtete seinen Spitzenbeamten. Der schien völlig abwesend, als wäre er nicht im Raum. Kraus aber spürte, dass der Kommissar etwas ausbrütete. Offensichtlich verfolgte er bereits eine Spur, eine wichtige Spur.

»Kollege Kaltenbach«, sprach er ihn an. »Ich merke, dass Sie angestrengt über irgendetwas nachdenken. Vielleicht sind Sie so freundlich und lassen uns an Ihren Überlegungen teilhaben.«

Christoph schreckte hoch, als sei er aus einem Tagtraum erwacht. »Pardon, Herr Kriminalrat. Ich war in Gedanken. Die ganze Zeit schon habe ich fieberhaft an einem Bild gearbeitet. Wieder und wieder habe ich darin herumgemalt, nur war das Bild immer noch zu abstrakt, als dass sich der Täter deutlich herausschälen konnte. Doch war ich auf dem falschen Pfad, weil dieses Bild in meinem Kopf einen kleinwüchsigen Mann dargestellt hat. Nun weiß ich, nach welchem Gesicht ich suchte. Gerade habe ich sie mir vorgestellt, mit Kapuze und Gewehr. Wie sie mit ihrem riesigen Hund durch die Wälder streift, auf ihrem Rachefeldzug, von dem niemand sie bisher abhalten konnte: Suleika Karabulut.«

»Suleika Karabulut? Das Hausmädchen?« Kraus blieb der Mund offen. »Glauben Sie im Ernst, sie ist der Benchrest-Mann?«

»Ein Mann, immer nur ein Mann. Genau das war unser Fehler! Wir sind stets von einem Mann ausgegangen, weil man einer Frau solche Morde einfach nicht zutraut. Weil eine Frau in unserer Gedankenwelt nie und nimmer zu einem Scharfschützen ausgebildet sein kann. Weil wir alten Denkmustern verhaftet sind. Suleika Karabulut ist ein androgyner Typus. Mit ihrem Kurzhaarschnitt könnte sie ein Junge sein, ein Kind sogar, schaut man nicht näher hin. Sie bewegt sich auch wie ein Junge, gelenkig, aber dennoch mit großen Schritten. Suleika Karabulut ist der Sniper, sie ist unsere Benchrest-Frau.«

Im Raum war es still. Es herrschte eine unheilvolle Ruhe, als wäre man auf einer Beerdigung. Christoph schaute jeden Einzelnen der Reihe nach an, bis sein Blick an Atik hängen blieb. »Atik, was sagst du dazu?«

Der nahm sich Zeit für die Antwort. Offenbar musste er die Nachricht erst verdauen. »Du liegst wahrscheinlich richtig«, sagte er schließlich. »Nein, du liegst garantiert richtig. Erinnern wir uns an unser Täterprofil, Herrschaften: Wenn man es genau nimmt, beschreibt es eine Frau. Die kleinen Füße, die schmalen Abdrücke. All das deutet auf eine Frau hin. Wie meinte Sybille noch, als sie zum ersten Mal eine weibliche Person ins Spiel brachte? Kleinwüchsige haben häufig breite Füße. Dazu kommt das Leichtgewicht. Und dann ist auch das mit dem Hund geklärt. Du hast ihn doch gesehen, Christoph, bei deinem ersten Besuch bei Runes. Lass mich das Tier beschreiben, und du berichtigst mich, wenn etwas nicht zutrifft.«

»Schieß los«, ermunterte ihn Christoph.

»Pass auf: Der Hund hat hellbraunes, eher beigefarbenes Fell. Er ist so groß wie eine deutsche Dogge, aber wesentlich massiver und muskulöser. Er hat einen riesigen Kopf mit einem gewaltigen Gebiss, Hängeohren, und das Gesicht ist schwarz. Stimmt es?«

»Absolut. Du kennst die Rasse?«

»Logisch. Wie bei der Karabulut liegen auch meine Wurzeln im Türkischen, falls das jemand vergessen haben sollte. Der Hund ist ein Sivas Kangal, ein in der Türkei schon beinahe verehrtes Tier. Es steht unter Artenschutz und darf nicht mal ins Ausland verkauft werden. Soweit ich weiß, gibt es in Deutschland mittlerweile eine Handvoll Züchter, aber selten ist der Hund nach wie vor. Ein reinrassiger Kangal ist deshalb so wertvoll, weil er völlig auf sich gestellt, ohne menschliche Hirten, auf die Schafherden aufpasst. Das bedeutet, er jagt sich sein Fressen selbst und schützt die Herden selbstständig vor jedem Raubtier. Sein Mut und seine Kraft sind legendär. Bei uns in der Türkei sagt man, wo ein Kangal ist, sind weder Wolf noch Bär.«

»Das Schreiben«, fiel Anette Schwalb ein. »Der Zettel mit dem Gedicht von Paul Celan. Für Karabulut war es ein Leichtes, das Bekennerschreiben in Runes Jackentasche zu verstecken.«

»Eben«, bekräftigte Christoph. »Suleika Karabulut ist gebildet, sie studiert. Warum sie ausgerechnet die ›Todesfuge‹ von Celan für diese Art von Bekennerschreiben gewählt hat, werden wir hoffentlich noch erfahren, wenn wir sie verhaftet und verhört haben. ›Schwarze Milch der Frühe‹, so beginnt doch das Gedicht. Ich habe verschiedene Interpretationen nachgelesen, und soweit ich das verstanden habe, steht diese Metapher für den Holocaust. Ich nehme an, dass Suleika die Vergewaltigung als das Furchtbarste empfunden hat, was ihr je zustoßen konnte, als ihren persönlichen Holocaust. Und dann diese Zeile ›Der Tod ist ein Meister aus Deutschland; er trifft dich mit bleierner Kugel, er trifft dich genau‹. Der Meister aus Deutschland, der so gut trifft: Das ist sie selbst. Sie lebt ja inzwischen in Deutschland. Im Gedicht wird zwar der KZ-Aufseher, der Täter, damit umschrieben, aber ich denke, dass sie aus der ewigen Opferrolle herauswollte, ihr Geschick selbst in die Hand nehmen, sozusagen zum Täter aufsteigen.«

»Nein, nein!« Der Kriminalrat fuchtelte abwehrend mit den Händen. »Eine Gedichtinterpretation, um einen Mörder zu überführen; das ist mir zu sehr an den Haaren herbeigezogen. Da grüßen alle Psychoschablonen der letzten Jahre, seit wir uns der Hilfe psychologisch geschulter Profiler bedienen. Aus welchem Grund soll diese Frau Dieter Rune umgebracht haben? Mir fehlt das Motiv, Kollegen. Nur weil er vielleicht mit den Rohloffs gemeinsame Sache gemacht hat? Das ist ein bisschen wenig für einen Mord. Und was ist mit Knauss-Haecker? Warum musste er sterben?«

»Das werden wir schon noch herauskriegen«, sagte Christoph. »Es muss etwas mit den Waffengeschäften zu tun haben. Eigentlich wollten Atik und ich nachher jemanden befragen, der früher Waffen in den Kaukasus gebracht hat. Möglicherweise kann der uns mehr dazu sagen. Vielleicht hat Knauss-Haecker ja dorthin geliefert, vielleicht an die Gegenseite. Möglich wäre doch, dass Suleika Karabulut ein Mitglied der PKK war und zu einer Scharfschützin ausgebildet wurde. Das würde auch ihre hervorragende Schusstechnik erklären.«

»Wollen Sie damit ausdrücken«, fragte Anette Schwalb, »dass diese Frau im Auftrag der PKK hier bei uns in Deutschland Leute umbringt?«

»Nein«, entgegnete Christoph. »Ich versuche mich nur an einer Erklärung.«

»Trotzdem.« Kriminalrat Kraus massierte seine fleischigen Hängebacken, was er oft tat, wenn er mit sich im Unreinen war. »Für mich ergibt das keinen Sinn. In Ihrer Argumentation kommen mir zu viele Vielleichts vor. Und zu viele Warums bleiben unbeantwortet. Warum zum Beispiel hat sie Aaron Ammann getötet?«

»Ich hätte eine Deutung«, mischte sich Atik in die Diskussion. »Ferhat Barzani, das zweite Opfer Ammanns, war aktiver PKK-Kämpfer.«

»Seht ihr!« Christoph blickte triumphierend in die Runde. »Dann wäre es doch vorstellbar, dass sich Karabulut und Barzani von der PKK her kannten und sie ihren von Ammann ermordeten Kumpan gerächt hat.«

Er stand so abrupt auf, dass sein Stuhl umfiel.

»Was haben Sie vor?« Dem Kriminalrat schwante Übles.

»Festnahme«, sagte Christoph, »was sonst?«

»Warten Sie«, insistierte die Oberstaatsanwältin. »Ich muss erst den Haftbefehl ausstellen.«

»Nein«, versetzte Christoph. »Wir haben schon zu lange gewartet. Suleikas Todesliste ist noch nicht abgearbeitet. Wir müssen handeln, und zwar sofort. Atik, kommst du?«

»Moment«, rief Kraus, dem das etwas zu schnell ging. »Was ist mit den drei Burschenschaftlern? Wer verhört die jetzt?«

»Wir stellen um«, sagte Christoph. »Sebastian übernimmt Paul Rohloff, der ist der Wichtigste. Er soll aber einen zweiten Beamten mitnehmen für den Fall, dass die Karabulut bei Rohloff auftaucht, was ich durchaus für möglich halte. Du, Myriam, kannst von Dehlen vernehmen. Und Hörhammer –«

»Den packe ich mir«, warf der Kriminalrat dazwischen. »Wird Zeit, dass ich mal wieder raus auf die Straße komme. Ich werde die SOKO Dogan noch heute um zehn Beamte aufstocken, darunter werden einige Sprengstoffspezialisten sein. So wichtig die Festnahme der Scharfschützin auch ist, wir müssen dringend überprüfen, was es mit der angeblichen Bombe auf sich hat. Nicht auszudenken, wenn das Ding tatsächlich existiert und irgendwo versteckt auf seinen Einsatz wartet.«

Auch Atik hielt es jetzt nicht mehr auf seinem Platz. Die Kommissare waren bereits an der Tür, als der Kriminalrat sie nochmals zurückrief.

»Einen Augenblick, Kollegen! Mir geht das etwas zu hopplahopp. Natürlich ist mir klar, dass die Zeit drängt, aber Fehler können wir uns in dieser heiklen Situation nicht erlauben. Vor allem, Kollegen: Passen Sie auf sich auf! Haben Sie überhaupt eine Ahnung, wo sich die Karabulut derzeit aufhält?«

»Wir können es uns denken«, erwiderte Atik knapp. »Sie wird hinter dem alten Rohloff her sein. Das ist der Nächste auf ihrer Liste, noch vor seinem Sohn.«

»Woher wissen Sie das?« Kraus ließ nicht locker. »Ist nicht Paul Rohloff der am meisten Gefährdete?«

»Herr Kriminalrat«, sagte Christoph, der, unbeobachtet von den anderen, Markus Besold noch rasch ein Zeichen gegeben hatte. »Suleika Karabulut war noch einmal draußen bei Schloss Seefurth. Das sollte im Moment genügen. Wir haben es wirklich eilig. Aber wir melden uns, wenn wir sie aufgegriffen haben.«

»Tja.« Besold erhob sich. »Ich muss dann auch mal los. Wahrscheinlich sind die neuen Mobiltelefone und Computer schon geliefert worden. Wir müssen sie ja noch programmieren und die neusten Firewalls installieren. Wenn etwas sein sollte, bin ich mobil erreichbar.«

Flugs schlüpfte er aus dem Raum und eilte ins Büro der Kommissare. Sie hatten ihn bereits erwartet.

»Was gibt es Dringendes?«, fragte er.

»Eine Handyortung«, erklärte Christoph. »Wie schnell kriegst du die hin?«

»Eine halbe Stunde brauche ich, warum?«

Christoph reichte ihm einen Zettel, auf dem eine Mobilfunknummer notiert war.

»Das ist der Anschluss von Karabulut«, erklärte er. »Wir müssen schleunigst wissen, wo sie steckt. Ich fürchte, sie legt sich gerade Peter Paul Rohloff zurecht.«

»Eine Handyortung ohne richterlichen Beschluss?«

»Jetzt fängst du auch noch an«, stöhnte Christoph. »Das dauert mir zu lange, Markus. Wir verbuchen das einfach unter der üblichen Ausrede, Gefahr im Verzug. Tust du mir den Gefallen?«

»Logisch.« Besold grinste. »Muss ja auch keiner merken. Was treibt ihr dann so lange?«

»Wir klären ab, ob die zwei Rohloffs überhaupt noch leben«, sagte Atik lapidar. »Nein, Spaß beiseite. Wir lassen die Möhricke einen Scheinanruf bei Runes machen. Möglicherweise ist Suleika ja bei der Arbeit, und wir brauchen die Handyortung nicht abzuwarten.«

»Glaubt ihr echt, sie ist der Benchrest-Mann beziehungsweise -Frau?«

»Ja.« Christoph hatte das Patronenmagazin aus seiner Pistole genommen. Es war voll. Mit geübter Hand ließ er das Magazin wieder in die Waffe schnappen. »Ich bin mir sicher. Die ganze Zeit war ich ihr gedanklich schon sehr nahe. Nun aber, nachdem herausgekommen ist, dass Paul Rohloff sie vergewaltigt hat, musste ich nur noch die Fakten richtig ordnen. Natürlich ist es außergewöhnlich, dass eine Frau so agiert wie Suleika. Aber sie ist eben außergewöhnlich, in jeder Beziehung. Sie will sich offenbar nicht länger mit ihrer Opferrolle abfinden. Jetzt befindet sie sich auf einem Rachefeldzug. Wir müssen sie stoppen, bevor noch mehr passiert.«

»Und«, sprang Atik ihm bei, »bevor sie sich am Ende wieder ins anatolische Hochland flüchtet, wo kein Mensch sie mehr finden kann. Sie kam aus dem Nichts, und sie wird wieder im Nichts verschwinden, sobald sie ihre Todesliste vervollständigt hat.«

Der Sivas Kangal

Der Anruf seines Vaters hatte Paul Rohloff mitten in einer Vorlesung erreicht. »Was gibt es so Wichtiges?«, fragte er, als er eiligen Schritts den Hörsaal verlassen hatte und nun im Flur stand. »Ich bin in der Uni.«

»Mir ist soeben eine Information zugespielt worden«, sagte der Vater. Seine Stimme klang besorgt. »Das LKA weiß jetzt von deiner unseligen Geschichte mit der kleinen Türkin. Nun wird es ernst, mein Sohn. Ich nehme an, die Polizei wird dich in Kürze nochmals vorladen, um dich zu der Sache zu befragen. Mit Sicherheit aber werden sie das Mädchen vernehmen. Du weißt, wir alle stecken da mit drin. Es hat mich seinerzeit viel Aufwand gekostet, damit die Anzeige nicht weiterverfolgt wird. Wenn einer der Altherren aus der Centuria nicht zufällig Oberstaatsanwalt gewesen wäre, hätte es damals auch anders ausgehen können.«

»Ich weiß, Vater. Ich bin dir auch über alle Maßen dankbar. Aber was soll ich jetzt machen?«

»Du musst mit der Türkin reden. Sollte sie auch nur das Geringste ausplaudern, hast nicht nur du ein dickes Problem. Das sind keine Idioten im LKA. Besonders diese beiden Kommissare, Kaltenbach und Alkay: Das sind zwei ganz ausgeschlafene Burschen. Ich habe sie selbst erlebt. Sie geben sich freundlich und zuvorkommend, doch ihr Verstand ist messerscharf. Es wird nicht lange dauern, und sie sind uns auf der Spur, der kompletten Organisation.«

»Und was heißt das für mich?«

»Schön, dass du immer nur an dich denkst. Allmählich solltest du begreifen, dass nunmehr alles auf dem Spiel steht, kapierst du das, alles! Du gehst jetzt zu dieser Frau und bläust ihr ein, dass sie den Mund halten soll. Sie braucht sich nur an ihre zweite Aussage zu halten, die sie damals dem Beamten von der Sitte gegeben hat. Biete ihr Geld an, versprich ihr alles Mögliche, egal, was. Hauptsache, sie hält sich an die Abmachung. Hast du mich verstanden?«

»Ja, natürlich. Was aber, wenn sie sich weigert?«

»Sie wird tun, was du ihr sagst, für Geld machen diese Kanaken doch alles.«

»Wie viel soll ich ihr geben?«

»Fünftausend Euro, das ist verdammt viel für so eine.«

Aufgeregt lief der junge Rohloff im Gang der Universität hin und her. Ihm war nicht wohl bei dem Gedanken, Suleika Karabulut nochmals gegenüberzutreten. »Warum muss gerade ich das erledigen, Vater? Kann das nicht Mathis übernehmen, der ist doch sonst für so was zuständig.«

»Du tust, was ich dir sage. Es wird Zeit, dass du für deine Fehler geradestehst. Mathis hat andere Aufgaben. Angeblich treibt sich der Scharfschütze, der Onkel Dieter und meinen Freund Knauss-Haecker getötet hat, hier in der Gegend herum. Ich weiß, dass ich der Nächste auf seiner Liste bin. Mathis hat ein paar zuverlässige Männer organisiert. Sie sind gerade dabei, die Gegend um Seefurth herum zu durchkämmen. Ich habe nämlich keine Lust, diesem Verrückten als Zielscheibe zu dienen.«

»Und was passiert, wenn ihr ihn nicht findet?«

»Das lass mal meine Sorge sein. Sie werden ihn schon kriegen. Wichtig ist jetzt die Türkin.«

»Und diese zwei Kommissare? Kannst du die nicht stoppen?«

»Offiziell nicht. Die haben schon so viel Staub aufgewirbelt, dass nur noch mehr Verdacht auf uns fällt, wenn sie jetzt von höherer Stelle von dem Fall abgezogen werden.«

»Und Gräfe? Der ist doch der zuständige Oberstaatsanwalt. Kann der nichts unternehmen?«

»Ich fürchte, der steht demnächst selbst im Kreuzfeuer. Es wäre besser für ihn gewesen, er wäre im Urlaub geblieben, und zwar für immer. Nein, der kann uns nicht mehr helfen. Wir haben Krieg an mehreren Fronten, mein Junge. Jetzt heißt es durchhalten oder untergehen. Für die zwei Kommissare bleibt nur die Endlösung, so leid es mir persönlich tut. Sie hätten ihre Nase nicht so tief in Dinge stecken sollen, die sie nichts angehen. Solche Leute hätten wir auf unserer Seite brauchen können, doch wie auch immer: Ich habe bereits etwas vorbereitet beziehungsweise Ammann, sein letzter Job, wenn man so will. Jetzt geh los und erledige deine Aufgabe. Du wirst das Mädchen bei Runes finden. Ich habe gerade mit dem Hausmeister telefoniert. Sie hatte sich ein paar Tage freigenommen, ist aber seit heute Morgen wieder da. Viel Glück!«

Die Verbindung war beendet. Paul Rohloff musste sich anlehnen. Langsam ließ er sich an der Marmorverkleidung der Wand zu Boden sinken. Dort saß er nun, ein Häufchen Elend. Er dachte über Suleika Karabulut nach. Diese verfluchte Schlampe! Nie und nimmer hätte er geglaubt, dass sie ihn anzeigen würde. Schon öfter hatte er sich mit sanfter Gewalt genommen, was sich nicht schnell genug seinem Willen unterwarf. Und nie hatte sich eine einfallen lassen, deshalb gleich zur Polizei zu gehen. Ausgerechnet ein Kanakenweib hatte sich erdreistet, ihm, einem Spross der Familie Rohloff, eins auswischen zu wollen! Er hätte ihr damals gleich den Schädel einschlagen sollen, aber jetzt war es zu spät. Oder doch nicht?

Mit einem Ruck stand Paul Rohloff auf. Warum sollte er ihr nochmals Geld geben, wo sie doch bereits so viel gekriegt hatte? Mit der verdammten Anzeige hatte sie ihm schon genug geschadet. Nein, keinen Cent sollte sie mehr sehen. Einfach ein paar aufs Maul würde er ihr hauen, und das war's dann wohl. Es müsste genügen, wenn er ihr drohte, dass beim nächsten Mal nicht er kommen würde, sondern ein paar Hakenkreuz-Jungs. Und dann wäre Krankenhaus angesagt oder Schlimmeres noch. Eine kleine Massenvergewaltigung vielleicht?

Jetzt hatte er sich richtig in Rage gedacht. Mit enormer Wut im Bauch verließ Rohloff das Universitätsgebäude, stieg in sein Jaguar Cabrio und brauste auf schnellstem Weg zur Villa der Runes. Unterwegs versuchte er, Volkmar Beiersdörfer auf seinem Handy zu erreichen, den Hausmeister. Aber der nahm nicht ab. Seit Langem schon gehörte er zur Organisation, wenn auch nicht zum inneren Kreis. Doch war Beiersdörfer ein loyaler Zuarbeiter, einer, der auch mal hart hinlangen konnte, wenn es verlangt wurde. Er brauchte ihn jetzt. Rohloff war der Hund eingefallen, dieses riesige Vieh, vor dem er immer Angst gehabt hatte, wenn die Karabulut ihn beim Putzen in der Centuria dabeihatte.

Ein Mal nur hatte sie das Tier zu Hause gelassen, und da hatte er die Situation schnell mal ausgenutzt. Eigentlich war sie gar nicht sein Typ gewesen, viel zu klein war sie ihm. Doch an dem Tag war er einfach scharf gewesen wie schon lange nicht mehr. Und als er sie so auf den Knien sah, wie sie ihm ihren geilen Arsch entgegenstreckte, da war es halt über ihn gekommen. Letztendlich war die Alte selbst schuld gewesen. Hätte sie sich wie eine normale türkische Putze angezogen, mit Kopftuch und langem Rock und wie die sonst halt so herumliefen, wäre er auch nicht auf solche Gedanken verfallen. Sie aber, die Schamlose! Hautenge Jeans und ein knappes Top! Da musste man sich nicht wundern, wenn man einen Mann so reizte, dass er dann auch vögeln wollte.

Wieder probierte er, Beiersdörfer anzurufen. Diesmal ging er beim ersten Klingelzeichen an sein Mobilgerät. Ja, das Mädchen sei heute früh erschienen, obwohl es noch freigehabt hätte. Im Moment sei es im unteren Grundstück. Die Herrschaften hätten Forellen zum Abendessen bestellt, und Suleika solle welche aus dem Bach keschern. Nein, der Hund sei hier im Garten. Warum der Herr Rohloff denn frage? Ach so, ja. Reden wolle er. Unter vier Augen, schon klar. Natürlich, auf den Hund werde er aufpassen, aber der könne sowieso nicht raus. Der Zaun sei auch für ein so sprunggewaltiges Tier wie den Sanga zu hoch. Jawohl. Ganz recht. Und schöne Grüße an den Herrn Vater.

Rohloff legte auf. Besser hätte es gar nicht kommen können. Die Schlampe allein unten im alten Grundstück, ohne ihren hündischen Beschützer. Onkel Dieter hatte die Immobilie erst vor zwei Jahren gekauft. Er konnte sich noch gut daran erinnern, wie lange der Onkel mit der ehemaligen Besitzerin verhandelt hatte, einer Gräfin von Hochlohr. Wie starrköpfig die Alte gewesen war, keinen Cent wollte sie mit dem Preis herunter. Am Schluss hatte Dieter dann doch zugeschlagen, auch wenn sie viel zu viel für das Objekt verlangt hatte. Aber es war eines der letzten großen Grundstücke in Großhesselohe, fast zehntausend Quadratmeter, wenn auch das meiste davon ein bewaldeter Steilhang war. Die Villa oben an der Heilmannstraße war ziemlich runtergekommen, aber leider denkmalgeschützt, sodass nun eine aufwendige Renovierung anstand. Das Filetstück aber befand sich im unteren Bereich, zur Isar hin, ein absolut ruhiges, uneinsehbares, ebenes Gelände, das von einem Bach durchflossen wurde, in dem sich die Forellen nur so tummelten. Und dort hielt sich jetzt offenbar diese Türkensau auf. Ja, besser hätte es nicht kommen können.

Er parkte den Jaguar direkt vor der alten Villa. Das Gartentor stand sperrangelweit offen. Typisch für die Kleine, dachte er. Bevor er ausstieg, holte er noch seinen Schlagstock unter dem Sitz hervor. Man konnte ja nie wissen. Im Gehen ließ er das teleskopische Stahlrohr ein paarmal aufschnappen. Was für ein beruhigendes Geräusch. Vorsichtig stieg er, sich am Zaun entlanghangelnd, die steile Böschung hinab. Jetzt konnte er ihre Gestalt erkennen. Sie saß mit dem Rücken zu ihm im Gras und glotzte in den Bach. Einen Moment lang überlegte er, ob er sie nicht schnell noch mal packen sollte, aber, dachte er, eine Geschändete, noch dazu eine Kanakenbraut, rührt ein guter Deutscher nicht an. Irgendwie ekelte es ihn jetzt sogar vor ihr.

Leise pirschte er sich an das Mädchen heran. Es hörte ihn nicht. Eine rasche ausholende Bewegung mit dem Arm, und klack, klack, der Schlagstock war voll ausgefahren.

***

Im Laufe des frühen Morgens war Sanga immer unruhiger geworden. Der Hund war kaum mehr zu halten gewesen. Avci, der Jäger, wie sich Su selbst bezeichnete, als einen männlichen Jäger, denn das weibliche Wort gab es, typisch für diese streng patriarchalische Gesellschaft, im Türkischen nicht, horchte angestrengt in den Wald. Nein, sie hatte sich vorhin nicht getäuscht. Mehrere Personen bewegten sich im dichten Forst. Für Pilzsammler war es noch keine Jahreszeit, und ein Suchkommando der Polizei hätte mit Sicherheit eine Hundestaffel dabeigehabt, die für entsprechenden Lärm gesorgt hätte. Womöglich hatte Rohloff eine Mannschaft zusammengestellt, die nach ihr suchte, ohne zu wissen, wer sich hinter der Figur des Scharfschützen verbarg.

Ihre Sachen hatte sie vorsichtshalber schon gepackt. Nun war es höchste Zeit, die Gegend zu verlassen. Wer das auch immer war, der da vielbeinig und Totholz brechend durch den Wald kam, es bedeutete nichts Gutes für sie. Da musste sie nur ihren Hund anschauen, wie nervös er war und gleichwohl immer aggressiver reagierte, je mehr sich die fremden Laute näherten, die Rute hochgestellt und die Lefzen entblößt. Auf Sangas Gespür für Gefahr war Verlass. Schon damals, auf der Flucht vor dem brutalen Kerl, der sich ihr Ehemann schimpfte, doch ihr fremder als jeder andere Mensch auf der Welt geblieben war, hatte Sanga Gefahr bereits gerochen, bevor die jeweilige Situation wirklich ernst wurde.

Als sie nach einem Angriff der türkischen Armee auf das PKK-Militärcamp in den Bergen bei Diyarbakir verhaftet worden war, hatte man sie zuerst für einen Jungen gehalten. Sie hatte sich als Mann verkleidet, um einer möglichen Vergewaltigung durch die Soldaten zu entgehen. Zusammen mit anderen PKK-Kämpfern hatte man sie in eine Art Auffanglager gebracht, wo sie jedoch schnell entlarvt worden war, als ein Sanitärhelfer sie beim Toilettengang heimlich beobachtet und bei seinen männlichen Kameraden verraten hatte. Nachdem mehrere Soldaten sie eine ganze Nacht lang missbraucht hatten, war ihr am Morgen die Flucht gelungen. Die Soldaten hatten den Fehler begangen, sie unbewacht in einem Kellerraum liegen zu lassen, wohl weil sie glaubten, sie wäre tot. Erneut in Männerkleidung, hatte sie sich schließlich in Richtung der Stadt Elazig absetzen können und in einem abgelegenen Dorf namens Yeniköy Zuflucht bei einer Familie von Schafhirten gefunden. Was sie anfangs als humanitären Akt empfunden hatte, sollte sich letztlich als berechnetes Kalkül herausstellen. Für Turgut, den ältesten Sohn, ein Ausbund von Hässlichkeit und Schwachsinn, hatte man einfach keine Frau auftreiben können. Turgut war nicht nur unsäglich dumm, sondern auch von schlechtem Charakter, jähzornig und gewalttätig.

Der Zwangsheirat hatte sie letztlich zustimmen müssen, da

die Familie ihr gedroht hatte, andernfalls ihr Geheimnis zu lüften und sie an die Polizei zu verraten. Fast ein Jahr hatte sie es dort ausgehalten, weil sie nicht schon wieder davonlaufen wollte. Weil sie einfach eine wahnsinnige Angst hatte, verhaftet zu werden, wieder in die Hände derjenigen zu fallen, die ihr Leben zerstört, ihre frauliche Würde genommen hatten und ihre Selbstachtung.

Ihr ganzes Leben lang war sie doch auf der Flucht gewesen. Schon zu Kindertagen hatte sie nichts anderes gekannt als immer nur Flucht. Nach Saddams Giftgasanschlag auf ihre Heimatstadt, auf Halabdscha, einem der schlimmsten Massaker der Neuzeit, als fünftausend Kurden jämmerlich verrecken mussten, Männer, Frauen und Kinder, war ihre Familie aus dem Irak in die Türkei geflohen, besser gesagt das, was das tödliche Sarin noch von ihrer Familie übrig gelassen hatte. Der Vater, zwei Tanten und ihre drei Brüder hatten das Gas nicht überlebt. Ihre Mutter hatte die ihr verbliebenen zwei Kinder nicht allein durchbringen können und sich nach dem Trauerjahr wieder verheiratet, mit Musa Teyran, einem Lehrer und Mitglied der Kurdischen Arbeiterpartei PKK. Musa war ein herzensguter Mann gewesen, der sie und ihre Schwester umsorgte, als wären sie seine eigenen Kinder. Als er bei einer Demonstration der PKK, die von türkischen Milizen blutig niedergewalzt wurde, ins Gefängnis geworfen worden war und nach zwei Jahren Haft unter ungeklärten Umständen starb, hatte ihre Mutter keine Kraft mehr zum Leben gehabt und sich von einem Felsen in den Tod gestürzt. Ihre Schwester war zu entfernten Verwandten im Iran gekommen und sie der Nachbarsfamilie anvertraut worden, streng marxistisch orientierten PKK-Aktivisten.

Mit achtzehn Jahren war sie ebenfalls in die Kurdische Arbeiterpartei eingetreten, in einen weiblichen Kampfverband namens YJA STAR. Dort hatte sie auch das Schießen gelernt, und weil sie sich als außerordentlich treffsicher erwiesen hatte, durfte sie einer von Männern dominierten Truppe beitreten, in der Einzelkämpfer für Anschläge gegen militärische Einrichtungen des türkischen Regimes ausgebildet wurden.

Die Kunst des Benchrest-Schießens hatten sie sich in der

Hauptsache selbst beigebracht. Ein Kamerad, der in den USA studiert hatte, hatte diese Technik dort bei einem der zahlreichen Schützenvereine gelernt und sie darin unterrichtet. Bald schon war sie besser als die Männer gewesen und hatte einen einsamen Rekord aufgestellt, sechs Schüsse auf vierhundert Meter in ein Ziel, mit lediglich eins Komma vier Millimeter Abweichung.

Alles in allem war es eine aufregende, ja schöne Zeit gewesen. Sie war unter ihresgleichen anerkannt, war emanzipiert und durfte sogar eine höhere Schule besuchen und das Abitur nachholen. Frauen galten in der PKK als den Männern gleichwertig und wurden nicht, wie sonst in Ostanatolien oder, schlimmer noch, in den archaischen Systemen der muslimischen Kurden, als Menschen zweiter Klasse behandelt. Die PKK hatte sich stets als Arbeiter-und-Bauern-Partei verstanden und gegen die doppelte Unterdrückung der unterprivilegierten Kurden, einerseits durch die alten feudalen Stammestraditionen, andererseits durch die türkische Militärdiktatur, gekämpft.

Nachdem die Terrorakte auch gegen zivile Ziele zugenommen hatten, hatte sie sich eigentlich von der PKK abwenden wollen, doch dann war dieser Überfall türkischer Soldaten auf ihr Camp passiert, und ihr Leben hatte zwangsweise eine andere Richtung eingeschlagen, immer weiter nach unten, bis in die tiefste Hölle, mit Turgut Gökhan als leibhaftigem Teufel.

Ihr einziges Vergnügen in der Ehehölle waren die Hirtenhunde der Familie gewesen, die wunderbaren Kangals. Vor allem ein Rüde, der Pascha gerufen wurde, dem sie später aber den Namen Sanga gab, weil nichts sie an diese schreckliche Zeit erinnern sollte, nichts, was den Gehirnen dieser Menschen entsprungen war, und sei es nur der Name für einen Hund. Es war Sanga, der sie damals gerettet hatte, indem er Turgut angriff. In dieser Nacht hatte er sie wieder einmal verprügelt, weil sie ihm nicht zu Willen sein wollte. Dummerweise hatte er die Tür zum Haus nicht versperrt wie sonst, wenn er den Ledergürtel aus der Hose nahm und über sie herfiel. Turguts Schreie hatte sie heute noch im Ohr. Sie hatte Sanga damals machen lassen, was die Natur, sein Instinkt, ihm vorgegeben hatte. Sanga war ein

Kangal, der das verteidigte, was ihm schutzlos schien. Vielleicht hatte er sich auch nur rächen wollen. Turgut hatte Sanga nicht gut behandelt. Schon als Welpen hatte er das Tier ständig mit dem Stock geschlagen. Und so hatte der Kangal zugebissen, immer wieder, bis Turgut still gewesen war. Noch in derselben Stunde war sie aus Yeniköy geflohen, und natürlich hatte sie den Hund mitgenommen. Ihn dort zu lassen hätte seinen Tod besiegelt.

Seitdem war Sanga ihr nicht mehr von der Seite gewichen und sie nicht ihm. Wieder einmal hatte sie sich als Mann verkleiden müssen, um nicht aufzufallen. Auch wenn sie nicht wusste, was mit Turgut genau passiert war, ob er überlebt hatte, so wusste sie umso besser, dass seine Familie sie verfolgen würde bis an ihr Lebensende, bis der Sohn gerächt war. Die meisten Etappen ihrer Flucht hatte sie deshalb zu Fuß bewältigt, abseits der Straßen und Dörfer. Arg darben hatten sie müssen, Sanga und sie, doch die Angst vor der Familie und die Sehnsucht nach Freiheit hatten sich als stärker erwiesen als der schlimmste Hunger.

Nach zwei Wochen entbehrungsvoller Reise hatte sie schließlich die Gegend von Sivas erreicht. Und endlich war ihr das Glück wieder hold gewesen: Bei einem Großgrundbesitzer, der sie zuerst nicht als Frau erkannt hatte, hatte sie sich als Schafhirte verdingen können. Auch dies hatte sie Sanga zu verdanken, denn Mehmet Toprak, der reiche Bauer, hatte gleichfalls einige Kangals besessen, aber keiner war so groß und stark wie Sanga gewesen. Auf den Leithund war er damals sofort los, und wären nicht mehrere Männer dazwischengegangen, so hätte Sanga den Gegner wohl zerfleischt. Doch anstatt wütend zu werden, hatte Mehmet ihrem Hund bewundernd applaudiert. Umgerechnet dreitausend Euro, eine für ostanatolische Verhältnisse ungeheure Summe, hatte er ihr für Sanga geboten, doch um kein Geld der Welt hätte sie ihren Hund jemals hergegeben. Auch dass sie nicht käuflich war, hatte Mehmet gefallen, sodass er sie am selben Tag noch eingestellt hatte.

Der Gutsbesitzer hatte es nicht bereut. Vom ersten Tag an hatte sich Sanga der Schafe angenommen, als sei es schon immer seine Herde gewesen. Er war ein perfekter Schutzhund. Gefahr hatte er bereits gewittert, bevor sie als Hirte auch nur das Geringste wahrgenommen hatte. Die in der Gegend häufig vorkommenden Wölfe hatte er gerochen, bevor sie die Schafe überhaupt entdeckt hatten. War Sanga erst mal in Bewegung, war er kaum mehr zu kontrollieren gewesen. Seine Angriffe auf das Raubzeug waren so rücksichtslos auf das eigene Leben, dass die Wölfe ihr Heil nur noch in panischer Flucht gesucht hatten.

Es war ein herrliches Jahr gewesen, allein in den Bergen um Sivas, nur sie, Sanga und die Schafe. Bis die Brüder ihres Mannes sie aufgespürt hatten. Wie die Kerle sie entdecken konnten, blieb bis heute ein Rätsel. Jedenfalls waren sie eines Morgens zu dritt auf Mehmets Gut erschienen und hatten sich nach ihr erkundigt. Mehmet, der sie anscheinend gern hatte und inzwischen wohl auch ahnte, dass sie in Wahrheit eine Frau war, hatte die Brüder zwar weggeschickt, doch mussten sie irgendetwas gemerkt haben und hatten die Weiden in den Bergen durchkämmt. Sanga hatte sie gleich gewittert. Kurz vorher hatte Su noch die Schafe in einem Talkessel zum Melken der Muttertiere zusammengetrieben. Der Hund hatte, wie es seine Art war, oben auf einem Hügel gestanden, um die Situation zu sichern, und hatte die Männer sofort verbellt. Als sie zu Sanga hochgelaufen war, waren sie bereits im Anmarsch. Natürlich hatten sie Gewehre dabei, und natürlich hatten sie nichts anderes im Sinn, als sie und Sanga zu töten. Aber auch sie war bewaffnet gewesen. Mehmet hatte ihr ein altes Gewehr überlassen, falls einmal ein großes Rudel Wölfe die Herde angreifen und Sanga nicht allein mit ihnen fertigwerden würde.

Sie hatte gewusst, dass es jetzt um ihr und des Hundes Leben ging. Schnell hatte sie sich ins hohe Gras fallen lassen und Sanga ebenfalls auf den Boden gedrückt. Die Brüder hatten ihre Gewehre bereits im Anschlag. Aslan, den mittleren und gefährlichsten der drei, hatte sie zuerst erwischt. Mit einem Kopfschuss, mitten in die Stirn, aus der doppelläufigen Jagdflinte, einem alten Vorderlader, der aber dennoch seinen Dienst tat. Sie war erstaunlich ruhig gewesen, damals. Hatte ohne Hast nachgeladen, um auch Cafer und Muhlis zu erledigen, die, anstatt abzuhauen oder sich wenigstens in Stellung zu bringen, wutentbrannt und mit lautem Geschrei auf sie zurannten. Bis auf fünfzig Meter hatte sie die beiden herankommen lassen und ihnen ihn schneller Folge den Fangschuss durch die Stirn verpasst. Die alten Reflexe, all das, was sie in langen Jahren in der Kampftruppe bis zum Exzess geübt hatte, war noch vorhanden.

Sie hatten ihr nicht leidgetan, kein bisschen. Befriedigung hatte sie allerdings auch keine verspürt. Da war nichts gewesen, keine Regung. Sie hatte gewissermaßen ihren Job erledigt und die Brüder Gökhan hatten sich einfach nur dumm angestellt. Wie hätten sie aber auch wissen können, dass sie auf einen der besten Scharfschützen getroffen waren, der je in der PKK gedient hatte? Nie und nimmer wäre es in ihre schlicht strukturierten Hirne gegangen, dass eine Frau eine Präzisionsschützin sein konnte. Dass sich eine Frau überhaupt wehrte. Dann aber, als die Männer tot im Gras lagen, war ihr bewusst geworden, dass ihre Zeit in der Türkei abgelaufen war. Und zwar in diesem Moment. In ihrer Not hatte sie sich an Mehmet Toprak gewandt. Ihre ganze Geschichte hatte sie ihm erzählt, von dem Tag an, an dem sie als Vierjährige mit ihrer Mutter in die Türkei geflüchtet war. Der Großbauer war kein Kurde gewesen, und trotzdem hatte er ihr ohne großes Aufhebens geholfen und einen neuen Pass besorgt, auf ihren Mädchennamen Karabulut ausgestellt. Hatte ihr Geld gegeben und ein Flugticket, das sie nach Deutschland brachte, nach München, in die vermeintliche Sicherheit. Doch Sicherheit, das wusste sie jetzt, würde es nirgends auf dieser Welt für sie geben.

Ihre komplette Vergangenheit breitete sich vor ihrem geistigen Auge aus, als sie ihr Auto nun nach München steuerte, um wieder an ihre Arbeit bei Runes zu gehen, als wäre nichts geschehen. Nichts geschehen, dachte sie bitter. Ihr Schicksal, ein entsetzliches Einzelschicksal? Nein. Ein kurdisches Schicksal, eines wie viele andere auch. Das ewige Leid der Kurden, versinnbildlicht durch ihre Nationalhymne, die mit den Worten begann: »Oh Feind! Die Kurden und ihre Sprache leben noch immer!«

Von der Öffentlichkeit waren sie stets als aufmüpfige Minderheit empfunden worden, dabei gab es weltweit etwa dreißig Millionen Kurden, ein von allen Seiten unterdrücktes Volk, das nie einen eigenen Staat besaß und dessen Bestrebungen nach Autonomie seit jeher blutig niedergeschlagen worden waren, egal, ob von Türken, Persern oder Irakern. Und jetzt waren auch noch die Todesschwadronen des sogenannten Islamischen Staates dazugekommen. Am liebsten wäre sie sofort zurückgekehrt, um ihren Landsleuten im Irak beizustehen, doch noch durfte sie ihre Zelte nicht abbrechen. Noch gab es Tödliches zu tun. Paul Rohloff und sein Vater: Sie durften nicht einfach davonkommen. Zu viel war passiert.

Den Ausschlag, über die nie zur Verantwortung gezogenen Täter zu richten, hatte die Ermordung ihres alten Kameraden Ferhat Barzani gegeben. Sie hatte ihn seinerzeit bei der PKK kennengelernt. Er war in derselben Kampftruppe gewesen, ein sanfter, kultivierter Mann, doch hart in der Sache, wie sie zum Einzelkämpfer ausgebildet. Das Netzwerk der Kurdischen Arbeiterpartei, das auch in Deutschland hervorragend funktionierte, obwohl sie als terroristische Vereinigung eingestuft und verboten war, hatte ihr seine Adresse zukommen lassen. Was für eine Überraschung, dass er in derselben Stadt lebte! Ein paarmal hatten sie sich getroffen, heimlich, denn seine Frau hatte nicht erfahren dürfen, dass er noch Kontakte zu alten Genossen unterhielt. Nur aktiv wollte er nicht mehr werden, da er drei kleine Kinder zu versorgen hatte, und die Partei war so hilfsbereit gewesen und hatte ihm Geld für den Aufbau einer neuen Existenz geliehen.

Er hatte ihr auch sein Gewehr geschenkt, ein teures Hightech-Gerät echt deutscher Wertarbeit, speziell für Scharfschützen entwickelt. Solch eine perfekte Waffe hatte sie noch nie in der Hand gehabt, eine .68er Magnum, wechselweise mit so großen Kalibern zu bestücken, dass sie selbst einen Elefanten in Stücke reißen konnten. Trotzdem war das Gewehr extrem leicht, wie für sie geschaffen. Als sie es unter Ferhats Anleitung in einer entlegenen Gegend ausprobiert hatte, war sie von der verheerenden Wirkung der Geschosse schier überwältigt, gleichwohl entsetzt gewesen. Die Spezialpatronen hinterließen fast faustgroße Löcher im Ziel, Löcher wie ausgestanzt, selbst in Baumstämmen. Was muss das für ein Wahnsinniger sein, hatte sie damals noch gedacht, der sich so furchtbare Waffen ausdenkt und dann auch noch herstellt und vertreibt.

Ferhat aber hatte der Gewalt abgeschworen. Er hatte ein neues Leben begonnen, in Frieden und Freiheit. Nie mehr wollte er eine Waffe benutzen, nie mehr die Hand gegen jemanden erheben. Und dann solch ein Tod, von hinten erschlagen. Mit einem Stein, als sei er eine Kakerlake. Von einem Schwein von Menschen getötet, der sich auch noch seines Verbrechens gerühmt hatte, nicht vor ihr natürlich, nein. Zufällig hatte sie ein Telefonat belauscht, das ihr Arbeitgeber, der alte Rune, mit diesem Aaron Ammann nach der Tat geführt hatte. Rune hatte ihn sogar noch beglückwünscht, dass ein Kanake mehr zur Hölle gefahren war. Und hatte damit sein eigenes Todesurteil gesprochen. Noch gut hatte sie den Schock in Erinnerung, als sie von Ferhat Barzanis Ermordung erfahren hatte. Und derjenige, der wahrscheinlich den Auftrag dazu erteilt hatte, musste ausgerechnet ihr Arbeitgeber sein, stand nur wenige Meter von ihr entfernt in seinem Arbeitszimmer, nicht ahnend, dass sie hinter der halb geöffneten Tür lauerte und alles mithörte.

Sie waren sich ihrer Sache so sicher gewesen, sie, die Mörder, mit all ihrem Geld und ihrer Macht. Über die abhörsicheren Telefone hatten sie so manches preisgegeben, von dem nicht einmal ihre Familien Kenntnis hatten, in Verklausulierungen zwar, die sich wie eine Art Geheimsprache anhörten, die sie aber bald identifizieren konnte als das, was sie eigentlich darstellten: eine Verschwörung überzeugter Faschisten, die den Sturz des Staates planten, um ein Viertes Reich, wie sie es nannten, zu gründen, ein neues nationalsozialistisches Gebilde, in dem für Andersdenkende und Ausländer wie sie kein Platz mehr war.

Warum sie keine Bomben legten, war ihr anfangs nicht klar gewesen. Sprengstoffattentate erzielten doch eine weit größere

Breitenwirkung als vereinzelte Morde an Gastarbeitern, selbst wenn diese noch so grausam ausgeführt wurden. Allmählich aber begriff sie, was diese Geheimorganisation bezweckte. Sie wollte ein Klima der Angst unter den verhassten Migranten schaffen. Mit den Bekennerschreiben gab man sich einen vermeintlich christlichen Anstrich, präsentierte sich als Kreuzritter in der ewigen Schlacht gegen die ach so gefährlichen Muslime, als aufrechte Kämpfer, die mit der rassischen und religiösen Überfremdung auf gleichwohl archaische Art und Weise aufräumten.

Nachdem sie ihnen mehr durch Zufall auf die Schliche gekommen war, hatte sie den Faschisten nachgespürt, soweit es in aller Heimlichkeit ging, hatte sich in der Uni-Bibliothek durch Fachliteratur gewälzt, das Internet auf braune Seilschaften hin durchforstet und war auf erschreckende Hinweise gestoßen, dass offenbar ein weltweites Netz von Nazis existierte, von den Behörden wohl erkannt, doch anscheinend nicht für ausreichend gefährlich erachtet, als dass man die rechtsradikalen Umtriebe mit aller Gesetzeshärte zu unterbinden versucht hätte.

Sie hatte sich intensiv mit der politischen Situation in Europa beschäftigt, denn sie wollte wissen, warum die Leute nur siebzig Jahre nach Ende des Zweiten Weltkrieges und dem Untergang der Hitler-Diktatur wieder den falschen Versprechungen der neuen Volksverführer erlagen oder gar selbst solch menschenverachtende Lehren verbreiteten. Denn überall, wo sie hinschaute, nahmen die rechtsextremen Parteien an Stärke zu, ob in Schweden, Holland, Frankreich oder Deutschland. Hatten die Menschen nichts aus der Geschichte gelernt? Immer wieder hatte sie sich gefragt, warum sich diese populistischen Parolen, die doch so leicht durchschaubar waren, bei den Wählern so verfingen. Warum sogar gebildete Schichten sich mittlerweile zu äußerst konservativen Meinungen bekannten, die schon arg nach Fremdenfeindlichkeit rochen. Warum sogar Juden in Deutschland wieder in Misskredit kamen, ausgerechnet hier, wo die deutsche Kollektivschuld an der Judenvernichtung doch noch in den Genen aller stecken müsste. Der Artikel einer überregionalen Tageszeitung kam ihr in den Sinn, wonach ein Viertel aller Deutschen antisemitische Einstellungen hegte. Wie, so fragte sie sich, hatte es so weit kommen können? Lag es an der Globalisierung, an der Sehnsucht nach heimatlicher Geborgenheit? Lag es an den sich immer mehr ausbreitenden Kriegen im Nahen Osten, am wirtschaftlichen Elend in den Drittländern, das immer mehr Flüchtlinge in den angeblich sicheren Hafen Europa trieb?

Die Menschen hatten Angst, und je besser es ihnen ging, desto mehr Ängste plagten sie, das Erreichte zu verlieren. Nur so ließ sich die zunehmend xenophobe Einstellung der Bevölkerung in den reichen westlichen Ländern erklären. Und genau dies machten sich nun die Scharfmacher vom rechten Rand des politischen Spektrums zunutze, ohne dass die Zivilgesellschaft etwas dagegen unternahm.

Freilich war ihr bewusst, dass auch ihr Weg im Prinzip der falsche war. Nur im Detail fühlte sie sich im Recht, in ihrem Recht. Denn diese angeblich so demokratische Gesellschaft hatte keinen Finger gekrümmt, um ihr zu helfen, auch nicht gegen eines der schlimmsten Verbrechen, das man einer Frau antun konnte. Gewiss, wäre sie von einem Durchschnittsbürger missbraucht worden, hätten die Gerichte vielleicht anders reagiert. Dummerweise aber war ihr Vergewaltiger einer aus der Oberschicht, und da hat man als kleine Migrantin nur wenig Chancen. Und auch das bisschen Giftgas damals im kurdischen Halabdscha, das gegen ihr Volk, gegen ihre Familie, zum industriellen Massenmord eingesetzt wurde, das gute Sarin, dies perfekte Schädlingsbekämpfungsmittel, hatte der böse Saddam Hussein leider zweckentfremdet und verbomben lassen. Hatte doch keiner wissen können, dass der das Zeug, das man ihm zur Insektenvernichtung geliefert hatte, tatsächlich gegen Menschen anwenden würde. Da musste sie, Su Karabulut, die Gerechtigkeit halt selbst in die Hand nehmen, selbst den Finger krümmen am Abzug, im Namen der vielen Toten und an Leib und Seele Verstümmelten.

Der Name dessen, der das Giftgas hergestellt hatte, war zwar schwer zu ermitteln gewesen, doch hatte es in der PKK besonders Wagemutige gegeben, die sich als Doppelagenten in den türkischen Geheimdienst eingeschleust und sich Zugang zu geheimen Dokumenten verschafft hatten. Eine deutsche Firma, so hatten die Spione herausgefunden, war seinerzeit für die Lieferung an den Irak verantwortlich gewesen, eine Firma namens DCF, Deutsche Chemiefabrik AG, die zum Konzern eines Rüstungsunternehmens gehörte, den Knauss-Haecker-Werken. Schon im Zweiten Weltkrieg hatte die Firma das berüchtigte Zyklon B fabriziert, das ebenfalls zuerst in der Schädlingsbekämpfung verwendet wurde, später dann, ab 1942, für die Vernichtung anderer »Schädlinge«, wie sie im Nazi-Jargon hießen, der Juden, Zigeuner und russischen Kriegsgefangenen. Und dieser Knauss-Haecker lieferte auch andere Waffen, moderne Schnellfeuergewehre, wie sie die PKK über libanesische Waffenschmuggler bezog, mit denen auch sie, Su Karabulut, das Präzisionsschießen gelernt hatte. Und am Ende war sie in den Besitz seines Spitzenproduktes gekommen, der legendären .68er Magnum.

Als sie dann noch herausgefunden hatte, dass der alte Firmenpatron Karl Knauss-Haecker ebenfalls der faschistischen Organisation um Dieter Rune angehörte, war ihr klar, wohin ihr Weg nun führte, führen musste, denn einer musste doch damit anfangen, die Täter zu richten.

Inzwischen hatte Su München erreicht. Sie war so in Gedanken gewesen, dass das plötzliche Klingeln ihres Handys sie derart erschreckte, als würde jemand sie unvermittelt anschreien. Es war Ada, die sie zu erreichen versuchte, Ada, die Schwester des türkischen Kommissars und ihre Freundin nicht aus Berechnung, sondern aus echter Sympathie. Sie hatten sich über Erol Yildiz kennengelernt, einen ihrer Kommilitonen, den Ada unverblümt anhimmelte, nachdem sie sich offenbar von ihrem bisherigen Lover getrennt hatte. Su hatte sie schnell ins Herz geschlossen. Sie mochte Adas direkte, fröhliche Art, ihr großes Mundwerk, das die Worte schneller sprudeln ließ, als dass ihr Verstand noch folgen konnte. Deshalb eckte sie überall an, doch war Ada dies anscheinend egal. Wenigstens war sie aufrecht.

Auch dass sie wegen ihres Alters keine Chance bei Erol hatte, schien Ada nicht anzufechten. Sie probierte sich einfach aus. Dass Atik Alkay Polizist war, hatte sie erst durch Ada erfahren. Doch ausgenutzt hatte sie dieses Wissen nie.

Su überlegte, ob sie den Anruf annehmen sollte. Nach kurzer Überlegung ließ sie es sein. Ada war trotz ihres Showgehabes sehr feinfühlig. Sie würde spüren, dass etwas nicht mit ihr stimmte, und belügen wollte sie ihre kleine Freundin nicht. Gleichwohl löste das Klingeln in ihr Unruhe aus. Die alten Ängste stiegen wieder auf. Was war, wenn die Kommissare ihr bereits auf die Spur gekommen waren? Sollte die Begegnung mit Kaltenbach im Wald bei Seefurth doch keinem Zufall entsprungen sein? Machten sich die Polizisten gerade ein Bild von ihr? War sie bereits in den Kreis der Verdächtigen geraten? Möglicherweise wurde ihr Mobiltelefon ja überwacht. Das war doch üblich bei Ermittlungen schwerster Verbrechen. Oder sah sie bereits überall Gespenster? Trotzdem, schaden konnte es nicht. Sie schaltete ihr Handy aus und entnahm Batterie und SIM-Karte. Jetzt war sie nicht mehr erreichbar und auch nicht zu orten, falls jemand auf dieses Idee verfallen würde.

Su, wie sie wirklich hieß, den Namen Suleika hatte sie nur der Tarnung halber angenommen, ohne ganz auf ihre eigentliche Identität verzichten zu wollen, kontrollierte den Verkehr hinter sich. Der blaue BMW dort, war das nicht der Wagen der Kommissare? Der silberne unscheinbare Ford, folgte der ihr nicht schon eine ganze Weile? Su wurde immer nervöser. Ihr Herz raste. Wovor hatte sie plötzlich so furchtbare Angst? Vor der möglichen Verhaftung? Warum musste sie ausgerechnet jetzt wieder daran denken? Sie war nicht in der Türkei, versuchte sie sich zu beruhigen. Gefängnis in Deutschland: Das konnte man doch überstehen. Doch dann fiel ihr ein, dass für sie wahrscheinlich die gefürchtete Sicherheitsverwahrung verhängt werden würde, immerhin hatte sie sechs Menschen getötet. Natürlich hatte sie damit rechnen müssen, aber stets hatte sie die Konsequenzen mit der Rechtfertigung verdrängt, dass es schließlich um eine höhere Sache ging. Um Gerechtigkeit. Gerechtigkeit, die der Staat jedoch nicht gab, die sie sich selbst hatte besorgen müssen. Der Staat kannte nur eins: die Strafe. Die drei Morde bei Sivas konnten vielleicht noch als Notwehr durchgehen, aber die geplanten Tötungen in Deutschland …

Auch wenn sie dieses Thema wieder und wieder durchgespielt hatte, so wurde ihr jetzt, in diesem Augenblick, bewusst, dass sie sich nicht verhaften lassen würde. Niemals würde sie im Knast verrotten. Sie würde sich wehren, wenn es denn sein musste, auch mit Gewalt. Und die einzige Gewalt, die sie verüben konnte, war die aus der Distanz. Mit dem Gewehr. Lieber würde sie im Kugelhagel sterben. Vielleicht war das sogar das Beste. Dann wäre alles vorbei. Die Alpträume in der Nacht. Die stete Angst. Und die schreckliche Schuld, die abgrundtiefen Selbstvorwürfe, die sie spätestens einen Tag nach jeder Exekution dergestalt plagten, dass sie manchmal drauf und dran gewesen war, sich mit dem Gewehr in den Kopf zu schießen. Nur, bei jedem Versuch hatte der Hund so furchtbar geheult. Sie hatte ihn immer weggesperrt, wenn es wieder so weit war, denn zuschauen lassen wollte sie, konnte sie ihn nicht. Aber Sanga schien jedes Mal etwas zu ahnen und veranstaltete ein solches Heulkonzert, dass sie es nicht übers Herz brachte, sich selbst zu richten. Noch nicht.

Die beiden verdächtigen Fahrzeuge verschwanden aus ihrem Blickfeld. Su atmete auf. In wenigen Minuten würde sie die Rune-Villa erreicht haben und die Arbeit sie ablenken von den düsteren Kreuz-und-quer-Fiktionen.

Kaum hatte sie ihren Wagen auf dem Grundstück geparkt, kam auch schon Gerlinde, der wuselige Hausgeist, auf sie zugelaufen, herzerwärmend wie eh und je. Gut, dass Suleika ihre freien Tage verkürzt habe, rief sie bereits von Weitem, sie komme nämlich um vor lauter Arbeit. Ob ihr Suleika gleich etwas abnehmen könne, Forellen unten am Bach holen, den Herrschaften gelüste es nach eigenem Fisch zum Abendmahl, und Suleika mache das doch gern.

Gerlinde hätte ihr keinen größeren Gefallen tun können. Nun hatte sie etwas zu schaffen und konnte dennoch allein sein, ohne dass ihre triste Stimmung jemandem auffiel. Sanga ließ sie in der Villa im Garten. Mit seiner Anhänglichkeit, die speziell in den letzten Tagen schon erdrückend war, ging er ihr zugegebenermaßen ein bisschen auf die Nerven.

Mit frischem Mut spazierte sie die wenigen Meter zum neuen Grundstück, öffnete mit Schwung die Gartentür und kletterte geschwind den steilen Hang zum Bach hinab. Sie stellte den Korb für die Fische neben sich ab, nahm den Kescher zur Hand und inspizierte das tummelige Treiben der Forellen im Wasser. Zwei besonders große Exemplare drängelten sich im allgemeinen Gewusel nach vorne. Schnell zog sie den Kescher durch das Nass, und schon zappelten die Fische im Netz. Sie versetzte ihnen einen tödlichen Hieb mit dem dafür bestimmten Rundholz und ließ ihren Fang in den Korb gleiten. Wie wenig Kraft es doch braucht, dachte sie, einem Fisch das Leben zu nehmen.

Ein metallisches Klicken hinter ihr, ein Laut, der hier nicht hergehörte, ließ sie hochschrecken. Sie fuhr herum. Vor ihr stand, blasiert grinsend, einen Schlagstock in der Hand wiegend, der Mensch, den sie am wenigsten erwartet hätte: Paul Rohloff.

***

»Wie, sie hat ihr Handy aus? Ganz aus? Dann weiß sie entweder, dass wir hinter ihr her sind, oder sie ist gerade dabei, ein weiteres Verbrechen zu begehen. Gut beziehungsweise schlecht. Halt uns auf dem Laufenden, Markus, vielleicht kriegt ihr sie ja wieder auf den Radar.« Mit tiefen Sorgenfalten auf der Stirn beendete Atik den Anruf.

»Würde mir der Herr eventuell verraten, was los ist?« Christoph stupste den auf dem Beifahrersitz nervös hampelnden Kollegen an.

»Suleika. Sie hat anscheinend die SIM-Karte aus ihrem Mobilgerät genommen. Markus kann sie nicht mehr lokalisieren.«

»Verdammt. Sie ahnt etwas. Wo hatte Markus sie zum letzten Mal geortet?«

»Hier«, sagte Atik. »Auf der Autobahn nach Garmisch.«

»Nach Garmisch oder von Garmisch kommend?«

»Lass mich nachdenken.« Atik überlegte. »Er hat gesagt, auf

der Garmischer Autobahn. Dann wird sie wohl auf dem Weg zu Rohloff sein.«

»Oder sie kommt gerade von ihm, und wir sind am Ende zu spät. Ruf ihn noch mal an, ich will das genau wissen.«

Atik wählte Besolds Nummer. Sie war besetzt.

»Bei dem ist immer besetzt«, konstatierte Christoph. »Probier es weiter.«

Nach mehreren erfolglosen Versuchen hatte Atik den Kriminaltechniker am Apparat. Die Antwort war kurz. »Von Garmisch«, gab Atik die Information weiter. »Du musst umdrehen.«

Abrupt riss Christoph das Steuer nach rechts und trat gleichzeitig auf die Bremse. Der BMW kam ins Schleudern, schlingerte in die Ausfahrt Wolfratshausen hinein. Atik brüllte etwas Unverständliches, das nach »Willst du uns umbringen, du Idiot?« klang, dann hatte Christoph den Wagen wieder unter Kontrolle. »Klasse Spursicherheit«, war sein einziger Kommentar. Er raste die Auffahrt in die Gegenrichtung nach München hoch und gab, wieder auf der Autobahn, sofort Vollgas. Kopfschüttelnd platzierte Atik das Blaulicht auf dem Autodach. Es hatte wenig Zweck, sich über Christophs riskanten Fahrstil zu mokieren.

»Wo willst du jetzt hin?«

»Ehrlich gesagt keine Ahnung«, antwortete Christoph. »Erst mal zurück. Möglicherweise holt sie sich jetzt den jungen Rohloff.«

»Damit setzt du voraus, dass sie den Alten bereits erledigt hat.«

»Ich setze gar nichts voraus. Ich will nur weiteres Blutvergießen verhindern. Versuch doch, den Kollegen Kriegel zu erreichen. Kann ja sein, dass er bereits bei Paul Rohloff ist. Wir sollten ihn warnen, dass die Karabulut bei ihm auftauchen könnte.«

»Ich komme mir vor wie der Privatsekretär des Herrn Großwesir«, murmelte Atik und tippte in sein Smartphone.

Wieder hörte Christoph nur Sprachspasmen, Abgehacktes wie: »Ja. Verstehe. Mist. Aufpassen. Die schießt sofort. Ja. Klein, sehr klein. Nein, Fahndungsfoto gibt es nicht.«

Atik beendete das Gespräch. »Die Kollegen können Paul

Rohloff nirgends erreichen. Er ist weder zu Hause, noch geht er an seine diversen Telefone.«

»Vielleicht ist er in der Uni«, vermutete Christoph.

»Stimmt. Was studiert der noch mal, Jura?«

Christoph nickte.

»Dann sollen die in München gleich einen Wagen dorthin schicken, den Kerl meinetwegen aus der Vorlesung holen. Moment, ich geb das schnell durch.«

»Warte!« Christoph legte die Hand auf Atiks Arm. »Das ist ein ziemlich nutzloses Unterfangen. Wir haben keinen Vorlesungsplan, nichts. Weißt du, wie viele Studenten an der Ludwig-Maximilians-Universität eingeschrieben sind?«

»Nein, aber wahrscheinlich mehr als drei.«

»Über fünfzigtausend«, sagte Christoph feierlich, als gebühre ihm Anteil an der Zahl der Studierenden.

»Schön«, feixte Atik. »Die werden aber nicht alle in einem Saal unterrichtet, oder?«

Christoph rümpfte die Nase. »Natürlich nicht. Aber einen einzelnen Studenten in der Uni zu finden ist schier unmöglich. Markus muss versuchen, auch sein Mobilteil zu lokalisieren. Ich habe das dumpfe Gefühl, dass der junge Rohloff in großer Gefahr ist.«

Atik gab die Ortung in Auftrag, während Christoph in Höchstgeschwindigkeit gen München fuhr.

»Es dauert eine halbe Stunde«, resümierte Atik das Telefonat. »Was hältst du davon, wenn wir den Vater anrufen? Vielleicht weiß der, wo sich sein missratener Sohn aufhält.«

»Mach das, falls er noch lebt«, sagte Christoph trocken. »Und erklär ihm auch gleich, wen wir als Scharfschützen verdächtigen.«

»Was willst du damit bezwecken? Soll das nicht Verschlusssache bleiben, bis wir Suleika gefasst haben? Am Ende kommt der alte Rohloff noch auf dumme Gedanken und organisiert irgendwelche rechtsradikalen Schläger, die das Mädchen auf ihre Weise mundtot machen.«

»Das müssen wir riskieren. Aber so schnell wird der keinen Suchtrupp auf die Beine stellen können. Der soll ruhig erfahren, dass wir von der Vergewaltigung wissen. Könnte ja sein, dass er seine Maske endlich ablegt und uns die Wahrheit erzählt. Einen Versuch wäre es wert. Ruf ihn einfach an und schau, wie er reagiert.«

»Auf deine Verantwortung«, murrte Atik.

Es dauerte, bis eine Verbindung zu Peter Paul Rohloff hergestellt werden konnte. Der Patriarch war offenbar auf seinem Besitztum unterwegs und Mathis, sein Sekretär, irgendwo im Wald. Endlich hatte ein Angestellter Rohloff auf verstärktes Drängen Atiks aufgetrieben. Er war ungehalten, als er den Kommissar zurückrief. Was es denn so Dringendes gäbe, dass man ihn bei einer wichtigen Beschäftigung störe. Geduldig erklärte Atik, was sie über seinen Sohn in Erfahrung gebracht hätten. Das seien alles nur schamlose Verleumdungen einer enttäuschten Abgewiesenen, polterte Rohloff sofort los. Außerdem hätte die Dame ihren Fehler eingesehen und die Anzeige zurückgezogen. Warum also noch alte Kamellen aufwärmen, die gerichtlich schon längst gegessen seien? Eine Zeit lang hörte sich Atik das Lamento des Mannes an. Schließlich hatte er genug. Er ließ die Bombe platzen.

»Wenn ich Sie unterbrechen darf, Herr Rohloff«, rief er laut in sein Mobiltelefon, weil sein Gesprächspartner die Unterredung wohl als reinen Monolog zu führen gedachte. »Das ist nicht der eigentliche Grund meines Anrufes. Es geht um etwas viel Wichtigeres. Wir wissen inzwischen, wer der Scharfschütze ist.«

Stille herrschte auf einmal am anderen Ende der Leitung.

»Haben Sie verstanden, was ich gesagt habe, Herr Rohloff?«

»Ja«, kam es nach einer Weile deutlich leiser zurück. »Und, wer ist dieser wahnsinnige Mörder?«

»Dass er wirklich so wahnsinnig ist, glaube ich gar nicht«, antwortete Atik kühl. »Der Scharfschütze hat nämlich ein durchaus nachvollziehbares Motiv für die Morde. Er hat sogar mehrere Motive.«

»So, ist ja interessant.« Rohloff schien sich gefangen zu haben. »Und wer ist der Mann?«

»Der Mörder ist kein Mann, Herr Rohloff, es ist eine Frau. Sie kennen die Dame sogar.«

Rohloff wurde wütend, fiel aus der selbst gewählten Rolle des jovialen Gentlemans. »Jetzt lassen Sie sich nicht alles aus der Nase herausziehen, Sie türkisches Exemplar von einem Polizisten. Wer ist es?«

Atik hatte das Gespräch inzwischen auf laut gestellt, sodass Christoph mithören konnte. Er grinste über das ganze Gesicht, als Rohloff so aus der Fassung geriet.

»Nun, Sie großdeutsches Exemplar von einem … Ach, lassen wir das für den Moment. Es gibt schließlich Wichtigeres. Die Scharfschützin ist Suleika Karabulut, das Vergewaltigungsopfer Ihres Herrn Sohnes. Vielleicht können Sie ja nachvollziehen, was das für Paul bedeutet. Er schwebt in höchster Gefahr. Die Dame versteht nämlich keinen Spaß in solchen Dingen. Sie stammt wie ich aus der Türkei, und da gibt es noch so etwas wie Blutrache, aber das wissen Sie ja sicher. Also: Wo ist Ihr Sohn, Herr Rohloff? … Herr Rohloff?«

Atik vernahm nur Atemgeräusche, als ob ein Herzkranker seine letzten Züge versuchte. »Herr Rohloff! Hören Sie mich?«

»Ich höre Sie, ja.« Die Stimme am Telefon, die soeben noch herrisch wie auf einem Kasernenhof geklungen hatte, schien wie ausgewechselt. »Das ist ja furchtbar. Das … das hätte ich nie gedacht.«

»Tja, mein Lieber.« Atik genoss sichtlich die geglückte Überraschung. »Mit Geld kann man sich halt doch nicht alles kaufen. Und jetzt noch mal zum Mitschreiben: Wo ist Ihr Sohn? Wir haben mehrmals versucht, ihn zu erreichen. Er geht an keines seiner Telefone. Wenn Sie nur eine leise Ahnung haben, wo –«

»Ich glaube, ich weiß, wo er ist«, wurde er von Rohloff unterbrochen. Mit seiner Selbstherrlichkeit war es mit einem Schlag vorbei. Selbst über das Telefon war zu spüren, wie der Mann in sich zusammensackte. »Er ist zur Familie Rune gefahren. Paul wollte noch mal mit dem Mädchen sprechen. Verstehen Sie, das war meine Idee. Ich habe ihn dazu gedrängt. Bitte tun Sie alles, damit meinem Sohn nichts passiert. Auch wenn er ziemlichen Mist gebaut hat, so ist er das Letzte, was mir geblieben ist. Schützen Sie ihn vor dieser Frau, ich bitte Sie.«

»Wir tun alles, was in unserer Macht steht«, antwortete Atik,

»exakt das, was wir auch für jeden anderen Menschen tun würden, egal, ob Schwarzafrikaner oder Deutscher. Wir beim LKA unterscheiden nämlich nicht nach Rasse oder Herkunft. Sie selbst sollten aber weiterhin vorsichtig sein. Sie wissen, dass Sie auf ihrer Liste stehen.«

Rohloff wollte noch etwas sagen, doch schnitt Atik ihm barsch das Wort ab. »Ist gut jetzt! Wir melden uns, sobald Ihr Sohn in Sicherheit ist.« Er schaltete sein Smartphone aus und warf es missbilligend auf das Armaturenbrett, als hätte er sich bei dem Telefonat mit einem hochansteckenden Virus ferninfiziert.

»Dem hast du es aber gegeben«, zollte Christoph ihm Anerkennung.

»Solche Typen kotzen mich einfach an«, erwiderte Atik. »Solange sie glauben, das Rennen zu gewinnen, lassen sie dich nur allzu gern spüren, dass du der Loser bist. Aber wehe, sie liegen mal hinten. Dann ist der Jammer groß.«

Christoph raste nun in höchstem Tempo durch die Stadt. Atik musste sich festhalten.

»Geht es nicht ein bisschen moderater? Wir sind im Wohngebiet!«

»Wir sind gleich da«, sagte Christoph, ohne die Geschwindigkeit zu verringern. »Manchmal zählt jede Sekunde.«

Über Funk orderte Atik mehrere Einsatzwagen zur Rune-Villa. »Das volle Kommando«, rief er ins Sprechgerät, »und Gas geben, Kollegen.« Christophs Unruhe hatte nun auch ihn erfasst. Nervös kaute er an seinem Daumennagel, etwas, das er seit seiner Schulzeit nicht mehr gemacht hatte.

»Was glaubst du?«, fragte er. »Wird sie den Jungen auch töten?«

»Ich hoffe nicht«, sagte Christoph leise. »Wenn Paul Rohloff zu ihr gekommen ist und sie ihm nicht irgendwo auflauert, ist das eine neue Situation für sie. Im Affekt hat sie bisher noch niemanden umgebracht. Nur eines macht mir Sorgen.«

»Und was ist das?«

»Der Hund«, sagte Christoph.

***

Den ersten Hieb hatte Su nicht abwehren können. Sie hatte nicht damit gerechnet, dass Rohloff sofort zuschlagen würde. Wahrscheinlich hatte er ihr Rundholz, mit dem sie die Fische erledigt hatte und das noch in ihrer Hand lag, als Bedrohung empfunden. Ein kleines Rundholz gegen den wohl einen Meter langen Stahlstock. Der Schlag traf sie mitten ins Gesicht, ließ ihre Lippe platzen wie einen Luftballon. Blut floss ihr in den Mund. Ihr wurde schlecht. Rohloff holte zum nächsten Hieb aus, während er sie mit allen möglichen Ausdrücken beschimpfte, von Türkenhure bis Kanakensau. Seine plötzlichen Gewaltausbrüche hatte sie ja schon einmal erlebt, damals, als sie sich gegen die Schändung gewehrt hatte. Doch sie hatte keine Chance gehabt, trotz Einzelkämpferausbildung. Sie wog gerade dreiundvierzig Kilogramm und der groß gewachsene, muskulöse Rohloff wohl mehr als das Doppelte. Außerdem war der Angriff so überraschend gekommen, von hinten natürlich, dass es für Abwehrreaktionen zu spät gewesen war. Doch noch einmal würde er ihr nicht wehtun.

Es gelang ihr, dem zweiten Schlag ausweichen. Blitzschnell bückte sie sich, kratzte eine Handvoll Sand am Boden zusammen und schleuderte ihn Rohloff ins Gesicht. Er schrie vor Wut. Sie nutzte den Augenblick seiner Unachtsamkeit und rannte davon, versuchte, den Hügel zu erklimmen, um vor dem rasenden Rohloff auf die Straße zu gelangen, dorthin, wo Menschen waren.

Es hatte zu regnen begonnen, und das Laub, das noch niemand nach Winterende weggeräumt hatte, war glitschig. Su rutschte aus. Rohloff war nun direkt hinter ihr, immer noch unflätiges Zeug brüllend. Gleich würde er sie haben, über sie herfallen, wie schon einmal. Sie spürte, wie die Tränen ihre Wangen herunterliefen und sich mit dem vielen Blut, das aus ihrer Oberlippe schoss, zu einem traurigen Cocktail vermischten. Sie hatte Angst, furchtbare Angst. Rohloff traute sie alles zu. Die Angst lähmte sie. Su war nicht so schnell und trittsicher wie sonst. Angst kannte sie sonst kaum. Im Kampf gegen das türkische Militär hatte sie genug Mut bewiesen, dass sie zur Eliteeinheit der PKK berufen worden war, als einzige Frau. Doch vor diesem Mann hatte sie schreckliche Angst.

Sie glitt erneut aus, spürte plötzlich Rohloffs eiserne Pranke an ihrem Fußgelenk. Wie einen Müllsack schleifte er sie den Abhang herunter. Nun brüllte er vor Freude. Su strampelte mit den Beinen, versuchte, hochzukommen, doch Rohloffs Gewicht zog sie weiter hinab. Nun schrie sie auch. Bisher hatte die Furcht ihr den Mund verschlossen, jetzt aber schrie sie ihr ganzes Elend aus sich heraus. Ihr Kopf knallte gegen den Boden, gegen einen Baumstumpf, aber Rohloff kannte kein Erbarmen. Sie riss sich die Kleidung auf, das Knie, doch Rohloff zog und zerrte an ihr, bis sie wieder unten auf dem ebenen Grasstück lag.

»Na, du Miststück, du verdammte Sau!« Er drückte ihr seinen Stiefel ins Gesicht, presste ihren Kopf in den Dreck. »Dachtest wohl, du kriegst mich bei den Bullen dran? Aber da hast du dich geschnitten, Kanakenbraut! Der arische Halbgott wird dir jetzt eine Lektion erteilen, die du dein ganzes beschissenes Leben nicht mehr vergisst!«

Der Tritt traf sie mit voller Wucht in den Unterleib. Jetzt ist es aus mit mir, dachte Su, aus und vorbei. In Erwartung des nächsten Tritts spannte sie die Bauchmuskeln an, doch er blieb aus. Stattdessen nahm Rohloff den Stiefel von ihrem Gesicht. Sie hörte ihn noch »Scheiße, Scheiße« kreischen, dann ein vertrautes Geräusch, trappelnde, hatzende Hundepfoten, die einen Hang hinunterklatschten.

Sanga.

Ihr Peiniger war plötzlich weg. Mühsam rappelte sich Su hoch, rieb sich den Schmutz von den Augen, beobachtete, wie Rohloff hektisch über den Zaun kletterte, der das Grundstück zu den Isarauen hin begrenzte. Der Zaun war hoch. Sanga kam angaloppiert, an ihr vorbei. Er nahm keine Notiz von ihr. Sie sah nur noch das Weiße in seinen Augen, das zähnefletschende Maul.

»Nein«, rief sie noch. »Sanga, bleib! Nein! Aus!« Doch der Hund war nicht mehr zu bremsen. In vollem Lauf raste er auf das Gitter zu. Das schafft er nie, dachte Su. Der Zaun ist selbst für ihn zu hoch. Und ja, der Kangal schaffte es auch nicht. Er blieb am obersten Viertel hängen, verfing sich in den Maschen und strampelte und strampelte, wie sie vorhin, als Rohloff sie am Bein gepackt hatte. Der Hund jaulte. Er musste sich verletzt haben. Su sah Blut an seinen Hinterläufen. Doch Sanga gab nicht auf. Niemand konnte ihn jetzt mehr aufhalten.

Weit hinter dem Zaun entdeckte sie Rohloff, der stehen geblieben war und gespannt die Szene beobachtete, den schweren, in den Drahtmaschen gefangenen Hund, der sich verzweifelt zu befreien suchte. Offenbar wähnte er sich in Sicherheit. Ein Irrtum. Sanga hatte sich freigestrampelt und sprang nun von der Absperrung herunter. Su hörte Rohloff wieder schreien. Sie lief los. Ihr geschundener Körper schmerzte, jeder Schritt tat höllisch weh. Doch sie musste Sanga stoppen, bevor er Rohloff erreichte. Sie erklomm den Zaun mit letzter Kraft und ließ sich ins nasse Gras auf der anderen Seite fallen. Der Regen war stärker geworden, die Sicht erschwert. Durch die Regenschleier sah sie, wie Rohloff sich in die Hochwasser führende Isar flüchtete.

Sanga zögerte keinen Moment. Der Hund sprang Rohloff nach, kämpfte mit der Strömung, doch er kam Rohloff immer näher. Der hatte nun bald das andere Ufer erreicht. Su schrie. Pfiff ihren Hund zurück, doch der war außer Kontrolle. Rohloff war noch nicht auf dem Trockenen, da war der Kangal bereits über ihm. Rohloff schrie wie ein Tier. Noch nie hatte sie einen Menschen solch furchtbare Laute von sich geben hören. Sanga hatte sich in den Rücken des Mannes verbissen, er riss und zerrte an Rohloffs Fleisch. Verzweifelt rief Su nach Hilfe, doch wegen des plötzlichen Unwetters waren die Isarauen menschenleer. Entsetzt sah sie, wie Sanga nach Rohloffs Genick schnappte. Dann schlossen sich seine gewaltigen Kiefer um dessen Hals. Der Hund schüttelte den großen Mann, als sei er eine Spielzeugpuppe, hin und her, hin und her …

Endlich ließ er von ihm ab. Und endlich bemerkte er seine Herrin, als sei er aus einem Wahn erwacht. Sofort wurde seine grimmige Mimik freundlich. Er schüttelte sich, dass sein Fell flog, und sprang ins Wasser, um zu Su zurückzukehren. Starr vor Schock wurde sie gewahr, wie die Isarwellen nach dem offenbar leblosen Körper Rohloffs leckten, als lockten sie ihn zu sich, und allmählich, endlos träge, wurde der schwere Leib von den Wassern erfasst und mit fortgerissen. Eine Weile noch schauten ihre vom Entsetzen überreizten Augen, wie der Körper stadteinwärts trieb. Dann verschluckten die schmutzig braunen Fluten Paul Rohloff. Kurz wurde noch der Arm des Mannes nach oben gespült, die im fiktiven Zugriff verkrampfte Hand schien sich noch gegen das Verschlucktwerden zu wehren, doch schließlich begrub die Isar Paul Rohloff in ihrem nassen Grab. Es war das letzte Mal, dass Su Karabulut ihren Peiniger sehen sollte.

Zu spät

Als die Kommissare bei der Rune-Villa eintrafen, empfing sie eine gespenstisch ruhige Atmosphäre. Nur der Regen klatschte auf die Straße, als ob Frösche auf Beton platzen würden. Ansonsten war es still um das Gebäude.

»Seltsam friedlich«, kommentierte Atik. »Vielleicht ist Rohloff gar nicht hier.«

Christoph schüttelte den Kopf. Sein Gesicht war weiß. Wie Porzellan, dachte Atik, so, wie ich ihn damals in meinem Traum sah, als er mehr tot als lebendig im Wald bei Hagstein lag und ich keine Ahnung hatte, was mit ihm passiert war.

Immer noch schüttelte sein Freund den Kopf, als passe etwas nicht in seine Vorstellung.

»Todesstille.« Mehr sagte er nicht, als er am Tor klingelte.

Gerlinde Burghard empfing sie an der Eingangstür. Nein, das Fräulein Karabulut sei nicht da, auch der junge Herr Rohloff habe bereits nach ihr gefragt. Sie sei auf dem Grundstück, unten am Bach, Forellen holen, nur ein paar Häuser weiter, Hausnummer 24. Der Herr Rohloff sei sicher schon dort. Atik und Christoph verloren keine Minute. Sie sprangen in ihren Wagen und fuhren das kurze Wegstück, wie Frau Burghard es ihnen beschrieben hatte.

»Das muss Rohloffs Auto sein«, sagte Atik, als sie neben dem weißen Jaguar hielten. »Er ist tatsächlich da.«

»Hoffentlich kommen wir nicht zu spät«, rief Christoph und rannte los, Atik ihm hinterher.

Sie glitten den vom Starkregen inzwischen aufgeweichten Hang hinab, rutschten einige Male aus und gelangten schließlich auf das untere Teilstück des Anwesens. Doch nichts war zu sehen, keine Suleika, kein Rohloff. Nur ein Korb mit zwei toten Forellen darin stand einsam am Bach.

»Verdammter Mist«, fluchte Atik, »das gibt's doch nicht. Die müssen doch irgendwo sein.«

Christoph untersuchte das Bachufer. Plötzlich bückte er sich und strich mit dem Zeigefinger durchs Gras. »Sie waren hier«, sagte er. »Und es muss etwas passiert sein. Schau!«

Atik kam näher. Jetzt konnte er ebenfalls die roten Schlieren am Boden erkennen, die der Regen allmählich verwässerte. Er tippte den Finger in die Flüssigkeit und leckte daran. »Das ist Blut. Hier ist tatsächlich was passiert. Fragt sich nur, was. Und von wem das Blut stammt.«

»Ruf alle Einsatzwagen hierher«, sagte Christoph. »Und die Spurensicherung. Hier fand ein Kampf statt, so viel steht fest.«

Während Atik die Zentrale informierte, ging Christoph am Bachlauf entlang. Er stieß auf weitere Hinweise einer potenziellen Auseinandersetzung, reihum zertretenes Gras, ein kurzes Rundholz und einen Teleskopschlagstock. Weiter oben am Hang machte er Schleifspuren aus, als wenn etwas den Abhang herabgezogen worden wäre.

Atik folgte ihm. »Die Kollegen sind jeden Moment da«, sagte er. »Ich habe sie jetzt in die Fahndung gegeben, alle beide. Außerdem habe ich befohlen, die Zufahrtsstraßen abzusperren. Wir müssten sie doch kriegen. Rohloff ist ohne Wagen unterwegs, da kann er nicht weit sein.«

»Du denkst, er hat Suleika etwas angetan?«

»Ich fürchte, ja. Zumindest, wenn sie ihr Gewehr nicht bei sich trug. Und Rohloff ist fast doppelt so groß wie sie. Außerdem kam er sicher nicht in friedlicher Absicht. Möglicherweise ist das Ganze eskaliert.«

Christoph ließ seine Augen über das Gelände schweifen, Richtung Zaun, zur Isar hinüber, die sich schäumend durch ihr gekiestes Bett wälzte, bereits hie und da über die Ufer tretend. »Vielleicht hatte sie doch eine Waffe dabei.«

»Was meinst du damit?«, fragte Atik.

»Den Hund. Den Kangal.« Christoph fuhr sich mit den Händen übers Gesicht, an dem die Regentropfen herunterliefen, kämmte mit den Fingern das mittlerweile völlig durchnässte Haar zurück. »Das gefällt mir alles nicht. Wir müssen sie finden, und zwar schnellstens. Atik, du gehst nach oben und empfängst die Kollegen. Das Haus soll sofort durchsucht werden, auch wenn es auf den ersten Blick verwaist schien. Und natürlich das komplette Grundstück. Komm mir nach, wenn du alles organisiert hast.«

»In Ordnung. Aber wohin willst du?«

Christoph deutete Richtung Isarauen. »Dort hinüber. Es könnte sein, dass sich das Geschehen dorthin verlagert hat.«

Er schritt zum Zaun, fingerte in den Maschen herum und hielt hellbraune drahtige Haare hoch. »Hundehaare! Sieht aus, als würde meine Ahnung bestätigt.«

Er schickte sich an, über den Zaun zu klettern, und riss sich dabei das Sakko auf.

»Du ruinierst deinen Anzug«, bemerkte Atik.

»Der ist so oder so hinüber«, gab Christoph zurück. »Deiner aber auch.« Tatsächlich schauten die Kommissare aus, als hätten sie eine Schlammschlacht hinter sich. Beide waren mittlerweile patschnass bis auf die Haut, ihre Kleidung von den Stürzen am Hang völlig verdreckt. Doch kümmerte es keinen.

Während Atik zur Straße ging, um die Kollegen in Empfang zu nehmen, untersuchte Christoph das Gelände am Flussufer, ohne auf irgendeinen Hinweis zu stoßen. Der Regen hatte alle Spuren vernichtet. Er setzte sich auf einen umgestürzten Baumstamm, das Unwetter ignorierend, und versuchte, seine Gedanken zu ordnen. Was war passiert? Wo war Rohloff? Und wo Suleika?

***

Kaum hatte sich Atik vor der Grundstückseinfahrt postiert, fuhren bereits von allen Seiten die Dienstfahrzeuge der Polizei vor. Es herrschte eine Stimmung fast wie im Kriegszustand, und doch folgte alles dem geregelten Rhythmus eines wohlkoordinierten Polizeieinsatzes. Obwohl Atik das Szenario schon so oft erlebt hatte, wunderte es ihn immer wieder, wie reibungslos die Räder der diversen Einheiten ineinandergriffen. Binnen zehn Minuten hatte man das Gelände abgesperrt und ein Spezialkommando die leer stehende Villa durchsucht. Kurze Zeit später traf auch Markus Besold mit seinem Team ein. Selbst Walter Lansing, der Leiter des Fahndungsdezernats, hatte es sich nicht nehmen lassen und war höchstpersönlich erschienen, um sich ein Bild von der Örtlichkeit zu machen. Atik konnte nun den Kollegen das Feld überlassen. Er zeigte Markus noch die Stelle, wo sie die Reste von Blut entdeckt hatten, doch auch hier hatte der Regen inzwischen das meiste verwischt.

»Das wird schwierig, bei dem Sauwetter«, konstatierte Markus.

Atik übergab dem Kriminaltechniker einen kleinen Plastikbeutel, in dem es rötlich schimmerte. »Das habe ich noch sicherstellen können, Blut von wem auch immer.«

»Du lernst allmählich dazu«, sagte Markus, um sich sogleich an seine Arbeit zu machen, das, was er am liebsten tat: auf dem Boden herumkriechen und tatrelevante Kleinstspuren finden, die niemand außer ihm jemals für essenziell erachtet hätte.

Atik kletterte über den Zaun und hielt nach Christoph Ausschau. Schließlich fand er ihn am Isarufer, flussaufwärts, wo er auf einem Baumstumpf hockte, in Gedanken versunken.

»Die Maschinerie ist angelaufen«, berichtete er seinem Freund. »Jetzt können wir nur noch hoffen, dass die Kollegen von der Fahndung Rohloff und Suleika irgendwo aufgreifen.«

Christoph sah ihn an, als habe er ihn nicht verstanden. »Der Regen hört langsam auf«, sagte er.

***

Auch zwei Tage nach dem Polizeieinsatz in Großhesselohe hatte die intensive Suche nach Paul Rohloff und Suleika Karabulut nebst Hund kein Resultat gezeitigt. Die beiden blieben wie vom Erdboden verschluckt, desgleichen der Sivas Kangal. Ratlosigkeit herrschte. Nur die Kriminaltechnik hatte Ergebnisse vorzuweisen. Das von Atik sichergestellte Blut stammte eindeutig von Suleika Karabulut. Man hatte ihre Wohnung durchsucht und DNA-Spuren genommen, welche mit jenen des Bluttestes übereinstimmten. Von Paul Rohloff konnte nichts festgestellt werden außer Fingerabdrücken am Schlagstock, den er offensichtlich auf dem Grundstück der Runes liegen gelassen hatte. Er musste sich demnach vor Ort aufgehalten haben. Auch die

Hundehaare am Zaun konnten identifiziert werden. Vergleiche mit den in Karabuluts Wohnung gefundenen Haaren bewiesen, dass auch der Kangal dort unten gewesen sein musste.

Was jedoch auf dem einsamen Gelände geschehen war, blieb weiter im Verborgenen und sorgte für allerlei Spekulationen. Dass sich ein Drama abgespielt haben musste, war die häufigste Theorie, die im LKA diskutiert wurde. Nur, wo waren die dazugehörigen Opfer? Und überhaupt, *wer* war das Opfer? Da man lediglich von Frau Karabulut Blutspuren entdeckt hatte, ging man zunächst davon aus, dass sie es wohl gewesen war, die bei dem Vorfall zu Schaden gekommen war. Allerdings fehlte das Wichtigste, eine Leiche. Oder wenigstens eine Verletzte, doch keines der unzähligen Krankenhäuser im Großraum München, die man kontaktiert hatte, konnte Entsprechendes vermelden.

Die SOKO Dogan tagte fast vierundzwanzig Stunden hindurch, sich die Köpfe heiß redend und die Finger wund telefonierend. Die Beamten bekamen Druck von allen Seiten: vom Ministerium, das, wahrscheinlich vom Vater Rohloffs bedrängt, sozusagen stündlich Aufklärung einforderte. Von den Medien, für die das Verschwinden der Hauptverdächtigen in der Sniper-Mordserie ein gefundenes Fressen für die abstrusesten Hypothesen war, die von der Boulevardpresse noch mit den wildesten Unterstellungen angeheizt wurden, die Gesuchte sei eine Killerin der Terrorvereinigung der PKK, wahlweise der al-Qaida oder auch der seit Neustem die Welt in Atem haltenden barbarischen Gruppe des Islamischen Staates.

Nur einer übte keinen Druck auf die Beamten aus, ausgerechnet der Mann, von dem man es am wenigsten erwartet hätte: Oberstaatsanwalt Gräfe. Seit er aus seinem Urlaub zurückgekehrt war, hielt er sich auffällig aus den Ermittlungen heraus. Er hatte Anette Schwalb die weitere Leitung der Fälle überlassen und wollte nur täglich Bericht erstattet bekommen. Dieses Vorgehen löste im LKA größte Verwunderung aus, weil es so gar nicht seiner Art entsprach, denn sonst zog er alles an sich, um auch noch das unwichtigste Vorgehen des Dezernats Mord und Totschlag zu kontrollieren. Atik glaubte den Grund zu kennen, und selbst der Kriminalrat hatte sich dessen Meinung angeschlossen, dass Gräfe wohl doch tiefer im braunen Sumpf der Burschenschaft steckte, als man anfangs angenommen hatte. Doch für Ermittlungen gegen den Oberstaatsanwalt war weder Zeit, noch gab es ausreichend Beweise für eine mögliche Mitwisserschaft oder gar Schlimmeres.

Zwischen all diesen Fronten und Fiktionen aber blieb die Wahrheit auf der Strecke.

Abseits aller Theorien und Vorschläge vertrat ausschließlich Christoph die Ansicht, dass Paul Rohloff bei der Auseinandersetzung den Kürzeren gezogen haben musste. Zur Begründung lieferte er immer dieselben Satzgebilde. »Der Hund. Der Kangal war vor Ort. Er hat in das Geschehen eingegriffen, wie auch immer. Ich denke, wir werden demnächst eher Rohloffs Leiche finden und nicht die von Suleika oder dem Tier.«

Erst am dritten Tag nach der noch nicht bekannten Tragödie in den Isarauen sollte Christoph auf erschütternde Weise recht bekommen. Am frühen Morgen machte der Fischer Heribert Strittinger vom Münchner Wasserschutzverband einen grausigen Fund, als er am Oberföhringer Wehr nach den Huchen schaute, den Riesenforellen, die sich bevorzugt im ruhigen Wasser nahe der Staustufe aufhielten. Er hatte bemerkt, dass sich die Lockströmung, die wandernde Fische in die Aufstiegsanlage ködern sollte, am Eingang staute. Die Fischtreppe umging das Kraftwerk im Norden der Stadt, damit die Fische zu ihren Laichplätzen flussaufwärts schwimmen konnten. Etwas Großes, Schweres, Undefinierbares hatte sich zwischen den Betonstelen verhakt. Erst bei näherem Hinsehen konnte der Fischer erkennen, worum es sich bei dem vermeintlichen Gegenstand handelte: Es war ein menschlicher Körper. Strittinger rief sofort die Polizei.

Keine zehn Minuten später war ein Einsatzwagen mit zwei Beamten vor Ort. Mit vereinten Kräften gelang es ihnen, die Leiche zu bergen, denn dass der im Wasser treibende Mensch nicht mehr am Leben sein konnte, war schnell zu erkennen. Auch dass es sich bei dem Toten um den vor Tagen spurlos verschwundenen Paul Rohloff handelte, wurde den Beamten rasch klar, als sie das Gesicht des Mannes, das zwar durch die Zeit im Wasser ziemlich aufgequollen war, mit den Fahndungsfotos auf ihrer Liste verglichen. Eine Wasserleiche zu identifizieren bedeutete selbst für erfahrene Polizisten eine harte Kost. Diese beiden aber waren noch jung an Jahren, und dieser Tote war dergestalt entstellt, dass es den Beamten sogleich schlecht wurde und sie sich auf der Stelle übergeben mussten.

Wenig später trafen die Kommissare zusammen mit dem Pathologen Dr. Jablonski ein. Wie gewohnt war die KTU bereits am Fundort.

»Servus, Christoph! Du hattest wieder mal den richtigen Riecher«, begrüßte Markus Besold den herbeieilenden Kaltenbach.

»Und du warst mal wieder schneller, als das LKA erlaubt«, erwiderte Christoph. »Ist es Rohloff?«

»Scheint so. Gerade gesund schaut er allerdings nicht aus. Aber macht euch selbst ein Bild.«

Betroffen umringten die Männer den toten Rohloff. Er bot einen furchtbaren Anblick. Der Kopf war halb vom Rumpf getrennt. Selbst der Halswirbelknochen hing nur noch an wenigen Sehnen. Rohloffs Rücken, den die zerrissene Kleidung freigab, war auf das Grausamste zerfleischt. Dr. Jablonski rührte sich als Erster aus der Schockstarre und untersuchte den Toten.

»No«, sagte er, »möcht ich mal wissen, was für ein Stück Viech den Burschen so zugerichtet hat.«

»Haie gibt es keine in der Isar, Doktor«, sagte Besold, für seinen skurrilen Humor, der dem des Gerichtsmediziners kaum nachstand, bekannt. Aber wahrscheinlich musste man sich in ihrem Beruf in solcherlei Zynismen flüchten, um das tägliche Grauen zu verkraften.

»Ein Viech war's auf jeden Fall«, erklärte Jablonski. »Wobei die Idee von einem Haifisch gar nicht so abwegig ist. Das Tier muss eine brutale Beißkraft gehabt haben.«

»Suleikas Hund, der Kangal«, räsonierte Christoph düster. »Der hat ihn erwischt.«

»Ein Hund?«, fragte Jablonski verwundert. »No, dann möcht ich dem nicht nachts im Wald begegnen.«

Christoph schloss für einen Moment die Augen. »Ich bin ihm schon begegnet, Doktor, und mir hat er kein Haar gekrümmt. Ich schätze, der hat nur sein Frauchen beschützt, und da kennt so ein Kangal kaum Grenzen.«

»Egal«, beschied der Pathologe. »Ich werd mir den Kerl daheim im Institut ganz gemietlich auf den Tisch legen, und dann werd ich schon rauskriegen, wie er sein armseliges Leben ausgehaucht hat. Näheres dann –«

»In zwei Tagen«, beendeten die Kommissare unisono den Satz.

Während Atik sich mit dem Fischer, der Rohloff gefunden hatte, und den beiden Polizisten unterhielt, schaute sich Christoph den geschundenen Körper genauer an. Es war das erste Mal seit dem Unfalltod seiner Familie, dass er sich einer Leiche wieder relativ emotionslos nähern konnte.

»Ein entsetzlicher Tod«, sagte er zu Jablonski, »aber wahrscheinlich hat er es selbst herausgefordert. Ich glaube, er hat die Karabulut angegriffen, und dann ist wohl der Hund auf ihn los. Trotzdem schrecklich.«

»No, habt ihr das Mädl noch nicht gefasst?«, erkundigte sich Jablonski.

»Nein. Der Begriff Mädl trifft allerdings nicht exakt zu. Suleika war bereits dreißig Jahre alt. Sie war nur so klein und zart und hatte so ein jugendliches Auftreten, da konnte man sie leicht für zwanzig oder noch jünger halten.«

»Sie sprechen von ihr in der Vergangenheitsform«, sagte Jablonski. »Möchten Sie meinen, sie ist nicht mehr am Leben?«

Christoph lächelte schwach. »Auch wenn es jetzt paradox klingt, weil sie doch eine Mörderin ist, aber irgendwie hoffe ich, sie hat das überlebt, was dort unten an der Isar passiert ist.«

Das Geheimnis des Gladio

Wieder machten sich Atik und Christoph auf den Weg hinaus zu Schloss Seefurth. Es war ein schwerer Weg, denn sie hatten Peter Paul Rohloff die Nachricht vom Tode seines Sohnes zu überbringen. Nachdem die Leiche in die Pathologie abtransportiert worden war, hatten sie ihren Besuch telefonisch angemeldet, ohne den Grund zu nennen. Zum einen entsprach es nicht den Gepflogenheiten im LKA, Hiobsbotschaften fernmündlich zu übermitteln, zum anderen wollten sie die Reaktion des Alten abwarten, um ihm etwaige Geheimnisse zu entlocken, die er sonst nicht preisgeben würde, aber unter hochemotionalem Stress eventuell doch ausplaudern könnte. Ein, wie sie wussten, nicht unbedingt moralisch vertretbares Vorgehen, aber im Hinblick auf die laufenden Ermittlungen durchaus übliches polizeiliches Verfahren. Unter Schock ließen die Probanden oft alle Vorsicht fallen.

Es war noch ein herrlicher Tag geworden, mit Temperaturen wie im Frühsommer. Eine pralle Sonne fieberte dem Himmelblau entgegen und tauchte die Landschaft in ein hartes Licht, aus dem sich die Geländeformationen scharf wie Scherenschnitte abzeichneten.

»Kein Tag, um einem Mann vom Tod seines Sohnes zu berichten«, sagte Atik, als sie die Straße zum Schloss hochfuhren, deren Asphalt das Schattenspiel der Alleebäume huschend gitterte.

»Wie soll denn so ein Tag deiner Meinung nach aussehen?«, fragte Christoph. »Grau, kalt und windig?«

»Es gibt überhaupt keinen passenden Tag für so einen Besuch. Ich wollte, es wäre schon vorbei und wir könnten im Biergarten sitzen und eine schöne Maß trinken.«

»Machen wir dann auch«, entgegnete Christoph und tätschelte freundlich Atiks Oberschenkel, als sei der ein Brauereigaul.

***

»Sie haben Glück. Er ist willens, Sie zu empfangen.« Mit diesen Worten begrüßte sie Michael Mathis, der omnipräsente Privatsekretär. »Herr Rohloff goutiert es normalerweise gar nicht, wenn man ihm den Grund einer Visite vorenthält.«

»Wo ist er?«, fragte Atik schroff, ohne auf Mathis' kalkuliert unfreundliche Bemerkung einzugehen.

»Ich geleite Sie.« Mit hocherhobenem Kopf führte Mathis sie um das Gebäude herum.

Sie fanden Peter Paul Rohloff auf der Terrasse hinter dem Schloss vor. Er studierte gerade irgendwelche Akten, legte sie aber rasch beiseite, als er die Kommissare kommen sah.

Der Mann schien um Jahre gealtert, seit sie ihn das letzte Mal gesehen hatten. Er benahm sich auch anders, sehr zurückhaltend und sehr bedrückt. Die Ungewissheit über seinen Sohn schien ihm reichlich zugesetzt zu haben. Mit einer Handbewegung bot er ihnen Platz an. »Was haben Sie mir zu sagen, meine Herren?«, begann er das Gespräch. »Ich fürchte, nichts Gutes, sonst wären Sie nicht persönlich erschienen.«

»In der Tat«, antwortete Christoph. »Wir haben eine traurige Botschaft zu überbringen. Heute Morgen um halb sieben wurde Ihr Sohn von einem Fischer bei einem Wehr an der Isar im Norden Münchens aufgefunden. Paul ist tot, Herr Rohloff. Mein Beileid.«

Der Alte hörte sich die Worte unbewegt an. Jegliche Farbe war aus seinem Gesicht gewichen. Er saß steif und starr, eine geschlagene Minute lang, die einem ewig vorkommen konnte, wenn drei Leute in einer solchen Situation an einem Tisch saßen und nicht redeten. Die Kommissare wagten nicht, die Stille zu unterbrechen. In diesem zähen Moment empfanden sie sogar aufrichtiges Mitleid mit ihm. Plötzlich erhob sich Rohloff mit einem Ruck und ging ins Haus, ohne ein weiteres Wort zu verlieren.

»Das war's dann wohl«, sagte Atik. Er stand auf. »Komm, mein Freund. Wir haben hier nichts mehr zu tun.«

***

Am Abend saßen sie im »Peace« auf ihren Stammplätzen an der Bar, die der Wirt jahrein, jahraus für sie reserviert hielt, selbst wenn sein Laden brechend voll war. Er hatte sogar zwei Messingschilder mit ihren Namen in das Holz der Theke geschraubt, damit bloß kein Fremder auf die Idee käme, sich dorthin zu setzen.

»Wieso habt ihr eigentlich den Termin mit Iwan verpasst?«, erkundigte sich Pies, als er ihnen die zweite Runde Bier und Wein servierte.

Atik erzählte von den Ereignissen der letzten Tage. Von dem Besuch bei Rohloff. Vom »beschissenen Dasein beschissener Polizisten«, wie er sich ausdrückte, die untätig zusehen mussten, wie sich die Leute gegenseitig abschlachteten. Dass sie sich schlichtweg zum Kotzen fühlten angesichts solchen Elends.

»Na«, sagte Pies, »ihr wart auch schon mal besser drauf.«

»Was ich dich schon lange mal fragen wollte«, sagte Christoph, »wieso hast du eigentlich immer eine so ausgeglichene Laune? Kommt das vom Kiffen?«

»Möglich. Außerdem halte ich mich seit elf Jahren erfolgreich von Frauen fern. Das erspart einem so manche Aufregung. Und dann haben mich die Jahre hinterm Tresen aufgeweicht. Ich muss mich nicht mehr, wie früher in den Sechzigern, gegen alles stellen, was irgendwie nach Establishment riecht, demonstrieren um des Demonstrierens willen. Da bade ich lieber lau, versteht ihr?«

»Klingt vernünftig«, stimmte Christoph zu.

»Haben wir da was verpasst?«, wollte Atik wissen. »Ich meine, als dein Freund Iwan da war.«

»Nicht direkt. In eurer speziellen Sache kann er euch, glaub ich, nicht weiterhelfen. Aber wie das mit den Waffen läuft, das war echt interessant.«

»Wie das Zeug von Deutschland in die Krisengebiete gelangt?«

»Nicht nur das, Christoph. Da kommt ebenso viel zurück, wie geliefert wird.«

»Kapier ich nicht«, sagte Atik. »Wer braucht hier in good old Germany schon Kriegsgerät?«

Pies lachte, während er sich am Zapfhahn betätigte und einige Gläser Bier an neue Gäste verteilte. »Das hab ich den Iwan auch gefragt. Er sagt, dass es jede Menge Abnehmer für illegal reimportiertes Kriegsspielzeug gibt. Die ganzen Salafisten-Babys zum Beispiel, die anscheinend demnächst für ein Kalifat in Deutschland kämpfen wollen. Dann wäre da noch die hübsch braune Brut, die ein Viertes Reich errichten will, verrückte Waffennarren und noch mehr solche Spinner.«

»Und wie funktioniert das?«, fragte Christoph.

»Genauso wie der Drogenschmuggel und der moderne Menschenhandel«, sagte Pies. »Das Zeug kommt aus Syrien, Afghanistan, Tschetschenien und was weiß ich noch woher über die Türkei und dann via Schnellboot rucki, zucki übers Mittelmeer nach Italien und schließlich zu uns auf den Tisch.«

»Scheiße«, kommentierte Atik.

»Okay«, sagte Christoph, »das ist mir nicht unbekannt. Aus meiner Zeit in Rom weiß ich, dass im Auftrag der Mafia quasi jede Nacht von Albanien Schnellboote an der italienischen Küste landen und Drogen und Waffen an die Dealer verteilen. Die Schmuggler waren damals schon besser ausgerüstet als die italienische Küstenwache, die nächtens Jagd auf die Kerle gemacht hat. Ihre Boote waren einfach schneller. Dass Waffen mittlerweile auch aus der Türkei kommen, ist mir neu.«

»Albanien war mal«, meinte Pies. »Das Land mutiert wohl langsam zum Rechtsstaat. Da geht nix mehr.«

»Willst du damit ausdrücken, die Türkei ist ein Unrechtsstaat?«, begehrte Atik auf.

»Nö. Aber Albanien ist klein und die Türkei riesig. So einen langen Küstenstreifen kriegst du nicht kontrolliert, mein Freund.«

»Scheiße«, sagte Atik. »Und wir Bullen rennen bloß noch hinterher.«

Christoph hielt Pies sein leeres Glas hin. »Dann schenk mir lieber noch mal von dem georgischen Schmuggelfusel nach. Das Zeug schmeckt, wahrscheinlich weil's zollfrei ist.«

Bedächtig schenkte Pies nach, um den Rest der Flasche sich selbst in den Schlund zu kippen. »Was ist eigentlich aus dem jungen Typen geworden, von dem ihr mir erzählt habt, der Sohn von diesem komischen Prediger?«

»Du meinst Jeremias Ammann?«, fragte Atik. »Der ist inzwischen bei einer sozialtherapeutischen Einrichtung hier in München untergekommen, wo er psychisch betreut wird und später eine Ausbildung machen kann. Soweit ich weiß, geht es ihm besser.«

Christophs Handy klingelte. Er hielt sich das linke Ohr zu, rief ein paarmal: »Wie bitte, ich kann Sie nicht verstehen«, und ging dann aus der Kneipe, da es zu laut war, als dass er dem Anrufer folgen konnte. Wenige Minuten später kehrte er zurück.

»Du wirst es kaum glauben: Das war der alte Rohloff. Er will morgen früh gleich in die Dienststelle kommen, eine Aussage machen.«

»Das sind ja völlig neue Töne«, wunderte sich Atik. »Was will er uns denn erzählen?«

»Er wollte sich am Telefon nicht so ausführlich äußern. Anscheinend hat er Angst, abgehört zu werden, von wem auch immer. Nur so viel: Der Tod seines Sohnes hat ihn wohl ins Mark getroffen. Er hat von irgendeiner Organisation geredet, einer sehr gefährlichen Organisation. Offensichtlich gehört er ihr selbst an. Er will alles aufdecken, hat er gesagt, ohne Rücksicht auf die eigene Person.«

»Das ist ja eine überraschende Wendung«, meinte Atik. »Vielleicht kommen wir hier wirklich etwas Großem auf die Spur.«

»Ich kann mir denken, wer diese Organisation ist«, sagte Christoph. »Wenn ich richtigliege, dann ist sie in der Tat äußerst gefährlich.«

»Und wie heißt der Verein?«, fragte Atik.

»Er nennt sich Gladio.«

***

Kurz darauf verließen die Kommissare Pies' Kneipe. Sie gingen noch eine Weile spazieren, Richtung Westend, denn das, was Christoph seinem Partner und Freund zu erzählen hatte, bedurfte keiner Mithörer. Das letzte Licht, das der Sonne noch in die Straßenschluchten zu werfen gelang, erlosch allmählich unter dem Schattenblick der Häuser. Der Tag, flüchtig wie Quecksilber, neigte sich vor der Stille der Nacht.

Christoph fing von vorne an, mit der Gründung der Organisation Gladio vor sechzig Jahren, kurz nach Ende des Zweiten Weltkrieges. Gladio sei der Codename für diese geheimnisumwitterte paramilitärische Einheit der NATO gewesen. Ziel war es, dem damals von den Alliierten befürchteten Einmarsch des Warschauer Paktes nach Westeuropa eine Terrorbrigade entgegenzusetzen, die durch Anschläge gegen die Besatzer die Rückeroberung durch NATO-Truppen vorbereiten sollte. Die Existenz einer solchen Untergrundarmee sei stets unter Verschluss gehalten worden und lediglich einem exklusiven Kreis westlicher Regierungsmitglieder bekannt gewesen.

Mit großer Sorge, erzählte Christoph, habe man seinerzeit das Wiedererstarken kommunistischer Parteien betrachtet, vor allem in Italien, wo die KPI drauf und dran gewesen war, sich aufgrund ihrer Wahlerfolge an der Regierungsbildung beteiligen zu können. Gladio sei damals aktiviert worden, galt es doch, mit allen Mitteln zu verhindern, dass die KPI an die Macht kam. Die NATO habe sich dabei der bewährten Strategie aller Terrororganisationen bedient, durch gezielte Anschläge auch auf Zivilpersonen, also auch auf Frauen und Kinder, ein ständiges Klima der Angst zu schaffen und diese Attentate durch bewusste Beweisfälschung der Behörden den Kommunisten unterzuschieben.

»Und«, fragte Atik ungläubig, »wurden die geplanten Anschläge auch real verübt?«

Christoph nickte. »Leider ja. All das kam erst viel später heraus, 1990, als der Kalte Krieg beendet war und die Parlamente von ihren Regierungen Aufklärung über Gladio forderten. Doch wurde aus speziellen Gründen nur die Hälfte aller Wahrheiten enthüllt, denn das Ausmaß der Verwicklungen von Gladio in Terrorakte in ganz Europa war so immens, dass besonders die NATO sich bis heute in Schweigen hüllt.«

Ihr Weg hatte sie mittlerweile zur Theresienwiese geführt,

eine im Moment verwaiste Asphalt-und Schotter-Wüste, weil ausnahmsweise einmal keine Volksbelustigungen anstanden. Sie nahmen auf einer Bank Platz und schauten schweigend ein paar wenigen Joggern und Hundehaltern zu, die dem Platz ein bisschen Leben einhauchten.

Christoph beschleunigte seinen Schritt, als würden sie verfolgt. »Diese ganze braune Chose, bestehend aus Gladio und sonstigen Faschisten, wie einer Terrororganisation namens Ordine Nuovo, war maßgeblich an diversen Sprengstoffattentaten in Italien beteiligt, unter anderem an dem furchtbaren Blutbad in Mailand 1969 mit hundert Verletzten und sechzehn Toten sowie dem noch schlimmeren Anschlag auf den Bahnhof in Bologna im Jahr 1980 mit fünfundachtzig Toten und über zweihundert Verletzten.«

»Hat man die Täter damals gefasst?«, warf Atik ein.

Christoph lachte bitter. »Zumindest die, die offiziell dafür herhalten mussten. Die wahren Drahtzieher aber sind bis heute verschont geblieben.«

Atik schüttelte fassungslos den Kopf.

»Was ist mit Deutschland?«, fragte er. »Gab es Gladio auch bei uns?«

»Gladio-ähnliche staatliche Untergrundarmeen waren in vielen Ländern, die zur NATO gehörten oder sich zur westlichen Welt bekannten, etabliert, in Österreich, der Türkei, der Schweiz, Spanien, Belgien und natürlich auch in Deutschland. Immer wieder tauchen Vermutungen auf, dass einige Attentate, die der deutschen RAF zugeordnet wurden, von Gladio inszeniert worden seien. Aber das sind nur Verdächtigungen, Beweise haben sich bislang keine finden lassen. Sogar das Oktoberfestattentat soll ja nicht ein Einzeltäter verübt haben, wie die Polizei behauptet hat, sondern von einer faschistischen Organisation geplant gewesen sein, eventuell der Wehrsportgruppe Hoffmann.«

»Und was meinst du?«

»Ich glaube jedenfalls nicht an die Einzeltätertheorie. Hinter jedem politisch motivierten Anschlag steht eine Organisation, wie mit Sicherheit auch bei den ›Dönermorden‹ nicht nur diese drei NSU-Terroristen allein gehandelt haben dürften.«

Wieder hielt Atik abrupt an. »Wahnsinn, absoluter Wahnsinn. Das heißt ja nichts anderes, als dass die Realität, sagen wir mal, die politisch-strategische Realität, noch viel bösartiger, brutaler und verschwörerischer ist als jeder Hollywood-Thriller, jeder Kriminalroman.«

»Dass Politik ein schmutziges Geschäft darstellt, ist nichts Neues«, meinte Christoph. »Irgendwer hat einmal gesagt, Realpolitik sei die Legalisierung der Interessen der Wirtschaft. Das Bedenkliche für mich liegt eher darin, dass so viele Menschen Kenntnis von diesen Vorgängen haben, sei es durch Presse, Internet oder aus Erzählungen Dritter. Doch es geht kein Aufschrei durchs Land. Man nimmt die Dinge halt so hin, nach dem Motto: Mich persönlich betrifft es ja nicht.«

»Du meinst, jeder, der diese Zustände als gegeben hinnimmt, trägt eine Mitverantwortung oder gar Schuld?«

»Ach, Schuld!« Christoph seufzte vernehmlich. »Das ist ein großes Wort für die allgemeine Abstumpfung. Doch klar, im Prinzip trägt jeder Schuld. Die menschliche Existenz per se beruht auf Schuld, denn jegliche Existenz bedeutet die Verdrängung anderer Existenzen, allein schon dadurch, dass der Mensch der Nahrung wegen Tiere tötet oder um Arbeitsplätze oder Sexualpartner konkurriert.«

»Dann liegt die Sekte der Kinder Hiobs vielleicht gar nicht so daneben, wenn man mal den Mörder Aaron und den alttestamentarischen Barthelmeß Ammann ausnimmt. Wenigstens versuchen sie, nicht auf Kosten anderer zu leben. Denn das ist, soweit ich mich an meinen katholischen Religionsunterricht erinnern kann, den ich damals als Moslem genießen durfte, doch das Postulat der Erbsünde: Kein Mensch kann leben, ohne andere zu schädigen.«

Christoph klopfte Atik auf die Schulter. »Welch weiser Spruch zum Schluss. Lass uns nach Hause gehen, Alter. Ich bin müde. Und wer schläft …«

»… der sündigt nicht«, vollendete Atik den Satz.

***

Unbemerkt von Atik und Christoph, von einem erhöhten Punkt zu Füßen des Standbildes der Bavaria aus, beobachteten zwei Männer die Szenerie. Der größere, ein breitschultriger, sportlich aussehender Typ mit Bürstenhaarschnitt, hielt ein Nachtsichtfernglas vor seine Augen und verfolgte jeden Schritt der Kommissare.

»Ich wüsste gern, was die beiden da so eifrig zu bereden haben. Aber egal, früher oder später kriegen wir sie ja doch dran«, brummte der Kleinere, ein unauffällig wirkender Mann mit Stirnglatze, Bauchansatz und dicker Brille. Ein harmloser Beamter im mittleren Dienst, könnte man meinen. Der Mann war sogar Beamter, und er gehörte in der Tat einem Dienst an. Nur, harmlos war er bestimmt nicht.

Der Mann war Klaus Bleschinsky, der seinerzeit bei der Besprechung im Innenministerium von Staatssekretär Dr. Gruber als »Mitarbeiter« vorgestellt worden war und dessen Teilaufgabe seitdem darin bestanden hatte, die Kommissare vom LKA zu überwachen, so, wie es ihm von Dr. Gruber aufgetragen worden war. Daneben aber vertrat er noch andere Interessen, ohne dass der Staatssekretär dies auch nur ahnte.

***

Christoph hatte erst gegen Morgen in einen unruhigen Schlaf gefunden, und selbst da plagten ihn dunkle Träume von Agenten und Terroristen, von Attentaten und Faschisten.

Um sieben Uhr weckte ihn das geschwätzige Gewisper eines Nieselregens, den der Wind in Schauern gegen sein Schlafzimmerfenster trieb. Er fühlte sich wie gerädert. Der Spiegel im Bad machte ihn mit einem vor Müdigkeit und geistiger Erschöpfung verschatteten Gesicht bekannt, das nur das seine sein konnte, doch vor lauter Blauschwärze unter den Augen und unrasierten Wangen und Kinn kaum mehr als solches zu erkennen war. Er versuchte, sich einigermaßen wieder zu rekonstruieren, stürzte eine Tasse Cappuccino hinunter und fuhr ins Büro.

Atik erwartete ihn bereits. Auch für ihn sei es eine kurze Nacht gewesen, berichtete er. Zuerst habe er sich mit Britt aussprechen müssen, die befremdliche Signale an ihm entdeckt zu haben glaubte, eine distanzierte Abwesenheit, selbst wenn sie nebeneinander im Bett lagen. Mit der untrüglichen Intuition einer Frau habe sie wissen wollen, ob es etwa eine andere gäbe. Er habe sich in Ausreden geflüchtet, den momentanen Stress vorgeschoben, weil er sie nicht habe beunruhigen wollen, denn weder sei irgendetwas zwischen Lilan und ihm passiert, noch würde wohl etwas passieren, die Zeichen stünden einfach nicht dafür, zumindest nicht in nächster Zeit.

»Und?«, fragte Christoph. »Hat Britt es dir abgenommen?«

»Natürlich nicht. Dazu ist sie viel zu sensitiv. Um vier Uhr früh ist sie zu sich nach Hause. Ich habe mich noch zwei Stunden im Bett hin- und hergewälzt und bin dann gleich ins LKA. Wenigstens gibt es hier genug Ablenkung von den Problemen daheim.«

Er stellte Christoph eine Tasse starken türkischen Mokka hin. »Trink. Habe ich gerade frisch gekocht. Der bringt dich wieder ins Leben.«

Während Christoph seinen Kaffee trank, erzählte Atik, dass er die ruhigen Momente allein im Büro genutzt habe, um sich dem Konstrukt Gladio nochmals via Internet und mittels Informationen aus der LKA-Datenbank zu nähern.

»Du hast recht gehabt. Man findet überall einschlägige Berichte über die Organisation, doch scheint deren ehemalige Existenz tatsächlich niemand zu stören. Allerdings beruhen viele der Einträge auf Vermutungen.«

»Vielleicht kann uns Peter Paul Rohloff gleich weiterhelfen«, sagte Christoph. »Je mehr ich über seine vagen Andeutungen gestern am Telefon nachdenke, desto möglicher dünkt es mir, dass Gladio wieder aktiv ist und er etwas darüber weiß, wenn nicht gar involviert ist.«

Atik sah auf die Uhr. »Tja. In einer Viertelstunde sind wir hoffentlich schlauer.«

Mit Spannung fieberten die Kommissare dem Auftritt Peter Paul Rohloffs entgegen. Bereits um acht Uhr hatte er im LKA erscheinen wollen, doch er kam und kam nicht. Sie warteten eine geschlagene Stunde, bis Christoph die Geduld verlor. Er probierte Rohloff auf seinem Mobiltelefon zu erreichen, doch der Mann nahm nicht ab.

»Da stimmt was nicht«, mutmaßte Christoph. »Das passt nicht zu ihm, dass er einen Termin, der ihm angeblich so wichtig war, nicht einhält.«

Er rief im Schloss an. Eine Angestellte gab an, Herrn Rohloff heute noch nicht gesehen zu haben. Christoph erkannte die Stimme. Es war das Mädchen, das ihnen den Kaffee serviert hatte. Er verlangte nach Michael Mathis, doch auch der war nicht zu sprechen. In aller Frühe schon habe er das Schloss verlassen, mit dem Wagen. Wohin er gefahren sei, wusste die Angestellte jedoch nicht.

»Suchen Sie Herrn Rohloff«, befahl Christoph in einer Tonlage, die keinen Widerspruch duldete, »und zwar jetzt sofort. Rufen Sie mich in spätestens einer halben Stunde wieder an, selbst wenn Sie ihn nicht gefunden haben.« Er nannte ihr seine Nummer und legte auf.

»Was gibt es?«, fragte Atik. »Wo ist der Kerl?«

»Sie weiß es nicht«, antwortete Christoph. »Ich habe ein ungutes Gefühl, Atik.«

»Du immer mit deinen Gefühlen.«

»Aber meistens liege ich damit nicht allzu weit daneben, oder? Mir wäre auch lieber, ich hätte nicht solche Ahnungen.«

»Meinst du, er hat sich abgesetzt?«

»Das glaube ich nicht. Gestern am Telefon, da klang er einerseits sehr verzweifelt, andererseits aber auch sehr entschlossen. Der will aussagen, Atik, da bin ich mir sicher.«

Es dauerte keine zehn Minuten, und schon klingelte Christophs Dienstapparat. Rohloffs Angestellte meldete sich. Er konnte kaum verstehen, was sie sagte, denn vor lauter Weinen brachte sie kaum einen richtigen Satz heraus. Eines aber verstand Christoph: Peter Paul Rohloff war tot.

Der braune Sumpf

Dieses Mal waren Atik und Christoph schneller am Tatort als die Kollegen von der KTU. Rohloffs Dienstmädchen, das sich als ein Fräulein Dorothea vorstellte, hatte ihnen die Tür geöffnet und sie zur Leiche geführt. Peter Paul Rohloff bewies selbst im Tode noch Stil. Er saß an seinem Schreibtisch im Arbeitszimmer. Sein Körper war nach hinten in die Lehne seines Ohrensessels gesunken. Die rechte Hand umklammerte die mutmaßliche Tatwaffe, eine Pistole der Marke Walther PPK, wie sie auch von der SS im Dritten Reich gerne benutzt worden war. Rohloff hatte die sozusagen klassische Methode des Suizids eines aufrechten Offiziers gewählt: Er hatte sich in den Mund geschossen.

Vor ihm auf dem Schreibtisch lag ein am Computer geschriebener Abschiedsbrief, von ihm persönlich unterzeichnet, wie es schien.

Mein Letzter Wille

Der tragische Tod meines geliebten Sohnes Paul hat mich zutiefst getroffen. Allein, ohne meine nächsten Angehörigen, sehe ich keinen Sinn mehr im Leben und habe daher beschlossen, ehrenvoll aus diesem zu scheiden, in eigenem Entschluss und durch eigene Hand. Die Nachwelt möge mir diesen Schritt verzeihen. Ich will neben meiner Gattin Carla Rohloff bestattet werden. Auch mein Sohn Paul soll im Familiengrab der Rohloffs seine letzte Ruhe finden. Mein Testament, das ich nach dem Ableben meiner Ehefrau angefertigt habe, wird von meinem Anwalt Dr. Robert Westermann aufbewahrt. Es soll, wie urkundlich beglaubigt, vollstreckt werden.

Peter Paul Rohloff

Christoph legte Rohloffs Bekenntnis zurück auf den Schreibtisch. »Ich glaub das einfach nicht.« Kopfschüttelnd stand er vor dem Toten. »Niemand kündigt eine Aussage an, vereinbart einen frühestmöglichen Termin, um sich dann in den Kopf zu schießen. Warum diese plötzliche Umkehr?«

»Meinst du, er wurde umgebracht?«, fragte Atik.

»Das wird hoffentlich die Pathologie herausfinden. Für mich passt das Ganze nicht. Warum hat er den Abschiedsbrief auf dem Computer verfasst und nicht mit der Hand?«

Vorsichtig hielt Atik Rohloffs Zeilen gegen das Fenster. »Ich kann hier auf den ersten Blick nichts Unregelmäßiges erkennen. Immerhin hat er selbst unterzeichnet.«

»Wenn das seine Unterschrift ist, Atik. Ein Grafologe soll das prüfen. Überhaupt will ich, dass jeder Quadratzentimeter dieses Schlosses durchsucht wird. Jeder Stein soll umgedreht, jeder noch so kleine Fetzen Papier analysiert werden. Wir werden Rohloffs gesamten Schriftverkehr durchleuchten. Eventuell finden wir ja, worüber er mit uns sprechen wollte. Ich bin mir jedenfalls sicher, dass er uns etwas Entscheidendes mitteilen wollte.«

»Du weißt, wenn einer was findet, dann sind es Markus und sein Team. Du solltest dich jetzt aber nicht darauf versteifen, dass Rohloff ermordet wurde. Im Moment deutet nichts darauf hin.«

»Ich frage mich nur«, sagte Christoph, »wo dieser Privatsekretär abgeblieben ist. Du musst zugeben, dass das äußerst seltsam ist, wenn er ausgerechnet zu diesem Zeitpunkt verschwindet. Der ist seinem Herrn und Meister doch sonst nicht von der Seite gewichen. Ich schwör's dir, Atik: Rohloff wurde umgebracht.«

***

Wie Kommissar Kaltenbach es angeordnet hatte, drehte die Spurensicherung jeden Stein nicht nur im Schloss um. Auch die betrieblichen Anlagen, die Stallungen und Schuppen wurden durchleuchtet. Berge von Akten wurden beschlagnahmt, haufenweise Papiere aus Rohloffs Arbeitszimmer ins Landeskriminalamt geschleppt, überall Fingerabdrücke genommen, die Telekommunikation der letzten Wochen kontrolliert, kurz, man tat alles, um auch jedem kleinsten Hinweis auf ein potenzielles Verbrechen nachzugehen.

Die Hausangestellten wurden einer intensiven Befragung unterzogen. Peter Paul Rohloff musste tatsächlich sehr zurückgezogen gelebt haben. Das Personal hatte er wohl auf Distanz gehalten, wobei er bei seinen Leuten nicht unbeliebt gewesen war, da er überdurchschnittliche Löhne gezahlt und jedermann höflich behandelt hatte. So konnte auch kaum jemand eine verwertbare Auskunft über Rohloffs Innenleben geben, ob er eventuell depressiv gewesen wäre oder sich seit dem Tod seines Sohnes lebensmüde gezeigt hätte. Anscheinend hatte er nur seinen Sekretär näher an sich herangelassen, doch der blieb auch zwei Tage nach dem angeblichen Selbstmord verschwunden. Das Apartment im zweiten Obergeschoss des Schlosses, das Mathis allein bewohnt hatte, gab auch keinen Aufschluss darüber, warum er das Haus verlassen und wohin er sich begeben hatte.

Noch bevor das offizielle Kommuniqué der Pathologie auf dem Tisch lag, hatte das Innenministerium, mit dem Rohloff offenkundig in bester Beziehung stand, den Tod des Firmenpatriarchen als Selbstmord deklariert, da konnte sich das komplette Dezernat Mord im LKA noch so echauffieren. Suizid blieb die offizielle Sprachregelung, die auch von der Presse mit entsprechenden Schlagzeilen aufgegriffen wurde. Zwei Tage lang war die Selbsttötung Rohloffs Gesprächsthema Nummer eins in Stadt und Umland, die lokalen Privatsender überschlugen sich schier in den Berichten über den der Öffentlichkeit weitgehend unbekannten Mann und dessen märchenhaften Reichtum, doch dann verebbte das mediale Interesse und damit die Aufmerksamkeit des Publikums, denn es gab Interessanteres zu vermelden, die Hochzeit eines Hollywood-Schauspielers in Venedig und den Kantersieg des heimischen Fußballclubs über seinen ewigen Rivalen.

Die Ermittlungen der Sonderkommission Dogan liefen indes weiter auf Hochtouren. Suleika Karabulut war noch immer nicht entdeckt oder gefasst worden. Die internationale Fahndung nach ihr hatte zu keinem Erfolg geführt. Niemand, wirklich niemand hatte die auffällig kleine Frau oder ihren riesigen Hund gesehen. Sie tauchte in keiner der Passagierlisten der Fluglinien auf, auch nicht der Schifffahrtsbetriebe, die das LKA um Mitarbeit gebeten hatte. Die Grenzkontrollen zu sämtlichen Nachbarländern hatten nichts ergeben, und auch die türkischen Behörden, mit denen sich Atik Alkay sofort ins Benehmen gesetzt hatte, konnten keine Einreise der gesuchten Person bestätigen.

Dass sich Suleika eventuell bei der Auseinandersetzung mit Paul Rohloff schwer verletzt haben könnte oder gar zu Tode gekommen sei, schlossen die beiden Kommissare nach wie vor aus, auch wenn Kriminalrat Kraus dies als eigentlich beste Lösung für alle bezeichnete. Nur, wo war sie?

***

Am zweiten Tag nach Peter Paul Rohloffs Tod bat der Gerichtsmediziner Dr. Jablonski die Herren Alkay und Kaltenbach in sein Institut. Dieses Mal machte es der kauzige Pathologe besonders spannend. Am Telefon hatte er sich nur sparsam geäußert. Außer, dass er zu einem hundertprozentig sicheren Ergebnis gekommen sei, was Rohloffs Ableben betreffe, wollte er nichts weiter von sich geben.

Im Sektionssaal schließlich präsentierte Dr. Jablonski die Leiche wie eine Zirkussensation. Mit einem lauten »Voilà« zog er das Leichentuch vom Körper des Toten.

»No, meine Herrn«, rief er, »was seht ihr?«

»Schmauchspuren an der rechten Hand«, sagte Atik.

»Und was noch?«, fragte Jablonski, als seien die Kommissare seine Schüler.

Atik zog sich sterile Vinylhandschuhe über und drehte Rohloffs Kopf. »Ein hübsches Loch im hinteren, unteren Schädelbereich.« Atik stutzte. »Das ist seltsam, ich meine, dass die Patrone erstens den Kopf durchschlagen hat und zweitens, dass sie nicht in der oberen Schädeldecke wieder ausgetreten ist.«

Er zog seine eigene Pistole aus dem Halter und steckte sich den Lauf in den Mund, in der angenommenen Haltung, in der sich ein Selbstmörder in den Mund schießen will.

»So macht man das doch«, sagte er, »wenn man sich die Kugel gibt.«

»Nimm das Ding weg«, befahl Christoph leise. Es war ihm unmöglich, dies mit anzuschauen, erinnerte es ihn doch an seine eigenen Versuche damals, kurz nach dem Tod seiner Familie, als er ebenfalls nicht mehr leben wollte, aber nicht den Mut aufgebracht hatte, sich selbst zu richten.

»Jedenfalls«, fuhr Atik fort, »müsste der Austrittspunkt des Projektils weiter oben sein, unterstellen wir mal, dass Rohloff seine Waffe nicht von oben nach unten gehalten hat, aber so bringt man sich im Normalfall nicht um. Und dann wäre die Kugel wohl auch im Kopf stecken geblieben, oder, Herr Doktor?«

»Ganz recht.« Zufrieden strich sich Jablonski über seinen eisgrauen Vollbart. »Jetzt guckt euch die hübsche Leich noch mal genauer an. Fällt euch noch was auf?«

Christoph hatte sich inzwischen ebenfalls die weißen Plastikhandschuhe übergestreift. Er hob das rechte Handgelenk des Toten hoch. »Hämatome«, sagte er.

Er tastete Rohloffs Körper ab, verweilte hier und da mit seinen Fingern. »Hämatom an der linken Schulter sowie am Hals«, konstatierte er weiter, »ebenso am Oberarm, hier beidseitig.«

»Wielki«, sagte Jablonski, momentweise ins Polnische fallend. »Und was schließen wir daraus?«

»Dass derjenige, der Rohloff zum Selbstmord gezwungen hat, denn was anderes kommt nun nicht mehr in Frage, über außerordentliche Kräfte verfügt haben muss«, erklärte Christoph.

»Michael Mathis«, entfuhr es Atik.

Christoph nickte. »Möglich. Haben Sie irgendwelche DNA oder Fingerabdrücke gefunden?«

»Der Mörder«, hub Jablonski an, »hat natürlich Handschuhe getragen. Aber –«

»Hier, seht mal«, unterbrach ihn Atik plötzlich. »Seine Beinprothese! Die hat ordentliche Kratzer abgekriegt.«

»Ich wollte gerade erklären«, setzte der Pathologe ungerührt seine Rede fort, »dass mir das Protheschen gleich merkwürdig vorkam. Ist ja normalerweise aus sehr hartem Kunststoff, so ein Ding. Und geht nicht so schnell kaputt.«

»Es hat ein Kampf stattgefunden!« Atiks Augen flammten vor Eifer.

»No«, erwiderte der Doktor. »Hab ich zufällig das Gleiche gedacht und mir seine Fingerchen angeguckt. Und siehe da, was hat der Onkel Jablonski da entdeckt?«

»Verwertbare DNA«, ergänzte Christoph.

»Und schöne Hautpartikelchen. Hat sich gewehrt, der arme Hund.«

»Dann müssen wir nur noch die DNA mit irgendetwas aus Mathis' Wohnung vergleichen«, sagte Atik.

Jablonski grinste. »Was denkt ihr, was ich gemacht hab? Alles schon erledigt, Kollegen. Hab ich einen Mitarbeiter geschickt, das Zahnbürstl von dem Kerl holen.«

»Und?« Atik fasste den Mediziner an der Schulter. »Jetzt lassen Sie die Sau raus, Doktor!«

»Der Mörder war nicht dieser Mathis.«

Die Kommissare blickten sich erstaunt an. Jablonski beobachtete sie einen Moment. Dann brach er in schallendes Gelächter aus. »Spaß, Spaß! Freilich war die DNA kompatibel, wie bei eineiigen Zwillingen!«

»Sehr witzig«, knurrte Atik. »Also doch. Ich gebe den Kerl gleich in die Fahndung.«

Jablonski spazierte grinsend zu seinem Arzneischrank, sperrte ihn auf und entnahm eine Flasche mit dem Aufdruck »Lösungsmittel«. Er goss drei Wassergläser halb voll und reichte jedem eines. »No, seid's mir nicht böse, aber ein bissl Vergnügen muss sein bei der harten Arbeit.«

»Was ist das?«, fragte Christoph misstrauisch.

»Wodka«, erklärte Atik, der Jablonskis Marotte schon kannte.

Der Pathologe erhob sein Glas. »*Na zdrowie!* Oder auch *şerefe*, wie es in der Türkei heißt.« Er leerte den Wodka auf einen Zug.

»Sehr zum Segen«, sagte Christoph und tat es ihm nach.

»›Prost‹ ist Jablonskis Lieblingswort«, feixte Atik. »Er kennt es in garantiert hundert Sprachen.«

»Vierundzwanzig«, verbesserte der Pathologe. »Noch einen, die Herrn?«

»Nein danke.« Christoph stellte das leere Glas ab und schüttelte sich. »Ein bisschen arbeiten müssen wir schon noch können, und der Tag ist noch jung. Immerhin haben wir mal einen schnellen und gleichwohl simplen Erfolg. Mathis! Wie blöd ist der Kerl eigentlich?«

»Ich glaube eher«, sagte Atik, »er hatte es sehr eilig, Rohloff zu töten. Da kann es schon mal passieren, dass man Spuren hinterlässt. Den Täter haben wir also. Jetzt brauchen wir bloß noch das Motiv.«

»Das war ein Auftragsmord«, stellte Christoph fest.

»Du meinst, Gladio?«

»Gladio oder eine ähnliche Konstruktion. Es wird immer wahrscheinlicher. Mathis musste Rohloff stoppen, damit er nichts über die Organisation ausplaudert. Fragt sich nur, wer der Auftraggeber in personam war.«

»Einer«, erwiderte Atik, »der noch über Rohloff steht, der Großmeister gewissermaßen.«

»Wir müssen alles daransetzen, diesen Mathis aufzugreifen, und zwar bevor auch ihm etwas zustößt. Wir wissen jetzt, wie brutal die vorgehen, ohne Rücksicht selbst auf eigene Leute. Mathis ist der Link, wer auch immer sich hinter dieser Organisation versteckt.«

***

Für den Nachmittag desselben Tages war ein Treffen mit dem Journalisten Tillman Saffranski vereinbart. Der Mann hatte einige Zeit undercover in der rechtsradikalen Szene recherchiert, teils unter erheblicher Gefahr. Sybille Hannewald hatte bereits vor einer Woche den Kontakt hergestellt, doch hatten die Kommissare noch keine Zeit gehabt, mit Saffranski zu sprechen, so sehr hatte sie die Fahndung nach dem Scharfschützen in Anspruch genommen.

Aus Sicherheitsgründen hatte man sich nicht im LKA getroffen, denn noch immer wähnten sich Atik und Christoph bespitzelt, wenngleich ihre Schatten vorsichtiger vorgingen oder sie nur noch peripher überwachten, wer konnte das schon sagen, und wer durchblickte schon die Taktiken der Nachrichtendienste? Man hatte sich für siebzehn Uhr in einem Szenecafé im Münchner Glockenbachviertel verabredet, wo hauptsächlich die schwule Community der Stadt, bildende und Lebenskünstler verkehrten, also gewiss keine Neonazis zu erwarten waren, die Saffranski eventuell hätten erkennen können.

Auch Sybille nahm an dem Meeting teil. Der Journalist war ein aufgekratzter Mann Mitte dreißig, der einem, kaum hatte man sich begrüßt, sofort das Gefühl gab, man sei ihm geistig unterlegen. Wie kein anderer hatte er hautnahe Kenntnisse über die vielfältigen Verflechtungen der Rechtsextremen erlangt, indem er sich als Neonazi ausgegeben hatte. Dazu hatte er sich auch äußerlich verändert, sich eine Glatze scheren lassen und sich ganz in Thor-Steinar-Klamotten gekleidet. Inzwischen hatte er sich wieder aus der Szene zurückgezogen und sich auch optisch zum intellektuellen Journalisten renaturiert, in schwarzer Kleidung und mit Rudi-Dutschke-Brille.

»Das Hauptproblem«, begann Saffranski mit einer Stimme, der man es anhörte, dass sie das feine Formulieren zum Postulat erhoben hatte, »das Hauptproblem sehe ich darin, dass rechtes Gedankengut mittlerweile in der deutschen Gesellschaft fest verankert ist. Selbst Antisemit zu sein ist kein Tabubruch mehr.«

»Woran liegt das Ihrer Meinung nach?«, fragte Christoph.

»An der Schwäche des Staates.« Kunstvoll warf sich der Journalist eine Haarsträhne aus der Stirn. »Die deutsche Politik hat sich weitgehend entideologisiert. Simultan aber sind die Visionen verloren gegangen, wie sie in den späten sechziger und frühen siebziger Jahren noch die Geschicke der Bundesrepublik auf positive Weise beeinflusst haben. Die Politik aktuellen Zuschnitts ist rein pragmatischer Natur. Es geht um Machterhalt und sonst nichts. Die Regierung reagiert auf die Geschehnisse oder sitzt sie im schlimmsten Falle aus, als dass sie speziell im für die Gefühlslage einer Nation so wichtigen soziologischen Bereich Perspektiven böte, etwa die Agenda einer multikulturellen Gesellschaft, die wir in der BRD ja seit Jahren schon haben, die jedoch wieder und wieder wegdiskutiert wird, mit untauglichen Sprüchen wie ›Multikulti ist tot‹.«

»Das ist altbekannt«, entgegnete Christoph, dem der Journalist schön langsam unsympathisch wurde, ohne dass er sich erklären konnte, weshalb. »Nur wieso glauben Sie, der staatliche Pragmatismus begünstige eine rechtsradikale Ideologie?«

»Das hat mit dem Wahlvolk zu tun beziehungsweise mit der Wahltaktik. Immer wenn es um den Machterhalt geht, bemüßigen sich die konservativen Politiker einer volksnahen Stimmungsmache. Die dann demagogische Polemik beispielsweise gegen Asylbewerber, die ja nur Polemik per se ist, aber von den einfachen Leuten oft missverstanden wird, ermuntert die Menschen doch geradezu, das Heft des Handelns auch mal selbst in die Hand zu nehmen. Die sogenannten Spitzen des Staates gefallen sich zwar im Populismus, tun aber in den Augen des Plebs nichts gegen jene Asylbewerber, denen man mehr und mehr ökonomische Gründe unterstellt, die aber in der Tat aus Ländern wie Syrien stammen, wo ihnen Tod und Folter drohen.«

Atik hob die buschigen Augenbrauen. Ein kurzer Blickwechsel mit Christoph genügte, damit sie sich der beidseitigen Abneigung gegen den Mann versicherten. In der Sache mochte er wohl recht haben, doch der dozierende Ton gefiel ihnen beiden nicht.

Saffranski nahm einen Schluck Tee, den kleinen Finger dabei manieriert abspreizend. Eigentlich trinkt er nicht, dachte Christoph. Der schnäbelt. Wie ein Vogel.

Der Reporter gleichwohl schaute ihn entwaffnend freundlich an. »Abseits der wirklich überzeugten Fanatiker, die ich ja bei allen möglichen Versammlungen der Neonazis in Augenschein nehmen durfte, auf ihren selbst ernannten Parteitagen, die man besser als Reichsparteitage bezeichnen sollte, weil sie die alten Mechanismen auf nahezu groteske Weise nachäffen, habe ich allenthalben, in breiten Schichten unserer Zivilgesellschaft, eine stille Komplizenschaft mit zumindest revanchistischem Gedankengut feststellen müssen, wenngleich die überwältigende Mehrheit der Deutschen eine Radikalisierung ablehnt. Doch genau diese Duldung ist es, die mir Sorgen bereitet. So etwas hatten wir nämlich schon einmal, vor gut achtzig Jahren.«

»Du meinst«, warf Sybille ein, »es findet derzeit eine Bourgeoisierung des Nationalismus statt.«

»Eine wahrlich treffliche Begrifflichkeit«, lobte Saffranski. »Ja, so könnte man es nennen.«

»Schön und gut«, mischte sich Atik ins Gespräch. »Das ist sicher eine feine Theorie über den gesellschaftlichen Zustand. Was mich aber als einfachen Bullen mehr interessiert: Was wissen Sie über die Centuria? Wir verdächtigen die Burschenschaft hochkrimineller Umtriebe, wie der Beteiligung und/oder Mitwisserschaft an rechtsextrem motivierten Morden an drei Migranten. Kennen Sie vielleicht das Umfeld dieser schlagenden Verbindung?«

Saffranski lächelte. »Die Centuria mit ihrem Nobelsitz in Bestlage! Wer kennt sie nicht? In der Tat, ich habe mich im Rahmen meiner Recherchen über den Nationalsozialismus auch mit dem Phänomen der Burschenschaften beschäftigt, dabei auch mit der Centuria, die aufgrund ihrer Nähe zum rechten Milieu immer wieder in den Fokus der Öffentlichkeit geraten ist. Bereits vor Jahren haben sie einen gesuchten Neonazi versteckt, und viele der Altherren haben eine direkte oder indirekte Nazivergangenheit. Das ist aber bei schlagenden Verbindungen nicht ungewöhnlich. Deutschtümelei hat dort seit jeher Tradition. Sie müssen sich nur den Wahlspruch der Burschenschaften ansehen: ›Ehre, Freiheit, Vaterland‹. In ihren Gründungsstatuten anno dazumal haben sie sich gar auf einen – ach, wie ich das Wort hasse – ›völkischen Nationalismus‹ berufen.«

Saffranski zog ein angewidertes Gesicht. »Völkischer Nationalismus! Das sagt doch schon alles, oder? Da ist der braune Kaffeesatz schon bei der Geburt dabei. Natürlich beeinflussen solche Burschenschaften, obschon nicht alle von nationalem Gedankengut durchdrungen sind, als sozusagen intellektueller Überbau die dumpfen Glatzen an der Basis. Ihre herrenrassige Ideologie verkaufen sie ganz geschickt als nationalsozialistische Götterspeise, die in realitas aber nicht mehr ist als eine braune hirnverbrannte Mehlsuppe, verklumpt mit Fremdenhass und peinlicher Selbstverherrlichung.«

Triumphierend blickte der Journalist in die Runde, als erwarte er Beifall für seine leidenschaftliche Wortakrobatik, aber niemand klatschte, auch nicht Sybille, die eher traurig zu Boden sah.

Christoph spürte, dass sie so mit Saffranski nicht weiterkamen. Es interessierte ihn nicht, über die Gefährlichkeit der Neonazis zu schwadronieren. Was Christoph brauchte, war Insiderwissen. »Um nochmals auf die Centuria zurückzukommen: Sehen Sie eine Verbindung der Burschenschaft zu den aktuellen Morden?«

»Ich bin nicht unbedingt auf dem Laufenden, was bestimmte Vorgänge in der Centuria anbetrifft. Ich kann Ihnen nur sagen, dass seinerzeit gewisse Herren der Geheimdienste dort ein und aus gingen, jedoch nicht um der Überprüfung der Verfassungstreue willen, sondern weil sie selbst der nationalistischen Ideologie nahestanden.«

»Namen! Haben Sie Namen?«

»Da muss ich nachdenken … Ich habe da einen Informanten, der sich bestens mit der Situation in der Centuria auskennt.«

»Und«, fragte Christoph, »wäre derjenige bereit, auszusagen?«

»Wenn das Finanzielle stimmt, warum nicht? Der Mann ist käuflich, wie so viele Menschen.«

»Da hast du mir noch gar nichts darüber erzählt«, sagte Sybille. »Wer ist der Mann?«

Statt zu antworten, biss der Journalist genießerisch in ein Stück Apfelkuchen, den er sich bestellt, aber bisher unbeachtet gelassen hatte. Christoph, der jede Bewegung Saffranskis mit Argusaugen registrierte, fiel schon wieder ein Tiervergleich dazu ein. Er trinkt wie ein Vogel, dachte er, aber er isst wie ein Pferd. Stülpt die Oberlippe hoch und nimmt den Kuchen mit langen Zähnen, als traue er der Herstellung der Nahrung nicht.

»Was ist jetzt?« Sybille wurde ungeduldig.

»Der Zeuge ist einer der Korpsstudenten«, kam es undeutlich aus Saffranskis vollem Mund. Mit einem Schluck Tee spülte er die Kuchenreste hinunter. »Diese Tarte Tatin hier«, schwärmte er, »einfach vorzüglich.« Er schaute Christoph fragend an. »Wollen Sie ein Stück probieren?«

»Nein danke«, erwiderte Christoph höflich, aber kühl. »Ich will den Namen des Burschenschaftlers.«

»Ach ja, natürlich.« Saffranski tat zerstreut. »Der Mann heißt Boris Hörhammer.«

»Den Kerl kennen wir bereits«, sagte Atik. »Aber zahlen werden wir dem nichts für …«

Mit einer energischen Handbewegung brachte Christoph seinen Partner zum Schweigen. »Haben Sie besten Dank für die Informationen, Herr Saffranski. Sie haben uns außerordentlich geholfen.«

Als die Kommissare aus dem Café traten, war es wieder kalt geworden. Der April hatte verlängert, sich des Wonnemonats Mai mit seinen Launen bemächtigt. Ein scharfer Wind schnürte um die Häuser und brachte die Nacht gleich mit. Sybille und Saffranski waren bereits vor ihnen gegangen, während Atik und Christoph noch lebhaft über die Erkenntnisse des Journalisten debattiert hatten.

Etwa vierzig Meter vor ihrem Dienstwagen drückte Atik gedankenverloren auf die Fernbedienung, und die Türverriegelung öffnete sich mit dem bekannt satten »Klack«. Doch weder hatten sie darum gewettet, noch registrierten sie den Vorgang. Zu sehr waren sie mit dem soeben Gehörten beschäftigt. Sie stiegen ein. Atik fuhr Christoph nach Hause. Den schwarzen Audi, der ihnen in einigem Abstand folgte, bemerkten sie nicht.

Der Brief

Am frühen Morgen des darauffolgenden Tages, bevor Boris Hörhammer sich aus seinem kleinen Apartment in die Universität zur Vorlesung begeben konnte, wurde er von einem Streifenwagen der Münchner Polizei abgeholt. »Zur Einvernahme«, bedeuteten ihm die Beamten weisungsgemäß nur kurz, mussten ihm jedoch einen Anruf bei seinem Rechtsanwalt gewähren, den er allerdings nicht erreichte, weshalb er ihm lediglich eine Nachricht auf dem Anrufbeantworter hinterlassen konnte.

Im LKA wurde Hörhammer bereits erwartet. Hauptkommissar Atik Alkay, der das Verhör leitete, eröffnete ihm ohne Umschweife, dass man ausreichend Beweise gegen ihn in der Hand habe und er deshalb mit einem Verfahren wegen Beihilfe zu mehrfachem Mord, Körperverletzung und Vergewaltigung sowie Mitgliedschaft in einer rechtsterroristischen Vereinigung rechnen müsse, summa summarum also zehn Jahre Haft. Es würde sich vor Gericht jedoch strafmildernd auswirken, wenn er gegen seine Kameraden bei der Burschenschaft aussagte, und zwar jetzt sofort. Falls er denn auch sonst kooperiere, um die Machenschaften der rechtsextremen Zirkel aufzudecken, die offensichtlich in der Centuria verkehrten, dann würden die Ermittler ein gutes Wort beim Richter einlegen und eventuell sogar den Haftbefehl für die umgehende Verbringung in die Untersuchungshaft zumindest aufschieben. Die Drohungen, untermauert von Atiks brachialem Auftreten, genügten, um den schwergewichtigen Mann alsbald in sich zusammenfallen zu lassen. Hörhammer gab jeden Widerstand auf.

Mit weinerlicher Stimme legte er ein Geständnis ab. Dass er von der Vergewaltigung der türkischen Putzfrau durch Paul Rohloff zwar gewusst, bei der Sache allerdings nicht persönlich mitgemacht habe, nur Hendrik von Dehlen, der das Ganze auf Video festgehalten habe. Nie und nimmer hatten sie damit gerechnet, dass die Türkin zur Polizei gehen würde, denn für solche Orientalen sei die Schande normalerweise doch größer als der Mut, einen Missbrauch anzuzeigen. Dann habe Pauls Vater halt seine Beziehungen spielen lassen, sich zuerst mit dem Oberstaatsanwalt Herrn Gräfe abgesprochen, der als Altherr häufig in der Burschenschaft an den traditionellen Besäufnissen teilnehme. Der habe schließlich alles Nötige veranlasst, dass das Thema ad acta gelegt wurde. Bei einer zweiten Unterredung mit Gräfe seien sowohl die Rohloffs als auch von Dehlen und er selbst präsent gewesen, eben alle, die von der Sache gewusst hatten. Später sei der Herr Konsul Rune noch dazugestoßen, der sich bereit erklärt habe, die Türkin bei sich im Hause als Dienstbotin anzustellen, damit sie aus dem Wege sei, aber dennoch unter Aufsicht.

Was nun Aaron Ammann beträfe: Dass der Kerl ein fanatischer Nazi war, sei in der Centuria nicht nur bekannt gewesen, man habe ihn sogar ermuntert, gewisse Aktionen gegen Ausländer zu starten. Von einem Mord sei jedoch nie die Rede gewesen. Aber freilich, als der erste Türke tot war, habe man schon geahnt, wer dahinterstecken könnte. Man habe es halt in Kauf genommen, auch, dass Ammann später noch zwei Türken erledigt habe. Trotzdem sei er innerhalb der Verbindung ziemlich isoliert gewesen, er war nun mal kein Student und auch nicht von entsprechender Herkunft. Näheren Kontakt habe eigentlich nur Paul zu ihm gehabt. Und der habe hundertprozentig gewusst, was Ammann im Detail verbrochen hatte und vielleicht noch plante.

Dass der Kerl im Keller der Centuria an einer Bombe bastelte, ja, das Gerücht ging wohl um, aber dass er tatsächlich ein Attentat verüben wollte, habe man allgemein nicht geglaubt. Ob er die Bombe wirklich fertiggestellt und wohin er sie verbracht habe, darüber könne er jedoch keine Auskunft geben.

Christoph saß währenddessen mit Jo Brunner im benachbarten Beobachtungsraum und sah und hörte zu, wie Atik und die ebenfalls einvernehmende Myriam Prechtl den Kerl in seine jämmerlichen Einzelteile zerlegten. Boris Hörhammer schien sogar erleichtert, als er alles ausgeplaudert hatte, was er zu wissen glaubte.

Als Christoph nun Myriam ablöste, um in der Vernehmung

Hörhammers fortzufahren und die weiteren Fragen zu stellen – wie es generell um die Verfassungstreue in der Burschenschaft bestellt sei, wer dort alles verkehre, ob Gräfe selbst zum Kreis der Neonazis zu zählen sei und wer in der Familie der Runes, wer Aaron Ammann letztlich den Auftrag zu den Serienmorden erteilt habe, ob die Burschenschaft und ihre Altherren auch sonstige Umtriebe Rechtsextremer deckten oder gar förderten –, in diesem entscheidenden Augenblick ging die Tür zum Verhörraum auf.

Vier Männer erschienen in Begleitung von Kriminalrat Kraus. Einen erkannten die Kommissare auf Anhieb: Es war Generalstaatsanwalt Volker von Freymuth, Bayerns ranghöchster Strafverfolger.

Ein sehr verlegener, reichlich irritiert wirkender Korbinian Kraus stellte die Herrschaften vor. Nach dem Generalstaatsanwalt präsentierte er den Kommissaren die anderen drei als Kollegen vom Verfassungsschutz, die auf höchstrichterliches Geheiß den Fall Hörhammers nun in die Hand nehmen würden, im Übrigen auch jenen des Hendrik von Dehlen und der möglichen Machenschaften in der schlagenden Verbindung der Centuria. Da es sich bei den mutmaßlichen Straftaten bekanntermaßen um Rechtsterrorismus handele, wäre das LKA nicht mehr federführend zuständig. Die geschätzten Kollegen vom Bundeskriminalamt seien mittlerweile in die Ermittlungen eingebunden worden und würden zusammen mit den Herren Verfassungsschützern alles Weitere veranlassen, damit die Verbrechen restlos aufgeklärt werden könnten.

Volker von Freymuth bedankte sich ausdrücklich für die hervorragende Leistung der beiden Hauptkommissare im Besonderen wie des LKA im Allgemeinen und wünschte allseits einen guten Tag. Bevor sie sich zum Gehen wandten, drehte sich einer der Verfassungsschützer, den Kraus als Jens Lempert vorgestellt hatte, nochmals zu den Kommissaren um.

»Sorry, Sportsfreunde«, bemerkte er süffisant. »Nehmt euch das Ganze nicht so zu Herzen. Ihr habt eh viel zu lange mitspielen dürfen. Aber jetzt sind die großen Jungs wieder an der Reihe.«

»Was denkt dieses Arschloch sich eigentlich?«, brüllte Atik, kaum hatte sich die Tür hinter den Männern geschlossen. Sein Gesicht glühte. »Mein Onkel ist tot, von diesen Nazischweinen umgebracht, und der redet von Mitspielen!«

»Beruhige dich«, bat Christoph. »Noch ist nicht aller Tage Abend. Wir haben nur Hörhammer als Zeugen verloren, mithin eine Schlacht, aber der Krieg ist noch lange nicht entschieden.«

Schwer atmend sank Atik auf seinen Stuhl zurück. Sein Teint wechselte von Rot auf Weiß. »Versprich mir, Christoph, dass wir aufklären, wer Ammann die Order gegeben hat, Onkel Rafeth zu töten. Ich bin das meiner Familie schuldig.«

»Ich verspreche es dir.« Christoph drückte Atiks Hand. »Was haben wir uns damals geschworen, als wir den Dienst im LKA antraten?«

»Kein Verbrechen bleibt ungesühnt«, antwortete Atik, doch seine Stimme klang verzagt.

***

Es kostete Kraus einiges, die erhitzten Gemüter seiner Leute zu besänftigen, als man sich angesichts des Eklats kurze Zeit später zu einer Eilsitzung traf. Er habe keine Chance gehabt, beteuerte er. Die Weisung, den Zeugen Hörhammer den Verfassungsschützern zu überlassen, sei von ganz oben gekommen. Ein kurzer Anruf von Dr. Ferdinand Gruber aus dem Innenministerium, und fünf Minuten später sei dieses Überfallkommando bereits angerollt, ohne dass er irgendjemanden noch hätte warnen können. Ein abgemachtes Spiel sei das gewesen, ereiferte er sich. Wahrscheinlich hätte man den Polizeifunk abgehört, als der Dienstbefehl erteilt wurde, Hörhammer abzuholen und ins LKA zu bringen. Danach hätten die Leitungen wohl geglüht, vermutete Kraus.

»Ist schon gut, Herr Kriminalrat«, sagte Christoph. »Niemand macht Ihnen einen Vorwurf. Immerhin zeigt uns dieses Vorgehen, das ich rücksichtsloser und arroganter in meiner gesamten Laufbahn nicht erlebt habe, dass denen vom Verfassungsschutz bekannt war, was Hörhammer so alles wusste.«

»Nicht nur das«, sagte Sybille. »Dann stimmt es, was Peter

Saffranski behauptet, nämlich dass der Verfassungsschutz bei bestimmten rechtsradikalen Aktionen seine Finger im Spiel hatte oder immer noch hat.«

»Umso trauriger für den Rechtsstaat«, fügte Jo Brunner hinzu. »Für uns ist das doch die beschissenste Situation, die man sich vorstellen kann. Wir reißen uns gemeinsam den Hintern auf, um diese Mörderbande zu fassen, und wenn wir drauf und dran sind, dieses dreckige Konstrukt von irgendwelchen Geheimorganisationen, Nachrichtendiensten, Rechtsterroristen und was weiß ich noch alles aufzudecken, kriegen wir eins auf den Deckel, dass es sich gewaschen hat!«

»Die hatten uns von Anfang an unter Kuratel«, meinte Atik, »seit dem Tag, als wir im Ministerium waren und auf diesen komischen Vogel vom Verfassungsschutz trafen. Wir wurden personell überwacht, unsere Telefone abgehört und die Computer gehackt, alles, damit sie auf dem Laufenden bleiben, falls wir ihnen beziehungsweise ihren Schützlingen zu nah auf die Pelle rücken.«

»Und warum das Ganze?«, fragte Myriam.

»Weil da irgendetwas vor sich geht im Staate«, sagte Christoph. »Am Ende ist Gladio tatsächlich wieder aktiv, und diese hohen Herrschaften gehören samt und sonders dazu.«

»Glaubt ihr, Hörhammer bleibt bei seiner Aussage?« Atik war aufgestanden und hatte sich vor das Fenster gestellt.

»Egal, was Hörhammer jetzt noch bringt«, sagte Kraus. »Wir haben seine Aussage und genug Amtspersonen, die das bezeugen können.«

»Die CD«, sagte Atik und brachte schon wieder ein Grinsen zustande. »In der Eile haben die vergessen, die CD mit der Aufnahme der Aussage mitzunehmen. Ich habe die Aufzeichnung weiterlaufen lassen, als diese Typen ihre Vorstellung gaben. Sogar der Herr Generalstaatsanwalt ist jetzt sozusagen online.«

»Sehen Sie, Kollegen.« Auch der Kriminalrat konnte sich ein Lächeln nicht verkneifen. »Selbst dem Verfassungsschutz unterlaufen Anfängerfehler.«

»Die werden schon noch darauf kommen«, sagte Myriam, »und die CD verlangen.«

»Dann ist sie leider verloren worden«, bedauerte Kraus. »Kann ja den besten Kriminalern passieren.«

»Und wie soll es jetzt weitergehen, Chef?«, wollte Atik wissen.

»Wir stellen uns erst mal dumm«, meinte Kraus, womit er große Heiterkeit bei seinen Beamten erntete. »Für dumm halten die uns doch sowieso, dann fällt es nicht sonderlich auf. Und natürlich ermitteln wir weiter. Ich will wissen, wer da alles in diesem braunen Sumpf steckt, und ich nehme das Ganze durchaus persönlich. Betrachten Sie das als dienstliche Anweisung, liebe Kollegen. Soweit mir bekannt, ist das hier immer noch ein Rechtsstaat. Ich selbst werde gleich starten. Mein nächster Termin ist mit Frau Schwalb. Sie steht klar auf unserer Seite.«

»Was haben Sie vor?«, fragte Christoph.

»Strafanzeige erstatten, gegen Oberstaatsanwalt Gräfe. So leicht lasse ich mich von dem nicht vorführen. Und dann werde ich meinen alten Freund Rainer Baudisch aufsuchen, um mit ihm ein paar Takte zu reden.«

»Baudisch«, sagte Atik. »Ist das nicht der Leiter der internen Ermittlung?«

Kraus nickte. »Ich werde auch ein internes Verfahren gegen Gräfe bemühen. Es muss endlich aufgeräumt werden mit dem braunen Gesocks.«

***

Als Christoph kurz darauf in sein Büro kam, telefonierte Atik gerade mit Ada, seiner kleinen Schwester.

»Gibt es Ärger daheim?«, fragte Christoph, als Atik, verwundert den Kopf schüttelnd, aufgelegt hatte.

»Ausnahmsweise mal nicht. Seltsam hat sich Ada dennoch benommen. Sie muss mir unbedingt etwas geben, hat sie gesagt, anscheinend ist es wichtig, sonst hätte sie mich nicht von der Schule aus angerufen. Wie auch immer, ich treffe sie in der Mittagspause.«

Entgegen ihrer Gewohnheit erschien Ada pünktlich in dem kleinen Café in der Innenstadt. Sie war aufgekratzt und tat recht geheimnisvoll.

»Was ist denn so dringend, dass du mich im Büro anrufst?«, stellte Atik sie zur Rede.

Ada lächelte. »Ich hab was für dich. Eigentlich sollte ich dir den Brief erst morgen aushändigen, aber ich hab's ehrlich gesagt nicht mehr ausgehalten.«

»Was für einen Brief?«, fragte Atik und stellte seine Kaffeetasse ab.

Ada kramte in ihrer Schultasche. »Hier! Er ist von meiner Freundin Su, von der ich dir neulich erzählte habe. Du weißt schon, die, die dich kennt, aber du nicht sie. Ich schätze …«, ein diebisches Grinsen stahl sich in ihr Gesicht, »… ich schätze, das ist ein Liebesgeständnis oder so was Ähnliches.«

Erstaunt nahm Atik das Kuvert entgegen. Er drehte es hin und her, als könne er sich nicht entscheiden, es zu öffnen.

»Jetzt mach schon«, drängte Ada. »Lies! Ich will schließlich auch wissen, was drinsteht.«

Atik hielt den Zeigefinger vor den Mund, das Zeichen für seine Schwester, nun zu schweigen. Dann öffnete er den Brief.

Hallo Herr Alkay, hallo Herr Kaltenbach!

Mein Name ist Su Karabulut. Ich wurde am 25. Februar 1984 in der Stadt Halabdscha im Irak als Tochter kurdischer Eltern geboren. Bis auf meine Mutter und eine Schwester wurde meine Familie 1988 bei dem Giftgasangriff des damaligen Machthabers Saddam Hussein auf meine Heimatstadt getötet. Wir mussten vor dem Saddam-Regime in die benachbarte Türkei flüchten, sonst wären auch wir des Todes gewesen. Meine Mutter hat wieder geheiratet, doch kam ihr Mann, ein PKK-Mitglied, in einem türkischen Gefängnis unter nie geklärten Umständen ums Leben. Meine Mutter ist damit nicht fertiggeworden und verübte Selbstmord. Ich wuchs dann als Pflegekind bei kurdischstämmigen Freunden meiner Familie auf.
Sie wundern sich vielleicht, dass ich Ihnen das alles schreibe. Aber

ich will, dass Sie verstehen, und es ist mir ein ehrliches Bedürfnis, denn ich will zur Aufklärung dreier Morde beitragen, mit deren Ermittlungen Sie meines Wissens befasst sind.
Ich bekenne hiermit, Karl Knauss-Haecker, Dieter Rune und Aaron Ammann getötet zu haben.
Warum habe ich diese Morde begangen? Das ist eine lange Geschichte, und ich will nicht ganz von vorne anfangen. Nur so viel: Mit achtzehn Jahren verließ ich meine Pflegeeltern und trat der PKK bei. In den Bergen Kurdistans wurde ich zur Scharfschützin ausgebildet. Ich war aktive Kämpferin der PKK. Bei einem Überfall der türkischen Miliz auf unser Camp wurde ich gefangen genommen und von den barbarischen Soldaten des türkischen Staates mehrfach vergewaltigt.
Es gelang mir die Flucht, und ich kam bei einer Familie von Hirten in der Nähe der Stadt Elazig unter. Mit dem ältesten Sohn der Familie wurde ich zwangsverheiratet. Meine Ehe war die Hölle. Gegen meinen Willen hat mein Ehemann mich immer wieder missbraucht. Auch hier konnte ich schließlich fliehen. Nach einem Jahr fanden mich die Brüder meines Gatten. Sie wollten mich töten, weil ich die Ehre der Familie beschmutzt hatte. Ich erschoss alle drei. Deshalb musste ich die Türkei endgültig verlassen.
Ich wanderte schließlich nach Deutschland aus. In München fand ich vorübergehend eine neue Heimat. Ich konnte studieren, Jura, das sogenannte Recht und Gesetz, um das ich mein Leben lang betrogen worden bin.
Kommilitonen ermöglichten mir eine Putzstelle in der schlagenden Verbindung der Centuria. Am 20. Dezember letzten Jahres wurde ich von Paul Rohloff im Keller der Centuria vergewaltigt. Sein Freund Hendrik von Dehlen filmte ihn dabei, ohne mir Beistand zu leisten. Beide waren meine Kommilitonen.
Ich erstattete Anzeige bei der Polizei. Unter Druck von Paul Rohloffs Vater, der mir mit Ausweisung zurück in die Türkei drohte, wo ich mit lebenslanger Haftstrafe hätte rechnen müssen, zog ich die Anzeige zurück. Peter Paul Rohloff, der Vater, gab mir dafür Geld, fünftausend Euro. Er verschaffte mir eine Stellung bei der ihm befreundeten Familie Rune. Dort arbeitete ich als Hausmädchen und konnte immerhin weiterstudieren.

Im Haus der Runes kam ich den Geheimnissen der Burschenschaftler und ihrer Väter auf die Spur. Ich hörte mehrere Telefonate mit, in welchen Dieter Rune sich als Nazi entlarvte. War ich allein, durchsuchte ich sein Arbeitszimmer. Ich habe viel herausgefunden und vieles recherchiert. Rune gehörte einer geheimen Loge an. Ziel der Organisation ist die Schaffung einer nationalistischen Diktatur in Deutschland, von den Verschwörern als »Viertes Reich« bezeichnet. Soweit mir bekannt, sind Teile der Burschenschaft Centuria involviert. Als ehemalige PKK-Kämpferin bin ich antifaschistisch sozialisiert, deshalb war ich entsprechend schockiert über meine Entdeckung. Der ranghöchste Logenbruder in Deutschland ist meines Erachtens Peter Paul Rohloff. Doch ist der Geheimbund weltweit mit anderen nationalistischen Gruppen verbunden. Der Großmeister der Loge sitzt in Buenos Aires in Argentinien. Er muss ein Sohn eines gesuchten Naziverbrechers sein. Leider wurde sein Name nie genannt. Auch wenn Rune und seine Gesprächspartner mit großer Bewunderung über ihn redeten, vermieden sie strikt, seinen Namen zu nennen. Vielleicht finden Sie, meine Herren Kommissare, ja mehr heraus als ich, da sie über bessere Methoden verfügen. Der Großmeister muss sehr reich sein. Er besitzt mehrere Firmen in Argentinien und Paraguay, die sich anscheinend mit Viehzucht, Holzwirtschaft und dem Abbau von Bodenschätzen beschäftigen. Auch soll er im Waffenhandel tätig sein.

Bei mehreren Gesprächen, die Dieter Rune mit seinen Komplizen über eine abhörsichere Telefonleitung führte, bekam ich mit, dass Karl Knauss-Haecker ebenfalls zur Organisation gehörte. Der Mann war ein bedeutender Waffenhersteller, doch nicht nur das: Noch heute fabriziert sein Konzern Giftgas, das, als Schädlingsbekämpfungsmittel getarnt, in den achtziger Jahren an den Menschenschlächter Saddam Hussein geliefert wurde. Es handelte sich um Sarin, das Gift, das meine Familie und Tausende Kurden in der Stadt Halabdscha tötete.

Knauss-Haecker ist somit der Mörder meiner Familie und unzähliger weiterer Männer, Frauen und Kinder. Doch in seiner Heimat ist er ein angesehener Bürger, ein wohlhabender Mann,

dessen Reichtum auf der Tötung von Menschen beruht, wie es nun einmal bei jedem Rüstungsindustriellen der Fall ist.
Denn Waffen werden gemacht, um zu töten.
Ich beschloss, ein Ausrufezeichen zu setzen gegen die Scheinheiligkeit dieser Welt, gegen die gewissenlosen Waffenproduzenten, die nur des Profits wegen den Tod Unschuldiger billigend in Kauf nehmen. Und wenn schon der deutsche Staat nichts gegen die Geheimloge Eisernes Kreuz unternimmt, so wollte wenigstens ich meinen Teil beitragen, damit so menschenverachtende, geschichtsvergessene und hochkriminelle Elemente nicht ungeschoren davonkommen. Auch deshalb musste Knauss-Haecker sterben. Ich tötete ihn am 23. März dieses Jahres mit einem Kopfschuss, als er seinen Hund ausführte.
Als nächstes Mitglied der Loge tötete ich Dieter Rune, der einer Familie entstammt, die seit jeher Waffen produziert. Das Gedicht des verehrten jüdischen Autors Paul Celan, das mich schon immer sehr berührt hat, hinterließ ich als Mahnung bei seiner Leiche. Das Gedicht heißt »Todesfuge« und thematisiert den Holocaust, an dem auch die Familie Rune mit ihren Waffenlieferungen an die Nazis beteiligt war. Ich habe Dieter Rune das Gedicht am Vortag seines Todes in die Tasche seiner Jacke gesteckt, die er immer anhatte, wenn er zum Spazieren an die Isar ging. Es war sein Todesurteil, aber er hat es nicht gemerkt.
Rune hat aus vielerlei Gründen den Tod verdient. Wie Knauss-Haecker ist er ein tausendfacher Mörder. Seine Waffensysteme liefert er in die ganze Welt, ohne Ansehen des Käufers, ganz gleich, ob der ein Diktator ist, der sein aufmüpfiges Volk mit seinen Waffen terrorisiert und umbringt. Ich habe in der Zeit bei der Familie Rune akribisch nachgeforscht: Dieter Rune umgeht das deutsche Waffenkontrollgesetz. Er hat den Bundessicherheitsrat belogen, der seine Waffenexporte in Länder, die auf dem Index stehen, hätte genehmigen müssen. Rune fand, wohl auch über seine Logenbrüder, Mittel und Wege, die Waffen über Scheinfirmen in die verbotenen Staaten zu exportieren. Er lieferte auch an Guerilla-Einheiten in Afrika, die vom internationalen Gerichtshof in Den Haag wegen Verbrechen gegen die Mensch-

lichkeit verurteilt worden sind und deren mörderische Anführer weltweit gesucht werden.
Die Gründung der Loge hat den Umsturz des demokratischen Rechtssystems in der BRD zum Ziel. Dazu ist den geheimen Mitgliedern jedes Mittel des Terrors recht. Sie billigten auch die Tötung dreier Migranten in München, der unschuldigen Männer Süleymanoglu, Ferhat Barzani und Rafeth Alkay, Ihrem werten Onkel, Herr Alkay. Außerdem hat Dieter Rune meine Vergewaltigung gedeckt.
Aaron Ammann, der Teufel in Menschengestalt: Leider hat es gedauert, bis ich herausfand, dass er die Morde an den türkischen Männern begangen hat. Ich mache mir deshalb die größten Vorwürfe. Ich hätte ihm schon früher auf die Spur kommen müssen, dann hätte ich Menschenleben retten können.
Obwohl ich größten Hass ihm gegenüber empfunden habe, ließ ich ihn nicht leiden, denn niemand weiß so gut wie ich, was wirkliches Leid heißt. Ich erschoss ihn im Wald von Schloss Seefurth. Leider habe ich mich hinreißen lassen, ihn dreimal in dieselbe Stelle auf der Stirn zu schießen, ein Schuss für jedes seiner Opfer. Ich habe das in der PKK gelernt. Wir nannten es Benchrest-Schießen, aber das haben Sie sicher schon in Erfahrung gebracht.

Der Tod von Paul Rohloff war ein Unfall. Er hat mich auf dem neuen Grundstück der Familie Rune überfallen, mein Hund kam mir zu Hilfe, sonst hätte Rohloff mich vielleicht noch umgebracht. Seinen Tod hat er selbst provoziert. Mein Hund hat nur das getan, was sein Instinkt ihm vorgab. Ich konnte ihn nicht mehr zurückhalten. Alles ging so schnell. Es tut mir leid.

Was Knauss-Haecker, Rune und Ammann anbetrifft, so habe ich allerdings kein Mitleid. Diese Männer verdienten zu sterben. Sie haben schwere Schuld auf sich geladen und wären, bis auf Ammann, wahrscheinlich nie zur Rechenschaft gezogen worden, denn sie waren Teil des Systems dieses Landes, des drittgrößten Waffenproduzenten der Welt. Doch in dieser Gesellschaft gibt es keine Gerechtigkeit, es sei denn, man verschafft sie sich selbst.

Schon immer hat die Waffenindustrie die weltweiten Kriege angeheizt. Am Frieden haben sie kein Interesse, denn dann würden sie bankrottgehen, das verlieren, was ihnen neben ihrer Macht wohl am wichtigsten ist: Geld.
Den Kurden, meinem Volk, ist es seit jeher schlecht ergangen. Immer waren wir Repressalien ausgesetzt, immer waren wir auf der Flucht. Viele meiner Landsleute sind nach Deutschland emigriert, doch sind sie auch hier immer weniger willkommen. Aber nicht nur die Kurden, auch anderswo Verfolgte fliehen ins sichere Europa. Die gewaltigen Flüchtlingsströme dieser Zeit schüren den Nationalismus mehr und mehr. Die Europäer haben Angst vor der Überfremdung, doch greifen sie zu den falschen Mitteln. In den Krisenländern selbst muss Veränderung, Verbesserung geschaffen werden, damit die Menschen in Frieden leben können und nicht zur Flucht gezwungen sind. Doch ist auch dies nicht im Sinne der Rüstungsindustrie. Die inneren Kriege vor allem im arabischen Raum verschaffen den Waffenherstellern ungeheure Gewinne. Nur wird es keine Gewinner in den islamischen Ländern geben, und genau dies ist das Ziel der Rüstungsindustrie. So entsteht ein ewiger, gewollter Kreislauf der Gewalt.
Mein Volk, die Kurden: Es hatte nie eine Lobby, niemand hat sich je um das Schicksal der Kurden gekümmert. Jetzt aber, da die Barbaren des Islamischen Staates auch den Westen bedrohen, jetzt auf einmal braucht man uns Kurden, denn nur wir, des Kämpfens gewohnt, können die Islamisten stoppen.

Wenn Sie diese Zeilen lesen, meine Herren, bin ich längst außer Landes. Ich habe mich den kurdischen Peschmerga-Kämpfern im Irak angeschlossen, die unser Land, unsere Familien und die Freiheit aller vor den wahnsinnigen Schlächtern des Islamischen Staates verteidigen.
Kämpfen, töten: Etwas anderes habe ich nicht gelernt. Es ist alles, was mir noch bleibt, mag es am Ende noch so sinnlos sein.

Su Karabulut

Fassungslos starrte Atik auf den Brief. Su Karabulut. Eine Frau ohne menschliche Zuwendung, ohne Schutz. Wahrlich ein kurdisches Schicksal, dachte er. Wie grausam das Leben doch sein kann. Mit den Fingern fuhr er die Zeilen nach, vorsichtig, beinahe zärtlich. Ihre Schrift: klein und kugelig, als ob sich die Buchstaben einrollen wollten, sich verstecken in ihren selbst gebauten ABC-Höhlen wie winzige Pelztierchen.

Atik hob den Kopf, schaute seiner kleinen Schwester in das große Gesicht, aus dem das Lächeln gewichen war. Sie schien zu ahnen, dass das beileibe kein Liebesgeständnis war. Ihre Augenbrauen hatten sich zu einem einzigen beinahe ängstlichen Fragezeichen geformt. Diese Augen, dachte Atik, die stets angestrengt in die Welt blickten. Ihr ausgeprägtes Kinn, immer trotzig nach oben gereckt. *Sie* hatte Schutz. *Sie* hatte Familie. Dem Himmel sei Dank.

»Und«, fragte Ada. »Was steht drin? Es ist kein Liebesbrief, oder?«

»Das kann man nicht gerade behaupten. Ich erklär dir alles später«, wich Atik aus. »Hast du noch Kontakt zu ihr?«

»Nein. Seit sie mir den Brief gegeben hat, habe ich nichts mehr von ihr gehört. Ihr Handy ist abgeschaltet.«

»Wusstest du, dass sie in den Irak ist?«

»Sie hat so was angedeutet.« Ada rieb sich vehement die Nase, was sie meist dann tat, wenn sie ihre Emotionen nicht mehr im Griff hatte. »Ich werd sie nie wiedersehen, oder?«

»Ehrlich gesagt bin ich erschüttert.« Christoph faltete Su Karabuluts Brief zusammen und steckte ihn zurück in den Umschlag.

Es war später Nachmittag. Atik hatte seine Schwester nach Hause gefahren, ihr die Zusammenhänge dann doch erklärt, weil sie keine Ruhe gab, und anschließend Christoph informiert. Nun saßen sie in ihrem Büro im LKA und grübelten.

»Das furchtbare Schicksal dieser Frau macht mir echt zu schaffen. Diese Unausweichlichkeit. Dieser ständige Kreislauf der Gewalt. Überleg dir mal, wie kalt sie der Tod ihrer Opfer lässt, abgesehen von des jungen Rohloffs schrecklichem Ende, das man sicher niemandem auf der Welt wünscht. Doch wie hatte es so weit kommen können mit Su Karabulut, einer klugen und hübschen jungen Frau? Warum hatte sie keine Chance? Im Prinzip ist ihr Leben ein Menetekel für die gesamte Situation in den arabischen Ländern. Als Kinder wachsen sie bereits mit dieser unwahrscheinlichen Gewalt auf. Und schuld ist die Armut, Atik. Denn erst die Hoffnungslosigkeit der Armut, diese Chancenlosigkeit auf eine halbwegs normale Zukunft, bringt sie letztlich zur Gewalt, schürt die Wut auf die Unterdrücker, ob das die eigenen Leute sind wie die Islamisten im Irak oder der mächtige Feind Israel in Palästina. Diese armen Menschen kennen nichts anderes als immer nur Krieg und Krise. Keinen Frieden, keine Sicherheit, keinen Wohlstand.«

»Wirst du jetzt zum Menschenrechtler?«, fragte Atik.

»Du etwa nicht, angesichts eines solch zu Herzen gehenden Falles? Aus dem Mädchen hätte was werden können, doch die Tragik ihrer Geburt hat das verhindert. Sie kam im falschen Land zur falschen Zeit zur Welt. Der Irak ist eines der am meisten gebeutelten Länder dieser Erde. Doch die Öffentlichkeit ist schon so abgestumpft, dass sich keiner mehr darüber aufregt, wenn im Irak mal wieder eine Bombe hochgeht und zwanzig oder mehr Menschen tötet, Frauen und Kinder, immer wieder Kinder.«

»Natürlich ist so was schlimm, Christoph. Aber es rechtfertigt nie und nimmer Sus Verhalten. Sie löst ihre Konflikte genau so, wie ihre vermeintlichen Gegner es tun. Aber Gewalt hat noch nie ein Problem gelöst.«

»Ich rechtfertige ihre Morde nicht, und schon gar nicht billige ich das, was sie getan hat. Aber ich kann sie teilweise verstehen. Und sie tut mir einfach leid.«

»Und, was unternehmen wir jetzt?«

»Eigentlich müssen wir umgehend Kraus in Kenntnis setzen. Eigentlich, aber vielleicht gibt es eine bessere Lösung. Lass uns erst darüber nachdenken, bevor wir eine Sitzung der SOKO einberufen.««

»Okay, dann hoffen wir mal, die Fahndung findet Michael Mathis, damit wir wenigstens *einen* Mörder vor Gericht stellen können, wenn sich schon die anderen alle gegenseitig umbringen. Gespannt bin ich, wie es mit den Burschenschaftlern weitergeht. Ob das BKA den Fall tatsächlich aufklärt und die Akten nicht wieder unterm Tisch verschwinden.«

»Ich habe absolutes Vertrauen in das BKA«, sagte Christoph. »Nur gewisse Herrschaften im Verfassungsschutz bereiten mir Sorge.«

»Es wird viel daran liegen, wie wir Sus Brief behandeln«, meinte Atik. »Die Geschichte mit der Geheimloge Eisernes Kreuz würde für ein gewaltiges Aufsehen sorgen. Ich glaube nicht, dass ein in der Art wahrscheinlich noch nie da gewesener Fall an die Öffentlichkeit gelangen soll. Die Obrigkeit wird das zu verhindern wissen. Das wird eher im stillen Kämmerchen weiterverfolgt, wenn überhaupt. Einzelne deutsche Waffenhersteller planen einen Umsturz und basteln an einer Wiedergeburt der Nazidiktatur! Kein Mensch glaubt uns das, außer wir haben handfeste Beweise. Nur wird man uns erst gar nicht ermitteln lassen, und dann ist die Chance groß, dass das Thema nicht weiter hochkocht.«

Christoph legte die Stirn in Falten. »Dass die Existenz einer faschistoiden Untergrundbewegung nicht geheim bleibt, dafür werden wir zwei schon sorgen. Das ist letztlich eine Frage der Ehre.«

»Und wie willst du das erreichen?«

»Ganz einfach«, sagte Christoph. »Wir spielen den Brief der Presse zu.«

***

Zwei Tage später erschien eine große süddeutsche Tageszeitung mit der Schlagzeile »Geständnis einer Mörderin«. Allein der Untertitel – »Gibt es in Deutschland eine rechtsextreme Verschwörung hochgestellter Kreise?« – ließ die Auflage in ungeahnte Höhen schnellen. Die Kommissare hatten ein seriöses Blatt gewählt, bei dem sie sicher sein konnten, dass die Herkunft des Briefes auch wirklich geheim gehalten wurde. Alles, was in Su Karabuluts Schreiben auf Atik und Christoph deutete, war geschwärzt worden. Ansonsten wurde der Brief in vollem Wortlaut veröffentlicht. In der Reportage wurde lediglich darauf hingewiesen, dass die Authentizität des Bekennerschreibens außer Zweifel stünde und die Redaktion den Brief »aus erster Hand« erhalten habe.

Der Aufruhr war entsprechend groß. Medien und Publikum war bekannt, dass das Landeskriminalamt in der Sache ermittelte. Der Sprecher des LKA, Richard Plank, mühte sich in zahllosen Pressekonferenzen redlich, jeden Verdacht von der Dienststelle abzuweisen. Der Brief sei dem Landeskriminalamt bislang unbekannt gewesen, beteuerte er, wobei man natürlich gewusst habe, dass Frau Karabulut für die betreffenden Morde verantwortlich sei. Es würde international mit Hochdruck nach ihr gefahndet. Sowohl die türkischen als auch irakischen Behörden seien informiert und um Amtshilfe gebeten worden. Einer Auslieferung der mutmaßlichen Serienmörderin stünde somit nichts im Wege, falls die Frau denn aufgegriffen werden würde.

Atik und Christoph konnten nun in aller Ruhe zusehen, wie die Politik das hochbrisante Thema aufzuarbeiten versuchte. Das, was jetzt folgte, war ein beabsichtigter Selbstläufer, gehorchte den Automatismen einer von den Medien gesteuerten Treibjagd auf diejenigen, die man schon immer der unsauberen

Methoden verdächtigte, allen voran die Geheimdienste und natürlich die Waffenindustrie. Eine aufgestörte Bundesregierung richtete flugs einen parlamentarischen Untersuchungsausschuss ein. Sonderkommissionen wurden formiert, die Kompetenzen der zuständigen Kontrollgremien erweitert und eine Verschärfung der Rüstungsexportgenehmigungen diskutiert.

Die Kommissare hielten sich wohlweislich aus dem öffentlichen Hype heraus. Sie hatten vereinbart, nicht einmal ihren Vorgesetzten, Kriminalrat Kraus, über Sus Brief zu informieren und auch nicht die Kollegen im LKA. Niemand sollte erpressbar sein, und sie selbst schwiegen eisern, wenn sie zur Sache befragt wurden. Auch den Beamten der internen Ermittlung gegenüber, die sofort tätig wurden, um die mögliche undichte Stelle im LKA zu finden, konnten sie leider keine Angaben machen. Von dem Bekennerschreiben seien sie genauso überrascht worden, behaupteten sie.

Bei der publik ausgetragenen Suche nach Schuldigen kam es in der Folge auch zu freiwilligen und erzwungenen Rücktritten. Als Erstes erwischte es Oberstaatsanwalt Eberhard Gräfe, der bereits wegen der Unterschlagung von Beweismitteln und der vermuteten Mitgliedschaft in einer rechts gerichteten Vereinigung ins Fadenkreuz der internen Ermittler geraten war. Gräfe wurde seines Amtes vorläufig enthoben und ein Verfahren gegen ihn eingeleitet.

Durch geschickte Aussagen vor dem Untersuchungsausschuss gelang es Atik und Christoph mit wortkräftiger Unterstützung der Oberstaatsanwältin Anette Schwalb und des Kriminalrates Korbinian Kraus, auch den Staatssekretär im Innenministerium, Dr. Ferdinand Gruber, mit ins leckgeschlagene Boot der Verantwortlichen zu ziehen. Der öffentliche Druck wurde alsbald so groß, dass sich der bayerische Innenminister persönlich gefordert sah, seinen Staatssekretär zu demissionieren, um nicht selbst zum Opfer der medialen Hetze zu werden.

Nach den Verwicklungen des Verfassungsschutzes in die NSU-Affäre, wo man der Behörde zumindest eine lasche Rechtsauffassung und grobe Fehler in der Einschätzung der Gefahr des Rechtsterrorismus nachweisen konnte, gerieten die Geheimdienstler immer mehr ins Kreuzfeuer, sodass auch der oberste bayerische Verfassungsschützer seinen Hut nehmen musste.

Die gesamte Mitgliedschaft der schlagenden Verbindung der Centuria wurde schließlich vom Bundeskriminalamt einer weiteren Überprüfung unterzogen. Nach der Veröffentlichung von Su Karabuluts Brief konnte man ja nicht mehr so tun, als seien die Vorwürfe gegen die Centuria im Allgemeinen und Hendrik von Dehlen und Boris Hörhammer im Speziellen nicht nachweisbar. Zudem hatte das LKA noch mit einem Geständnis Hörhammers aufwarten können. Wegen des dringenden Verdachtes der Beihilfe zur Vergewaltigung sowie der mutmaßlichen Mitwisserschaft der Migrantenmorde wurde das Verfahren gegen von Dehlen und Hörhammer wieder an das LKA zurückgegeben.

Aufgrund akuter Verdunkelungs- und Fluchtgefahr erreichte Hauptkommissar Christoph Kaltenbach, dass der Untersuchungsrichter auf Antrag der Oberstaatsanwältin einen sofortigen Haftbefehl gegen Hendrik von Dehlen ausstellte. Noch am selben Tag wurde der junge Mann in die Justizvollzugsanstalt Stadelheim verbracht. Den Anwälten, die von Dehlens Vater daraufhin bestellte, gelang es durch Hinterlegung einer Kaution in der nicht unbeträchtlichen Höhe von fünfhunderttausend Euro, ihrem Mandanten die bedingte Freilassung unter Auflagen zu ermöglichen. Die Untersuchungshaft wurde bis auf Weiteres ausgesetzt, doch durfte Hendrik die Stadt nicht verlassen und musste sich einmal in der Woche beim nächstgelegenen Polizeirevier melden.

Als er seiner Pflicht nicht nachkam und bereits die erste Meldung unterließ, schrieb man ihn erneut zur Fahndung aus, denn von Dehlen hatte sich offensichtlich ins Ausland abgesetzt. Aufgrund der Ortung seines Mobiltelefons konnte er schließlich bei St. Moritz in der Schweiz festgenommen werden, in einem luxuriösen Chalet, das der Familie von Dehlen gehörte. Er wurde in das Gefängnis Schaffhausen in Abschiebehaft überführt, um nach Deutschland ausgeliefert zu werden.

Am Morgen des 25. Mai fand der Justizbeamte, der von Dehlen abholen und den deutschen Kollegen überstellen wollte, ihn tot in seiner Zelle vor. Der Gefangene hatte zwei Handtücher zusammengeknotet und sich am Fenstergitter erhängt. Einen Abschiedsbrief hatte er nicht hinterlassen, doch weil er in Einzelhaft saß und eigentlich niemand an ihn hätte herankommen können, wurde von Dehlens Tod als Selbstmord deklariert, zumal die Pathologie keine Einwirkung Dritter feststellen konnte.

Mit Boris Hörhammer wurde ein sogenannter Deal vereinbart. Der Jus-Student gelangte in den Vorzug der Kronzeugenregelung. Man stellte ihm eine vergleichsweise milde Strafe in Aussicht, insgesamt zwei Jahre auf Bewährung, wenn er umfassend gegen seine ehemaligen Kameraden aus der Burschenschaft aussagte, auch gegen jene Altherren, die dem rechtsextremen Spektrum zuzuordnen waren.

Wegen des Umfangs der Verdachtsmomente musste davon ausgegangen werden, dass die Untersuchungen und die danach zu erwartenden Gerichtsprozesse lange Zeit in Anspruch nehmen würden. Bis zur völligen Aufklärung des Sachverhaltes verzichtete die Burschenschaft Centuria auf die weitere Nutzung der Räumlichkeiten in der Bogenhausener Villa und schloss einige ihrer Mitglieder, gegen die ein Verfahren lief, aus ihren Reihen aus, zuvorderst Oberstaatsanwalt Gräfe, der sich wohl nicht mehr aus dem Netz seiner vielfältigen Verstrickungen in kriminelle Methoden würde befreien können. Ihm drohte nicht nur der Verlust seiner Ämter, sondern auch eine mehrjährige Haftstrafe.

Der Rechtsanwalt Dr. Cord Fehring hingegen ging vorläufig straffrei aus. Das Verfahren gegen ihn musste mangels Beweisen eingestellt werden. Die ermittelnde Oberstaatsanwältin, Frau Anette Schwalb, konnte nur darauf hoffen, dass ihr ehemaliger Vorgesetzter, Eberhard Gräfe, am Ende doch einknicken und Licht ins faschistoide Dunkel bringen würde. Bis dato behielten die Fahnder den Mann im Auge.

Währenddessen lief die internationale Fahndung nach Michael Mathis, dem mutmaßlichen Mörder Peter Paul Rohloffs und wahrscheinlichen Mittelsmann zur geheimen Loge Eisernes Kreuz, auf Hochtouren. Nur eine Woche nach seinem plötzlichen Verschwinden wurde er zufällig von einem aufmerksamen Beamten der argentinischen Hafenpolizei erkannt, als Mathis einem Frachtdampfer, der von Rotterdam kommend den Hafen von Buenos Aires anlief, entstieg, mit falschem Pass und als einfacher Matrose der Schifffahrtsgesellschaft getarnt. Der Polizist verglich das aussagefähige Fahndungsfoto mit dem auffallend großen Mann und zog seine Schlüsse.

Juan Arangio war ein älterer, erfahrener Beamter, der nicht den Fehler beging, Mathis im Alleingang verhaften zu wollen. Er beobachtete ihn zuerst und forderte sodann eine Spezialeinheit an, die Mathis schließlich in einer Bar in der Altstadt stellen konnte. Beim Versuch der Festnahme kam es zu einem wüsten Schusswechsel mit dem bewaffneten Flüchtigen, in dessen Verlauf Mathis mehrfach getroffen wurde. Noch in der Nacht erlag er im deutschen Hospital von Buenos Aires seinen Verletzungen.

Die Spirale des Todes, welche die Verschwörer des Eisernen Kreuzes ihren vermeintlichen Feinden zugedacht hatte, den Migranten und Muslimen, den Juden und Kommunisten und allen weiteren Menschen, die ihnen aus politischen und soziologischen Gründen nicht genehm waren, hatte sie nun selbst erfasst.

Und wie zitierte jene Zeitung, die den Brief Su Karabuluts veröffentlicht hatte, in einem der folgenden Beiträge über Rechtsradikalismus den allseits bekannten Spruch? »Wer Gewalt sät, wird Gewalt ernten.«

***

Mit dem Verlauf der Ermittlungen waren die Beamten der Sonderkommission Dogan jedoch alles andere als zufrieden. Frustration machte sich breit, denn kein einziger Verantwortlicher der sich in der Art altgriechischer Tragödien ineinander verwickelnden und sich temporär überschneidenden Mordfälle konnte letztlich vor Gericht gestellt werden.

Die Suche nach Su Karabulut ging wohl weiter und wurde angeblich besonders von der türkischen Polizei mit Vehemenz betrieben, da man sie aufgrund ihres brieflichen Geständnisses auch wegen der Tötung der Gökhan-Brüder im öffentlichen Interesse verfolgte, doch hatte sich ihre Spur in den einsamen, unzugänglichen Bergen Kurdistans verloren. Ob sie tatsächlich an der Seite der Peschmerga gegen die militanten Islamisten im Irak kämpfte, blieb, wie so vieles andere auch, offen.

»Vielleicht sehen wir sie ja mal im Fernsehen«, scherzte Jo Brunner während einer morgendlichen Sitzung, »wenn sie irgendwo an der Front steht und gerade mit ihrem Spezialgewehr auf einen IS-Milizionär zielt.«

»Das wird sie zu verhindern wissen«, erwiderte Atik. »Wenn Su gegen diese Barbaren antritt, dann wird es in Gegenden sein, wo kein westlicher Reporter jemals hinkommt. Denn wo eine vom Schlage dieser Frau kämpft, tut es richtig weh.«

»Das klingt ja ganz nach Bewunderung«, sagte Jo.

»Mit Bewundern hat das nichts zu tun«, gab Atik zurück, »sondern mit Respekt. Man kann auch seinen Gegnern Respekt zollen, oder?«

»Zumindest werden wir den Fall so schnell nicht abschließen können«, sagte der Kriminalrat seufzend. »Jede Menge offene Verfahren, so etwas gefällt mir gar nicht.«

»Was mir noch viel weniger gefällt«, mischte sich Christoph in die Diskussion, »ist der Umstand, dass zwar einige der Logenbrüder tot sein mögen, da draußen aber immer noch genug von diesem braunen Gesocks frei und höchst lebendig herumläuft. Es ist wie immer bei der Polizeiarbeit: Ein paar, und meist die weniger Wichtigen, erwischt man, doch die Drahtzieher bleiben auf freiem Fuß. Gibt es eigentlich schon irgendeine Rückmeldung der Kollegen aus Buenos Aires? Haben die jemanden ausfindig machen können, auf den Su Karabuluts Beschreibung passt?«

Korbinian Kraus schüttelte hilflos den Kopf. »Im Prinzip, sagt die argentinische Polizei, kommen dafür mehrere Personen in Frage. Deutschstämmige, die nach dem Krieg nach Argentinien ausgewandert sind, gibt es viele, sowohl Juden als auch ehemalige Nazis. Und so manche haben eine ziemliche Karriere in der neuen Heimat hingelegt, es zu großem Reichtum und Einfluss gebracht. Aber eine Person, die als rechtsradikal einzustufen ist, sei nicht darunter.«

»Derjenige, der laut Su als Großmeister der Loge agiert, wird sich wohl auch kaum als Nazi outen«, bemerkte Atik süffisant. »Aber ich sehe den Kerl direkt physisch vor mir, ein sogenanntes Durchschnittsgesicht mit Brille und Halbglatze, ein wenig altmodisch daherkommend.«

»Du hast das Bild Adolf Eichmanns vor Augen«, meinte Christoph, »des Mannes, den der Mossad damals ebenfalls in Argentinien aufgespürt und gekidnappt hat und nach Israel entführte, um ihm dort den Prozess zu machen, einem der schlimmsten Kriegsverbrecher aller Zeiten.«

»Stimmt«, gab Atik zu. »Da siehst du mal, wie einspurig man visualisiert ist. Aber wenigstens hat Eichmann seine verdiente Strafe erhalten. Man müsste es machen wie der israelische Geheimdienst: diesem ominösen Großmeister auf die Spur kommen, ihn verhaften, nach Deutschland bringen und lebenslang hinter Gitter stecken.«

»Schön wär's«, sagte Kraus. »Wenn die argentinischen Kollegen uns nur einen kleinen Anhaltspunkt geben könnten, so wäre es im Rahmen eines bilateralen Abkommens durchaus möglich, dass wir Zielfahnder mit ausreichenden Kompetenzen nach Buenos Aires schicken, um den Mann gerichtsfähig zu überführen. Aber ohne irgendeinen haltbaren Hinweis sehe ich da keine Chance.«

»Wir könnten uns an das Simon-Wiesenthal-Institut in Wien wenden«, fiel Myriam ein. »Vielleicht wissen die etwas über einen Sohn eines ehemaligen Naziverbrechers, der genauso faschistisch gepolt ist wie der Alte und sich in rechtsextremen Zirkeln bewegt.«

»Keine schlechte Idee«, lobte Kraus. »Wir werden jedenfalls dem Hinweis Su Karabuluts weiter nachgehen. Ich glaube nicht, dass sich die Frau da etwas zusammengereimt hat.«

Die Tür wurde geöffnet, und Sybille Hannewald erschien, wie immer sehr hektisch. »Ich komme spät«, entschuldigte sie sich. »Aber ich bin noch aufgehalten worden.«

Sie setzte sich so schnell, wie sie hereingekommen war, die Beine ruckartig übereinanderschlagend. Amüsiert registrierte Christoph, dass sie verschiedenfarbige Strümpfe trug. Als sie seinen Blick bemerkte, bemühte sie sogleich die Geschichte der diebischen Waschmaschine, die als weltweit bekanntes Phänomen reihenweise Strümpfe versteckte oder gleich auffraß. Zeit, die richtigen Socken herauszusuchen, habe sie leider nicht gehabt.

»Etwas anderes«, begann sie. »Erinnert ihr euch an den Journalisten Tillman Saffranski?«

»Das Gscheithaferl«, fragte Atik, sich des bayerischen Synonyms für notorische Besserwisser bedienend. »Logisch. Was ist mit dem?«

»Ich habe ihn noch mal getroffen. Er hatte sich bei mir wegen einer möglichen Verbindung zwischen Gladio und dem Eisernen Kreuz gemeldet.«

»Ja und?«

»Es gibt eine Verbindung, behauptet er. Sie sei beim Verfassungsschutz zu suchen.«

Die Beamten schauten sich der Reihe nach an.

»Das würde bedeuten«, sagte Christoph, »dass Gladio noch besteht. Wer sind die Leute beim Verfassungsschutz, kennt er sie mit Namen, oder ist die ganze Behörde betroffen?«

»Er recherchiert noch«, erwiderte Sybille. »Er glaubt, dass es nur Einzelpersonen sind, nicht der Verfassungsschutz per se.«

»Und wer gehört dann diesem Gladio an?«, fragte Kraus.

»Da hat sich angeblich über die Jahre nichts geändert. Es sind noch immer dieselben Verdächtigen, hochgestellte Personen aus Politik, Justiz, Polizei, Wirtschaft, Geheimdiensten und so weiter. Politisch stehen sie alle weit rechts.«

Kraus schüttelte den Kopf. »Woher will Ihr Informant das wissen? Das sind doch Mutmaßungen, mehr nicht. Oder kann er uns hier wenigstens einen Namen präsentieren?«

»Saffranski sagt, er hat bereits eine Liste zusammengestellt, über die die Welt sich noch wundern wird. Aber er ist ein ernsthafter Journalist. Seine Bücher über den Rechtsradikalismus sind ja verschiedentlich ausgezeichnet worden, und das wären sie nicht, wenn er nicht so akribisch arbeiten würde.«

»Dann lebt der Mann aber ziemlich gefährlich«, stellte Kraus fest. »Wer sich mit den Neonazis anlegt, muss verdammt aufpassen.«

»Das tut er«, sagte Sybille. »Lebensmüde ist Saffranski nicht, im Gegenteil. Keiner weiß zum Beispiel, wo er wohnt, nicht einmal ich.«

Christoph zuckte zusammen. Und fragte sich innerlich, was das sollte, dass ihn Sybilles offenkundige Nähe zu diesem Journalisten störte. Er konnte ja nicht erwarten, dass Sybille so lange Single blieb, bis er sich vielleicht endlich mal bewegte und sich für sie entschied.

»Nun«, sprach der Kriminalrat, »dann bleiben Sie bitte weiter im Kontakt mit dem Herrn, Frau Professor. Am Ende bekommen wir die braune Suppe noch auf dem Tablett serviert, wovon ich ehrlich gesagt nicht ausgehe. Wenn das wirklich stimmt, was mir die Herren Kommissare von dieser geheimen NATO-Untergrundarmee berichtet haben, dann existiert sie bereits seit sechzig Jahren, und nach wie vor weiß niemand Genaues über sie.«

»Außer den Dingen, die von den europäischen Parlamenten bereits als Fakt eingeräumt wurden«, sagte Christoph. »Jedenfalls sollten wir beobachten, was Saffranski noch herausfindet und unternimmt. Ich bin überzeugt, dass er auf der richtigen Spur ist.«

»Eigentlich«, meinte Myriam, »müsste man ihn doch tatkräftig dabei unterstützen, schließlich nützt es uns allen, wenn er unsaubere Machenschaften irgendwelcher staatlicher Organe aufdeckt. Und eigentlich bräuchte er sogar Personenschutz, denn die Gefahr –«

»Kommt gar nicht in Frage«, schnitt Kraus ihr das Wort ab. »Es ist seine Sache, wenn er in Problemzonen recherchiert. Wir können nicht jeden Journalisten beschützen, der seine Nase in illegale Angelegenheiten steckt. Die Frau Professor sagte doch, dass er vorsichtig zu Werke geht. Und damit ist das Thema vom Tisch.«

Er nickte Myriam kurz zu, die sein Nicken anstandshalber erwiderte, schließlich war er ihr Vorgesetzter.

»Was hat sich denn in der Beweislage über die rechtsextremen Aktivitäten des Herrn Rune ergeben?«, fragte Sybille, die aufgrund ihrer Tätigkeit an der Universität einige Tage nicht mehr im Kontakt mit dem LKA gestanden hatte.

»Nicht viel«, sagte Atik. »Außer, dass er dieses faschistische Kampfblatt ›… macht frei‹ herausgegeben hat. Alle Unterlagen, die eine Beteiligung Runes an den Migrantenmorden hätten nachweisen können oder auch die Mitgliedschaft in einer rechtsextremen Vereinigung, sind verschwunden. Sogar das abhörsichere Telefon, von dem Su berichtet hat, ist weg. Alle Hinweise auf etwaige rechtsterroristische Umtriebe wurden vernichtet. Wir glauben, dass dieser Anwalt, Cord Fehring, das erledigt hat. Das Gleiche gilt übrigens für Peter Paul Rohloff. Wahrscheinlich hat Mathis hier sämtliche Spuren verwischt.«

»Oder diese Abtrünnigen vom Verfassungsschutz«, ergänzte Myriam.

Schließlich schloss der Kriminalrat die Sitzung. Jeder Beamte bekam seine weitere Aufgabe zugeteilt. Myriam sollte das Wiesenthal-Institut kontaktieren, Jo Brunner, der gut Spanisch sprach, nochmals bei den Kollegen in Buenos Aires wegen des geheimnisvollen Logengroßmeisters nachhaken, während Atik und Christoph wie so oft ihre eigenen Wege gingen. Christoph wollte sich nochmals Cord Fehring vorknöpfen, mit dem er noch, wie er es ausdrückte, eine Rechnung offen hatte. Er hatte es nicht verwinden können, dass dem Anwalt immer noch keine Gesetzwidrigkeiten nachzuweisen waren, obwohl er sich sicher war, dass auch Fehring der Loge Eisernes Kreuz angehörte.

»Was hast du vor?«, fragte er, als er sah, dass Atik sich zum Gehen bereit machte.

»Ich werde bei Lilan Barzani vorbeischauen«, sagte Atik. »Sie weiß noch nicht, dass eine ehemalige PKK-Kämpferin Ferhat gerächt hat.«

»Liest sie denn keine Zeitung?«

»Ich habe mit ihr telefoniert«, sagte Atik. »Sie hat noch keine Ahnung. Und ich will es ihr persönlich sagen.«

Christoph lächelte. »Verstehe. Du könntest mich gleich mitnehmen und in der Maximilianstraße absetzen.«

»Da ist doch Fehrings Kanzlei, oder?«

»Richtig. Ich will ein wenig herumschnüffeln, Präsenz zeigen. Der Kerl soll sich nicht in Sicherheit wiegen können.«

Sie verließen gemeinsam das Büro. Der Dienstwagen stand an seinem für die Kommissare reservierten Parkplatz.

»Hop oder top?«, initiierte Atik ihr altes Spiel, als sie noch ein gutes Stück entfernt waren.

»Top«, entschied Christoph.

Atik grinste und betätigte die Fernbedienung.

Die Explosion war derart gewaltig, dass im Umkreis von hundert Metern sämtliche Fensterscheiben zerbarsten. Der BMW ging in Flammen auf, ebenso die daneben parkenden Fahrzeuge. Die enorme Druckwelle der Detonation schleuderte die Kommissare zu Boden. Der ohrenbetäubende Knall zerfetzte die Trommelfelle. Splitter von Glas und Metall flogen wie Geschosse über den Innenhof des Amtes. Danach herrschte Stille, die Stille, die jeder Explosion für einen beklemmenden Augenblick folgt, um sodann dem Schrecken der Menschen, ihrem Schreien und Weinen, ihrem Brüllen und Flehen Platz zu schaffen.

Von alldem hörte Christoph nichts, als er sich mühsam aufrappelte. Er vernahm nichts, absolut nichts, denn sein Gehör war so schwer geschädigt, dass er das Horrorszenario um sich herum wie ein seltsames Alptraumbild empfand, mit dem er nichts zu tun hatte, weil er sich so weit weg wähnte. Im ersten Moment wusste er noch nicht einmal, wo er sich befand. Auch sah er kaum etwas, vor lauter Rauchschwaden. Und da war plötzlich ein roter Nebel in seinen Augen, der alles trübte. Die Äderchen waren geplatzt wie bei einem Taucher, der sich in den Tiefen des Meeres verloren hatte. Und da war Blut, überall Blut. Christoph hielt sich die blutenden Hände vors Gesicht, torkelte, versuchte, wieder ins Gleichgewicht zu kommen, ins Leben. Erst als er des am Boden liegenden Atik gewahr wurde, kehrte sein Bewusstsein zurück.

***

Am selben Tag, zur selben Stunde, war Tillman Saffranski im hinteren Teil des Englischen Gartens beim Joggen, unweit des

Oberföhringer Wehres, an dem der Leichnam des Paul Rohloff aufgefunden worden war. Jeden Morgen verließ er zur selben Zeit seine Wohnung in der Seestraße in Schwabing, joggte am Kleinhesseloher See vorbei, nahm die Fußgängerbrücke über den Mittleren Ring und lief in die ruhigere, weil weniger besuchte nördliche Parkanlage hinein, eine Stunde jeden Morgen.

Heute war Saffranski besonders flott unterwegs. Die Aussicht, am Abend noch einen Informanten aus der rechtsextremen Szene zu treffen, einen ehemaligen V-Mann des BND, der ihm wichtige Informationen über die Verbindung zwischen Gladio und der Loge Eisernes Kreuz geben wollte, beflügelte ihn. Namen sollten fallen und Beweisstücke übermittelt werden. Er war kurz vor dem Durchbruch. Seine Erkenntnisse, die er bereits vorab und exklusiv einem deutschen Nachrichtenmagazin verkauft hatte, würden aus diesem Deutschland mit einem Schlag ein anderes Land machen. Politiker würden stürzen, insgeheim rechtsradikale Richter, Polizisten und Verfassungsschützer im Gefängnis landen. Und er, Tillman Saffranski, würde als Retter des demokratischen Staates vor einer faschistischen Verschwörung gefeiert werden, mit Preisen überhäuft, mit Ehrungen gelobhudelt. Der Journalist lachte vor Freude und schaltete beim Laufen sogar noch einen Gang höher. Er fühlte sich leicht, schwebend wie ein Vogel am Himmel.

Es waren kaum Menschen im Park. Nur vorne, kurz vor dem Isarkanal, kamen ihm zwei Spaziergänger entgegen, zwei Männer. In lebhaftes Gespräch vertieft, schienen sie keine Notiz von dem schnellen Läufer zu nehmen, der sich ihnen rasch näherte. Der kleinere der beiden, ein Mann mittleren Alters mit Stirnglatze, Bauchansatz und dicker Brille, redete unaufhörlich auf den anderen ein, einen großen, breitschultrigen Typ mit Bürstenhaarschnitt, der trotz der warmen Temperatur, die an jenem Morgen schon herrschte, einen Mantel über dem Arm trug.

Saffranski grüßte freundlich, als er fast auf gleicher Höhe war. Erst jetzt bemerkte er, dass unter dem Mantel etwas hervorblitzte. Doch es war zu spät, viel zu spät. Das satte Geräusch, ähnlich dem, wenn man den Korken aus einer Weinflasche zog, dieses kurze »Plopp«, hörte er schon nicht mehr. Die tödliche Kugel aus dem Schalldämpfer der Walther P99 hatte da bereits sein Herz durchschlagen.

***

Als Christoph zwei Tage später Atik in der Klinik besuchte, war dieser schon wieder kreuzfidel. Beide hatten unglaubliches Glück gehabt. Christoph hatte durch das Explosionstrauma lediglich einen Hörschaden und diverse kleinere Verletzungen an Händen und Gesicht durch herumfliegende Splitter erlitten. Aufgrund der geplatzten Blutgefäße war die Lederhaut seiner Augen rot statt weiß, ein eher kosmetisches denn gesundheitsgefährdendes Phänomen, das in wenigen Tagen wieder abklingen würde. Dennoch wurde er von Atik fröhlich mit »Hallo, Albino« begrüßt, als er das Krankenzimmer betrat.

Atik indes sah auch nicht viel anders aus, hatte er doch dieselben roten Augen. Allgemein hatte es ihn schwerer erwischt als Christoph. Durch die Druckwelle hatte er einen Lungenriss erlitten, der zu einem erfreulicherweise nicht lebensgefährlichen Pneumothorax geführt hatte und durch rasche Sauerstoffinsufflation erfolgreich behandelt werden konnte. Ein größerer Metallsplitter war in seinen Hals gedrungen und hatte die Schlagader nur knapp verfehlt. Er hatte operativ entfernt werden müssen, doch stellten derlei Eingriffe heutzutage kein großes Problem mehr dar. Ansonsten gab es wie bei Christoph zahlreiche kleinere Haut- und Fleischverletzungen zu beklagen. Natürlich waren durch den Knall auch seine Trommelfelle arg in Mitleidenschaft gezogen worden, sodass ihre Unterhaltung auf Außenstehende wirkte, als würden sie sich permanent anbrüllen.

Christoph konnte bereits die Ursache der Explosion erklären. Die KTU hatte nach einer aufreibenden Tag-und-Nacht-Schicht herausgefunden, dass unter ihrem Dienstwagen ein Sprengsatz mit einem elektronischen Zünder angebracht worden war, der auf das Signal der Fernbedienung reagierte. Ihre spielerische Wette, die Türverriegelung schon aus großer Distanz zu öffnen, hatte ihnen das Leben gerettet. Wären sie näher am Fahrzeug gewesen, so die KTU, wäre nichts von ihnen übrig geblieben.

Die Bombe selbst habe aus einer kleinen Sprengkapsel bestanden, welche die Hauptsprengladung aus dem tückischen Hexogen, einem hochexplosiven chemischen Stoff, und Polyethylen als Trägermasse zündete. Solcherart Bomben würden laut Markus Besold hauptsächlich vom Militär verwendet, gerne auch von Terroristen, da Plastiksprengstoffe sich perfekt für Anschläge eigneten.

»Na toll«, sagte Atik. »Wer wollte uns dann letztendlich an den Kragen, eine Untergrundarmee oder eine braune Terrorbande?«

»Wahrscheinlich ist es ein und dasselbe«, antwortete Christoph, »die Terrorbande eine Untergrundarmee.«

»Wir müssen denen ja gewaltig auf die Füße gestiegen sein«, sagte Atik, »wenn die uns jetzt schon mit solch aufwendigen Geschenken bedenken.«

»Deinen Humor möchte ich haben«, bemerkte Christoph. »Wir hatten mehr Glück als Verstand, dass wir so glimpflich davongekommen sind. Ich höre zwar kaum noch was, aber für einen Rockmusiker ist das eher von Vorteil. Abgesehen davon soll ich dich von allen grüßen. Das halbe LKA hat sich schon nach dir erkundigt. Kraus lässt fragen, wann er dich besuchen darf. Und die Kollegen von der Sonderkommission wollen natürlich auch bald nach dir schauen.«

»Bitte keine Besuche«, stöhnte Atik. »Ich hab keine ruhige Minute hier drin. Der Beamte, der vor der Tür steht und mich offenbar bewachen soll, ist schon ganz hippelig angesichts der vielen Leute. Meine Mutter kommt zwei Mal am Tag, kannst du dir das vorstellen?«

Christoph lachte. »Wenigstens hast du ein Einzelzimmer. War Britt eigentlich schon da?«

»Ja, heute Vormittag. Um ein Haar wäre sie Lilan begegnet, peinlich, peinlich.«

»Woher weiß Lilan denn, wo du bist?«

»Sie hat meine Handynummer, Großwesir. Und diesmal hat sie Zeitung gelesen.«

»Die Schlagzeilen waren ja auch nicht zu übersehen.« Christoph nahm mehrere Ausgaben von Tagesblättern aus der Plastiktüte, die er mitgebracht hatte und deren Inhalt selbst er als Atiks Chef dem Polizisten vor der Tür zeigen musste, der seinen Job sehr ernst nahm. »Hier, lies!«

Atik überflog die Headlines. »Da schau her! So viel Zuspruch und Aufmerksamkeit. Die tun gerade so, als wären wir Münchens prominenteste Bürger. Da fühlt man sich richtig geschmeichelt als kleiner Bulle.«

Neugierig zog sich Atik am Griff des Krankenbettes hoch, um einen Blick in Christophs Tasche zu werfen. »Was hast du denn noch alles versteckt in deiner Wundertüte?«

»Ach«, sagte Christoph grinsend, »fast hätte ich's vergessen.« Er holte eine Flasche Grappa hervor. »Was ganz was Feines, mein Freund, eine Grappa von Brunello-Trauben aus der Region Montalcino, drei Jahre im Barrique gelagert, deshalb hat sie eine so braune Färbung.«

»Und, schmeckt der Sprit?«

»Keine Ahnung. Sybille hat mir die Flasche geschenkt. Aber das werden wir gleich feststellen.«

Christoph goss zwei Gläser ein, und sie tranken auf das neue Leben, das ihnen geschenkt worden war.

»Eigentlich mag ich keine Grappa«, sagte Christoph, »aber die hier ist phantastisch.«

»Vielleicht schmeckt das Zeug so lecker, weil es von Sybille ist«, bemerkte Atik. »Und sie hat es dir auch noch gebracht. Wohin eigentlich, du bist doch sicher noch krankgeschrieben? Oder warst du schon wieder im Büro?«

Christoph wurde rot. »Nein. Sie hat mich daheim besucht.«

»Oh.« Atik lachte. »Geht da jetzt endlich was bei euch?«

»Sie kümmert sich ein bisschen um mich. Das ist alles.« Jetzt musste auch Christoph lachen. »Vorerst zumindest.«

***

Nach vier Tagen im Spital entließ sich Atik Alkay selbst. Es hielt ihn nicht mehr im Krankenbett, vor allem, seit er erfahren hatte, dass der Journalist Tillman Saffranski am selben Tag des Bombenanschlags im Englischen Garten von Unbekannten erschossen worden war. Für ihn waren die Hintergründe beider Taten ebenso klar wie für seine Kollegen im LKA. Der Rechtsterrorismus hatte auf brutale Weise zurückgeschlagen. Ob der Sprengsatz am Dienstwagen der Kommissare nun von Aaron Ammann gebaut worden war, erwies sich als sekundär und konnte laut KTU auch nicht mehr nachverfolgt werden. Bedenklicher war die Kaltblütigkeit, die menschenverachtende Präzision, mit der die Attentäter vorgegangen waren. Dass man unliebsamen Personen, und auch noch Amtsträgern, einfach nach dem Leben trachtete, war der Gipfel des Zumutbaren.

»Wo sind wir denn«, ereiferte sich Atik, als er Christoph telefonisch ankündigte, morgen wieder im Dienst zu erscheinen, »dass man sich als Polizist oder auch Journalist seines Lebens nicht mehr sicher sein kann, wenn man im radikalpolitischen Milieu recherchiert? Das sind Methoden wie in einer Diktatur! Wo bleibt da der Rechtsstaat?«

»Der Staat«, erwiderte Christoph, »ist so stark oder so schwach wie jeder Einzelne von uns. Um solchen Auswüchsen Herr zu werden, bedarf es der Zivilcourage aller. Jeder Bürger muss sich persönlich involvieren, damit solche Verbrecher nicht die Oberhand gewinnen. Da ist dringende Aufklärung vonnöten.«

»Eins noch«, sagte Atik. »Mir sind zwei Kollegen zum Schutz zugeteilt worden. Ich habe sie nach Hause geschickt. Verteidigen kann ich mich immer noch selbst am besten. Wie hältst du das?«

»Nicht anders. Das Ganze ist sowieso unsinnig. Wir können nicht den Rest unseres Lebens unter Polizeischutz stehen. Und wenn wir eines aus der Sache mit Su Karabulut gelernt haben, so ist es doch, dass man jeden umlegen kann, wenn man darauf aus ist. Nein, ich habe auf Begleitung verzichtet. Außerdem glaube ich nicht, dass es die Nazis gleich noch mal probieren.«

Sie beendeten das Gespräch. Christoph überlegte, ob er noch ein wenig spazieren gehen sollte. Es war ein warmer Frühlingsabend, die Luft lau wie im Sommer. Ein ungutes Gefühl hatte er schon, abends allein unterwegs zu sein, doch beunruhigte ihn dieses Gefühl nicht mehr. Wer sich um sein Leben sorgt, dachte er, will es auch genießen. Und genau das werde ich jetzt tun. Die Zeiten, in denen ich nur trauerte und bewusst oder unbewusst den Tod suchte, sind endgültig vorbei. Keines dieser faschistischen Elemente wird mich hindern, wieder ein gutes Leben zu führen.

Er zog sich eine leichte Jacke über und verließ die Wohnung. Ostentativ trat er mitten auf die Straße und blickte sich um, doch war nichts Auffälliges zu sehen. Es war noch hell, das grelle Tageslicht aber bereits gefiltert von der weichzeichnenden Milde des Abends.

Christoph überquerte die staugenervte Steinsdorfstraße, auf der sich Fahrzeug an Fahrzeug reihte, ungeduldige Lenker auf dem Weg von der Arbeit nach Hause. Er lief über die Brücke zur Praterinsel und tauchte in die Ruhe der Maximiliansanlagen ein. Es war still in diesem kleinen Park, der sich an der Isar entlangschmiegte und im Norden den Englischen Garten tangierte. Im ewigen Wettstreit, wer am lautesten rauschte, gewann der Fluss klar gegen den Verkehr. Es duftete nach Blumen und sonnengebackener Erde. Die Isar, noch gut Wasser führend, sandte nur eine schwache olfaktorische Ahnung der in ihr lebenden Wesen und treibenden Gegenstände durch die Lüfte.

Christoph stieg den Meillerweg Richtung Haidhausen, dem alten Franzosenquartier, hoch. Oben blieb er stehen und atmete tief durch. Zu seinen Füßen breitete sich München aus, seine Stadt. Auch wenn es hier Verbrechen gab wie anderswo in Deutschland, wenn nicht weit von seinem Standort aus, im Nobelviertel Bogenhausen, die Centuria residiert hatte, eine Brutstätte der intellektuellen Elite der Neonazis, so war es doch im Großen und Ganzen eine sichere Stadt, wohlsituiert und von Traditionen geordnet. Mit Hochkultur und Subkultur, wo man wunderbar lebte und wohlgemut leben ließ. Eine Gnade, hier geboren zu sein. Eine Stadt, für die es sich zu kämpfen lohnte.

Christoph dachte an Su Karabulut. Wo mochte sie jetzt sein? Ihr war nicht die Gnade der Geburt in einem lebensbejahenden Umfeld zuteilgeworden. Und nun kämpfte sie irgendwo in den Bergen Kurdistans als einsame Peschmerga gegen die schier übermächtigen Steinzeitbarbaren des Islamischen Staates.

Wahrscheinlich war es ihr letzter Kampf für ihre vermutlich letzte Chance auf dieser Welt, auch wenn sie alle Grenzen dabei überschritten hatte.

***

Am folgenden Morgen ließ Kriminalrat Kraus die beiden Kommissare in sein Büro rufen. Was er ihnen zu sagen hatte, empfanden Atik und Christoph wie einen Schlag ins Gesicht. Das Bundeskriminalamt, teilte er mit, habe erneut und endgültig alle Fälle, an denen die Sonderkommission Dogan gearbeitet hatte, an sich gezogen. Zukünftig werde verdeckt ermittelt, um die Beamten vor Nachstellungen aus dem rechtsextremen Milieu zu schützen. Das Sprengstoffattentat auf die LKA-Kommissare, bei welchem wie durch ein Wunder keine weiteren Personen verletzt worden waren, sei Anlass genug, die notwendigen Konsequenzen zu ziehen. Man werde die Medien entsprechend informieren, damit niemand auf falsche Gedanken käme. Der Innenminister persönlich habe ihn kontaktiert, um das LKA von seiner Entscheidung in Kenntnis zu setzen. Da es hauptsächlich der brillanten Leistung der Herren Alkay und Kaltenbach zu verdanken sei, dass der Rechtsterrorismus nicht nur in Bayern, sondern in ganz Deutschland eine schwere Niederlage erlitten habe, dass schonungslos aufgedeckt werden konnte, inwieweit selbst höhere Kreise der Gesellschaft in rechtsradikale Umtriebe involviert waren, habe er dem Ministerpräsidenten vorgeschlagen, die Kommissare mit dem bayerischen Verdienstkreuz zu ehren. Dieser habe bereits zugestimmt, sodass die Verleihung des zweithöchsten bayerischen Ordens demnächst vollzogen werde.

»Das war es auch schon, Kollegen«, schloss Kraus seinen Vortrag.

»Ich glaub's nicht«, wütete Atik. »Die haben Angst! Der Staat kneift vor den Nazis. Und wir stehen da wie die Vollidioten.«

»Ich sehe das anders«, sagte Christoph ruhig. »Die Frage ist nämlich, wer hier wen schützen soll: der Staat seine Polizei vor dem Rechtsterror oder schützt er den Rechtsterror vor der Polizei?«

»Jetzt machen Sie mal halblang«, sagte Kraus. »Bei allem Respekt vor Ihrer Arbeit und bei allem persönlichen Interesse an der kompletten Aufklärung der Fälle: Ich halte das Vorgehen des Ministeriums für gar nicht so schlecht. Soll sich doch das BKA mit der Terrorbande rumärgern. Und ehrlich gesagt bin ich sogar recht froh über diese Entscheidung. Schließlich will ich meine beiden besten Beamten nicht verlieren.«

Atik wollte protestieren, doch bat Kraus, ihm erst einmal zuzuhören. »Schauen Sie: Es gibt Momente im Leben, da muss man zurückstecken können. Da muss man abwägen, was einem wichtiger ist: die Gerechtigkeit oder die eigene Familie. Sie, Christoph, haben ja bereits erleben müssen, wie furchtbar es ist, seine Nächsten zu verlieren. Fast wäre Kollege Renneberg ums Leben gekommen, der übrigens gestern aus der Reha entlassen wurde. Lassen wir es damit gut sein, ich bitte Sie. Und«, fügte er verschmitzt hinzu, »so ein Orden hat ja auch seine Vorteile.«

»Ja, die Ehre«, sagte Atik grimmig, »aber auf die kann ich glatt verzichten.«

»Aber, aber, Kollege Alkay, da ist noch mehr.«

»Etwa Geld«, fragte Atik, »gibt's Kohle dafür?«

»Das nicht gerade, jedoch freien Eintritt in alle Einrichtungen des bayerischen Staates, wie Museen, Schlösser und nicht zu vergessen die kostenlose Schifffahrt auf den bayerischen Seen!«

Eine Weile schauten sich die drei an. Dann brachen sie in schallendes Gelächter aus.

Epilog

Der bayerische Verdienstorden war den Kommissaren Alkay und Kaltenbach in einer schlichten Zeremonie verliehen worden. Die Laudatio hatte der Innenminister als oberster Dienstherr gehalten, und die Medaille war den neu ernannten Würdenträgern vom bayerischen Ministerpräsidenten persönlich umgehängt worden, »als Zeichen ehrender und dankbarer Anerkennung für hervorragende Verdienste um den Freistaat Bayern und das bayerische Volk«, wie es offiziell hieß.

Während Christoph die Auszeichnung eher humorvoll in dem ihm eigenen Sarkasmus entgegengenommen hatte, war Atik Alkay, Sohn türkischer Einwanderer, doch sehr gerührt gewesen. Seiner Familie hatte er dennoch nichts von der Verleihung erzählt, denn dann hätte seine Mutter, so Atiks Einschätzung, die nächsten Jahre vor Stolz nicht mehr laufen können. Ein wenig feiern wollten sie trotz allem, aber nur zu zweit. An jenem denkwürdigen Tag hatten sie natürlich dienstfrei, zudem wollten sie die Vorzüge des Ordens gleich testen.

Mit ihrem nagelneuen Dienstwagen fuhren sie hinaus nach Starnberg, um eine kostenlose Schifffahrt zu unternehmen. Die Bootstour war tatsächlich umsonst, nur das Bier respektive den Wein mussten sie selbst zahlen.

Sie setzten sich mit ihren Getränken auf das Vorderdeck und genossen den wunderschönen Frühsommertag, den weiten Blick über den spiegelglatten See und auf die sich im Süden türmenden Berge. Ihr Ziel war Ambach am Ostufer und dort der Biergarten eines altehrwürdigen Wirtshauses, das bereits seit Generationen von der Familie eines bekannten Schauspielers betrieben wurde, von Atik vor allem wegen seines vortrefflichen Weißbieres geschätzt.

Atik stupste Christoph an. »Was wird jetzt aus Sybille und dir? Kriegt ihr euch endlich?«

»Das wüsste ich auch gerne«, sagte Christoph seufzend. »Das ist alles nicht so leicht. Ich brauche Zeit. Mein altes Herz ist immer noch von Krisztina besetzt. Und ich kann mir nicht einfach ein neues Herz nachwachsen lassen.«

»Du hast Angst«, stellte Atik fest, »Angst vor deinen eigenen Gefühlen.«

Christoph setzte sich auf. »Und du? Hast du etwa keine Angst?«

»Wovor?«

»Angst, dich entscheiden zu müssen, zwischen Britt und Lilan.«

»Doch. Freilich hatte ich Angst. Nur, irgendwann muss ich einmal ankommen. Deshalb habe ich mich entschieden. Für Britt.«

»Das freut mich. Ich mag sie nämlich.«

»Siehst du«, schmunzelte Atik, »ich mag sie auch.«

Christoph ging zur Reling und schaute ins Wasser. Er winkte Atik zu sich.

»Wusstest du«, sagte er, »dass der See hundertdreißig Meter tief ist und damit der wasserreichste See, der ausschließlich auf deutschem Staatsgebiet liegt?«

Atik verdrehte die Augen. »Die Bayern und ihre Rekorde. Dass selbst ein so bescheidener Mensch wie du ständig damit protzen muss, wie toll unser Bayern doch ist.«

»Das meine ich nicht«, sagte Christoph. »Hier wäre nur ein guter Platz, um unsere Orden zu versenken.«

»Wieso das denn?«

»John Lennon. Der hat seinen ›Member of the British Empire‹, den die Queen ihm verliehen hat, auch zurückgegeben.«

»Wir sind aber nicht John Lennon.«

»Aber ich fühle mit ihm, verstehst du? Lennon war überzeugter Pazifist. Seinen Orden hat er wegen der englischen Unterstützung der sinnlosen und auch noch ungerechtfertigten Kriege gegen Nordvietnam und Biafra zurückgegeben. Und Kriege werden auch geführt, um Waffen oder Giftgas zu testen, wie die Amerikaner das berüchtigte Agent Orange, dieses hochgiftige Dioxin, mit dem sie den Dschungel in Vietnam entlauben wollten, um die darin versteckten Vietkong-Kämpfer leichter aufspüren und töten zu können. Die haben das Zeug sogar auf die Felder versprüht, um den Nordvietnamesen die Nahrungsgrundlage zu entziehen. Als Spätfolge kommen in Vietnam bis heute missgestaltete Babys auf die Welt. Schätzungen besagen, dass etwa eine Million Vietnamesen schwere gesundheitliche Schäden davongetragen haben und sogar zweihunderttausend US-Soldaten, die eigenen Leute! Und auch da waren deutsche Firmen an der Herstellung beteiligt, alles, was Rang und Namen hat. Die Knauss-Haecker-Werke produzieren wahrscheinlich immer noch das Zeug, mit dem Saddam Hussein so viele Kurden und Iraner vergiftet hat. Es ist immer dasselbe Spiel, Atik. Warum also sollen wir unsere Orden behalten, wenn wir eigentlich versagt haben, wenn die Rüstungsexporte an diktatorische Systeme weitergehen, als wäre nichts passiert?«

»Mag sein, dass du recht hast. Aber dann hätten wir die Dinger gar nicht annehmen dürfen.«

»Stimmt.« Christoph zog seine Medaille aus der Tasche und betrachtete sie. »Ich habe auch jetzt erst darüber nachgedacht.«

Atik schob seine Sonnenbrille nach oben und blinzelte in das die Sonnenstrahlen reflektierende Wasser. »Meinen Orden habe ich Onkel Rafeth gewidmet. Da kann ich ihn jetzt nicht so einfach wegschmeißen.«

»Wichtig ist, was in deinem Herzen vorgeht, mein Freund. Ob der Orden nun an deiner Brust baumelt oder unten am Seegrund liegt und sich die Fische über das glitzernde Ding freuen, ist doch letztlich egal.«

Nun holte auch Atik die ihm verliehene Medaille hervor. »Solche Bootstouren sind eigentlich stinklangweilig. Und ins Museum gehe ich ja auch kaum. Außerdem hätte mein Onkel wohl zugestimmt, das Ding zu versenken. Er hatte nämlich durchaus Sinn für Humor.«

»Wollen wir?«, fragte Christoph.

Atik zählte. »Eins, zwei, drei!«

Sie holten weit aus. Vergnügt beobachteten sie, wie die Orden ins tiefe Wasser trudelten und schließlich im Dunkel verschwanden.

Nachwort

Das Phänomen des Nationalsozialismus: Seit vielen Jahren beschäftigt mich die Frage, weshalb diese rassistische und antidemokratische Ideologie immer wieder neuen Nährboden findet. Selbst in Deutschland, dem durch den Naziterror am meisten beschädigten Land der Welt, treibt die faschistische Doktrin weiterhin ihre menschenverachtenden Blüten aus, die Verbrechen der Nazis bis zum Holocaust hin leugnend. Laut seriösen Umfragen von Meinungsforschungsinstituten bekennt sich bereits jeder vierte Deutsche zu einer antisemitischen Einstellung.

Der von den Nationalsozialisten entfachte Zweite Weltkrieg, der allein in Europa siebenundzwanzig Millionen Menschen umgebracht hat, ist gerade einmal siebzig Jahre her. In fast jeder deutschen Familie gab es Tote zu beklagen, so auch in meiner. Dennoch sind der Krieg und damit die NS-Verbrechen weitgehend aus der Merkwelt der Menschen verdrängt, denn kaum einer der heute Lebenden, mich eingeschlossen, hat so etwas Schreckliches wie Krieg je erleben müssen. Nach Jahren des Friedens rückt der Ukraine-Konflikt die Kriegsgefahr zwar wieder in das öffentliche Bewusstsein, doch glaubt niemand an einen europäischen Flächenbrand.

Nur: Der Nationalismus und die ihm immanente Fremdenfeindlichkeit nimmt in Europa drastisch zu. Deutschland zeigt sich noch anerkennenswert stabil gegen rechtsextreme Einflüsse, doch in Österreich, Frankreich, Ungarn und selbst im vermeintlich liberalen Skandinavien verzeichnen nationalistische Parteien enormen, bedenklichen Zulauf. Das Netz der Neonazis ist weltweit gestrickt. Inwieweit staatliche Organe auch in der BRD möglicherweise involviert sind, ist durch den NSU-Prozess, der derzeit in München vor dem Oberlandesgericht verhandelt wird, erschreckend deutlich geworden.

Den Ausschlag, mich mit dem Thema rechtsextremer Gewalt in Deutschland literarisch zu befassen, gab denn auch die Mordserie des Nationalsozialistischen Untergrunds, kurz NSU. In zahlreichen Gesprächen mit Investigationsjournalisten, Juristen und Polizisten wurde mir die beängstigende Gefahr, die der Gesellschaft vom radikalen Faschismus droht, verstärkt ins Bewusstsein gebracht. Bei meinen Recherchen über den Rechtsterrorismus stieß ich auf bemerkenswerte Vorgänge, die teils weit in die Vergangenheit zurückreichen, Fakten, die ich schließlich in den vorliegenden Roman eingearbeitet habe, um trotz aller Fiktion authentisch und nahe an der Realität zu bleiben.

Wiewohl Personen und Handlung der Erzählung frei erfunden sind, fanden die nachfolgend aufgeführten, wahren Begebenheiten Eingang in die Geschichte. Die historischen Ereignisse und inneren Zusammenhänge sind nach chronologischen Gesichtspunkten geordnet.

Gladio

So abenteuerlich es auch klingen mag, diese von der NATO gegründete Terrororganisation hat in der Tat existiert. Gladio war zunächst der Deckname für eine in Italien stationierte paramilitärische Spezialeinheit, die bei einer Invasion von Truppen des Warschauer Pakts Sabotageakte gegen die möglichen Besatzer durchführen sollte. Bereits 1950 wurden dazu streng antikommunistisch eingestellte Personen aus Militär und Nachrichtendiensten sowie Neofaschisten mit partiell hochkriminellem Hintergrund geworben. Finanziert und ausgebildet wurden sie von Agenten des amerikanischen CIA und des britischen MI6.

Als rechtskonservative Kreise Ende der sechziger Jahre eine Machtübernahme der Kommunistischen Partei Italiens (KPI) befürchteten, wurde mit gezielten Terroranschlägen versucht, ein Klima der Angst unter der Bevölkerung zu schaffen. Ein Netzwerk staatlicher Stellen sorgte dafür, dass die Attentate durch Verbreitung von Falschinformationen und gefälschten Beweisen linksradikalen Organisationen wie den Roten Brigaden untergeschoben wurden. Diese als »Strategie der Spannung« bezeichnete Operation sollte das Volk insofern manipulieren, als dass es von sich aus nach Beschränkung von Freiheitsrechten, mehr Überwachung und der starken Hand des Staates verlangte.

Von italienischen Gerichten, der Europäischen Union und anderen Institutionen werden Gladio und deren Unterstützern und Untergruppierungen, wie der neofaschistischen »Ordine Nuovo« (ON), unter anderem folgende Anschläge auf die italienische Zivilbevölkerung angelastet:

Das Bombenattentat auf der Piazza Fontana in Mailand
Am 12. Dezember 1969 explodierte vor dem Hauptsitz der Banca Nazionale dell'Agricoltura ein Sprengsatz, der siebzehn Menschen tötete und weitere achtundachtzig schwer verletzte. Als Hauptverdächtigen machte die Polizei den Anarchisten Giuseppe Pinelli aus, obwohl jener ein Alibi für die Tatzeit nachweisen konnte. In der Nacht vom 15. auf den 16. Dezember 1969, nach seiner Verhaftung, wurde Pinelli aus dem fünften Stock des Polizeipräsidiums gestürzt. Die Polizeiführung behauptete zunächst, es sei Selbstmord gewesen, dies jedoch wurde durch die kriminaltechnische Untersuchung widerlegt.

Die wirklichen Täter waren Franco Freda und Giovanni Ventura, Rechtsterroristen des Ordine Nuovo, wie die Justiz später feststellte. Der Auftrag soll von Gladio sowie der faschistischen Geheimloge »Propaganda Due« (P2) erteilt worden sein, deren Ziel offenbar ein Staatsputsch war, um eine rechtsgerichtete Regierung an die Macht zu bringen.

Der Anschlag auf den Hauptbahnhof von Bologna
Am 2. August 1980 riss die Detonation einer TNT-Bombe fünfundachtzig Menschen in den Tod, mehr als zweihundert wurden schwer verletzt. Auch hier behinderten staatliche Stellen die Ermittlungen und bezichtigten die Roten Brigaden des Verbrechens. Die gerichtlichen Untersuchungen nahmen Jahre in Anspruch. Erst 1995 konnte der oberste italienische Gerichtshof das Verfahren abschließen. Valerio Fioravanti und Francesca Mambro, Mitglieder der »Nuclei Armati Rivoluzionari« (NAR), einer Neonazi-Terrorgruppe, die der ON, Gladio und der P2 zugerechnet wurde, wurden zu lebenslanger Haft verurteilt.

Ob sie tatsächlich für das Attentat verantwortlich waren, ist allerdings bis heute umstritten.

Im Jahr 1978 erreichte der Rechtsterrorismus in Italien seinen Höhepunkt. Insgesamt zweitausendvierhundert Anschläge, Bombenattentate und Morde konnten faschistischen Gruppierungen zugerechnet werden.

Über das Einsatzgebiet Italien hinaus war die Untergrundarmee Gladio in fast allen europäischen NATO-Staaten vertreten, so auch in Österreich und Deutschland. Zahlreiche geheime Waffendepots waren flächendeckend eingerichtet worden, in denen Maschinengewehre, Sprengstoffe und Munition lagerten. Die Existenz dieser auch »Stay-behind-Organisation« genannten Staatsterrortruppe wurde 1990 von der deutschen Bundesregierung aufgrund einer parlamentarischen Anfrage bestätigt. Von Gladio Kenntnis hatten wohl stets nur regierungsnahe Zirkel. Im selben Jahr protestierte das Europäische Parlament in einer entschiedenen Note gegen das widerrechtliche Vorgehen der NATO, die sich bis heute weigert, über Gladio Auskunft zu geben. Mit Ende des Kalten Krieges wurden die Terroreinheiten nach offiziellen Angaben aufgelöst.

Propaganda Due (P2)

Ursprünglich eine italienische Freimaurerloge, mutierte P2 Ende der sechziger Jahre zu einer faschistischen Organisation. Unter der Führung ihres Großmeisters Licio Gelli schuf die Loge ein kriminelles Netzwerk aus Führungspersonen von Polizei, Wirtschaft, Politik, Mafia, Nachrichtendiensten und des Militärs. Berichten zufolge hatte P2 einen Staatsstreich geplant. Das demokratische System sollte aufgelöst und eine rechtsnationale Diktatur installiert werden.

Laut dem früheren christdemokratischen Staatspräsidenten Francesco Cossiga handelte es sich bei P2 um einen »amerikanischen Import«.

Aufgeschreckt vom Aufstieg der KPI und aus Sorge um eine

kommunistische Unterwanderung Italiens, entschieden sich die USA offenkundig zum Eingreifen und ließen Gelli etwa vierhundert hochrangige NATO-Offiziere für seine Loge rekrutieren. Ted Shackly, Direktor der verdeckten Operationen der CIA in Italien, machte Gelli im Jahr 1969 mit hochrangigen Mitgliedern des Nationalen Sicherheitsrates der USA bekannt, dem späteren Außenminister Henry Kissinger, der 1973 den Friedensnobelpreis erhielt, und mit Alexander Haig, dem späteren Stabschef im Weißen Haus, US-Außenminister und von 1974 bis 1979 NATO-Oberbefehlshaber in Europa.

Wie ehemalige Agenten des CIA und des Mossad berichteten, hat die Regierung der Vereinigten Staaten die Geheimloge P2 seinerzeit mit Zuwendungen von monatlich zehn Millionen Dollar unterstützt. Mit diesen Mitteln soll Gelli zahlreiche rechtsterroristische Organisationen wie ON und NAR finanziert haben.

Im Zuge der Ermittlungen gegen die Banco Ambrosiano gerieten auch die geheimen Machenschaften der P2 in den Fokus der Justiz. Aufsehen erregte die Banco Ambrosiano mit ihrem damaligen Hauptaktionär, der Vatikanbank, als aufgedeckt wurde, dass sie in großem Stil Gelder der sizilianischen Mafia wusch. Der Direktor des Geldinstitutes, Roberto Calvi, wurde deswegen angeklagt, tauchte jedoch vor seiner Festnahme unter. Am 18. Juni 1982 fand man ihn in London, unter einer Brücke erhängt, tot auf. Der gleichfalls involvierte Michele Sindona, »Bankier Gottes« genannt, der zahlreiche Finanztransaktionen für den Vatikan durchführte, wurde nach dem Konkurs seiner Geldhäuser wegen des Auftrags zum Mord an dem Liquidator seiner Banken verhaftet und zu fünfundzwanzig Jahren Haft verurteilt. Er verstarb im Hochsicherheitsgefängnis von Voghera, nachdem er offenbar mit Zyanid vergiftet worden war. Beide Morde sind bis heute ungeklärt.

Licio Gelli, der maßgeblich an den Geldwäschegeschäften beteiligt gewesen sein soll, flüchtete in die Schweiz, wo er zwar festgenommen wurde, aus der Haft indes entkam. Nachdem die Bagatellvergehen, die man ihm nachweisen konnte, verjährt waren, kehrte Gelli nach Italien zurück, wo er noch heute unbehelligt lebt.

Auf dem Gipfel seiner Macht hat Gelli, der sich selbst als »Puppenspieler« bezeichnete, anscheinend weite Teile der italienischen Politik beherrscht. Fast jeder einflussreiche Italiener stand mit ihm in irgendeiner Beziehung. Dies geht aus zahlreichen Berichten von Justiz und Medien hervor. Bei einer Hausdurchsuchung fand man unter anderem eine Liste vieler namhafter Persönlichkeiten Italiens, die der Loge angehörten und mit Gelli kooperierten, unter ihnen der damalige Premierminister Arnaldo Forlani und der spätere Regierungschef Silvio Berlusconi sowie hochrangige Mafiosi.

In welche Verbrechen Gelli direkt verwickelt war, konnte allerdings nie geklärt werden. Die mutmaßlich über Jahre andauernde Kooperation mit Gladio wurde bislang nicht gerichtsfähig nachgewiesen.

Oktoberfestattentat in München

Durch die Explosion einer mit Nägeln befüllten Rohrbombe wurden am 26. September 1980 vor dem Haupteingang des Oktoberfestes dreizehn Menschen getötet und zweihundertelf verletzt, achtundsechzig davon schwer. Mehreren Opfern mussten beide Beine amputiert werden, viele erlitten lebenslange Behinderungen. Als Attentäter wurde der einundzwanzigjährige Gundolf Köhler ermittelt, der bei dem Anschlag selbst starb. Die Polizei ging damals von einem Einzeltäter aus, eine Theorie, die über die Jahre hinweg stets bezweifelt worden war, zumal zur Zeit des Anschlags Augenzeugen mehrere verdächtige Personen bei Köhler beobachtet hatten.

Köhler war Anhänger der neonazistischen, im Januar 1980 verbotenen »Wehrsportgruppe Hoffmann« (WSG). Ein Zusammenhang zwischen dem Attentat und der WSG wurde damals nicht gesehen. In Köhlers Wohnung waren keine Hinweise auf Sprengstoff gefunden worden, wohl aber bei Mitgliedern der Wehrsportgruppe, die später in Privatgesprächen die Beteiligung des WSG bestätigten, bei Vernehmungen ihre Behauptungen indes zurückzogen. Unter den »Bekennern« war auch Walter Ulrich Behle, WSG-Aktivist und V-Mann des Verfassungsschutzes.

Im Jahr 2008 veröffentlichte der Journalist Tobias von Heymann Dokumente der ehemaligen DDR-Staatssicherheit. Die Unterlagen belegten regelmäßige Funkkontakte mit dem rechtsextremen Waffenexperten Heinz Lembke, der WSG-Aktivisten im Umgang mit Sprengstoffen ausgebildet hatte. Die Staatssicherheitsbehörde hatte diese Verbindungen einer staatlichen Stay-behind-Organisation namens »Gruppe 27« zugeschrieben. Der renommierte Schweizer Historiker Daniele Ganser hatte aufgrund intensiver Recherchen bereits 2004 vermutet, dass es sich bei der Gruppe 27 um jene europaweit operierende geheime Untergrundarmee handelte, der auch Gladio angehörte, und deren Beteiligung am Oktoberfestattentat nicht ausgeschlossen.

Als mögliches Tatmotiv erachtete Tobias von Heymann eine sogenannte »False-flag-Aktion«. Der Anschlag sollte linksextremen Terroristen untergeschoben werden, um die Sicherheitspolitik der sozialliberalen Regierung angreifbar zu machen und dem konservativen Kanzlerkandidaten Franz Josef Strauß (CSU) im Oktober 1980 zum Wahlsieg zu verhelfen. Strauß hatte die WSG jahrelang als eine Gruppe von »Spinnern« verharmlost und deren Verbot durch den damaligen Innenminister Gerhart Baum (FDP) als unverhältnismäßig kritisiert. Durch die erwiesene Tatbeteiligung Köhlers, der wohl wegen einer unbeabsichtigten Frühzündung der Bombe ums Leben kam, ging dieser Plan jedoch nicht auf.

Unter dem Titel »Oktoberfest-Attentat – Stasi-Notizen und Indizien betreffend Beteiligung der ›Wehrsportgruppe Hoffmann‹ sowie Verbindungen zu ›Gladio‹« stellte die Bundestagsfraktion der Grünen 2009 eine Anfrage im deutschen Parlament. Man wollte von der Bundesregierung wissen, ob justiziable Erkenntnisse einen Zusammenhang zwischen diesem Attentat und dem Bombenanschlag in Bologna 1980 nahelegen. Allerdings wurde die Beantwortung jener Fragen, die den Geheimdienst tangierten, mit dem Hinweis abgelehnt, dass man grundsätzlich keine Stellungnahme zu nachrichtendienstlichen Angelegenheiten abgeben könne.

Im Oktober 2010 berichtete die Zeitschrift »Der Spiegel« unter Berufung auf sechsundvierzigtausend Seiten bisher unveröffentlichter Ermittlungsakten, dass den Behörden schon damals bekannt gewesen sei, dass Gundolf Köhler »fest in einem Milieu militanter Neonazis verwurzelt« sei, welche »ihrerseits teils intensive Kontakte zu CSU-Funktionären pflegten«.

Der Generalbundesanwalt Harald Range beschloss schließlich am 11. Dezember 2014 die Wiederaufnahme des Verfahrens, weil diverse Zeugenaussagen, die tatsächlich auf eine Beteiligung mehrerer Personen am Attentat hinwiesen, seinerzeit nicht erfasst oder nicht ernst genommen worden waren. Im Februar 2015 wurde die Aussage einer weiteren Zeugin veröffentlicht. Die Krankenschwester gab an, dass sich kurz nach dem Anschlag ein unbekannter Mann in der Klinik Hannover behandeln ließ, der einen zerschmetterten Unterarm und keine Hand mehr hatte. Auf Nachfragen habe der Unbekannte aber nicht reagiert und sei später verschwunden. Am Ort des Terroraktes war damals eine abgetrennte Hand gefunden worden, die niemandem zugeordnet werden konnte.

Das Oktoberfestattentat gilt als das bislang schwerste in der Geschichte der Bundesrepublik.

Nationalsozialistischer Untergrund (NSU)

Die rechtsextreme Terrorgruppe wurde nach bisherigem Ermittlungsstand von den Neonazis Beate Zschäpe, Uwe Böhnhardt und Uwe Mundlos gegründet. Dem NSU werden die unter der Bezeichnung »Dönermorde« bekannt gewordenen Kapitalverbrechen zugerechnet, bei denen neun Menschen mit Migrationshintergrund ums Leben kamen. Außerdem sollen Zschäpe, Böhnhardt und Mundlos für zahlreiche weitere Taten, Bombenanschläge und einen Polizistenmord verantwortlich sein.

Der NSU ging aus dem faschistischen »Thüringer Heimatschutz« (THS) hervor, der auch Kontakte zu diversen studentischen Burschenschaften pflegte. Dem THS gehörten die amtsbekannten Neonazis André Kapke, Ralf Wohlleben und Holger Gerlach an. Konstituiert wurde der THS vom stellvertretenden Vorsitzenden des NPD-Landesverbandes Thüringen, einem gewissen Tino Brandt, der bis zu seiner Entlarvung 2001 V-Mann des Thüringer Verfassungsschutzes war.

Die verfassungsfeindlichen Umtriebe von Zschäpe, Böhnhardt und Mundlos waren den Behörden seit 1996 bekannt, Böhnhardt war bereits einschlägig vorbestraft. Polizeiliche Untersuchungen gegen das Trio waren indes stets massiven Behinderungen ausgesetzt. Dahin gehend äußerte sich auch der seinerzeit ermittelnde Kriminalpolizist Mario Melzer, der 2013 in der Sendung »Report« mutmaßte, dass die Bomben, die der NSU zündete, »unter den Augen des Verfassungsschutzes« gebaut worden seien und der Verfassungsschutz das NSU-Trio bei einer möglichen Festnahme am 20. Januar 1998 »absichtlich laufen« ließ, um seinen »Top-Spitzel Tino Brandt zu schützen«. Die Führung des Landeskriminalamtes Thüringen habe ihm außerdem untersagt, bei »Report« über Details der Ermittlungen zu sprechen, obschon er vor Untersuchungsausschüssen mehrfach Rede und Antwort gestanden habe.

Am 28. Januar 1998 erließ die Staatsanwaltschaft Gera schließlich Haftbefehle gegen Zschäpe, Böhnhardt und Mundlos, die sich jedoch vorher in den Untergrund abgesetzt hatten.

Der 4. November 2011 markierte schließlich das Ende des Trios, nachdem sich Böhnhardt und Mundlos nach einem Banküberfall in Eisenach in ihr Wohnmobil flüchteten, dabei aber von einem Passanten beobachtet wurden. Als sich die Polizei gegen elf Uhr dreißig dem Fahrzeug näherte, geriet es plötzlich in Brand.

Nachdem die Flammen gelöscht worden waren, fand man die Leichen von Böhnhardt und Mundlos im Inneren des Wohnmobils. Angeblich hatte Mundlos zuerst Böhnhardt erschossen und sich anschließend selbst gerichtet. Waffenexperten widersprechen gleichwohl der Selbstmordtheorie. Bei dem verwendeten Gewehrtyp, so die Spezialisten, verbleibe die leere Hülse bis zum erneuten Nachladen im Lauf. Im Fahrzeug waren jedoch zwei leere Patronenhülsen gefunden worden, ein Toter aber könne kaum noch einmal nachgeladen haben.

Der Verdacht auf Mitwirkung Dritter wurde auch dadurch erhärtet, dass der frühere NSU-Unterstützer und V-Mann André Kapke sich am selben Tag in der Gegend von Eisenach aufgehalten hat und Anwohner aussagten, dass unmittelbar vor dem Brand eine weitere Person das Wohnmobil verlassen habe.

Erklärungen der am Einsatz beteiligten Feuerwehrleute deuten ebenfalls darauf hin, dass sich Böhnhardt und Mundlos möglicherweise nicht selbst richteten. Einer der Männer will einen noch lebenden Mann im Wohnmobil gesehen haben. Die Beweisfotos, die die Feuerwehr vom Inneren des Fahrzeuges aufnahm, zeigten keinerlei Waffen des NSU, wie sie später auf Polizeifotografien präsentiert wurden. Die Aufnahmen der Feuerwehr wurden überdies schnell von der Polizei konfisziert und die Speicherkarten gelöscht.

Das Wohnmobil wurde anschließend abgeschleppt, jedoch nicht wie vorgeschrieben in Polizeigewahrsam, sondern in eine unbewachte Halle des Abschleppdienstes, zu der sich jedermann Zugang verschaffen konnte. Den Einsatzkräften der Feuerwehr wurde der Kontakt mit der Presse verboten.

Auf Videos von Journalisten wurde außerdem dokumentiert, wie nach der Löschung des Brandes eine Mitarbeiterin der KTU mit einem leeren Asservatenkarton das Wohnmobil betrat und es kurz darauf mit scheinbar vollem Karton wieder verließ. Der Asservatenkarton ist bis heute verschwunden.

In einem Wohnhaus in Zwickau, der Bleibe des NSU-Trios, kam es kurze Zeit später, gegen fünfzehn Uhr, zu einer Explosion und anschließendem Brand. Der Tatort indes wurde nicht wie üblich abgesperrt. Kurz nachdem die Flammen unter Kontrolle gebracht werden konnten, rückte ein Bagger an und riss, angeblich aus Sicherheitsgründen, das Gemäuer der Wohnung ein.

Am 8. November 2011 stellte sich Zschäpe der Jenaer Polizei. In der Folge wurden mehrere mutmaßliche Helfer des NSU verhaftet, unter anderem Ralf Wohlleben, dem Beihilfe zu sechs vollendeten Morden und einem versuchten Mord vorgeworfen wird. Andere Neonazis aus dem NSU-Helferkreis, wie Holger Gerlach, wurden wieder aus der Haft entlassen, da ihnen keine direkte Tatbeteiligung nachgewiesen werden konnte.

Aufgrund diverser rekonstruierter Bekennervideos, auf denen der NSU die Tötung Enver Simseks sowie die Morde an Özüdogru, Tasköprü und Kilic feiert, gelang es erstmals, eine Verbindung der Taten zum NSU herzustellen. Zudem wurde die Tatwaffe, die bei den Mordserien verwendet wurde, eine Pistole der Marke Česká, angeblich im Wohnmobil des NSU gefunden, darüber hinaus die gestohlenen Dienstwaffen der Heilbronner Polizisten sowie Fotos, auf denen die sterbenden Mordopfer abgelichtet waren. Wie die Waffen allerdings in das ausgebrannte Wohnmobil gelangt waren, nachdem die zuerst eingetroffene Feuerwehr eben keine Waffenfunde bestätigen konnte, bleibt ein Rätsel, ebenso, ob die Waffen tatsächlich Böhnhardt und Mundlos gehörten. Verwertbare DNA-Spuren oder Fingerabdrücke konnten jedenfalls nicht festgestellt werden.

Es bestehen heute zwar kaum Zweifel, dass Böhnhardt und Mundlos unter Mitwirkung Zschäpes für die Migrantenmorde zumindest mit verantwortlich sind, aufgrund der zahlreichen Ungereimtheiten ist jedoch offen, ob sie im Alleingang handelten. Speziell bei der Tötung der Polizistin Michèle Kiesewetter in Heilbronn konnte eine Beteiligung des NSU-Trios nicht nachgewiesen werden. Fakt ist wohl, dass zwei Personen zeitgleich die Schüsse auf Kiesewetter und ihren Kollegen abgaben, als beide noch in ihrem Dienstwagen saßen. Laut KTU jedoch müssen beide Schützen Rechtshänder gewesen sein, Böhnhardt indes war Linkshänder.

Das Phantombild, das aufgrund der Angaben des wie durch ein Wunder überlebenden Polizisten angefertigt wurde, sieht weder Böhnhardt noch Mundlos ähnlich. Zeugen hatten zum Zeitpunkt des Verbrechens nahe dem Tatort einen blutverschmierten Mann beobachtet, wie er in ein Auto stieg und rasch davonfuhr. Das Phantombild des Mannes, das ebenfalls keine Ähnlichkeit mit Böhnhardt und Mundlos aufwies, wollte die Polizei zu Fahndungszwecken sofort veröffentlichen, sie wurde aber von der Staatsanwaltschaft daran gehindert. All dies legt den Verdacht nahe, dass das Terroristentrio nicht alle Morde begangen hat.

Speziell die Rolle des Verfassungsschutzes wird nach wie vor heftig diskutiert. Ein V-Mann soll beispielsweise Sprengstoff an Mundlos geliefert haben. Der Sender MDR berichtete am 18. November 2011, dass schon 1999 ein Sondereinsatzkommando für einen Zugriff auf Zschäpe, Böhnhardt und Mundlos bereitgestanden sei, der Einsatz jedoch abgebrochen wurde.

Der Thüringer Verfassungsschutz wusste zudem über den zeitweisen Aufenthaltsort des NSU-Trios Bescheid, wie aus einem Observationsfoto vom 15. Mai 2000 hervorgeht. Der später wegen zahlreicher Verfehlungen vom Dienst suspendierte ehemalige Präsident des Thüringer Verfassungsschutzes, Helmut Roewer, behauptete noch im November 2000, dass die Fahndung nach den Rechtsextremisten vom NSU »leider erfolglos« gewesen sei.

Eingeräumt werden musste allerdings, dass die Behörde dem NSU über Mittelsmänner Geld für gefälschte Pässe zukommen ließ, um angeblich dadurch den Unterschlupf des Trios zu erfahren. Der Verfassungsschutz soll ebenso polizeiliche Ermittlungen gegen den V-Mann und Neonazi Tino Brandt sabotiert haben, indem man ihn über die gegen ihn laufenden Observierungen informierte. Darüber hinaus sollen Verfassungsschützer Ermittlungsbeamte der Kriminalpolizei beschattet haben, wie jene zu Protokoll gaben.

Während einer Sitzung im Thüringer Justizausschuss stellte sich schließlich heraus, dass der Innenminister Christian Köckert, der später wegen Bestechung und Vorteilsnahme im Amt zu fünfzehn Monaten Haft auf Bewährung verurteilt wurde, die Festnahme des NSU-Trios persönlich verhindert hatte.

Am 21. April 2006 wurde ein Mitarbeiter des hessischen Verfassungsschutzes, von dem nur der Codename »GP 389« bekannt ist, wegen des Verdachts der Beteiligung am Mord an Halit Yozgat vorübergehend verhaftet. Der Agent, dem eine rechtsradikale Gesinnung attestiert wurde, war zur Tatzeit im Internetcafé des

Opfers gesehen worden. Bei einer Hausdurchsuchung waren neofaschistische Schriften und mehrere Waffen bei »GP 389« sichergestellt worden.

Der Fall beschäftigte unter anderem die parlamentarische Kontrollkommission im hessischen Landtag. Der Vorsitzende der FDP-Fraktion, Jörg-Uwe Hahn, bezeichnete daraufhin die Kommunikation des Innenministeriums als »unerträglich«, da man erst aus den Medien erfahren habe, dass gegen den Verfassungsschützer ermittelt worden war.

Neuere Berichte, der Mann sei an diversen Tatorten des NSU gesichtet worden, dementierte die Staatsanwaltschaft 2011 und erklärte, der Beamte sei 2007 aus dem Verfassungsschutz abgezogen und in das Regierungspräsidium Kassel versetzt worden.

Im März 2013 veröffentlichten das Bundeskriminalamt und das Bundesamt für Verfassungsschutz eine Liste mit Namen von einhundertneunundzwanzig potenziellen Unterstützern des NSU, darunter acht V-Leute des Verfassungsschutzes und ein V-Mann des Berliner Landeskriminalamtes.

Aufgrund der vielen Widersprüche beschäftigten sich die Medien intensiv mit dem Fall. In einem im Oktober 2013 erschienenen Artikel berichtete die »Berliner Zeitung«, dass Akten eines V-Mannes vernichtet worden seien, der Verbindungen zum Thüringer Heimatschutz unterhalten habe, aus dem der NSU hervorgegangen war. Laut dem Politmagazin »Fakt« soll dieser V-Mann namens Michael See das Konzept der autonom agierenden Neonazi-Gruppen entwickelt und gleichfalls Kontakte zum rechtsterroristischen Netzwerk »Combat 18« unterhalten haben. Diese und weitere einhundertfünfzig Quellen wurden dem NSU-Untersuchungsausschuss nicht vorgelegt. Mitglieder sprachen daraufhin von systematischen Täuschungsmanövern durch das Bundesamt für Verfassungsschutz.

»Report Mainz« legte in seiner Sendung vom Dezember 2013 dar, dass der heutige Vizepräsident im LKA Thüringen, Werner Jakstat, in einem Telefonat an Untergebene angeordnet habe, eine Zeugenaussage zum Aufenthaltsort von Uwe Böhnhardt nicht weiterzuverfolgen (»Kriegen Sie das nicht raus …«).

Nach Recherchen des Magazins »Fakt« wurde das Handy von Böhnhardt über einen Zeitraum von vier Wochen abgehört. Die fast einhundert Verbindungsnachweise und aufgezeichneten Gespräche wurden jedoch auf Anordnung der Staatsanwaltschaft Gera gelöscht.

Es folgten zahlreiche Rücktritte und Entlassungen der für die Ermittlungspannen und Behinderungen der Behörden verantwortlich gemachten Beamten. So quittierte der Präsident des Bundeamtes für Verfassungsschutz, Heinz Fromm, im Juli 2012 den Dienst.

Der Präsident des Thüringer Verfassungsschutzes, Thomas Sippel, wurde ebenfalls im Juli 2012 in den vorzeitigen Ruhestand versetzt, desgleichen trat der sächsische Verfassungsschutzpräsident Reinhard Boos zurück, wie auch sein Kollege von Sachsen-Anhalt, Volker Limburg.

Die Überlebende des NSU-Trios, Beate Zschäpe, steht seit dem 6. Mai 2013 in einem der aufsehenerregendsten und langwierigsten Prozesse der BRD vor dem Münchner Oberlandesgericht. Sie verweigert bisher jede Aussage. Die Aufklärung der Migrantenmorde, von der Polizei jahrelang fälschlich als interne Abrechnungen im türkischen Drogenmilieu interpretiert, dauert immer noch an.

Angehörige der Opfer beklagen, das Schlimmste an den Morden sei die Ungewissheit. Bei so vielen offenen Fragen und Widersprüchen könnten sie keinen Frieden finden.

Ulrich Urthaler, im Juni 2015

Quellen und Zitate

Presse:
Gerichtsprotokoll NSU-Prozess aus dem OLG München, veröffentlicht durch »Süddeutsche Zeitung«
Artikel und Berichte aus »Der Spiegel«, »Fokus«, »Die Zeit«, »Berliner Zeitung«, »Süddeutsche Zeitung«, »Frankfurter Allgemeine Zeitung«

Fachliteratur:
Daniele Ganser: »Nato-Geheimarmeen in Europa. Inszenierte Kriegsführung und verdeckter Terror«, Zürich 2008.
Tobias von Heymann: »Die Oktoberfest-Bombe. München, 26. September 1980«, Berlin 2008.
Ulrich Chaussy: »Oktoberfest. Ein Attentat«, Darmstadt/Neuwied 1985.

TV:
»Report Mainz«, »Fakt«, MDR, 3sat: »Kampf um die Wahrheit«, Sendung über den NSU vom 6. Juli 2015